△雷震子（皮影，陝西省華陽縣）

西伯姬昌赴朝歌途中遇雨，於雷震巨石中得一子，取名雷震子，使往終南山學藝。雷震子藝成，吃仙杏而生雙翅，飛時空中俱風雷之聲。後救西伯返回西周，並助武王伐紂。（第十回姬伯燕山收雷震）

引言

楊宗瑩

封神演義是一部戰爭神怪小說。以武王伐紂的歷史為架構，天命思想為中心，加進許多匪夷所思的仙道妖怪，變幻莫測的法術，一場接一場激烈的戰爭，構成這部洋洋灑灑六七十萬字的巨構。

故事一開始，寫紂王到女媧宮進香，祈求國泰民安。偶然看見女媧娘娘的聖像容貌端麗，而陡起淫心，在粉牆上題詩一首，想要「取回長樂侍君王」。女媧回宮看見詩句，人怒，召來軒轅墳中三妖，命令她們隱藏妖形，到宮中惑亂君心，幫助武王伐紂成功。

因紂王氣數已盡，武王伐紂而有天下是既定的天命，因此妲己入宮，殺害姜皇后，哪吒出世，姜子牙下山，文王逃出五關，黃飛虎歸周，紂王派兵伐西岐，商周成交戰之局，於是一步一步實現這既定的天命。最後姜子牙助武王伐紂成功，武王登基。子牙回西岐封神，武王分封諸侯。故事到此結束。

三教會同簽押的封神榜，是本書天命思想的具體呈現。姜子牙封神之事，在子牙尚未下山之前，早由天定。第六回雲中子進劍除妖不成，嘆息說：「我只欲以此劍鎮滅妖氛，稍延成湯脈絡，孰知大數已去，將我此劍焚毀！一則是成湯合滅，二則是周室當興，三則神仙遭逢大劫，四則姜子牙合受人間富貴，五則有諸神欲討封號。……」又斷定血染朝歌是在戊午年甲子日，後果如其言。這種大數已定，在劫難逃的字句，書中多不勝舉。紂王的暴虐無道，殘民以逞是天意，妲己的助紂為虐也是天意；甚至好人被殺，壞人作惡全是天意。這種連神仙也無可著力的宿命思想，從頭至尾，貫串全書。

書中的人物，如姜子牙、妲己、哪吒等，性格的塑造，十分傳神。姜子牙的智慧、辯才、法術、韜略，無人能及，但當他初下山，時運不濟，書中寫他的蹇剝，曲盡其妙。又塑造出馬氏作陪襯，更顯出大智之人往往遭逢小人的誤解、輕視與排斥。末了，子牙伐紂成功，聲威顯赫，馬氏羞愧自殺。將小人的下場作一交代。

妲己以狐狸精借屍還魂，迷惑紂王，想出各種酷刑，唆使紂王殺害大臣。書中寫她的狐媚、狠毒，如何引誘伯邑考，迷惑行刑的士兵，都有精彩的描寫。

哪吒是神仙下凡，他的出世，相當神奇。他的調皮搗蛋，諸如：打死巡海夜叉，抽三太子的龍筋，揭龍王的鱗甲，射死石磯娘娘的徒弟，完全是一個不知天高地厚的渾小子的作為。只因他是姜子牙的先行官，天命在身，又有師父撐腰，有恃無恐。但調皮搗蛋終於弄出禍事來，最後以骨肉還諸父母，魂魄寄託蓮花為化身。當然這一切也都是天命。

本書人物繁多，神道妖魔，一如人世眾生。正派的神仙，性行寬宏大量，慈悲為懷，行事順應天命；而妖魔總是逆天行事，喜歡爭強鬥勝，撥弄是非，惟恐天下不亂。

作者的想像非常豐富，神仙各有不同的名山洞府，鎮洞之寶；參戰的雙方各有不同的坐騎，使用不同的武器；仙道妖魔各有不同的法術；擺列的陣式，令人眼花撩亂。有能在天上飛的，有能憑藉水、土而遁的，還有千里眼、順風耳，真是集幻想之大成。

本書前三十回，是根據武王伐紂平話加以擴大改編而成的，故事曲折離奇，十分有趣。以後寫戰爭的部分，全是新的創作，想像十分豐富，但敘述重複，缺少變化。尤其攻打十絕陣的部分，前後說話動作幾乎完全一樣，是其缺點。

書中有許多詩、詞、歌、賦、偈語、對句，用來描寫山川風景、戰爭場面、人物形貌，或將故事的發展作一說明，作一感嘆，這是從宋元話本繼承下來的形式。第一回篇首的七言古詩，即將全書內容作一提綱挈領的介紹。有些賦，在一定的主題上，盡量鋪張的描寫，可見作者的才華橫逸，筆力萬鈞。

坊間的各種版本，文字出入很大，錯誤很多。今取善本相校，明顯的錯誤，即加以改正；不同的文字，則加以推敲，作合理的選擇；詩詞等就平仄、用韻決定取捨。並將較為難懂的詞句加以注釋，以便讀者查閱。

民國七十八年三月，校畢記

封神演義考證

楊宗瑩

封神演義的作者，有兩種說法：一是鍾山逸叟許仲琳撰；一是明道士陸西星作。前一說是根據日本內閣文庫所藏明刻本，許仲琳是南直隸應天府人，生平不詳。魯迅中國小說史略有文記之。後者是根據傳奇彙考：「封神傳係元時道士陸長庚所作，未知的否？」孫楷第中國通俗小說書目認為：元乃明之誤，長庚是陸西星的字，他是南直隸興化縣人，為諸生，著有南華經副墨、方壺外史等書，並有詩傳世。「此陸西星撰封神演義說頗可注意，惜不言所據耳。」按演義中崇尚道教，許多詩詞歌賦，表現出作者的萬鈞筆力，今依據孫楷第之考證，題作者為陸西星。

本書一百回，書名有封神傳、商周列國全傳、武王伐紂外史、封神演義等異名。每回後的評語是鍾惺所作。惺，字伯敬，明萬曆進士。

太公封神的傳說，由來已久。史記封禪書：「始皇遂東游海上，行禮祠名山大川及八神，求仙人羨門之屬。八神將自古有之，或曰太公以來作之。」舊唐書禮儀志一引六韜云：「武王伐紂，雪深丈餘，有五車二馬，行無轍跡，詣營求謁。武王怪而問焉。太公曰：『此必天方之神，來受事耳。』遂以其名召入，各以職命焉。」這些都是太公封神的證明。

古人迷信，相信天命鬼神，說書人為迎合聽眾，自然喜歡講這類故事，作者因而根據武王伐紂平話，姜子牙封神的傳說，逞其幻想，大寫封神的故事。水滸傳第七十回的石碣天書上，有天罡星三十六員、地煞星七十二員，強調「天地之意，理數所定，誰敢違拗。」北遊記有玄天及諸神將受封的故事。可見在眾人心目中，鬼神也和世人一樣，都希望得封爵之賞。

武王伐紂，歷史上有明文記載。封神中的主角，都是歷史人物，但所述事蹟卻與史實稍有不同。姜子牙，根據史記齊世家：「太公望呂尚者，東海上人，其先祖嘗為四嶽，佐禹平水土，甚有功。虞夏之際，封於呂，或封於申，姓姜氏，……從其封姓，故曰呂尚。呂尚嘗窮困，年老矣，以魚釣奸周西伯。」是以他有呂尚、姜尚等名稱，又有太公望、師尚父等稱號。太公博學多才，曾事奉紂王，因紂無道而去，後遇文王。史記說他「為文武師」。當文王脫離羑里之囚回國，「與呂尚陰謀修德以傾商政，其事多兵權與奇計，故後世之言兵及周之陰權，皆宗太公為本謀。」本書寫呂尚的事蹟大致與史實相合，只是上山修道、會法術、封神等，則是作者的虛構。

俗傳太公八十遇文王。而宋玉楚辭：「太公九十乃顯榮兮，仍未遇其匡合。」說苑：「呂望年七十，釣於渭渚。」本書中的姜子牙，三十二歲上山修道（第十五回），七十二歲下山，八十歲遇文王（三十四回），九十三歲拜將（十五回），九十八歲封神。將不同年歲，作了合理的安排。

第一回敘述壽王（紂）因力大無比，能托梁換柱而被立為太子。根據史記殷本紀：「帝乙長子曰微子啟，啟母賤，不得嗣。少子辛，辛母正后，辛為嗣。」這是立紂為嗣的真正原因。

第八十七回：「微子至臺下候旨，紂王宣上鹿臺，微子行禮稱臣畢。王曰：皇伯有何奏章？」紂稱微子為皇伯。紂有兩位兄長：微子啟與微子衍。微是國名，子是爵位。微子見紂無道，勸諫不聽而離開朝歌。論語：「微子去之」，就是指微子啟。後武王滅殷，封微子於宋。微子啟卒，立其弟衍。而本書中有三個微子：八十九回：「只見箕子在文書房共微子、微子啟、微子衍……正議袁洪為將。」同一回稍後，三個微子因紂王拒諫，因箕子為奴，而同日遠走他州，隱姓埋名。作者甚至引論語「微子去之」印證。但身為皇伯的微子，歷史上並無其人。

關於比干之死，箕子之囚，殷本紀說：「紂愈淫亂不止，微子數諫不聽，乃與太師少師謀遂去。比干曰：『為人臣者，不得不以死爭。』乃強諫紂，紂怒曰：『吾聞聖人心有七竅。』剖比干觀其心。箕子懼，乃佯狂為奴，紂又囚之。」本書中，比干之死，非常戲劇化，是因他殺了軒轅墳中的狐狸，將狐皮做成袍襖，獻給紂王；妲己於是設計要紂王挖比干之心，為自己療疾，事在第二十六回。而箕子之囚在八十九回，是因勸諫紂王剖孕婦之腹，以驗胎兒之陰陽，與史實稍有不同。

妲己之名見尚書牧誓注，及史記殷本紀，歷史上確有其人。得紂寵愛，唆使紂多行不義。晉語：「殷辛伐有蘇，有蘇氏以妲己女焉。」注：「有蘇，己姓之國，妲己其女也。」等到紂王失敗自焚而死，武王「以黃鉞斬紂頭，縣太白之旗。已而至紂之嬖妾二女，二女皆經自殺。武王……斬以玄鉞，縣其頭小白之旗。」（周本紀）二女中一是妲己。本書中妲己是蘇護之女，被狐狸精害死，借屍還魂。本是受女媧之命去迷惑紂，加速殷的滅亡；但因作惡太甚，殺人太多，為女媧所不容，也被處死刑。

伯邑考被紂所烹，確有其事，並非小說虛構。殷本紀正義引帝王世紀云：「（紂）囚文王，文王之長子曰伯邑考質於殷，為紂御，紂烹為羹賜文王。曰：『聖人當不食其子羹。』文王食之。紂曰：『誰謂西伯聖者，食其子羹尚不知也。』」

至於諸神，如元始天尊為道教之祖；廣成子、女媧娘娘、九天玄女，都是傳說中的神仙。封神作者逞其豐富的想像力，將釋道二教及傳說中的神仙聚集一書中，各施其無邊法力，助周滅紂，以表現其順天命的中心思想。而截教中人，多是畜生修成人形，他們逆天行事，爭強鬥狠，終致失敗。

此書對後世影響極大，地方戲劇以它作題材，電視、電影不斷搬演，其受歡迎之程度可見一斑。

回目

上冊

第一回　紂王女媧宮進香……一
第二回　冀州侯蘇護反商……九
第三回　姬昌解圍進妲己……二三
第四回　恩州驛狐狸死妲己……三二
第五回　雲中子進劍除妖……三九
第六回　紂王無道造炮烙……四六
第七回　費仲計廢姜皇后……五六
第八回　方弼方相反朝歌……六七
第九回　商容九間殿死節……八一
第十回　姬伯燕山收雷震……九〇
第十一回　羑里城囚西伯侯……九九

第十二回　陳塘關哪吒出世……………………………………一一〇
第十三回　太乙真人收石磯……………………………………一二〇
第十四回　哪吒現蓮花化身……………………………………一二九
第十五回　崑崙山子牙下山……………………………………一三九
第十六回　子牙火燒琵琶精……………………………………一四七
第十七回　紂王無道造蠆盆……………………………………一五六
第十八回　子牙諫主隱磻溪……………………………………一六四
第十九回　伯邑考進貢贖罪……………………………………一七四
第二十回　散宜生私通費尤……………………………………一八四
第二十一回　文王誇官逃五關……………………………………一九五
第二十二回　西伯侯文王吐子……………………………………二〇二
第二十三回　文王夜夢飛熊兆……………………………………二一一
第二十四回　渭水文王聘子牙……………………………………二二〇
第二十五回　蘇妲己請妖赴宴……………………………………二三三
第二十六回　妲己設計害比干……………………………………二三九
第二十七回　太師回兵陳十策……………………………………二四九

第二十八回　子牙兵伐崇侯虎……二五九
第二十九回　斬侯虎文王托孤……二六八
第　三　十　回　周紀激反武成王……二七七
第三十一回　聞太師驅兵追襲……二八七
第三十二回　黃天化潼關會父……二九五
第三十三回　黃飛虎泗水大戰……三〇二
第三十四回　飛虎歸周見子牙……三一一
第三十五回　晁田兵探西岐事……三二〇
第三十六回　張桂芳奉詔西征……三二八
第三十七回　姜子牙一上崑崙……三三七
第三十八回　四聖西岐會子牙……三四六
第三十九回　姜子牙氷凍岐山……三五六
第　四　十　回　四天王遇丙靈公……三六六
第四十一回　聞太師兵伐西岐……三七九
第四十二回　黃花山收鄧辛張陶……三八八
第四十三回　聞太師西岐大戰……三九七

第四十四回　子牙魂遊崑崙山……四〇六
第四十五回　燃燈議破十絕陣……四一八
第四十六回　廣成子破金光陣……四二八
第四十七回　公明輔佐聞太師……四三八
第四十八回　陸壓獻計射公明……四四九
第四十九回　武王失陷紅沙陣……四五九
第五十回　三姑計擺黃河陣……四六九
第五十一回　子牙劫營破聞仲……四七八
第五十二回　絕龍嶺聞仲歸天……四八七
第五十三回　鄧九公奉敕西征……四九五

下冊

第五十四回　土行孫立功顯耀……五〇五
第五十五回　土行孫歸伏西岐……五一四
第五十六回　子牙設計收九公……五二一
第五十七回　冀州侯蘇護伐西岐……五三五
第五十八回　子牙西岐逢呂岳……五四六

第五十九回　殷洪下山收四將……五五七
第　六　十　回　馬元下山助殷洪……五六七
第六十一回　太極圖殷洪絕命……五七七
第六十二回　張山李錦伐西岐……五八七
第六十三回　申公豹說反殷郊……五九七
第六十四回　羅宣火焚西岐城……六〇八
第六十五回　殷郊岐山受犁鋤……六一八
第六十六回　洪錦西岐城大戰……六二七
第六十七回　姜子牙金臺拜將……六三五
第六十八回　首陽山夷齊阻兵……六四七
第六十九回　孔宣兵阻金雞嶺……六五六
第　七　十　回　準提道人收孔宣……六六六
第七十一回　姜子牙三路分兵……六七五
第七十二回　廣成子三謁碧遊宮……六八四
第七十三回　青龍關飛虎折兵……六九四
第七十四回　哼哈二將顯神通……七〇四

第七十五回　土行孫盜騎陷身……七一五
第七十六回　鄭倫捉將取汜水……七二八
第七十七回　老子一氣化三清……七三九
第七十八回　三教會破誅仙陣……七四八
第七十九回　穿雲關四將被擒……七五九
第八十回　楊任大破瘟癀陣……七七〇
第八十一回　子牙潼關遇痘神……七八一
第八十二回　三教大會萬仙陣……七九二
第八十三回　三大士收伏獅象犼……八〇一
第八十四回　子牙兵取臨潼關……八一三
第八十五回　鄧芮二侯歸周主……八二六
第八十六回　澠池縣五岳歸天……八三九
第八十七回　土行孫夫妻陣亡……八四九
第八十八回　武王白魚躍龍舟……八五九
第八十九回　紂王敲骨剖孕婦……八六九
第九十回　子牙捉神荼鬱壘……八七九

第九十一回　蟠龍嶺燒鄔文化……八八七
第九十二回　楊戩哪吒收七怪……八九七
第九十三回　金吒智取遊魂關……九〇八
第九十四回　文煥怒斬殷破敗……九一八
第九十五回　子牙暴紂王十罪……九二八
第九十六回　子牙發柬擒妲己……九三七
第九十七回　摘星樓紂王自焚……九四五
第九十八回　周武王鹿臺散財……九五五
第九十九回　姜子牙歸國封神……九六七
第一百回　武王封列國諸侯……九八二

第一回　紂王女媧宮進香

混沌初分盤古先，太極兩儀四象懸。子天丑地人寅出，避除獸患有巢賢。
燧人取火免鮮食，伏羲畫卦陰陽前。神農治世嚐百草，軒轅禮樂婚姻聯。
少昊五帝民物阜，禹王治水洪波蠲。承平享國至四百，桀王無道乾坤顛。
日縱妹喜荒酒色，成湯造亳洗腥羶。放桀南巢拯暴虐，雲霓如願後蘇全❶。
三十一世傳殷紂❷，商家脈絡如斷弦。紊亂朝綱絕倫紀，殺妻誅子信讒言。
穢污宮闈寵妲己，蠆盆炮烙忠貞冤。鹿臺聚斂萬姓苦，愁聲怨氣應障天。
直諫剖心盡焚炙，孕婦刳剔朝涉殲。崇信姦回棄朝政，屏逐師保性何偏。
郊社不修宗廟廢，奇技淫巧盡心研。昵比罪人❸乃罔畏，沉酗肆虐如鶉鳶。

---

❶ 雲霓如願後蘇全：言百姓渴望湯來征伐，解救民困。即使後至，也能使所有百姓死而復甦，脫離苦難。孟子梁惠王：「書曰：『湯一征，自葛始，天下信之。東面而征西夷怨，南面而征北狄怨，曰：奚為後我？』民望之若大旱之望雲霓也。……民大悅。書曰：『徯我后，后來其蘇。』」

❷ 三十一世傳殷紂：從湯至紂共二十八世，此有誤。

❸ 昵比罪人：親近罪人。昵，音ㄋㄧˋ；比，音ㄅㄧˋ。都是親近之意。

西伯朝商囚羑里，微子抱器走風煙。皇天震怒降災毒，若涉大海無淵邊。
天下荒荒萬民怨，子牙出世人中仙。終日垂絲釣人主，飛熊入夢獵岐田。
共車載歸輔朝政，三分有二日相沿。文考未集大勳沒❹，武王善述日乾乾。
孟津大會八百國，取彼凶殘伐罪愆。甲子昧爽會牧野❺，前徒倒戈反回旋。
若崩厥角齊稽首❻，血流漂杵脂如泉。戎衣甫著天下定，更于成湯增光妍。
牧馬華山示偃武，開我周家八百年。太白旗懸獨夫首，戰亡將士幽魂潛。
天挺人賢號尚父，封神壇上列花箋。大小英靈尊位次，商周演義古今傳。

成湯乃黃帝之後也，姓子氏。初，帝嚳次妃簡狄祈于高禖❼，有玄鳥之祥，遂生契。契事唐虞為司徒，教民有功，封于商。傳十三世生太乙，是為成湯。聞伊尹耕于有莘之野，而樂堯舜之道，是個大賢，即時以幣帛，三遣使往聘之，而不敢用，進之于天子。桀王無道，信讒逐賢，而不能用，復歸之于湯。後桀王日事荒淫，殺直臣關龍逄，眾庶莫敢直言。湯使人哭之，桀王怒，囚湯于夏臺。後湯得釋而歸國。出郊，見人張網四面而祝之曰：「從天墜者，從地出者，從四方來者，皆罹吾網！」湯解其三面，止置

---

❹ 文考未集大勳沒：言文王伐紂，大功尚未成，而文王崩殂。書泰誓：「皇天震怒，命我文考，肅肅天威，大勳未集。」

❺ 甲子昧爽會牧野：書牧誓：「時甲子昧爽，王朝至於商郊牧野，乃誓。」牧，地名，在朝歌南，今河南省淇縣南。武王於甲子日，天將明未明之時，在商郊牧野會諸侯以伐紂。

❻ 若崩厥角齊稽首：言商民畏懼紂之暴虐，好像頭角崩摧了一般，因而歡迎武王之師，叩頭相迎。

❼ 高禖：同郊禖，神名。祭之以祈求後嗣。

一面，更祝曰：「欲左者左，欲右者右，欲高者高，欲下者下；不用命者乃入吾網！」漢南聞之曰：「湯德至矣！」歸之者四十餘國。

桀惡日暴，民不聊生。伊尹乃相湯伐桀，放桀于南巢。諸侯大會，湯退而就諸侯之位。諸侯皆推湯為天子。于是湯始即位，都于亳。元年乙未，湯在位，除桀虐政，順民所喜，遠近歸之。因桀無道，大旱七年，成湯祈禱于桑林，天降大雨。又以莊山之金鑄幣，救民之命。作樂大濩，濩者護也，言湯寬仁大德，能救護生民也。在位十三年而崩，壽百歲，享國六百四十年，傳至商受而止。

成湯　太甲　沃丁　太庚　小甲　雍己　太戊　仲丁　外壬　河亶甲

祖乙　祖辛　沃甲　祖丁　南庚　陽甲　盤庚　小辛　小乙　武丁

祖庚　祖甲　廩辛　庚丁　武乙　太丁　帝乙　紂王

紂王乃帝乙之三子也。帝乙生三子：長曰微子啟，次曰微子衍，三曰壽王。帝乙遊于御園，領眾文武玩賞牡丹，因飛雲閣塌了一梁，壽王托梁換柱，力大無比；因首相商容、上大夫梅伯、趙啟等，上本立東宮，乃立季子壽王為太子。後帝乙在位三十年而崩，托孤與太師聞仲，隨立壽王為天子，名曰紂王，都朝歌。文有太師聞仲，武有鎮國武成王黃飛虎；文足以安邦，武足以定國。中宮元配皇后姜氏，西宮妃黃氏，馨慶宮妃楊氏：三宮后妃，皆德性貞靜，柔和賢淑。紂王坐享太平，萬民樂業，風調雨順，國泰民安，四夷拱手，八方賓服，八百鎮諸侯盡朝于商。有四路大諸侯，率領八百小諸侯：東伯侯姜桓楚，居于東魯；南伯侯鄂崇禹，西伯侯姬昌，北伯侯崇侯虎。每一鎮諸侯領二百鎮小諸侯，共八百鎮諸侯屬商。

紂王七年，春二月，忽報到朝歌，反了北海七十二路諸侯袁福通等。太師聞仲奉敕征北。不題。一日，紂王早朝登殿，設聚文武。但見：

瑞靄紛紜，金鑾殿上坐君王；祥光繚繞，白玉堦前列文武。沉檀㸃叇噴金爐，則見那珠簾高捲；蘭麝氤氳籠寶扇，且看他雉尾低回。

天子問當駕官：「有奏章出班，無事朝散。」言未畢，只見右班中一人出班，俯伏金堦，高擎牙笏，山呼❽稱臣：「臣商容待罪宰相，執掌朝綱，有事不敢不奏。明日乃三月十五日，女媧娘娘聖誕之辰，請陛下駕臨女媧宮降香。」王曰：「女媧有何功德，朕輕萬乘而往降香？」商容奏曰：「女媧娘娘乃上古神女，生有聖德。那時共工氏頭觸不周山，天傾西北，地陷東南；女媧乃採五色石，煉之以補青天，故有功于百姓，黎庶立禋祀以報之。今朝歌祀此福神，則四時康泰，國祚綿長，風調雨順，災害潛消。此福國庇民之正神，陛下當往行香。」王曰：「准卿奏章。」紂王還宮，旨意傳出。次日天子乘輦，隨帶兩班文武，往女媧宮進香。此一回紂王不來還好，只因進香，惹得四海荒荒，生民失業。正所謂：「漫江撒下鉤和線，從此釣出是非來。」怎見得？有詩為證：

天子鑾輿出鳳城，旌旄瑞色映簪纓。龍光劍吐風雲色，赤羽幢搖日月精。
堤柳曉分仙掌露，溪花光耀翠裘清。欲知巡幸瞻天表，萬國衣冠拜聖明。

駕出朝歌南門，家家焚香設火，戶戶結綵鋪氈。三千鐵騎，八百御林，武成王黃飛虎保駕，滿朝文武隨行。前至女媧宮，天子離輦上殿，焚香爐中；文武隨班拜賀畢。紂王觀看殿中華麗，怎見得？

❽ 山呼：頌祝天子之詞。即呼萬歲，萬歲，萬萬歲。

殿前華麗，五彩金粧。金童對對執旛幢，玉女雙雙捧如意。玉鉤斜掛，半輪新月懸空；寶帳婆娑，萬對彩鸞朝斗。碧落床邊，俱是舞鶴翔鸞；沉香寶座，造就走龍飛鳳。飄飄奇彩異尋常，

金爐瑞靄；裊裊禎祥騰紫霧，銀燭輝煌。君王正看行宮景，一陣狂風透膽寒。

紂王正看此宮，殿宇齊整，樓閣豐隆。忽然一陣狂風，捲起帳幔，現出女媧聖像，容貌端麗，瑞彩翩翻，國色天姿，婉然如生。真是蕊宮仙子臨凡，月殿嫦娥下世。古語云：「國之將興，必有禎祥；國之將亡，必有妖孽。」紂王一見，神魂飄蕩，陡起淫心。自思：「朕貴為天子，富有四海，縱有六院三宮，並無有此艷色。」王曰：「取文房四寶。」侍駕官忙取將來，獻與紂王。天子深潤紫毫，在行宮粉壁之上，作詩一首：

鳳鸞寶帳景非常，盡是泥金巧樣粧。曲曲遠山飛翠色，翩翩舞袖映霞裳。

梨花帶雨爭嬌艷，芍藥籠煙騁媚粧。但得妖嬈能舉動，取回長樂侍君王。

天子作畢，只見首相商容啟奏曰：「女媧乃上古之正神，朝歌之福主。老臣請駕拈香，祈求福德，使萬民樂業，風調雨順，兵火寧息。今陛下作詩褻瀆聖明，毫無虔敬之誠，是獲罪于神聖，非天子巡幸祈請之禮。願主公以水洗之。恐天下百姓觀見，傳言聖上無有德政耳。」王曰：「朕看女媧之容，有絕世容姿，因作詩以讚美之，豈有他意？卿毋多言。況孤乃萬乘之尊，留與萬姓觀之，可見娘娘美貌絕世，亦見孤之遺筆耳。」言罷回朝。文武百官默默點首，莫敢誰何，俱鉗口而回。有詩為證：

鳳輦龍車出帝京，拈香釐祝女中英。只知祈福黎民樂，孰料吟詩萬姓驚。

目下狐狸為太后，眼前豺虎盡簪纓。上天垂象皆如此，徒令英雄歎不平。

天子駕回，陞龍德殿，百官朝賀而散。時逢望辰，三宮妃后朝君：中宮姜后，西宮黃妃，馨慶宮楊妃，朝畢而退。按下不表。

且言女媧娘娘降誕，三月十五日往火雲宮朝賀伏羲、炎帝、軒轅三聖而回。下得青鸞，坐于寶殿，玉女金童朝禮畢。娘娘猛擡頭，看見粉壁上詩句，大怒罵曰：「殷受無道昏君，不想修身立德以保天下，今反不畏上天，吟詩褻我，甚是可惡！我想成湯伐桀而王天下，享國六百餘年，氣數已盡；若不與他個報應，不見我的靈感。」即喚碧霞童子駕青鸞往朝歌一回。不題。

卻說二位殿下殷郊、殷洪來參謁父王。那殷郊後來是封神榜上值年太歲；殷洪是五穀神：皆有名神將。正行禮間，頂上兩道紅光沖天。娘娘正行時，被此氣擋住雲路。因望下一看，知紂王尚有二十八年氣運，不可造次，暫回行宮，心中不悅。喚彩雲童兒把後宮中金葫蘆取來，放在丹墀之下，揭去葫蘆蓋，用手一指。葫蘆中有一道白光，其大如椽，高四五丈有餘。白光之上，懸出一道旛來，光分五彩，瑞映千條，名曰招妖旛。不一時，悲風颯颯，慘霧迷迷，陰雲四合。風過數陣，天下群妖俱到行宮，聽候法旨。

娘娘吩咐彩雲：「著各處妖魔且退，只留軒轅墳中三妖伺候。」三妖進宮參謁，口稱：「娘娘聖壽無疆！」這三妖，一個是千年狐狸精，一個是九頭雉雞精，一個是玉石琵琶精，俯伏丹墀。娘娘曰：「三妖聽吾密旨：成湯王氣黯然，當失天下。鳳鳴岐山，西周已生聖主。天意已定，氣數使然。你三妖可隱其妖形，托身宮院，惑亂君心。俟武王伐紂，以助成功，不可殘害眾生。事成之後，使你等亦成正果。」娘娘吩咐已畢，三妖叩頭謝恩，化清風而去。正是：狐狸聽旨施妖術，斷送成湯六百年。有詩為證：

三月中旬駕進香，吟詩一首起飛殃；只知把筆施才學，不曉今番社稷亡。

按下女媧娘娘吩咐三妖不題。且言紂王只因進香之後，看見女媧美貌，朝暮思想，寒暑盡忘，寢食俱廢。每見六院三宮，真如塵飯土羹，不堪諦視，終朝將此事下放心懷，鬱鬱不樂。一日駕陞顯慶殿，時有常隨在側，紂王忽然猛省，著奉御宣中諫大夫費仲——乃紂王之倖臣，近因聞太師，奉敕平北海，大兵遠征，戍外立功，因此上就寵費仲、尤渾二人。此二人朝朝蠱惑聖聰❾，讒言獻媚，紂王無有不從。大抵天下將危，佞臣當道。不一時，費仲朝見。王曰：「朕因女媧宮進香，偶見其容顏艷麗，絕世無雙，三宮六院，無當朕意，將如之何？卿有何策，以慰朕懷？」費仲奏曰：「陛下乃萬乘之尊，富有四海，德配堯、舜，天下之所有，皆陛下之所有，何患不得？這有何難！陛下明日傳一旨，頒行四路諸侯：每一鎮選美女百名以充王庭。何憂天下絕色不入王選乎？」紂王大悅道：「卿所奏甚合朕意，明日早朝發旨。卿且暫回。」隨即命駕還宮。畢竟不知此後何如，且聽下回分解。

評

紂王無道，周書亟稱之。有曰：弗敬上天，降災下民。又曰：惟受罔有悛心，乃夷居，弗事上帝神祇。弗事猶可，今竟事而褻之，宜有滅亡之禍；獨恨首相容不能諫止，反逢迎此以開釁端，真該一棒打殺！

❾ 蠱惑聖聰：迷惑天子的耳目。蠱，音ㄍㄨˇ。

又評

好色者人人皆有是心，獨怪商紂好色，而思及土木偶人，可為真好，可為痴好。看來今人還當不起一好字，可笑！

第二回　冀州侯蘇護反商

丞相金鑾直諫君，忠肝義膽孰能群。早知侯伯來朝覲，空費傾葵紙上文。

話說紂王聽奏大喜，即時還宮。一宵經過，次日早朝，聚兩班文武朝賀畢。紂王便問當駕官：「即傳朕旨意，頒行四鎮諸侯，與朕每一鎮地方，揀選良家美女百名，不論富貴貧賤，只以容貌端正，情性和婉，禮度閒淑，舉止大方，以充後宮役使。」天子傳旨未畢，只見左班中一人應聲出奏，俯伏言曰：「老臣商容啟奏陛下：君有道則萬民樂業，不令而從。況陛下後宮美女，不啻千人，嬪御而上，又有妃后。今劈空欲選美女，恐失民望。臣聞：『樂民之樂者，民亦樂其樂；憂民之憂者，民亦憂其憂。』此時水旱頻仍，乃事女色，實為陛下不取也。故堯、舜與民偕樂，以仁德化天下，不事干戈，不行殺伐，景星耀天，甘露下降；鳳凰止于庭，芝草生于野；民豐物阜，行人讓路；犬無吠聲，夜雨晝晴，稻生雙穗：此乃有道興隆之象也。今陛下若取近時之樂，則目眩邪色，耳聽淫聲，沉湎酒色，遊于苑囿，獵于山林：此乃無道敗亡之象也。老臣待罪首相，位列朝綱，侍君三世，不得不啟陛下。臣願陛下進賢退不肖，修行仁義，通達道德，則和氣貫于天下，自然民富財豐，天下太平，四海雍熙，與民共享無窮之福。況今北海干戈未息，正宜修其德，愛其民，惜其財費，重其政令，雖堯、舜不過如是；又何必區區選侍，然後為樂哉？臣愚不識忌諱，望祈容納。」紂王沉思良久，道：「卿言甚善，朕即免行。」言罷，群臣退朝，聖駕還宮不題。

不意紂王八年，夏四月，天下四大諸侯，率領八百鎮朝覲於商。那四鎮諸侯，乃東伯侯姜桓楚，南伯侯鄂崇禹，西伯侯姬昌，北伯侯崇侯虎。天下諸侯俱進朝歌。此時太師聞仲不在都城，紂王寵用費仲、尤渾。各諸侯俱知二人把持朝政，擅權作威，少不得先以禮賄之，以結其心，正所謂「未去朝天子，先來謁相公。」內中有位諸侯，乃冀州侯，姓蘇名護。此人生得性如烈火，剛方正直，那裡知道奔競夤緣❶！平昔見稍有不公不法之事，便執法處分，不少假借，故此與二人俱未曾送有禮物。也是合當有事，那日二人查天下諸侯俱送有禮物，獨蘇護並無禮單，心中大怒，懷恨于心不題。

其日元旦吉辰，天子早朝，設聚兩班文武，眾官拜賀畢。黃門官啟奏：「陛下，今年乃朝賀之年，天下諸侯皆在午門外朝賀，聽候玉音發落。」紂王問首相商容，容曰：「陛下止可宣四鎮首領臣面君，採問民風土俗，淳龐澆兢，國治邦安；其餘諸侯，俱在午門外朝賀。」天子聞言大悅道：「卿言極善。」隨命黃門官傳旨：「宣四鎮諸侯見駕，其餘午門朝賀。」話說四鎮諸侯整齊朝服，輕搖玉佩，進午門，行過九龍橋，至丹墀，山呼朝拜畢，俯伏。王慰勞曰：「卿等與朕宣猷贊化，撫綏黎庶，鎮攝荒服，威遠寧邇，多有勤勞，皆卿等之功耳。朕心喜悅。」東伯侯奏曰：「臣等荷蒙聖恩，官居總鎮。臣等自叨執掌，日夜兢兢，常恐不克負荷，有辜聖心。縱有犬馬微勞，不過臣子分內事，尚不足報涓埃❷於萬一耳，又何勞聖心垂念！臣等不勝感激！」天子龍顏大喜，命首相商容、亞相比干於顯慶殿治宴相待。四

---

❶ 奔競夤緣：奔走權勢之門請託事情，亦即走門路。夤，音ㄧㄣˊ。

❷ 涓埃：涓為細流，埃為輕塵，用來比喻微少。杜甫詩：「未有涓埃答聖朝。」

臣叩頭謝恩，離丹墀前至顯慶殿，相序筵宴不題。

天子退朝至便殿，宣費仲、尤渾二人，問曰：「前卿奏朕，欲令天下四鎮大諸侯進美女，朕欲頒旨，又被商容諫止。今四鎮諸侯在此，明早召入，當面頒行。俟四人回國，以便揀選進獻，且免使臣往返。二卿意下若何？」費仲俯伏奏曰：「首相諫止採選美女，陛下當日容納，即行停旨，此美德也。臣下共知，眾庶共知，天下景仰。今一旦復行，是陛下不足以取信於臣民，竊以為不可。臣近訪得冀州侯蘇護有一女，豔色天姿，幽閒貞靜，若選進宮幃，隨侍左右，堪任役使。況選一人之女，又不驚擾天下百姓，自不動人耳目。」紂王聽言，不覺大悅道：「卿言極善！」即命隨侍官傳旨：「宣蘇護。」使命來至館驛傳旨：「宣冀州侯蘇護商議國政。」蘇護即隨使命至龍德殿朝見，禮畢，俯伏聽命。王曰：「朕聞卿有一女，德性幽閒，舉止中度，朕欲選侍後宮。卿為國戚，食其天祿，受其顯位，永鎮冀州，坐享安康，名揚四海，天下莫不欣羨。卿意下如何？」蘇護聽言，正色而奏曰：「陛下宮中，上有后妃，下至嬪御，不啻數千。妖冶嫵媚，何不足以悅王之耳目？乃聽左右諂諛之言，陷陛下于不義。況臣女蒲柳陋質❸，素不諳禮度，德容俱無足取。乞陛下留心邦本，速斬此進讒言之小人，使天下後世知陛下正心修身，納言聽諫，非好色之君，豈不美哉！」紂王大笑曰：「卿言甚不諳大體。自古及今，誰不願女作門楣？況女為后妃，貴敵天下；卿為皇親國戚，赫奕顯榮，孰過于此！卿毋迷惑，當自裁審。」蘇護聞言，不覺厲聲言曰：「臣聞人君修德勤政，則萬民悅服，四海景從，天祿永終。昔日有夏失政，淫荒酒色。惟我祖宗不邇聲色，不殖貨財，德懋懋官，功懋懋賞❹，克寬克仁，方能匡正有夏，彰信兆民，邦乃其昌，

❸ 蒲柳陋質：蒲柳，即水楊。因其零落最早，故用以比喻早衰之體質。此蘇護比喻其女鄙陋之資質。

永保天命。今陛下不取法祖宗，而效彼夏王，是取敗之道也。況人君愛色，必顛覆社稷；卿大夫愛色，必絕滅宗廟；士庶人愛色，必戕賊其身。且君為臣之標率，君不向道，臣下將化之，而朋比作奸❺，天下事尚忍言哉！臣恐商家六百餘年基業，必自陛下紊亂之矣。」

紂王聽蘇護之言，勃然大怒曰：「君命召，不俟駕；君賜死，不敢違；況選汝一女為后妃乎！敢以讜言忤旨，面折朕躬，以亡國之君匹朕，大不敬孰過于此！著隨侍官拿出午門，送法司勘問正法！」左右隨將蘇護拿下。轉出費仲、尤渾二人，上殿俯伏奏曰：「蘇護忤旨，本該勘問；但陛下因選侍其女，以致問罪，使天下聞之，道陛下輕賢重色，阻塞言路。不若赦之歸國，彼感皇上不殺之恩，自然將此女進貢宮闈，以侍皇上。庶百姓知陛下寬仁大度，納諫容流，而保護有功之臣。是一舉兩得之意。願陛下准臣施行。」紂王聞言，天顏少霽：「依卿所奏。即降赦，令彼還國，不得久羈朝歌。」

話說聖旨一下，迅如烽火，即催逼蘇護出城，不容停止。那蘇護辭朝回至驛亭，眾家將接見慰問：「聖上召將軍進朝，有何商議？」蘇護大怒，罵曰：「無道昏君，不思量祖宗德業，寵信讒臣諂媚之言，欲選吾女進宮為妃。此必是費仲、尤渾以酒色迷惑君心，欲專朝政。我聽旨不覺直言諫諍，昏君道我忤旨，拿送法司。二賊子又奏昏君，赦我歸國。諒我感昏君不殺之恩，必將吾女送進朝歌，以遂二賊奸計。我想聞太師遠征，二賊弄權，眼見昏君必荒淫酒色，紊亂朝政；天下荒荒，黎民倒懸；可憐成湯社稷化為烏有。我自思：若不將此女進貢，昏君必興問罪之師；若要送此女進宮，以後昏君失德，使天下人恥

❹ 德懋懋官二句：懋，音ㄇㄠˋ，勉勵。謂努力修德者，則以加官進爵鼓勵他；努力建功者，則以賞賜嘉勉他。

❺ 朋比作奸：結黨做壞事。

笑我不智。諸將必有良策教我。」眾將聞言，齊曰：「吾聞君不正則臣投外國。今主上輕賢重色，眼見昏亂，不若反出朝歌，自守一國，上可以保宗社，下可以保身家。」此時蘇護正在盛怒之下，一聞此言，不覺性起，竟不思維，便曰：「大丈夫不可做不明白事。」叫左右：「取文房四寶來，題詩在午門牆上，以表我永不朝商之意。」詩曰：

君壞臣綱，有敗五常。冀州蘇護，永不朝商！

蘇護題了詩，領家將逕出朝歌，奔本國而去。

且言紂王見蘇護當面折諍一番，不能遂願。雖准費、尤二人所奏，「不知彼可能將女進貢深宮，以遂朕于飛之樂？」正躊躇不悅，只見看午門內臣俯伏奏曰：「臣在午門，見牆上蘇護題有反詩十六字，不敢隱匿，伏乞聖裁。」隨侍接詩鋪在御案上。紂王一見，大罵：「賊子如此無禮！朕體上天好生之德，不殺鼠賊，赦令歸國，彼反寫詩午門，大辱朝廷，罪在不赦！」即命：「宣殷破敗、晁田、魯雄等，統領六師，朕須親征，必滅其國！」當駕官隨宣魯雄等見駕。不一時，魯雄等朝見，禮畢。王曰：「蘇護反商，題詩午門，甚辱朝綱，情殊可恨，法紀難容。卿等統人馬廿萬為先鋒；朕親率六師，以聲其罪。」

魯雄聽罷，低首暗思：「蘇護乃忠良之士，素懷忠義，何事觸忤天子，自欲親征？冀州休矣！」魯雄為蘇護俯伏奏曰：「蘇護得罪於陛下，何勞御駕親征？況且四大鎮諸侯俱在都城，尚未歸國，陛下可點一二路征伐，以擒蘇護，明正其罪，自不失撻伐之威。何必聖駕遠事其地？」紂王問曰：「四侯之內誰可征伐？」費仲在旁，出班奏曰：「冀州乃北方崇侯虎屬下，可命侯虎征伐。」紂王即准施行。魯雄在側自思：「崇侯虎乃貪鄙暴橫之夫，提兵遠征，所經地方，必遭殘害，黎庶何以得安？現有西伯姬昌，仁德四布，信義素著。何不保舉此人，庶幾兩全！」紂王方命傳旨，魯雄奏曰：「侯虎雖鎮北地，恩信尚未孚于人，恐此行未能伸朝廷威德。不如西伯姬昌，仁義素聞。陛下若假以節鉞❻，自不勞矢石，可擒蘇護，以正其罪。」紂王思想良久，俱准奏。特旨令二侯秉節鉞，得專征伐。使命持旨到顯慶殿宣讀不題。

只見四鎮諸侯與二相飲宴未散，忽報「旨意下」，不知何事。天使曰：「西伯侯、北伯侯接旨。」二侯出席接旨，跪聽宣讀：

> 詔曰：朕聞冠履之分維嚴，事使之道無兩。故君命召，不俟駕；君賜死，不敢違命，乃所以隆尊卑，崇任使也。茲不道蘇護，狂悖無禮，立殿忤君，紀綱已失；被赦歸國，不思自新，輒敢寫詩午門，安心叛主，罪在不赦。賜爾姬昌等節鉞，便宜行事。往懲其忤，毋得寬縱，罪有攸歸。故茲詔示汝往，欽哉。謝恩。

天使讀畢，二侯謝恩平身。姬昌對二丞相、三侯伯言曰：「蘇護朝商，未進殿庭，未參聖上；今詔旨有『立殿忤君』，不知此語何來？且此人素懷忠義，累有軍功。午門題詩，必有詐偽。天子聽信何人之言，欲伐有功之臣？恐天下諸侯不服。望二位丞相明日早朝見駕，請察其詳。蘇護所得何罪？果言而正，伐之可也；倘言而不正，合當止之。」比干言曰：「君侯之言是也。」崇侯虎在旁言曰：「『王言如絲，其出如綸。』今詔旨已出，誰敢抗違？況蘇護題詩午門，必然有據，天子豈無故而發此難端？今諸侯八百，

---

❻ 節鉞：符節與斧鉞。節為用旄牛尾裝飾之符信，鉞為大斧。古代派兵征討時，天子將此二物授給大將，以示威信。

俱不遵王命，大肆猖獗。是王命不能行于諸侯，乃取亂之道也。」

姬昌曰：「公言雖善，是執其一端耳。不知蘇護乃忠良君子，素秉丹誠，忠心為國，教民有方，治兵有法，數年以來，並無過失。今天子不知為誰人迷惑，興師問罪于善類。此一節恐非國家之祥瑞。只願當今不事干戈，不行殺伐，共樂堯天。況兵乃凶象，所經地方，必有驚擾之虞。且勞民傷財，窮兵黷武，師出無名，皆非盛世所宜有者也。」崇侯虎曰：「公言固是有理，獨不思君命所差，概不由己？且煌煌天語，誰敢有違，以自取欺君之罪？」昌曰：「既如此，公可領兵前行，我兵隨後便至。」當時各散。西伯便對二丞相言：「侯虎先去，姬昌暫回西岐，領兵續進。」遂各辭散不題。次日崇侯虎下教場，整點人馬，辭朝起行。

且言蘇護離了朝歌，同眾士卒，不一日回到冀州。護之長子蘇全忠率領諸將出郭迎接。其時父子相會進城，帥府下馬。眾將到殿前見畢。護曰：「當今天子失政，天下諸侯朝覲，不知那一個奸臣，暗奏吾女姿色，昏君宣吾進殿，欲將吾女選立宮妃。彼時被我當面諫諍，不意昏君大怒，將我拿問忤旨之罪。當有費仲、尤渾二人保奏，將我赦回，欲我送女進獻。彼時心甚不快，偶題詩句于午門而反商。此回昏君必點諸侯前來問罪。眾將官聽令：且將人馬訓練，城垣多用滾木砲石，以防攻打之虞。」諸將聽令，日夜提防，不敢稍懈，以待廝殺。話說崇侯虎領五萬人馬，即日出兵，離了朝歌，望冀州進發。但見：

轟天砲響，振地鑼鳴。轟天砲響，汪洋大海起春雷；振地鑼鳴，萬仞山前丟霹靂。旛幢招展，三春楊柳交加；號帶飄揚，七夕彩雲蔽日。刀鎗閃灼，三冬瑞雪重鋪；劍戟森嚴，九月秋霜蓋地。騰騰殺氣鎖天台，隱隱紅雲遮碧岸。十里汪洋波浪滾，一座兵山出土來。

大兵正行，所過州府縣道，非止一日。前哨馬來報：「人馬已至冀州，請千歲軍令定奪。」侯虎傳令安營。怎見得：

東擺蘆葉點鋼鎗，南擺月樣宣花斧，西擺馬閘鴈翎刀，北擺黃花硬柄弩，中央戊己按勾陳，殺氣離營四十五。轅門下按九宮星，大寨暗藏八卦譜。

侯虎安下營寨，早有報馬報進冀州。蘇護問曰：「是那路諸侯為將？」探事回曰：「乃北伯侯崇侯虎。」蘇護大怒曰：「若是別鎮諸侯，還有他議；此人素行不道，斷不能以禮解釋。不若乘此大破其兵，以振軍威，且為萬姓除害。」傳令：「點兵出城廝戰！」眾將聽令，各整軍器出城，一聲砲響，殺氣振天。城門開處，將軍馬一字擺開。蘇護大叫曰：「傳將進去，請主將轅門答話！」探事馬飛報進營。侯虎傳令整點人馬。只見門旗開處，侯虎坐逍遙馬，統領眾將出營，展兩杆龍鳳繡旗。後有長子崇應彪壓住陣腳。蘇護見侯虎飛鳳盔，金鎖甲，大紅袍，玉束帶，紫驊騮，斬將大刀擔于鞍韂之上。蘇護一見，馬上欠身曰：「賢侯別來無恙。不才甲冑在身，不能全禮。今天子無道，輕賢重色，不思量留心邦本，聽讒佞之言，強納臣子之女為妃，荒淫酒色，不久天下變亂。不才自各守邊疆，賢侯何故興此無名之師？」崇侯聽言大怒曰：「你忤逆天子詔旨，題反詩于午門，是為賊臣，罪不容誅。今奉詔問罪，當早肘膝轅門❼，尚敢巧語支吾，持兵貫甲，以騁其強暴哉！」崇侯回顧左右：「誰與我擒此逆賊？」言未了，左哨下有一將，頭帶鳳翅盔，黃金甲，大紅袍，獅蠻帶，青驄馬，厲聲而言曰：「待末將擒此叛賊！」連人帶馬滾至軍前。這壁廂有蘇護之子蘇全忠，見那陣上一將當先，斜刺裡縱馬搖戟曰：「慢來！」全忠

❼ 肘膝轅門：俯伏轅門請罪。

認得是偏將梅武。梅武曰：「蘇全忠，你父子反叛，得罪天子，尚不倒戈服罪，而強欲抗天兵，是自取滅族之禍矣。」全忠拍馬搖戟，劈胸來刺。梅武手中斧劈面相迎。但見：

二將陣前交戰，鑼鳴鼓響人驚。該因世上動刀兵，致使英雄相馳騁。這個那分上下，那個兩眼難睜。你拿我，凌煙閣❽上標名；我捉你，丹鳳樓前畫影。

斧來戟架，繞身一點鳳搖頭；戟去斧迎，不離腮邊過頂額。兩馬相交，二十回合，早被蘇全忠一戟刺梅武于馬下。蘇護見子得勝，傳令擂鼓。冀州陣上大將趙丙、陳季貞縱馬掄刀殺將來。一聲喊起，只殺的愁雲蕩蕩，旭日輝輝，尸橫遍野，血濺成渠。侯虎麾下金葵、黃元濟、崇應彪且戰且走，敗至十里之外。

蘇護傳令鳴金收兵，回城到帥府，昇殿坐下，賞勞有功諸將曰：「今日雖大破一陣，彼必整兵復讎；不然定請兵益將，冀州必危，如之奈何？」言未畢，副將趙丙上前言曰：「君侯今日雖勝，而征戰似無已時。前者題反詩，今日殺軍斬將，拒敵王命，此皆不赦之罪。況天下諸侯，非止侯虎一人；倘朝廷盛怒之下，又點幾路兵來，冀州不過彈丸之地，誠所謂『以石投水』，立見傾危。若依末將愚見，一不做，二不休。侯虎新敗，不過十里遠近，乘其不備，人啣枚，馬摘鑾，暗劫營寨，殺彼片甲不存，方知我等利害。然後再尋那一路賢良諸侯，依附于彼，庶可進退，亦可以保全宗社。不知君侯尊意何如？」

蘇護聞言大悅，曰：「公言甚善，正合吾意。」即傳令，命子全忠領三千人馬，出西門十里五崗鎮埋伏。全忠領命而去。陳季貞統左營，趙丙統右營，護自統中營。時值黃昏之際，捲旛息鼓，人皆啣枚，馬皆摘鑾，聽砲為號。諸將聽令不表。

---

❽ 凌煙閣：唐宮殿名。唐太宗在閣中繪功臣二十四人之畫像。此以喻戰勝，則可立功，名垂青史。

且言崇侯虎恃才妄作，提兵遠伐，孰知今日損軍折將，心甚羞慚。只得將敗殘軍兵收聚，扎下行營，納悶中軍，鬱鬱不樂。對眾將曰：「吾自行軍，征伐多年，未嘗有敗；今日折了梅武，損了三軍，如之奈何？」旁有大將黃元濟諫曰：「君侯豈不知勝敗乃兵家常事？想西伯侯大兵不久即至，破冀州如反掌耳。君侯且省愁煩，宜當保重。」侯虎軍中置酒，眾將歡飲不題。有詩為證：

侯虎提兵事遠征，冀州城外駐行旌。三千鐵騎摧殘後，始信當年浪得名。

且言蘇護把人馬暗暗調出城來，只待劫營。時至初更，已行十里。探馬報與蘇護，護即傳令將號砲點起。一聲響亮，如天崩地塌；三千鐵騎，一齊發喊，衝殺進營。如何抵當？好生利害！怎見得：

黃昏兵到，黑夜軍臨。黃昏兵到，沖開隊伍怎支持？黑夜軍臨，撞倒寨門焉可立？人聞戰鼓之聲，惟知倉惶奔走；馬聽轟天之炮，難分南北東西。刀鎗亂刺，那明上下交鋒？將士相迎，豈知自家別個！濃睡軍東沖西走，未醒將怎著頭盔？先行官不及鞍馬，中軍帥赤足無鞋。圍子手東三西四，拐子馬南北奔逃。劫營將驍如猛虎，沖寨軍矯似遊龍。著刀的連肩拽背，著鎗的兩臂流紅。逢劍的砍開甲胄，遇斧的劈破天靈。人撞人，自相踐踏；馬撞馬，遍地尸橫。著傷軍哀哀叫苦，中箭將咽咽悲聲。棄金鼓旛幢滿地，燒糧草四野通紅。只知道奉命征討，誰指望片甲無存！愁雲直上九重天，一派敗兵隨地擁。

只見三路雄兵，人人勇敢，個個爭先；一片喊殺之聲，沖開七層圍子，撞倒八面虎狼。單言蘇護，一騎馬，一條鎗，直殺入陣來，捉拿崇侯虎。左右營門，喊聲振地。崇侯虎正在夢中，聞見殺聲，披袍而起，上馬提刀，沖出帳來。只見燈光影裡，看蘇護金盔金甲，大紅袍，玉束帶，青驄馬，火龍鎗，大叫曰：

「侯虎休走！速下馬受縛！」撚手中鎗劈心刺來。侯虎著慌，將手中刀對面來迎，兩馬交鋒。正戰時，只見這崇侯虎長子應彪，帶領金葵、黃元濟殺將來助戰。崇營左糧道門趙丙殺來，右糧道門陳季貞殺來。兩家混戰，夤夜交兵。怎見得：

征雲籠地戶，殺氣鎖天關。天昏地暗排兵，月下星前布陣。四下裡齊舉火把，八方處亂滾燈毬。那營裡數員戰將廝殺，這營中千匹戰馬如龍。燈影戰馬，火映征夫。燈影戰馬，千條烈焰照貔貅；火映征夫，萬道紅霞籠獬豸。開弓射箭，星前月下吐寒光；轉背掄刀，燈裡火中生燦爛。鳴金小校，懨懨二目竟難睜；擂鼓兒郎，漸漸雙手不能舉。刀來鎗架，馬蹄下人頭亂滾；劍去戟迎，頭盔上血水淋漓。鎚鞭並舉，燈前小校盡傾生；斧鐧傷人，目下兒郎都喪命。喊聲振地自相殘，哭泣蒼天連叫苦。只殺得滿營炮響沖霄漢，星月無光斗府迷。

話說兩家大戰，蘇護有心劫營，崇侯虎不曾防備，冀州人馬，以一當十。金葵正戰，早被趙丙一刀砍于馬下。侯虎見勢不能支，且戰且走。有長子應彪保父，殺一條路逃走，好似喪家之犬，漏網之魚。冀州人馬，凶如猛虎，惡似豺狼，只殺的尸橫遍野，血滿溝渠。急忙奔走，夜半更深，不認路途而行，只要保全性命。蘇護趕殺侯虎敗殘人馬約二十餘里，傳令鳴金收軍。蘇護得全勝回冀州。

單言崇侯虎父子，領敗兵迤邐望前正走，只見黃元濟、孫子羽催後軍趕來，並馬而行。侯虎在馬上叫眾將言曰：「吾自提兵以來，未嘗大敗；今被逆賊暗劫吾營，黑夜交兵，未曾準備，以致損折軍將，此恨如何不報！吾想西伯侯姬昌自在安然，違逆旨意，按兵不動，坐觀成敗，真是可恨！」長子應彪答曰：「軍兵新敗，銳氣已失，不如按兵不動，遣一軍催西伯侯起兵，前來接應，再作區處。」侯虎曰：

「我兒所見甚明。到天明收住人馬，再作別議。」言未畢，一聲炮響，喊殺連天。只聽得叫：「崇侯虎快快下馬受死！」侯虎父子、眾將急向前看時，見一員小將，束髮金冠，金抹額，雙搖兩根雉尾，大紅袍，金鎖甲，銀合馬，畫杆戟，面如滿月，唇若塗硃，厲聲大罵：「崇侯虎，吾奉父親之命，在此候爾多時。可速倒戈受死！還不下馬，更待何時？」侯虎大罵曰：「好賊子！你父子謀反，忤逆朝廷，殺了朝廷命官，傷了天子軍馬，罪業如山。寸磔汝尸，尚不足以贖其辜。偶爾貪夜中賊奸計，輒敢在此耀武揚威，大言不慚。不日天兵一到，汝父子死無葬身之地。誰與我拿此反賊？」黃元濟縱馬舞刀，直取蘇全忠。全忠用手中戟對面相還，兩馬相交，一場大戰：

刮地寒風聲颯颯，滾滾征塵飛紫雪。咇咇撥撥馬蹄鳴，叮叮噹噹袍甲結。齊心刀砍錦征袍，舉意鎗刺連環甲。只殺的搖旗小校手連顛，擂鼓兒郎槌亂匝。

二將酣戰，正不分勝負，孫子羽縱馬舞叉，雙戰全忠。全忠大喝一聲，刺子羽於馬下。全忠復奮勇來戰侯虎。侯虎父子雙迎上來，戰住全忠。全忠抖擻神威，好似弄風猛虎，攪海蛟龍，戰住三將。正戰間，全忠賣個破綻，一戟把崇侯虎護腿金甲挑下了半邊。侯虎大驚，將馬一夾，跳出圍來，往外便走。崇應彪見父親敗走，意急心忙，慌了手腳，不提防被全忠當心一戟刺來。應彪急閃時，早中左臂，血淋袍甲，幾乎落馬。眾將急上前架住，救得性命，望前逃走。全忠欲要追趕，又恐黑夜之間不當穩便，只得收了人馬進城。此時天色漸明，兩邊來報蘇護。護令長子到前殿問曰：「可曾拿了那賊？」全忠答曰：「奉父親將令，在五崗鎮埋伏，至半夜敗兵方至。孩兒奮勇刺死孫子羽，挑崇侯虎護腿甲，傷崇應彪左臂，幾乎落馬，被眾將救逃。奈黑夜不敢造次追趕，故此回兵。」蘇護曰：「好了這老賊！孩兒且自安息。」

不題。不知崇侯虎往何路借兵？且聽下回分解。

評

君臣原以道合，紂王一為好色之言所動，致令蘇護反商，尋動干戈，生民塗炭；卒至社稷不守，四海分崩，其害莫可勝言！書曰：「惟口出好興戎。」良有以也。

又評

兵家致勝，先自知己知彼。崇侯虎恃勇而敗，敗後不自提防，致有全軍覆沒，折兵損將之恥。尚不自反，而猶致怨西伯，可謂下愚不移！

第三回 姬昌解圍進妲己

崇君奉敕伐諸侯，智淺謀庸枉怨尤。白晝調兵輸戰策，黃昏劫寨失前籌。
從來女色多亡國，自古權奸不到頭。豈是紂王求妲己，應知天意屬東周。

話說崇侯虎父子帶傷，奔走一夜，不勝困乏；急收聚敗殘人馬，十停止存一停❶，俱是帶著重傷。侯虎一見眾軍，不勝傷感。黃元濟轉上前曰：「君侯何故感歎？勝負軍家常事，昨夜偶未提防，誤中奸計。君侯且將殘兵暫行劄住，可發一道催軍文書往西岐，催西伯速調兵馬前來，以便截戰。一則添兵相助，二則可復今日之恨耳。不知君侯意下如何？」侯虎聞言，沉吟曰：「姬昌按兵不舉，坐觀成敗，我今又去催他，反便宜了他一個違逆聖旨罪名。」正遲疑間，只聽前邊人馬大隊而來。崇侯虎不知何處人馬，駭得魂不附體，魄遶空中。急自上馬望前看時，只見兩杆旗旛開處，見一將面如鍋底，海下赤髯，兩道白眉，眼如金鈴，帶九雲烈焰飛獸冠，身穿鎖子連環甲，大紅袍，腰繫白玉帶，騎火眼金睛獸，用兩柄湛金斧。此人乃崇侯虎兄弟崇黑虎也，官拜曹州侯。侯虎一見是親弟黑虎，其心方安。黑虎曰：「聞長兄兵敗，特來相助。不意此處相逢，實為萬幸。」崇應彪馬上亦欠身稱謝：「叔父，有勞遠涉。」黑虎曰：「小弟此來，與長兄合兵，復往冀州，弟自有處。」彼時大家合兵一處。

❶ 十停止存一停：俗謂數之成數為停，此即十分只剩一分。

崇黑虎只有三千飛虎兵在先，後隨二萬有餘人馬，復到冀州城下安營，曹州兵在先，吶喊叫戰。

冀州報馬飛報蘇護：「今有曹州崇黑虎兵至城下，請爺軍令定奪。」蘇護聞報，低頭默默無語。半晌，言曰：「黑虎武藝精通，曉暢玄理，滿城諸將皆非對手，如之奈何？」左右諸將聽護之言，不知詳細。只見長子全忠上前曰：「『兵來將擋，水來土壓』，諒一崇黑虎有何懼哉！」護曰：「汝年少不諳事體，自負英勇；不知黑虎曾遇異人傳授道術，百萬軍中取上將首級，如探囊中之物。不可輕覷。」全忠大叫曰：「父親長他人銳氣，滅自己威風。孩兒此去，不生擒黑虎，誓不回來見父親之面！」護曰：「汝自取敗，勿生後悔。」全忠那裡肯住？翻身上馬，開放城門，一騎當先，厲聲高叫：「探馬的！與我報進中軍，叫崇黑虎與我打話！」

藍旗忙報與二位主帥得知：「外有蘇全忠討戰。」黑虎暗喜曰：「吾此來，一則為長兄兵敗，二則為蘇護解圍，以全吾友誼交情。」令左右備坐騎，即翻身來至軍前。見全忠馬上耀武揚威。黑虎曰：「全忠賢侄，你可回去，請你父親出來，我自有話說。」全忠乃年幼之人，不諳事體；又聽父親說黑虎梟勇，焉肯善回？乃大言曰：「崇黑虎，我與你勢成敵國，我父親又與你論甚交情？速倒戈收軍，饒你性命；不然悔之晚矣！」黑虎大怒曰：「小畜生焉敢無禮！」舉湛金斧劈面砍來。全忠將手中戟急架相還。獸馬相交，一場惡戰。怎見得：

二將陣前尋鬥賭，兩下交鋒誰敢阻？這個似搖頭獅子下山崗，那個如擺尾狻猊尋猛虎。這一個真心要定錦乾坤，那一個實意欲把江山補。從來惡戰幾千番，不似將軍真英武。

二將大戰冀州城下。蘇全忠不知崇黑虎幼拜截教真人為師，秘授一個葫蘆，背伏在脊背上，有無限神通。

全忠只倚平生勇猛，又見黑虎用的是短斧，不把黑虎放在心上。眼底無人，自逞己能，欲要擒獲黑虎，遂把平日所習武藝盡行使出。戟有尖有枝，九九八十一進步，七十二開門，騰、挪、閃、讓、遲、速、收、放。怎見好戟：

能工巧匠費經營，老君爐裡煉成兵，造出一根銀尖戟，安邦定國正乾坤。黃旛展，三軍害怕；豹尾動，戰將心驚；沖行營，猶如大蟒；踏大寨，虎蕩羊群。休言鬼哭與神號，多少兒郎輕喪命。全憑此寶安天下，畫戟長旛定太平。

蘇全忠使盡平生精力，把崇黑虎殺了一身冷汗。黑虎歎曰：「蘇護有子如此，可謂佳兒。真是將門有種！」黑虎把斧一晃，撥馬便走。就把蘇全忠在馬上笑了一個腰軟骨酥：「若聽俺父親之言，竟為所誤。誓拿此人，以滅我父之口。」放馬趕來，那裡肯捨。緊走緊趕，慢走慢追。全忠定要成功，往前趕有多時。黑虎聞腦後金鈴響處，回頭見全忠趕來不捨，忙把脊梁上紅葫蘆頂揭去，念念有詞。只見葫蘆裡邊一道黑煙冒出，化開如網羅大小，黑煙中有噫啞之聲，遮天映日飛來。乃是鐵嘴神鷹，張開口，劈面啄來。全忠只知馬上英雄，那曉得黑虎異術？急展戟護其身面，坐下馬早被神鷹一嘴把眼啄了，那馬跳將起來，把蘇全忠跌了個金冠倒躅，鎧甲離鞍，撞下馬來。

黑虎傳令：「拿了！」眾軍一擁向前，把蘇全忠綁縛二臂。黑虎掌得勝鼓回營，轅門下馬。探馬報崇侯虎：「二老爺得勝，生擒反臣蘇全忠，轅門聽令。」侯虎傳令：「請！」黑虎上帳，見侯虎，口稱：「長兄，小弟擒蘇全忠已至轅門。」侯虎喜不自勝，傳令推來。不一時把全忠推至帳前。蘇全忠立而不跪。侯虎大罵曰：「賊子，今已被擒，有何理說？尚敢倔強抗體！前夜五崗鎮那樣英雄，今日惡貫滿盈，推出斬首示眾！」全忠厲聲大罵曰：「要殺就殺，何必作此威福！我蘇全忠視死輕如鴻毛，只不忍你一班奸賊，蠱惑聖聰，陷害萬民，將成湯基業被你等斷送了。但恨不能生啖你等之肉耳！」侯虎大怒，罵曰：「黃口孺子！今已被擒，尚敢簧舌！」速令推出斬之。方欲行刑，轉過崇黑虎言曰：「長兄暫息雷霆。蘇全忠被擒，雖則該斬，奈他父子皆係朝廷犯官，前聞旨意，拿解朝歌，以正國法。況且護有女妲己，姿色甚美，倘天子終有憐惜之意，一朝赦其不臣之罪，那時歸罪于我等，是有功而反為無功也。且姬昌未至，我兄弟何苦任其咎？不若且將全忠囚禁後營，破了冀州，擒護滿門，解入朝歌，請旨定奪，方是上策。」侯虎曰：「賢弟之言極善。只是好了這反賊耳。」傳令設宴，「與你二爺賀功。」按下不表。

且言冀州探馬報與蘇護：「長公子出陣被擒。」護曰：「不必言矣。此子不聽父言，自恃己能，今日被擒，理之當然。但吾為豪傑一場，今親子被擒，強敵壓境，冀州不久為他人所有，卻為何來！只因生了妲己，昏君聽信讒佞，使我滿門受禍，黎庶遭殃，這都是我生此不肖之女，以遭此無窮之禍耳。倘久後此城一破，使我妻女擒往朝歌，露面拋頭，尸骸殘暴，惹天下諸侯笑我為無謀之輩，不若先殺妻女，然後自刎，庶幾不失丈夫之所為。」蘇護十分煩惱，仗劍走進後廳，只見小姐妲己，盈盈笑臉，微吐朱唇，口稱：「爹爹，為何提劍進來？」蘇護一見妲己，乃親生之女，又非讎敵，此劍焉能舉的起！蘇護不覺含淚點頭言曰：「冤家！為你，兄被他人所擒，城被他人所困，父母被他人所殺，宗廟被他人所有，生了你一人，斷送我蘇氏一門！」正感歎間，只見左右擊雲板，請老爺升殿。「崇黑虎索戰。」護傳令：「各城門嚴加防守，準備攻打。崇黑虎有異術，誰敢拒敵？」急令眾將上城，支起弓弩，架起信砲、灰瓶、滾木之類，一應完全。

黑虎在城下暗想：「蘇兄，你出來與我商議，方可退兵，為何懼我，反不出戰，這是何說？」沒奈何，暫且回兵。報馬報與侯虎。侯虎即請。黑虎上帳坐下，就言蘇護閉門不出。侯虎曰：「可架雲梯攻打。」黑虎曰：「不必攻打，徒費心力。今只困其糧道，使城內百姓不得接濟，則此城不攻自破矣。長兄可以逸待勞，俟西伯侯兵來，再作區處。」按下不題。

且言蘇護在城內，並無一籌可展，一路可投，真為束手待斃。正憂悶間，忽聽來報：「啟君侯，督糧官鄭倫候令。」護歎曰：「此糧雖來，實為無益。」急叫：「令來。」鄭倫到滴水簷前，欠身行禮畢。倫曰：「末將路聞君侯反商，崇侯奉旨征討，因此上末將心懸兩地，星夜奔回。但不知君侯勝負如何？」蘇護曰：「昨因朝商，昏君聽信讒言，欲納吾女為妃；吾以正言諫諍，致觸昏君，便欲問罪。不意費、尤二人將計就計，赦吾歸國，使吾自進其女。吾因一時暴躁，題詩反商。今天子命崇侯虎伐吾，連贏他二三陣，損軍折將，大獲全勝。不意曹州崇黑虎將吾子全忠拿去。吾想黑虎身有異術，勇冠三軍，吾非敵手。今天下諸侯八百，我蘇護不知往何處投託？自思至親不過四人，長子今已被擒，不若先殺妻女，然後自盡，庶不使天下後世取笑。汝眾將可收拾行裝，往投別處，莫誤公等之前程耳。」蘇護言罷，不勝悲泣。鄭倫聽言，大叫曰：「君侯今日是醉了？迷了？痴了？何故說出這等不堪言語！天下諸侯有名者：西伯姬昌，東伯姜桓楚，南伯鄂崇禹，總八百鎮諸侯，一齊都到冀州，也不在我鄭倫眼角之內。何苦自視卑弱如此？末將自幼相從君侯，荷蒙提挈，玉帶垂腰；末將願效駑駘，以盡犬馬❷。」蘇護聽倫之言，對眾將曰：「此人催糧，路逢邪氣，口裡亂談。且不但天下八百鎮諸侯，只這崇黑虎曾拜異人，

❷ 願效駑駘二句：駑駘是劣馬，犬馬供人驅使。此句意謂願盡淺薄之才能，以供驅使。

所傳道術，神鬼皆驚；胸藏韜略，萬人莫敵。你如何輕視此人？」只見鄭倫聽罷，按劍大叫曰：「君侯在上，末將不生擒黑虎來見，把項上首級納于眾將之前！」言罷，不由軍令，翻身出府，上了火眼金睛獸，使兩柄降魔杵，放砲開城，排開三千烏鴉兵，像一塊烏雲捲地。及至營前，厲聲高叫曰：「只叫崇黑虎前來見我！」

崇營探馬報入中軍：「啟二位老爺：冀州有一將，請二爺答話。」黑虎欠身曰：「待小弟一往。」調本部三千飛虎兵，一對旗旛開處，黑虎一人當先。見冀州城下有一簇人馬，按北方壬癸水，如一片烏雲相似。那一員將，面如紫棗，鬚似金針，帶九雲烈焰冠，大紅袍，金鎖甲，玉束帶，騎火眼金睛獸，兩根降魔杵。鄭倫見崇黑虎裝束稀奇：帶九雲四獸冠，大紅袍，連環鎧，玉束帶，也是金睛獸，使兩柄湛金斧。黑虎認不得鄭倫，叫曰：「冀州來將通名！」鄭倫曰：「冀州督糧上將鄭倫也。汝莫非曹州崇黑虎？擒我主將之子，自恃強暴。可速獻出我主將之子，下馬受縛。若道半個不字，立為虀粉❸！」崇黑虎大怒，罵曰：「好匹夫！蘇護違犯天條，有碎骨粉軀之禍。你皆是反賊逆黨，敢如此大膽，妄出狂言！」催開坐下獸，掄起手中斧，飛來直取鄭倫。鄭倫手中杵急架相還。二獸相迎，一場大戰。但見：

兩陣咚咚發戰鼓，五采旛幢空中舞；三軍吶喊助神威，慣戰兒郎持弓弩。二將齊縱金睛獸，四臂齊舉斧共杵。這一個怒發如雷烈焰生，那一個自小生來情性鹵。這一個面如鍋底赤鬚長，那一個臉似紫棗紅霞吐。這一個蓬萊海島斬蛟龍，那一個萬仞山前誅猛虎。這一個崑崙山上拜明師，那一個八卦爐邊參老祖。這一個學成武藝將江山整，那一個秘授道術把乾坤補。自來也見

❸ 虀粉：粉身碎骨。虀，音ㄐㄧ，碎之意。

將軍戰，不似今番杵對斧。

二將相交，只殺的紅雲慘慘，白霧霏霏。兩家棋逢對手，將遇作家，來往有二十四五回合。鄭倫見崇黑虎脊背上背一紅葫蘆，鄭倫自思：「主將言，此人有異人傳授秘術，即此是他法術。」常言道：「打人不過先下手。」鄭倫也曾拜西崑崙度厄真人為師。真人知道鄭倫是封神榜上有名之士，特傳他鼻竅中二氣，吸人魂魄。凡與將對敵，逢之即擒。故此著他下山投冀州，掙一條玉帶，享人間福祿。今日會戰，鄭倫把手中杵在空中一晃，後邊三千烏鴉兵一聲吶喊，行如長蛇之勢，人人手拿撓鉤，個個橫拖鐵索，飛雲閃電而來。黑虎觀之，如擒人之狀。黑虎不知其故，只見鄭倫鼻竅中一聲響如鐘聲，竅中兩道白光噴將出來，吸人魂魄。崇黑虎耳聽其聲，不覺眼目昏花，跌了個金冠倒躅，鎧甲離鞍，一對戰靴，空中亂舞。烏鴉兵生擒活捉，繩縛二臂。黑虎半晌方甦，定睛看時，已被綁了。黑虎怒曰：「此賊好賺眼法！如何不明不白，將我擒獲？」只見兩邊掌得勝鼓進城。有詩為證：

海島名師授秘奇，英雄猛烈世應稀。神鷹十萬全無用，方顯男兒語不移。

且言蘇護正在殿上，忽聽得城外鼓響，歎曰：「鄭倫休矣！」心甚遲疑。只見探馬飛報進來：「啟老爺：鄭倫生擒崇黑虎，請令定奪。」蘇護不知其故，心下暗想：「倫非黑虎之敵手，如何反為所擒？」急傳令進來。倫至殿前，將黑虎被擒訴說一遍。只見眾士卒把黑虎簇擁至堦前。護急下殿，叱退左右，親釋其縛，跪下言曰：「護今得罪天子，乃無地可容之犯臣。鄭倫不諳事體，觸犯天威，護當死罪！」崇黑虎答曰：「仁兄與弟，一拜之交，未敢忘義。今被部下所擒，愧身無地！又蒙厚禮相看，黑虎感恩非淺！」蘇護尊黑虎上坐，命鄭倫眾將來見。黑虎曰：「鄭將軍道術精奇，今遇所擒，使黑虎終身悅服。」護令設宴，與黑虎二人歡飲。護把天子欲進女之事一一對黑虎訴了一遍。黑虎曰：「小弟此來，一則為兄失利，二則為仁兄解圍。不期令郎年紀幼小，自恃剛強，不肯進城請仁兄答話，因此被小弟擒回在後營，此小弟實為仁兄也。」蘇護謝曰：「此德此情，何敢有忘！」

不言二侯城內飲酒，單言報馬進轅門來報：「啟老爺：二爺被鄭倫擒去，未知吉凶，請令定奪。」侯虎自思：「吾弟自有道術，為何被擒？」其時略陣官言：「二爺與鄭倫正戰之間，只見鄭倫把降魔杵一擺，三千烏鴉兵一齊而至。只見鄭倫鼻子裡兩道白光出來，如鐘聲響亮，二爺便撞下馬來，故此被擒。」侯虎聽說，驚曰：「世上如何有此異術？再差探馬，打聽虛實。」言未畢，報西伯侯差官轅門下馬。侯虎心中不悅，吩咐：「令來。」只見散宜生素服角帶，上帳行禮畢，道：「卑職散宜生拜見君侯。」侯虎曰：「大夫，你主公為何偷安，竟不為國，按兵不動，違逆朝廷旨意？你主公甚非為人臣之禮。今大夫此來，有何話說？」宜生答曰：「我主公言：兵者凶器也，人君不得已而用之。今因小事，勞民傷財，驚慌萬戶；所過州府縣道，調用一應錢糧，路途跋涉，百姓有征租榷稅之擾，軍將有披堅執銳之苦。因此我主公先使卑職下一紙之書，以息烽煙；使蘇護進女王廷，各罷兵戈，不失一殿股肱之意。如護不從，大兵一至，勦叛除奸，罪當滅族。那時蘇護死而無悔。」侯虎聽言，大笑曰：「姬伯自知違逆朝廷之罪，特用此支吾之辭，以來自釋。吾先到此，損將折兵，惡戰數場；那賊焉肯見一紙之書而獻女也？吾且看大夫往冀州見蘇護如何。如不依允，看你主公如何回旨？你且去！」

宜生出營上馬，逕到城下叫門：「城上的，報與你主公，說西伯侯差官下書。」城上士卒急報上殿：「啟老爺：西伯侯差官在城下，口稱下書。」蘇護與崇黑虎飲酒未散，護曰：「姬昌乃西岐之賢人，速今開城，請來相見。」不一時，宜生到殿前行禮畢。護曰：「大夫今到敝郡，有何見諭？」宜生曰：「卑職今奉西伯侯之命，前月君侯怒題反詩，得罪天子，當即敕命起兵問罪。我主公素知君侯忠義，故此按兵未敢侵犯。今有書上達君侯，望君侯詳察施行。」宜生錦囊取書，獻與蘇護。護接書開拆。書曰：

西伯侯姬昌百拜冀州君侯蘇公麾下：昌聞：「率土之濱，莫非王臣。」今天子欲選豔妃，凡公卿士庶之家，豈得隱匿？今足下有女淑德，天子欲選入宮，自是美事。足下竟與天子相抗，是足下忤君。且題詩午門，意欲何為？足下之罪，已在不赦。足下僅知小節，為愛一女，而失君臣大義。昌素聞公忠義，不忍坐視，特進一言，可轉禍為福，幸垂聽焉。且足下若進女王廷，實有三利：女受宮闈之寵，父享椒房❹之貴，官居國戚，食祿千鍾，一利也；冀州永鎮，滿宅無驚，二利也；百姓無塗炭之苦，三軍無殺戮之慘，三利也。公若執迷，三害目下至矣：冀州失守，宗社無存，一害也；骨肉有族滅之禍，二害也；軍民遭兵燹❺之災，三害也。大丈夫當捨小節而全大義，豈得效區區無知之輩，以自取滅亡哉！昌與足下同為商臣，不得不直言上瀆，幸賢侯留意也。草草奉聞，立候裁決。謹啟。

蘇護看畢，半晌不言，只是點頭。宜生見護不言，乃曰：「君侯不必猶豫。如允，以一書而罷兵戈；如不從，卑職回覆主公，再調人馬。無非上從君命，中和諸侯，下免三軍之勞苦。此乃主公一段好意，君侯何故緘口無語？乞速降號令，以便施行。」蘇護聞言，對崇黑虎曰：「賢弟，你來看一看，姬昌之書，

❹ 椒房：皇后所居之宮殿，以椒和泥塗壁，取其溫暖芳香。一說取其繁衍多子。又皇后亦稱椒房。

❺ 兵燹：亂兵放火之意。燹，音ㄒㄧㄢˇ，放火焚燒。

實是有理，果是真心為國為民，乃仁義君子也。敢不如命！」於是命酒管待散宜生於館舍。次日修書贈金帛，令先回西岐，「我隨後進女，朝商贖罪。」宜生拜辭而去。真是一封書抵十萬之師。有詩為證，詩曰：

舌辯懸河匯百川，方知君義與臣賢。數行書轉蘇侯意，何用三軍枕戟眠？

蘇護送散宜生回西岐，與崇黑虎商議：「姬伯之言甚善，可速整行裝，以便朝商，毋致遲延，又生他議。」二人欣喜。不知其女如何，且聽下回分解。

評

蘇全忠年少之梟勇，崇黑虎與鄭倫之異術，自是宇宙奇觀，故其自負，亦不相讓；所以立功，見全忠不取捷，良有以也。

又評

崇侯自恃橫強，致有損兵折將之慘，即父子幾至不免。孰若西伯以一紙之書，竟挽回蘇護進女，其所全者多多矣，豈止十萬之師哉？古云：「仁人之言，其利甚溥。」信然！

第四回 恩州驛狐狸死妲己

天下荒荒起戰場，致生讒佞亂家邦。忠言不聽商容諫，逆語惟知費仲良。
色納狐狸友琴瑟❶，政由豺虎逐鸞凰。甘心亡國為污下，贏得人間一捏香。

話說宜生接了回書，竟往西岐。不題。且說崇黑虎上前言曰：「仁兄大事已定，可作速收拾行裝，將令愛送進朝歌，遲恐有變。小弟回去，放令郎進城。我與家兄收兵回國，具表先達朝廷，以便仁兄朝商謝罪。不得又有他議，致生禍端。」蘇護曰：「蒙賢弟之愛，與西伯之德，吾何愛此一女而自取滅亡哉？即時打點無疑，賢弟放心。只是我蘇護止此一子，被令兄囚禁行宮，賢弟可速放進城，以慰老妻懸望。舉室感德不淺！」黑虎道：「仁兄寬心，小弟出去，即時就放他來，不必罣念❷。」二人彼此相謝。黑虎出城，行至崇侯虎行營。兩邊來報：「啟老爺：二老爺已至轅門。」侯虎急傳令：「請！」黑虎進營，上帳坐下。侯虎曰：「西伯侯姬昌好生可惡！今按兵不舉，坐觀成敗。昨遣散宜生來下書，說蘇護進女朝商，至今未見回報。賢弟被擒之後，吾日日差人打聽，心甚不安。今得賢弟回來，不勝萬千之喜！不知蘇護果肯朝王謝罪？賢弟自彼處來，定知蘇護端的，幸道其詳。」黑虎厲聲大叫曰：「長兄，想我

❶ 色納狐狸友琴瑟：言紂王好色，娶狐狸為妻。詩關雎：「窈窕淑女，琴瑟友之。」
❷ 罣念：惦記。罣，音ㄍㄨㄚˋ。

兄弟二人，自始祖一脈，相傳六世，俺弟兄係同胞一木，古語有言：『一樹之菓，有酸有甜；一母之子，有愚有賢。』長兄，你聽我說：蘇護反商，你先領兵征伐，故此損折軍兵。你在朝廷也是一鎮大諸侯，你不與朝廷幹些好事，專誘天子近於佞臣，故此天下人人怨惡。你五萬之師，總不如一紙之書，蘇護已許進女朝王謝罪。你折兵損將，愧也不愧？辱我崇門。長兄，從今與你一別，我黑虎再不會你！兩邊的，把蘇公子放了！」兩邊不敢違令，放了全忠。全忠上帳謝黑虎曰：「叔父天恩，赦小侄再生，頂戴不盡❸！」崇黑虎曰：「賢侄可與令尊說，叫他速收拾朝王，毋得遲滯。我與他上表，轉達天子，以便你父子進朝謝罪。」全忠拜謝出營，上馬回冀州。不題。崇黑虎怒發如雷，領了三千人馬，上了金睛獸，自回曹州去了。且言崇侯虎愧莫敢言，只得收拾人馬，自回本國，具表請罪。不題。

單言蘇全忠進了冀州，見了父母，彼此慰畢。蘇護曰：「姬伯前日來書，真是救我蘇氏滅門之禍。此德此恩，何敢有忘！我兒，我想君臣之義至重，君叫臣死，不敢不死，我安敢惜一女，自取敗亡哉。今只得將你妹子進往朝歌，面君贖罪。你可權鎮冀州，不得生事擾民。我不日就回。」全忠拜領父言。蘇護隨進內，對夫人楊氏將姬伯來書，勸我朝王一節，細說一遍。夫人放聲大哭，蘇護再三安慰。夫人含淚言曰：「此女生來嬌柔，恐不諳事君之禮，反又惹事。」蘇護曰：「這也沒奈何，只得聽之而已。」夫妻二人不覺感傷一夜。

次日，點三千人馬，五百家將，整備氈車，令妲己梳粧起程。妲己聞令，淚下如雨。拜別母親、長兄，婉轉悲啼，百千嬌媚，真如籠煙芍藥，帶雨梨花。子母怎生割捨？只見左右侍兒苦勸，夫人方哭進

❸ 頂戴不盡：尊敬感激不盡。

府中，小姐也含淚上車。兄全忠送至五里而回。蘇護壓後，保妲己前進。只見前面打兩桿貴人旗旛，一路上饑餐渴飲，朝登紫陌，暮踐紅塵；過了些綠楊古道，紅杏園林；見了些啼鴉喚春，杜鵑叫月。在路行程非止一兩日，逢州過縣，涉水登山。那日抵暮，已至恩州。只見恩州驛丞接見。護曰：「驛丞，收拾廳堂，安置貴人。」驛丞曰：「啟老爺：此驛三年前出一妖精，以後凡有一應過往老爺，俱不在裡面安歇。可請貴人權在行營安歇，庶保無虞。不知老爺尊意如何？」蘇護大喝曰：「天子貴人，豈懼甚麼邪魔？況有館驛，豈有暫息行營之理？快去打掃驛中廳堂住室，毋得遲誤取罪！」驛丞忙叫眾人打點廳堂內室，準備鋪陳，注香灑掃，一色收拾停當，來請貴人。蘇護將妲己安置在後面內室裡，有五十名侍兒在左右服侍。將三千人馬俱在驛外邊圍繞，五百家將在館驛門首屯紮。蘇護在正廳上坐著，點上蠟燭，

蘇護暗想：「方纔驛丞言此處有妖怪，此乃皇華駐節之所，人煙湊集之處，焉有此事？然亦不可不防。」將一根豹尾鞭放在案桌之旁，剔燈展玩兵書。只聽得恩州城中戍鼓初敲，已是一更時分。蘇護終是放心不下，乃手提鐵鞭，悄步後堂，於左右室內點視一番，見諸侍兒并小姐寂然安寢，方纔放心。復至廳上再看兵書，不覺又是二更。不一時，將交三鼓，可煞作怪，忽然一陣風響，透人肌膚，將燈滅而復明。怎見得：

非干虎嘯，豈是龍吟？淅凜凜寒風撲面，清冷冷惡氣侵人。到不能開花謝柳，多暗藏水怪山精。悲風影裡露雙睛，一似金燈在慘霧之中；黑氣叢中探四爪，渾如鋼鉤出紫霞之外。尾擺頭搖如狴犴❹，猙獰雄猛似狻猊❺。

❹ 狴犴：一種像狗的野獸。音ㄅㄧˋ ㄍㄢ。

蘇護被這陣怪風吹得毛骨聳然。心下正疑惑之間，忽聽後廳侍兒一聲喊叫：「有妖精來了！」蘇護急忙提鞭在手，搶進後廳，左手執燈，右手執鞭，將轉大廳背後，手中燈已被妖風撲滅。蘇護急轉身再過大廳，急叫家將取進燈火，復進後廳，只見眾侍兒慌張無措。蘇護急到妲己寢榻之前，用手揭起幔帳，問曰：「我兒，方纔妖氣相侵，你曾見否?」妲己答曰：「孩兒夢中聽得侍兒喊叫妖精來了，孩兒急待看時，又見燈光，不知是爹爹前來，並不曾看見甚麼妖怪。」護曰：「感謝天地庇佑，不曾驚嚇了你，這也罷了。」護復安慰女兒安息，自己巡視，不敢安寢。不知這個回話的乃是千年狐狸，不是妲己。方纔滅燈之時，再出廳前取得燈火來，這是多少時候了?妲己魂魄已被狐狸吸去，死之久矣。乃借體成形，迷惑紂王，斷送他錦繡江山。此是天數，非人力所為。有詩為證：

恩州驛內怪風驚，蘇護提鞭撲滅燈。二八嬌容今已喪，錯看妖魅當親生。

蘇護心慌，一夜不曾著枕。幸喜不曾驚了貴人，托賴天地祖宗庇佑。不然又是欺君之罪，如何解釋。等待天明，離了恩州驛，前往朝歌而來。曉行夜住，饑餐渴飲，在路行程，非止一日。渡了黃河，來至朝歌，安下營寨。蘇護先差官進城齎本章，見武成王黃飛虎。飛虎見了蘇護進女贖罪文書，忙差龍環出城，吩咐蘇護，把人馬紮在城外，令護同女進城，到金亭館驛安置。當時權臣費仲、尤渾見蘇護又不先送禮物，歎曰：「這逆賊，雖則你獻女贖罪，天子之喜怒不測，凡事俱在我二人點綴，其生死存亡，只在我等掌握之中，他全然不理我等，甚是可惡！」

不講二人懷恨，且言紂王在龍德殿，有隨侍官啟駕：「費仲候旨。」天子命：「傳宣。」只見費仲

❺ 狻猊：獅子。音ㄙㄨㄢ ㄋㄧˊ。

進朝，山呼禮畢，俯伏奏曰：「今蘇護進女，已在都城候旨定奪。」紂王聞奏，大怒曰：「這匹夫，當日強辭亂政，朕欲置於法，賴卿等諫止，赦歸本國；豈意此賊題詩午門，欺藐朕躬，殊屬可恨。明日朝見，定正國法，以懲欺君之罪！」費仲乘機奏曰：「天子之法，原非為天子所私，乃為萬姓而立。今叛臣賊子不除，是為無法。無法之國，為天下之所棄。」王曰：「卿言極善。明日朕自有說。」費仲退朝而去。次日天子登殿，鐘鼓齊鳴，文武侍立。但見：

銀燭朝天紫陌長，禁城春色曉蒼蒼。池邊弱柳垂青瑣，百轉流鶯繞建章。劍佩聲隨金闕步，衣冠身惹御爐香。共沐恩波鳳池上，朝朝染翰侍君王。

天子陞殿，百官朝賀畢。王曰：「有奏章者出班，無事且退。」言未畢，午門啟駕：「冀州侯蘇護候旨午門，進女請罪。」王命：「傳旨宣來。」蘇護身服犯官之服，不敢冠旒服冕，來至丹墀之下俯伏，口稱：「犯臣蘇護，死罪！死罪！」王曰：「冀州蘇護，你題反詩午門，『永不朝商』；及至崇侯奉敕問罪，你尚拒敵天兵，損壞命官軍將，你有何說？今又朝君！」著隨侍官：「拿出午門梟首，以正國法！」言未畢，只見首相商容出班諫曰：「蘇護反商，理當正法；但前日西伯侯姬昌有本，令蘇護進女贖罪，以完君臣大義。今蘇護既尊王法，進女朝王贖罪，情有可原。且陛下因不進女而致罪，今已進女而又加罪，甚非陛下本心。乞陛下憐而赦之。」

紂王猶豫未定，有費仲出班奏曰：「丞相所奏，望陛下從之。且宣蘇護女妲己朝見。如果容貌出眾，禮度幽閒，可任役使，陛下便赦蘇護之罪；如不稱聖意，可連女斬于市朝，以正其罪。庶陛下不失信于臣民矣。」王曰：「卿言有理。」看官：只因這費仲一語，將成湯六百年基業送與他人。這且不題。但言紂王命隨侍官宣妲己朝見。妲己進午門，過九龍橋，至九間殿滴水簷前，高擎牙笏，進禮下拜，口稱萬歲。紂王定睛觀看，見妲己烏雲疊鬢，杏臉桃腮，淺淡春山，嬌柔腰柳，真似海棠醉日，梨花帶雨，不亞九天仙女下瑤池，月裡嫦娥離玉闕。妲己啟朱唇，似一點櫻桃，舌尖上吐的是美孜孜一團和氣；轉秋波，如雙鸞鳳目，眼角裡送的是嬌滴滴萬種風情。口稱：「犯臣女妲己願陛下萬歲，萬歲，萬萬歲！」只這幾句，就把紂王叫的魂遊天外，魄散九霄，骨軟筋酥，耳熱眼跳，不知如何是好。當時紂王起立御案之旁，命：「美人平身。」令左右宮妃：「挽蘇娘娘進壽仙宮，候朕躬回宮。」忙叫當駕官傳旨：「赦蘇護滿門無罪，聽朕加封：官還舊職，新增國戚，每月加俸二千石，顯慶殿筵宴三日，首相及百官慶賀，皇親誇官三日。文官二員、武官三員，送卿榮歸故地。」蘇護謝恩。兩班文武見天子這等愛色，都有不悅之意。奈天子起駕還宮，無可諍諫，只得都到顯慶殿陪宴。

不言蘇護進女榮歸，天子同妲己在壽仙宮筵宴，當夜成就鳳友鸞交，恩愛如同膠漆。紂王自進妲己之後，朝朝宴樂，夜夜歡娛，朝政隳墮，章奏混淆。群臣便有諫章，紂王視同兒戲，日夜荒淫。不覺光陰瞬息，歲月如流，已是二月不曾設朝，只在壽仙宮同妲己宴樂。天下八百鎮諸侯，多少本到朝歌，文書房本積如山，不能面君，其命焉能得下？眼見天下大亂。不知後事如何，且聽下回分解。

評

西伯解蘇護之圍，而責以君臣大義，是尊君也，原非有迷惑天子之心；孰意紂王寵一妲己，無所不為，卒至天下之惡皆歸之。追原其始，獨非西伯之貽謀不臧乎？豈知天之新命，竟為西周所有？西伯在有意無意之間。

又評

妲己天下美色也，能禍人禍國，不知先死於狐狸之手，是禍人者，實所以自禍，信然！信然！狐狸竟蒙妲己之面，冒名頂替，紂王竟為蒙蔽。近日之蒙面喪心者更多，讀演義方知若輩近日俱是有衣缽的。

第五回　雲中子進劍除妖

白雲飛雨過南山，碧落蕭疏春色閒。樓閣金輝來紫霧，交梨玉液駐朱顏。
花迎白鶴歌仙曲，柳拂青鸞舞翠鬟。此是仙凡多隔世，妖氛一派透天關。

不言紂王貪戀妲己，終日荒淫，不理朝政。話說終南山有一煉氣士，名曰雲中子，乃是千百年得道之仙。那日閒居無事，手攜水火花籃，意欲往虎兒崖前採藥。方纔駕雲興霧，忽見東南上一道妖氣，直沖透雲霄。雲中子一看時，點首嗟歎：「此畜不過是千年狐狸，今假託人形，潛匿朝歌皇宮之內，若不早除，必為大患。我出家人慈悲為本，方便為門。」忙喚金霞童子：「你與我將老枯松枝取一段來，待我削一木劍，去除妖邪。」童兒問曰：「何不即用寶劍，斬斷妖邪，永絕禍根？」雲中子笑曰：「千年老狐，豈足當吾寶劍！只此足矣。」童兒取松枝與雲中子，削成木劍，吩咐童子：「好生看守洞門，我去就來。」雲中子離了終南山，腳踏祥雲，望朝歌而來。怎見得，有詩為證：

不用乘騎與駕舟，五湖四海任遨遊。大千世界須臾至，石爛松枯當一秋。

且不言雲中子往朝歌來除妖邪。只言紂王日迷酒色，旬月不朝，百姓皇皇，滿朝文武議論紛紛。內有上大夫梅柏與首相商容，亞相比干言曰：「天子荒淫，沉湎酒色，不理朝政，本積如山❶，此大亂之

❶ 本積如山：奏章堆積如山。

兆也。公等身為大臣，進退自有當盡的大義。況君有諍臣，父有諍子，士有諍友。下官與二位丞相俱有責焉。今日不免鳴鐘擊鼓，齊集文武，請駕臨軒，各陳其事，以力諍之，庶不失君臣大義。」商容曰：「大夫之言有理。」傳執殿官：「鳴鐘鼓請王陞殿。」紂王正在摘星樓宴樂，聽見大殿上鐘鼓齊鳴，左右奏請聖駕陞殿。紂王不得已，吩咐妲己曰：「美人暫且安頓，待朕出殿就回。」妲己俯伏送駕。紂王秉圭坐輦，臨殿登座，文武百官朝賀畢。天子見二丞相抱本上殿，又見八大夫抱本上殿，與鎮國武成王黃飛虎抱本上殿。紂王連日酒色昏迷，情思厭倦，又見本多，一時如何看得盡？又有退朝之意。只見二丞相進前，俯伏奏曰：「天下諸侯本章候命，陛下何事旬月不臨大殿，日坐深宮，全不把朝綱整理？此必有在王左右迷惑聖聰者。乞陛下當以國事為重，無得仍前高坐深宮，廢弛國事，大拂臣民之望。臣聞天位惟艱，況今天心未順，水旱不均，降災下民，未有不因政治得失所致。願陛下留心邦本，痛改前轍，去讒遠色❷，勤政恤民，則天心效順，國富民豐，天下安康，四海受無窮之福矣。願陛下幸留意焉。」

紂王曰：「朕聞四海安康，萬民樂業，止有北海逆命，已令太師聞仲勦除奸黨，此不過疥癬之疾，何足掛慮？二位丞相之言甚善，朕豈不知？但朝廷百事，俱有首相與朕代勞，自是可行，何嘗有壅滯之理？縱朕臨軒，亦不過垂拱而已，又何必嘵嘵于口舌哉！」君臣正言國事，午門官啟奏：「終南山有一煉氣士雲中子見駕，有機密重情，未敢擅自朝見，請旨定奪。」紂王自思：「眾文武諸臣還抱本伺候，如何得了？不如宣道者見朕閒談，省得百官紛紛議論，且免朕拒諫之名。」傳旨：「宣！」雲中子進午門，過九龍橋，走大道，寬袍大袖，手執拂塵，飄飄徐步而來。好齊整！但見：

❷ 去讒遠色：摒退善進讒言之小人，遠離女色。

頭帶青紗一字巾，腦後兩帶飄雙葉，額前三點按三光❸，腦後雙圈分日月。道袍翡翠按陰陽，腰下雙縧王母結。腳登一對踏雲鞋，夜晚閒行星斗怯。上山虎伏地埃塵，下海蛟龍行跪接。面如傅粉一般同，唇似丹硃一點血。一心分免帝王憂，好道長，兩手補完天地缺。

道人左手擕定花籃，右手執著拂塵，近到滴水簷前，執拂塵打個稽首，口稱：「陛下，貧道稽首了。」紂王看這道人如此行禮，心中不悅，自思：「朕貴為天子，富有四海，『率土之濱，莫非王臣』。你雖是方外，卻也在朕版圖之內，這等可惡！本當治以慢君之罪，諸臣只說朕不能容物。朕且問他端的，看他如何應我？」紂王曰：「那道者從何處來？」道人答曰：「貧道從雲水而至。」王曰：「何為雲水？」道人曰：「心似白雲常自在，意如流水任東西。」紂王乃聰明智慧天子，便問曰：「雲散水枯，汝歸何處？」道人曰：「雲散皓月當空，水枯明珠出現。」紂王聞言，轉怒為喜，曰：「方纔道者見朕稽首而不拜，大有慢君之心；今所答之言，甚是有理，乃通知通慧之大賢也。」命左右：「賜坐。」雲中子也不謙讓，旁側坐下。雲中子欠背而言曰：「原來如此。天子只知天子貴，三教元來道德尊。」帝曰：「何見其尊？」雲中子曰：「聽衲子道來：

但觀三教，惟道至尊。上不朝于天子，下不謁于公卿。避樊籠而隱跡，脫俗網以修真。樂林泉兮絕名絕利，隱岩谷兮忘辱忘榮。頂星冠而曜日，披布衲以長春。或蓬頭而跣足，或丫髻而幅巾。摘鮮花而砌笠，折野草以鋪茵。吸甘泉而漱齒，嚼松柏以延齡。高歌鼓掌，舞罷眠雲。遇仙客兮則求玄問道，會道友兮則詩酒談文。笑奢華而濁富，樂自在之清貧。無一毫之罣礙，無

❸ 三光：日月星。

半點之牽纏。或三三而參玄論道，或兩兩而究古談今。究古談今兮歎前朝之興廢，參玄論道兮究性命之根因。恁寒暑之更變，隨烏兔之逡巡。蒼顏返少，髮白還青。攜單瓢兮到市廛而乞化，聊以充飢；提鋤籃兮進山林而採藥，臨難濟人。解安人而利物，或起死以回生。修仙者骨之堅秀，達道者神之最靈。判凶吉兮明通爻象，定禍福兮密察人心。闡道法，揚太上之正教；書符籙，除人世之妖氛。謁飛神于帝闕，步罡氣于雷門。扣玄關，天昏地暗；擊地戶，鬼泣神欽。奪天地之秀氣，採日月之精英。運陰陽而煉性，養水火以凝胎。二八陰消兮若恍若惚，三九陽長兮如杳如冥。按四時而採取，煉九轉而丹成。跨青鸞直沖紫府，騎白鶴遊遍玉京。參乾坤之妙用，表道德之慇懃。比儒者兮官高職顯，富貴浮雲；比截教兮五刑道術，正果難成。但談三教，惟道獨尊。」

紂王聽言大悅：「朕聆先生此言，不覺精神爽快，如在塵世之外，真覺富貴如浮雲耳。但不知先生果住何處洞府？因何事而見朕？請道其詳。」雲中子曰：「貧道住終南山玉柱洞，雲中子是也。因貧道閒居無事，採藥于高峰，忽見妖氛貫于朝歌，怪氣生于禁闥。道心不缺，善念常隨，貧道特來朝見陛下，除此妖魅耳。」紂王笑曰：「深宮秘闕，禁闥森嚴，防圍更密，又非塵世山林，妖魅從何而來？先生此來莫非錯了！」雲中子笑曰：「陛下若知道有妖魅，妖魅自不敢至矣。惟陛下不識這妖魅，他方能乘機蠱惑。久之不除，釀成大害。貧道有詩為證：

豔麗妖嬈最惑人，暗侵肌骨喪元神。若知此是真妖魅，世上應多不死身。」

紂王曰：「宮中既有妖氣，將何物以鎮之？」雲中子揭開花籃，取出松枝削的劍來，拿在手中，對紂王曰：「陛下不知此劍之妙，聽貧道道來：

松枝削成名巨闕，其中妙用少人知。雖無寶氣沖牛斗，三日成灰妖氣離。」

雲中子道罷，將劍奉與紂王。紂王接劍曰：「此物鎮于何處？」雲中子曰：「掛在分宮樓，三日內自有應驗。」紂王隨命傳奉官：「將此劍掛在分宮樓前。」傳奉官領命而去。紂王復對雲中子曰：「先生有這等道術，明于陰陽，能察妖魅，何不棄終南山而保護朕躬？官居顯爵，揚名于後世，豈不美哉！何苦甘為淡薄，沒世無聞。」雲中子謝曰：「蒙陛下不棄幽隱，欲貧道居官。奈貧道乃山野慵懶之夫，不識治國安邦之法，日上三竿睡，裸衣跣足❹任遨遊。」紂王曰：「便是這等，有什麼好處？何如衣紫腰金，封妻蔭子❺，有無窮享用。」雲中子曰：「貧道其中也有好處：

身逍遙，心自在；不操戈，不弄怪；萬事茫茫付度外。吾不思理正事而種韭，吾不思取功名如拾芥；吾不思身服錦袍，吾不思腰懸玉帶；吾不思拂宰相之鬚，吾不思恣君王之快；吾不思伏弩長驅，吾不思望塵下拜；吾不思養我者享祿千鍾，吾不思用我者榮膺三代。小小廬，不嫌窄；舊舊服，不嫌穢。制芰荷以為衣，紉秋蘭以為佩。不問天皇、地皇與人皇，不問天籟、地籟與人籟。雅懷恍如秋水同，興來猶恐天地礙。閒來一枕山中睡，夢魂要赴蟠桃會。那裡管玉兔東升，金烏西墜。」

紂王聽罷，歎曰：「朕聞先生之言，真乃清靜之客。」忙命隨侍官取金銀各一盤，為先生前途盤費耳。

---

❹ 裸衣跣足：不穿衣服，赤腳。

❺ 衣紫腰金二句：做大官身穿紫袍，腰懸金印，妻子得封誥，兒子得蔭庇。

不一時，隨侍官將紅漆端盤捧過金銀。雲中子笑曰：「陛下之恩賜，貧道無用處。貧道有詩為證：

隨緣隨分出塵林，似水如雲一片心。兩卷道經三尺劍，一條藜杖五弦琴。

囊中有藥逢人度，腹內新詩遇客吟。一粒能延千載壽，慢誇人世有黃金。」

雲中子道罷，離了九間大殿，打一稽首，大袖飄風，揚長竟出午門去了。兩邊八大夫正要上前奏事，又被一個道人來講甚麼妖魅，便耽閣了時候。紂王與雲中子談講多時，已是厭倦，袖展龍袍，起駕還宮，令百官暫退。百官無可奈何，只得退朝。

話說紂王駕至壽仙宮前，不見妲己來接駕，紂王心甚不安。只見侍御官接駕，紂王問曰：「蘇美人為何不接朕？」侍御官啟陛下：「蘇娘娘偶染暴疾，人事昏沉，臥榻不起。」紂王聽罷，忙下龍輦，急進寢宮，揭起金龍幔帳，見妲己面似金枝，唇如白紙，昏昏慘慘，氣息微茫，懨懨若絕。紂王便叫：「美人，早晨送朕出宮，美貌如花，為何一時有恙，便是這等垂危！叫朕如何是好？」看官，這是那雲中子寶劍掛在分宮樓，鎮壓的這狐狸如此模樣。倘若是鎮壓的這妖怪死了，可不保得成湯天下。也是合該這紂王江山有敗，周室將興，故此紂王終被他迷惑了。表過不題。只見妲己微睜杏眼，強啟朱唇，作呻吟之狀，喘吁吁叫一聲：「陛下！妾身早晨送駕臨軒，午時往迎陛下，不知行至分宮樓前。猛擡頭見一寶劍高懸，不覺驚出一身冷汗，竟得此危症，想賤妾命薄緣慳❻，不能長侍陛下左右，永效于飛之樂耳。乞陛下自愛，無以賤妾為念。」道罷，淚流滿面。

紂王驚得半晌無言，亦含淚對妲己曰：「朕一時不明，幾為方士所誤。分宮樓所掛之劍，乃終南山

---

❻ 命薄緣慳：命運不好，沒有緣分。慳，音ㄑㄧㄢ，吝嗇。

煉氣之士雲中子所進，言朕宮中有妖氣，將此鎮壓，孰意竟於美人作祟。乃此子之妖術，欲害美人，故捏言朕宮中有妖氣。朕思深宮邃密之地，塵跡不到，焉有妖怪之理？大抵方士誤人，朕為所賣。」傳旨急命左右：「將那方士所進木劍，用火作速焚毀，毋得遲誤，幾驚壞美人。」紂王再三溫慰，一夜無寢。看官：紂王不焚化寶劍，還是商家天下；只因焚了此劍，妖氣綿固深宮，把紂王纏得顛倒錯亂，荒了朝政，人離天怨，白白將天下失于西伯。此也是天意合該如此！不知焚劍如何，且聽下回分解。

評

雲中子進劍，不知費幾多婆心幾許言語，方打動紂王，將此劍得掛于深宮。妲己只用聊聊數語，便至焚毀而滅跡，將雲中子幾許慇懃，化為烏有。邪言易入，忠言難從，信然！遇此者須當著眼！

又評

金霞童子畢竟是個快人，幹事自是爽利，彼時只依他用照妖寶劍，去斬斷禍根，省了許多牽枝帶葉。雲中子畢竟學究氣，到底做不了當，可作腐儒榜樣。

今人見美色，見黃金，見顯官赫奕，何嘗不羨慕願得之？亦未嘗不昏夜乞哀，甚至吮癰舐痔求之。雲中子反欲驅之絕之，甚至抵死辭之，其中必另有一番話說，請試一捫心。

第六回　紂王無道造炮烙

紂王無道殺忠賢，酷慘奇冤觸上天。俠烈盡隨灰燼滅，妖氛偏向禁宮旋。
朝歌豔曲飛檀板，暮宴龍涎吐碧煙。取次催殘黃耇❶散，孤魂無計返家園。

話說紂王見驚壞了妲己，慌忙無措，即傳旨命侍御官，將此寶劍立刻焚毀。不知此劍乃是松枝削成，經不得火，立時焚盡。侍御官回旨。妲己見焚了此劍，妖光復長，依舊精神。正是，有詩為證：

火焚寶劍智何庸，妖氣依然透九重。可惜商都成畫餅，五更殘月曉霜濃。

妲己依舊侍君，擺宴在宮中歡飲。且說此時雲中子尚不曾回終南山，還在朝歌，忽見妖光復起，沖照宮闈。雲中子點首歎曰：「我只欲以此劍鎮滅妖氛，稍延成湯脈絡，孰知大數已去，將我此劍焚毀！一則是成湯合滅，二則是周室當興，三則神仙遭逢大劫，四則姜子牙合受人間富貴，五則有諸神欲討封號。罷罷罷！也是貧道下山一場，留下二十四字，以驗後人。」雲中子取文房四寶，留筆跡在司天臺照牆❷上：

妖氛穢亂宮庭，聖德播揚西土。要知血染朝歌，戊午歲中甲子。

❶ 黃耇：老人之稱。黃，謂白髮落更生黃者。耇，老人面色不淨如垢。
❷ 照牆：又稱照壁。即屏門之牆。

雲中子題罷，逕回終南山去了。

且言朝歌百姓見道人在照牆上題詩，俱來看念，不解其意。人煙擁擠，聚積不散。正看之間，只見太師杜元銑回朝。只見許多人圍繞府前，兩邊侍從人喝開。太師問：「甚麼事？」管府門役稟：「老爺，有一道人在照牆上題詩，故此眾人來看。」杜太師在馬上看見，是二十四字，其意頗深，一時難解。命門役將水洗了。太師進府，將二十四字細細推詳，窮究幽微，終是莫解。暗想：「此必是前日進朝獻劍道人，說妖氣旋繞宮闈，此事到有些著落。連日我夜觀乾象，見妖氣日盛，旋繞禁闥，定有不祥，故留此鈴記❸。目今天子荒淫，不理朝政；權奸蠱惑，天愁民怨，眼見傾危。我等受先帝重恩，安忍坐視？現朝中文武，個個憂思，人人危懼，不若乘此具一本章，力諫天子，盡其臣節。非是買直沽名，實為國家治亂。」

杜元銑當夜修成疏章，次日至文書房，不知是何人看本？今日卻是首相商容。元銑大喜，上前見禮，叫曰：「老丞相，昨夜元銑觀司天臺，妖氛纍貫深宮，災殃立見，天下事可知矣。主上國政不修，朝綱不理；朝歡暮樂，荒淫酒色，宗廟社稷所關，治亂所繫，非同小可，豈得坐視？今特具諫章，上於天子。敢勞丞相將此本轉達天庭，丞相意下如何？」商容聽言，曰：「太師既有本章，老夫豈有坐視之理？只連日天子不御殿庭，難於面奏。今日老夫與太師進內庭見駕面奏，何如？」商容進九間大殿，過龍德殿、顯慶殿、嘉善殿，再過分宮樓。商容見了奉御官，奉御官口稱：「老丞相，壽仙宮乃禁闥所在，聖躬寢室，外臣不得進此！」

❸ 鈴記：官府中之印叫鈴記。此指照牆題詩。

商容曰：「我豈不知？你與我啟奏，商容候旨。」奉御官進宮啟奏：「首相商容候旨。」王曰：「商容何事進內見朕？但他雖是外官，乃三世之老臣也，可以進見。」命：「宣！」商容進宮，口稱陛下，俯伏階前。王曰：「丞相有甚緊急奏章，特來宮中見朕？」商容啟奏：「執掌司天臺官杜元銑，昨夜觀乾象，見妖氣籠照金闕，災殃立見。元銑乃三世之老臣，陛下之股肱，不忍坐視。且陛下何事日不設朝，不理國事？端坐深宮，使百官日夜憂思。今臣等不避斧鉞之誅，干冒天威，非為沽直，乞垂天聽。」將本獻上。兩邊侍御官接本在案。紂王展開觀看，略云：

具疏臣執掌司天臺官杜元銑奏，為保國安民，靖魅除妖，以安宗社事。臣聞國家將興，禎祥必現；國家將亡，妖孽必生。臣元銑夜觀乾象，見怪霧不祥，妖光遶於內殿，慘氣籠罩深宮。陛下前日躬臨大殿，有終南山雲中子見妖氛貫於宮闈，特進木劍，鎮壓妖魅。聞陛下火焚木劍，不聽大賢之言，致使妖氛復成，日盛一日，沖霄貫斗，禍患不小。臣竊思：自蘇護進貴人之後，陛下朝綱無紀，御案生塵。丹墀下百草生芽，御堦前苔痕長綠。朝政紊亂，百官失望。臣等難近天顏。陛下貪戀美色，日夕歡娛。君臣不會，如雲蔽日。何日得睹賡歌喜起之盛，再見太平天日也？臣不避斧鉞，冒死上言，稍盡臣節。如果臣言不謬，望陛下早下御音，速賜施行。臣等不勝惶悚待命之至！謹具疏以聞。

紂王看畢，自思：「言之甚善。只因本中具有雲中子除妖之事，前日幾乎把蘇美人險喪性命！托天庇佑，焚劍方安；今日又言妖氛在宮闈之地！」紂王回首問妲己曰：「杜元銑上書，又提妖魅相侵，此言果是何故？」妲己上前跪而奏曰：「前日雲中子乃方外術士，假揑妖言，蔽惑聖聰，搖亂萬民，此是妖言亂國；今杜元銑又假此為題，皆是朋黨惑眾，虛言生事。百姓至愚，一聽此妖言，不慌者自慌，不亂者自亂，致使百姓皇皇，莫能自安，自然生亂。究其始，皆自此無稽之言惑之也。故凡妖言惑眾者，殺無赦！」紂王曰：「美人之言極當！傳朕旨意：把杜元銑梟首示眾，以戒妖言！」

首相商容曰：「陛下，此事不可！元銑乃三世老臣，素秉忠良，真心為國，瀝血披肝，無非朝懷報主之恩，暮思酬君之德，一片苦心，不得已而言之。況且職掌司天，驗照吉凶。若按而不奏，恐有司參論。今以直諫，陛下反賜其死。元銑雖死不辭，以命報君，就歸冥下，自分得其死所。元銑無辜受戮，只恐四百文武之中，各有不平。望陛下原其忠心，憐而赦之。」王曰：「丞相不知，若不斬元銑，誣言終無已時，致令百姓皇皇，無有寧宇矣。」

商容欲待再諫，怎奈紂王不赦，令奉御官送商容出宮。奉御官逼令而行，商容不得已，只得出來。及到文書房，見杜太師俟候命下，不知有殺身之禍。旨意已下：「杜元銑妖言惑眾，拿下梟首，以正國法。」奉御官宣讀旨意畢，不由分說，將杜元銑摘去衣服，繩纏索綁，拿出午門。方至九龍橋，只見一位大夫，身穿大紅袍，乃梅伯也。見杜太師綁縛而來，向前問曰：「太師得何罪如此？」元銑曰：「天子失政，吾等上本內庭，言妖氣纍貫于宮中，災星立變于天下，首相轉達，有犯天顏。君賜臣死，不敢違旨。梅先生，功名二字，化作灰塵；數載丹心，竟成冰冷！」梅伯聽言，道：「且住，待我保奏。」竟至九龍橋邊，適逢首相商容。梅伯曰：「請問丞相，杜太師有何罪犯君，特賜其死？」商容曰：「元銑本章實為朝廷，因妖氛遶于禁闕，怪氣照于宮闈。當今聽蘇美人之言，坐以『妖言惑眾，驚慌萬民』之罪。老夫苦諫，天子不從。如之奈何！」梅伯聽罷，只氣得五靈神暴躁，三昧火燒胸。叫道：「老丞相燮理陰陽，調和鼎鼐❹；奸者即斬，佞者即誅，賢者即薦，能者即褒；君正而首相無言，君不正以直言諫主。今天子無辜而殺大臣，似丞相這等鉗口不言，委之無奈，是重一己之功名，輕朝內之股肱，怕死貪生，愛血肉之微軀，懼君王之刑典，皆非丞相之所為也！」叫兩邊：「且住了！待我與丞相面君！」梅伯攜商容過大殿，逕進內廷。伯乃外官，及至壽仙宮門首，便自俯伏。奉御官啟奏：「商容、梅伯候旨。」王曰：「商容乃三世之老臣，進內可赦；梅伯擅進內廷，不尊國法。」傳旨：「宣！」商容在前，梅伯隨後，進宮俯伏。王問曰：「二卿有何奏章？」梅伯口稱：「陛下！臣梅伯具疏，杜元銑何事干犯國法，致於賜死？」王曰：「杜元銑與方士通謀，架捏妖言，搖惑軍民，播亂朝政，污衊朝廷。身為大臣，不思報本酬恩，而反詐言妖魅，蒙蔽欺君，律法當誅，除奸勦佞，不為過耳。」

梅伯聽紂王之言，不覺厲聲奏曰：「臣聞堯王治天下，應天而順人；言聽于文官，計從于武將。一日一朝，共談安民治國之道；去讒遠色，共樂太平。今陛下半載不朝，樂於深宮，朝朝飲宴，夜夜歡娛，不理朝政，不容諫章。臣聞『君如腹心，臣如手足』，心正則手足正，心不正則手足歪邪。古語有云：『臣正君邪，國患難治。』杜元銑乃治世之忠良。陛下若斬元銑而廢先王之大臣，聽豔妃之言，有傷國家之樑棟。臣願主公赦元銑毫末之生，使文武仰聖君之大德。」紂王聽言，曰：「梅伯與元銑一黨，違法進宮，不分內外；本當與元銑一例典刑，奈前侍朕有勞，姑免其罪，削其上大夫，永不序用！」梅伯厲聲大言曰：「昏君聽妲己之言，失君臣之義。今斬元銑，豈是斬元銑，實斬朝歌萬民！今罷梅伯之職，輕如灰塵，這何足惜！但不忍成湯數百年基業，喪于昏君之手！今聞太師北征，朝綱無統，百事混淆。

❹ 燮理陰陽二句：言宰相之職務，在調和天地中陰陽二氣。陰陽調和，則國泰民安。燮，調和之意。鼎鼐，皆烹飪之器。此以調理食物比喻治理國家。

昏君日聽讒佞之言，左右蔽惑；與妲己在深宮，日夜荒淫。眼見天下變亂，臣無面目見先帝於黃壤也！」紂王大怒，著奉御官：「把梅伯拿下去，用金瓜擊頂！」兩邊纔待動手，妲己曰：「妾有奏章。」王曰：「美人有何奏朕？」「妾啟主公：人臣立殿，張眉豎目，詈❺語侮君，大逆不道，亂倫反常，非一死可贖者也。且將梅伯權禁囹圄，妾治一刑，杜狡臣之瀆奏，除邪言之亂正。」

紂王問曰：「此刑何樣？」妲己曰：「此刑約高二丈，圓八尺，上、中、下用三火門，將銅造成，如銅柱一般，裡邊用炭火燒紅。卻將妖言惑眾、利口侮君、不尊法度、無事妄生諫章、與諸般違法者，跣剝官服，將鐵索纏身，裹圍銅柱之上，只炮烙四肢筋骨，不須臾，煙盡骨消，盡成灰燼。此刑名曰炮烙。若無此酷刑，奸猾之臣，沽名之輩，盡玩法紀，皆不知戒懼。」紂王曰：「美人之法，可謂盡善盡美！」即命傳旨：「將杜元銑梟首示眾，以戒妖言；將梅伯禁於囹圄。」又傳旨意，照樣造炮烙刑具，限作速完成。首相商容觀紂王將行無道，任信妲己，竟造炮烙，在壽仙宮前歎曰：「今觀天下大勢去矣！只是成湯懋敬厥德，一片小心，承天永命；豈知傳至當今天子，一旦無道，眼見七廟不守，社稷坵墟。我何忍見！」又聽妲己造炮烙之刑，商容俯伏奏曰：「臣啟陛下：天下大事已定，國家萬事康寧。老臣衰朽，不堪重任，恐失於顛倒，得罪於陛下，懇乞念臣侍君三世，數載揆席，實愧素餐。陛下雖不即賜罷斥，其如臣之庸老何？望陛下赦臣之殘軀，放歸田里，得含哺鼓腹❻於光天之下，皆陛下所賜之餘年也。」紂王見商容辭官，不居相位，王慰勞曰：「卿雖暮年，尚自矍鑠，無奈卿苦苦固辭！但卿朝綱勞

---

❺ 詈：音ㄌㄧˋ，辱罵。

❻ 含哺鼓腹：口中含著食物，手拍著肚子，表現太平時節人民歡樂之狀。莊子馬蹄：「含哺而熙，鼓腹而游。」

苦，數載慇懃，朕甚不忍。」即命隨侍官：「傳朕旨意，點文官二員，四表禮，送卿榮歸故里。仍著本地方官不時存問。」商容謝恩出朝。

不一時，百官俱知首相商容致政榮歸，各來遠送。當有黃飛虎、比干、微子、箕子、微子啟、微子衍各官，俱在十里長亭餞別。商容見百官在長亭等候，只得下馬。只見七位親王，把手一舉：「老丞相今日固是榮歸，你為一國元老，如何下得這般毒手，就把成湯社稷拋棄一旁，揚鞭而去，於心安乎？」商容泣而言曰：「列位殿下，眾位先生，商容縱粉骨碎身，難報國恩萬一！死何足惜，而偷安苟免。今天子信任妲己，無端造惡，製造炮烙酷刑，拒諫殺忠。商容力諫不聽，又不能挽回聖意。不日天愁民怨，禍亂自生。商容進不足以輔君，死適足以彰過；不得已讓位待罪，俟賢才俊彥，大展經綸，以救禍亂。此容本心，非敢遠君而先身謀也。列位殿下所賜，商容立飲一杯。此別料還有會期。」乃持杯作詩一首，以誌後會之期：

蒙君十里送歸程，把酒長亭淚已傾。回首天顏成隔世，歸來畎畝祝神京。
丹心難化龍逄血，赤日空消夏桀名。幾度話來多悒快，何年重訴別離情？

商容作詩已畢，百官無不洒淚而別。商容上馬前去，各官俱回朝歌不表。

話說紂王在宮歡樂，朝政荒亂。不一日，監造炮烙官啟奏功完。紂王大悅，問妲己曰：「銅柱造完，如何處置？」妲己命取來過目。監造官將炮烙銅柱推來：黃澄澄的高二丈，圓八尺，三層火門，下有二滾盤，推動好行。紂王觀之，指妲己而笑曰：「美人神傳，秘授奇法，真治世之寶符！待朕明日臨朝，先將梅伯炮烙殿前，使百官知懼，自不敢阻撓新法，章牘煩擾。」一宿不提。次日，紂王設朝，鐘鼓齊嗚，聚兩班文武，朝賀已畢。武成王黃飛虎見殿東二十根大銅柱，不知此物新設何用。王曰：「傳旨把梅伯拿出！」執殿官去拿梅伯。紂王命把炮烙銅柱推來，將三層火門用炭架起，又用巨扇搧那炭火，把一根銅柱燒的通紅。眾官不知其故。午門官啟奏：「梅伯已至午門。」工曰：「拿來！」兩班文武看梅伯垢面蓬頭，身穿縞素，上殿下跪，口稱：「臣梅柏參見陛下。」紂王曰：「匹夫！你看看此物是甚麼東西？」梅大夫觀看，不知此物，對曰：「臣不知此物。」

紂王笑曰：「你只知內殿侮君，仗你利口，誣言毀罵。朕躬治此新刑，名曰炮烙。匹夫！今日九間殿前炮烙你，教你筋骨成灰！使狂妄之徒，知侮謗人君者，以梅伯為例耳。」梅伯聽言，大叫罵曰：「昏君！梅伯死輕如鴻毛，有何惜哉？我梅伯官居上大夫，三朝舊臣，今得何罪，遭此慘刑？只是可憐成湯天下，喪於昏君之手！以後將何面目見汝之先王耳！」紂王大怒，將梅伯剝去衣服，赤身將鐵索綁縛其手足，抱住銅柱。可憐梅伯，大叫一聲，其氣已絕。只見九間殿上烙得皮膚筋骨，臭不可聞，不一時化為灰燼。可憐一片忠心，半生赤膽，直言諫君，遭此慘禍！正是：一點丹心歸大海，芳名留得萬年揚。後人看此，有詩歎曰：

血肉残軀盡化灰，丹心耿耿燭三臺。生平正直無偏黨，死後英魂亦壯哉。
烈焰俱隨亡國盡，芳名多傍史官裁。可憐太白懸旗日，怎似先生歎雋才？

話說紂王將梅伯炮烙在九間大殿之前，阻塞忠良諫諍之口，以為新刑稀奇；但不知兩班文武觀見此刑，梅伯慘死，無不恐懼，人人有退縮之心，個個有不為官之意。紂王駕回壽仙宮不表。且言眾大臣俱在午門外，內有微子、箕子、比干，對武成王黃飛虎曰：「天下荒荒，北海動搖；聞太師為國遠征。不意天子任信妲己，造此炮烙之刑，殘害忠良。若使播揚四方，天下諸侯聞知，如之奈何！」黃飛虎聞言，將五綹長鬚撚在手內，大怒曰：「三位殿下，據我末將看將起來，此炮烙不是炮烙大臣，乃烙的是紂王江山，炮的是成湯社稷。古語道得好：『君之視臣如手足，則臣視君如腹心；君之視臣如土芥，則臣視君如寇讎❼。』今主上不行仁政，以非刑加上大夫，此乃不祥之兆，不出數年，必有禍亂。我等豈忍坐視敗亡之理？」眾官俱各各嗟歎而散，各歸府宅。

且言紂王回宮，妲己迎接聖駕。紂王下輦，攜妲己手而言：「美人妙策，朕今日殿前炮烙了梅伯，使眾臣俱不敢出頭強諫，鉗口結舌，唯唯而退。如此炮烙乃治國之奇寶也。」傳旨設宴，與美人賀功。其時笙簧雜奏，簫管齊鳴。紂王與妲己在壽仙宮，百般作樂，無限歡娛，不覺譙樓鼓角二更，樂聲不息。有陣風將此樂音送到中宮，姜皇后尚未寢，只聽樂聲聒耳，問左右宮人：「這時候那裡作樂？」兩邊宮人答：「娘娘，這是壽仙宮蘇美人與天子飲宴未散。」姜皇后歎曰：「昨聞天子信妲己，造炮烙，殘害梅伯，慘不可言。我想這賤人蠱惑聖聰，引誘人君，肆行不道。」即命乘輦：「待我往壽仙宮走一遭。」看官，此一去，未免有娥眉見妒之意，只怕是非從此起，災禍目前生。不知後事如何，且聽下回分解。

評

❼ 君之視臣如手足四句：語出孟子離婁篇。言君臣相互的待遇，至為平等。君視臣如手足，恩禮之至；則臣亦視君如腹心，親愛之至。君若視臣如土芥，踐踏斬割，毫不顧恤；則臣視君如寇讎，仇恨之至。

忠諫殺身，古今不止一人。若梅大夫以炮烙捐軀，須臾骨化形消，其受禍更慘更烈。俚云：「最毒婦人心。」妲己固無足論！紂王竟化之作忍心人，這是更慘更毒，正所謂習與性成。獨怪近日鬚眉男子，皆化為繞指柔，而柔顏巽順，先意逢迎，若不見其慘毒；但不似妲己紂王顯惡，人以是少恕之。予曰：否！當彼之曲意權貴時，冷挑熱挽，井中下石，朋比作奸，殺人未嘗不毒不慘，此之謂真陰毒！此之為真婦人！何也？彼陰可以借劍殺人，陽可以望風行止，甚至乘機卸擔。此輩之惡，更甚殷紂妲己，照公論，當入無問獄。

又評

從來仙佛之流，乃超出煩惱場中；逍遙清虛之府，任他桑田滄海，斗換星移，都無罣礙，這雲中子不守清規，突然多事，引起事端，妖怪滅不成，就索罷了；又題甚麼詩，送了杜元銑。因杜元銑又惹得梅伯慘死，致紂王有炮烙諫臣之名，逐節生出事來，把商家一個天下送了。究其始，皆此老不寧耐，多事起心經。所以欲觀自己無煩惱，恐怖罣礙色相無。

第七回　費仲計廢姜皇后

紂王無道樂溫柔，日夜宣淫興未休。月色已西重進酒，清歌纔罷奏笙篌。
養成暴虐三綱絕，釀就酗戕萬姓愁。諷諫難回下流性，至今餘恨鎖西樓。

話說姜皇后聽得音樂之聲，問左右，知是紂王與妲己飲宴，不覺點首歎曰：「天子荒淫，萬民失業，此取亂之道。昨外臣諫諍，竟遭慘死，此事如何是好？眼見得成湯天下變更，我身為皇后，豈有坐視之理！」姜皇后乘輦，兩邊排列宮人，紅燈閃灼，簇擁而來。前至壽仙宮，侍駕官啟奏：「娘娘已到宮門候旨。」紂王更深帶酒，醉眼眯斜道：「蘇美人，你當去接梓童❶。」妲己領旨出宮迎接。蘇氏見皇后行禮，皇后賜以平身。妲己引導姜皇后至殿前，行禮畢。紂王命左右設坐，請梓童坐。姜皇后謝恩，坐于右首。看官：那姜后乃紂王元配，妲己乃美人，坐不得，侍立一旁。紂王與正宮把盞。王曰：「梓童今到壽仙宮，乃朕喜幸。」命妲己：「美人，著宮娥鰷損輕敲檀板，美人自歌舞一回，與梓童賞玩。」其時鰷損輕敲檀板，妲己歌舞起來。但見：

霓裳擺動，繡帶飄揚，輕輕裙褪不沾塵，嬝嬝腰肢風折柳。歌喉嘹喨，猶如月裡奏仙音；一點硃唇，卻似櫻桃逢雨濕。尖纖十指，恍如春笋一般同；杏臉桃腮，好似牡丹初綻蕊。正是瓊瑤

❶ 梓童：皇帝對皇后的稱呼。

玉宇神仙降，不亞嫦娥下世間。

妲己腰肢嬝娜，歌韻輕柔，好似輕雲嶺上搖風，嫩柳池塘拂水。只見鯀捐與兩邊侍兒喝采，跪下齊稱萬歲！姜皇后正眼也不看，但以眼觀鼻，鼻叩於心。忽然紂王看見姜后如此，帶笑問曰：「御妻，光陰瞬息，歲月如流，景致無多，正宜乘此取樂。如妲己之歌舞，乃天上奇觀，人間少有的，可謂真寶。御妻何無喜悅之色，正顏不觀，何也？」姜皇后就此出席，跪而奏曰：「如妲己歌舞，豈足稀奇，也不算真寶。」紂王曰：「此樂非奇寶，何以為奇寶也？」姜后曰：「妾聞人君有道，賤貨而貴德，去讒而遠色，此人君自省之寶也。若所謂天有寶，日月星辰；地有寶，五穀百果；國有寶，忠臣良將；家有寶，孝子賢孫。此四者，乃天地國家所有之寶也。如陛下荒淫酒色，徵歌逐技，窮奢極欲，聽讒信佞，殘殺忠良，驅逐正士，播棄黎老，昵比匪人，惟以婦言是用，此『牝雞司晨，惟家之索❷』。以此為寶，乃傾家喪國之寶也。妾願陛下改過弗吝，聿修厥德❸，親師保，遠女寺❹，立綱持紀，毋事宴遊，毋沉湎於酒，毋怠荒於色；日勤政事，弗自滿假，庶幾天心可回，百姓可安，天下可望太平矣。妾乃女流，不識忌諱，妄干天聽，願陛下痛改前愆，力賜施行。妾不勝幸甚！天下幸甚！」姜皇后奏罷，辭謝畢，上輦還宮。

且言紂王已是酒醉，聽姜皇后一番言語，十分怒色道：「這賤人不識擡舉，朕著美人歌舞一回，與他取樂玩賞，反被他言三語四，許多說話。若不是正宮，用金瓜擊死，方消我恨。好懊惱人也！」此時

❷ 牝雞司晨二句：謂母雞代雄雞行司晨之務，則家道蕭索。喻婦人專權之害。見書牧誓。

❸ 聿修厥德：修養其品德。聿，發語詞。

❹ 遠女寺：不親近女色，不寵信太監。

三更已盡，紂王酒已醉了，叫：「美人，方纔朕躬著惱，再舞一回，與朕解悶。」妲己跪下奏曰：「妾身從今不敢歌舞。」王曰：「為何？」妲己曰：「姜皇后深責妾身，此歌舞乃傾家喪國之物。況皇后所見甚正，妾身蒙聖恩寵眷，不敢暫離左右。倘娘娘傳出宮闈，道賤妾蠱惑聖聰，引誘天子，不行仁政，使外庭諸臣將此督責，妾雖拔髮，不足償其罪矣。」言罷淚下如雨。紂王聽罷，大怒曰：「美人只管侍朕，明日便廢了賤人，立你為皇后。朕自做主，美人勿憂。」妲己謝恩，復傳奏樂飲酒，不分晝夜不表。

一日，月朔之辰，姜皇后在中宮，各宮嬪妃朝賀皇后。西宮黃貴妃，乃黃飛虎之妹，馨慶宮楊貴妃俱在正宮。只見宮人來報：「壽仙宮蘇妲己候旨。」皇后傳：「宣！」妲己進宮，見姜皇后昇寶座，黃貴妃在左，楊貴妃在右，妲己進宮朝拜已畢。姜皇后特賜美人平身。妲己侍立一旁。二貴妃問曰：「這就是蘇美人？」姜后曰：「正是。」因對蘇氏責曰：「天子在壽仙宮，無分晝夜，宣淫作樂，不理朝政，法紀混淆，你並無一言規諫。迷惑天子，朝歌暮舞，沉湎酒色，拒諫殺忠，壞成湯之大典，誤國家之治安，是皆汝之作俑❺也。從今如不悛改❻，引君當道，仍前肆無忌憚，定以中宮之法處之！你可暫退！」妲己忍氣吞聲，拜謝出宮，滿面羞愧，悶悶回宮。時有鯀捐接住妲己，口稱「娘娘」。妲己進宮坐在繡墩之上，長吁一聲。鯀捐曰：「娘娘今日朝正宮而回，為何短歎長吁？」妲己切齒曰：「我乃天子之寵妃，姜后自恃元配，黃、楊二貴妃恥辱我不堪，此恨如何不報！」鯀捐曰：「主公前日親許娘娘為正宮，何愁不能報復？」妲己曰：「雖許，但姜后現在，如何做得！必得一奇計，害了姜后，方得妥貼。不然，

---

❺ 作俑：俑，音ㄩㄥˇ。木偶。古代用來陪葬，而開後世用活人殉葬之惡習，所以稱首先做壞事的人叫作俑。

❻ 悛改：改過。悛，音ㄑㄩㄢ。

百官也不服，依舊諫諍不寧，怎得安然。你有何計可行？其福亦自不淺。」鯀捐對曰：「我等俱係女流，況奴婢不過一侍婢耳，有甚深謀遠慮。依奴婢之意，不若召一外臣計議方妥。」妲己沉吟半晌曰：「外官如何召得進來？況且耳目甚眾，又非心腹之人，如何使得！」鯀捐曰：「明日天子幸御園，娘娘暗傳懿旨，宣中諫大夫費仲到宮，待奴婢吩咐他，定一妙計，若害了姜皇后，許他官居顯任，爵祿加增，他素有才名，自當用心，萬無一失。」妲己曰：「此計雖妙，恐彼不肯，奈何？」鯀捐曰：「此人亦係主公寵臣，言聽計從；況娘娘進宮，也是他舉薦。奴婢知他必肯盡力。」妲己大喜。

那日紂王幸御花園，鯀捐暗傳懿旨，把費仲宣至壽仙宮。費仲在宮門外，只見鯀捐出宮問曰：「費大夫，娘娘有密旨一封，你拿出去自拆，觀其機密，不可漏泄。若成事之後，蘇娘娘決不負大夫。宜速不宜遲。」鯀捐道罷，進宮去了。費仲接書，急出午門，到本宅，至密室開看，乃妲己教設謀害姜皇后的重情。看罷，沉思憂懼。想：「姜皇后乃主上元配，他的父親乃東伯侯姜桓楚，鎮於東魯，雄兵百萬，麾下大將千員；長子姜文煥又勇貫三軍，力敵萬夫，怎的惹得他！若有差訛，其害非小。若遲疑不行，他又是天子寵妃，因此記恨，或枕邊密語，或酒後讒言，吾死無葬身之地矣！」心下躊躇，坐臥不安，如芒刺背。沉思終日，併無一籌可展，半策可施。廳前走到廳後，神魂顛倒，如醉如痴。坐在廳上，正納悶間，只見一人，身長丈四，膀闊三停，壯而且勇，走將過去。費仲問曰：「是甚麼人？」那人忙向前叩頭，曰：「小的是姜環。」費仲聞說，便問：「你在我府中幾年了？」姜環曰：「小的來時，離東魯到老爺臺下五年了。蒙老爺一向擡舉，恩德如山，無門可報。適纔不知老爺悶坐，有失迴避，望老爺恕罪。」費仲一見此人，計上心來，便叫：「你且起來，我有事用你。不知你肯用心去做否？你的富貴亦自不小。」姜環曰：「若老爺吩咐，安敢不努力前去？況小的受老爺知遇之恩，便使小的赴湯蹈火，萬死不辭。」費仲大喜，曰：「我終日沉思，無計可施，誰知卻在你身上！若事成之後，不失金帶垂腰，其福應自不淺。」姜環曰：「小的怎敢望此。求老爺吩咐，小人領命。」費仲附姜環耳上這般這般，如此如此，「若此計成，你我有無窮富貴。切莫漏泄，其禍非同小可！」姜環點頭，領計去了。這正是：金風未動蟬先覺，暗送無常死不知。有詩為證。詩曰：

姜后忠賢報主難，孰知平地起波瀾。可憐數載鴛鴦夢，取次凋殘不忍看。

話說費仲密密將計策寫明，暗付鰷捐。鰷捐得書，密奏與妲己。妲己大喜，暗想正宮不久可居。

一日，紂王在壽仙宮閒居無事，妲己啟奏曰：「陛下顧戀妾身，旬月未登金殿，望陛下明日臨朝，不失文武仰望。」王曰：「美人所言，真是難得！雖古之賢妃聖后，豈足過哉。明日臨朝，裁決機務，庶不失賢妃美意。」看官：此是費仲、妲己之計，豈是好意？表過不題。

次日，天子設朝，但見左右奉御，保駕出壽仙宮，鑾輿過龍德殿，至分宮樓，紅燈簇簇，香氣氤氳。正行之間，分宮樓門角旁一人，身高丈四，頭帶扎巾，手執寶劍，行如虎狼，大喝一聲，言曰：「昏君無道，荒淫酒色，吾奉主母之命，刺殺昏君，庶成湯天下不失與他人，可保吾主為君也！」一劍劈來。兩邊有多少保駕官，此人未近前時，已被眾官所獲，繩纏索綁，拿近前來，跪在地下。紂王驚而且怒，駕至大殿陞座，文武朝賀畢，百官不知其故。王曰：「宣武成王黃飛虎、亞相比干。」二臣隨出班拜伏稱臣。紂王曰：「二卿，今日陞殿，異事非常。」比干曰：「有何異事？」王曰：「分宮樓有一刺客，執劍刺朕，不知何人所使？」黃飛虎聽言大驚，忙問曰：「昨日是那一員官宿殿？」內有一人，乃是封神榜上有名，官拜總兵，姓魯名雄，出班拜伏：「是臣宿殿，並無奸細。此人莫非五更隨百官混入分宮樓內，故有此異變！」黃飛虎吩咐：「把刺客推來！」眾官將刺客拖到滴水簷前。天子傳旨：「眾卿，誰與朕勘問明白回旨？」班中閃出一人，奏稱：「臣費仲不才，勘明回旨。」看官，費仲原非問官，此乃做成圈套，陷害姜皇后，恐怕別人審出真情，故此費仲討去勘問。

話說費仲拘出刺客，在午門外勘問，不用加刑，已是招成謀逆。費仲進大殿，見天子，俯伏回旨。百官不知原是設成計謀，靜聽回奏。王曰：「勘問何說？」費仲奏曰：「臣不敢奏聞。」王曰：「卿既勘問明白，為何不奏？」費仲曰：「赦臣罪，方可回旨。」王曰：「赦卿無罪。」費仲奏：「刺客姓姜名環，乃東伯侯姜桓楚家將，奉中宮姜皇后懿旨，行刺陛下，意在侵奪天位，與姜桓楚為天子。幸宗社有靈，皇天后土庇佑，陛下洪福齊天，逆謀敗露，隨即就擒。請陛下召九卿文武貴戚計議定奪。」紂王聽奏，拍案大怒曰：「姜后乃朕元配，輒敢無禮，謀逆不道，還有甚麼議貴議戚？況宮弊難除，禍潛內禁，肘腋之間，難以提防，速著西宮黃貴妃勘問回旨！」紂王怒發如雷，駕回壽仙宮不表。且言諸大臣紛紛議論，難辨假真。內有上大夫楊任對武成王曰：「姜皇后貞靜淑德，慈祥仁愛，治內有法。據下官所論，其中定有委曲不明之情，宮內定有私通。列位殿下，眾位大夫，不可退朝，且聽西宮黃娘娘消息，方好定論。」百官俱在九間殿未散。

話說奉御官承旨至中宮，姜皇后接旨，跪聽宣讀。奉御官宣讀曰：

敕曰：皇后位正中宮，德配坤元，貴敵天子，不思日夜兢惕，敬修厥德，毋忝姆訓，克諧內助，乃肆行大逆，豢養武士姜環，於分宮樓前行刺，幸天地有靈，大奸隨獲，發赴午門勘問，招稱：皇后與父姜桓楚同謀不道，僥倖天位。彝倫有乖，三綱盡絕。著奉御官拿送西宮，嚴刑勘問，從重擬罪，毋得狥情故縱，罪有攸歸。特敕。

姜皇后聽罷，放聲大哭道：「冤哉！冤哉！是那一箇奸賊生事，做害我這箇不赦的罪名！可憐數載宮闈，克勤克儉，夙興夜寐，何敢輕為妄作，有忝姆訓。今皇上不察來歷，將我拿送西宮，存亡未保！」姜后悲悲泣泣，淚下沾襟。奉御官同姜后來至西宮。黃貴妃將旨意放在上首，尊其國法。姜皇后跪而言曰：「我姜氏素秉忠良，皇天后土，可鑒我心。今不幸遭人陷害，望乞賢妃鑑我平日所為，替奴作主，雪此冤枉！」黃妃曰：「聖旨道你命姜環弒君，獻國與東伯侯姜桓楚，篡成湯之天下。事干重大，逆禮亂倫，失夫妻之大義，絕元配之恩情。若論情真，當夷九族！」姜后曰：「賢妃在上，我姜氏乃姜桓楚之女，父鎮東魯，乃二百鎮諸侯之首，官居極品，位壓三公，身為國戚，女為中宮，又在四大諸侯之上。況我生子殷郊，已正東宮，聖上萬歲後，我子承嗣大位，身為太后。未聞父為天子，而能令女配享太廟者也。我雖係女流，未必癡愚至此。且天下諸侯，又不止我父親一人，若天下齊興問罪之師，如何保得永久？望賢妃詳察，雪此奇冤，並無此事。懇乞回旨，轉達愚衷，此恩非淺！」話言未了，聖旨來催。黃妃乘輦至壽仙宮候旨。紂王宣黃妃進宮，朝賀畢。紂王曰：「那賤人招了不曾？」黃妃奏曰：「奉旨嚴問姜后，並無半點之私，實有貞靜賢能之德。后乃元配，侍君多年，蒙陛下恩寵，生殿下已正位東宮，陛下萬歲後，彼身為太后，有何不足，尚敢欺心，造此滅族之禍！況姜桓楚官居東伯，位至皇親，諸侯朝稱千歲，乃人臣之極品，乃敢使人行刺，必無是理。姜后傷痛於骨髓之中，銜冤於覆盆之下。即姜后至愚，未有父為天子而女能為太后、甥能承祧❼者也。至若棄貴而投賤，遠上而近下，愚者不為。況姜后正位數年，素明禮教者哉！妾願陛下察冤雪枉，無令元配受誣，有乖聖德。再乞看太子生母，憐而赦之。妾身幸甚！姜后舉室幸甚！」

紂王聽罷，自思曰：「黃妃之言甚是明白，果無此事，必有委曲。」正在遲疑未決之際，只見妲己在旁微微冷笑。紂王見妲己微笑，問曰：「美人微笑不言，何也？」妲己對曰：「黃娘娘被姜后惑了。從來做事的人，好的自己播揚，惡的推與別人。況謀逆不道，重大情事，他如何輕意便認。且姜環是他父親所用之人，既供有主使，如何賴得過。且三宮后妃，何不攀扯別人，單指姜后，其中豈得無說。恐不加重刑，如何肯認！望陛下詳察。」紂王曰：「美人言之有理。」黃妃在旁言曰：「蘇妲己毋得如此！皇后乃天子之元配，天下之國母，貴敵至尊，雖自三皇治世，五帝為君，縱有大過，只有貶謫，並無誅斬正宮之法。」妲己曰：「法者乃為天下而立，天子代天宣化，亦不得以自私自便，況犯法無尊親貴賤，其罪一也。陛下可傳旨：如姜后不招，剜❽去他一目。眼乃心之苗，他懼剜目之苦，自然招認。使文武知之，此亦法之常，無甚苛求也。」紂王曰：「妲己之言是也。」

黃貴妃聽說欲剜姜后目，心甚著忙，只得上輦回西宮，下輦見姜后，垂淚頓足曰：「我的皇娘，妲己是你百世冤家！君前獻妒忌之言，如你不認，即剜你一目。可依我，就認了罷！歷代君王，並無將正宮加害之理，莫非貶至不遊宮便了。」姜后泣而言曰：「賢妹言雖為我，但我生平頗知禮教，怎肯認此大逆之事，貽羞於父母，得罪於宗社！況妻刺其夫，有傷風化，敗壞綱常，令我父親作不忠不義之奸臣，

❼ 承祧：為人後嗣。祧，音ㄊㄧㄠ。

❽ 剜：用刀挖取。音ㄨㄢ。

我為辱門敗戶之賤輩，惡名千載，使後人言之切齒，又致太子不得安於儲位，所關甚巨，豈可草率冒認？莫說剜我一目，便投之於鼎鑊，萬剮千錘，這是生前作孽今生報，豈可有乖大義！古云『粉骨碎身俱不懼，只留清白在人間。』」言未了，聖旨下：「如姜后不認，即去一目！」黃妃曰：「快認了罷！」姜后大哭曰：「縱死，豈有冒認之理？」奉御官百般逼迫，容留不得，將姜皇后剜去一目，血染衣襟，昏絕於地。黃妃忙教左右宮人扶救，急救未醒。可憐！有詩為證，詩曰：

剜目飛災禍不禁，只因規諫語相侵。早知國破終無救，空向西宮血染襟。

黃貴妃見姜后遭此慘刑，淚流不止。奉御官將剜下來血滴滴一目盛貯盤內，同黃妃上輦來回紂王。黃妃下輦進宮，紂王忙問曰：「那賤人可曾招成？」黃妃奏曰：「姜后並無此情，嚴究不過，受剜目屈刑，怎肯失了大節？奉旨已取一目。」黃妃將姜后一目血淋淋的捧將上來。紂王觀之，見姜后之睛，其心不忍，恩愛多年，自悔無及，低頭不語，甚覺傷情。回首責妲己曰：「方纔輕信你一言，將姜后剜去一目，又不曾招成，咎將誰委？這事俱係你輕率妄動。倘百官不服，奈何，奈何！」妲己曰：「姜后不招，百官自然有說，如何干休？況東伯侯坐鎮一國，亦要為女洗冤。此事必欲姜后招成，方免百官萬姓之口。」紂王沉吟不語，心下煎熬，似羝羊觸藩，進退兩難。良久，問妲己曰：「為今之計，何法處之方妥？」妲己曰：「事已到此，一不做，二不休，招成則安靜無說，不招則議論風生，竟無寧宇。為今之計，只有嚴刑酷拷，不怕他不認。今傳旨：令貴妃用銅斗一隻，內放炭火燒紅，如不肯招，炮烙姜后二手。十指連心，痛不可當，不愁他不承認！」紂王曰：「據黃妃所言，姜后全無此事；今又用此慘刑，屈勘中宮，恐百官他議。剜目已錯，豈可再乎？」妲己曰：「陛下差矣！事到如此，勢成騎虎，寧可屈勘姜后，陛下不可得罪於天下諸侯、合朝文武。」紂王出乎無奈，只得傳旨：「如再不認，用炮烙二手，毋得狥情掩諱！」

黃妃聽得此言，魂不附體，上輦回宮，來看姜后。可憐他身倒塵埃，血染衣襟，情景慘不忍睹。黃妃放聲大哭曰：「我的賢德娘娘！你前身作何惡孽，得罪於天地，遭此橫刑！」乃扶姜后而慰曰：「賢后娘娘，你認了罷！昏君意呆心毒，聽信賤人之言，必欲致你死地。如你再不招，用銅斗炮烙你二手。如此慘惡，我何忍見。」姜后血淚染面，大哭曰：「我生前罪深孽重，一死何辭！只是你替我作個證明，就死也瞑目！」言未了，只見奉御官將銅斗燒紅，傳旨曰：「如姜后不認，即烙其二手！」姜后心如鐵石，意似堅鋼，豈肯認此誣陷屈情？奉御官不由分說，將銅斗放在姜后兩手，只烙的筋斷皮焦，骨枯煙臭。十指連心，可憐昏死在地。後人觀此，不勝傷感，有詩歎曰：

銅斗燒紅烈焰生，宮人此際下無情。可憐一片忠貞意，化作江流日夜鳴！

黃妃看見這等光景，兔死狐悲，心如刀絞，意似油煎，痛哭一場，上輦回旨，進宮見紂王。黃妃含淚奏曰：「慘刑酷法，嚴審數番，並無行刺真情。只怕奸臣內外相通，陷害中宮，事機有變，其禍不小。」紂王聽言，大驚曰：「此事皆美人教朕傳旨勘問，事既如此，奈何奈何！」妲己跪而奏曰：「陛下不必憂慮。刺客姜環現在，傳旨著威武大將軍晁田、晁雷，押解姜環進西宮，二人對面執問，難道姜后還有推托？此回必定招認。」紂王曰：「此事甚善。」傳旨：「宣押刺客對審。」黃妃回宮不題。話說晁田、晁雷押刺客姜環進西宮對詞。不知性命如何，且聽下回分解。

評

從來奸臣賊子，定是殘忍刻薄。費仲設謀，妲己起釁，紂王殘忍，若天生就一副肝腸。書曰：「朋比作奸。」良有以也。可憐姜后之賢，竟罹奇禍，祇有黃妃一人，左右挽回，終不克免予恨。此時滿朝文武，獨無一男子，紂王可謂獨夫！

此書以狐狸托於妲己，原未見於正史，此係作書者婆心指點，大有深意！蓋狐善媚，而亦慘毒，如婦人焉。狐之始以美色妖惑少年，宣淫恩愛，彼少者不知，及至髓竭精枯，罷敝不堪。彼方棄而他適，何嘗有一點憐惜之意？與婦人何以異？今看紙上之言，回視閨中之婦，然乎？否乎？如今舉世皆有狐狸，但不可為他所惑，可謂回頭是岸！

第八回　方弼方相反朝歌

美人禍國萬民災，驅逐忠良若草萊。擅寵誅妻夫道絕，聽讒殺子國儲灰。
英雄棄主多亡去，俊彥懷才盡隱埋。可笑紂王孤注立，紛紛兵甲起塵埃。

話說晁田、晁雷押姜環至西宮跪下。黃妃曰：「姜娘娘，你的對頭來了。」姜后屈刑淩陷，一目睜開，罵曰：「你這賊子！是何人買囑你陷害我？你敢誣我主謀弒君！皇天后土，也不祐你！」姜環曰：「娘娘所使小人，小人怎敢違旨。娘娘不必推辭，此情是實。」黃妃大怒：「姜環，你這匹夫！你見姜娘娘這等身受慘刑，無辜絕命，皇天后土，天必殺汝！」

不言黃妃勘問，且說東宮太子殷郊、二殿下殷洪弟兄正在東官無事弈棋，只見執掌東宮太監楊容來啟：「千歲，禍事不小！」太子殷郊此時年方十四歲，二殿下殷洪年方十二歲，年紀幼小，尚貪嬉戲，竟不在意。楊容復稟曰：「千歲不要弈棋了，今禍起宮闈，家亡國破！」殿下忙問曰：「有何大事，禍及宮闈？」楊容含淚曰：「啟千歲：皇后娘娘不知何人陷害，天子怒發西宮，剜去一目，炮烙二手，如今與刺客對詞，請千歲速救娘娘！」殷郊一聲大叫，同弟出東宮，竟進西宮。進得宮來，忙到殿前。太子一見母親渾身血染，兩手枯焦，臭不可聞，不覺心酸肉顫，近前俯伏姜皇后身上，跪而哭曰：「娘娘為何事受此慘刑！母親，你縱有大惡，正位中宮，何得輕易加刑！」姜后聞子之聲，睜開一目，母見其子，大叫一聲：「我兒！你看我剜目烙手，刑甚殺戮。這個姜環做害我謀逆，妲己進獻讒言殘我手目，你當為母明冤洗恨，也是我養你一場！」言罷大叫一聲「苦死我也！」嗚咽而絕。

太子殷郊見母親死，又見姜環跪在一旁，殿下問黃妃曰：「誰是姜環？」黃妃指姜環曰：「跪的這個惡人就是你母親對頭。」殿下大怒，只見西宮門上掛一口寶劍，殿下取劍在手，「好逆賊！你欺心行刺，敢陷害國母！」把姜環一劍砍為兩段，血濺滿地。太子大叫曰：「我先殺妲己以報母讎！」提劍出宮，縱步如飛。晁田、晁雷見殿下執劍前來，只說殺他，不知其故，轉身就跑往壽仙宮去了。黃妃見殿下殺了姜環，持劍出宮，大驚曰：「這冤家不諳事體。」叫殷洪：「快趕回你哥哥來，說我有話說！」殷洪從命，出宮趕叫曰：「皇兄！黃娘娘叫你且回去，有話對你說！」殷郊聽言，回來進宮。黃妃曰：「殿下，你忒暴躁，如今殺了姜環，人死無對。你待我也將銅斗烙他的手，或用嚴刑拷訊，他自招成，也曉得誰是主謀，我好回旨。你又提劍出宮趕殺妲己，只怕晁田、晁雷到壽仙宮見那昏君，其禍不小！」黃妃言罷，殷郊與殷洪追悔不及。

晁田、晁雷跑至宮門，慌忙傳進宮中，言：「二殿下持劍趕來！」紂王聞奏大怒，「好逆子！姜后謀逆行刺，尚未正法，這逆子敢持劍進宮弒父！總是逆種，不可留著。晁田、晁雷取龍鳳劍，將二逆子首級取來，以正國法！」晁田、晁雷領劍出宮，已到西宮。時有西宮奉御官來報黃妃曰：「天子命晁田、晁雷捧劍來誅殿下。」黃妃急至宮門，只見晁田兄弟二人，捧天子龍鳳劍而來。黃妃問曰：「你二人何故又至我西宮？」晁田對曰：「臣晁田奉皇上命，欲取二位殿下首級，以正弒父之罪。」黃妃大喝一聲：「這匹夫！適纔太子趕你同出西宮，你為何不往東宮去尋，卻怎麼往我西宮來尋？我曉得你這匹夫倚天子旨意，遍遊內院，玩弄宮妃。你這欺君罔上的匹夫，若不是天子劍旨，立斬你這匹夫驢頭。還不速退！」晁田兄弟二人只唬得魂喪魄消，喏喏而退，不敢仰視，竟往東宮而來。

黃妃忙進宮中，急喚殷郊兄弟二人。黃妃泣曰：「昏君殺子誅妻，我這西宮救不得你，你可往馨慶宮楊貴妃那裡，可避一二日。若有大臣諫救，方保無事。」二位殿下雙雙跪下，口稱：「貴妃娘娘，此恩何日得報！只是母死，尸骸暴露，望娘娘開天地之心，念母死冤枉，替他討得片板遮身，此恩天高地厚，莫敢有忘！」黃妃曰：「你作速去，此事俱在我，我回旨自有區處。」二殿下出宮門，逕往馨慶宮來，只見楊妃身倚宮門，望姜皇后信息。二殿下向前哭拜在地。楊貴妃大驚，問曰：「二位殿下，娘娘的事怎樣了？」殷郊哭訴曰：「父王聽信妲己之言，不知何人買囑姜環架捏誣害，將母親剜去一目，炮烙二手，死於非命。今又聽妲己讒言，欲殺我兄弟二人。望姨母救我二人性命！」楊妃聽罷，淚流滿面；嗚咽言曰：「殿下，你快進宮來！」二位殿下進宮。楊妃沉思：「晁田、晁雷至東宮，不見太子，必往此處追尋。待我把二人打發回去，再作區處。」楊妃站立宮門，只見晁田兄弟二人行如狼虎，飛奔前來。楊妃命：「傳宮官，與我拿了來人！此乃深宮內闕，外官焉敢在此？法當夷族！」晁田聽罷，向前口稱：「娘娘千歲！臣乃晁田、晁雷，奉天子旨，找尋二位殿下。上有龍鳳劍在，臣不敢行禮。」楊妃大喝曰：「殿下在東宮，你怎往馨慶宮來？若非天子之命，拿問賊臣纔好。還不快退去！」晁田不敢回言，只得退走。兄弟計較：「這件事怎了？」晁雷曰：「三宮全無，宮內生疏，不知內庭路徑，且回壽仙宮見天子回旨。」二人回去不表。

且言楊妃進宮，二位殿下來見。楊妃曰：「此間不是你弟兄所居之地，眼目且多，君昏臣暗，殺子誅妻，大變綱常，人倫盡滅。二位殿下可往九間殿去，合朝文武未散，你去見皇伯微子、箕子、比干、微子啟、微子衍、武成王黃飛虎，就是你父親要為難你兄弟，也有大臣保你。」二位殿下聽罷，叩頭拜謝姨母指點活命之恩，洒淚而別。楊妃送二位殿下出宮。楊妃坐于繡墩之上，自思歎曰：「姜后元配，被奸臣做害，遭此橫刑，何況偏宮！今妲己恃寵，蠱惑昏君，倘有人傳說二位殿下自我宮中放去，那時歸罪于我，也是如此行為，我怎經得這般慘刑！況我侍奉昏君多年，併無一子半女；東宮太子乃自己親生之子，父子天性，也不過如此，三綱已絕，不久必有禍亂。我以後必不能有甚麼好結果。」楊妃思想半日，悽惶自傷，掩了深宮，自縊而死。有宮官報入壽仙宮中。紂王聞楊妃自縊，不知何故，傳旨：「用棺槨停于白虎殿。」且說晁田、晁雷來至壽仙宮，只見黃貴妃乘輦回旨。紂王曰：「姜后死了？」黃妃奏曰：「姜后臨絕，大叫數聲道：『妾侍聖躬十有六載，生二子，位立東宮，自待罪宮闈，謹慎小心，夙夜匪懈❶，御下並無嫉妒。不知何人妒我，買刺客姜環，坐我一個大逆不道罪名。受此慘刑，十指枯焦，筋酥骨碎，生子一似浮雲，恩愛付于流水，身死不如禽獸，這場冤枉無門可雪，只傳與天下後世，自有公論。』萬望妾身轉達天聽。姜后言罷氣絕，尸臥西宮。望陛下念元配生太子之情，可賜棺槨，收停白虎殿，庶成其禮，使文武百官無議，亦不失主之德。」紂王傳旨准行，黃妃回宮。只見晁田回旨，紂王問：「太子何在？」晁田等奏曰：「東宮尋覓，不知殿下下落。」王曰：「莫非只在西宮？」晁田對曰：「不在西宮；連罄慶宮也不在。」紂王言曰：「三宮不在，想在大殿。必須擒獲，以正國法。」晁田領旨出宮來不表。

❶ 夙夜匪懈：早晚都不懈怠。

且言二殿下往長朝殿來，兩班文武俱不曾散朝，只等宮內信息。武成王黃飛虎聽得腳步傖惶之聲，望孔雀屏裡一看，見二位殿下慌忙錯亂，戰戰兢兢，黃飛虎迎上前曰：「殿下為何這等慌張？」殷郊看見武成王黃飛虎，大叫：「黃將軍救我兄弟性命！」道罷大哭，一把拉至黃飛虎袍服，頓足曰：「父王聽信妲己之言，不分皂白，將我母親剜去一目，銅斗燒紅，烙去二手，死于西宮。黃貴妃勘問，並無半點真情。我看見生身母親受此慘酷之刑，那姜環跪在前面對詞，那時心甚焦躁，不曾思忖，將姜環殺了；我復仗劍，欲殺妲己；不意晁田奏准父王，父王賜我兄弟二人死。望列位皇伯憐我母親受屈身亡，救我殷郊，庶不失成湯之一脈！」言罷，二位殿下放聲痛哭。兩班文武齊含淚上前曰：「國母受誣，我等如何坐視？可鳴鐘擊鼓，請天子上殿，聲明其事；庶幾罪人可得，洗雪皇后冤枉。」言未了，只聽得殿西首一聲喊叫，似空中霹靂，大呼曰：「天子失政，殺子誅妻，建造炮烙，阻塞忠良，恣行無道，大丈夫既不能為皇后洗冤，太子復讎，含淚悲啼，效兒女子之態！古云：『良禽擇木而棲，賢臣擇主而仕。』今天子不道，三綱已絕，大義有乖，恐不能為天下之主，我等亦恥為之臣。我等不若反出朝歌，另擇新君，去此無道之主，保全社稷！」眾人看時，卻是鎮殿大將軍方弼、方相兄弟二人。黃飛虎聽說，大喝一聲：「你多大官，敢如此亂言！滿朝中多少大臣，豈到得你講！本當拿你這等亂臣賊子，還不退去！」方弼、方相二人低頭喏喏，不敢回言。

黃飛虎見國政顛倒，疊現不祥，也知天意人心，俱有離亂之兆，心中沉鬱不樂，咄咄無言❷；又見微子、比干、箕子諸位殿下，滿朝文武，人人切齒，個個長吁，正無甚計策；只見一員官，身穿大紅袍，

❷ 咄咄無言：嗟嘆不說話。

腰懸寶帶，上前對諸位殿下言曰：「今日之變，正應終南山雲中子之言，古云『君不正，則臣生奸佞。』今天子屈斬太師杜元銑，治炮烙壞諫官梅伯，今日又有這異事。皇上青白不分，殺子誅妻，我想起來，那定計奸臣，行事賊子，他反在旁暗笑。可憐成湯社稷，一旦丘墟，似我等不久終被他人所擄。」言者乃上大夫楊任。黃飛虎長歎數聲：「大夫之言是也！」百官默默，二位殿下悲哭不止。只見方弼、方相分開眾人，方弼夾住殷郊，方相夾住殷洪，厲聲高叫曰：「紂王無道，殺子而絕宗廟，誅妻有壞綱常，今日保二位殿下往東魯借兵，除了昏君，再立成湯之嗣。我等反了！」二人背負殿下，逕出朝歌南門去了。大抵二人氣力甚大，彼時不知跌倒幾多官員，那裡擋得住他！後人有詩為證，詩曰：

方家兄弟反朝歌，殿下今番脫網羅。漫道美人能破舌，天心已去奈伊何。

話說眾多文武見反了方弼、方相，大驚失色；獨黃飛虎若為不知。亞相比干近前曰：「黃大人，方弼反了，大人為何獨無一言？」黃飛虎答曰：「可惜文武之中，並無一位似方弼二人的。方弼乃一莽漢，尚知不忍國母負屈，太子枉死，自知卑小，不敢諫言，故此背負二位殿下去了。若聖旨追趕回來，殿下一死無疑，忠良盡皆屠戮。此事明知有死無生，只是迫於一腔忠義，故造此罪，然情甚可矜。」百官未及答，只聽後殿奔逐之聲。眾官正看，只見晁田兄弟二人捧寶劍到殿前，言曰：「列位大人，二位殿下可曾往九間殿來？」黃飛虎曰：「二位殿下方纔上殿哭訴冤枉，國母屈勘遭誅，又欲賜死太子，有鎮殿大將軍方弼、方相聽見，不忍沉冤，把二位殿下背負，反出都城，去尚不遠。你既奉天子旨意，速去拿回，以正國法。」晁田、晁雷聽得是方弼兄弟反了，嚇的魂不附體。話說那方弼身長三丈六尺，方相身長三丈四尺，晁田兄弟怎敢惹他？一拳也經不起。晁田自思：「此是黃飛虎明明奈何我。我有道理。」

晁田曰：「方弼既反，保二位殿下出都城去了，末將進宮回旨。」晁田來至壽仙宮見紂王，奏曰：「臣奉旨到九間殿，見文武未散，找尋二位殿下不見。只聽百官道，二位殿下見文武哭訴冤情，有鎮殿將軍方弼、方相保二位殿下反出都城，投東魯借兵去了。聽旨定奪。」紂王大怒曰：「方弼反了，你速趕去拿來，毋得疏虞縱法！」晁田奏曰：「方弼力大勇猛，臣焉能拿得來。要拿方弼兄弟，陛下速發手詔，著武成王黃飛虎方可成功，殿下亦不致漏網。」紂王曰：「速行手敕，著黃飛虎速去拿來！」晁田將這個擔兒卸與黃飛虎。晁田奉手敕至大殿，命武成王黃飛虎速擒反叛方弼、方相，並取二位殿下首級回旨。黃飛虎笑曰：「我曉的，這是晁田與我擔兒挑。」即領劍敕出午門。只見黃明、周紀、龍環、吳炎曰：「小弟相隨。」黃飛虎曰：「不必你們去。」自上五色神牛，催開坐下獸，兩頭見日，走八百里。

且言方弼、方相背負二位殿下，一口氣跑了三十里，放下來。殿下曰：「二位將軍，此恩何日報得」。方弼曰：「臣不忍千歲遭此屈陷，故此心下不平，一時反了朝歌。如今計議，前往何方投脫。」正商議間，只見武成王黃飛虎坐五色神牛飛奔趕來。方弼、方相著慌，忙對二位殿下曰：「末將二人，一時鹵莽，不自三思，如今性命休矣，如何是好？」殿下曰：「將軍救我兄弟性命，無恩可酬，何出此言？」方弼曰：「黃將軍來拿我等，此去一定伏誅。」殷郊急看，黃飛虎已趕到面前。二位殿下軹道❸跪下曰：「黃將軍此來，莫非捉獲我等？」黃飛虎見二殿下跪於道旁，滾下神牛，亦跪於地上，口稱：「臣該萬死！殿下請起。」殷郊曰：「將軍此來有甚事？」飛虎曰：「奉命差遣，天子賜龍鳳劍前來，

---

❸ 軹道：地名。史記秦本紀：「沛公至於霸上，子嬰降軹道旁。」此借用降意。謂二位殿下跪於道旁，向黃飛虎投降。

請二位殿下自決，臣方敢回旨意，非臣敢逼弒儲君。請殿下速行。」殷郊聽罷，兄弟跪告曰：「將軍盡知我母子啣冤負屈。母遭慘刑，沉冤莫白；再殺幼子，一門盡絕。乞將軍可憐啣冤孤兒，開天地仁慈之心，賜一線再生之路。倘得寸土可安，生則啣環，死當結草❹，沒世不敢忘將軍之大德！」黃飛虎跪而言曰：「臣豈不知殿下冤枉？君命概不由己。臣欲要放殿下，便得欺君賣國之罪；欲要不放殿下，其實身負沉冤，臣心何忍？」彼此籌畫，再三沉思，俱無計策。只見殷郊自思，料不能脫此災，「也罷，將軍既奉君命，不敢違法，還有一言，望將軍不知可施此德，周全一脈生路否？」黃飛虎曰：「殿下有何事？但說不妨。」郊曰：「將軍可將我殷郊之首級回都城回旨。可憐我幼弟殷洪，放他逃往別國。倘他日長成，或得借兵報怨，得泄我母之沉冤。我殷郊雖死之日，猶生之年。望將軍可憐！」殷洪上前急止之曰：「黃將軍，此事不可。皇兄乃東宮太子，我不過一郡王。況我又年幼，無有大施展，黃將軍可將我殷洪首級回旨。皇兄或往東魯，或去西岐，借一旅之師。倘可報母弟之讎，弟何惜此一死！」殷郊上前一把抱住兄弟殷洪，放聲大哭曰：「我何忍幼弟遭此慘刑！」二人痛哭，彼此不忍，你推我讓，那裡肯捨！方弼、方相看見如此苦情疼切，二人一聲叫：「苦殺人也！」淚如瓢傾。黃飛虎看見方弼有這等忠心，自是不忍見，甚是悽惶，乃含淚教方弼不可啼哭，二位殿下不必傷心，「此事惟有我五人共知，如有漏泄，我舉族不保。方弼過來，保殿下往東魯見姜桓楚；方相，你去見南伯侯鄂崇禹，就言我在中途放殿下往東魯，傳與他，教他兩路調兵，靖奸洗冤。我黃飛虎那時自有處治。」方弼曰：「我兄弟二人今日

---

❹ 生則啣環二句：謂不論生死，必當報恩。結草，用春秋魏顆事，見左傳宣公十五年。啣環，用後漢楊寶事，見後漢書楊震傳注引續齊諧記。

早朝，不知有此異事，臨朝保駕，不曾帶有路費；如今欲分頭往東南二路去，這事怎了？」飛虎曰：「此事你我俱不曾打點。」飛虎沉思半晌曰：「可將我內懸寶玦拿去前途貨賣，權作路費。上有金鑲，價值百金。二位殿下前途保重。方弼、方相，你兄弟宜當用心，其功不小。臣回宮復命。」飛虎上騎回朝歌。進城時日色已暮，百官尚在午門，黃飛虎下騎，比干曰：「黃將軍，怎樣了？」黃飛虎曰：「追趕不上，只得回旨。」百官大喜。且言黃飛虎進宮覆旨。紂王問曰：「逆子叛臣，可曾拿了？」黃飛虎曰：「臣奉手敕，追趕七十里，到三叉路口，問來往行人，俱言不曾見。臣恐有錯過，只得回來。」紂王曰：「追趕不上，好了逆子叛臣！卿且暫退，明日再議。」黃飛虎謝恩出午門，與百官各歸府第。

且說妲己見未曾拿住殷郊，復進言曰：「陛下，今日走脫了殷郊、殷洪，倘投了姜桓楚，只恐大兵不久即至，其禍不小。況聞太師遠征，不在都城。不若速命殷破敗、雷開，點三千飛騎，星夜拿來，斬草除根，以絕後患。」紂王道：「美人此言，正合朕意。」忙傳手詔：「命殷破敗、雷開點飛騎三千，速拿殿下，毋得遲誤取罪！」殷、雷二將領詔，遂往黃飛虎府內來領兵符，調選兵馬。黃飛虎坐在後廳，思想朝廷不正，將來民愁天怨，萬姓皇皇，四海分崩，八方播亂，生民塗炭，日無寧宇，如何是好！正思想間，軍政司啟：「老爺，殷、雷二將聽令。」飛虎曰：「令來。」二將進後廳，行禮畢。飛虎問曰：「方纔散朝，又有何事？」二將啟曰：「天子手詔，令末將領三千飛騎，星夜追趕殿下，捉方弼等以正國法，特來請發兵符。」飛虎暗想：「此二將趕去，必定拿來，把我前面方便付與流水。」乃吩咐殷破敗、雷開曰：「今日晚了，人馬未齊；明日五更，領兵符速去。」殷、雷二將不敢違令，只得退去。這黃飛虎乃是元戎，殷、雷二將乃是麾下，焉敢強辯？只得回去不表。

且言黃飛虎對周紀曰：「殷破敗來領兵符，調三千飛騎，追趕殿下。你明日五更，把左哨疾病、衰老、懦弱不堪的點三千與他去。」周紀領命。次早五更，殷、雷二將等發兵符。周紀下教場，令左哨點三千飛騎，發與殷、雷二將領去。二將觀之，皆老弱不堪，疾病之卒，又不敢違令，只得領人馬出南門而去。一聲砲響，催動三軍，那老弱疾病之兵，如何行得快，急得二將沒奈何，只得隨軍征進。有詩為證，詩曰：

三千飛騎出朝歌，吶喊搖旗擂鼓鑼。隊伍不齊叫難走，行人拍手笑呵呵。

不言殷破敗、雷開追趕殿下，且言方弼、方相保二位殿下行了一二日，方弼與弟言曰：「我和你保二位殿下反出朝歌，囊篋空虛，路費毫無，如何是好？雖然黃老爺有玉玦，你我如何能用，倘有人盤詰，反為不便。來此正是東南二路，你我指引二位殿下前往，我兄弟再投他處，方可兩全。」方相曰：「此言極是。」方弼請二位殿下，說曰：「臣有一言，啟二位千歲：臣等仍一勇之夫，秉性愚鹵，昨見殿下負此冤苦，一時性起，反了朝歌，併不曾想到路途遙遠，盤費全無。今欲將黃將軍所留玉玦貨賣使用，又恐盤詰出來，反為不便。況逃災避禍，須要隱藏些方是。適纔臣想一法，必須分路各自潛行，方保萬全。望二位千歲詳察，非臣不能終始。」殷郊曰：「將軍之言極當。但我兄弟幼小，不知去路，奈何！」方弼曰：「這一條路往東魯，這一條路往南都，俱是大路，人煙湊集，可以長行。」殷郊曰：「既然如此，二位將軍不知往何方去？何時再能重會也？」方相曰：「臣此去，不管那鎮諸侯處暫且安身；俟殿下借兵進朝歌時，臣自來投拜麾下，以作前驅耳。」四人各各灑淚而別。不表方弼、方相別殿下，投小路而去，且說殷郊對殷洪曰：「兄弟，你投那一路去？」殷洪曰：「但憑哥哥。」殷郊曰：「我往東魯，你往南都。我見外翁，哭訴這場冤苦，舅爺必定調兵。我差官知會你，你或借數萬之師，齊伐朝歌，擒拿妲己，為母親報讎。此事不可忘了！」殷洪垂淚點頭，「哥哥，從此一別，不知何日再會？」兄弟二人放聲大哭，執手難分。有詩為證，詩曰：

旅雁分飛實可傷，兄南弟北苦參商❺。思親痛有千行淚，失路愁添萬結腸。
橫笛幾聲催暮靄，孤雲一片逐滄浪。誰知國破人離散，方信傾城在女娘。

話說殷洪上路，淚不能乾，悽悽慘慘，愁懷萬縷。況殿下年紀幼小，身居宮闕，那曉的跋涉長途。行行且止，後絆前思，腹內又饑。你想那殿下深居宮中，思衣則綾錦，思食則珍饈，那裡會求乞于人！見一村舍人家，大小俱在那裡吃飯。殿下走到跟前，便教：「拿飯與孤家用！」眾人看見殿下身著紅衣，相貌非俗，忙起身曰：「請坐，有飯。」忙忙取飯放在桌上。殷洪吃了，起身謝曰：「承飯有擾，不知何時還報你們。」鄉人曰：「小哥那裡去？貴處上姓？」殷洪曰：「吾非別人，紂王之子殷洪是也。如今往南都見鄂崇禹。」那些人聽是殿下，忙叩在地，口稱：「千歲！小民不知，有失迎迓，望乞恕罪。」殿下曰：「此處可是往南都去的路？」鄉民曰：「這是大路。」殿下離了村莊，望前趲行❻，一日走不上二三十里。大抵殿下乃深宮嬌養，那裡會走路。此時來到前不巴村，後不著店，無處可歇，心下著慌。又行二三里，只見松陰密雜，路道分明，見一座古廟，殿下大喜，一逕奔至前面。見廟門一匾，上書軒轅廟。殿下進廟，拜倒在地，言曰：「軒轅聖主，製度衣裳，禮樂冠冕，日中為市，乃上古之聖君也。

❺ 參商：皆星宿名。參星居西方，商星在東方，出沒兩不相見，因以喻人之不相遇。
❻ 趲行：趲，音ㄗㄢˇ。趕路。

殷洪乃成湯三十一代之孫，紂王之子。今父王無道，殺子誅妻，殷洪逃難，借聖帝廟宇安宿一夜，明日早行。望聖帝護佑！若得寸土安身，殷洪自當重修殿宇，再換金身。」此時殿下一路行來，身體困倦，聖座下和衣睡倒不表。

且言殷郊望東魯大道一路行來，日色將暮，止走了四五十里。只見一府第，上書太師府。殷郊曰：「此處乃是宦門，可以借宿一宵，明日早行。」殿下曰：「裡邊有人否？」問了一聲，見裡邊無人答應，殿下只得又進一層門。只聽的裡面有人長歎，作詩曰：

幾年待罪掌絲綸，一片丹心豈自湮。輔弼有心知為國，堅持無地向私人。
孰知妖孽生宮室，致使黎民化鬼燐。可惜野臣心魏闕，乞靈無計叩楓宸❼。

話說殿下聽畢裡面作詩，殷郊復問曰：「裡面有人麼？」裡面聽有人聲，問曰：「是誰？」天色已晚，黑影之中，看得不甚分明。殷郊曰：「我是過路投親，天色晚了，借府上一宿，明日早行。」那裡面老者問曰：「你聲音好像朝歌人？」殷郊答曰：「正是。」老者問曰：「你在鄉，在城？」殿下曰：「在城。」「你既在城，請進來問你一聲。」殿下向前一看，「呀，原來是老丞相！」商容見殷郊，下拜曰：「殿下何事到此？老臣有失迎迓，望乞恕罪。」商容又曰：「殿下乃國之儲貳，豈有獨行至此？必國有不祥之兆。請殿下坐了，老臣聽說詳細。」殷郊流淚，把紂王殺子誅妻事故細說一遍。商容頓足大叫曰：「孰知昏君這等暴横，絕滅人倫，三綱盡失！我老臣雖是身在林泉，心懷魏闕，豈知平地風波，生此異事，娘娘竟遭慘死，二位殿下流離塗炭。百官為何鉗口結舌，不犯顏極諫，致令朝政顛倒？殿下放心，

---

❼ 楓宸：皇帝所居之宮殿。

待老臣同進朝歌，直諫天子，改弦易轍，以救禍亂。」即喚左右：「吩咐整治酒席，款待殿下，候明日修本。」

不言殷郊在商容府內，且說殷、雷二將領兵追趕二位殿下，雖有人馬三千，俱是老弱不堪的，一日止行三十里，不能遠行。行了三日，走上百里遠近。一日，來到三叉路口，雷開曰：「長兄，且把人馬安在此處，你領五十名精壯士卒，我領五十名精壯士卒，分頭追趕：你往東魯，我往南都。」殷破敗曰：「此言甚善。不然，日同老弱之卒，行走不上三十里，如何趕得上，終是誤事。」雷開曰：「如長兄先趕著，回來也在此等我；若是我先趕著，回來也在此等兄。」殷破敗曰：「說得有理。」二人將此老弱軍卒屯紮在此，另各領年壯士卒五十名，分頭趕來。不知二位殿下性命如何，且聽下回分解。

評

紂王無道，殺妻誅子，固是殘忍；但是當時文武眾官，不齊去保救，齊去極諫，成就紂惡貫盈。然大臣者，能主持國政，扶危定傾，天下事孰有大如國母儲貳者乎？其他亦無足論！比干、箕子、微子諸賢，置之若罔聞乎？其然豈其然乎？

又評

今人號方相為獃子，今觀其負氣忠義，做事倜儻，有多少慷慨激烈處。只分路一節，大有智識，如何有此綽號？還是今人不如古人，而昧心反言之乎？亦是今人勝如古人而笑之乎？試清夜自捫其心。

第九回　商容九間殿死節

忠臣直諫豈沽名，只欲君明國政清。不顧此身成箇是，忍教今日禍將盈？
報儲一念堅金石，誅佞孤忠實玉京。大志未酬先碎首，令人睹此淚如傾。

話說雷開領五十名軍卒，往南都追趕，似電走雲飛，風馳雨驟。趕至天晚，雷開傳令：「你們飽餐，連夜追趕，料去不遠。」軍士依言，飽吃了戰飯又趕。將及到二更時分，軍士因連日跋涉勞苦，人人俱在馬上困倦，險些兒閃下馬來。雷開暗想：「夜裡追趕，只怕趕過了，倘或殿下在後，我反在前，空勞心力；不如歇宿一宵，明日精健好趕。」叫左右：「往前邊看，可有村舍？暫宿一宵，明日趕罷。」眾軍卒因連日追趕辛苦，巴不得要歇息。兩邊將火把燈毬高舉，照得前面松陰密密，卻是村莊。及至看時，乃是一座廟宇。軍卒前來稟報：「前邊有一古廟，老爺可以暫居半夜，明早好行。」雷開曰：「這箇卻好。」眾軍到了廟前，雷開下馬，擡頭觀看，上懸字乃是軒轅廟，裡邊並無廟主，軍卒用手推門，齊進廟來，火把一照，只見聖座下一人，鼾睡不醒。雷開向前看時，卻是殿下殷洪。雷開歎曰：「若往前行，卻不錯過了！此也是天數。」雷開叫曰：「殿下，殿下！」殷洪正在濃睡之間，猛然驚醒，只見燈毬火把，一簇人馬擁塞。殿下認的是雷開。殿下叫：「雷將軍！」雷開曰：「殿下，臣奉天子命，來請殿下回朝。百官俱有保本，殿下可以放心。」殷洪曰：「將軍不必再言，我已盡知，料不能逃此大難。我死也不懼，只是一路行來，甚是狼狽，難以行走。乞將軍把你的馬與我騎一騎，你意下如何？」雷開聽得，忙答曰：「臣的馬請殿下乘騎，臣願步隨。」彼時殷洪離廟上馬，雷開步行押後，往三叉路口而來不表。

且言殷破敗望東魯大道趕來，行了一二日，趕到風雲鎮，又過十里，只見八字粉墻，金字牌匾，上書太師府。殷破敗勒住馬看時，原來是商丞相的府。殷破敗滾鞍下馬，逕進相府，來看商容。——商容原是殷破敗的座主❶，殷破敗是商容的門生，故此下馬謁見商容，卻不知太子殷郊正在廳上吃飯。——殷破敗忝在門生，不用通報，逕到廳前，見殿下同丞相用飯。殷破敗上廳曰：「千歲，老丞相，末將奉天子旨意，來請殿下回朝。」商容曰：「殷將軍，你來的好。我想朝歌有四百文武，就無一員官員直諫天子。文官鉗口，武不能言，愛爵貪名，尸位素餐❷，成何世界！」丞相正罵起氣來，那裡肯住！

且說殿下殷郊，戰戰兢兢面如金紙，上前言曰：「老丞相不必大怒，殷將軍既奉旨拿我，料此去必無生路。」言罷淚如雨下。商容大呼曰：「殿下放心！我老臣本尚未完，若見天子，自有說話。」叫左右槽頭：「收拾馬匹，打點行裝，我親自面君便了。」殷破敗見商容自往朝歌見駕，恐天子罪責。殷破敗曰：「丞相聽啟：卑職奉旨來請殿下，可同殿下先回，在朝歌等候，丞相略後一步，見門生先有天子而後私情也，不識丞相可容納否？」商容笑曰：「殷將軍，我曉得你這句話，我要同行，你恐天子責你容情之罪。也罷，殿下，你同殷將軍前去，老夫隨後便至。」卻說殿下離了商容府第，行行且止，兩淚不乾。

---

❶ 座主：貢舉之士稱有司為座主。

❷ 尸位素餐：居官而不勤於政事叫尸位，無功而享俸祿叫素餐。

商容便叫殷破敗：「賢契❸，我響噹噹的殿下交與你，你莫望功高，有傷君臣大義，則罪不勝誅矣。」破敗頓首曰：「門下領命，豈敢妄為！」殿下辭了商容，同殷破敗上馬，一路行來，殷郊在馬上暗想：「我雖身死不辭，還有兄弟殷洪，尚有申冤報恨之時。」行非一日，不覺來到三叉路口。軍卒報與雷開。雷開到轅門來看時，只見殿下同殷破敗在馬上。雷開曰：「恭喜千歲回來！」殿下下馬進營，殷洪在帳上高坐，只見報說：「千歲來了。」殷洪聞言，擡頭看時，果見殷郊。殷郊又見殷洪，心如刀絞，意似油煎，趕上前，一把扯住殷洪，放聲大哭曰：「我兄弟二人，生前得何罪於天地？東南逃走，不能逃脫，竟遭網羅！兩人被擒，吾母戴天之仇，化為烏有。」頓足搥胸，傷心切骨，「可憐我母死無辜，子亡無罪！」正是二位殿下悲啼，只見三千士卒聞者心酸，見者掩鼻。二將不得已，催動人馬望朝歌而來。有詩為證，詩曰：

皇天何苦失推詳，兄弟逃災離故鄉。指望借兵申大恨，孰知中道遇豺狼？
思親漫有沖霄志，誅佞空懷報怨方。此日雙雙投陷穽，行人一見淚千行。

話說殷、雷二將獲得殿下，將至朝歌，安下營寨。二將進城回旨，暗喜成功。有探馬報到武成王黃飛虎帥府來，說：「殷、雷二將已捉獲得二位殿下，進城回旨。」黃飛虎聽報大怒：「這匹夫！你望成功，不顧成湯後嗣，我叫你千鍾未享餐刀劍，功未褒封血染衣！」令黃明、周紀、龍環、吳謙：「你們與我傳請各位老千歲與諸多文武，俱至午門會齊。」四將領命去了。黃飛虎上了坐騎，逕至午門。方纔下騎，只見紛紛文武官僚，聞捉獲了殿下，俱到午門。不一時，亞相比干、微子、箕子、微子啟、微子

❸ 賢契：老師對弟子的尊稱。契，親密的朋友。

衍、伯夷、叔齊、上大夫膠鬲、趙啟、楊任、孫寅、方天爵、李燁、李燧，百官相見。黃飛虎曰：「列位老殿下，諸位大夫，今日安危，俱在丞相、列位諫議定奪。吾乃武臣，又非言路，乞早為之計。」正議論間，只見軍卒簇擁二位殿下來到午門。百官上前，口稱千歲。殷郊、殷洪垂淚大叫曰：「列位皇伯、皇叔並眾位大臣！可憐成湯三十一世之孫，一旦身遭屠戮。我自正位東宮，並無失德，縱有過惡，不過貶謫，不致身首異處。乞列位念社稷為重，保救餘生，不勝幸甚！」微子啟曰：「殿下，不妨。百官俱有本章保奏，料應無事。」

且言殷、雷二將進壽仙宮回旨，紂王曰：「既拿了逆子，不須見朕，速斬首午門正法，收尸埋葬回旨。」殷破敗奏曰：「臣未得行刑旨出，焉敢處決！」紂王即用御筆書「行刑」二字付與。殷、雷二將捧行刑旨意，速出午門來。黃飛虎一見，火從心上起，怒向膽邊生，站立午門正中，阻止二將，大叫曰：「殷破敗，雷開！恭喜你擒太子有功，殺殿下有爵！只怕你官高必險，位重者身危！」殷、雷二將還未及回言，只見一員官，乃上大夫趙啟是也，走上前，劈手一把，將殷破敗捧的行刑旨扯得紛紛粉碎，厲聲大叫曰：「昏君無道，匹夫助惡，誰敢捧旨擅殺東宮太子？誰敢執寶劍妄斬儲君？今朝綱常大變，禮義全無！列位老殿下，諸位大臣，午門非議國事之所，當齊到大殿，鳴鐘擊鼓，請駕臨朝，俱要犯顏直諫，以定國本。」殷、雷二將見眾官激變，不復朝議，嚇得目瞪口呆，不知所出。黃飛虎又命黃明、周紀等四將，守住殿下，以防暗害。這八名奉御官把二位殿下綁縛，只等行列旨意，孰知眾官阻住，這且不言。且說眾官齊上大殿，鳴鐘擊鼓，請天子登殿。紂王在壽仙宮聽見鐘鼓之聲，正欲傳問，只見奉御官奏曰：「合朝文武請陛下登殿。」紂王對妲己曰：「此無別事，只為逆子，百官欲來保奏。如何處治？」妲己奏曰：「陛下傳出旨意：今日斬了殿下，百官明日見朝。一面傳旨，一面催殷破敗回旨。」

奉御官旨意下，百官仰聽玉音：

詔曰：君命召，不俟駕；君賜死，不敢生。此萬古之大法，天子所不得輕重者也。今逆子殷郊，助惡殷洪，滅倫藐法，肆行不道，仗劍入宮，擅殺逆賊姜環，希圖無證；復持劍追殺命官，欲行弒父。悖理逆倫，子道盡滅。今擒獲午門，以正祖宗之法。卿等毋得助逆祐惡，明聽朕言。如有國家政事，俟明日臨殿議處。故茲詔示，想宜知悉。

奉御官讀詔已畢，百官無可奈何，紛紛議論不決，亦不敢散，不知行刑旨已出午門了。這且不表。

單言上天垂象，定下興衰，二位殿下乃封神榜上有名的，自是不該命絕。當有太華山雲霄洞赤精子，九仙山桃源洞廣成子，只因一千五百年神仙犯了殺戒，崑崙山玉虛宮掌闡道法宣揚正教聖人元始天尊閉了講筵，不闡道德；二仙無事，閒樂三山，興遊五岳，腳踏雲光，往朝歌逕過，忽被二位殿下頂上兩道紅光把二位大仙足下雲光阻住。二仙乃撥開雲頭觀看，見午門殺氣連綿，愁雲捲結。二仙早知其意。廣成子曰：「道兄，成湯王氣將終，西岐聖主已出。你看那一簇眾生之內，綁縛二人，紅氣沖霄，命不該絕。況且俱是姜子牙帳下名將，你我道心，無處不慈悲，何不救他一救？你帶他一個，我帶他一個回山，久後助姜子牙成功，東進五關，也是一舉兩得。」赤精子曰：「此言有理，不可遲誤。」廣成子忙喚黃巾力士：「與我把那二位殿下抓回本山來聽用！」黃巾力士領法旨，駕起神風，只見播土揚塵，飛沙走石，地暗天昏；一聲響亮，如崩開華岳，折倒泰山。唬得圍宿三軍，執刀士卒，監斬殷破敗，用衣掩面，抱頭鼠竄。及至風息無聲，二位殿下不知何往，蹤跡全無。唬得殷破敗魂不附體，異事非常。午門外眾軍一聲吶喊。黃飛虎在大殿讀詔，纔商議紛紛，忽聽喊聲。比干正問何事吶喊，有周紀到大殿，報黃飛虎曰：「方纔大風一陣，滿道異香，飛沙走石，對面不能見人。只一聲響亮，二位殿下不知刮往何處去了。異事非常，真是可怪！」百官聞言，喜不自勝，歎曰：「天不亡銜冤之子，地不絕成湯之脈。」百官俱有喜色。只見殷破敗慌忙進宮，啟奏紂王。後人有詩感歎此事，詩曰：

仙風一陣異香生，播土揚塵蔽日明。力士奉文施道術，將軍失守枉持兵。
空勞鐵騎追風影，漫有讒言害鶺鴒。堪歎廢興皆定數，周家八百已生成。

話說殷破敗進壽仙宮，見紂王奏曰：「臣奉旨監斬，正候行刑旨出，忽被一陣狂風，把二殿下刮將去了，無蹤無跡。異事非常，請旨定奪。」紂王聞言，沉吟不語，暗想曰：「奇哉！怪哉！」心下猶豫不決。

且說丞相商容，隨後趕進朝歌，只聽得朝歌百姓俱言風刮去二位殿下，商容甚是驚異。來到午門，只見人馬擁擠，甲士紛紛。商容逕進午門，過九龍橋，時有比干看見商容前來，百官俱上前迎接，口稱丞相。商容曰：「眾位老殿下，列位大夫，我商容有罪，告歸林下未久；孰想天子失政，殺子誅妻，荒淫無道，可惜堂堂宰府，烈烈三公，既食朝廷之祿，當為朝廷之事，為何無一言諫止天子者，何也？」黃飛虎曰：「丞相，天子深居內宮，不臨大殿，有旨皆係傳奉，諸臣不得面君，真是君門萬里。今日殷、雷二將把殿下捉獲，進都城回旨，綁縛午門，專候行刑旨意；幸上大夫趙先生扯碎旨意，百官鳴鐘擊鼓，請天子臨殿面諫。只見內宮傳旨，俟斬了殿下，明日看百官奏章。內外不通，君臣阻隔，不得面奏。正無可奈何，卻得天從人願，一陣狂風，把二位殿下刮將去了。殷破敗纔進宮回旨，尚未出來。老丞相略等一等，俟他出來，便知端的。」只見殷破敗走出大殿，看見商容，未及言說。商容向前曰：「殿下被風刮去了，恭喜你的功高任重，不日列土分茅！」殷破敗欠身打躬曰：「丞相罪殺末將了！君命點差，非為己私，丞相錯怪我了。」商容對百官曰：「老夫此來，面見天子，有死無生，今日必犯顏直諫，捨身報國，庶幾有面目見先王在天之靈。」叫執殿官鳴鐘鼓。報殿官將鐘鼓齊鳴，奉御官奏樂請駕。紂王正在宮中，因風刮去殿下，鬱鬱不樂；又聞奏樂臨朝，鐘鼓不絕。紂王大怒，只得命駕登殿，昇於寶座。百官朝賀畢，天子曰：「卿等有何奏章？」商容在丹墀下，俯伏不言。紂王看見丹墀下俯伏一人，身穿縞素，又非大臣，王曰：「俯伏何人？」商容奏曰：「致政❹首相待罪，商容朝見陛下。」紂王見商容，驚問曰：「卿既歸林下，復往都城，不遵宣詔，擅進大殿，何自不知進退如此！」商容肘膝行至滴水簷前，泣而奏曰：「臣昔居相位，未報國恩；近聞陛下荒淫酒色，道德全無，聽讒逐正，紊亂紀綱，顛倒五常，污衊彝倫，君道有虧，禍亂已伏。臣不避萬刃之誅，具疏投天，懇乞陛下容納，真撥雲見日，普天之下，瞻仰聖德于無疆矣。」商容將本獻上，比干接表，展于龍案。紂王觀之：

具疏臣商容奏：為朝廷失政，三綱盡絕，倫紀全乖，社稷顛危，禍亂已生，隱憂百出事：臣聞天子以道治國，以德治民，克勤克儉，毋敢怠荒，夙夜祇懼，以祀上帝，故宗廟社稷，乃得磐石之安，金湯之固。昔日陛下初嗣寶位，修行仁義，不遑寧處，罔敢倦勤，敬禮諸侯，優恤大臣，憂民勞苦，惜民貨財，智服四夷，威加遐邇，雨順風調，萬民樂業，真可軼堯駕舜，乃聖乃神，不是過也。不意陛下近時信任奸邪，不修正道，荒亂朝綱，大肆凶頑，近佞遠賢，沉湎酒色，日事聲歌。聽讒臣

❹ 致政：即致仕。謂退休還政於君。

設謀，而陷正宮，人道乖和；信妲己賜殺太子，而絕先王宗嗣，慈愛盡滅；忠諫遭其炮烙慘刑，君臣大義已無。陛下三綱污衊，人道俱乖，罪符夏桀，有忝為君。自古無道人君，未有過此者。臣不避斧鉞之誅，獻逆耳之言，願陛下速賜妲己自盡於宮闈，申皇后、太子屈死之冤，斬讒臣于藁街，謝忠臣義士慘刑酷死之苦。人民仰服，文武懽心，朝綱整飭，宮內肅清。陛下坐享太平，安康萬載。臣雖死之日，猶生之年。臣臨啟不勝惶悚待命之至！謹疏以聞。

紂王看完表章大怒，將本扯得粉碎，傳旨命當駕官：「將這老匹夫拿出午門，用金瓜擊死！」兩邊當駕官欲待上前，商容站立簷前，大呼曰：「誰敢拿我！我乃三世之股肱，托孤之大臣！」商容手指紂王大罵曰：「昏君！你心迷酒色，荒亂國政，獨不思先王克勤克儉，聿修厥德，乃受天明命。今昏君不敬上天，棄厥先宗社，謂惡不足畏，謂敬不足為，異日身弒國亡，有辱先王。且皇后乃元配，天下國母，未聞有失德。昵比妲己，慘刑毒死，夫綱已失。殿下無辜，信讒殺戮，今飄刮無蹤，父子倫絕。阻忠殺諫，炮烙良臣，君道全虧。眼見禍亂將興，災異疊見。不久宗廟丘墟，社稷易主。可惜先王櫛風沐雨，遺子孫萬世之基，金湯錦繡之天下，被你這昏君斷送了個乾乾淨淨的！你死于九泉之下，將何顏見你之先王哉！」紂王拍案大罵：「快拿匹夫擊頂！」商容大喝左右：「吾不惜死！帝乙先君：老臣今日有負社稷，不能匡救於君，實愧見先王耳！你這昏君，天下只在數載之間，一旦失與他人！」商容望後一閃，一頭撞到龍盤石柱上面。可憐七十五歲老臣，今日盡忠，腦漿噴出，血染衣襟。一世忠臣，半生孝子，今日之死，乃是前生造定的。後人有詩弔之，詩曰：

速馬朝歌見紂王，九間殿上盡忠良。
罵君不怕身軀碎，叱主何愁劍下亡？

炮烙豈辭心似鐵，忠言直諫意如鋼。今朝撞死金堦下，留得聲名萬古香。

話說眾臣見商容撞死堦下，面面相覷。紂王猶怒聲不息，吩咐奉御官：「將這老匹夫尸骸拋去都城外，毋得掩埋！」左右將商容尸骸扛去城外不題。不知後事如何，且聽下回分解。

評

商容一疏，具見忠懇，一罵更暢人心，可謂不失大臣體段。但起初開紂王女媧宮進香，啟費仲誘天子揀選美女，致有紛紛禍亂。今日之死，庶幾可盡前衍矣！所以為大臣者，要慎重其始，方保其終；不然未有自身作者，不自身受者。

又評

趙啟扯旨，與方相叫反，便是一起爽快人，做事直捷，不去轉彎抹角。若是這一般文武，不知有多少尋思，幾番忖度，以致做事時，東扯西曳，總是兒女情態。

第十回　姬伯燕山收雷震

燕山此際瑞煙籠，雷起東南助曉風。霹靂聲中驚蝶夢，電光影裡發塵蒙。
三分有二開岐業，百子名全應鎬酆。卜世卜年龍虎將，興周滅紂建奇功。

話說眾官見商容撞死，紂王大怒，俱未及言語。只見大夫趙啟見商容皓首死于非命，又令拋尸，心下甚是不平，不覺豎目揚眉，忍納❶不住，大叫出班：「臣趙啟不敢有負先王，今日殿前以死報國，得與商丞相同遊地下足矣。」指紂王罵曰：「無道昏君！絕首相，退忠良，諸侯失望；寵妲己，信讒佞，社稷摧頹。我且歷數昏君的積惡：皇后遭枉酷死，自立妲己為正宮；追殺太子，使無蹤跡；國無根本，不久丘墟。昏君！昏君！昏君！你不義誅妻，不慈殺子，不道治國，不德殺大臣，不明近邪佞，不正貪酒色，不智立三綱，不恥敗五常。昏君！人倫道德，一字全無，枉為人君，空禪帝座，有辱成湯，死有餘愧！」紂王大怒，切齒拍案大罵：「匹夫焉敢侮君罵主！」傳旨：「將這逆賊速拿炮烙！」趙啟曰：「吾死不足惜，止留忠孝於人間，豈似你這昏君，斷送江山，污名萬載！」紂王氣沖牛斗❷。兩邊將炮烙燒紅，把趙啟剝去冠冕，將鐵索裹身，只烙的筋斷皮焦，骨化煙飛，九間殿臭不可聞，眾官員鉗口傷情。紂王

---

❶ 忍納：即忍耐。
❷ 氣沖牛斗：謂怒氣沖天。牛，牽牛星；斗，北斗星。

看此慘刑，其心方遂，傳旨駕回。有詩為證，詩曰：

炮烙當庭設，火威乘勢熱。四肢未抱時，一炬先摧烈。
須臾化骨筋，頃刻成膏血。要知紂山河，隨此煙燼滅。

九間殿又炮烙大臣，百官膽顫魂飛不表。

且說紂王回宮，妲己接見。紂王攜手相攙，並坐龍墩之上。王曰：「今日商容撞死，趙啟炮烙。朕被這兩個匹夫辱罵不堪，這樣慘刑，百官俱還不怕，畢竟還再想奇法，治此倔強之輩。」妲己對曰：「容妾再想。」王曰：「美人大位已定，朝內百官也不敢諫阻，朕所慮東伯侯姜桓楚，知他女兒慘死，領兵反叛，搆引諸侯，殺至朝歌。聞仲北海未回，如之奈何？」妲己曰：「妾乃女流，聞見有限，望陛下急召費仲商議，必有奇謀，可安天下。」王曰：「御妻之言有理。」即傳旨：「宣費仲。」不一時，費仲至宮拜見。紂王曰：「姜后已亡，朕恐姜桓楚聞知，領兵反叛，東方恐不得安寧。卿有何策可定太平？」費仲跪而奏曰：「姜后已亡，殿下又失，商容撞死，趙啟炮烙，文武各有怨言，只恐內傳音信，搆惹姜桓楚兵來，必生禍亂。陛下不若暗傳四道旨意，把四鎮大諸侯誆❸進都城，梟首號令，斬草除根。那八百鎮諸侯知四臣已故，如蛟龍失首，猛虎無牙，斷不敢猖獗，天下可保安寧。不知聖意如何？」紂王聞言大悅，「卿真乃蓋世奇才，果有安邦之策，不負蘇皇后之所薦。」費仲退出宮中。紂王暗發詔旨四道，點四員使命官，往四處去，詔姜桓楚、鄂崇禹、姬昌、崇侯虎不題。

且說那一員官逕往西岐前來，一路上風塵滾滾，芳草悽悽，穿州過府，旅店村莊，真是朝登紫陌，

---

❸ 誆：音ㄎㄨㄤ，欺騙。

暮踏紅塵。不一日，過了西岐山七十里，進了都城。使命觀看城內光景：民豐物阜，市井安閒，做買做賣，和容悅色，來往行人，謙讓尊卑。使命歎曰：「聞道姬伯仁德，果然風景雍和，真是唐虞之世。」使命至金庭館驛下馬。次日，西伯侯姬昌設殿，聚文武講論治國安民之道。端門官報道：「旨意下。」姬伯帶領文武，接天子旨。使命到殿，跪聽開讀：

詔曰：北海猖獗，大肆兇頑，生民塗炭，文武莫知所措，朕甚憂心。內無輔弼，外欠協和，特詔爾四大諸侯至朝，共襄國政，戡定禍亂。詔書到日，爾西伯侯姬昌速赴都城，以慰朕綣懷，毋得羈遲，致朕佇望。俟功成之日，進爵加封，廣開茅土。謹欽來命，朕不食言。汝其欽哉！特詔。

姬昌拜詔畢，設筵款待天使。次日整備金銀表禮，齎送天使。姬昌曰：「天使大人，只在朝歌會齊；姬昌收拾就行。」使命官告辭作謝而去不題。

且言姬昌坐端明殿，對上大夫散宜生曰：「孤此去，內事託與大夫，外事託與南宮适、辛甲。」隨令人宣伯邑考至，吩咐曰：「昨日天使宣召，我起一易課，此去多凶少吉，縱不致損身，該有七年大難。你在西岐，須是守法，不可改變國政，一循舊章；弟兄和睦，君臣相安，毋得任一己之私，便一身之好。凡有作為，惟老成是謀。西岐之民，無妻者給與金銀而娶；貧而愆期❹未嫁者，給與金銀而嫁；孤寒無依者，當月給口糧，毋使欠缺。待孤七載之後災滿，自然榮歸。你切不可差人來接我。此是至囑至囑，不可有忘！」伯邑考聽父此言，跪而言曰：「父王既有七載之難，子當代往，父王不可親去。」姬昌曰：「我兒，君子見難，豈不知迴避？但天數已定，斷不可逃，徒自多事。你等專心守父囑諸言，即是大孝，

❹ 愆期：詩衛風氓：「匪我愆期。」謂約期而失信。此處謂因貧窮而延誤婚期。

何必乃爾？」姬昌退至後宮，來見母親太姜，行禮畢。太姜曰：「我兒，為母與你演先天數，你有七年災難。」姬昌跪下答曰：「今日天子詔至，孩兒隨演先天數，內有不祥七載罪愆，不能絕命。方纔內事外事，俱託文武，國政付與伯邑考。孩兒特進宮來辭別母親，明日欲往朝歌。」太姜曰：「我兒此去，百事斟酌，不可造次。」姬昌曰：「謹如母訓。」隨去內宮與元妃太姬作別。西伯侯有四乳，二十四妃，生九十九子。長曰伯邑考，次子姬發，即武王天子也。周有三母：乃昌之母太姜，昌之元妃太姬，武王之元配太姙。故周有三母，俱是大賢聖母。姬昌次日打點往朝歌，匆匆行色，帶領從人五十名。只見合朝文武：上大夫散宜生，大將軍南宮适，毛公遂、周公旦、召公奭、畢公、榮公、辛甲、辛免、太顛、閎夭，四賢、八俊，與世子伯邑考、姬發，領眾軍民人等，至十里長亭餞別，擺九龍御席，百官與世子把盞。姬昌曰：「今與諸卿一別，七載之後，君臣又會矣。」姬昌以手指邑考曰：「我兒，只你弟兄和睦，孤亦無慮。」飲罷數盞，姬昌上馬，父子君臣，灑淚而別。

西伯那一日上路，走七十餘里，過了岐山。一路行來，夜住曉行，也非一日。那一日行至燕山，姬昌在馬上曰：「叫左右看前面可有村舍茂林，可以避雨，咫尺間必有大雨來了。」跟隨人正議論曰：「青天朗朗，雲翳俱無；赤日流光，雨從何來？……」說話未了，只見雲霧齊生。姬昌打馬，叫速進茂林避雨。眾人方進得林來，但見好雨：

雲長東南，霧起西北。霎時間風狂生冷氣，須臾內雨氣可侵人。初起時微微細雨，次後來密密層層。滋禾潤稼，花枝上斜掛玉玲瓏；壯地肥田，草稍尖亂滴珍珠滾。高山翻下千重浪，低凹平添白練水。遍地草澆鴨頂綠，滿山石洗佛頭青。推塌錦江花四海，好雨扳倒天河往下傾。

話說姬昌在茂林避雨，只見滂沱大雨，一似瓢潑盆傾，下有半個時辰。姬昌吩咐眾人：「仔細些，雷來了！」跟隨眾人大家說：「老爺吩咐，雷來了，仔細些！」話猶未了，一聲響亮，霹靂交加，震動山河大地，崩倒華嶽高山。眾人大驚失色，都擠緊在一處。須臾雲散雨收，日色當空，眾人方出得林子來。姬昌在馬上渾身雨濕，歎曰：「雷過生光，將星❺出現。左右的，與我把將星尋來！」眾人冷笑，暗想：「將星是誰？那裡去找尋？」然而不敢違命，只得四下裡尋覓。眾人正尋之間，只聽得古墓旁邊，像一孩子哭泣聲響。眾人向前一看，果是個孩子。眾人曰：「想此古墓，焉得有這孩兒？必然古怪，想是將星。就將這嬰孩抱來獻與千歲看，何如？」眾人果將這孩兒抱來，遞與姬昌。

姬昌看見好個孩子，面如桃蕊，眼有光華。姬昌大喜，想：「我該有百子，今止有九十九子；得此兒，正成百子之兆，真是美事。」命左右：「將此兒送往前村權養❻，待孤七載回來，帶往西岐。久後此子福分不淺。」姬昌縱馬前行，登山過嶺，趕過燕山。往前正走，不過一二十里，只見一道人，丰姿清秀，相貌稀奇，道家風味異常，寬袍大袖。那道人有飄然出世之表，向馬前打稽首曰：「君侯，貧道稽首了。」姬昌慌忙下馬答禮，言曰：「不才姬昌失禮了。請問道者為何到此？那座名山？甚麼洞府？今見不才有何見諭？願聞其詳。」那道人答曰：「貧道是終南山玉柱洞煉氣士雲中子是也。方纔雨過雷鳴，將星出現。貧道不辭千里而來尋訪將星。今睹尊顏，貧道幸甚。」姬昌聽罷，命左右抱過此子付與道人。道人接過看曰：「將星，你這時候纔出現！」雲中子曰：「賢侯，貧道今將此兒帶上終南，以為

---

❺ 將星：即大將之星。古代認為帝王將相等與天上之星均有所當。

❻ 權養：暫時寄養。

徒弟；俟賢侯回日，奉與賢侯。不知意下如何？」昌曰：「道者帶去不妨，只是久後相會，以何名為證？」道人曰：「雷過現身，後會時以『雷震』為名便了。」昌曰：「不才領教，請了。」雲中子抱雷震子回終南而去。七年後姬昌有難，雷震子下山重會。此是後話，表過不題。

且說姬昌一路無詞，進五關，過澠池縣，渡黃河，過孟津，進朝歌，來至金庭館驛。館驛中先到了三路諸侯：東伯侯姜桓楚、南伯侯鄂崇禹、北伯侯崇侯虎。三位諸侯在驛中飲酒，左右來報：「西伯侯到了。」三位迎接。姜桓楚曰：「姬賢伯為何來遲？」昌曰：「因路遠羈縻，故此來遲，得罪了。」四位行禮已畢，復添一席，傳杯懽飲，酒行數巡，姬昌問曰：「三位賢伯，天子何事緊急，詔我四臣到此？我想有甚麼大事情。都城內有武成王黃飛虎，是天子棟樑，治國有方；亞相比干，能調和鼎鼐，治民有法；尚有何事，宣詔我等？」四人飲酒半酣，只見南伯侯鄂崇禹平時知道崇侯虎會夤緣鑽刺，結黨費仲、尤渾，蠱惑聖聰，廣施土木，勞民傷財，那肯為國為民，只知賄賂於己。此時酒已多了，偶然想起從前事來，鄂崇禹乃曰：「姜賢伯，姬賢伯，不才有一言奉啟崇賢伯。」崇侯虎笑容答曰：「賢伯有甚事見教？不才敢不領命？」鄂崇禹曰：「天下諸侯首領是我等四人，聞賢伯過惡多端，全無大臣體面，剝民利己，專與費仲、尤渾往來。督功監造摘星樓，聞得你三丁抽二，有錢者買閒在家，無錢者重役苦累，你受私愛財，苦殺萬民，自專殺伐，狐假虎威，行似豺狼，心如餓虎，朝歌城內軍民人等，不敢正視，千門切齒，萬戶銜冤。賢伯，常言道得好：『禍由惡作，福自德生。』從此改過，切不可為！」就把崇侯虎說得滿目煙生，口內火出，大叫道：「鄂崇禹！你出言狂妄。我和你俱是一樣大臣，你為何席前這等凌辱我！你有何能，敢當面以誣言污衊我？」看官，崇侯虎倚費仲、尤渾內裡有人，欲酒席上要與鄂崇禹相爭起來。只見姬昌指侯虎曰：「崇賢伯，鄂賢伯勸你俱是好言，你怎這等橫暴！難道我等在此，你好毀打鄂賢伯！若鄂賢伯這番言語，也不過是愛公忠告之道。若有此事，痛加改過；若無此事，更自加勉；則鄂伯之言句句良言，語語金石。今公不知自責，反怪直諫，非禮也。」崇侯虎聽姬昌之言，不敢動手。不提防被鄂崇禹一壺酒，劈面打來，正打侯虎臉上。侯虎探身來抓鄂崇禹，又被姜桓楚架開，大喝曰：「大臣廝打，體面何存！崇賢伯，夜深了，你睡罷。」侯虎忍氣吞聲，自去睡了。有詩曰：

館舍傳杯論長短，奸臣設計害忠良。刀兵自此紛紛起，播亂朝歌萬姓殃。

且言三位諸侯，久不曾會，重整一席，三人共飲。將至二鼓時分，內中有一驛卒，見三位大臣飲酒，點頭歎曰：「千歲，千歲！你們今夜傳盃權會飲，只怕明日鮮血染市曹⑦！」更深夜靜，人言甚是明白。姬昌明明聽見這樣言語，便問：「甚麼人說話？叫過來。」左右侍酒人等，俱在兩旁，只得俱過來，齊齊跪倒。姬昌問曰：「方纔誰言『今夜傳杯權會飲，明日鮮血染市曹』？」眾人答曰：「不曾說此言語。」只見姜、鄂二侯也不曾聽見。姬昌曰：「句句分明，怎言不曾說？家將進來，拿出去都斬了！」驛卒聽得，誰肯將生替死！只得擠出這人。眾人齊叫：「千歲爺，不干小人事，是姚福親口說出。」姬昌聽罷，叫：「住了。」眾人起去。喚姚福問曰：「你為何出此言語？實說有賞，假誑有罪。」姚福道：「『是非只為多開口』，千歲爺在上，這一件事是機密事。小的是使命官家下的人，因姜皇后屈死西宮，二殿下大風刮去，天子信妲己娘娘暗傳聖旨，宣四位大臣明日早朝，不分皂白，一概斬首。今夜小人不忍，不覺說出此言。」姜桓楚聽罷，忙問曰：「姜娘娘為何屈死西宮？」姚福話已露了，收不住言語，

⑦ 市曹：商店聚集之處。

只得從頭訴說：「紂王無道，殺子誅妻，自立妲己為正宮。」細細訴說一遍。姜皇后乃桓楚之女，女死，心下如何不痛！身似刀碎，意如油煎，大叫一聲，跌倒在地。姬昌命人扶起。桓楚痛哭曰：「我兒剜目炮烙雙手，自古及今，那有此事！」姬昌勸曰：「皇后受屈，殿下無蹤，人死不能復生。今夜我等各具奏章，明早見君，犯顏力諫，必分清白，以正人倫。」桓楚哭而言曰：「姜門不幸，怎敢動勞列位賢伯上言。我姜桓楚獨自面君，辯明冤枉。」姬昌曰：「賢伯另是一本，我三人各具本章。」姜桓楚雨淚千行，一夜修本不題。

且說奸臣費仲知道四大臣在館驛住，奸臣費仲暗進偏殿見紂王，具言四路諸侯俱到了。紂王大喜。「明日升殿，四侯必有奏章，上言阻諫。臣啟陛下，明日但四侯上本，陛下不必看本，不分皂白，傳旨拿出午門梟首，此為上策。」王曰：「卿言甚善。」費仲辭王歸宅，一宿晚景已過。次日，早朝升殿，聚積兩班文武。午門官啟駕：「四鎮諸侯候旨。」王曰：「宣來。」只見四侯伯聽詔，即至殿前。東伯侯姜桓楚等，高擎牙笏，進禮稱臣畢。姜桓楚將本章呈上，亞相比干接本。紂王曰：「姜桓楚，你知罪麼？」桓楚奏曰：「臣鎮東魯，肅嚴邊庭，奉法守公，自盡臣節，何罪之有？陛下聽讒寵色，不念元配，痛加慘刑，誅子滅倫，自絕宗嗣。信妖妃，陰謀忌妒；聽佞臣，炮烙忠良。臣既受先王重恩，今睹天顏，不避斧鉞，直言冒奏，實君負微臣，臣無負於君。望乞見憐，辯明冤枉。生者幸甚，死者幸甚！」紂王大怒，罵曰：「老逆賊！命女弒君，忍心篡位，罪惡如山，今反飾辭強辯，希圖漏網。」命武士：「拏出午門，碎醢其尸，以正國法！」金瓜武士將姜桓楚剝去冠冕，繩纏索綁，姜桓楚罵不絕口。不由分說，推出午門。只見西伯侯姬昌、南伯侯鄂崇禹、北伯侯崇侯虎出班啟奏：「陛下，臣等俱有本章。姜桓楚真心為國，並無謀篡情由，望乞詳察。」紂王安心要殺四鎮諸侯，將姬昌等本章放於龍案之上。不知姬昌等性命如何？且聽下回分解。

評

奸讒禍人家國，無不殘忍刻薄，用心最毒最險，直將一個家國，送得乾乾淨淨，身弒國亡，方是了當。妲己陰毒，費仲濟惡，其設謀用一網打盡之計，何其惡毒？不若一驛卒，反有不忍。良心善惡，原不以君子小人而分！

又評

天子非常之人，其出身必異，古今皆然，初不止雷震子一人。雷震子生於古墓中，更為可異！

第十一回　羑里城囚西伯侯

君虐臣奸國事非，如何信口泄天機？若非丹陛忠心諫，已見藁街血肉飛。
羑里七年沾化雨，伏羲八卦闡精微。從來世運歸明主，漫道岐山日正輝。

話說西伯侯等見天子不看姜桓楚的本，竟平白將桓楚拿出午門，碎醢其尸，心上大驚，知天子甚是無道。三人俯伏稱臣，奏曰：「君乃臣之元首，臣乃君之股肱。陛下不看臣等本章，即殺大臣，是謂虐臣。文武如何肯服？君臣之道絕矣！乞陛下垂聽。」亞相比干將姬昌等本展開。紂王只得看本：

具疏臣鄂崇禹、姬昌、崇侯虎等奏：為正國正法，退佞除奸，洗明沉冤，以匡不替，復立三綱，內勦狐媚事：臣等聞聖王治天下，務勤實政，不事臺榭陂池；親賢遠奸，不馳騖於游畋，不沉湎於酒淫荒於色；惟敬修天命，所以六府三事允治，以故堯舜不下階，垂拱而天下太平，萬民樂業。今陛下承嗣大統以來，未聞美政，日事怠荒，信讒遠賢，沉湎酒色。姜后賢而有禮，並無失德，竟遭慘刑；妲己穢污宮中，反寵以重位；屈斬太史，有失司天之監；輕醢大臣，而廢國家之股肱；造炮烙，阻忠諫之口；殺幼子，絕慈愛之心。臣等願陛下貶費仲、尤渾，惟君子是親；斬妲己整肅宮闈，庶幾天心可回，天下可安。不然，臣等不知所終矣。臣等不避斧鉞，冒死上言，懇乞天顏，納臣直諫，速賜施行。天下幸甚，萬民幸甚！臣不勝戰慄待命之至！謹具疏以聞。

紂王看罷大怒，扯碎表章，拍案大呼：「將此等逆臣梟首回旨！」武士一齊動手，把三位大臣綁出午門。紂王命魯雄監斬，速發行刑旨。只見左班中有中諫大夫費仲、尤渾出班，俯伏奏曰：「臣有短章，冒瀆天聽。」王曰：「二卿有何奏章？」「臣啟陛下：四臣有罪，觸犯天顏，罪在不赦；但姜桓楚有弒君之惡，鄂崇禹有叱主之愆，姬昌利口侮君，崇侯虎隨眾誣謗。據臣公議：崇侯虎素懷忠直，出力報國，造摘星樓，瀝膽披肝；起壽仙宮，夙夜盡瘁。曾竭力公家，分毫無過。崇侯虎不過隨聲附和，實非本心。若是不分皂白，玉石俱焚，是有功而與無功同也，人心未必肯服。願陛下赦侯虎毫末之生❶，以後將功贖今日之罪。」

紂王見費、尤二臣諫赦崇侯虎，蓋費、尤二人，乃紂王之寵臣，言聽計從，無語不入。王曰：「據二卿之言，昔崇侯虎既有功於社稷，朕當不負前勞。」叫奉御官傳旨：「特赦崇侯虎。」二人謝恩歸班。旨意傳出：「單赦崇侯虎。」殿東頭惱了武成王黃飛虎，執笏出班，有亞相比干併微子、箕子、微子啟、微子衍、伯夷、叔齊七人同出班俯伏。比干奏曰：「臣啟陛下：大臣者乃天子之股肱。姜桓楚威鎮東魯，數有戰功，若言弒君，一無可證，安得加以極刑？況姬昌忠心不二，為國為民，實邦家之福臣；道合天地，德配陰陽，仁結諸侯，義施文武，禮治邦家，智服反叛，信達軍民，紀綱肅清，政事嚴整，臣賢君正，子孝父慈，兄友弟恭，君臣一心，不肆干戈，不行殺伐，行人讓路，夜不閉戶，路不拾遺，四方瞻仰，稱為西方聖人；鄂崇禹身任一方重寄，日夜勤勞王家，使一方無警；皆是有功社稷之臣。乞陛下一併憐而赦之，群臣不勝感激之至！」王曰：「姜桓楚謀逆，鄂崇禹、姬昌簧口鼓惑，妄言詆君，俱罪在

❶ 毫末之生：如秋毫之末一般微不足道的生命。

不赦，諸臣安得妄保！」黃飛虎奏曰：「姜桓楚、鄂崇禹皆名重大臣，素無過舉；姬昌乃良心君子，善演先天之數，皆國家樑棟之才。今一旦無罪而死，何以服天下臣民之心！況三路諸侯俱帶甲數十萬，精兵猛將，不謂無人；倘其臣民知其君死非其罪，又何忍其君遭此無辜，倘或機心一騁，恐兵戈擾攘，四方黎庶倒懸。況聞太師遠征北海，今又內起禍胎，國祚何安！願陛下憐而赦之，國家幸甚！」紂王聞奏，又見七王力諫，乃曰：「姬昌，朕亦素聞忠良，但不該隨聲附和。本宜重處，姑看諸卿所奏赦免，但恐他日歸國有變，卿等不得辭其責矣。姜桓楚、鄂崇禹謀逆不赦，速正典刑！諸卿再毋得瀆奏。」旨意傳出：「赦免姬昌。」

天子命奉御官速催行刑，將姜桓楚、鄂崇禹以正國法。只見左班中有上大夫膠鬲、楊任等六位大臣，進禮稱臣：「臣有奏章，可安天下。」紂王曰：「卿等又有何奏章？」楊任奏曰：「四臣有罪，天赦姬昌，乃七王為國為賢者也。且姜桓楚、鄂崇禹皆稱首之臣。桓楚任重功高，素無失德，謀逆無證，豈得妄坐❷？崇禹性鹵無屈，直諫聖聰，無慮無謬，臣聞君明則臣直。直諫君過者，忠臣也；阿諛逢君者，佞臣也。臣等目觀國事艱難，不得不繁言瀆奏。願陛下憐二臣無辜，赦還本國，遣歸各地，使君臣喜樂於堯天，萬姓謳歌於化日。臣民念陛下寬洪大度，納諫如流，始終不負臣子為國為民之本心耳。臣等不勝感激之至！」王怒曰：「亂臣造逆，惡黨簧舌。桓楚弒君，醢尸不足以盡其辜。崇禹謗君，梟首正當其罪。眾卿強諫，朋比欺君，污衊法紀。如再阻言者，即與二逆臣同罪！」隨傳旨：「速正典刑！」楊任等見天子怒色，莫敢誰何。也是合該二臣絕命，旨意出，鄂崇禹梟首，姜桓楚將巨釘釘其手足，亂刀

❷ 妄坐：以虛誣不實之罪名，胡亂加罪。

碎剁，名曰醢尸。監斬官魯雄回旨，紂王駕回宮闕。姬昌拜謝七位殿下，泣而訴曰：「姜桓楚無辜慘死，鄂崇禹忠諫喪身，東南兩地，自此無寧日矣！」眾人俱各慘然淚下曰：「且將二侯收尸，埋葬淺土，以俟事定，再作區處❸。」有詩為證，詩曰：

忠告徒勞諫諍名，逆鱗難犯莫輕攖。醢尸桓楚身遭慘，斷頸崇禹命已傾。
兩國君臣空望眼，七年羑里屈孤貞。上天有意傾人國，致使紛紛禍亂生。

且不題二侯家將，星夜逃回，報與二侯之子去了。且說紂王次日升顯慶殿，有亞相比干具奏，收二臣之尸，放姬昌歸國。天子准奏。比干領旨出朝。旁有費仲諫曰：「姬昌外若忠誠，內懷奸詐，以利口而惑眾臣。面是心非，終非良善。恐放姬昌歸國，反搆東魯姜文煥、南都鄂順興兵擾亂天下，軍有持戈之苦，將有披甲之艱，百姓驚慌，都城擾攘，誠所謂縱龍入海，放虎歸山，必生後悔。」王曰：「詔赦已出，眾臣皆知，豈有出乎反乎之理？」費仲奏曰：「臣有一計，可除姬昌。」王曰：「計將何出？」費仲對曰：「既赦姬昌，必拜闕，方歸故土，百官也要與姬昌餞行。臣去探其虛實，若昌果有真心為國，陛下赦之；若有欺誑，即斬昌首以除後患。」王曰：「卿言是也。」

且說比干出朝，逕至館驛來看姬昌。左右通報，姬昌出門迎接，敘禮坐下。比干曰：「不才今日便殿見駕奏王，為收二侯之尸，釋君侯歸國。」姬昌拜謝曰：「老殿下厚德，姬昌何日能報再造之恩！」比干復前執手低言曰：「國內已無綱紀，今無故而殺大臣，皆非吉兆。賢侯明日拜闕，急宜早行，遲則恐奸佞忌刻，又生他變。至囑，至囑！」姬昌欠身謝曰：「丞相之言，真為金石。盛德豈敢有忘！」次

❸ 區處：分別處置。

日早臨午門，望闕拜辭謝恩，姬昌隨帶家將，竟出西門，來到十里長亭。百官欽敬，武成王黃飛虎、微子、箕子、比干等俱在此伺候多時。姬昌下馬，黃飛虎與微子慰勞曰：「今日賢侯歸國，不才等具有水酒一杯，一來為君侯榮餞，尚有一言奉瀆。」昌曰：「願聞。」微子曰：「雖然天子有負賢侯，望乞念先君之德，不可有失臣節，妄生異端，則不才輩幸甚，萬民幸甚！」昌頓首謝曰：「感天子赦罪之恩，蒙列位再生之德，昌雖沒齒，不能報天子之德，豈敢有他念哉？」百官執杯把盞。姬伯量大，有百杯之飲，正所謂「知己到來言不盡」，彼此更覺綢繆❹，一時便不能捨。正歡飲之間，只見費仲、尤渾乘馬而來，自具酒席，也來與姬昌餞行。百官一見費、尤二人至，便有幾分不悅，個個抽身。姬昌謝曰：「二位大人，昌有何能，荷蒙遠餞！」費仲曰：「聞賢侯榮歸，卑職特來餞別，有事來遲，望乞恕罪。」姬昌乃仁德君子，待人心實，那有慮意？一見二人慇懃，便自喜悅。然百官畏此二人，俱先散了，只見他三人把盞。酒過數巡，費、尤二人曰：「取大盃來。」二人滿斟一盃，奉與姬伯。姬伯接酒，欠身謝曰：「多承大德，何日啣環！」一飲而盡。姬伯量大，不覺連飲數盃。費仲曰：「請問賢侯，仲常聞賢侯能演先天數，其應果否無差？」姬昌答曰：「陰陽之理，自有定數，豈得無準？但人能反此以作，善趨避之，亦能逃越。」仲復問曰：「若當今天子所為皆錯亂，不識將來究竟可預聞乎？」此時姬昌酒已半酣，卻忘記二人來意，一聽得問天子休咎，便蹙額欷歔，歎曰：「國家氣數黯然，只此一傳而絕，不能善其終。今天子所為如此，是速其敗也。臣子安忍言之哉！」姬伯歎畢，不覺淒然。仲又問曰：「其數應在何年？」姬伯曰：「不過四七年間，戊午歲中甲子而已。」費、尤二人俱咨嗟長歎，復以酒酬西伯。少

❹ 綢繆：情意纏綿，難分難捨。

頃，二人又問曰：「不才二人，亦求賢侯一數，看我等終身何如？」姬伯原是賢人君子，那知虛偽？即袖演一數，便沉吟良久，曰：「此數甚奇甚怪！」費、尤二人笑問曰：「何如？不才二人數內有甚奇怪？」昌曰：「人之死生，雖有定數，或癱瘓膨脝，百般雜症；或五刑水火，繩縊跌撲，非命而已。不似二位大夫，死得蹊蹊蹺蹺，古古怪怪。」費、尤二人笑問曰：「畢竟何如？死于何地？」昌曰：「將來不知何故，被雪冰渰身，凍在冰內而死。」——後來姜子牙冰凍岐山，拿魯雄，捉此二人，祭封神臺。此是後事，表過不題。二人聽罷，含笑曰：「『生有時辰死有地』，也自由他。」三人復又暢飲。

費、尤二人乃乘機誘之曰：「不知賢侯平日可曾演得自己究竟如何？」昌曰：「這平昔我也曾演過。」費仲曰：「賢侯禍福何如？」昌曰：「不才還討得個善終正寢。」費、尤二人復虛言慶慰曰：「賢侯自是福壽雙全。」西伯謙謝，三人又飲數盃。費、尤二人曰：「不才朝中有事，不敢久羈。賢侯前途保重！」各人分別。費、尤二人在馬上罵曰：「這老畜生！自己死在目前，反言善終正寢。我等反寒冰凍死。分明罵我等，這樣可惡！」正言話間，已至午門下馬，便殿朝見天子。王問曰：「姬昌可曾說甚麼？」二臣奏曰：「姬昌怨望❺，亂言辱君，罪在大不敬。」紂王大怒曰：「這匹夫！朕赦汝歸國，到不感德，反行侮辱，可惡！他以何言辱朕？」二人復奏曰：「他曾演數，言國家只此一傳而絕，所延不過四七之年；又道陛下不能善終。」紂王怒罵曰：「你不問這老匹夫死得何如？」費仲曰：「臣二人也問他，他道善終正寢。大抵姬昌乃利口妄言，惑人耳目。即他之死生出于陛下，尚然不知，還自己說善終，這不是自家哄自家！即臣二人叫他演數，他言臣二人凍死冰中。只臣莫說托陛下福蔭，即係小民，

❺ 怨望：怨恨責望。

也無凍死冰中之理。即此皆係荒唐之說，虛謬之言，惑世誣民，莫此為甚。陛下速賜施行！」王曰：「傳朕旨，命晁田趕去拿來，即時梟首，號令都城，以戒妖言！」晁田得旨追趕不表。

且說姬昌上馬，自覺酒後失言，忙令家將：「速離此間，恐後有變。」眾皆催動，迤邐而行。姬伯在馬上自思：「吾演數中，七年災迍❻，為何平安而返？必是此間失言，致有是非，定然惹起事來。」正遲疑間，只見一騎如飛趕來。及到面前，乃是晁田也。晁田大呼曰：「姬伯！天子有旨，請回！」姬伯回答曰：「晁將軍我已知道了。」姬伯乃對眾家將曰：「吾今災至難逃，你們速回，我七載後自然平安歸國。著伯邑考上順母命，下和弟兄，不可更西岐規矩。再無他說，你們去罷！」眾人灑淚回西岐去了。西伯同晁田回朝歌來。有詩為證：

十里長亭餞酒卮，只因直語欠委蛇。若非天數羈羑里，焉得姬侯纘伏羲。

話說姬昌同晁田往午門來，就有報馬飛報黃飛虎。飛虎大驚，沉思：「為何去而復返？莫非費、尤兩個奸逆坐害姬昌？」令周紀：「快請各位老殿下，速至午門！」周紀去請。黃飛虎隨上坐騎，急急來到午門。時姬昌已在午門候旨。飛虎忙問曰：「賢侯去而復返者何也？」昌曰：「聖上召回，不知何事。」卻說晁田見駕回旨。紂王大怒，叫：「速召姬昌！」姬昌至丹墀，俯伏奏曰：「荷蒙聖恩，釋臣歸國；今復召臣回，不知聖意何故？」王大罵曰：「老匹夫！釋你歸國，不思報效君恩，而反侮辱天子，尚有何說？」姬昌奏曰：「臣雖至愚，上知有天，下知有地，中知有君，生身知有父母，訓教知有師長，天地君親師五字，臣時刻不敢有忘，怎敢侮辱陛下，自取其死。」王怒曰：「你還在此巧言強辯！你演甚

❻ 災迍：災難困頓。迍，音ㄓㄨㄣ。

麼先天數，辱罵朕躬，罪在不赦！」西伯奏曰：「先天神農、伏羲演成八卦，定人事之吉凶休咎，非臣故捏，臣不過據數而言，豈敢妄議是非？」王曰：「你試演朕一數，看天下何如？」西伯奏曰：「前演陛下之數不吉，故對費仲、尤渾二大夫言，即曰不吉，並不曾言甚麼是非，臣安敢妄議？」紂王立身大呼曰：「你道朕不能善終，你自誇壽終正寢，非侮君而何！此正是妖言惑眾，以後必為禍亂。朕先教你先天數不驗，不能善終！」傳旨：「將姬昌拿出午門梟首，以正國法！」左右纔待上前，只見殿外有人大呼曰：「陛下，姬昌不可斬！臣等有諫章。」紂王急視，見黃飛虎、微子等七位大臣進殿俯伏，奏曰：「陛下，天赦姬昌還國，臣民仰德如山。且其先天數乃是伏羲先聖所演，非姬昌捏造。若是不準，亦是據數推詳；若是果準無差，姬昌亦是直言君子，不是狡詐小人；陛下亦可赦其小過。」王曰：「騁自己之妖術，謗主君以不堪，豈得赦其無罪！」比干奏曰：「臣等非為姬昌，實為國也。今陛下斬姬昌事小，社稷安危事大。姬昌素有令名，為諸侯瞻仰，軍民欽服。且昌先天數，據理直推，非是妄捏。如果聖上不信，可命姬昌演目下凶吉。如準可赦姬昌；如不準，即坐以捏造妖言之罪。」

紂王見大臣力諫，只得准奏，命姬昌演目下吉凶。姬昌取金錢一晃，大驚曰：「陛下，明日太廟火災，速將宗社神主請開，恐毀社稷根本！」王曰：「數演明日，應在何時？」昌曰：「應在午時。」王曰：「既如此，且將姬昌發下囹圄，以候明日之驗。」眾官同出午門。姬昌感謝七位殿下。黃飛虎曰：「賢侯，明日顛危，必須斟酌！」姬昌曰：「且看天數如何。」眾官散罷不題。

且言紂王謂費仲曰：「姬昌言明日太廟火災，若應其言，如之奈何？」尤渾奏曰：「傳旨，明日令看守太廟宮官仔細防閒，亦不必焚香，其火從何而至？」王曰：「此言極善。」天子回宮。費、尤二人也出朝不表。

且言次日，武成王黃飛虎約七位殿下俱在王府，候午時火災之事，命陰陽官報時刻。陰陽官報：「稟上眾老爺，正當午時了。」眾官不見太廟火起，正在驚慌之際，只聽半空中霹靂一聲，山河振動。忽見陰陽官來報：「稟上眾老爺，太廟火起！」比干歎曰：「太廟災異，成湯天下必不久矣！」眾人齊出王府看火。好火！但見：

此火本原生于石內，其實有威有雄；坐居離地東南位，勢轉丹砂九鼎中。此火乃燧人氏出世，刻木鑽金，旋坤轉乾。八卦內只他有威，五行中獨他無情。朝生東南，照萬物之光輝；暮落西北，為一世之混沌。火起處，滑刺刺閃電飛騰；煙發時，黑沉沉遮天蔽日。看高低，有百丈雷聲；聽遠近，發三千火炮。黑煙鋪地，百忙裡走萬道金蛇；紅焰沖空，霎時間有千團火塊。狂風助力，金門硃戶一時休；惡火飛來，碧瓦雕簷撚指過。火起千條焰，星灑滿天紅。都城齊吶喊，轟動萬民驚。數演先天莫浪猜，成湯宗廟盡成灰。老天已定興衰事，算不由人枉自謀。

話說紂王在龍德殿，正聚文武商議時，只見奉御官來奏：「果然午時太廟火起！」只唬得天子魂飛天外，魄散九霄，兩個奸臣肝膽盡裂。姬昌真聖人也。紂王曰：「姬昌之數今果有應驗。大夫，如何處之？」費、尤二臣奏曰：「雖然姬昌之數偶驗，適逢其時，豈得驟赦歸國？陛下恐眾大臣有所諫阻，只赦放姬昌須如此如此，天下可安，強臣無慮。此四海生民之福也。」王曰：「卿言甚善。」言未畢，微子、比干、黃飛虎等朝見畢。比干奏曰：「今日太廟火災，姬昌之數果驗。望陛下赦昌直言之罪。」王曰：「昌數果應，赦其死罪，不赦歸國，暫居羑里；待後國事安寧，方許歸國。」比干等謝恩而出，俱至午門。比干對昌言曰：「為賢侯特奏天子，准赦死罪，不赦還國，暫居羑里月餘。賢侯且自寧耐❼，俟天子轉日回天，自然榮歸故地。」姬昌頓首謝曰：「今日天子禁昌羑里，何處不是浩蕩之恩？怎敢有違？」飛虎又曰：「賢侯不過暫居月餘，不才等逢機搆會，自然與賢侯力為挽回，斷不令賢侯久羈此地耳。」姬昌謝過眾人，隨在午門望闕謝恩，即同押送官往羑里來。羑里軍民父老，牽羊擔酒，擁道跪迎。父老言曰：「羑里今得聖人一顧，萬物生光。」懽聲雜地，鼓樂驚天，迎進城郭。押送官歎曰：「聖人心同日月，普照四方，今日觀百姓迎接姬伯，非伯之罪可知。」姬昌進了府宅，押送官往都城回旨不表。且言姬昌一至羑里，教化大行，軍民樂業。閒居無事，把伏羲八卦反復推明，變成六十四卦，中分三百六十爻象。守分安居，全無怨主之心。後人有詩贊曰：

七載艱難羑里城，卦爻一一變分明。玄機參透先天秘，萬古留傳大聖名。

話表紂王囚禁大臣，全無忌憚。一日，報到元戎府。黃飛虎看報，見反了東伯侯姜文煥，領四十萬兵馬，取遊魂關；又反了南伯侯鄂順，領人馬二十萬取三山關。天下已反了四百鎮諸侯。黃飛虎歎曰：「二鎮兵起，天下慌慌，生民何日得安！」忙發令箭，命將緊守關隘。此話不表。

且言乾元山金光洞太乙真人，因神仙一千五百年犯了殺戒，乃年積月累，天下大亂一場，然後復定。一則姜子牙該斬將封神，成湯天下該滅，周室將興，因此玉虛宮住講道教。太乙真人閒坐洞中，只聽崑崙山玉虛宮白鶴童子持玉札到山。太乙真人接玉札，望玉虛宮拜罷。白鶴童子曰：「姜子牙不久下山，請師叔把靈珠子送下山去。」太乙真人曰：「我已知道了。」白鶴童子回去不表。太乙真人送這一位老

❼ 寧耐：忍耐。

爺下山，不知後事如何，且聽下回分解。

評

紂王無故殺戮大臣，禁囚聖賢，其於為君之道已絕，故不久國破身亡為天下戮也。

又評

畢竟文王也是多事的；倘於問數時，只含糊應之，此一番事，不是也逃越過了。古云：「惟口出好興戎。」又曰：「其默足以容。」文王尚欠保身之術。

第十二回　陳塘關哪吒出世

金光洞裡有奇珍，降落塵寰輔至仁。周室已生佳氣色，商家應自滅精神。
從來泰運多梁棟，自古昌期有劫燐。戊午時中逢甲子，漫嗟朝野盡沉淪。

話說陳塘關有一總兵官，姓李，名靖，自幼訪道修真，拜西崑崙度厄真人為師，學成五行遁術。因仙道難成，故遣下山輔佐紂王，官居總兵，享受人間之富貴。元配殷氏，生有二子：長曰金吒，次曰木吒。殷夫人後又懷孕在身，已及三年零六個月，尚不生產。李靖時常心下憂疑。一日，指夫人之腹言曰：「孕懷三載有餘，尚不降生，非妖即怪。」夫人亦煩惱曰：「此孕定非吉兆，教我日夜憂心。」李靖聽說，心下甚是不樂。當晚夜至三更，夫人睡得正濃，夢見一道人，頭挽雙髻，身著道服，逕進香房❶。夫人叱曰：「這道人甚不知理。此乃內室，如何逕進，著實可惡！」道人曰：「夫人快接麟兒！」夫人未及答，只見道人將一物往夫人懷中一送，夫人猛然驚醒，駭出一身冷汗。忙喚醒李總兵曰：「適纔夢中……」如此如此說了一遍。言未畢時，殷夫人已覺腹中疼痛。靖急起來至前廳坐下。暗想：「懷身三年零六個月，今夜如此，莫非降生？吉凶尚未可知。」正思慮間，只見兩個侍兒，慌忙前來，「啟老爺：夫人生下一個妖精來了！」李靖聽說，急忙來至香房，手執寶劍，只見房裡一團紅氣，滿屋異香。有一

❶ 香房：在佛家語中，本為世尊之居室。此處指婦女之寢室，即香閨、閨房。

肉毬，滴溜溜圓轉如輪。李靖大驚，望肉毬上一劍砍去，劃然有聲。分開肉毬，跳出一個小孩兒來，滿地紅光，面如傅粉，右手套一金鐲，肚腹上圍著一塊紅綾，金光射目。這位神聖下世，出在陳塘關，乃姜子牙先行官是也，靈珠子化身。金鐲是乾坤圈，紅綾名曰混天綾。此物乃是乾元山鎮金光洞之寶，表過不題。只見李靖砍開肉毬，見一孩兒滿地上跑。李靖駭異，上前一把抱將起來，分明是個好孩子，又不忍作為妖怪壞他性命，乃遞與夫人看，彼此恩愛不捨，各各憂喜。

卻說次日，有許多屬官俱來賀喜。李靖剛發放❷完畢，中軍官來稟：「啟老爺：外面有一道人求見。」李靖原是道門，怎敢忘本？忙道：「請來。」軍政官急請道人。道人逕上大廳，朝上對李靖曰：「將軍，貧道稽首了。」李靖忙答禮畢，尊道人上坐。道人不謙，便就坐下。李靖曰：「老師何處名山？甚麼洞府？今到此處，有何見諭？」道人曰：「貧道乃乾元山金光洞太乙真人是也。聞得將軍生了公子，特來賀喜。借令公子一看，不知尊意如何？」李靖聞道人之言，隨喚侍兒抱將出來。侍兒將公子抱將出來。道人接在手，看了一看，問曰：「此子落在那個時辰？」李靖答曰：「生在丑時。」道人曰：「不好。」李靖問曰：「此子莫非養不得麼？」道人曰：「非也。此子生于丑時，正犯了一千七百殺戒。」又問：「此子可曾起名否？」李靖答曰：「不曾。」道人曰：「待貧道與他起個名，就與貧道做個徒弟，何如？」李靖答曰：「願拜道長為師。」道人曰：「將軍有幾位公子？」李靖答曰：「不才有三子：長曰金吒，拜五龍山雲霄洞文殊廣法天尊為師；次曰木吒，拜九宮山白鶴洞普賢真人為師。老師既要此子為門下，但憑起一名諱，便拜道長為師。」道人曰：「此子第三，取名叫做『哪吒』。」李靖謝曰：「多

❷ 發放：分發、處理。

承厚德命名，感謝不盡。」喚左右：「看齋。」道人乃辭曰：「這個不必。貧道有事，即便回山。」著實固辭，李靖只得送道人出府。那道人別過，逕自去了。

話說李靖在關上無事，忽聞報天下反了四百諸侯，忙傳令出，把守關隘，操演三軍，訓練士卒，謹提防野馬嶺要地。烏飛兔走❸，瞬息光陰，暑往寒來，不覺七載。哪吒年方七歲，身長六尺。時逢五月，天氣炎熱，李靖因東伯侯姜文煥反了，在遊魂關大戰竇融，因此每日操練三軍，教練士卒不表。

且說三公子哪吒見天氣暑熱，心下煩躁，來見母親。參見畢，站立一旁，對母親曰：「孩兒要出關外閒翫一會，稟過母親，方敢前去。」殷夫人愛子之心重，便叫：「我兒，你既要去關外閒玩，可帶一名家將領你去，不可貪頑，快去快來。恐怕你爹爹操練回來。」哪吒應道：「孩兒曉得。」哪吒同家將出得關來，正是五月天氣，也就著實炎熱。但見：

太陽真火鍊塵埃，綠柳嬌禾欲化灰。行旅畏威慵舉步，佳人怕熱懶登臺。

涼亭有暑如煙燎，水閣無風似火埋。漫道荷香來曲院，輕雷細雨始開懷。

話說哪吒同家將出關，約行一里之餘，天熱難行。哪吒走得汗流滿面，乃叫家將：「看前面樹蔭之下，可好納涼？」家將到來綠柳陰中，只見薰風蕩蕩，煩襟盡解，急忙走回來，對哪吒稟曰：「稟公子，前面柳陰之內，甚是清涼，可以避暑。」哪吒聽說，不覺大喜，便走進林內，解開衣帶，舒放襟懷，甚是快樂。猛忽的見那壁廂清波滾滾，綠水滔滔，真是兩岸垂楊風習習，崖旁亂石水潺潺。哪吒立起身來，走到河邊，叫家將：「我方纔走出關來，熱極了，一身是汗，如今且在石上洗一個澡。」家將曰：「公

❸ 烏飛兔走：光陰過得很快。傳說日中有金烏，月中有玉兔，因以烏指日，兔指月。

子仔細，只怕老爺回來，可早些回去。」哪吒曰：「不妨。」脫了衣裳，坐在石上，把七尺混天綾放在水裡，蘸水洗澡。不知這河是九灣河，乃東海口上。哪吒將此寶放在水中，把水俱映紅了。擺一擺，江河晃動；搖一搖，乾坤震撼。那哪吒洗澡，不覺那水晶宮已晃的亂響。

不說那哪吒洗澡，且說東海敖光在水晶宮坐，只聽得宮闕震響，敖光忙喚左右，問曰：「地不該震，為何宮殿晃搖？傳與巡海夜叉李艮，看海口是何物作怪？」夜叉來到九灣河一望，見水俱是紅的，光華燦爛，只見一小兒將紅羅帕蘸水洗澡。夜叉分水，大叫曰：「那孩子將甚麼作怪東西，把河水映紅，宮殿搖動？」哪吒回頭一看，見水底一物，面如藍靛，髮似硃砂，巨口獠牙，手持大斧。哪吒曰：「你那畜生，是個甚東西，也說話？」夜叉大怒：「吾奉主公點差巡海夜叉，怎罵我是畜生？」分水一躍，跳上岸來，望哪吒頂上一斧劈來。哪吒正赤身站立，見夜叉來得勇猛，將身躲過，把右手套的乾坤圈望空中一舉。此寶原係崑崙山玉虛宮所賜太乙真人鎮金光洞之物，夜叉那裡經得起，那寶打將下來，正落在夜叉頭上，只打的腦漿迸流即死于岸上。哪吒笑曰：「把我的乾坤圈都污了。」復到石上坐下，洗那圈子。水晶宮如何經得起此二寶震撼，險些兒把宮殿俱晃倒了。敖光曰：「夜叉去探事未回，怎的這等凶惡！」正說話間，只見龍兵來報：「夜叉李艮被一孩童打死在陸地，特啟龍君知道。」敖光大驚：「李艮乃靈霄殿御筆點差的，誰敢打死？」敖光傳令點龍兵：「待吾親去，看是何人！」話未了，只見龍王三太子敖丙出來，口稱：「父王，為何大怒？」敖光將李艮打死的事說了一遍。三太子曰：「父王請安，孩兒出去拿來便是。」忙調龍兵，上了逼水獸，提畫桿戟，逕出水晶宮來。分開水勢，浪如山倒，波濤橫生，平地水長數尺。哪吒起身看看水，言曰：「好大水！好大水！」只見波浪中現一水獸，獸上坐一人，全裝服色，持戟驍勇，大叫曰：「是甚人打死我巡海夜叉李艮？」哪吒曰：「是我。」敖丙一見，問曰：「你是誰人？」哪吒答曰：「我乃陳塘關李靖第三子哪吒是也。俺父親鎮守此間，乃一鎮之主。我在此避暑洗澡，與他無干；他來罵我，我打死了他，也無妨。」三太子敖丙大驚曰：「好潑賊！夜叉李艮乃天王殿差，你敢大膽將他打死，尚敢撒潑亂言！」太子將畫戟便刺，來取哪吒。哪吒手無寸鐵，把頭一低，鑽將過去，「少待動手，你是何人？通個姓名，我有道理。」敖丙曰：「孤乃東海龍君三太子敖丙是也。」哪吒笑曰：「你原來是敖光之子。你妄自尊大，若惱了我，連你那老泥鰍都拿出來，把皮也剝了他的。」三太子大叫一聲：「氣殺我！好潑賊，這等無禮！」又一戟刺來。哪吒急了，把七尺混天綾望空一展，似火塊千團，往下一裹，將三太子裹下逼水獸來。哪吒搶一步趕上去，一腳踏住敖丙的頸項，提起乾坤圈，照頂門一下，把三太子的元身打出，是一條龍，在地上挺直。哪吒曰：「打出這小龍的本像來了。也罷，把他的筋抽去，做一條龍筋絛與俺父親束甲。」哪吒把三太子的筋抽了，逕帶進關來。把家將嚇得渾身骨軟筋酥，腿慢難行，挨到帥府門前，哪吒來見太夫人。夫人曰：「我兒，你往那裡耍子，便去這半日？」哪吒曰：「關外閑行，不覺來遲。」哪吒說罷，往後園去了。

且說李靖操演回來，發放左右，自卸衣甲，坐于後堂。憂思紂王失政，逼反天下四百諸侯，日見生民塗炭，正在那裡煩惱。且說敖光在水晶宮，只聽得龍兵來報說：「陳塘關李靖之子哪吒把三太子打死，連筋都抽去了。」敖光聽報，大驚曰：「吾兒乃興雲布雨滋生萬物正神，怎說打死了！李靖，你在西崑崙學道，吾與你也有一拜之交，你敢縱子為非，將我兒子打死，這也是百世之冤，怎敢又將我兒子筋都抽了！」言之痛心切骨！敖光大怒，恨不能即與其子報仇，隨化一秀士，逕往陳塘關來。至于帥府，對門官曰：「你與我傳報，有故人敖光拜訪。」軍政官進內廳稟曰：「啟老爺：外有故人敖光拜訪。」李靖曰：「吾兄一別多年，今日相逢，真是天幸。」忙整衣來迎。敖光至大廳，施禮坐下。李靖見敖光一臉怒色，方欲動問，只見敖光曰：「李賢弟，你生的好兒子！」李靖笑答曰：「長兄多年未會，今日奇逢，真是天幸，何故突發此言？若論小弟止有三子：長曰金吒，次曰木吒，三曰哪吒，俱拜名山道德之士為師，雖未見好，亦不是無賴之輩。長兄莫要錯見。」敖光曰：「賢弟，你錯見了，我豈錯見？你的兒子在九灣河洗澡，不知用何法術，將我水晶宮幾乎震倒。我差夜叉來看，便將我夜叉打死。我第三子來看，又將我三太子打死，還把他筋都抽了來。」敖光說至此，不覺心酸，勃然大怒曰：「你還說不曉事護短的話！」李靖忙陪笑答曰：「不是我家，兄錯怪了我。我長子在五龍山學藝；二子在九宮山學藝；三子七歲，大門不出，從何處做出這等大事來？」敖光曰：「便是你第三子哪吒打的！」李靖曰：「真是異事非常。長兄不必性急，待我教他出來你看。」李靖往後堂來，殷夫人問曰：「何人在廳上？」李靖曰：「故友敖光。不知何人打死他三太子，說是哪吒打的。如今叫他出去與他認。哪吒今在那裡？」殷夫人自思：「只今日出門，如何做出這等事來？」不敢回言，只說：「在後園裡面。」李靖逕進後園來叫：「哪吒在那裡？」叫了半個時辰不應。李靖逕走到海棠軒來，見門又關住。

李靖在門口大叫，哪吒在裡面聽見，忙開門來見父親。李靖便問：「我兒，你在此作何事？」哪吒對曰：「孩兒今日無事出關，至九灣河頑耍，偶因炎熱，下水洗個澡。叵耐❹有個夜叉李艮，孩兒又不惹他，他百般罵我，還拿斧來劈我。是孩兒一圈打死了。不知又有個甚麼三太子叫做敖丙，持畫戟刺我。

❹ 叵耐：叵是「不可」二字之合音。叵耐即不可耐，有可恨、可惡之意。

被我把混天綾裹他上岸，一腳踏住頸項，也是一圈，不意打出一條龍來。孩兒想龍筋最貴重，因此上抽了他的筋來，在此打一條龍筋絛，與父親束甲。」就把李靖只嚇得張口如痴，結舌不語。半晌，大叫曰：「好冤家！你惹下無涯之禍。你快出去見你伯父，自回他話。」哪吒曰：「父親放心，不知者不坐罪，筋又不曾動他的，他要，元物在此，待孩兒見他去。」哪吒急走來至大廳，上前施禮，口稱：「伯父，小侄不知，一時失錯，望伯父恕罪。元筋交付明白，分毫未動。」敖光見物傷情，對李靖曰：「你生出這等惡子，你適纔還說我錯了。今他自己供認，只你意上可過的去！況吾子乃正神也，夜叉李艮亦係御筆點差；豈得你父子無故擅行打死？我明日奏上玉帝，問你的師父要你！」敖光逕揚長去了。李靖頓足放聲大哭：「這禍不小！」夫人聽見前庭悲哭，忙問左右侍兒，侍兒回報曰：「今日三公子因遊玩，打死龍王三太子。適才龍王與老爺折辨，明日要奏准天庭，不知老爺為何啼哭？」夫人著忙，急至前廳來看李靖。李靖見夫人來，忙止淚，恨曰：「我李靖求仙未成，誰知你生下這樣好兒子，惹此滅門之禍！龍王乃施雨正神，他妄行殺害，明日玉帝准奏施行，我和你多則兩日，少則兩朝，俱為刀下之鬼！」說罷又哭，情甚慘切。夫人亦淚如雨下，指哪吒而言曰：「我懷你三年零六個月，方纔生你，不知受了多少苦辛。誰知你是滅門絕戶之禍根也！」哪吒見父母哭泣，立身不安，雙膝跪下，言曰：「爹爹，母親，孩兒今日說了罷。我不是凡夫俗子，我是乾元山金光洞太乙真人弟子。此寶皆係師父所賜，料敖光怎的敵得我？我如今往乾元山上，問我師尊，必有主意。常言道，一人做事一人當，豈敢連累父母？」哪吒出了府門，抓一把土，望空一灑，寂然無影。此是生來根本，駕土遁往乾元山來。有詩為證：

乾元山上叩吾生，訴說敖光東海情。寶德門前施法力，方知仙術不虛名。

話說哪吒駕土遁來至乾元山金光洞，候師法旨。金霞童兒忙啟師父：「師兄候法旨。」太乙真人曰：「著他進來。」金霞童子至洞門對哪吒曰：「師父命你進去。」哪吒至碧遊床倒身下拜。真人問曰：「你不在陳塘關，到此有何話說？」哪吒曰：「啟老師：蒙恩降生陳塘，今已七載。昨日偶到九灣河洗澡，不意敖光子敖丙將惡語傷人，弟子一時怒發，將他傷了性命。今敖光欲奏天庭，父母驚慌，弟子心甚不安，無門可救，只得上山，懇求老師，赦弟子無知之罪，望祈垂救。」真人自思曰：「雖然哪吒無知，誤傷敖丙，這是天數。今敖光雖是龍中之王，只是布雨興雲，然上天垂象，豈得推為不知！以此一小事干瀆天庭，真是不諳事體！」忙叫：「哪吒過來，你把衣裳解開。」真人以手指在哪吒前胸畫了一道符籙，吩咐哪吒：「你到寶德門，如此如此。事完後，你回到陳塘關與你父母說，若有事，還有師父，決不干礙父母。你去罷。」哪吒離了乾元山，逕往寶德門來。正是天宮異像非凡景，紫霧紅雲罩碧空。但見上天，大不相同：

初登上界，乍見天堂，金光萬道吐紅霓，瑞氣千條噴紫霧。只見那南天門：碧沉沉琉璃造就，明晃晃寶鼎粧成。兩旁有四根大柱，柱上盤繞的是興雲布霧赤鬚龍；正中有二座玉橋，橋上站立的是彩羽凌空丹頂鳳。明霞燦爛映天光，碧霧朦朧遮斗日。天上有三十三座仙宮：遺雲宮、毗波宮、紫霄宮、太陽宮、太陰宮、化樂宮，一宮宮脊吞金獅豸；又有七十二重寶殿：乃朝會殿、凌虛殿、寶光殿、聚仙殿、傳奏殿，一殿殿柱列玉麒麟。壽星臺、祿星臺、福星臺，臺下有千千年不謝奇花；煉丹爐、八卦爐、水火爐，爐中有萬萬載常青的秀草。朝聖殿中絳紗衣，金霞燦爛；彤庭堦下芙蓉冠，金碧輝煌。靈霄寶殿，金龍攢玉戶；積聖樓前，彩鳳舞朱門。伏道迴廊，處處玲瓏剔透；三簷四簇，層層龍鳳翱翔。上面有紫巍巍、明晃晃、圓丟丟、光灼灼、亮錚錚的葫蘆頂；左右是緊簇簇、密層層、響叮叮、滴溜溜、明朗朗的玉佩聲。正是：天宮異物般般有，世上如他件件稀。金闕銀鑾並紫府，奇花異草暨瑤天。朝王玉兔壇邊過，參聖金烏著底飛。若人有福來天境，不墮人間免污泥。

哪吒到了寶德門，來的尚早，不見敖光；又見天宮各門未開，哪吒站立在聚仙門下。不多時，只見敖光朝服叮噹，逕至南天門，只見南天門未開。敖光曰：「來早了，黃巾力士還不曾至，不免在此間等候。」哪吒看見敖光，敖光看不見哪吒。哪吒是太乙真人在他前心書了符籙❺，名曰隱身符，故此敖光看不見哪吒。哪吒看見敖光在此等候，心中大怒，撒開大步，提起手中乾坤圈，把敖光後心一圈，打了個餓虎撲食，跌倒在地。哪吒趕上去，一腳踏住後心。不知敖光性命如何，且聽下回分解。

評

哪吒在九灣河洗澡，原是小兒常態，夜叉原是鹵莽惡狀的，二人相見，自不是好相識；所以遭哪吒打死。只這三太子便當問一端的。此事原好結局，如何也蠻做起來？亦遭毒手，還是自欠主張。

又評

---

❺符籙：護符。僧道術士所書繚繞成文者，謂可驅鬼護身。

哪吒終是爽利漢子，自不藏頭露尾，一見敖光，便自承認；若是今人，就有許多抵賴，許多婆子氣。

第十三回　太乙真人收石磯

天然頑石得機先，結就靈胎已萬年。吸月餐星探地窟，填離取坎伏天乾。
慢誇步霧興雲術，且聽吟龍嘯虎仙。劫火運逢難措手，須知邪正有偏全。

話說哪吒在寶德門將敖光踏住後心，敖光扭頸回頭看時，認得是哪吒，不覺勃然大怒，況又被他打倒，用腳踏住，掙扎不得，乃大罵曰：「好大膽潑賊！你黃牙未退，奶毛未乾，逞兇將御筆欽點夜叉打死，又將我三太子打死。他與你何仇？你敢將他筋俱抽去！這等凶頑，罪已不赦。今又敢在寶德門外，毀打興雲布雨正神。你欺天罔上，雖碎醢汝尸，不足以盡其辜！」哪吒被他罵得性起，恨不得就要一圈打死他，奈太乙真人吩咐，只是按住他道：「你叫，你叫，我便打死你這老泥鰍也無甚大事！我不說，你也不知我是誰。吾非別人，乃乾元山金光洞太乙真人弟子靈珠子是也。奉玉虛宮法牒，脫化陳塘關李門為子。因成湯合滅，周室當興，姜子牙不久下山，吾乃是破紂輔周先行官是也。偶因九灣河洗澡，你家人欺負我；是我一時性急，便打死他二命，也是小事，你就上本。我師父說來，就連你這老蠢物都打死了，也不妨事。」敖光聽罷，罵曰：「好孺子！打的好！打的好！」哪吒曰：「你要打就打你。」掄起拳來，或上或下，乒乓乒乓，一氣打有一二十拳。打的敖光喊叫。哪吒道：「你這老蠢才，乃是頑皮，不打你，你是不怕的。」古云：「龍怕揭鱗，虎怕抽筋。」哪吒將敖光朝服一把拉去了半邊，左脇下露出鱗甲。哪吒用手連抓數把，抓下四、五十片鱗甲，鮮血淋漓，痛傷骨髓。敖光疼痛難忍，只叫饒命。哪吒曰：「你要我饒命，我不許你上本，跟我往陳塘關去，我就饒你。你若不依，一頓乾坤圈打死你，料有太乙真人作主，我也不怕你。」敖光遇著惡人，莫敢誰何，只得應承，願隨他去。哪吒曰：「放你起來。」敖光起來，正欲同行，哪吒曰：「嘗聞龍會變化，要大，就撐天柱地；要小，便芥子藏身。我怕你走了，往何處尋你？你變一個小小蛇兒，我帶你回去。」敖光不得脫身，沒奈何，只得化一個小青蛇兒。哪吒拿來放在袖裡，離了寶德門，往陳塘關來，即刻便至帥府。家將忙報李靖曰：「三公子回府了。」李靖聞言，甚是不樂。只見哪吒進府來謁見父親。見李靖眉鎖春山，愁容可掬，上前請罪。李靖問曰：「你往那裡去來？」哪吒曰：「孩兒往南天門去，請回伯父敖光不必上本。」李靖大喝一聲：「你這說謊畜生！你是何等之輩，敢往天界？俱是一派誑言，瞞昧父母，甚是可惱！」哪吒曰：「父親不必大怒，現有伯父敖光可證。」李靖曰：「你尚胡說！伯父如今在那裡？」哪吒曰：「在這裡。」袖內取出青蛇，望下一丟，敖光一陣清風，見化成人形。李靖吃了一驚，忙問曰：「長兄為何如此？」敖光大怒，把南天門毆打之事，說了一遍；又把脇下鱗甲把與李靖觀看，「你生這等惡子，我把四海龍王齊約到靈霄殿，申明冤枉，看你如何理說！」道罷，化一陣清風去了。李靖頓足曰：「此事愈反加重，如何是好？」

哪吒近前，跪而稟曰：「老爺，母親，只管放心。孩兒求救師父，師父說我不是私自投胎至此，奉玉虛宮符命來保明君。連四海龍王，便都壞了，也不妨甚麼事。若有大事，師父自然承當。父親不必掛念。」李靖乃道德之士，亦明玄中奧妙，又見哪吒南天門打敖光的手段，既上得天曹，其中必有原故。

殷夫人終是愛子之心，見哪吒站立旁邊，李靖煩惱，有恨兒子之意，夫人曰：「你還在這裡，不往後邊去！」哪吒聽母命，逕往後園來。坐了一會，心上覺悶，乃出後園門，逕上陳塘關的城樓上來納涼。此時天氣甚熱，此處不曾到過，只見好景致：曛曛蕩蕩，綠柳依依，觀望長空，果然似一輪火蓋。正是：

行人滿面流珠落，避暑閒人把扇搖。

哪吒看了一回，自言曰：「從不知道這個所在好頑耍！」又見兵器架上有一張弓，名曰乾坤弓；有三枝箭，名曰震天箭。哪吒自想：「師父說我來做先行官，破成湯天下，如今不習弓馬，更待何時？況且有現成弓箭，何不演習演習。」哪吒心下甚是歡喜，便把弓拿在手中，取一枝箭，搭箭當弦，望西南上一箭射去。響一聲，紅光繚繞，瑞彩盤旋。這一箭不當緊，正是：沿河撒下鉤與線，從今釣出是非來。哪吒不知此弓箭乃鎮陳塘關之寶，乾坤弓，震天箭，自從軒轅皇帝大破蚩尤，傳留至今，並無人拿得起來。今日哪吒拿起來，射了一箭，只射到骷髏山白骨洞，有一石磯娘娘的門人，名曰碧雲童子，攜花籃採藥，來至山崖之下，被這一箭正中咽喉，翻身倒地而死。

少時，只見彩雲童兒看見碧雲中箭而死，急忙報與石磯娘娘曰：「師兄不知何故，箭射咽喉而死。」石磯娘娘聽說，走出洞來，行至崖邊，看見碧雲童兒果然中箭而死。細看是震天箭，石磯娘娘怒曰：「此箭在陳塘關，必是李靖所射。李靖，你不能成道，我在你師父前著你下山，求人間富貴；你今位至公侯，不思報德，反將箭射我的徒弟，恩將仇報。」叫彩雲童兒看著洞府，「待我拿李靖來，以報此恨。」石磯娘娘乘青鸞而來，只見金霞蕩蕩，彩霧緋緋，正是：仙家妙用無窮盡，咫尺青鸞到此關。娘娘在半空中大呼：「李靖出來見我！」李靖不知道是誰人叫，急出來看時，認是石磯娘娘。李靖倒身下拜，「弟子李靖拜見。不知娘娘駕至，有失迎迓，望乞恕罪。」娘娘曰：「你行的好事！尚在此巧語花言。」將八卦雲光帕——上面有坎離震兌之寶，包羅萬象之珍。——望下一丟，命黃巾力士：「將李靖拿進洞府來！」黃巾力士平空把李靖拿去，至白骨洞放下。娘娘離了青鸞，坐在蒲團之上。力士將李靖拿至面前跪下。石磯娘娘曰：「李靖，你仙道未成，已得人間富貴，你卻虧了何人？今不思報本，反起歹意，將我徒弟碧雲童子射死，有何理說？」李靖不知何事，真是平地風波。李靖曰：「娘娘，弟子今得何罪？」娘娘曰：「你恩將仇報，射死我門人，你還故推不知？」李靖曰：「箭在何處？」娘娘命：「取箭來與他看。」李靖看時，卻是震天箭。李靖大驚曰：「這乾坤弓，震天箭，乃軒轅皇帝傳留至今，鎮陳塘關之寶，誰人拿得起來？這是弟子運乖時蹇❶，異事非常。望娘娘念弟子無辜被枉，冤屈難明，放弟子回關，查明射箭之人，待弟子拿來，以分皂白，庶不冤枉無辜。如無射箭之人，弟子死不瞑目。」石磯娘娘曰：「既如此，我且放你回去。你若查不出來，我問你師父要你。你且去！」

李靖連箭帶回，借土遁來至關前，收了遁法，進了帥府。殷夫人不知何故，見李靖平空攝去，正在驚慌之際，李靖回見夫人。夫人曰：「將軍為甚事平空攝去？使妾身驚慌無地。」李靖頓足歎曰：「夫人，我李靖居官二十五載，誰知今日運蹇時乖。關上敵樓有乾坤弓，震天箭，乃鎮壓此關之寶，不知何人將此箭射去，把石磯娘娘徒弟射死。方纔被他拿去，要我抵償性命。被我苦苦哀告，回來訪是何人，拿去見他，方能與我明白。」李靖又曰：「若論此弓箭，別人也拿不動，莫非又是哪吒？」夫人曰：「豈有此理！難道敖光事未了，他又敢惹這是非？就是哪吒，也拿不起來。」李靖沉思半晌，計上心來，叫

❶ 運乖時蹇：命運不好，生不逢時。蹇，音ㄐㄧㄢˇ，艱難。

左右侍兒：「請你三公子來。」不一時，哪吒來見，站立一旁。李靖曰：「你說你有師父承當，叫你輔弼明君，你如何不去學習些弓馬，將來也好去用力。」哪吒曰：「孩兒奮志如此。方纔偶在城敵樓上，見弓箭在此，是我射了一箭，只見紅光繚繞，紫霧紛霏，把一枝好箭射不見了。」就把李靖氣得大叫一聲：「好逆子！你打死三太子，事尚未定，今又惹這等無涯之禍！」夫人默默無言。哪吒不知其情，便問：「為何？又有甚麼事？」李靖曰：「你方纔一箭，射死石磯娘娘的徒弟。娘娘拿了我去，被我說過，放我回來，尋訪射箭之人，原來卻是你！你自去見娘娘回話！」哪吒笑曰：「父親且息怒。石磯娘娘在那裡住？他的徒弟在何處？我怎樣射死他？平地賴人，其心不服。」李靖說：「石磯娘娘在骷髏山白骨洞，你既射死他徒弟，你去見他！」哪吒曰：「父親此言有理，同到甚麼白骨洞，若還不是我，打他個攪海翻江，我纔回來。父親請先行，孩兒隨後。」父子二人駕土遁往骷髏山來：

箭射金光起，紅雲照太虛。真人今出世，帝子已安居。
莫浪誇仙術，須知念玉書。萬邪難克正，不免破三軍。

話說李靖到了骷髏山，吩咐哪吒：「站立在此，待我進去，回了娘娘法旨。」哪吒冷笑：「他在那裡平空賴我，看他如何發咐我？」且言李靖進洞中參見娘娘。娘娘曰：「是何人射死碧雲童子？」李靖啟娘娘：「就是李靖所生逆子哪吒。弟子不敢有違，已拿在洞府前，聽候法旨。」娘娘命彩雲童兒：「著他進來！」

只見哪吒看見洞裡一人出來，自想：「打人不過先下手。此間是他巢穴，反為不便。」祭起乾坤圈，一下打將來。彩雲童兒不曾提防，夾頸一圈，呵呀一聲，跌倒在地。彩雲童兒彼時一命將危。娘娘聽得洞外跌得人響，急出洞來，彩雲童兒已在地下掙命。娘娘曰：「好孽障！還敢行凶，又傷我徒弟！」哪吒見石磯娘娘戴魚尾金冠，穿大紅八卦衣，麻履絲縧，手提太阿劍趕來。哪吒收回圈，復打一圈來。娘娘看是太乙真人的乾坤圈，「呀！原來是你！」娘娘用手接住乾坤圈。哪吒大驚，忙將七尺混天綾來裹娘娘。娘娘大笑，把袍袖望上一迎，只見混天綾輕輕的落在娘娘袖裡。娘娘叫：「哪吒，再把你師父的寶貝用幾件來，看我道術如何？」哪吒手無寸鐵，將何物支持，只得轉身就跑。娘娘叫：「李靖，不干你事，你回去罷。」不言李靖回關，且說石磯娘娘趕哪吒，飛雲掣電，雨驟風馳，趕彀多時，哪吒只得往乾元山來。到了金光洞，慌忙走進洞門，望師父下拜。真人問曰：「哪吒為何這等慌張？」哪吒曰：「石磯娘娘賴弟子射死他的徒弟，提寶劍前來殺我，把師父的乾坤圈、混天綾都收去了。如今趕弟子不放，現在洞外。弟子沒奈何，只得求見師父，望乞救命！」太乙真人曰：「你這孽障，且在後桃園內，待我出去看。」真人出來，身倚洞門，只見石磯滿面怒色，手提寶劍，惡狠狠趕來，見太乙真人，打稽首：「道兄請了！」太乙真人答禮。石磯曰：「道兄，你的門人仗你道術，射死貧道的碧雲童子，打壞了彩雲童兒，還將乾坤圈、混天綾來傷我。道兄，好好把哪吒叫他出來見我，還是好面相看，萬事俱息，若道兄隱護，只恐明珠彈雀，反為不美。」真人曰：「哪吒在我洞裡，要他出來不難，你只到玉虛宮，見吾掌教老師。他教與你，我就與你。哪吒奉御敕欽命出世，輔保明君，非我一己之私。」娘娘笑曰：「道兄差矣！你將教主壓我，難道你縱徒弟行凶，殺我的徒弟，還將大言壓我。難道我不如你，我就罷了！你聽我道來：

道德森森出混元，修成乾健得長存。三花聚頂非閒說，五氣朝元❷豈浪言。

閒坐蒼龍歸紫極，喜乘白鶴下崑崙。休將教主欺吾黨，劫運迴環已萬源。」

話說太乙真人曰：「石磯，你說你的道德清高，你乃截教，吾乃闡教，因吾輩一千五百年不曾斬卻三尸❸，犯了殺戒，故此降生人間，有征誅殺伐，以完此劫數。今成湯合滅，周室當興，玉虛封神，應享人間富貴。當時三教僉押封神榜，吾師命我教下徒眾，降生出世，輔佐明君。哪吒乃靈珠子下世，輔姜子牙而滅成湯，奉的是元始掌教符命。就傷了你的徒弟，乃是天數。你怎言包羅萬象，遲早飛昇。似你等無憂無慮，無辱無榮，正好修持；何故輕動無名❹，自傷雅道？」石磯娘娘忍不住心頭火，喝曰：「道同一理，怎見高低？」太乙真人曰：「道雖一理，各有所陳。你且聽吾分剖：

交光日月鍊金英，一顆靈珠透室明。擺動乾坤知道力，逃移生死見功成。

逍遙四海留蹤跡，歸在三清立姓名。直上五雲雲路穩，紫鸞朱鶴自來迎。」

石磯娘娘大怒，手執寶劍望真人劈面砍來。太乙真人讓過，抽身復入洞中，取劍掛在手上，暗袋一物，望東崑崙山下拜：「弟子今在此山開了殺戒。」拜罷，出洞指石磯曰：「你根源淺薄，道行難堅，怎敢在我乾元山自恃凶暴！」石磯又一劍砍來，太乙真人用劍架住，口稱：「善哉！」石磯乃一頑石成精，

❷ 三花聚頂，五氣朝元：皆道家修鍊之術。前者是將精氣神凝聚，萬神朝真的修鍊法；後者是將五行受成之氣，生尅制化，朝歸於中土之元黃庭。

❸ 三尸：道家謂人身有三尸神，在腦中，明堂中，腹胃中，能記人過失，至庚申日，乘人睡去，而讒之上帝。故學道者當斬卻三尸。

❹ 無名：即無明火，指怒火。

採天地靈氣，受日月精華，得道數千年，尚未成正果；今逢大劫，本像難存，故到此山。一則石磯數盡；二則哪吒在此處出身。天數已定，怎能逃躲？

石磯娘娘與太乙真人往來衝突，翻騰數轉，二劍交架，未及數合，只見雲彩輝輝，石磯娘娘將八卦龍鬚帕丟起空中，欲傷真人。真人笑曰：「萬邪豈能侵正？」真人口中念念有詞，用手一指：「此物不落，更待何時？」八卦帕落將下來。石磯大怒，臉變桃花，劍如雪片。太乙真人曰：「事到其間，不得不行。」真人將身一躍，跳出圈子外來，將九龍神火罩拋起空中。石磯見罩，欲避不及，已罩在裡面。且說哪吒看見師父用此物罩了石磯，歎曰：「早將此物傳我，也不費許多力氣。」哪吒出洞來見師父。太乙真人回頭看見徒弟來：「呀！這頑皮，他看見此罩，畢竟要了。但如今他還用不著，待子牙拜將之後，方可傳他。」真人忙叫：「哪吒，你快去！四海龍君奏准玉帝，來拿你父母了。」哪吒聽得此言，滿眼垂淚，懇求真人曰：「望師父慈悲弟子一雙父母！子作災殃，遺累父母，其心何安！」道罷，放聲大哭。真人見哪吒如此，乃附耳曰：「如此如此，可救你父母之厄。」哪吒叩謝，借土遁往陳塘關來不表。

且說太乙真人罩了石磯，石磯在罩內不知東西南北。真人用兩手一拍，那罩內騰騰焰起，烈烈光生，九條火龍盤繞；此乃三昧神火燒鍊石磯。一聲雷響，把娘娘真形煉出，乃是一塊頑石。此石生于天地玄黃之外，經過地水火風，鍊成精靈；今日天數已定，合於此地而死，故現其真形。此是太乙真人該開殺戒。真人收了神火罩，又收乾坤圈、混天綾，進洞不表。

且說哪吒飛奔陳塘關來，只見帥府前人聲擾攘。眾家將見公子來了，忙報李靖曰：「公子回來了。」

四海龍王敖光、敖順、敖明、敖吉正看間，只見哪吒厲聲叫曰：「『一人行事一人當』，我打死敖丙、李艮，我當償命，豈有子連累父母之理！」乃對敖光曰：「我一身非輕，乃靈珠子是也。奉玉虛符命，應運下世。我今日剖腹剜腸剔骨肉，還于父母，不累雙親。你們意下如何？如若不肯，我同你齊到靈霄殿見天王，我自有話說。」敖光聽見此言：「也罷，你既如此救你父母，也有孝名。」四龍王便放了李靖夫婦。哪吒便右手提劍，先去一臂膊，後自剖其腹，剜腸剔骨，散了七魄三魂，一命歸泉。四龍王據哪吒之言回旨不表。殷夫人將哪吒尸骸，用棺木盛了埋葬不表。

且說哪吒魂無所依，魄無所倚。他原是寶貝化現，借了精血，故有魂魄。哪吒飄飄蕩蕩，隨風而至，逕到乾元山來。不知後事如何，且聽下回分解。

評

哪吒頑劣，不亞美猴王，而一念忠孝，慷慨激烈處，有似花和尚李鐵牛。此傳固當與西遊、水滸並傳！

又評

頑石乃是一蠢然無知之物，偶借天地之精華而成形；所以做事，就有這些孟浪造次，未免遭此劫數。今之蠢然無知之輩，乍識些字，便妄自尊大，何以異此？所以今人叱稱此輩曰石頭，良有以也。作此傳者，真大慈悲菩薩。

第十四回　哪吒現蓮花化身

仙家法力妙難量，起死回生有異方。一粒丹砂歸命寶，幾根荷葉續魂湯。
超凡不用骯髒骨，入聖須尋返魄香。從此開疆歸聖主，岐周事業借匡襄。

且說金霞童兒進洞來，啟太乙真人曰：「師兄杳杳冥冥，飄飄蕩蕩，隨風定止，不知何故。」真人聽說，早解其意，忙出洞來。真人吩咐哪吒：「此處非汝安身之所。你回到陳塘關，托一夢與你母親：離關四十里，有一翠屏山，山上有一空地，令你母親造一座哪吒行宮，你受香煙三載，又可立於人間，輔佐真主。可速去，不得遲誤！」哪吒聽說，離了乾元山往陳塘關來。正值三更時分，哪吒來到香房，叫：「母親，孩兒乃哪吒也。如今我魂魄無棲，望母親念為兒死得好苦，離此四十里，有一翠屏山上，與孩兒建立行宮，使我受些香煙，好去托生天界。孩兒感母親之慈德甚于天淵。」夫人醒來，卻是一夢，夫人大哭。李靖問曰：「夫人為何啼哭？」夫人把夢中事說了一遍。李靖大怒曰：「你還哭他！他害我們不淺。常言夢隨心生，只因你思想他，便有許多夢魂顛倒，不必疑惑。」夫人不言。且說次日又來托夢，三日又來。夫人合上眼，殿下就站立面前。不覺五七日之後，哪吒他生前性格勇猛，死後魂魄也是驍雄，遂對母親曰：「我求你數日，你全不念孩兒苦死，不肯造行宮與我，我便吵你個六宅不安！」夫人醒來，不敢對李靖說。夫人暗著心腹人，與些銀兩，往翠屏山興工破土，起建行宮，造哪吒神像一座，旬月功完。哪吒在此翠屏山顯聖，感動萬民，千請千靈，萬請萬應，因此廟宇軒昂，十分齊整。但見：

行宮八字粉牆開，硃戶銅環左右排。碧瓦雕簷三尺水，數株檜柏兩重臺。神廚寶座金粧就，龍鳳幡幢瑞色裁。帳幔懸鉤吞半月，猙獰鬼判立塵埃。沉檀裊裊煙結彩，逐日紛紛祭祀來。

哪吒在翠屏山顯聖，四方遠近居民，俱來進香，紛紛如蟻，日盛一日。祈福禳災，無不感應。不覺烏飛兔走，似箭光陰，半載有餘。

且說李靖因東伯侯姜文煥為父報仇，調四十萬人馬，在遊魂關與竇融大戰，竇融不能取勝。李靖在野馬嶺操演三軍，緊守關隘。一日回兵往翠屏山過，李靖在馬上看見往往來來，扶老攜幼，進香男女，紛紛似蟻，人煙湊積。李靖在馬上問曰：「這山乃翠屏山，為何男女紛紛，絡繹不絕？」軍政官對曰：「半年前，有一神道在此感應顯聖，千請千靈，萬請萬應，祈福福至，禳患患除，故此驚動四方男女進香。」李靖聽罷，想起來，問中軍官：「此神何姓何名？」中軍回曰：「是哪吒行宮。」李靖大怒，傳令安營，「待我上山去看來。」李靖縱馬上山，男女閃開。李靖逕至廟前，只見廟門高懸一扁，書「哪吒行宮」四字。進得廟來，見哪吒形相如生，左右站立鬼判。李靖指而罵曰：「畜生！你生前擾害父母，死後愚弄百姓！」罵罷，提六陳鞭，一鞭把哪吒金身打的粉碎。李靖怒發，復一腳蹬倒鬼判。傳令放火，燒了廟宇。吩咐進香萬民曰：「此非神也，不許進香。」嚇得眾人忙忙下山。李靖上馬，怒氣不息。有詩為證：

雄兵纔至翠屏疆，忽見黎民日進香。鞭打金身為粉碎，腳蹬鬼判也遭殃。
火焚廟宇騰騰焰，煙透長空烈烈光。只因一氣沖牛斗，父子參商戰幾場。

話說李靖兵進陳塘關帥府下馬，傳令將人馬散了。李靖進後廳，殷夫人接見。李靖罵曰：「你生的好兒子，還遺害我不少，今又替他造行宮，煽惑良民。你要把我這條玉帶送了纔罷！如今權臣當道，況我不與費仲、尤渾二人交接，倘有人傳至朝歌，奸臣參我假降邪神，白白的斷送我數載之功。這樣事俱是你婦人所為！今日我已燒毀廟宇。你若再與他起造，那時我亦不與你好休！」

且不言李靖，再表哪吒那一日出外，不在行宮；及至回來，只見廟宇無存，山紅土赤，煙焰未滅，兩個鬼判，含淚來接。哪吒問曰：「怎的來？」鬼判答曰：「是陳塘關李總兵突然上山，打碎金身，燒毀行宮，不知何故。」哪吒曰：「我與你無干了，骨肉還于父母，你如何打我金身，燒我行宮，令我無處棲身？」心上甚是不快。沉思良久，「不若還往乾元山走一遭。」哪吒受了半年香煙，已覺有些形聲，一時到了高山，至于洞府。金霞童兒引哪吒見太乙真人。真人曰：「你不在行宮接受香火，又來這裡做甚麼？」哪吒跪訴前情：「被父親將泥身打碎，燒毀行宮。弟子無所依倚，只得來見師父，望祈憐救。」真人曰：「這就是李靖的不是。他既還了父母骨肉，他在翠屏山上，與你無干；今使他不受香火，如何成得身體？況姜子牙下山已快。也罷，既為你，就與你做件好事。」叫金霞童兒：「把五蓮池中蓮花摘二枝，荷葉摘三個來。」童子忙忙取了荷葉、蓮花，放于地下。真人將花勒下瓣兒，鋪成三才❶，又將荷葉梗兒折成三百骨節，三個荷葉，按上中下，按天地人。真人將一粒金丹放于居中，法用先天，氣運九轉，分離龍坎虎，綽住哪吒魂魄，望荷葉裡一推，喝聲：「哪吒不成人形，更待何時！」只聽得響一聲，跳起一個人來，面如傅粉，唇似塗硃，眼運精光，身長一丈六尺，此乃哪吒蓮花化身，見師父拜倒

❶ 三才：天地人。

在地。真人曰：「李靖毀打泥身之事，其實傷心。」哪吒曰：「師父在上，此仇決難干休！」真人曰：「你隨我桃園裡來。」真人傳哪吒火尖鎗，不一時已自精熟。哪吒就要下山報仇。真人曰：「鎗法好了，賜你腳踏風火二輪，另授靈符秘訣。」真人又付豹皮囊，囊中放乾坤圈、混天綾、金磚一塊，「你往陳塘關去走一遭。」哪吒叩首，拜謝師父，上了風火輪，兩腳踏定，手提火尖鎗，逕往關上來。有詩為證：

兩朵蓮花現化身，靈珠二世出凡塵。手提紫焰蛇矛寶，腳踏金霞風火輪。
豹皮囊內安天下，紅錦綾中福世民。歷代聖人為第一，史官遺筆萬年新。

話說哪吒來到陳塘關，逕進關來至帥府，大呼曰：「李靖早來見我！」有軍政官報入府內：「外面有三公子，腳踏風火二輪，手提火尖鎗，口稱老爺姓諱，不知何故？請老爺定奪。」李靖喝曰：「胡說！人死豈有再生之理！」言未了，只見又一起人來報：「老爺如出去遲了，便殺進府來！」李靖大怒：「有這樣事！」忙提畫戟，上了青驄馬，出得府來。見哪吒腳踏風火二輪，手提火尖鎗，比前大不相同。李靖大驚，問曰：「你這畜生！你生前作怪，死後還魂，又來這裡纏擾！」哪吒曰：「李靖！我骨肉已交還與你，我與你無相干礙，你為何往翠屏山鞭打我的金身，火燒我的行宮？今日拿你，報一鞭之恨！」把鎗緊一緊，劈面刺來。李靖將畫戟相迎，輪馬盤旋，戟鎗並舉。哪吒力大無窮，三五回合把李靖殺的馬仰人翻，力盡筋輸，汗流脊背。李靖只得望東南逃走。哪吒大叫曰：「李靖，休想今番饒你！不殺你決不空回！」往前趕來。不多時，看看趕上。哪吒的風火輪快，李靖馬慢。李靖心下著慌，只得下馬，借土遁去了。哪吒笑曰：「五行之術，道家平常，難道你土遁去了，我就饒你！」把腳一登，駕起風火二輪，只見風火之聲，如飛雲掣電，望前追趕。李靖自思：「今番趕上，被他一鎗刺死，如之奈何？」

李靖見哪吒看看至近，正在兩難之際，忽然聽得有人作歌而來，歌曰：「清水池邊明月，綠楊隄畔桃花。別是一般清味，淩空幾片飛霞。」李靖看時，見一道童，頂著髮巾，道袍大袖，麻履絲縧，來者乃九宮山白鶴洞普賢真人徒弟木吒是也。木吒曰：「父親，孩兒在此。」李靖看時，乃是次子木吒，心下方安。哪吒駕輪正趕，見李靖同一道童講話。哪吒落下輪來。木吒上前，大喝一聲：「慢來！你這孽障好大膽！子殺父，忤逆亂倫。早早回去，饒你不死！」哪吒曰：「你是何人，口出大言？」木吒曰：「你連我也認不得！吾乃木吒是也。」哪吒方知是二哥，忙叫曰：「二哥，你不知其詳。」哪吒把翠屏山的事細細說了一遍：「這個是李靖的不是，是我的不是？」木吒大喝曰：「胡說！天下無有不是的父母！」哪吒又說：「剖腹剜腸，已將骨肉還他了，我與他無干，還有甚麼父母之情！」木吒大怒曰：「這等逆子！」將手中劍望哪吒一劍砍來。哪吒鎗架住曰：「木吒，我與你無仇，你站開了，待吾拿李靖報仇。」木吒大喝：「好孽障！焉敢大逆！」提劍來取。哪吒道：「這是大數造定，將生替死。」手中鎗劈面交還，輪步交加，弟兄大戰。哪吒見李靖站立一旁，又恐走了他，哪吒性急，將鎗挑開劍，用手取金磚望空打來。木吒不提防，一磚正中後心，打了一交，跌在地下。哪吒登輪來取李靖，李靖抽身就跑。哪吒叫曰：「就趕到海島，也取你首級來，方泄吾恨！」李靖望前飛走，真似失林飛鳥，漏網游魚，莫知東南西北。往前又趕多時，李靖見事不好，自歎曰：「罷！罷！罷！想我李靖前生不知作甚孽障，致使仙道未成，又生出這等冤愆。也是合該如此，不若自己將刀戟刺死，免受此子之辱。」正待動手，只見一人叫曰：「李將軍切不要動手，貧道來矣！」信口歌曰：「野外清風拂柳，池中水面飄花。借問安居何地？白雲深處為家。」作歌者乃五龍山雲霄洞文殊廣法天尊，手執拂塵而來。李靖看見，口稱：「老師救末將之命！」天尊曰：「你進洞去，我這裡等他。」少刻，哪吒雄赳赳、氣昂昂，腳踏風火輪，持鎗趕至。看見一道者，怎生模樣：

雙抓髻，雲分靄靄；水合袍，緊束絲縧。仙風道骨任逍遙，腹隱許多玄妙。玉虛宮元始門下群仙首，曾赴蟠桃。全憑五氣煉成豪，天皇氏修仙養道。

話說哪吒看見一道人站立山坡上，又不見李靖。哪吒問曰：「那道者可曾看見一將過去？」天尊曰：「方纔李將軍進我雲霄洞裡去了。你問他怎的？」哪吒曰：「道者，他是我的對頭。你好好放他出洞來，與你干休；若走了李靖，就是你替他戳三鎗。」天尊曰：「你是何人？這等狠，連我也要戳三鎗。」哪吒不知那道人是何等人，便叫曰：「吾乃乾元山金光洞太乙真人徒弟哪吒是也。你不可小覷了我。」天尊說：「我不曾聽見有甚麼太乙真人徒弟叫做哪吒！你在別處撒野便罷了，我這所在撒不得野。若撒一撒野，便拿去桃園內，弔三年，打二百扁拐。」

哪吒那裡曉得好歹，將鎗一展，就刺天尊。天尊抽身就往本洞跑，哪吒踏輪來趕。天尊回頭，看見哪吒來的近了，袖中取一物，名曰遁龍樁，又名七寶金蓮，望空丟起。只見風生四野，雲霧迷空，播土揚塵，落來有聲，把哪吒昏沉沉不知南北，黑慘慘怎認東西？頸項套一個金圈，兩隻腿兩個金圈，靠著黃澄澄金柱子站著。哪吒及睜眼看時，把身子動不得了。天尊曰：「好孽障！撒的好野！」喚金吒：「把扁拐取來！」金吒忙取扁拐，至天尊面前稟曰：「扁拐在此。」天尊曰：「替我打！」金吒領師命，持扁拐把哪吒一頓扁拐，打的三昧真火七竅齊噴。天尊曰：「且住了。」同金吒進洞去了。哪吒暗想：「趕李靖不曾趕上，到被他打了一頓扁拐，又走不得。」哪吒切齒深恨，沒奈何，只得站立此間，氣沖牛斗。

看官：這個是太乙真人明明送哪吒到此磨他殺性，真人已知此情。哪吒正煩惱時，只見那壁廂大袖寬袍，絲絛麻履，乃太乙真人來也。哪吒看見，叫曰：「師父！望乞救弟子一救！」連叫數聲，真人不理，逕進洞去了。有白雲童兒報曰：「太乙真人在此。」天尊迎出洞來，對真人攜手笑曰：「你的徒弟，叫我教訓。」他二仙坐下。太乙真人曰：「貧道因他殺戒重了，故送他來磨其真性；孰知果獲罪於天尊。」

天尊命金吒：「放了哪吒來。」金吒走到哪吒面前道：「你師父叫你。」哪吒曰：「你明明的奈何我，你弄甚麼障眼法兒，把我動展不得？你還來消遣我！」金吒笑曰：「你閉了目。」哪吒只得閉著眼。金吒將靈符畫畢，收了遁龍樁；哪吒急待看時，其圈、樁俱不見了。哪吒點頭道：「好好好，今日吃了無限大虧，且進洞去見了師父，再做處置。」二人進洞來。哪吒看見打他的道人在左邊，師父在右邊。太乙真人曰：「過來，與你師伯叩頭！」哪吒不敢違拗師命，只得下拜。哪吒道：「謝打了。」轉身又拜師父。太乙真人叫：「李靖過來。」李靖倒身下拜。真人曰：「翠屏山之事，你也不該心量窄小，故此父子參商。」哪吒在旁只氣的面如火發，恨不得吞了李靖纔好。二仙早解其意。真人曰：「從今父子再不許犯顏。」吩咐李靖：「你先去罷。」李靖謝了真人，逕出來了。就把哪吒急的敢怒而不敢言，只在旁邊抓耳揉腮，長吁短歎。真人暗笑，曰：「哪吒，你也回去罷，好生看守洞府。我與你師伯下棋，一時就來。」哪吒聽見此言，心花兒也開了。哪吒曰：「弟子曉得。」忙忙出洞，踏起風火二輪，追趕李靖。往前趕有多時，哪吒看是李靖前邊駕著土遁，大叫：「李靖休走，我來了！」李靖看見，叫苦曰：「這道者何為失言？既先著我來，就不該放他下山，方是為我。今沒多時，便放他來趕我，這正是為人不終，怎生奈何？」只得往前逃走。

卻說李靖被哪吒趕的上天無路，入地無門。正在危急之際，只見山崗上有一道人，倚松靠石而言曰：「山腳下可是李靖？」李靖擡頭一看，見一道人，靖曰：「師父，末將便是李靖。」道人曰：「為何慌忙？」靖曰：「哪吒追之甚急，望師父垂救！」道人曰：「快上崗來，站在我後面，待我救你。」李靖上崗，躲在道人之後，喘息未定，只見哪吒風火輪響，看看趕至崗下。哪吒看見兩人站立，便冷笑一番：「難道這一遭又吃虧罷！」踏著輪往崗上來。道者問曰：「來者可是哪吒？」哪吒答曰：「我便是。你這道人為何叫李靖站立在你後面？」道人曰：「你為何事趕他？」哪吒又把翠屏山的事說了一遍。道人曰：「你既在五龍山講明了，又趕他，是你失信也。」哪吒曰：「你莫管我們。今日定要拿他，以泄我恨！」道人曰：「你既不肯，……」便對李靖曰：「你就與他殺一回與我看。」李靖曰：「師父，這畜生力大無窮，末將殺他不過。」道人站起來，把李靖啐一口，脊背上打一巴掌道：「你殺與我看，有我在此，不妨事。」李靖只得持戟刺來，哪吒持火尖鎗來迎。父子二人戰在山崗，有五六十回合。哪吒這一回被李靖殺的汗流滿面，遍體生津。哪吒遮架畫戟不住，暗自沉思：「李靖原殺我不過，方纔這道人啐他一口，撲他一掌，其中必定有些原故。我有道理，待我賣個破綻，一鎗先戳死道人，然後再拿李靖。」哪吒將身一躍，跳出圈子來，一鎗竟刺道人。道人把口一張，一朵白蓮花接住了火尖鎗。道人曰：「李靖，且住了。」李靖聽說，急架住火尖鎗。道人問哪吒曰：「你這孽障！你父子廝殺，我與你無仇，你怎的刺我一鎗？到是我白蓮架住，不然我反被你暗算。這是何說？」哪吒曰：「先前李靖殺我不過，你叫他與我戰，你為何啐他一口，掌他一下？這分明是你弄鬼，使我戰不過他。我故此刺你一鎗，以泄其忿。」道人曰：「你這孽障，敢來刺我！」哪吒大怒，把鎗展一展，又劈腦刺來。道人跳開一旁，袖兒望上一舉，只見祥雲繚繞，紫霧盤旋，一物往下落來，把哪吒罩在玲瓏塔裡。道人雙手在塔上一拍，塔裡火發，把哪吒燒的大叫饒命。道人在塔外問曰：「哪吒，你可認父親？」哪吒只得連聲答應：「老爺，我認是父親了。」道人曰：「既認父親，我便饒你。」道人忙收寶塔。哪吒睜眼一看，渾身上下，並莫有燒壞些兒。哪吒暗思：「有這等的異事！此道人真是弄鬼！」

道人曰：「哪吒，你既認李靖為父，你與他叩頭。」哪吒意欲不肯，道人又要祭塔；哪吒不得已，只得忍氣吞聲，低頭下拜，尚有不忿❷之色，道人曰：「還要你口稱父親。」哪吒不肯答應。道人曰：「哪吒，你既不稱父親，還是不服。再取金塔燒你！」哪吒著慌，連忙高叫：「父親，孩兒知罪了。」哪吒口內雖叫，心上實是不服，只是暗暗切齒，自思道：「李靖，你長遠帶著道人走！」道人喚李靖曰：「你且跪下，我秘授你這一座金塔。如哪吒不服，你便將此塔祭起燒他。」哪吒在旁，只是暗暗叫苦。道人曰：「哪吒，你父子從此和睦，久後俱係一殿之臣，輔佐明君，成其正果，再不必言其前事。哪吒，你回去罷。」哪吒見是如此，只得回乾元山去了。李靖跪而言曰：「老爺廣施道德，解弟子之危厄，請問老爺高姓大名？那座名山？何處仙府？」道人曰：「貧道乃靈鷲山元覺洞燃燈道人是也。你修煉未成，合享人間富貴。今商紂失德，天下大亂，你且不必做官，隱於山谷之中，暫忘名利。待武周興兵，你再出來立功立業。」李靖叩首在地，回關隱跡去了。道人原是太乙真人請到此間磨哪吒之性，以便父子重圓。後來父子四人，肉身成聖，托塔天王乃李靖也。後人有詩曰：

> 黃金造就玲瓏塔，萬道毫光透九重。不是燃燈施法力，難教父子復相從。

---

❷ 不忿：不服氣。

此是哪吒二次出世于陳塘關，後子牙下山，正應文王羑里七載之事。不知後節何如，且聽下回分解。

評

起死回生，原是神仙妙術。太乙真人起初就當如此救他，何必又教他去翠屏山上，受甚麼香火，致使他父子兄弟爭戰；若是故意做此勾當，磨折他殺性，分明是婆子氣。

又評

今觀太乙文殊燃燈諸菩薩，俱是不爽利的。哪吒浮躁，便當明白曉諭他父子兄弟之道，何故反左右支絀，使李靖狼狽不成為父之體？此所以謂之和尚道士耳！呵呵！

第十五回　崑崙山子牙下山

子牙此際落凡塵，白首牢騷類野人。幾度策身成老拙，三番涉世反相嗔。
磻溪未入飛熊夢，渭水安知有瑞麟？世際風雲開帝業，享年八百慶長春。

話說崑崙山玉虛宮掌闡教道法元始天尊，因門下十二弟子犯了紅塵之厄，殺罰臨身，故此閉宮止講；又因昊天上帝命仙首十二稱臣，故此三教並談，乃闡教、截教、人道三等，共編成三百六十五位成神，又分八部：上四部雷火瘟斗，下四部群星列宿。三山五岳、布雨興雲、善惡之神。此時成湯合滅，周室當興，又逢神仙犯戒，元始封神，姜子牙享將相之福，恰逢其數，非是偶然。所以「五百年必有王者興，其間必有名世者」❶，正此之故。

一日，元始天尊坐八寶雲光座上，命白鶴童子：「請你師叔姜尚來。」白鶴童子往桃園中來請子牙，口稱：「師叔，老爺有請。」子牙忙至寶殿座前行禮曰：「弟子姜尚拜見。」天尊曰：「你上崑崙幾載了？」子牙曰：「弟子三十二歲上山，如今虛度七十二歲了。」天尊曰：「你生來命薄，仙道難成，只可受人間之福。成湯數盡，周室將興。你與我代勞，封神下山，扶助明主，身為將相，也不枉你上山修行四十年之功。此處亦非汝久居之地，可早早收拾下山。」子牙哀告曰：「弟子乃真心出家，苦熬歲月，

---

❶ 五百年必有王者興二句：語見孟子公孫丑。名世，謂其人德業聲望，可名顯一世者，為之輔佐。

今亦有年。修行雖是滾芥投針，望老爺大發慈悲，指迷歸覺。弟子情願在山苦行，必不敢貪戀紅塵富貴，望師尊收錄。」天尊曰：「你命緣如此，必聽于天，豈得違拗？」子牙戀戀難捨。有南極仙翁上前言曰：「子牙，機會難逢，時不可失；況天數已定，自難逃躲。你雖是下山，待你功成之時，自有上山之日。」子牙只得下山。子牙收拾琴劍衣囊，起身拜別師尊，跪而泣曰：「弟子領師法旨下山，將來歸著如何？」天尊曰：「子今下山，我有八句偈子，後日自有應驗。偈曰：

二十年來窘迫連，耐心守分且安然。磻溪石上垂竿釣，自有高明訪子賢。
輔佐聖君為相父，九三拜將握兵權。諸侯會合逢戊甲，九八封神又四年。」

天尊道罷：「雖然你去，還有上山之日。」子牙拜辭天尊，又辭眾位道友，隨帶行囊，出玉虛宮。有南極仙翁送子牙，在麒麟崖吩咐曰：「子牙前途保重！」子牙別了南極仙翁，自己暗思：「我上無伯叔兄嫂，下無弟妹子侄，叫我往那裡去？我似失林飛鳥，無一枝可棲。」忽然想起：「朝歌有一結義仁兄宋異人，不若去投他罷。」子牙借土遁前來，早至朝歌。離南門三十五里，至宋家莊。子牙看門庭依舊，綠柳長存。子牙歎曰：「我離此四十載，不覺風光依舊，人面不同。」子牙到得門前，對看門的問曰：「你員外在家否？」管門人問曰：「你是誰？」子牙曰：「你只說故人姜子牙相訪。」莊童來報員外：「外邊有一故人姜子牙相訪。」宋異人正算帳，聽見子牙來，忙忙迎出莊來，口稱：「賢弟，如何數十載不通音問？常時渴慕，今日重逢，幸甚！幸甚！」子牙曰：「自別仁兄，實指望出世超凡，奈何緣淺分薄，未遂其志。今到高莊，得會仁兄，乃尚之幸。」異人忙吩咐收拾飯食，又問曰：「是齋？是葷？」子牙曰：「既出家，豈有飲酒吃葷之理？弟是吃齋。」宋異人曰：「酒乃瑤池玉液，洞府瓊漿，就是神仙也赴蟠桃會，酒吃些兒無妨。」子牙曰：「仁兄見教，小弟領命。」二人歡飲。

異人曰：「賢弟上崑崙多少年了？」子牙曰：「不覺四十載。」異人歎曰：「好快！賢弟在山可曾學些甚麼？」子牙曰：「怎麼不學？不然所作何事？」異人曰：「學些甚麼道術？」子牙曰：「挑水澆松，種桃燒火，搧爐煉丹。」異人笑曰：「此乃僕傭之役，何足掛齒。今賢弟既回來，不若尋些事業，何必出家？就在我家同住，不必又往別處去。我與你相知，非比別人。」子牙曰：「正是。」異人曰：「古云：『不孝有三，無後為大。』賢弟，也是我與你相處一場，明日與你議一門親，生下一男半女，也不失姜姓之後。」子牙搖手曰：「仁兄，此事且再議。」二人談講至晚，子牙就在宋家莊住下。

話說宋異人二日早起，騎了驢兒往馬家莊上來議親。異人到莊，有莊童報與馬員外曰：「有宋員外來拜。」馬員外大喜，迎出門來，便問：「員外是那陣風兒刮將來？」異人曰：「小侄特來與令愛議親。」馬員外大悅，施禮坐下。茶罷，員外問曰：「賢契，將小女說與何人？」異人曰：「此人乃東海許州人氏，姓姜名尚，字子牙，別號飛熊，與小侄契交通家，因此上這一門親正好。」馬員外曰：「賢契主親，並無差遲。」宋異人取白金四錠以為聘資，馬員外收了，忙設酒席款待異人，抵暮而散。

且說子牙起來，不見宋異人，問莊童曰：「你員外那裡去了？」莊童曰：「早晨出門，想必討帳去了。」不一時，異人下了牲口，子牙看見，迎門接曰：「兄長那裡回來？」異人曰：「恭喜賢弟！」子牙問曰：「小弟喜從何至？」異人曰：「今日與你議親，正是相逢千里，會合姻緣。」子牙曰：「今日時辰不好。」異人曰：「陰陽無忌，吉人天相。」子牙曰：「是那家女子？」異人曰：「馬洪之女，才貌兩全，正好配賢弟。這女子今年六十八歲，尚是黃花女兒。」異人治酒與子牙賀喜。二人飲罷，異人曰：「可擇一良辰娶親。」子牙謝曰：「承兄看顧，此德怎忘！」乃擇選良時吉日，迎娶馬氏。宋異人又排設酒席，邀莊前莊後鄰舍，四門親友，慶賀迎親。其日馬氏過門，洞房花燭，成就夫妻。正是天緣遇合，不是偶然。有詩曰：

離卻崑崙到帝邦，子牙今日娶妻房。六十八歲黃花女，七十有二做新郎。

話說子牙成親之後，終日思慕崑崙，只慮大道不成，心中不悅，那裡有心情與馬氏暮樂朝歡？馬氏不知子牙心事，只說子牙是無用之物。不覺過了兩月。馬氏便問子牙曰：「宋伯伯是你姑表弟兄？」子牙曰：「宋兄是我結義兄弟。」馬氏曰：「原來如此。便是親生弟兄，也無有不散的筵席。今宋伯伯在，我夫妻可以安閑自在；倘異日不在，我和你如何處？常言道：人生天地間，以營運為主。我勸你做些生意，以防我夫妻後事。」子牙曰：「賢妻說得是。」馬氏曰：「你會做些甚麼生理？」子牙曰：「我三十二歲在崑崙學道，不識甚麼世務生意，只會編笊籬❷。」馬氏曰：「就是這個生意也好。況後園又有竹子，砍些來劈些篾，編成笊籬，往朝歌城賣些錢鈔，大小都是生意。」子牙依其言，劈了篾子，編了一擔笊籬，挑到朝歌來賣。從早至午，賣到未末申初，也賣不得一個。子牙見天色至申時，還要挑著走三十五里，腹內又餓了，只得奔回。一去一來，共七十里路，子牙把肩頭都壓腫了。走到門前，馬氏看時，一擔去，還是一擔來。正待問時，只見子牙指馬氏曰：「娘子，你不賢。恐怕我在家閑著，叫我賣笊籬。朝歌城必定不用笊籬，如何賣了一日，一個也賣不得，到把肩頭壓腫了？」馬氏曰：「笊籬乃天下通用之物，不說你不會賣，反來抱怨！」夫妻二人語去言來，犯顏嘶嚷。宋異人聽得子牙夫婦吵嚷，

---

❷ 笊籬：竹器。編竹如勺，用以漉米，謂之笊籬。籬，俗字。

忙來問子牙曰：「賢弟，為何事夫妻相爭？」子牙把賣笊籬事說了一遍。異人曰：「不要說是你夫妻二人，就是三二十口，我也養得起。你們何必如此？」馬氏曰：「伯伯雖是這等好意，但我夫妻日後也要落著，難道靠人一世麼？」宋異人曰：「弟婦之言也是，何必做這個生意？我家倉裡麥子生芽，可叫後生❸磨些麵，賢弟可挑去貨賣，卻不強如編笊籬？」子牙把籮擔收拾，後生支起磨來，磨了一擔乾麵，子牙次日挑著進朝歌貨賣，從四門都走到了，也賣不得一觔。腹內又饑，擔子又重，只得出南門。肩頭又痛，子牙歇下了擔兒，靠著城牆坐一坐，少憩片時。自思運蹇時乖，作詩一首，詩曰：

四八崑崙訪道玄，豈知緣淺不能全！紅塵黯黯難睜眼，浮世紛紛怎脫肩？
借得一枝棲止處，金枷玉鎖又來纏。何時得遂平生志，靜坐溪頭學老禪？

話說子牙坐了一會，方纔起身。只見一個人叫：「賣麵的站著！」子牙說：「發利市的來了。」歇下擔子。只見那人走到面前，子牙問曰：「要多少麵？」那人曰：「買一文錢的。」子牙又不好不賣，只得低頭撮麵。不想子牙不是久挑擔子的人，把肩擔抛在地旁，繩子撒在地下；此時因紂王無道，反了東南四百鎮諸侯，報來甚是緊急；武成王日日操練人馬，因放散營炮響，驚了一騎馬，溜繮奔走如飛。子牙彎著腰撮麵，不曾提防，後邊有人大叫曰：「賣麵的，馬來了！」子牙忙側身，馬已到了。擔上繩子鋪在地下，馬來的急，繩子套在馬蹄子上，把兩籮麵拖了五六丈遠，麵都潑在地下，被一陣狂風將麵刮個乾淨。子牙急搶麵時，渾身俱是麵裹了。買麵的人見這等模樣，就去了。子牙只得回去。一路嗟歎，來到莊前。馬氏見子牙空籮回來，大喜：「朝歌城乾麵這等好賣的。」子牙到了馬氏跟前，把籮擔一丟，

❸ 後生：指年輕工人。

罵曰：「都是你這賤人多事！」馬氏曰：「乾麵賣的乾淨是好事，反來罵我！」子牙曰：「一擔麵挑至城裡，何嘗賣得，至下午纔賣一文錢。」馬氏曰：「空籮回來，想必都賒去了？」子牙氣沖沖的曰：「因被馬溜繮，把繩子絆住腳，把一擔麵帶潑了一地；天降狂風，一陣把麵都吹去了。不都是你這賤人惹的事！」馬氏聽說，把子牙劈臉一口啐道：「不是你無用，反來怨我，真是飯囊衣架，惟知飲食之徒！」子牙大怒：「賤人女流，焉敢啐侮丈夫！」二人揪扭一堆。宋異人同妻孫氏來勸：「叔叔卻為何事與嬸嬸爭競？」子牙把賣麵的事說了一遍。異人笑曰：「擔把麵能值幾何？你夫妻就這等起來。賢弟同我來。」子牙同異人往書房中坐下。子牙曰：「承兄雅愛，提攜小弟。弟時乖運蹇，做事無成，實為有愧！」異人曰：「人以運為主，花逢時發。古語有云：『黃河尚有澄清日，豈可人無得運時？』賢弟不必如此。我有許多夥計，朝歌城有三五十座酒飯店，俱是我的。待我邀眾朋友來，你會他們一會，每店讓你開一日，週而復始，輪轉作生涯，卻不是好？」子牙作謝道：「多承仁兄抬舉。」異人隨將南門張家酒飯店與子牙開張。朝歌南門乃是第一個所在，近教場，各路通衢，人煙湊集，大是熱鬧。其日做手多宰豬羊，蒸了點心，收拾酒飯齊整，子牙掌櫃，坐在裡面。一則子牙乃萬神總領，一則年庚不利，從早晨到巳牌時候，鬼也不上門。及至午時，傾盆大雨。黃飛虎不曾操演，天氣炎熱，豬羊餚饌，被這陣暑氣一蒸，登時臭了，點心餿了，酒都酸了。子牙坐得沒趣，叫眾伙計：「你們把酒餚都吃了罷，再過一時可惜了。」子牙作詩曰：

皇天生我在塵寰，虛度風光困世間。鵬翅有時騰萬里，也須飛過九重山。

當日子牙至晚回來。異人曰：「賢弟，今日生意如何？」子牙曰：「愧見仁兄！今日折了許多本錢，分文也不曾賣得下來。」異人歎曰：「賢弟不必惱，守時候命，方為君子。總來折我不多，再作區處，別尋道路。」異人怕子牙著惱，兌五十兩銀子，叫後生同子牙走集場，販賣牛馬豬羊，難道活東西也會臭了？子牙收拾去買豬、羊，非止一日。那日販買許多豬羊，趕往朝歌來賣。此時因紂王失政，妲己殘害生靈，奸臣當道，豺狼滿朝，故此天心不順，旱潦不均，朝歌半年不曾下雨，天子百姓祈禱，禁了屠沽，告示曉諭軍民人等，各門張掛。

子牙失於打點，把牛馬豬羊往城裡趕，被看門人役叫聲：「違禁犯法，拿了！」子牙聽見，就抽身跑了。牛馬牲口，俱被入官。子牙只得束手歸來。異人見子牙慌慌張張，面如土色，急問子牙曰：「賢弟為何如此？」子牙長吁歎曰：「屢蒙仁兄厚德，件件生意俱做不著，致有虧折。今販豬羊，又失打點，不知天子祈雨，斷了屠沽，違禁進城，豬羊牛馬入官，本錢盡絕，使姜尚愧身無地。奈何！奈何！」宋異人笑曰：「幾兩銀子入了官罷了，何必惱他。今煮得酒一壺與你散散悶懷，到我後花園去。」子牙時來運至，後花園先收五路神。不知後事何如，且聽下回分解。

評

子牙乃三代人物，一世英雄，豈是草草豪傑？但做事多有不就緒耳。若是做一件事，做妥貼了，反是誤這個人一生。孟子所以說，天將降大任於斯人也，必先苦其心志，勞其筋骨，餓其體膚云云，良有以也。

又評

馬氏也是有見識的人，只是以世俗之見待子牙，所以不足取耳；若是近日婦人，只知安閒了事，有喫有穿罷了，那裡又論身後一著？此婦人猶超出今人之上。

第十六回　子牙火燒琵琶精

妖孽頻興國勢闌，大都天意久摧殘。休言怪氣侵牛斗，且俟精靈殺豸冠。

千載修持成往事，一朝被獲若為歡。當時不遇天仙術，安得琵琶火後看？

話說子牙同異人來到後花園，週圍看了一遍，果然好個所在。但見：

牆高數仞，門壁清幽。左邊有兩行金線垂楊；右壁有幾株剔牙松樹。牡丹亭對玩花樓，芍藥圃連鞦韆架。荷花池內，來來往往錦鱗遊；木香棚下，翩翩翻翻蝴蝶戲。正是：小園光景似蓬萊，樂守天年娛晚景。

話說異人與子牙來後園散悶，子牙自不曾到此處，看了一回，子牙曰：「仁兄，這一塊空地，怎的不起五間樓？」異人曰：「起五間樓怎說？」子牙曰：「小弟無恩報兄，此處若起做樓，按風水有三十六條玉帶，金帶有一升芝麻之數。」異人曰：「賢弟也知風水？」子牙曰：「水弟頗知一二。」異人曰：「不瞞賢弟說，此處也起造七八次，造起來就燒了，故此我也無心起造他。」子牙曰：「小弟擇一日辰，仁兄只管起造。若上梁那日，仁兄只是款待匠人，我在此替你壓壓邪氣，自然無事。」異人信子牙之言，擇日興工破土，起造樓房。那日子時上梁，異人在前堂待匠，子牙在牡丹亭裡坐定等候，看是何怪異。不一時，狂風大作，走石飛砂，播土揚塵，火光影裡見些妖魅，臉分五色，猙獰怪異。怎見得：

狂風大作，惡火飛騰。煙繞處，黑霧濛濛；火起處，紅光焰焰。臉分五色，赤白黑色共青黃；巨口獠牙，吐放霞光千萬道。風逞火勢，忽喇喇走萬道金蛇；火遶煙迷，黑漫漫墮十重霧。山紅土赤，霎時間萬物齊崩；地黑天黃，一會家千門盡倒。正是：妖氛烈火沖霄漢，方顯龍罔怪物兇。

話說子牙在牡丹亭裡，見風火影裡，五個精靈作怪。子牙忙披髮仗劍，用手一指，把劍一揮，喝聲：「孽畜不落，更待何時！」再把手一放，雷鳴空中，把五個妖物慌忙跪倒，口稱：「上仙，小畜不知上仙駕臨，望乞大德全生施放！」子牙喝道：「好孽畜！火毀樓房數次，兇心不息；今日罪惡貫盈，當受誅戮。」道罷，提劍向前就斬妖怪。眾怪哀曰：「上仙，道心無處不慈悲。小畜得道多年，一時冒瀆天顏，望乞憐赦。今一旦誅戮，可憐我等數年功行，付于流水！」拜伏在地，苦苦哀告。子牙曰：「你既欲生，不許在此擾害萬民。你五畜受吾符命，逕往西岐山，久後搬泥運土，聽候所使。有功之日，自然得其正果。」五妖叩頭，逕往岐山去了。

不說子牙壓星收妖，且說那日是上梁吉日，三更子時，前堂異人待匠，馬氏同姆姆孫氏往後園暗暗的看子牙做何事。二人來至後園，只聽見子牙吩咐妖怪。馬氏對孫氏曰：「大娘，你聽聽，子牙自己說話。這樣人一生不長進。說鬼話的人，怎得有昇騰日子？」馬氏氣將起來，走到子牙面前，問子牙曰：「你在這裡與誰講話？」子牙曰：「你女人家不知道，方纔壓妖。」馬氏曰：「自己說鬼話，壓甚麼妖！」子牙曰：「說與你也不知道。」馬氏正在園中與子牙分辨，子牙曰：「你那裡曉得甚麼，我善能風水，又識陰陽。」馬氏曰：「你可會算命？」子牙曰：「命理最精，只是無處開一命館。」正言之間，宋異人見馬氏、孫氏與子牙說話，異人曰：「賢弟，方纔雷響，你可曾見些甚麼？」子牙把收妖之事說了一遍。異人謝曰：「賢弟這等道術，不枉修行一番。」孫氏曰：「叔叔會算命，卻無處開一命館。不知那所在有便房，把一間與叔叔開館也好。」異人曰：「你要多少房子？朝歌南門最熱鬧，叫後生收拾一間房子，與子牙去開命館，這個何難？」卻說安童將南門房子不日收拾齊整，貼幾幅對聯，左邊是「只言玄妙一團理」，右邊是「不說尋常半句虛」。裡邊又有一對聯云：「一張鐵嘴，識破人間凶與吉；兩隻怪眼，善觀世上敗和興。」上席又一幅云：「袖裡乾坤大；壺中日月長。」子牙選吉日開館。不覺光陰撚指四、五個月，不見算命卦帖的來。

只見那日有一樵子，姓劉名乾，挑著一擔柴往南門來。忽然看見一命館，劉乾歇下柴擔，念對聯，念到「袖裡乾坤大；壺中日月長」。劉乾原是朝歌破落戶，走進命館來，看見子牙伏案而臥，劉乾把桌子一拍，子牙諕了一驚，揉眉擦眼，看時，那一人身長丈五，眼露兇光。子牙曰：「兄起課，是看命？」那人道：「先生上姓？」子牙曰：「在下姓姜，名尚，字子牙，別號飛熊。」劉乾曰：「且問先生，『袖裡乾坤大；壺中日月長』，這對聯怎麼講？」子牙曰：「『袖裡乾坤大』乃知過去未來，包羅萬象；『壺中日月長』有長生不死之術。」劉乾曰：「先生口出大言，既知過去未來，想課是極準的了。你與我起一課，如準，二十青蚨❶；如不準，打幾拳頭，還不許你在此開館。」子牙暗想：「幾個月全無生意，今日撞著這一個，又是撥嘴的人。」子牙曰：「你取下一卦帖來。」劉乾取了一個卦帖兒，遞與子牙。子牙曰：「此卦要你依我纔準。」劉乾曰：「必定依你。」子牙曰：「我寫四句在帖兒上，只管去。」

❶ 青蚨：錢的代稱。

上面寫著：「一再往南走，柳陰一老叟。青蚨一百二十文，四個點心兩碗酒。」劉乾看罷，道：「此卦不準。我賣柴二十餘年，那個與我點心酒吃？論起來，你的不準。」子牙曰：「你去，包你準。」劉乾挑著柴，逕往南走，果見柳樹下站立一老者，叫曰：「柴來！」劉乾暗想：「好課！果應其言。」老者曰：「這柴要多少錢？」劉乾答應：「要一百文。」少討二十文，拗他一拗。老者看看，「好柴！乾的好，綑子大，就是一百文也罷。勞你替我拿拿進來。」劉乾把柴拿在門裡，落下草葉來。劉乾愛乾淨，取掃箒把地下掃得光光的，方纔將尖擔繩子收拾停當等錢。老者出來，看見地下乾淨，「今日小廝勤謹。」劉乾曰：「老丈，是我掃的。」老者曰：「老哥，今日是我小兒畢姻，遇著你這好人，又賣的好柴。」老者說罷，往裡邊去；只見一個孩子，捧著四個點心、一壺酒、一個碗，「員外與你吃。」劉乾歎曰：「姜先生真乃神仙也！我把這酒滿滿的斟一碗，那一碗淺些，也不算他準。」劉乾滿斟一碗，再斟第二碗，一樣不差。劉乾吃了酒，見老者出來，劉乾曰：「多謝員外。」老者拿兩封錢出來，先遞一百文與劉乾曰：「這是你的柴錢。」又將二十文遞與劉乾曰：「今日是我小兒喜辰，這是與你做喜錢，買酒吃。」就把劉乾驚喜無地，想：「朝歌城出神仙了！」拿著尖擔，逕往姜子牙命館來。早晨有人聽見劉乾言語不好，眾人曰：「姜先生，這劉大不是好惹的；卦如果不準，你去罷。」子牙曰：「不妨。」眾人俱在這裡閑站，等劉乾來。

不一時，只見劉乾如飛前來。子牙問曰：「卦準不準？」劉乾大呼曰：「姜先生真神仙也！好準課！朝歌城中有此高人，萬民有福，都知趨吉避凶！」子牙曰：「課既準了，取謝儀來。」劉乾曰：「二十文其實難為你，輕了。」口裡只管念，不見拿出錢來。子牙曰：「課不準，兄便說閑話；課既準，可就送我課錢。如何只管口說？」劉乾曰：「就把一百二十文都送你，也不算多。姜先生不要急，等我來。」劉乾站立簷前，只見南門那邊來了一個人，腰束皮挺帶，身穿布衫，行走如飛。劉乾趕上去，一把扯住那人。那人曰：「你扯我怎的？」劉乾曰：「不為別事，扯你算個命兒。」那人曰：「我有緊急公文要走路，我不算命。」劉乾道：「此位先生，課命準的很，該照顧他一命；況舉醫荐卜，乃是好情。」那人曰：「兄真個好笑！我不算命，也由我。」劉乾大怒：「你算也不算？」那人道：「我不算！」劉乾曰：「你既不算，我與你跳河，把命配你！」一把拽住那人，就往河裡跑。眾人曰：「那朋友，劉大哥分上，算個命罷！」那人說：「我無甚事，怎的算命？」劉乾道：「若算不準，我替你出錢；若準，你還要買酒請我。」那人無法，見劉乾兇得緊，只得進子牙命館來。那人是個公差，有緊急事，等不得算八字，「看個卦罷。」扯下一個帖兒來與子牙看。子牙曰：「此卦做甚麼用？」那人曰：「催錢糧。」子牙曰：「卦帖批與你去自驗。此卦逢于艮，錢糧不必問。等候你多時，一百零三錠。」那人接了卦帖，問曰：「先生，一課該幾個錢？」劉乾曰：「這課比眾不同，五錢一課。」那人曰：「你又不是先生，你怎麼定價？」劉乾曰：「不準包回換。五錢一課，還是好了你。」那人心忙意急，恐誤了公事，只得稱五錢銀子去了。劉乾辭謝子牙。子牙曰：「承兄照顧。」眾人在子牙命館門前，看那催錢糧的如何。過了一個時辰，那人押解錢糧，到子牙命館門前曰：「姜先生真乃神仙出世！果是一百零三錠。真不負五錢一課！」子牙從此時來，轟動了朝歌。軍民人等，俱來算命看課，五錢一命。子牙收起得的銀子，馬氏歡喜，異人遂心。不覺光陰似箭，日月如梭，半年以後，遠近聞名，多來推算，不在話下。

且說南門外軒轅墳中，有個玉石琵琶精，往朝歌城來看妲己，便在宮中夜食宮人。御花園太湖石下，白骨現天。琵琶精看罷出宮，欲回巢穴，駕著妖光，逕往南門過，只聽得哄哄人語，擾嚷之聲。妖精撥開妖光看時，卻是姜子牙算命。妖精曰：「待我與他推算，看他如何？」妖精一化，變作一個婦人，身穿重孝，扭捏腰肢而言曰：「列位君子讓一讓，妾身算一命。」霎時人兩邊閃開。子牙正看命，見一婦人來的蹊蹺。子牙定睛觀看，認得是個妖精，暗想：「好孽畜！也來試我眼色。今日不除妖怪，等待何時！」子牙曰：「列位看命君子，『男女授受不親』，先讓這小娘子算了去，然後依次算來。」眾人曰：「也罷，我們讓他先算。」妖精進了裡面坐下。子牙曰：「小娘子，借右手一看。」妖精曰：「先生算命，難道也會風鑑❷？」子牙曰：「先看相，後算命。」妖精暗笑，把右手遞與子牙看。子牙一把將妖精的寸關尺脈門揝❸住，將丹田中先天元氣，運上火眼金睛，把妖光釘住了。子牙不言，只管看著。婦人曰：「先生不相不言，我乃女流，如何拿住我手？快放手！旁人看著，這是何說！」旁人且多不知奧妙，齊齊大呼：「姜子牙，你年紀老大，怎幹這樣事！你貪愛此女姿色，對眾欺騙，此乃天子日月腳下，怎這等無知，實為可惡！」子牙曰：「列位，此女非人，乃是妖精。」眾人大喝曰：「好胡說！明明一個女子，怎說是妖精？」外面圍看的擠嚷不開。子牙暗思：「若放了女子，妖精一去，青白難辨。我既在此，當除妖怪，顯我姓名。」子牙手中無物，止有一紫石硯臺，用手抓起石硯，照妖精頂上響一聲，打得腦漿噴出，血染衣襟。子牙不放手，還揝住了脈門，使妖精不能變化。兩邊人大叫：「莫等他走了！」眾人齊喊：「算命的打死了人！」重重疊疊圍住了子牙命館。

---

❷ 風鑑：俗稱看相為風鑑。

❸ 揝：音ㄗㄨㄢˋ，抓，握。

不一時，打路的來，乃是亞相比干乘馬來到，問左右：「為何眾人喧嚷？」眾人齊說：「丞相駕臨，拿姜尚去見丞相爺！」比干勒住馬，問：「甚麼事？」內中有抱不平的人跪下：「啟老爺：此間有一人算命，叫做姜尚。適間有一個女子來算命，他見女子姿色，便欲欺騙。女子貞潔不從，姜尚陡起兇心，提起石硯，照頂上一下打死，可憐血濺滿身，死于非命。」比干聽眾口一辭，大怒，喚左右：「拿來！」子牙一隻手拖住妖精，拖到馬前跪下。比干曰：「看你皓頭白髮，如何不知國法，白日欺姦女子？良婦不從，為何執硯打死！人命關天，豈容惡黨！勘問明白，以正大法。」子牙曰：「老爺在上，容姜尚稟明。姜尚自幼讀書守禮，豈敢違法？但此女非人，乃是妖精。近日只見妖氣貫于宮中，災星歷遍天下，小人既在輦轂之下，感當今皇上水土之恩，除妖滅怪，蕩魔驅邪，以盡子民之志。此女實是妖怪，望老爺細察，小民方得生路。」旁邊眾人，齊齊跪下：「老爺，此等江湖術士，利口巧言，遮掩狡詐，蔽惑老爺；眾人經目，明明欺騙不從，逞兇打死。老爺若聽他言，可憐女子銜冤，百姓負屈！」比干見眾口難辨，又見子牙拿住婦人手不放，比干問曰：「那姜尚，婦人已死，為何不放他手，這是何說？」子牙答曰：「小人若放他手，妖精去了，何以為證？」比干聞言，吩咐眾民：「此處不可辨明，待吾啟奏天子，便知清白。」眾民圍住子牙，子牙拖著妖精，往午門來。比干至摘星樓候旨，紂王宣比干見。比干進內，俯伏啟奏。王曰：「朕無旨意，卿有何奏章？」比干奏曰：「臣過南門，有一術士算命。只見一女子算命，術士看女子是妖精，不是人，便將硯石打死。眾民不服，齊言術士愛女子姿色，強姦不從，逞兇將女子打死。臣據術士之言，亦似有理；然眾民之言，又是經目可證。臣請陛下旨意定奪。」妲己在後聽見比干奏此事，暗暗叫苦：「妹妹，你回巢穴去便罷了，算甚麼命？今遇惡人打死，我必定與你報讎！」

妲己出見紂王：「妾身奏聞陛下，亞相所奏，真假難辨。主上可傳旨，將術士連女子拖至摘星樓下，妾身一觀，便知端的。」紂王曰：「御妻之言是也。」傳旨：「命術士將女子拖至摘星樓見駕。」旨意一出，子牙將妖精拖至摘星樓。子牙俯伏階下，右手揝住妖精不放。紂王在九曲雕欄之外，王曰：「階下俯伏何人？」子牙曰：「小民東海許州人氏，姓姜名尚，幼訪名師，秘授陰陽，善識妖魅。因尚住居都城南門賣卜度日，不意妖氛作怪，來惑小民。尚看破天機，勦除妖精，別無他意。姜尚一則感皇上天地覆載之恩，報師傳秘授不虛之德。」王曰：「朕觀此女，乃是人像，並非妖邪，何無破綻？」子牙曰：「陛下若要妖精現形，可取柴數擔，鍊此妖精，原形自現。」天子傳旨，搬運柴薪至於樓下。子牙將妖精頂上用符印鎮住原形，子牙方放了手，把女子衣裳解開，前心用符，後心用印，鎮住妖精四肢，拖在柴上，放起火來。好火！但見：

濃煙籠地角，黑霧鎖天涯。積風生烈焰，赤火冒紅霞。風乃火之師，火乃風之帥。風仗火行兇，火以風為害。滔滔烈火，無風不能成形；蕩蕩狂風，無火焉能取勝？風隨火勢，須臾時燎徹天關；火趁風威，頃刻間燒開地戶。金蛇串遶，難逃火炙之殃；烈焰圍身，大難飛來怎躲。好似老君扳倒煉丹爐，一塊火光連地滾。

子牙用火鍊妖精，燒鍊兩個時辰，上下渾身，不曾燒枯了些兒。紂王問亞相比干曰：「朕觀烈火焚燒兩個時辰，渾身也不焦爛，真乃妖怪！」比干奏曰：「若看此事，姜尚亦是奇人。但不知此妖終是何物作怪？」王曰：「卿問姜尚，此妖果是何物成精？」比干下樓問子牙。子牙答曰：「要此妖現真形，這也不難。」子牙用三昧真火燒此妖精，不知妖精性命如何，且聽下回分解。

評

子牙算命，尚未逢時，得劉乾一無賴來起課，方哄動萬民。得此琵琶精來算命，方能驚動天子；然而劉乾、妖精，亦不可認作惡相識。

又評

當目眾人只見女子，不知是妖怪；子牙見是妖怪，不是女子。請問今人，畢竟妖怪是女子，女子還是妖怪？悟此，方是達者。

第十七回　紂王無道造蠆盆

蠆❶盆極惡已彌天，宮女無辜血肉朘❷。媚骨已無埋玉處，芳魂猶帶穢腥羶。
故園有夢空歌月，此地沉冤未息肩。怨氣漫漫天應慘，周家世業更安然。

話說子牙用三昧真火燒這妖精。此火非同凡火，從眼鼻口中噴將出來，乃是精氣神鍊成三昧，養就離❸精，與凡火共成一處，此妖精怎麼經得起！妖精在火光中，扒將起來，大叫曰：「姜子牙，我與你無冤無讎，怎將三昧真火燒我？」紂王聽見火裡妖精說話，嚇的汗流浹背，目瞪痴呆。子牙曰：「陛下，請駕進樓，雷來了。」子牙雙手齊放，只見霹靂交加，一聲響亮，火滅煙消，現出一面玉石琵琶來。紂王與妲己曰：「此妖已現真形。」妲己聽言，心如刀絞，意似油煎，暗暗叫苦：「你來看我，回去便罷了，又算甚麼命！今遇惡人，將你原形燒出，使我肉身何安。我不殺姜尚，誓不與匹夫俱生！」妲己只得勉作笑容，啟奏曰：「陛下命左右將玉石琵琶取上樓來，待妾上了絲絃，早晚與陛下進御取樂。妾觀姜尚，才術兩全，何不封彼在朝保駕？」王曰：「御妻之言甚善。」天子傳旨：「且將玉石琵琶取上樓

---

❶ 蠆：音ㄔㄞˋ，毒蟲。
❷ 朘：音ㄐㄩㄢ，剝削。
❸ 離：易卦名，其象為火。

來。姜尚聽朕封官，官拜下大夫，特授司天監職，隨朝侍用。」子牙謝恩，出午門外，冠帶回來異人莊上。異人設席款待，親友俱來恭賀。飲酒數日，子牙復往都城隨朝不表。

且說妲己把玉石琵琶放於摘星樓上，採天地之靈氣，受日月之精華，已後五年，返本還元，斷送成湯天下。

一日，紂王在摘星樓與妲己飲宴，酒至半酣，妲己歌舞一回，與紂王作樂。三宮嬪妃，六院宮人，齊聲喝采。內有七十餘名宮人，俱不喝采，眼下且有淚痕。妲己看見，停住歌舞，查問那七十餘名宮人，原是那一宮的。內有奉御官查得，原是中宮姜娘娘侍御宮人。妲己怒曰：「你主母謀逆賜死，你們反懷忿怒，久後必成宮闈之患。」奏與紂王，紂王大怒，傳旨：「拿下樓，俱用金瓜打死！」妲己奏曰：「陛下，且不必將這起逆黨擊頂，暫且送下冷宮。妾有一計，可除宮中大弊。」奉御官即將宮女送下冷宮。且說妲己奏紂王曰：「將摘星樓下，方圓開二十四丈，深五丈。陛下傳旨，命都城萬民，每一戶納蛇四條，都放於此坑之內。將作弊宮人，跣剝乾淨，送下坑中，喂此毒蛇。此刑名曰『蠆盆』。」紂王曰：「御妻之奇法，真可剔除宮人大弊。」天子隨傳旨意，張掛各門。國法森嚴，萬民遭累，勒令限期，往龍德殿交蛇。眾民日日進於朝中，並無內外，法紀全消。朝廷失政，不止一日。眾民納蛇，都城那裡有這些蛇，俱到外縣買蛇交納。一日，上大夫膠鬲在文書房裡，看天下本章，只見眾民或三兩成行，四五一處，手提筐籃，進九間大殿。大夫問執殿官：「這些百姓，手提筐籃，裡面是甚麼東西？」執殿官答曰：「萬民交蛇。」大夫大驚曰：「天子要蛇何用？」執殿官曰：「卑職不知。」大夫出文書房到大殿，眾民見大夫叩頭。膠鬲曰：「你等拿的甚麼東西？」眾民曰：「天子榜文張掛各門，每一戶交蛇四條。

都城那裡有許多蛇，俱是百里之外，買來交納。不知聖上那裡用？」膠鬲曰：「你們且去交蛇。」眾民去了。大夫進文書房，不看本章，只見武成王黃飛虎、比干、微子、箕子、楊任、楊修俱至，相見禮畢。膠鬲曰：「列位大人，可知天子令百姓每戶納蛇四條，不知取此何用？」黃飛虎答曰：「末將昨日看操回來，見眾民言，天子張掛榜文，每戶交蛇四條，紛紛不絕，俱有怨言。因此今日到此，請問列位大人，必知其詳。」比干、箕子曰：「我等一字也不知。」黃飛虎曰：「列位既不知道……」叫執殿官過來，「你聽我吩咐，你心上打聽，天子用此物做甚麼事。若得實信，速來報我，重重賞你。」執殿官領命去訖，眾官隨散不表。

且說眾民又過五七日，蛇已交完。收蛇官往摘星樓回旨，奏曰：「都城眾民交蛇已完，奴婢回旨。」紂王問妲己曰：「坑中蛇已納完，御妻何以治此？」妲己曰：「陛下傳旨，可將前日暫寄不遊宮宮人，跣剝乾淨，用繩縛背，推下坑中，喂此蛇蠍。若無此極刑，宮中深弊難除。」紂王曰：「御妻所設此刑，真是除奸之要法。」蛇既納完，命奉御官將不遊宮前日送下宮人，綁出推落蠆盆。奉御官得旨，不一時將宮人綁至坑邊。那宮人一見蛇蠍猙獰，揚頭吐舌，惡相難看，七十二名宮人一齊叫苦。

那日膠鬲在文書房，也為這件事，逐日打聽，只聽見一陣悲聲慘切。大夫出的文書房來，見執殿官忙忙來報：「啟老爺：前日天子取蛇，放在大坑中，今日將七十二名宮人跣剝入坑，喂此蛇蠍。卑職探聽得實，前來報知。」膠鬲聞言，心中甚是激烈，逕進內庭，過了龍德殿，進分宮樓，走至摘星樓下，只見眾宮人赤身縛背，淚流滿面，哀聲叫苦，悽慘難觀。膠鬲厲聲大叫曰：「此事豈可行！膠鬲有本啟奏！」紂王正要看毒蛇咬食宮人以為取樂，不期大夫膠鬲啟奏。紂王宣膠鬲上樓俯伏，王問曰：「朕無旨意，卿有何奏章？」膠鬲泣而奏曰：「臣不為別事，因見陛下橫刑慘酷，民遭荼毒，君臣睽隔，上下不相交接，宇宙已成否塞❹之象。今陛下又用這等非刑，宮人所得何罪！昨日臣見萬民交納蛇蠍，人人俱有怨言。今旱潦頻仍，況且買蛇百里之外，民不安生。臣聞：民貧則為盜，盜聚則生亂。況且海外烽煙，諸侯離叛，東南二處，刻無寧宇，民日思亂，刀兵四起。陛下不修仁政，日行暴虐，自從盤古至今，並不曾見，此刑為何名？那一代君王所製？」王曰：「宮人作弊，無法可除，往往不息，故設此刑，名曰蠆盆。」膠鬲奏曰：「人之四肢，莫非皮肉，雖有貴賤之殊，總是一體。今入坑穴之中，毒蛇吞啖，苦痛傷心。陛下觀之，其心何忍，聖意何樂？況宮人皆係女子，朝夕宮中侍陛下於左右，不過役使，有何大弊，遭此慘刑？望陛下憐赦宮人，真皇上浩蕩之恩，體上天好生之德。」王曰：「卿之所諫，亦似有理；但肘腋之患，發不及覺，豈得以草率之刑治之？況婦寺陰謀險毒，不如此，彼未必知警耳。」膠鬲厲聲言曰：「『君乃臣之元首，臣是君之股肱。』又曰：『亶聰明作元后，元后作民父母。』今陛下忍心喪德，不聽臣言，妄行暴虐，罔有悛心❺，使天下諸侯懷怨，東伯侯無辜受戮，南伯侯屈死朝歌，諫官盡遭炮烙；今無辜宮娥，又入蠆盆。陛下只知歡娛於深宮，信讒聽佞，荒淫酗酒，真如重疾在心，不知何時舉發，誠所謂大癰既潰，命亦隨之。陛下不一思省，只知縱慾敗度，不想國家何以如磐石之安？可惜先王克勤克儉，敬天畏民，方保社稷太平，華夷率服。陛下當改惡從善，親賢遠色，退佞進忠，庶幾宗社可保，國泰民安，生民幸甚。臣等日夕焦心，不忍陛下淪於昏暗，黎民離心離德，禍生不測，所

❹ 否塞：否，易卦名，天地不交謂之否；不交則塞。
❺ 罔有悛心：沒有改過之心。悛，音ㄑㄩㄢ，改過。

謂社稷宗廟，非陛下之所有也。臣何忍深言？望陛下以祖宗天下為重，不得妄聽女子之言，有廢忠諫之語，萬民幸甚！」紂王大怒曰：「好匹夫！怎敢無知侮謗聖君？罪在不赦！」叫左右：「即將此匹夫剝淨，送入蠆盆，以正國法！」眾人方欲來拿，被膠鬲大喝曰：「昏君無道，殺戮諫臣，此國家大患，吾不忍見成湯數百年天下一旦付與他人，雖死我不瞑目，況吾官居諫議，怎入蠆盆！」手指紂王大罵：「昏君！這等橫暴，終應西伯之言！」大夫言罷，望摘星樓下一跳，撞將下來，跌了個腦漿並流，死於非命。有詩為證：

赤膽忠心為國憂，先生撞下摘星樓。早知天數成湯滅，可惜捐軀血水流。

話說膠鬲墜樓，粉骨碎身。紂王看見，更覺大怒，傳旨：「將宮女推下蠆盆，連膠鬲一齊喂了蛇蝎！」可憐七十二名宮人，齊聲高叫：「皇天后土，我等又未為非，遭此慘刑！妲己賤人！我等生不能食汝之肉，死後定啖汝陰魂！」紂王見宮人落於坑內，餓蛇將宮人盤繞，吞咬皮膚，鑽入腹內，苦痛非常。妲己曰：「若無此刑，焉得除宮中大患！」紂王以手撫妲己之背曰：「看你這等奇法，妙不可言！」兩邊宮人，心酸膽碎。有詩為證：

蠆盆蛇蝎勢獰猙，宮女遭殃入此坑。一見魂飛千里外，可憐慘死勝油烹。

話說紂王將宮人入於坑內，以為美刑。妲己又奏曰：「陛下可再傳旨，將蠆盆左邊掘一池，右邊挖一沼。池中以糟丘為山，右邊以酒為池。糟丘山上，用樹枝插滿，把肉披成薄片，掛在樹枝之上，名曰『肉林』。右邊將酒灌滿，名曰『酒海』。天子富有四海，原該享無窮富貴，此肉林酒海，非天子之尊，不得妄自尊享也。」紂王曰：「御妻異製奇觀，真堪玩賞；非奇思妙想，不能有此。」隨傳旨依法製造。

非止一日，將酒池肉林造的完全。紂王設宴，與妲己玩賞肉林酒池。正飲之間，妲己奏曰：「樂聲煩厭，歌唱尋常，陛下傳旨，命宮人與宦官撲跌，得勝者池中賞酒；不勝者乃無用之婢，侍於御前，有辱天子，可用金瓜擊頂，放於糟內。」妲己奏畢，紂王無不聽從，傳旨：「命宮人宦官撲跌。」可憐這妖孽在宮中，無所不為，宮宦遭殃，傷殘民命。看官：他為何事要將宮人打死，入在糟內？妲己或二三更，現出原形，要吃糟內宮人，以血食養他妖氣，惑於紂王。有詩為證：

懸肉為林酒作池，紂王無道類窮奇❻。蠆盆怨氣沖霄漢，炮烙精魂傍火炊。
文武無心扶社稷，軍民有意破宮墀。將來國土何時盡？戊午旬中甲子期。

話說紂王聽信妲己，造酒池肉林，一無忌憚，朝綱不整，任意荒淫。一日，妲己忽然想起玉石琵琶精之恨，設一計要害子牙，作一圖畫。那日在摘星樓與紂王飲宴，酒至半酣，妲己曰：「妾有一圖畫，獻與陛下一觀。」王曰：「取來朕看。」妲己命宮人將畫又挑起。紂王曰：「此畫又非翎毛，又非走獸，又非山景，又非人物。」上畫一臺，高四丈九尺，殿閣巍峨，瓊玉宇樓，瑪瑙砌就欄杆，明珠粧成梁棟，夜現光華，照耀瑞彩，名曰鹿臺。妲己奏曰：「陛下萬聖至尊，貴為天子，富有四海，若不造此臺，不足以壯觀瞻。此臺真是瑤池玉闕，閬苑蓬萊。陛下早晚宴於臺上，自有仙人仙女下降。陛下得與真仙遨遊，延年益壽，祿算無窮。陛下與妾，共叨福庇，永享人間富貴也。」王曰：「此臺工程浩大，命何官督造？」妲己奏曰：「此工須得才藝精巧，聰明睿智，深識陰陽，洞曉生尅，以妾觀之，非下大夫姜尚不可。」紂王聞言，即傳旨：「宣下大夫姜尚。」使臣往比干府宣召姜尚，比干慌忙接旨。使臣曰：「旨

❻ 窮奇：古代惡人之號。左傳文公十八年：「少皞氏有不才之子，天下之民謂之窮奇。」注以為是共工。

意乃是宣下大夫姜尚。」子牙即忙接旨，謝恩曰：「天使大人，可先到午門，卑職就至。」使臣去了，子牙暗起一課，早知今日之危。子牙對比干謝曰：「姜尚荷蒙大德提攜，並早晚指教之恩，不期今日相別。此恩此德，不知何時可報？」比干曰：「先生何故出此言？」子牙曰：「尚占運命，主今日不好，有害無利，有凶無吉。」比干曰：「先生又非諫官，在位況且不久，面君以順為是，何害之有？」子牙曰：「尚有一柬帖，壓在書房硯臺之下，但丞相有大難臨身，無處解釋，可觀此柬，庶幾可脫其危，乃卑職報丞相涓埃❼之萬一耳。從今一別，不知何日能再睹尊顏！」子牙作辭，比干著實不忍，「先生果有災迍，待吾進朝面君，可保先生無虞。」子牙曰：「數已如此，不必動勞，反累其事。」比干相送，子牙出相府，上馬來到午門，逕至摘星樓候旨。奉御官宣上摘星樓，見駕畢，王曰：「卿與朕代勞，起造鹿臺，俟功成之日，加祿增官，朕決不食言。圖樣在此。」子牙一看，高四丈九尺，上造瓊樓玉宇，殿閣重簷，瑪瑙砌就欄杆，寶石粧成梁棟。子牙看罷，暗想：「朝歌非吾久居之地，且將言語感悟這昏君，昏君必定不聽發怒。我就此脫身隱了，何為不可？」畢竟子牙凶吉如何，且聽下回分解。

評

蠆盆慘惡，毒極千古，真令人神共怒；則焚屍懸首，不足以盡其辜。而妲己亦當服此極刑，可惜止戮首槀街，至今猶令人不平。

---

❼ 涓埃：涓為細流，埃為輕塵，以喻微末。

又評

婦人，陰物也；美婦，陰之極者也。惟陰最毒，惟陰之極者為極毒。妲己美婦也，故所鍾之毒已極，而設施慘惡亦極其毒。或曰：然則醜婦乃得陰之輕者乎？人人極喜美色者何多也！予曰：自古至今，你何曾見做出好事來！

第十八回　子牙諫主隱磻溪

渭水潺潺日夜流，子牙從此獨垂鉤。當時未入飛熊夢，幾向斜陽歎白頭。

話說子牙看罷圖樣，王曰：「此臺多少日期方可完得此工？」尚奏曰：「此臺高四丈九尺，造瓊樓玉宇，碧檻雕欄，工程浩大。若臺完工，非三十五年不得完成。」紂王聞奏，對妲己曰：「御妻，姜尚奏朕，臺工要三十五年方成。朕想光陰瞬息，歲月如流，年少可以行樂；若是如此，人生幾何，安能長在？造此臺實為無益。」妲己奏曰：「姜尚乃方外術士，總以一派誣言，那有三十五年完工之理？狂悖欺主，罪當炮烙！」紂王曰：「御妻之言是也。傳奉官，可與朕拿姜尚炮烙，以正國法。」子牙曰：「臣啟陛下，鹿臺之工，勞民傷財，願陛下且息此念頭，切為不可。今四方刀兵亂起，水旱頻仍❶，府庫空虛，民生日促；陛下不留心邦本，與百姓養和平之福，日荒淫於酒色，遠賢近佞，荒亂國政，殺害忠良，民怨天愁，累世警報，陛下全不修省。今又聽狐媚之言，妄興土木，陷害萬民，臣不知陛下之所終矣。臣受陛下知遇之恩，不得不赤膽披肝，冒死上陳。如不聽臣言，又見昔日造瓊宮之故事耳。可憐社稷生民，不久為他人之所有，臣何忍坐視而不言？」紂王聞言，大罵：「匹夫！焉敢誹謗天子！」令兩邊承奉官：「與朕拿下，醢尸齏粉❷，以正國法！」眾人方欲向前，子牙抽身望樓下飛跑。紂王一見，且怒

❶ 頻仍：屢次。

且笑，「御妻，你看這老匹夫，聽見『拿』之一字就跑了。禮節法度，全然不知，那有一個跑了的？」傳旨命奉御官：「拿來！」眾官趕子牙過了龍德殿，九間殿。子牙至九龍橋，只見眾官趕來甚急，子牙曰：「承奉官不必趕我，莫非一死而已。」按著九龍橋欄杆，望下一攛，把水扌了一個窟窿。眾官急上橋看，水星兒也不冒一個，不知子牙借水遁去了。承奉官往摘星樓回旨，王曰：「好了這老匹夫！」

且不表紂王。話說子牙投水橋下，有四員執殿官扶著欄杆，看水嗟歎。適有上大夫楊任進午門，見橋邊有執殿官，伏著望水。楊任問曰：「你等在此看甚麼？」執殿官曰：「啟老爺：下大夫姜尚投水而死。」楊任曰：「為何事？」執殿官答曰：「不知。」楊任進文書房看本章不題。

且說紂王與妲己議鹿臺差那一員官監造。妲己奏曰：「若造此臺，非崇侯虎不能成功。」紂王准行，差承奉宣崇侯虎。承奉得旨，出九間殿往文書房，來見楊任。楊任問曰：「下大夫姜子牙何事忤君，自投水而死？」承奉答曰：「天子命姜尚造鹿臺，姜尚奏事忤旨，因命承奉拿他，他跑至此，投水而死。今詔崇侯虎督工。」楊任問曰：「何為鹿臺？」承奉答曰：「蘇娘娘獻的圖樣，高四丈九尺，上造瓊樓玉宇，殿閣重簷，瑪瑙砌就欄杆，珠玉粧成梁棟，今命崇侯虎監造。卑職見天子所行皆桀王之道，不忍社稷丘墟，特來見大人。大人秉忠諫止土木之工，救萬民搬泥運土之苦，免商賈有陷血本之殃，此大夫愛育天下生民之心，可播揚於世世矣。」楊任聽罷，謂承奉曰：「你且將此詔停止，待吾進見聖上，再為施行。」楊任逕往摘星樓下候旨。紂王宣楊任上樓見駕，王曰：「卿有何奏章？」楊任奏曰：「臣聞治天下之道，君明臣直，言聽計從，唯師保是用❸，忠良是親，奸佞日遠。和外國，順民心，功賞罪罰，

❷ 醢尸齏粉：醢尸，把尸體剁成肉醬；齏，音ㄐㄧ。齏粉，粉身碎骨。

莫不得當，則四海順從，八方仰德；仁政施於人，則天下景從，萬民樂業，此乃聖主之所為。今陛下信后妃之言，而忠言不聽，建造鹿臺。陛下只知行樂懽娛，歌舞宴賞，作一己之樂，致萬姓之愁，臣恐陛下不能享此樂，而先有腹心之患矣。陛下若不急為整飭，臣恐陛下之患不可得而治之矣。主上三害在外，一害在內，陛下聽臣言。其外三害：一害者東伯侯姜文煥，雄兵百萬，欲報父仇；遊魂關兵無寧息，屢折軍威，苦戰三年，錢糧盡費，糧草日艱，此為一害；二害者南伯侯鄂順，為陛下無辜殺其父親，大起人馬晝夜攻取三山關，鄧九公亦是苦戰多年，庫藏空虛，軍民失望，此為二害；三害者，聞太師遠征北海大敵，十有餘年，今且未能返國，勝敗未分，凶吉未定。陛下何苦聽信讒言，殺戮正士？狐媚偏于信從，讜言置之不問。小人日近于君前，君子日聞其退避。宮幃竟無內外，貂璫❹紊亂深宮。三害荒荒，八方作亂。陛下不容諫官，有阻忠耿，今又無端造作，廣施土木。不惟社稷不能奠安，宗廟不能磐石，臣不忍朝歌百姓受此塗炭。願陛下速止臺工，民心樂業，庶可救其萬一。不然，民一離心，則萬民荒亂。古云：『民亂則國破，國破則君亡。』只可惜六百年以定華夷，一旦被他人所虜矣！」紂王聽罷，大罵：「匹夫！把筆書生，焉敢無知，直言犯主？」命奉御官：「將此匹夫剜去二目！朕念前歲有功，姑恕他一次。」楊任復奏曰：「臣雖剜目不辭，只怕天下諸侯有不忍臣之剜目之苦也。」奉御官把楊任攙下樓，一聲響，剜二目獻上樓來。且說楊任忠肝義膽，實為紂王，雖剜二目，忠心不滅，一道怨氣，直沖在青峰山紫陽洞清虛道德真君面前。真君早解其意，命黃巾力士：「可救楊任回山。」力士奉旨，至摘星樓

---

❸ 師保是用：即聽信師保之言。師、保，皆古代任教之官。

❹ 貂璫：宦者冠飾，因而用以稱宦官。

下，用三陣神風，異香遍滿。摘星樓下播起塵土，揚起沙灰，一聲響，楊任尸骸竟不見了。紂王急往樓內，避其沙土。不一時，風息沙平，兩邊啟奏紂王曰：「楊任尸首風刮不見了。」紂王歎曰：「似前番朕斬太子也被風刮去，似此等事，皆係常事，不足怪也。」紂王謂妲己曰：「鹿臺之工，已詔侯虎；楊任諫朕，自取其禍。速詔崇侯虎！」侍駕官催詔去了。

且說楊任的尸首被力士攝上紫陽洞，回真君法旨。道德真君出洞來，命白雲童兒，葫蘆中取二粒仙丹，將楊任眼眶裡放二粒仙丹。真人用先天真氣吹在楊任面上，喝聲：「楊任不起，更待何時！」真是仙家妙術，起死回生。只見楊任眼眶裡長出兩隻手來，手心裡生兩隻眼睛，此眼上看天庭，下觀地穴，中識人間萬事。楊任立起半晌，定省見自己目化奇形，見一道人立在山洞前。楊任問曰：「道長，此處莫非幽冥地界？」真君曰：「非也。此處乃青峰山紫陽洞，貧道是煉氣士清虛道德真君，因見子有忠心赤膽，直諫紂王，憐救萬民，身遭剜目之災，貧道憐你陽壽不絕，度你上山，後輔周王成其正道。」楊任聽罷，拜謝曰：「弟子蒙真君憐救，指引還生，再見人世，此恩此德，何敢有忘！望真君不棄，願拜為師。」楊任就在青峰山居住。只待破瘟癀陣，下山助子牙成功。有詩為證：

大夫直諫犯非刑，剜目傷心不忍聽。不是真君施妙術，焉能兩眼察天庭。

不說楊任居此安身，且說紂王詔崇侯虎督造鹿臺。此臺工程浩大，要動無限錢糧，無限人夫，搬運木植、泥土、磚瓦，絡繹之苦，不可勝計。各州府縣軍民，三丁抽二，獨丁赴役。有錢者買閑在家，無錢者任勞累死。萬民驚恐，日夜不安；男女慌慌，軍民嗟怨，家家閉戶，逃奔四方。崇侯虎仗勢虐民，可憐老少累死不計其數，皆填鹿臺之內。朝歌變亂，逃亡者甚多。

不表侯虎監督臺工。且說子牙借水遁，回到宋異人莊上。馬氏接住：「恭喜大夫，今日回家。」子牙曰：「我如今不做官了。」馬氏大驚：「為何事來？」子牙曰：「天子聽妲己之言，起造鹿臺，命我督工；我不忍萬民遭殃，黎庶有難，是我上一本，天子不從，被我直諫，聖上大怒，把我罷職歸田。我想紂王非吾之主。娘子，我同你往西岐去，守時待命。我一日時來運至，官居顯爵，極品當朝，人臣第一，方不負吾心中實學。」馬氏曰：「你又不是文家出身，不過是江湖一術士，天幸做了下大夫，感天子之德不淺。今命你造臺，乃看顧你。監工，況錢糧既多，你不管甚東西，也賺他些回來。你多大官，也上本諫言？還是你無福，只是個術士的命！」子牙曰：「娘子，你放心，是這樣官，未展我胸中才學，難遂我平生之志。你且收拾行裝，打點同我往西岐去。不日官居一品，位列公卿，你授一品夫人，身著霞珮，頭帶珠冠，榮耀西岐，不枉我出仕一番。」馬氏笑曰：「子牙，你說的是失時話。現成官你沒福做，到要空拳隻手去別處尋！這不是折得你胡思亂想，奔投無路，捨近求遠，尚望官居一品？天子命你監造臺工，明明看顧你。你做的是那裡清官？如今多少大小官員，都是隨時而已。」子牙曰：「你女人家不知遠大。天數有定，遲早有期，各自有主。你與我同到西岐，自有下落。一日時來，富貴自是不淺。」馬氏曰：「姜子牙，我和你緣分夫妻，只到的如此。我生長朝歌，決不往他鄉外國去。從今說過，你行你的，我幹我的，再無他說！」子牙曰：「娘子錯說了。嫁雞怎不逐雞飛，夫妻豈有分離之理！」馬氏曰：「妾身原是朝歌女子，那裡去離鄉背井？子牙，你從實些，寫一紙休書與我，各自投生。我決不去！」子牙曰：「娘子隨我去好！一日身榮，無邊富貴。」馬氏曰：「我的命只合如此，也受不起大福分。你自去做一品顯官，我在此受些窮苦。你再娶一房有福的夫人罷。」子牙曰：「你不要後悔！」

馬氏曰：「是我造化低，決不後悔！」子牙點頭歎曰：「你小看了我！既嫁與我為妻，怎不隨我去？必定要你同行！」馬氏大怒：「姜子牙！你好就與你好開交！如果不肯，我與父兄說知，同你進朝歌見天子，也講一個明白！」夫妻二人正在此門口，有宋異人同妻孫氏來勸子牙曰：「賢弟，當時這一件事是我作的。弟婦既不同你去，就寫一字與他。賢弟乃奇男子，豈無佳配，何必苦苦留戀他。常言道：『心去意難留。』勉強終非是好結果。」子牙曰：「長兄、嫂在上：馬氏隨我一場，不曾受用一些，我心不忍離他，他倒有離我之心。長兄吩咐，我就寫休書與他。」子牙寫了休書拿在手中，「娘子，書在我手中，夫妻還是團圓的；你接了此書，再不能完聚了！」馬氏伸手接書，全無半毫顧戀之心。子牙歎曰：「青竹蛇兒口，黃蜂尾上針；兩般由自可，最毒婦人心！」馬氏收拾回家，改節去了不題。子牙打點起行，作辭宋異人、嫂嫂孫氏：「姜尚蒙兄嫂看顧提攜，不期有今日之別！」異人治酒與子牙餞行，飲罷，遠送一程，因問曰：「賢弟往那裡去？」子牙曰：「小弟別兄往西岐做些事業。」異人曰：「倘賢弟得意時，可寄一音，使我也放心。」二人灑淚而別：

異人送別在長途，兩下分離心思孤。只為金蘭恩義重，幾回搔首意踟躕。

話說子牙離了宋家莊，取路往孟津；過了黃河，逕往澠池縣，往臨潼關來。只見一起朝歌奔逃百姓，有七八百黎民，父攜子哭，弟為兄悲，夫妻淚落，男女悲哭之聲，紛紛載道。子牙見而問曰：「你們是朝歌的民？」內中也有人認得是姜子牙，眾民叫曰：「姜老爺！我等是朝歌民。因為紂王起造鹿臺，命崇侯虎監督。那天殺的奸臣，三丁抽二，獨丁赴役，有錢者買閑在家，累死數萬人夫，屍填鹿臺之下，晝夜無息。我等經不得這等苦楚，故此逃出五關。不期總兵張老爺不放我們出關。若是拿將回去，死于非命，故此傷心啼哭。」子牙曰：「你們不必如此，待我去見張總兵，替你們說個人情，放你們出關。」眾人謝曰：「這是老爺天恩，普施甘露，枯骨重生！」子牙把行囊與眾人看守，獨自前往張總兵府來。家人問曰：「那裡來的？」子牙曰：「煩你通報，商都下大夫姜尚來拜你總兵。」門上人來報：「啟老爺：商都下大夫姜尚來拜。」張鳳想：「下大夫姜尚來拜，他是文官，我乃武官；他近朝廷，我居關隘，百事有煩他。」急命左右請進。子牙道家打扮，不曾公服，逕往裡面見張鳳。鳳一見子牙道服而來，便坐而問曰：「來者何人？」子牙曰：「吾乃下大夫姜尚是也。」鳳問曰：「大夫為何道服而來？」子牙答曰：「卑職此來，不為別事，單為眾民苦切。天子不明，聽妲己之言，廣施土木之功，興造鹿臺，命崇侯虎督工。豈意彼陷虐萬民，貪圖賄賂，罔惜民力。況四方兵未息肩，上天示儆，水旱不均，民不聊生，天下失望，黎庶遭殃，可憐累死軍民填于臺內。荒淫無度，奸臣蠱惑天子，狐媚巧閉聖聰，命吾督造鹿臺。我怎肯欺君誤國，害民傷財，因此直諫。天子不聽，反欲加刑于我。我本當以一死以報爵祿之恩，奈尚天數未盡，蒙恩赦宥，放歸故鄉，因此行到貴治。偶見許多百姓，攜男拽女，扶老攙幼，悲號苦楚，甚是傷情。如若執回，又懼炮烙蠆盆，慘刑惡法，殘缺肢體，骨粉魂消。可憐民死無辜，怨魂負屈。今尚觀之，心實可憐。故不辭愧面，奉謁臺顏，懇求賜眾民出關，黎庶從死而之生，將軍真天高海闊之恩，實上天好生之德。」

張鳳聽罷大怒，言曰：「汝乃江湖術士，一旦富貴，不思報本于君恩，反以巧言而惑我。況逃民不忠，若聽汝言，亦陷我以不義。我受命執掌關隘，自宜盡臣子之節。逃民玩法，不守國規，宜當拿解于朝歌。自思只是不放過此關，彼自然回國，我已自存一線之生路矣。若論國法，連汝併解回朝，以正國典。奈吾初會，暫且姑免。」喝兩邊：「把姜尚叉將出去！」眾人一聲喝，把子牙推將出來。子牙滿面羞愧。眾民見子牙回來，問曰：「姜老爺，張老爺可放我等出關？」子牙曰：「張總兵連我也要拿進朝歌城去。是我說過了。」眾人聽罷，齊聲叫苦，七八百黎民號啕痛哭，哀聲徹野。子牙看見不忍，子牙曰：「你們眾民不必啼哭，我送你們出五關去。」有等不知事的黎民，聞知此語，只說寬慰他，乃曰：「老爺也出不去，怎生救我們？」內中有知道的，哀求曰：「老爺若肯救援，便是再生之恩！」子牙道：「你們要出五關者，到黃昏時候，我叫你等閉眼，你等就閉眼。若聽得耳內風響，不要睜眼。若開了眼時，跌出腦子來，不要怨我。」眾人應承了。子牙到一更時候，望崑崙山拜罷，口中念念有詞，一聲響。這一會，子牙土遁救出萬民。眾人只聽的風聲颯颯，不一會，四百里之程出了臨潼關、潼關、穿雲關、界牌關、汜水關，到金雞嶺，子牙收了土遁，眾民落地。子牙曰：「眾人開眼！」眾人睜開了眼。子牙曰：「此處就是汜水關外金雞嶺，乃西岐州地方，你們好好去罷！」眾人叩頭謝曰：「老爺，天垂甘露，普救群生，此恩此德，何日能報！」眾人拜別。不題。

且說子牙往磻溪隱蹟，有詩為證：

棄卻朝歌遠市廛，法施土遁救顛連。閑居渭水垂竿釣，只等風雲際會緣。

武吉災殃為引道，飛熊仁兆主求賢。八十纔逢明聖主，方立周朝八百年。

話說眾民等待天明，果是西岐地界。過了金雞嶺，便是首陽山。走過燕山，又過了白柳村，前至西岐山。過了七十里，至西岐城。眾民進城，觀看景物：民豐物阜，行人讓路，老幼不欺，市井謙和，真乃堯天舜日❺，別是一番風景。眾民作一手本，投遞上大夫府。散宜生接看手本，翌日伯邑考傳命：「既朝歌逃民，因紂王失政，來歸吾土，無妻者給銀與他娶妻。又與銀子，令眾人僦居安處。鰥寡孤獨者在三濟倉造名，自領口糧。」宜生領命。邑考曰：「父王囚羑里七年，孤欲自往朝歌，代父贖罪。卿等意下如何？」散宜生奏曰：「臣啟公子：主公臨別之言，『七年之厄滿，災完難足，自然歸國。』不得造次，有違主公臨別之言。如公子於心不安，可差一士卒前去問安，亦不失為子之道。何必自馳鞍馬，身臨險地哉？」伯邑考歎曰：「父王有難，七載禁于異鄉，舉目無親。為人子者，于心何忍！所謂立國立業，徒為虛設，要我等九十九子何用！我自帶祖遺三件寶貝，往朝歌進貢，以贖父罪。」伯邑考此去，不知吉凶如何，且聽下回分解。

評

紂王用刑極慘，良心喪盡，其欲不忘其德，亦無此理；況荒淫無度，土木頻興荼毒生靈，天愁民怨；雖有善人，無復能為之矣。況逆諫殺忠，黃耇去國乎！所以自古無道之君，必首稱桀紂，其來信有自也！

又評

子牙乃一代偉人，封侯拜將，開周家八百年元勳，何等力量！而不能無兒女之態。觀其與馬氏留

❺ 堯天舜日：指太平盛世。

戀，代逃民求釋，都是可笑事。多此無限轉折，其然豈其然乎？婦人見識是極小的，原不可責備他，況無限鬚眉男子，也不知認錯了多少英雄豪傑！何嘗於塵埃中，識得天子宰相？觀此書者，幸為亮之！

第十九回　伯邑考進貢贖罪

忠臣孝子死無辜，只為殷商有怪狐。淫亂不羞先薦恥，貞誠豈畏後來誅？
寧甘萬刃留青白，不愛千嬌學獨夫。史冊不污千載恨，令人屈指淚如珠。

話說伯邑考要往朝歌為父贖罪。時有上大夫散宜生阻諫，公子立意不允，隨進宮辭母太姬，要往朝歌贖罪。太姬曰：「汝父被羈羑里，西岐內外事託付何人？」考曰：「內事託與兄弟姬發，外事託付與散宜生，軍務託付南宮适。孩兒親往朝歌面君，以進貢為名，請贖父罪。」太姬見邑考堅執要去，只得依允，吩咐曰：「孩兒此去，須要小心！」邑考辭出，竟到殿前與弟姬發言曰：「兄弟，好生與眾兄弟和美，不可改西岐規矩。我此去朝歌，多則三月，少則二月，即便回程。」邑考吩咐畢，收拾寶物進貢，擇日起行。姬發同文武九十八弟，在十里長亭餞別，邑考與眾人飲酒作辭。一路前行，揚鞭縱馬，過了些紅杏芳林，行無限柳陰古道。伯邑考與從人一日行至汜水關。關上軍兵見兩杆進貢旛幢❶，上書西伯侯旗號。軍官來報主帥，守關總兵韓榮命開關。邑考進關，一路無辭。行過五關，來到澠池縣，渡黃河至孟津，進了朝歌城，皇華館驛安下。次日，問驛丞：「丞相府住在那裡？」驛丞答曰：「在太平街。」次日，邑考來至午門，並不見一員官走動，又不敢擅入午門。往返五日，邑考素縞抱本立于午門外。少

❶ 旛幢：旗仗。

時，只見一位大臣騎馬而至，乃亞相比干也。伯邑考向前跪下。比干問曰：「堦下跪者何人？」邑考答曰：「吾乃犯臣姬昌子伯邑考。」比干聞言，滾鞍下馬，以手相扶，口稱：「賢公子請起！」二人立在午門外。比干問曰：「公子為何事至此？」邑考答曰：「父親得罪于天子，蒙丞相保護，得全性命，此恩真天高地厚，愚父子弟兄，銘刻難忘！只因七載光陰，父親久羈羑里，人子何以得安？想天子必思念循良，豈肯甘為魚肉。邑考與散宜生共議，將祖遺鎮國異寶，進納王廷，代父贖罪。萬望丞相開天地仁慈之心，憐姬昌久羈羑里之苦，倘蒙賜骸骨，得歸故土，真恩如太山，德如淵海。西岐萬姓，無不感念丞相之大恩也。」比干答曰：「公子納貢，乃是何寶？」伯邑考曰：「自始祖亶父所遺七香車，醒酒氈，白面猿猴，美女十名，代父贖罪。」比干曰：「七香車有何貴乎？」邑考答曰：「七香車，乃軒轅皇帝破蚩尤于北海，遺下此車，若人坐上面，不用推引，欲東則東，欲西則西，乃傳世之寶也。醒酒氈，倘人醉酩酊，臥此氈上，不消時刻即醒。白面猿猴，雖是畜類，善知三千小曲，八百大曲，能謳筵前之歌，善為掌上之舞，真如嚦嚦鶯簧，翩翩弱柳。」比干聽罷，「此寶雖妙，今天子失德，又以遊戲之物進貢，正是助桀為虐，熒惑聖聰，反加朝廷之亂；無奈公子為父羈囚，行其仁孝，一點真心，此本我替公子轉達天聽，不負公子來意耳。」比干往摘星樓下候旨。

奉御官啟奏：「亞相比干見駕。」紂王曰：「宣比干上樓。」比干上樓朝見。王曰：「朕無旨宣召，卿有何表章？」比干奏曰：「臣啟陛下：西伯侯姬昌子伯邑考，納貢代父贖罪。」王曰：「伯邑考納進何物？」比干將進貢本呈上，曰：「七香車，醒酒氈，白面猿猴，美女十名代西伯侯贖罪。」紂王命宣邑考上樓。邑考肘膝而行，俯伏奏曰：「犯臣子伯邑考朝見。」紂王曰：「姬昌罪大忤君，今子納貢為父贖罪，亦可為孝矣。」伯邑考奏曰：「犯臣姬昌罪犯忤君，赦宥免死，暫居羑里，臣等舉室感陛下天高海闊之洪恩，仰地厚山高之大德。今臣等不揣愚陋，昧死上陳，請代父罪。倘荷仁慈，賜以再生，得赦歸國，使臣母子等骨肉重完，臣等萬載瞻仰陛下好生之德出于意外也。」紂王見邑考悲慘，為父陳冤，極其懇至，知是忠臣孝子之言，不勝感動，乃賜邑考平身。邑考謝恩，立于欄杆之外。妲己在簾內，見邑考丰姿都雅❷，目秀眉清，唇紅齒白，言語溫柔。妲己傳旨：「捲去珠簾。」左右宮人將珠簾高捲，搭上金鉤。紂王見妲己出來，口稱：「御妻，今有西伯侯之子伯邑考納貢代父贖罪，情實可矜。」妲己奏曰：「妾聞西岐伯邑考善能鼓琴，真世上無雙，人間絕少。」紂王曰：「御妻何以知之？」妲己曰：「妾雖女流，幼在深閨聞父母傳說，邑考博通音律，鼓琴更精，深知大雅遺音，妾所以得知。陛下可著邑考撫彈一曲，便知深淺。」紂王乃酒色之徒，久被妖氛所惑，一聽其言，便命伯邑考叩見妲己。邑考朝拜畢。妲己曰：「伯邑考，聞你善能鼓琴，你今試撫一曲何如？」邑考奏曰：「娘娘在上：臣聞父母有疾，為人子者，不敢舒衣安食。今犯臣父七載羈囚，苦楚萬狀，臣何忍蔑視其父，自為喜悅而鼓琴哉！況臣心碎如麻，安能宮商節奏，有辱聖聰？」紂王曰：「邑考，你當此景，撫操一曲，如果稀奇，赦你父子歸國。」邑考聽見此言，大喜謝恩。紂王傳旨，取琴一張。邑考盤膝坐在地上，將琴放在膝上，十指尖尖，撥動琴絃，撫弄一曲，名曰風入松：

楊柳依依弄曉風，桃花半吐映日紅。芳草綿綿鋪錦繡，任他車馬各西東。

邑考彈至曲終，只見音韻幽揚，真如戛玉鳴珠，萬壑松濤，清婉欲絕；令人塵襟頓爽，恍如身在瑤池鳳

❷ 丰姿都雅：儀態俊美閒雅。

闋，而笙簧簫管，檀板謳歌，覺俗氣逼人耳。誠所謂「此曲祇應天上有，人間能得幾回聞」。紂王聽罷，心中大悅，對妲己曰：「真不負御妻所聞，邑考此曲可稱盡善盡美。」妲己奏曰：「伯邑考之琴，天下共聞，今親覿其人，所聞未盡所見。」紂王大喜，傳旨摘星樓排宴。妲己偷睛看邑考，面如滿月，丰姿俊雅，一表非俗，其風情嬝嬝動人。妲己又看紂王容貌，大是暗昧，不甚動人。看官，紂王雖是帝王之相，怎經色慾相虧，形容枯槁！自古佳人愛少年，何況妲己乃一妖魅乎？妲己暗想：「且將邑考留在此處，假說傳琴，乘機挑逗，庶幾成就鸞鳳，共效于飛之樂。況他少年，其為補益更多，而拘拘于此老哉？」妲己設計欲留邑考，隨即奏曰：「陛下當赦西伯父子歸國，固是陛下浩蕩之恩；但邑考琴為天下絕調，今赦之歸國，朝歌竟為絕響，深為可惜。」紂王曰：「如之奈何？」妲己奏曰：「妾有一法，可全二事。」紂王曰：「卿有何妙策可以兩全？」妲己曰：「陛下可留邑考在此，傳妾之琴，俟妾學精熟，早晚侍陛下左右，以助皇上清暇一樂。一則西伯父子感陛下赦宥之恩；二則朝歌不致絕瑤琴之樂，庶幾可以兩全。」紂王聞言，以手拍妲己之背曰：「賢哉愛卿！真是聰慧賢明，深得一舉兩全之道。」隨傳旨：「留邑考在此樓傳琴。」妲己不覺暗喜：「我如今且將紂王灌醉了，扶去濃睡，我自好與彼行事，何愁此事不成？」忙傳旨排宴。

紂王以為妲己好意，豈知內藏傷風敗俗之情，大壞綱常禮義之防。妲己手奉金盃，對紂王曰：「陛下進此壽酒！」紂王以為美愛，只顧歡飲，不覺一時酩酊。妲己命左右侍御宮人，扶皇上龍榻安寢，方著邑考傳琴。兩邊宮人取琴二張，上一張是妲己，下一張是伯邑考傳琴。邑考奏曰：「犯臣子啟娘娘：此琴有內外五形，六律五音。吟、揉、勾、剔。左手龍睛，右手鳳目，按宮、商、角、徵、羽。又有八法，乃抹、挑、勾、剔、撇、托、剜、打。有六忌，七不彈。」妲己問曰：「何為六忌？」邑考曰：「聞哀慟泣專心事，忿怒情懷戒慾驚。」妲己又問：「何為七不彈？」邑考曰：「疾風驟雨，大悲大哀，衣冠不正，酒醉性狂，無香近褻，不知音近俗，不潔近穢；遇此皆不彈也。此琴乃太古遺音，樂而近雅，與諸樂大不相同，其中有八十一大調，五十一小調，三十六等音。有詩為證：

音和平兮清心目，世上琴聲天上曲。盡將千古聖人心，付與三尺梧桐木。」

邑考言畢，將琴撥動，其音嘹亮，妙不可言。且說妲己原非為傳琴之故，實為貪邑考之姿容，挑逗邑考，欲效于飛，縱淫敗度，何嘗留心于琴。只是左右勾引，故將臉上桃花現嬌艷夭姿，風流國色。轉秋波，送嬌滴滴情懷；啟朱唇，吐軟溫溫悄語。無非欲動邑考，以惑亂其心。邑考乃聖人之子，因為父受羈囚之厄，欲行孝道，故不辭跋涉之勞，往朝歌進貢，代贖父罪，指望父子同還故都，那有此意？雖是傳琴，心如鐵石，意若堅鋼，眼不旁觀，一心只顧傳琴。妲己兩番三次勾邑考不動。妲己曰：「此琴一時難明。」吩咐左右：「且排上宴來。」兩邊隨排上宴來。妲己命席旁設坐，令邑考侍宴。邑考魂不附體，跪而奏曰：「邑考乃犯臣之子，荷蒙娘娘不殺之恩，賜以再生之路，感聖德真如山海。娘娘乃萬乘之尊，人間國母，邑考怎敢側坐？臣當萬死！」邑考俯伏，不敢擡頭。妲己曰：「邑考之言差矣！若論臣子，果然坐不得；若論傳琴，乃是師徒之道，坐即何妨。」伯邑考聞妲己之言，暗暗切齒：「這賤人把我當作不忠不德，不孝不仁，非禮非義，不智不良之類。想吾始祖后稷在堯為臣，官居司農之職，相傳數十世，累代忠良。今日邑考為父朝商，誤入陷穽。豈知妲己以邪淫壞主上之綱常，有傷于風化，其惡不小。我邑考寧受萬刃之誅，豈可壞姬門之節也。九泉之下，何顏相見始祖哉？」

且說妲己見邑考俯伏不言，又見邑考不動心情，並無一計可施。妲己邪念不絕：「我倒有愛戀之心，他全無顧盼之意。也罷，我再將一法引逗他，不怕此人心情不動耳！」妲己只得命宮人將酒收了，令邑考平身，曰：「卿既堅執不飲，可還依舊用心傳琴。」邑考領旨，依舊撫琴，照前勾撥多時。妲己猛曰：「我居于上，你在于下，所隔疏遠，按絃多有錯亂，甚是不便，焉能一時得熟？我有一法，可以兩邊相近，又便於按納，有何不可。」邑考曰：「久撫自精，娘娘不必性急。」妲己曰：「不是這等說。今夜不熟，明日主上問我，我將何言相對？深為不便。可將你移於上坐，我坐你懷內，你拿著我手雙撥此絃，不用一刻即熟，何勞多延日月哉？」就把伯邑考嚇得魂遊萬里，魄散九霄。邑考思量：「此是大數已定，料難脫此羅網，畢竟做個青白之鬼，不負父親教子之方，只得把忠言直諫，就死甘心。」邑考正色奏曰：「娘娘之言，使臣萬載竟為狗彘之人！史官載在典章，以娘娘為何如后！娘娘乃萬姓之國母，受天下諸侯之貢賀，享椒房至尊之貴，掌六宮金闕之權；今為傳琴一事，褻尊一至于此，深屬兒戲，成何體統？使此事一聞于外，雖娘娘冰清玉潔，而天下萬世又何信哉？娘娘請無性急，使旁觀者有辱于至尊也。」就把妲己羞得徹耳通紅，無言可對。隨傳旨命伯邑考暫退。邑考下樓，回館驛不題。

且說妲己深恨：「這等匹夫，輕人如此！『我本將心託明月，誰知明月照溝渠！』反被他羞辱一場。管教你粉骨碎身，方消吾恨！」妲己只得陪紂王安寢。次日天明，紂王問妲己曰：「夜來伯邑考傳琴，可曾精熟？」妲己枕邊挑剔，乘機譖❸曰：「妾身啟陛下：夜來伯邑考無心傳琴，反起不良之念，將言調戲，甚無人臣禮，妾身不得不奏。」紂王聞言大怒曰：「這匹夫焉敢如此！」隨即起來，整飭用饍，

❸ 譖：音ㄗㄣˋ，捏造事實，背後說人壞話。

傳旨：「宣伯邑考。」邑考在館驛，聞命即至摘星樓下候旨。王命：「宣上樓來。」邑考上樓，叩拜在地，王曰：「昨日傳琴，為何不盡心相傳，反遷延時刻，這是何說？」邑考奏曰：「學琴之事，要在心堅意誠，方能精熟。」妲己在旁言曰：「琴中之法無他，若仔細分明，講的斟酌，豈有不精熟之理？只你傳習不明，講論糊塗，如何得臻其音律之妙？」紂王聽妲己之言，夜來之事，不好明言，隨命邑考：「再撫一曲與朕親聽，看是如何？」邑考受命，膝地而坐，撫弄瑤琴，自思：「不若于琴中寓以諷諫之意。」乃歎紂王一詞曰：

一點忠心達上蒼，祝君壽算永無疆。風和雨順當今福，一統山河國祚長。

紂王靜聽琴內之音，俱是忠心愛國之意，並無半點欺謗之言，將何罪于邑考？妲己見紂王無有加罪之心，以言挑之曰：「伯邑考前進白面猿猴，善能歌唱。陛下可曾聽其歌唱否？」紂王曰：「夜來聽琴有誤，未曾演習；今日命邑考進上樓來，以試一曲，如何？」邑考領旨到館驛，將猿猴進上摘星樓，開了紅籠，放出猿猴。邑考將檀板遞與白猿。白猿輕敲檀板，婉轉歌喉，音若笙簧，滿樓嘹亮，高一聲如鳳鳴之音，低一聲似鸞啼之美，愁人聽而舒眉，歡人聽而撫掌，泣人聽而止淚，明人聽而如痴。紂王聞之，顛倒情懷；妲己聽之，芳心如醉；宮人聽之，為世上之罕有。那猿猴只唱的神仙著意，嫦娥側耳，就把妲己唱得神蕩意迷，情飛心逸，如醉如痴，不能檢束自己形體，將原形都唱出來了。這白猴乃千年得道之猿，修的十二重樓❹橫骨俱無，故此善能歌唱；又修成火眼金睛，善看人間妖魅。妲己原形現出，白猿看見上面有個狐狸——不知狐狸乃妲己本相——白猿雖是得道之物，終是個畜類。此猿將檀板擲于地下，隔

---

❹ 十二重樓：指人咽喉管之十二節。

九龍侍席上一攛，劈面來抓妲己。妲己往後一閃，早被紂王一拳將白猿打跌在地，死于地下。眾宮人扶起妲己，曰：「伯邑考明進猿猴，暗為行刺，若非陛下之恩相救，妾命休矣！」紂王大怒，喝左右：「將伯邑考拿下，送入蠆盆！」兩邊侍御官將邑考拿下，邑考厲聲大叫冤枉不絕。紂王聽邑考口稱冤枉，命且放回。紂王問曰：「你這匹夫！白猿行刺，眾目所視，為何強辯，口稱冤枉何也？」邑考泣奏曰：「猿猴乃山中之畜，雖修人語，野性未退；況猴子善喜菓品，不用煙火之物，今見陛下九龍侍席之上，百般菓品，心中急欲取菓物，便棄檀板而攛酒席；且猿猴手無寸刃，焉能行刺？臣伯邑考世受陛下洪恩，焉敢造次？願陛下究察其情，臣雖寸磔❺，死亦瞑目矣。」

紂王聽邑考之言，暗思多時，轉怒為喜，言曰：「御妻，邑考之言是也。猿猴乃山中之物，終是野性，況無刃豈能行刺？」隨赦邑考，邑考謝恩。妲己曰：「既赦邑考無罪，你再將瑤琴撫弄一奇詞異調，琴內果有忠良之心便罷，若有傾危之語，決不赦饒。」紂王曰：「御妻之言甚善。」邑考聽妲己之奏，暗想：「這一番諒不能脫其圈套。就將此殘軀以為直諫，就死萬刃之下，留之史冊，也見我姬姓累世不失忠良。」邑考領旨坐地，就於膝上撫弄一曲，詞曰：

明君作兮布德行仁，未聞忍心兮重斂煩刑。炮烙熾兮筋骨粉，蠆盆慘兮肺腑驚。萬姓精血竟入酒海，四方膏脂盡懸肉林。機杼空兮鹿臺財滿，犁鋤折兮鉅橋粟盈。我願明君兮去讒逐佞，整飭綱紀兮天下太平！

邑考撫罷，紂王不明其音。妲己妖魅，聽得琴中之音有毀謗君上之言。妲己以手指邑考罵曰：「大膽匹

❺ 磔：音ㄓㄜˊ，為古代分裂罪犯肢體之酷刑。

夫！敢于琴中暗寓毀謗之言，辱君罵主，情殊可恨！真是刁惡之徒，罪不容誅！」紂王問妲己曰：「琴中毀謗，朕尚不明。」妲己將琴中之意，細說一番。紂王大怒，喝左右來拿。邑考奏曰：「臣還有結句一段，試撫與陛下聽完。」詞曰：

願王遠色兮再正綱常，天下太平兮速廢娘娘。妖氛滅兮諸侯悅服，卻邪淫兮社稷寧康。陷邑考兮不怕萬死，絕妲己兮史氏傳揚！

邑考作歌已畢，回首將琴隔侍席打來，只打得盤碟紛飛。妲己將身一閃，跌倒在地。紂王大怒曰：「好匹夫！猿猴行刺，被你巧言說過；你將琴擊皇后，分明弒逆，罪不容誅！」喝左右侍駕官：「將邑考拿下摘星樓，送入蠆盆！」眾宮人扶起，妲己奏曰：「陛下且將邑考拿下樓去，妾身自有處治。」紂王隨聽妲己之言，把邑考拿下樓。妲己命左右取釘四根，將邑考手足釘了，用刀碎剮。可憐一聲拿下，釘了手足。邑考大叫，罵不絕口：「賤人！你將成湯錦繡江山化為烏有。我死不足惜，忠名常在，孝節永存。賤人！我生不能啖汝之肉，死後定為厲鬼食汝之魂！」可憐孝子為父朝商，竟遭萬刃剮屍！不一時，將邑考剮成肉醬。紂王命付于蠆盆，喂了蛇蝎。妲己曰：「不可。妾常聞姬昌號為聖人，說他能明禍福，善識陰陽。妾聞聖人不食子肉，今將邑考之肉著廚役用作料，做成肉餅，賜與姬昌。若昌竟食此肉，乃是妄誕虛名，禍福陰陽，俱是謬說，竟可赦宥，以表皇上不殺之仁；如果不食，當速殺姬昌，恐遺後患。」紂王曰：「御妻之言正合朕意。速命廚役，將邑考肉作餅，差官押送羑里，賜與姬昌。」不知西伯性命如何，且聽下回分解。

評

紂王無道，戕害忠良，忍心害理，並無一念仁慈；獨於伯邑考累聽其言，每加憐惜，可見至昏庸之人，亦有一時良心發現，但不常耳。無奈妲己貪其姿色，陡起邪淫，愈戀愈深，致反成怨，勢必致死而後已。此皆劫數使然，豈人力所能哉？所以邑考亦見得透徹，不若犯顏一諫，以遂其忠臣孝子之心，其偉矣哉！

又評

淫婦心最慧，最善妒，最悍毒；善於逢迎，巧於遮護，隨機應變，捷於弄丸，人一墮其手，未有不身亡家破者。今觀妲己妖魅耳，何人不可苟且，一見丰美之人，向戀戀不能捨，百計千方以誘之；況人間愚婦女，一睹年少兒郎，其有不神馳心蕩者鮮矣！詩云：男女雖異，所欲則同。又云：女子非不肯也，不敢也。其深知女子之性者也。此篇可作閨門箴。

第二十回　散宜生私通費尤

自古權奸止愛錢，搆成機彀害忠賢。不無黃白❶開生路，也要青蚨入錦纏。
成敗不知遺國恨，災亡那問有家筵？孰知反復原無定，悔卻吳鉤錯倒撚。

且言西伯侯囚于羑里城——即今河南相州湯陰縣是也——每日閉門待罪，將伏羲八卦變為八八六十四卦，重為三百八十四爻，內按陰陽消息之機，週天刻度之妙，作為周易。姬伯閑暇無事，悶撫瑤琴一曲，猛然琴中大絃忽有殺聲，西伯驚曰：「此殺聲主何怪事？」忙止琴聲，慌忙金錢占一課，便知分曉。姬伯不覺流淚曰：「我兒不聽父言，遭此碎身之禍！今日如不食子肉，難逃殺身之禍；如食子肉，其心何忍！使我心如刀絞，不敢悲啼。如泄此機，我身亦自難保。」姬伯只得含悲忍淚，不敢出聲，作詩歎曰：

孤身抱忠義，萬里探親災。未入羑里城，先登殷紂臺。
撫琴除妖婦，頃刻怒心推。可惜青年客，魂遊劫運灰！

姬昌作畢，左右不知姬昌心事，俱默默不語。話未了時，使命官到，有旨意下。姬昌縞素接旨，口稱：「犯臣死罪。」姬昌接旨，開讀畢，使命官將龍鳳膳盒擺在上面。使命曰：「主上見賢侯在羑里久羈，

❶黃白：指黃金白銀。

聖心不忍。昨日聖駕幸獵，打得鹿獐之物，做成肉餅，特賜賢侯，故有是命。」姬昌跪在案前，揭開膳盒，言曰：「聖上受鞍馬之勞，反賜犯臣鹿餅之享，願陛下萬歲！」謝恩畢，連食三餅，將盒蓋了。使命見姬昌食了子肉，暗暗歎曰：「人言姬昌能知先天神數，善曉吉凶，今日見子肉而不知，速食而甘美，所謂陰陽吉凶，皆是虛語！」且說姬昌明知子肉，含忍苦痛，不敢悲傷，勉強精神對使命言曰：「欽差大人，犯臣不能躬謝天恩，敢煩大人與昌轉達，昌就此謝恩便了。」姬昌倒身下拜：「蒙聖上之恩光，又普照于羑里。」使命官回朝歌不題。且說姬伯思子之苦，不敢啼哭，暗暗作詩歎曰：

一別西岐到此間，曾言不必渡江關。只知進貢朝昏主，莫解迎君有犯顏。
年少忠良空慘切，淚多時雨只潸潸。遊魂一點歸何處，青史名標豈等閑？

姬伯作畢詩，不覺憂憂悶悶，寢食俱廢，在羑里不題。

且說使命官回朝復命。紂王在顯慶殿與費仲、尤渾弈棋。左右侍駕官啟奏：「使命候旨。」紂王傳旨：「宣至殿廷回旨。」奏曰：「臣奉旨將肉餅送至羑里，姬昌謝恩言曰：『姬昌犯罪當死，蒙聖恩赦以再生，已出望外；今皇上受鞍馬之勞，犯臣安逸而受鹿餅之賜，聖恩浩蕩，感刻無地！』跪在地上，揭開膳盒，連食三餅，叩頭謝恩。又對臣曰：『犯臣姬昌不得面覿❷天顏。』又拜八拜，乞使命轉達天廷。今臣回旨。」紂王聽使之言，對費仲曰：「姬昌素有重名，善演先天之數，吉凶有準，禍福無差；今雖自己子肉食而不知，人言可盡信哉！朕念姬昌七載羈囚，欲赦還國，二卿意下以為如何？」費仲奏曰：「昌數無差，定知子肉。恐欲不食，又遭屠戮，只得勉強忍食，以為脫身之計，不得已而為之也。」

---

❷覿：音ㄉㄧˊ，見。

陛下不可不察，誤中奸計耳。」王曰：「昌知子肉，決不肯食。」又言：「昌乃大賢，豈有大賢忍啖子肉哉？」費仲奏曰：「姬昌外有忠誠，內懷奸詐，人皆為彼瞞過，不如且禁羑里，似虎投陷穽，鳥困雕籠，雖不殺戮，也磨其銳氣。況今東南二路已叛，尚未懾服；今縱姬昌于西岐，是又添一患矣。乞陛下念之。」王曰：「卿言是也。」此還是西伯侯災難未滿，故有讒佞之阻。有詩為證：

羑里城中災未滿，費尤在側獻讒言。若無西地宜生計，焉得文王返故園。

不說紂王不赦姬昌，且說邑考從人已知紂王將公子醢為肉醬，星夜逃回，進西岐來見二公子姬發。姬發一日陞殿，端門官來報：「有跟隨公子往朝歌家將候旨。」姬發聽報，傳令速宣眾人到殿前。眾人哭拜在地，姬發慌問其故。來人啟曰：「公子往朝歌進貢，不曾到羑里見老爺，先見紂王。不知何事，將殿下醢為肉醬。」姬發聽言，大哭於殿廷，幾乎氣絕。只見兩邊文武之中，有大將軍南宮适大叫曰：「公子乃西岐之幼主，今進貢與紂王，反遭醢屍之慘。我等主公遭囚羑里，紂王雖是昏亂，吾等還有君臣之禮，不肯有負先王；今公子無辜而受屠戮，痛心切骨，君臣之義已絕，綱常之分俱乖。今東南兩路苦戰多年，吾等奉國法以守臣節，今已如此，何不統兩班文武，將傾國之兵，先取五關，殺上朝歌，勦戮昏君，再立明主。正所謂定禍亂而反太平，亦不失為臣之節！」只見兩邊武將聽南宮适之言，時有四賢八俊：辛甲、辛免、太顛、閎夭、祁公、尹公，西伯侯有三十六教習，子姓姬叔度等，齊大叫：「南將軍之言有理！」眾文武切齒咬牙，豎眉睜目，七間殿上，一片喧嚷之聲，連姬發亦無定主。

只見散宜生厲聲言曰：「公子休亂，臣有事奉啟！」發曰：「上大夫今有何言？」宜生曰：「公子命刀斧手先將南宮适拿出端門斬了，然後再議大事。」姬發與眾將問曰：「先生為何先斬南將軍？此理何說？使諸將不服。」宜生將諸將言曰：「此等亂臣賊子，陷主君於不義，理當先斬，再議國事。諸公只知披堅執銳，一勇無謀。不知老大王克守臣節，硜硜不貳❸，雖在羑里，定無怨言。公等造次胡為，兵未到五關，先陷主公於不義而死，此誠何心？故先斬南宮适，而後再議國是也。」公子姬發與眾將聽罷，個個無言，默默不語。南宮适亦無語低頭。

宜生曰：「當日公子不聽宜生之言，今日果有殺身之禍。昔日大王往朝歌之日，演先天之數，『七年之殃，災滿難足，自有榮歸之日，不必著人來接。』言猶在耳，殿下不聽，致有此禍。況又失於打點，今紂王寵信費、尤二賊，臨行不帶禮物賄賂二人，故殿下有喪身之禍。為今之計，不若先差官一員，用重賂私通費、尤，使內外相應；待臣修書，懇切哀求。若奸臣受賄，必在紂王面前以好言解釋。老大王自然還國，那時修德行仁，俟紂惡貫盈，再會天下諸侯共伐無道。興弔民伐罪之師，天下自然響應。廢去昏庸，再立有道，人心悅服，不然，徒取敗亡，遺臭後世，為天下笑耳。」姬發曰：「先生之教甚善，使發頓開茅塞，真金玉之論也。不知先用何等禮物？所用何官？先生當明以告我。」宜生曰：「不過用明珠、白璧、綵緞表裡、黃金、玉帶。共禮二分：一分差太顛送費仲；一分差閎夭送尤渾。使二將星夜進五關，扮做商賈，暗進朝歌。費、尤二人若受此禮，大王不日歸國，自然無事。」公子大喜，即忙收拾禮物。宜生修書，差二將往朝歌來。詩曰：

明珠白璧共黃金，暗進朝歌賄佞臣。慢道財神通鬼使，果然世利動人心。
成湯社稷成殘燭，西伯江山若茂林。不是宜生施妙策，天教殷紂自成擒。

❸ 硜硜不貳：忠心不貳。硜硜，固執的樣子，音ㄎㄥ。

且說太顛、閎夭扮做經商，暗帶禮物，星夜往汜水關來。關上查明，二將進關，一路上無詞。過了界牌關，八十里進了穿雲關，又進潼關，一百二十里又至臨潼關，過澠池縣，渡黃河，到孟津，至朝歌。二將不敢在館驛安住，投客店歇下，暗暗收拾禮物，太顛往費仲府下書，閎夭往尤渾府下書。

且說費仲抵暮出朝，歸至府第無事。守門官啟老爺：「西岐有散宜生差官下書。」費仲笑曰：「遲了！著他進來。」太顛來到廳前，行禮參見。費仲問曰：「汝是甚人，夤夜❹見我？」太顛起身答曰：「末將乃西岐神武將軍太顛是也。今奉上大夫散宜生命，具有表禮，蒙大夫保全我主公性命，再造洪恩，高深莫極，每思毫無尺寸相補，以效涓埃，今特差末將有書投見。」費仲命太顛平身，將書拆開觀看。書曰：

西岐卑職散宜生頓首百拜致書于上大夫費公恩主臺下：久仰大德，未叩臺端，自愧駑駘，無緣執鞭，夢想殊渴。茲啟者：敝地恩主姬伯，冒言忤君，罪在不赦。深感大夫垂救之恩，得獲生全，雖囚羑里，實大夫再賜之餘生耳。不勝慶幸，其外又何敢望焉。職等因僻處一隅，未伸銜結，日夜只有望帝京遙祝萬壽無疆而已。今特遣大夫太顛，具不腆之儀：白璧二雙，黃金百鎰，表裡四端，少曝西土眾士民之微忱，幸無以不恭見罪。但我主公以衰末殘年，久羈羑里，情實可矜；況有倚閭老母，幼子孤臣，無不日夜懸思，希圖完聚，此亦仁人君子所共憐念者也。懇祈恩臺大開慈隱，法外施仁，一語回天，得赦歸國，則恩臺德海仁山，西土眾姓，無不銜恩于世世矣。臨書不勝悚慄待命之至！謹啟。

❹夤夜：深夜。夤，音ㄧㄣˊ。

費仲看了書共禮單，自思：「此禮價值萬金，如今怎能行事？」沉思半晌，乃吩咐太顛曰：「你且回去，多拜上散大夫，我也不便修回書。等我早晚取便，自然令你主公歸國，決不有負你大夫相託之情。」太顛拜謝告辭，自回下處。不一時閎夭也往尤渾處送禮回至，二人相談，俱是一樣之言。二將大喜，忙忙收拾回西岐去訖不表。

自費仲受了散宜生禮物，也不問尤渾；尤渾也不問費仲；二人各推不知。一日，紂王在摘星樓與二臣下棋，紂王連勝了二盤，紂王大喜，傳旨排宴。費、尤侍于左右，換盞傳杯。正歡飲之間，忽紂王言起伯邑考鼓琴之雅，猿猴謳歌之妙，又論：「姬昌自食子肉，所論先天之數，皆係妄談，何嘗先有定數？」費仲乘機奏曰：「臣聞姬昌素有叛逆不臣之心，一向防備。臣于前數日著心腹往羑里探聽虛實，羑里軍民俱言姬昌實有忠義，每月逢朔望之辰，焚香祈求陛下國祚安康，四夷拱服，國泰民安，雨順風調，四民樂業，社稷永昌，宮闈安靜。陛下囚昌七載，並無一怨言。據臣意，看姬昌真乃忠臣。」紂王言曰：「卿前日言姬昌外有忠誠，內懷奸詐，包藏禍心，非是好人，何今日言之反也？」費仲又奏曰：「據人言，昌或忠或佞，入耳難分，一時不辨，因此臣暗使心腹，探聽真實，方知昌是忠耿之人。正所謂『路遙知馬力，日久見人心』。」紂王曰：「尤大夫以為何如？」尤渾啟曰：「依費仲所奏，其實不差。據臣所知，姬昌數年困苦，終日羈囚，訓羑里萬民，萬民感德，化行俗美，民知有忠孝節義，不知妄作邪為，所以民稱姬昌為聖人。陛下問臣，臣不敢不以實對。方纔費仲不奏，臣亦上言矣。」紂王曰：「二卿所奏既同，畢竟姬昌是個好人。朕欲赦姬昌，二卿意下何如？」費仲曰：「姬昌之可赦不可赦，臣不敢主張；但姬昌忠孝之心，久羈羑里，毫無怨言，若陛下憐憫，赦歸本國，是姬昌以死而之生，無國而有國，其感戴陛下再生之恩，豈有已時？臣量姬昌此去必守忠貞之節，效犬馬之勞，報德酬恩，以不死之年忠心於陛下也。」尤渾在側，見費仲力保，想必也是得了西岐禮物，所以如此：「我豈可單讓他做情？我益發使姬昌感激。」

尤渾出班奏曰：「陛下天恩，既赦姬昌，再加一恩典，彼自然傾心為國。況今東伯侯姜文煥造反，攻打遊魂關，大將竇融苦戰七年，未分勝負。南伯侯鄂順謀逆，攻打三山關，大將鄧九公亦戰七載，殺戮相半：刀兵竟無寧息，烽煙四起。依臣愚見，將姬昌反加一王封，假以白旄黃鉞，得專征伐，代勞天子，威鎮西岐。況姬昌素有賢名，天下諸侯畏服，使東南兩路知之，不戰自退，正所謂舉一人而不肖者遠矣。」紂王聞奏大喜，曰：「尤渾才智雙全，尤屬可愛。費仲善挽賢良，實是可欽。」二臣謝恩。紂王即降赦條，單赦姬昌速離羑里。有詩為證：

天運循環大不同，七年災滿出雕籠。費尤受賂將言諫，社稷成湯運告終。
加封文王歸故土，五關父子又重逢。靈臺應兆飛熊至，渭水溪邊遇太公。

且說使臣持赦出朝歌，眾官聞之大喜。使臣竟往羑里而來不題。

且說西伯侯在羑里之中，閑思長子之苦，被紂王醢屍，歎曰：「我兒生在西岐，絕于朝歌，不聽父言，遭此橫禍。聖人不食子肉，我為父不得已而啖者，乃從權之計。」正思想邑考，忽一陣怪風，將簷瓦吹落兩塊在地，跌為粉碎。西伯驚曰：「此又是異徵！」隨焚香，將金錢搜求八卦，早解其情。姬伯點首歎曰：「今日天子赦至。」喚左右：「天子赦到，收拾起行。」眾隨侍人等，未肯盡信。不一時，使臣傳旨，赦書已到。西伯接赦禮畢，使臣曰：「奉聖旨，單赦姬伯老大人。」姬伯望北謝恩，隨出羑里。父老牽羊擔酒，簇擁道旁，跪接曰：「千歲今日龍遊大海，鳳集梧桐，虎上高山，鶴棲松柏；七載蒙千歲教訓撫字❺，長幼皆知忠孝，婦女皆知貞潔，化行俗美，大小居民，不拘男婦，無不感激千歲洪恩。今一別尊顏，再不能得沾雨露。」左右泣下，西伯亦泣而言曰：「吾羈囚七載，毫無尺寸美意與爾眾民，又勞酒禮，吾心不安。只願爾等不負我常教之方，自然百事無虧。得享朝廷太平之福矣。」黎民越覺悲傷，遠送十里，灑淚而別。

西伯侯一日到了朝歌，百官在午門候接。只見微子、箕子、比干、微子啟、微子衍、麥雲、麥智、黃飛虎八諫議大夫都來見西伯侯。姬昌見眾官至，慌忙行禮。曰：「犯官七年未見眾位大人，今一旦荷蒙天恩特赦，此皆叨列位大人之福蔭，方能再見天日也。」眾官見姬昌年邁，精神加倍，彼此慰喜。只見使臣回旨，天子正在龍德殿，聞知候旨，命宣眾官隨姬昌朝見。

只見姬昌縞素，俯伏奏曰：「犯臣姬昌，罪不勝誅，蒙恩赦宥，雖粉骨碎身，皆陛下所賜之年。願陛下萬歲！」王曰：「卿在羑里，七載羈囚，毫無一怨言，而反祈朕國祚綿長，求天下太平，黎民樂業，可見卿有忠誠，朕實有負于卿矣。今朕特詔，赦卿無罪。七載無辜，仍加封賢良忠孝百公之長，特專征伐。賜卿白旄黃鉞，坐鎮西岐。每月加祿米一千石。文官二名，武將二員，送卿榮歸。仍賜龍德殿筵宴，遊街三日，拜闕謝恩。」西伯侯謝恩。彼時姬伯換服，百官稱慶，就在龍德殿飲宴。怎見得：

擦抹條臺桌椅，鋪設奇異華筵。左設粧花白玉瓶，右擺瑪瑙珊瑚樹。進酒宮娥雙洛浦，添香美女兩嫦娥。黃金爐內麝檀香，琥珀盃中珍珠滴。兩邊圍繞繡屏開，滿座重鋪銷金簟。金盤犀筯，

---

❺ 撫字：撫養。字，養之意。

掩映龍鳳珍饈，整整齊齊，另是一般氣象。繡屏錦帳，圍繞花卉翎毛，疊疊重重，自然彩色稀奇。休誇交梨火棗，自有雀舌牙茶。水泡白杏，醬牙紅薑。鵝梨蘋菓青脆梅；龍眼枇杷金赤橘。石榴盞大，秋柿毬圓。又擺列兔絲熊掌猩唇駝蹄；誰羨他鳳髓龍肝獅睛麟脯。漫斟那瑤池玉液，紫府瓊漿；且吹他鸞簫鳳笛，象板笙篁。正是西伯誇官先飲宴，蛟龍得水離泥沙。要的般般有，珍饈百味全。一聲鼓樂動，正是帝王歡。

話說比干、微子、箕子，在朝大小官員，無有不喜赦姬昌；百官陪宴盡樂。文王謝恩出朝，三日誇官❻。怎見得誇官的好處？但見：

前遮後擁，五色旛搖。桶子鎗朱纓蕩蕩，朝天凳鹽色輝輝。左邊鉞斧右金瓜，前擺黃旄後豹尾。帶刀力士增光彩，隨駕官員喜氣添。銀交椅襯玉芙蓉，逍遙馬飾黃金轡。走龍飛鳳大紅袍，暗隱團龍粧繡彩。玉束帶鑲成八寶。百姓爭看西伯駕，萬民稱賀聖人來。正是靄靄香煙馨滿道，重重瑞氣罩臺堦。

朝歌城中百姓，扶老攜幼，拖男抱女，齊來看文王誇官。人人都道：「忠良今日出雕籠，有德賢侯災厄滿。」文王在城中誇官。那日到未牌時分，只見前面旛幢對對，劍戟森森，一枝人馬到來。文王問曰：「前面是那處人馬？」兩邊啟上大王千歲：「是武成王黃爺看操回來。」文王急忙下馬，站立道旁，欠身打躬，口稱姬昌參見。武成王見文王下馬，即忙滾鞍下騎，執手言曰：「大人前來，末將有失迴避，望乞恕罪。」又低聲曰：「今賢王榮歸，真是萬千之喜。末將有一閑言奉啟，不識賢王可容納否？」西

❻ 誇官：古代考中狀元或皇帝特別加封官爵的人，可以遊街三天，名為誇官。此處紂王特賜西伯遊街三日。

伯曰：「不才領教。」武成王曰：「此間離末將府第不遠，薄具杯酒，以表芹意❼，何如？」文王乃誠實君子，不會推辭謙讓，隨答曰：「賢王在上，姬昌敢不領教。」黃飛虎隨攜文王至王府，命左右快排筵宴。二王傳盃歡飲，各談些忠義之言。不覺黃昏，掌上畫燭。武成王命左右且退。黃飛虎曰：「今日大人之樂，實為無疆之福。但當今寵信邪佞，不聽忠言，陷壞大臣，荒于酒色，不整朝綱，不容諫本，炮烙以退忠良之心，蠆盆以阻諫臣之語。萬姓慌慌，刀兵四起，東南兩處已反四百諸侯。以賢王之德，尚有羑里困苦之羈，今已特赦，是龍歸大海，虎入深山，金鰲脫釣，如何尚不省悟！況且朝中無三日正條，賢王誇甚麼官，顯甚麼王？何不早早飛出雕籠，見其故土，父子重逢，夫妻復會，何不為美？又何必在此網羅之中，做此吉凶未定之事也？」

武成王只此數語，把個文王說的骨軟筋酥，起而謝曰：「大王真乃金玉之言，提拔姬昌，此恩何以得報？奈昌欲去，五關有阻，奈何？」黃飛虎曰：「不難，銅符俱在吾府中。」須臾，取出銅符令箭，交與文王，隨令改換衣裳，打扮夜不收號色，逕出五關，並無阻隔。文王謝曰：「大王之恩，實是重生父母，何時能報！」此時二鼓時候。武成王命副將龍環、吳賢，開朝歌西門，送文王出城去了。不知性命如何，且聽下回分解。

評

❼ 芹意：即微意。

從來奸佞，只知賄賂，不管是非利害，悞人家國，讒言反復，可黃而可白，可死而可生，自古及今，不知凡幾。宜生此術，惜乎行之太晚！

又評

聖人不食子肉者，此經也；食子肉而避難者，此權也。經權原自合一，不可分之為兩，非大聖人不能行，亦非大聖人不敢行；雖然，在自視何如耳。若此身有關于天下不可少之人，則行權；若此身在天地間無甚關係，則行經。如是方稱合一；不然，二者皆罪。或曰：文王易卦，可以前知。進朝已知有七年之厄，寧有不知其子有醢身之慘，與食子肉而脫難耶？若不知而蹈之，終是不明；若知而使蹈之，亦為不仁。二者孰是？余曰：文王豈有不知之理？臨行所以再三叮嚀，毋使一人至商者，其意蓋已深告之矣；然而所以必蹈之者，此又數之難逃者耳。

第二十一回　文王誇官逃五關

黃公恩義救岐王，令箭銅符出帝疆。尤費讒謀追聖主，雲中顯化濟慈航。
從來德大難容世，自此龍飛兆瑞祥。留得佳兒名譽在，至今齒角有餘芳。

話說文王離了朝歌，連夜過了孟津，渡了黃河，過了澠池，前往臨潼縣而來不題。

且說朝歌城館驛官見文王一夜未歸，心下慌忙，急報費大夫府得知。左右通報費仲曰：「外有驛官稟說，西伯文王一夜未歸，不知何往。此事重大，不得不預先稟明。」費仲聞知，命驛官：「且退，我自知道。」費仲沉思：「事干自己身上，如何處治？」乃著堂候官請尤爺來商議。少時，尤渾到費仲府，相見禮畢。仲曰：「不道姬昌，賢弟保奏，皇上封彼為王，這也罷了。孰意皇上准行誇官三日，今方二日，姬昌逃歸，不俟王命，必非好意。事干重大，且東南二路，叛亂多年，今又走了姬昌，使皇上又生一患。這箇擔兒誰擔？為今之計，將如之何？」尤渾曰：「年兄且寬心，不必憂悶。我二人之事，料不能失手。且進內庭面君，著兩員將官，趕去拿來，以正欺君負上之罪，速斬于市曹，何慮之有？」二人計議停當，忙整朝服，隨即入朝。紂王正在摘星樓賞玩，侍臣啟駕：「費仲、尤渾候旨。」王曰：「宣二人上樓。」二人見王禮畢，王曰：「二卿有何奏章來見？」費仲奏曰：「姬昌深負陛下洪恩，不遵朝廷之命，欺藐陛下。誇官二日，不謝聖恩，不報王爵，暗自逃歸，必懷歹意。恐回故土，以起猖獗之端。

臣薦在前，恐後得罪。臣等預奏，請旨定奪。」

紂王怒曰：「二卿曾言姬昌忠義，逢朔望焚香叩拜，祝祈風和雨順，國泰民安，朕故此赦之。今日壞事，皆出二卿輕舉之罪！」尤渾奏曰：「自古人心難測，面從背違，知外而不知內，知內而不知心，正所謂『海枯終見底，人死不知心』。姬昌此去不遠，陛下傳旨，命殷破敗、雷開點三千飛騎，趕去拿來，以正逃官之法。」紂王准奏：「速遣殷、雷二將，點兵追趕。」使命傳旨。神武大將軍殷破敗、雷開領旨，往武成王府來調三千飛騎，出朝歌西門，一路上趕來。怎見得：

旛幢招展，三春楊柳交加；號帶飄揚，七夕彩雲披月。刀鎗閃灼，三冬瑞雪瀰天；劍戟森嚴，九月秋霜蓋地。咚咚鼓響，汪洋大海起春雷；振地鑼鳴，萬劫山前飛霹靂。人似南山爭食虎，馬如北海戲波龍。

不說追兵隨後飛雲掣電而來。且說文王自出朝歌，過了孟津，渡了黃河，望澠池大道徐徐而行，扮作夜不收模樣。文王行得慢，殷、雷二將趕得快，不覺看看趕上。文王回頭，看見後面塵土蕩起，遠聞人馬喊殺之聲，知是追趕。文王驚得魂飛無地，仰天歎曰：「武成王雖是為我，我一時失於打點，夤夜逃歸；想必當今知道，旁人奏聞，怪我私自逃回，必有追兵趕逐。此一拿回，再無生理。如今只得趲馬前行，以脫此厄。」文王這一回，似失林飛鳥，漏網驚魚，那分南北，孰辨東西？文王心忙似箭，意急如雲，正是仰面告天天不語，低頭訴地地無言。只得加鞭縱轡數番，恨不得馬足騰雲，身能生翅。遠望臨潼關不過二十里之程，後有追師，看看至近。文王正在危急。按下不題。

且說終南山雲中子在玉柱洞中碧遊床運元神，守離龍，納坎虎，猛的心血來潮，掐指一算，早知凶吉：「呀！原來西伯災厄已滿，目下逢危。今日正當他父子重逢，貧道不失燕山之語。」叫：「金霞童兒在那裡？你與我後桃園中請你師兄來。」金霞童兒領命，往桃園中來，見了師兄道：「師父有請。」雷震子答曰：「師弟先行，我隨即就來。」雷震子見了雲中子下拜：「不知師父有何吩咐？」雲中子曰：「徒弟，汝父有難，你可前去救援。」雷震子曰：「弟子父是何人？」道人曰：「汝父乃是西伯侯姬昌，有難在臨潼關；你可往虎兒崖下尋一兵器，待吾秘授你些兵法，好去救你父親。今日正當父子重逢之日，後期好相見耳。」雷震子領師父之命，離了洞府，逕至虎兒崖下，東瞧西看，各到處尋不出甚麼東西，又不知何物叫為兵器。

雷震子尋思：「我失打點。常聞兵器乃鎗、刀、劍、戟、鞭、斧、瓜、鎚，師父口言兵器，不知何物，且回洞中，再問詳細。」雷震子方欲轉身，只見一陣異香撲鼻，透膽鑽肝，不知在于何所。只見前面一溪澗下，水聲潺潺，雷鳴隱隱。雷震子觀看，只見稀奇景致，雅韻幽棲，籐纏檜栢，竹插顛崖，狐兔往來如梭，鹿鶴唳鳴前後，見了些靈芝隱綠草，梅子在青枝，看不盡山中異景。猛然間見綠葉之下，紅杏二枚。雷震子心歡，顧不得高低險峻，攀籐捫❶葛，將此二枚紅杏摘于手中；聞一聞，撲鼻馨香，如甘露沁心，愈加甘美。雷震子暗思：「此二枚紅杏，我吃一個，留一個帶與師父。」雷震子方吃了一個，怎麼這等香美，津津異味！只是要吃。不覺又將這個咬了一口。「呀！咬殘了。不如都吃了罷。」方吃了杏子，又尋兵器，不覺左脇下一聲響，長出翅來，拖在地下。雷震子嚇得魂飛天外，魄散九霄。雷震子曰：「不好了！」忙將兩手去拿住翅，只管拔，不防右邊又冒出一隻來。雷震子慌得沒主意，嚇得

❶ 捫：撫持，攀援。

坐在地下。原來兩邊長出翅來，不打緊，連臉都變了：鼻子高了，面如青靛，髮似硃砂，眼睛暴突，牙齒橫生，出於唇外，身軀長有二丈。雷震子痴呆不語。

只見金霞童子來到雷震子面前，叫曰：「師兄，師父叫你。」雷震子曰：「師弟，你看我，我都變了。」金霞曰：「你怎的來？」雷震子曰：「師父叫我往虎兒崖尋兵器，去救我父親，尋了半日不見，只尋得二枚杏子，被我吃了。可煞作怪，弄的青頭紅髮，上下獠牙，又長出兩邊肉翅。教我如何去見師父？」金霞童子曰：「快去，師父等你！」雷震子起來，一步步走來，自覺不好看，二翅拖著，如同鬥敗了的雞一般，不覺到了玉柱洞前。雲中子見雷震子來，撫掌道：「奇哉！奇哉！」手指雷震子作詩：

兩枚仙杏安天下，一條金棍定乾坤。風雷兩翅開先輩，變化千端起後昆。
眼似金鈴通九地，髮如紫草短三髭。秘傳玄妙真仙訣，煉就金剛體不昏。

雲中子作罷詩，命雷震子：「隨我進洞來。」雷震子隨師父至桃園中。雲中子取一條金棍傳雷震子，上下飛騰，盤旋如風雨之聲，進退有龍蛇之勢；轉身似猛虎搖頭，起落像蛟龍出海；呼呼響亮，閃灼光明；空中展動一團錦，左右紛紜萬簇花。雲中子在洞中傳的雷震子精熟，隨將雷震子二翅左邊用一風字，右邊用一雷字，又將咒語誦了一遍。雷震子飛騰，起於半天，腳登天，頭望地，二翅招展，空中俱有風雷之聲。雷震子落地，倒身下拜，叩謝曰：「師父有妙道玄機，今傳弟子，使救父之危，此乃莫大之洪恩也。」道人曰：「你速往臨潼關，救西伯侯姬昌——乃汝之父。速去速來，不可遲延。你救父送出五關，不許你同父往西岐，亦不許你傷紂王軍將，功完速回終南，再傳你道術。以後你弟兄自有完聚之日。」雲中子吩咐畢：「你去罷！」

雷震子出了洞府，二翅飛起，霎時間飛至臨潼關。見一山岡，雷震子落將下來，立在山岡之上，看了一會，不見形跡。雷震子自思：「呀！我失於打點，不曾問吾師父，西伯侯文王不知怎麼個模樣，教我如何相見？」一言未了，只見那壁廂一人，粉青氈笠，穿一件皂服號衫，乘一騎白馬，飛奔而來。雷震子曰：「此人莫非是吾父也？」大叫一聲曰：「山下的可是西伯侯姬老爺麼？」文王聽的有人叫他，勒馬擡頭觀看時，又不見人，只聽的聲氣。文王歎曰：「吾命合休！為何聞聲不見人形？此必鬼神相戲。」原來雷震子面藍，身上又是水合色，故此與山色交加，文王不曾看得明白，故有此疑。

雷震子見文王住馬停蹄，看一回，不言而又行。又叫曰：「此位可是西伯侯姬千歲否？」文王擡頭，猛見一人，面如藍靛，髮似硃砂，巨口獠牙，眼似銅鈴，光華閃灼，嚇的魂不附體。文王自忖：「若是鬼魅，必無人聲，我既到此，也避不得了。他既叫我，我且上山，看他如何。」文王打馬上山，叫曰：「那位傑士，為何認的我姬昌？」雷震子聞言，倒身下拜，口稱：「父王，孩兒來遲，致父王受驚，恕孩兒不孝之罪。」文王曰：「傑士錯認了。我姬昌一向無識，為何以父子相稱？」雷震子曰：「孩兒乃是燕山收的雷震子。」文王曰：「我兒，你為何生得這個模樣？你是終南山雲中子帶你上山，算將來方今七歲，你為何到此？」雷震子曰：「孩兒奉師法旨，下山來救父親出五關，退追兵，故來到此。」文王聽罷，吃了一驚，自思：「吾乃逃官，已自得罪朝廷；此子看他面色，也不是個善人，他若去退追兵，兵將都被他打死了，與我更加罪惡。待我且說他一番，以止他兇暴。」文王叫：「雷震子，你不可傷了紂王軍將，他奉王命而來。吾乃逃官，不遵王命，棄紂歸西，我負當今之大恩。你若傷了朝廷命官，你非為救父，反為害父也。」雷震子答曰：「我師父也曾吩咐孩兒，教我不可傷他軍將之命，只救父親出五關便了。孩兒自勸他回去。」雷震子見那裡追兵捲地而來，旗旛招展，鑼鼓齊鳴，喊聲不息，一派征塵，遮蔽旭日。雷震子看罷，便把脇下雙翅一聲響，飛起空中，將一根黃金棍拿在手裡，就把文王嚇了一交跌在地下不題。

且說雷震子飛在追兵前面，一聲響落在地下，用手把一根金棍柱在掌上，大叫曰：「不要來！」兵卒擡頭，看見雷震子面如藍靛，髮似硃砂，巨口獠牙。軍卒報與殷破敗、雷開曰：「啟老爺，前有一惡神阻路，凶勢猙獰。」殷、雷二將大聲喝退。二將縱馬向前，來會雷震子。不知性命如何，且聽下回分解。

評

文王聖人也。當此大厄之後，宜恬退靜處，豈有誇官耀職之理？此在智者不為。西伯斷無此事，此小說家粉飾之談，獨怪武成王知朝政日非，勸文王歸國，則當名正言順，約諸大臣，力奏西伯還國，何不可之有？乃草草令西伯逃回，是先得悖逆之名，適來讒佞之口。西伯幾至不免，是誰之咎歟？

又評

小人之口無常，而其心更險。費尤二人，當受西伯之賄，則百計贊道，惟恐描寫之不真；及至西伯逃回，又彼此為卸擔之計，紂王非不知之；然而終被其惑者，以其近而易狎，善於婉轉彌縫耳。忠臣義士，必不如是，為人君者，幸鑒於茲！

第二十二回　西伯侯文王吐子

忍恥歸來意可憐，只因食子淚難乾。非求度難傷天性，不為成忠賊愛緣。
天數湊來誰個是，劫灰聚處若為愆。從來莫道人間事，自古分離總在天。

且說二將匹馬當先，只見雷震子怎生模樣，有詩為證：

天降雷鳴現虎軀，燕山出世託遺孤。姬侯應產螟蛉子，仙宅當藏不世珠。秘授七年玄妙訣，長生兩翅有風雷。桃園傳得黃金棍，雞嶺先將聖主扶。目似金光飛閃電，面如藍靛髮如硃。肉身成聖仙家體，功業齊天帝子圖。漫道姬侯生百子，名稱雷震豈凡夫。

話說殷破敗、雷開仗其膽氣，厲聲言曰：「汝是何人，敢攔阻去路？」雷震子答曰：「吾乃西伯文王第百子，雷震子是也。吾父王乃仁人君子，賢德丈夫，事君盡忠，事親盡孝，交友以信，視臣以義，治民以禮，處天下以道，奉公守法，而盡臣節；無故而羈囚羑里，七載守命待時，全無嗔怒。今既放歸，為何又來追襲？反復無常，豈是天子之所為！因此奉吾師法旨，下山特來迎接我父王歸國，使吾父子重逢。你二人好好回去，不必言勇。吾師曾吩咐，不可傷人間眾生，故教汝速退便了。」殷破敗大笑曰：「好醜匹夫！焉敢口出大言，煽惑三軍，欺吾不勇！」乃縱馬舞刀來取。雷震子將手中棍架住，曰：「不要來！你想必要與我定個雄雌，這也可。只是奈我父王之言，師父之命，不敢有違。我且試一試與你看。」

雷震子將脇下翅一聲響飛起空中，有風雷之聲。腳登天，頭望下，看見西邊有一山嘴，往外撲著，雷震子說：「待我把這山嘴打一棍你看。」一聲響亮，山嘴滾下一半。雷震子轉身落下來，對二將言曰：「你的頭可有這山結實？」二將見此兇惡，魂不附體。二將言曰：「雷震子，聽你之言，我等暫回朝歌見駕，且讓你回去。」殷、雷二將見此光景，料不能勝他，只得回去。有詩為證：

一怒飛騰起在空，黃金棍擺氣如虹。霎時風響來天地，頃刻雷鳴遍宇中。
猛烈恍如鵬翅鳥，猙獰渾似鬼山熊。從今喪卻殷雷膽，束手歸商勢已窮。

話說殷、雷二將見雷震子這等驍勇，況且脇生雙翼，遍體風雷，料知決不能取勝，免得空喪性命無益，故此將計就計，轉回人馬不表。

且說雷震子復上山來見文王，文王嚇得痴了。雷震子曰：「奉父王之命，去退追兵，趕父王二將殷破敗、雷開，他二人被孩兒以好言勸他回去了。如今孩兒送父王出五關。」文王曰：「我隨身自有銅符令箭，到關照驗，即可出關。」雷震子曰：「父王不必如此。若照銅符，有誤父王歸期。如今事已急迫，恐後面又有兵來，終是不了之局。待孩兒背父王，一時飛出五關，免得又有事端。」文王聽罷，「我兒話雖是好，此馬如何出得去？」雷震子曰：「且顧父王出關，馬匹之事甚小。」文王曰：「此馬隨我患難七年，今日一旦便棄他，我心何忍？」雷震子曰：「事已到此，豈是好為此不良之事，君子所以棄小而全大。」文王上前，以手拍馬，歎曰：「馬！非昌不仁，捨你出關。奈恐追兵復至，我命難逃。我今別你，任憑你去罷，另擇良主。」文王道罷，洒淚別馬。有詩曰：

奉敕朝歌來諫主，同吾羑里七年囚。臨潼一別歸西地，任你逍遙擇主投。

且說雷震子曰：「父王快些，不必久羈。」文王曰：「背著我你仔細些。」文王伏在雷震子背上，把二目緊閉，耳聞風響，不過一刻，已出了五關，來到金雞嶺落將下來。雷震子曰：「父王，已出五關了。」文王睜開二目，已知是本土，大喜曰：「今日復見我故鄉之地，皆賴孩兒之力！」雷震子曰：「父王前途保重！孩兒就此告歸。」文王驚問曰：「我兒，你為何中途拋我，這是何說？」雷震子曰：「奉師父之命，止救父親出關，即歸山洞，今不敢有違，恐負師言，孩兒有罪。父王先歸家國，孩兒學全道術，不久下山，再拜尊顏。」雷震子叩頭，與文王洒淚而別。正是世間萬般哀苦事，無過死別共生離。雷震子回終南山回覆師父之命不題。

且說文王獨自一人，又無馬匹，步行一日。文王年紀高邁，跋涉艱難，抵暮見一客舍。文王投店歇宿。次日起程，囊乏無資。店小兒曰：「歇房與酒飯錢，為何一文不與？」文王曰：「因空乏到此，權且暫記，俟到西岐，著人加利送來。」店小兒怒曰：「此處比別處不同。俺這西岐，撒不得野，騙不得人。西伯侯千歲以仁義而化萬民，行人讓路，道不拾遺，夜無犬吠，萬民安生樂業。湛湛堯天，朗朗舜日，好好拿出銀子，算還明白放你去；若是遲延，送你到西岐，見上大夫散宜生老爺，那時悔之晚矣。」文王曰：「我決不失信。」只見店主人出來問道：「為何事吵鬧？」店小兒把文王欠缺飯錢說了一遍。店主人見文王年雖老邁，精神相貌不凡，問曰：「你往西岐來做甚麼事？因何盤費也無？我又不相識你，怎麼記飯錢？說得明白，方可記與你去。」文王曰：「店主人，我非別人，乃西伯侯是也。因因羑里七年，蒙聖恩赦宥歸國，幸逢吾兒雷震子救我出五關，因此囊內空虛。權記你數日，俟吾到西岐，差官送來，決不相負。」那店家聽得是西伯侯，慌忙倒身下拜，口稱：「大王千歲！子民肉眼，有失接駕之罪！

復請大王入內，進獻壺漿，子民親送大王歸國。」文王問曰：「你姓甚名誰？」店主人曰：「子民姓申，名傑，五代世居于此。」文王大喜，問申傑曰：「你可有馬，借一匹與我騎著好行，俟歸國必當厚謝。」申傑曰：「子民皆小戶之家，那有馬匹？家下止有磨麵驢兒，收拾鞍轡，大王暫借此前行，小人親隨伏侍。」文王大悅，離了金雞嶺，過了首陽山，一路上曉行夜宿。時值深秋天氣，只見金風颯颯，梧葉飄飄，楓林翠色，景物雖是堪觀，怎奈寒鳥悲風，蛩聲慘切！況西伯又是久離故鄉，睹此一片景色，心中如何安泰？恨不得一時就到西岐，與母子夫妻相會，以慰愁懷。按下文王在路不表。

且說文王母太姜在宮中思想西伯，忽然風過三陣，風中竟帶吼聲。太姜命侍兒焚香，取金錢演先天之數，知西伯侯某日某時，已至西岐。太姜大喜，忙傳令百官眾世子往西岐接駕。眾文武與各位公子無不歡喜，人人大悅。西岐萬民，牽羊擔酒，戶戶焚香，氤氳拂道。文武百官與眾位公子，各穿大紅吉服。此時骨肉完聚，龍虎重逢。有詩為證：

萬民歡忭出西岐，迎接龍車過九逵。羑里七年今已滿，金雞一戰斷窮追。
從今聖化過堯舜，目下靈臺立帝基。自古賢良周代盛，臣忠助君正雍熙。

且說文王同申傑行至西岐山，轉過迢遙徑路，依然又見故園，文王不覺心中悽慘，想：「昔日朝商之時，遭此大難，不意今日回歸，又是七載。青山依舊，人面已非。」正嗟歎間，只見兩杆紅旗招展，大砲一聲，擁出一隊人馬。文王心中正驚疑未定，只見左有大將軍南宮适，右有上大夫散宜生，引了四賢八俊，三十六傑，辛甲、辛免、太顛、閎夭、祁公、尹公伏于道旁。次子姬發近前拜伏驢前曰：「父王羈縻異國，時月累更，為人子不能分憂代患，誠天地間之罪人，望父王寬恕。今日復睹慈顏，不勝欣慰！」

文王見眾文武、世子多人，不覺淚下：「孤想今日不勝悽然。孤已無家而有家，無國而有國，無臣而有臣，無子而有子；陷身七載，羈囚羑里，自甘老死，今幸見天日，與爾等復能完聚，睹此反覺悽然耳。」大夫散宜生啟曰：「昔成湯王亦囚于夏臺，一旦還國，而有事于天下。今主公歸國，更修德政，育養民生，俟時而動，安知今日之羑里，非昔之夏臺乎？」文王曰：「大夫之言，豈是為孤之言？亦非臣下事上之理。昌有罪當誅，蒙聖恩羈而不殺。雖七載之囚，正天子浩蕩洪恩，雖頂踵亦不能報。今赦孤歸國，復荷優賞，進爵加封，賜黃鉞白旄，得專征伐，此何等殊恩？當克盡臣節，捐軀報國，此生決不敢萌二心，何得以夏臺相比？大夫忽發此言，豈昌所望哉？此後慎勿復言也。」諸臣悅服。

姬發近前：「請父王更衣乘輦。」文王依其言，換了王服乘輦，命中傑同進西岐。一路上歡聲擁道，樂奏笙簧，戶戶焚香，家家結彩。文王端坐鑾輿，兩邊的執事成行，旛幢蔽日。只見眾民大呼曰：「七年遠隔，未睹天顏，今大王歸國，萬民瞻仰，欲親覿天顏，愚民欣慰。」文王聽見眾臣如此，方騎逍遙馬。眾民歡聲大振曰：「今日西岐有主矣！」人人歡悅，個個傾心。文王出小龍山口，見兩邊文武、九十八子相隨，獨不見長子邑考，因想其醢屍之苦，羑里自啖子肉，不覺心中大痛，淚如雨下。文王將衣掩面，作歌曰：

「盡臣節兮奉旨朝商，直諫君兮欲正綱常。讒臣陷兮囚于羑里，不敢怨兮天降其殃。邑考孝兮為父贖罪，鼓琴音兮屈害忠良。啖子肉兮痛傷骨髓，感聖恩兮位至文王。誇官逃難兮路逢雷震，命不絕兮幸濟吾疆。今歸西土兮團圓母子，獨不見邑考兮碎裂肝腸！」

文王作罷歌，大叫一聲：「痛殺我也！」跌下逍遙馬來，面如白紙。慌壞世子併文武諸人，急急扶起，擁在懷中，速取茶湯，連灌數口。只見文王漸漸重樓中一聲響，吐出一塊肉羹。那肉餅就地上一滾，生出四足，長上兩耳，望西跑去了。連吐三次，三個兔兒走了。眾臣扶起文王，乘鸞輿至西岐城，進端門到大殿。公子姬發扶文王入後宮，調理湯藥。也非一日，文王之恙已愈。那日陞殿，文武百官上殿朝賀畢，文王宣上大夫散宜生，拜伏于地。

文王曰：「孤朝天子，算有七年之厄，不料長子邑考為孤遭戮，此乃天數。荷蒙聖恩，特赦歸國，加位文王，又命誇官三日。深感鎮國武成王大德，送銅符五道，放孤出關。不期殷、雷二將奉旨追襲，使孤勢窮力盡，無計可施。束手待斃之時，多虧昔年孤因朝商途中，行至燕山收一嬰兒，路逢終南山煉氣士雲中子帶去，起名雷震，不覺七年。誰想追兵緊急，得雷震子救我出了五關。」散宜生曰：「五關豈無將官把守，焉能出得關來？」文王曰：「若說起雷震子之形，險些兒唬殺孤家。七年光景，生得面如藍靛，髮似硃砂，脇生雙翼，飛騰半空，勢如風雷之狀；用一根金棍，勢似熊羆。他將金棍一下把山尖打下一塊來，故此殷、雷二將不敢相爭，諾諾而退。雷震子回來，背著孤家，飛出五關，不須半個時辰，即是金雞嶺地面，他方告歸終南山去了。孤不忍捨，他道：『師命不敢違，孩兒不久下山，再見父王。』故此他便回去。孤獨自行了一日，行至申傑店中，感申傑以驢兒送孤，一路扶持。命官重賞，使申傑回家。」宜生跪啟曰：「主公德貫天下，仁布四方，三分天下，二分歸周，萬民受其安康，百姓無不瞻仰。自古有云：『克念者，自生百福；作念者，自生百殃。』主公已歸西土，真如龍歸大海，虎復深山，自宜養時待動。況天下已反四百諸侯，而紂王肆行不道，殺妻誅子，製炮烙蠆盆，醢大臣，廢先王之典，造酒池肉林，殺宮嬪，聽妲己之所讒，播棄黎老，昵比罪人，拒諫誅忠，沉湎酒色；謂上天不足畏，謂善不足為，酒色荒淫，罔有悛改。臣料朝歌不久屬他人矣。」言未畢，殿西一人大呼曰：「今日大王已歸故土，當為公子報醢屍之讎！況今西岐雄兵四十萬，戰將六十員，正宜殺進五關，圍住朝歌，斬費仲、妲己于市曹，廢棄昏君，另立明主，以泄天下之忿！」

文王聽而不悅曰：「孤以二卿為忠義之士，西土賴之以安。今日出不忠之言，是先自處于不赦之地，而尚敢言報怨滅讎之語！天子乃萬國之元首，縱有過，臣且不敢言，尚敢正君之過？父有失，子亦不敢語，況敢正父之失？所以君叫臣死，不敢不死；父叫子亡，不敢不亡。為人臣子，先以忠孝為首，而敢直忤於君父哉？昌因直諫於君，君故囚昌于羑里，雖有七載之困苦，是吾愆尤，怎敢怨君，歸善于己？古語有云：『君子見難而不避，惟天命是從。』今昌感皇上之恩，爵賜文王，榮歸西土，孤正當早晚祈祝當今，但願八方寧息兵戈，萬民安阜樂業，方是為人臣之道。從今二卿切不可逆理悖倫，遺譏萬世，豈仁人君子之所言也！」南宮适曰：「公子進貢，代父贖罪，非有逆謀，如何竟遭醢尸之慘？情法難容！故當勦無道以正天下，此亦萬民之心也。」文王曰：「卿只執一時之見，此是吾子自取其死。孤臨行曾對諸子、文武有言：孤演先天數，算有七年之災，切不可以一卒前來問安，候七年災滿，自然榮歸。邑考不遵父訓，自恃驕拗，執忠孝之大節，不知從權；又失打點，不知時務進退；自己德薄才庸，情性偏執，不順天時，致遭此醢身之禍。孤今奉公守法，不妄為，不悖德，硜硜以盡臣節；任天子肆行狂悖，天下諸侯自有公論，何必二卿首為亂階，自持強梁，先取滅亡哉？古云：『五倫之中，惟有君親恩最重；百行之本，當存忠孝義為先。』孤既歸國，當以化行俗美為先，民豐物阜為務，則百姓自受安康，孤與卿等共享太平。耳不聞兵戈之聲，眼不見征伐之事，身不受鞍馬之勞，心不懸勝敗之擾，但願三軍身無披甲冑之苦，民不受驚慌之災，即此是福，即此是樂，又何必勞民傷財，糜爛其民，然後以為功哉？」南宮适、散宜生聽文王之訓，頓首叩謝。

文王曰：「孤思西岐正南欲造一臺，名曰靈臺。孤恐木土之工非諸侯所宜，勞傷百姓。然而造此靈臺以應災祥之兆。」散宜生奏曰：「大王造此靈臺，既為應災祥而設，乃為西土之民，非為遊觀之樂，何為勞民哉？況主公仁愛，功及昆蟲草木，萬姓無不銜恩。若大王出示，萬民自是樂從。若大王不輕用民力，仍給工銀一錢，任民自便，隨其所欲，不去強他，這也無害於事。況又是為西土人民應災祥之故，民何不樂為？」文王大喜：「大夫此言方合孤意。」隨出示張掛各門。不知後事如何，且聽下回分解。

評

大聖人所存者化，所過者神，全不在世情上起見，於忠孝上猶自渾；然紂王無道，文王之德日益隆盛，宜代殷商而有天下，此不待智者所深知也。散宜生南宮适雖是大賢，終未窺見文王底蘊；所以孟夫子曰：得百里之地而君之，皆能朝諸侯而有天下，行一不義，殺一不辜，不為也。文王雖至三分有二歸周，猶以服事殷，此所以為至聖。

又評

吐子之說，此後人粉飾聖人食子之故，不必正，不必爾也。聖人心同天地，無可無不可，總不出經權二字。識此者可以語道矣。

文王政治之美，描寫在申傑口中一段，盛世氣象，溢於唇吻。

第二十三回　文王夜夢飛熊兆

文王守節盡臣忠，仁德兼施造大工。民力不教胼胝瘁，役錢常賜錦纏紅。
西岐社稷如磐石，商邑江山若浪從。謾道孟津天意合，飛熊入夢已先通。

話說文王聽散宜生之言，出示張掛西岐各門。驚動軍民，都來爭瞧告示。只見上書曰：

西伯文王示諭軍民人等知悉：西岐之境，乃道德之鄉，無兵戈用武之擾，民安物阜，訟簡官清。孤因羑里羈縻，蒙恩赦宥歸國，因見邇來災異頻仍，水旱失度；及查本土，占驗災祥，竟無壇址。昨觀城西有官地一隅，欲造一臺，名曰靈臺，以占風候，看驗民災。又恐土木工繁，有傷爾軍民力役。特每日給工銀一錢支用。此工亦不拘日之近遠，但隨民便。願做工者即上簿造名，以便查給；如不願者，各隨爾經營，併無強逼。為此出示，諭眾通知。

話說西岐眾軍民人等一見告示，大家歡悅，齊聲言曰：「大王恩德如天，㒚可圖報。我等日出而嬉遊，日落而歸宿，坐享承平之福，是皆大王之所賜。今大王欲造靈臺，尚言給領工錢，我等雖肝腦塗地，手胼足胝，亦所甘心。況且為我百姓占驗災祥而設，如何反領大王工銀也？」一郡軍民無不歡悅，情願出力造臺。散宜生知民心如此，抱本進內啟奏。文王曰：「軍民既有此義舉，隨傳旨散給銀兩。」眾民領訖。文王對散宜生曰：「可選吉日，破土興工。」眾民用心著意搬泥運土，伐木造臺。正是：窗外日光彈指過，席前花影座間移。又道是：行見落花紅滿地，霎時黃菊綻東籬。造靈臺不過旬月，管工官來報完工。文王大喜，隨同文武百官排鑾輿出郭，行至靈臺觀看，雕梁畫棟，臺砌巍峨，真一大觀也。有賦為證：

臺高二丈，勢按三才。上分八卦合陰陽，下屬九宮定龍虎。四角有四時之形，左右立乾坤之象。前後配君臣之義，週圍有風雲之氣。此臺上合天心，下合地戶，中合人意。上合天心，應四時；下合地戶，屬五行；中合人意，風調雨順。文王有德，使萬物而增輝；聖人治世，感百事而無逆。靈臺從此立王基，驗照災祥扶帝主。正是：治國江山茂，今日靈臺勝鹿臺。

話說文王隨同兩班文武上得靈臺，四面一觀，文王默然不語。時有上大夫散宜生出班奏曰：「今日靈臺工完，大王為何不悅？」文王曰：「非是不悅。此臺雖好，臺下欠少一池沼，以應『水火既濟❶，合配陰陽』之意。孤欲再開池沼，又恐勞傷民力，故此鬱鬱耳。」宜生啟曰：「靈臺之工，甚是浩大，尚且不日而成；況於臺下一沼，其工甚易。」宜生忙傳王旨：「臺下再開一沼池，以應『水火既濟』之意。」說言未了，只見眾民大呼曰：「小小池沼，有何難成？又勞聖慮！」眾人隨將帶來鍬鋤，一時挑挖；內中挑出一副枯骨，眾人四下拋擲。文王在臺上，見眾人拋棄枯骨，即問曰：「眾民拋棄何物？」左右啟奏曰：「此地掘起一副人骨，眾人故此拋擲。」文王急傳旨命眾人：「將枯骨取來，放在一處，用匣盛之，埋于高阜之地。豈有因孤開沼而暴露此骸骨，實孤之罪也。」眾人聽見此言，大呼曰：「聖德之君，澤及枯骨，何況我等人民，豈有不沾雨露之恩？真是廣施仁義，道合天心，西岐萬民獲有父母矣！」萬

❶ 水火既濟：既濟，易卦名，離下坎上。水在火上，水火相交為用，事無不濟。

民歡聲大悅。文王因在靈臺看挖沼池，不覺天色漸晚，回駕不及。文王與眾文武在靈臺上設宴，君臣共樂。席散之後，文武在臺下安歇。文王在臺上設繡榻而寢。時至三更，正值夢中，忽見東南一隻白額猛虎，脇生雙翼，望帳中撲來。文王急叫左右，只聽臺後一聲響亮，火光沖霄，文王驚醒，嚇了一身香汗，聽臺下已打三更。文王自思：「此夢主何凶吉？待到天明，再作商議。」有詩為證：

文王治國造靈臺，文武鏘鏘保駕來；忽見沼池枯骨現，命將高阜速藏埋。

君臣共樂傳盃盞，夜夢飛熊撲帳開。龍虎風雲從此遇，西岐方得棟梁才。

話說次早文武上臺，參謁已畢。文王曰：「大夫散宜生何在？」宜生出班見禮曰：「有何宣召？」文王曰：「孤今夜三鼓，得一異夢，夢見東南有一隻白額猛虎，脇生雙翼，望帳中撲來。孤急呼左右，只見臺後火光沖霄，一聲響亮，驚醒乃是一夢。此兆不知主何吉凶？」散宜生躬身賀曰：「此夢乃大王之大吉兆，主大王得棟梁之臣，大賢之士，真不讓風后、伊尹之右。」文王曰：「卿何以見得如此？」宜生曰：「昔商高宗曾有飛熊入夢，得傳說于版築❷之間；今主公夢虎生雙翼者，乃熊也；又見臺後火光，乃火煅物之象。今西方屬金，金見火必煅；煅煉寒金，必成大器。此乃興周之大兆，故此臣特欣賀。」眾官聽罷，齊聲稱賀。文王傳旨回駕，心欲訪賢，以應此兆不題。

且言姜子牙自從棄卻朝歌，別了馬氏，土遁救了居民，隱于磻溪，垂釣渭水。子牙一意守時候命，不管閒非，日誦黃庭❸，悟道修真。若悶時，持絲綸倚綠柳而垂釣。時時心上崑崙，刻刻念隨師長，難

❷ 版築：築牆以兩板相夾，置土其中，而以杵築之。

❸ 黃庭：道經名，道家言養生之書。

忘道德，朝暮懸懸。一日，執竿歎息，作詩曰：

自別崑崙地，俄然二四年。商都榮半載，直諫在君前。
棄卻歸西土，磻溪執釣先。何日逢真主？披雲再見天。

子牙作罷詩，坐于垂楊之下。只見滔滔流水，無盡無休，徹夜東行，熬盡人間萬古。正是：惟有青山流水依然在，古往今來盡是空。子牙歎畢，只聽得一人作歌而來：

「登山過嶺，伐木丁丁。隨身板斧，斫劈枯藤。崖前兔走，山後鹿鳴；樹梢異鳥，柳外黃鶯。見了些青松檜栢，李白桃紅。無憂樵子，勝似腰金。擔柴一石，易米三升；隨時菜蔬，沽酒一瓶。對月邀飲，樂守山林；深山幽僻，萬壑無聲。奇花異草，逐日相侵。逍遙自在，任意縱橫。」

樵子歌罷，把一擔柴放下，近前少憩，問子牙曰：「老丈，我常時見你在此執竿釣魚，我和你像一個故事。」子牙曰：「像何故事？」樵子曰：「我與你像一個『漁樵問答』。」子牙大喜：「好個『漁樵問答』！」樵子曰：「你上姓貴處？緣何到此？」子牙曰：「吾乃東海許州人也。姓姜，名尚，字子牙，道號飛熊。」樵子聽罷，大笑不止。子牙問樵子曰：「你姓甚名誰？」樵子曰：「吾姓武，名吉，祖貫西岐人氏。」子牙曰：「你方纔聽吾姓名，反加大笑者，何也？」武吉曰：「你方纔言號飛熊，故有此笑。」子牙曰：「人各有號，何以為笑？」樵子曰：「當時古人高人，聖人賢人，胸藏萬斛珠璣，腹隱無邊錦繡，如風后❹、力牧❺、伊尹、傅說之輩，方稱其號。似你也有此號，名不稱實，故此笑耳。我

❹ 風后：黃帝時人，帝遇之於海隅，舉以為相。

❺ 力牧：黃帝臣。帝夢人執千鈞之弩，驅羊萬群，寤而占曰：「千鈞之弩，異力者也；驅羊萬群，能牧民者

常時見你伴綠柳而垂竿，別無營運❻；守株而待兔，看此清波。識見未必高明，為何亦稱道號？」武吉言罷，卻將溪邊釣竿拿起，見線上扣一針直而不曲，樵子撫掌大笑不止，對子牙點頭歎曰：「有智不在年高，無謀空言百歲。」樵子問子牙曰：「你這釣線何為不曲？古語云：『且將香餌釣金鰲。』我傳你一法，將此針用火燒紅，打成鉤樣，上用香餌，線上又用浮子，魚來吞食，浮子自動，是知魚至。望上一提，鉤掛魚腮，方能得鯉，此是捕魚之方。似這等釣，莫說三年，便百年也無一魚到手。可見你智量愚拙，安得妄曰飛熊！」子牙曰：「你只知其一，不知其二。老夫在此，名雖垂釣，我自意不在魚。吾在此不過守清雲而得路，撥陰翳而騰霄，豈可曲中而取魚乎！非丈夫之所為也。吾寧在直中取，不向曲中求；不為錦鱗設，只釣王與侯。吾有詩為證：

短杆長線守磻溪，這個機關那個知？只釣當朝君與相，何嘗意在水中魚。」

武吉聽罷，大笑曰：「你這個人也想王侯做！看你那個嘴臉，不像王侯，你到像個活猴！」子牙也笑著曰：「你看我的嘴臉不像王侯，我看你的嘴臉也不怎麼好。」武吉曰：「我的嘴臉比你好些。吾雖樵夫，真比你快活：春看桃杏，夏玩芰荷，秋看黃菊，冬賞梅松。我也有詩：

擔柴貨賣長街上，沽酒回家母子歡。伐木只知營運樂，放翻天地自家看。」

子牙曰：「不是這等嘴臉。我看你臉上的氣色不怎麼好。」武吉曰：「你看我的氣色怎的不好？」子牙曰：「你左眼青，右眼紅，今日進城打死人。」武吉聽罷，叱之曰：「我和你閑談戲語，為何毒口傷

也。」因依占求得力牧，進以為將。

❻ 營運：經營。指謀生之道。

人？」武吉挑起柴，逕往西岐城中來賣。不覺行至南門，卻逢文王車駕往靈臺，占驗災祥之兆。隨侍文武出城，兩邊侍衛甲馬御林軍人大呼曰：「千歲駕臨，少來！」武吉挑著一擔柴往南門來，市井道窄，將柴換肩，不知塌了一頭，番轉尖擔，把門軍王相夾耳門一下，即刻打死。兩邊人大叫曰：「樵子打死了門軍！」即時拿往來見文王。文王曰：「此是何人？」兩邊啟奏：「大王千歲，這個樵子不知何故打死門軍王相。」文王在馬上問曰：「那樵子叫甚名字？為何打死王相？」武吉啟曰：「小人是西岐的良民，叫做武吉。因見大王駕臨，道路窄狹，將柴換肩，誤傷王相。」文王曰：「武吉既打死王相，理當抵命。」隨即就在南門畫地為牢，豎木為吏，將武吉禁于此間，文王往靈臺去了。紂時畫地為牢，止西岐有此事。東南北連朝歌俱有禁獄，惟西岐因文王先天數，禍福無差，因此人民不敢逃匿，所以畫地為獄，民亦不敢逃去。但凡人走了，文王演先天數，算出拿來，加倍問罪。以此頑猾之民，皆奉公守法，故曰畫地為獄。

且說武吉禁了三日，不得回家。武吉思：「母無依，必定倚閭而望；況又不知我有刑陷之災。」因思母親放聲大哭，行人圍看。其時散宜生往南門過，忽見武吉悲聲大痛，散宜生問曰：「你是前日打死王相的。殺人償命，理之常也，為何大哭？」武吉告曰：「小人不幸遇逢冤家，誤將王相打死，理當償命，安得埋怨。只奈小人有母七十餘歲；小人無兄無弟，又無妻室，母老孤身，必為溝渠餓殍❼，屍骸暴露，情切傷悲。養子無益，子喪母亡，思之切骨，苦不敢言。小人不得已，放聲大哭。不知迴避，有犯大夫，望祈恕罪。」散宜生聽罷，默思久之：「若論武吉打死王相，非是鬥毆殺傷人命，不過挑柴誤塌尖擔，打傷人命，自無抵償之理。」宜生曰：「武吉不必哭，我往見千歲啟一本，放你回去，辦你母

❼ 餓殍：餓死的人。殍，音ㄆㄧㄠˇ。

親衣衾棺木，柴米養身之資，你再等秋後以正國法。」武吉叩頭，「謝老爺大恩！」

宜生一日進便殿，見文王朝賀畢，散宜生奏曰：「臣啟大王：前日武吉打傷王相人命，禁于南門。臣往南門，忽見武吉痛哭，臣問其故，武吉言有老母七十餘歲，止生武吉一人，況吉既無兄弟，又無妻室，其母一無所望。吉遭國法，羈陷莫出，思母必成溝渠之鬼，因此大哭。臣思王相人命，原非鬥毆，實乃誤傷。況武吉母寡身單，不知其子陷身于獄。據臣愚念，且放武吉歸家，以辦養母之費，棺木衣衾之資，完畢，再來抵償王相之命。臣請大王旨意定奪。」文王聽宜生之言，隨即准行，放武吉回家。

詩曰：

　　文王出郭驗靈臺，武吉擔柴惹禍胎。王相死于尖擔下，子牙八十運纔來。

話說武吉出了獄，可憐思家心重，飛奔回來，只見母親倚閭而望。見武吉回家，忙問曰：「我兒，你因甚麼事，這幾日纔來？為母在家，曉夜不安，又恐你在深山窮谷被虎狼所傷，使為娘的懸心吊膽，廢寢忘餐。今日見你，我心方落。不知你為何事，今日纔回？」武吉哭拜在地曰：「母親，孩兒不幸，前日往南門賣柴，遇文王駕至，我挑柴閃躲，塌了尖擔，打死門軍王相，文王把孩兒禁于獄中。我想母親在家中懸望，又無音信，上無親人，單身隻影，無人奉養，必成溝壑之鬼，因此放聲大哭。多虧上大夫散宜生老爺啟奏文王，放我歸家，置辦你的衣衾、棺木、米糧之類，打點停當，孩兒就去償王相之命。母親，你養我一場無益了！」道罷大哭。其母聽見兒子遭此人命重情，魂不附體，一把扯住武吉，悲聲哽咽，兩淚如珠，對天歎曰：「我兒忠厚半生，並無欺妄，孝母守分，今日有何事得罪天地，遭此陷穽之災？我兒，你有差遲，為娘的焉能有命！」武吉曰：「前一日，孩兒擔柴行至磻溪，見一老人執竿垂釣。線上拴著一個針，在那裡釣魚。孩兒問他：『為何不打彎了，安著香餌釣魚？』那老人曰：『寧在直中取，不在曲中求。非為錦鱗，只釣王侯。』孩兒笑他：『你這個人也想做王侯，你那嘴臉，也不像個王侯，到像一個活猴！』那老人看看孩兒曰：『我看你的嘴臉也不好。』我問他：『我怎的不好？』那老人說孩兒『左眼青，右眼紅，今日必定打死人』，確確的那一日打死了王相。我想老人嘴極毒，想將起來可惡。」其母問吉曰：「那老人姓甚名誰？」武吉曰：「那老人姓姜名尚，字子牙，道號飛熊。因他說出號來，孩兒故此笑他。他纔說出這樣破話。」老母曰：「此老善相，莫非有先見之明？我兒，此老人你還去求他救你。此老必是高人。」武吉聽了母命，收拾逕往磻溪來見子牙。不知後事如何，且聽下回分解。

評

從來仁賢應運而生，必有異兆，方能側陋升聞。當年帝賚良弼夢入飛熊，此皆帝心簡在，良有以也。但小說家必假吉凶禍福，以武吉一段插入，以神其說。此皆不解文王子牙之遇合者也。

又評

子牙武吉，以漁樵問答相稱，是大好光景，只是武吉愚而冷，子牙達而熱，俱有用世心腸，物外意趣。子牙因武吉而成名，武吉因子牙而脫難，可稱良對！

當日武吉罪名，原有應得之典，只是文王散宜生俱不肯明白定案。武吉逃遁，竟成兒戲，宜生不能辭責。

第二十四回　渭水文王聘子牙

別卻朝歌隱此間，喜觀綠水遶青山。黃庭兩卷消長晝，金鯉三條了笑顏。
柳內鶯聲來嚦嚦，岸旁溜響聽潺潺。滿天華露閒祥瑞，贏得文王仙駕扳。

話說武吉來到溪邊，見子牙獨坐垂楊之下，將魚竿飄浮綠波之上，自己作歌取樂。武吉走至子牙之後，款款叫曰：「姜老爺！」子牙回頭，看見武吉，子牙曰：「你是那一日在此的樵夫？」武吉答曰：「正是。」子牙道：「你那一日可曾打死人麼？」武吉慌忙跪泣告曰：「小人乃山中蠢子，執斧愚夫，那知深奧？肉眼凡胎，不識老爺高明隱達之士。前日一語，冒犯尊顏。老爺乃大人之輩，不是我等小人，望姜老爺切勿記懷，大開仁慈，廣施惻隱，只當普濟群生！那日別了老爺，行至南門，正遇文王駕至，挑柴閃躲，不知塌了尖擔，果然打死門軍王相。此時文王定罪，理合抵命，小人因思母老無依，終久必成溝渠之鬼，蒙上大夫散宜生老爺為小人啟奏文王，權放歸家，置辦母事完備，不日去抵王相之命。以此思之，母子之命依舊不保。今日特來叩見姜老爺，萬望憐救毫末餘生，得全母子之命。小人結草銜環，犬馬相報，決不敢有負大德！」子牙曰：「數定難移。你打死了人，理當償命，我怎麼救得你？」武吉哀哭拜求曰：「老爺恩施，昆蟲草木，無處不發慈悲。倘救得母子之命，沒齒難忘！」子牙見武吉來意虔誠，亦且此人後必貴顯，子牙曰：「你要我救你，你拜吾為師，我方救你。」武吉聽言，隨即下拜。

子牙曰：「你既為吾弟子，我不得不救你。如今你速回到家，在你床前，隨你多長挖一坑塹❶，深四尺。你至黃昏時候，睡在坑內；叫你母親於你頭前點一盞燈，腳後點一盞燈。或米也可，或飯也可，抓兩把撒在你身上，放上些亂草。睡過一夜起來，只管去做生意，再無事了。」武吉聽了，領師之命，回到家中，挖坑行事。有詩為證，詩曰：

文王先天數，子牙善厭星❷。不因武吉事，焉能陟帝廷？
磻溪生將相，周土產天丁。大造原相定，須教數合冥。

話說武吉回到家中，滿面喜容。母說：「我兒，你去求姜老爺，此事如何？」武吉對母親一一說了一遍。母親大喜，隨命武吉挖坑點燈不題。且說子牙三更時分，披髮仗劍，踏罡❸步斗，掐訣結印，隨與武吉厭星。次早，武吉來見子牙，口稱師父下拜。子牙曰：「既拜吾為師，早晚聽吾教訓。打柴之事，非汝長策。早起挑柴貨賣，到申時來講談兵法。方今紂王無道，天下反亂四百鎮諸侯。」武吉曰：「老師父，反了那四百鎮諸侯？」子牙曰：「反了東伯侯姜文煥，領兵四十萬，大戰遊魂關；南伯侯鄂順反了，領三十萬人馬，攻打三山關。我前日仰觀天象，見西岐不久刀兵四起，離亂發生。此是用武之秋，上心學藝，若能得功出仕，便是天子之臣，豈是打柴了事？古語有云：『將相本無種，男兒當自強。』又曰：『學成文武藝，貨與帝王家。』也是你拜我一場。」武吉聽了師父之言，早晚上心，不離子牙，

❶ 塹：音ㄑㄧㄢˋ，深坑。
❷ 厭星：鎮壓災星。
❸ 罡：音ㄍㄤ，北斗星。

精學武藝，講習六韜不表。

話說散宜生一日想起武吉之事，一去半載不來。宜生入內庭見文王，啟奏曰：「武吉打死王相，臣因見彼有老母在家，無人養侍，奏過主公，放武吉回家，辦其母棺木日費之用即來；豈意彼竟欺藐國法，今經半載，不來領罪，此必狡猾之民；大王可演先天數以驗真實。」文王曰：「善。」隨取金錢，占演凶吉。文王點首歎曰：「武吉亦非猾民❹，因懼刑自投萬丈深潭已死。若論正法，亦非鬥毆殺人，乃是誤傷人命，罪不該死。彼反懼法身死，如武吉深為可憫！」歎息良久，君臣各退。正是撚指光陰似箭，果然歲月如流。文王一日與文武閑居無事，見春和景媚，柳舒花放，桃李爭妍，韶光正茂。文王曰：「三春景色繁華，萬物發舒，襟懷爽暢，孤同諸子、眾卿，往南郊尋青踏翠，共樂山水之歡，以效尋芳之樂。」散宜生近前啟曰：「主公，昔日造靈臺，夜兆飛熊，主西岐得棟梁之才，主君有賢輔之佐。況今春光晴爽，花柳爭妍，一則圍幸于南郊，二則訪遺賢于山澤。臣等隨使，南宮适、辛甲保駕，正堯舜與民同樂之意。」文王大悅，隨傳旨：「次早南郊圍幸行樂。」次日，南宮适領五百家將出南郊，布一圍場❺。眾武士披執，同文王出城，行至南郊。怎見得好春光景致：

和風飄動，百蕊爭榮；桃紅似火，柳嫩垂金。萌芽初出土，百草已排新，芳草綿綿鋪錦繡，嬌花嬝嬝鬥春風。林內清奇鳥韻，樹外氤氳煙籠。聽黃鸝杜宇喚春回，遍訪遊人行樂；絮飄花落，溶溶歸棹，又添水面文章。見幾個牧童短笛騎牛背，見幾個田下鋤人運手忙，見幾個摘桑提著

❹ 猾民：狡猾之民。

❺ 圍場：設圍作為打獵的場地。

桑籃走，見幾個採茶歌罷入茶筐。一段青，一段紅，春光富貴；一園花，一園柳，花柳爭妍。

無限春光觀不盡，溪邊春水戲鴛鴦。

人人貪戀春三月。留戀春光卻動心。勸君休錯三春景，一寸光陰一寸金。

話說文王同眾文武出郊外行樂，共享三春之景。行至一山，見有圍場，布成羅網。文王一見許多家將披堅執銳，手持長杆鋼叉，黃鷹獵犬，雄威萬狀。怎見得：

烈烈旌旗似火，輝輝皂蓋遮天。錦衣繡襖駕黃鷹，花帽紅衣牽獵犬。粉青氈笠，打灑朱纓。粉青氈笠，一池荷葉舞清風；打灑朱纓，開放桃花浮水面。只見趕獐獵犬，鑽天鷂子帶紅纓；捉兔黃鷹，拖帽金彪雙鳳翅。黃鷹起去，空中啄墜玉天鵝；惡犬來時，就地拖翻梅花鹿。青錦白吉，錦豹花彪。青錦白吉，遇長杆血濺滿身紅；錦豹花彪，逢利刃血淋山土赤。野雞著箭，穿住二翅怎能飛；鷓鴣遭叉，撲地翎毛難展掙。大弓射去，青狸白鹿怎逃生；藥箭來時，練雀斑鳩難迴避。旌旗招展亂縱橫，鼓響鑼鳴聲吶喊。打圍人個個心猛，興獵將各各歡欣。登崖賽過搜山虎，跳澗猶如出海龍。火炮鋼叉連地滾，窩弓伏弩傍空行。長天聽有天鵝叫，開籠又放海東青。

話說文王見這樣個光景，忙問：「上大夫，此是一個圍場，為何設于此山？」宜生馬上欠身答曰：「今日千歲遊春行樂，共幸春光。南將軍已設此圍場，俟主公打獵行幸，以暢心情，亦不枉行樂一番，君臣共樂。」文王聽說，正色曰：「大夫之言差矣！昔伏羲皇帝不用茹毛，而稱至聖。當時有首相名曰風后，進茹毛于伏羲；伏羲曰：『此鮮食皆百獸之肉，吾人饑而食其肉，渴而飲其血，以之為滋養之道；不知吾欲其生，忍令彼死，此心何忍？朕今不食禽獸之肉，寧食百草之粟。各全生命以養天和，無傷無害，豈不為美。』伏義居洪荒之世，無百穀之美，尚不茹毛鮮食；況如今五穀可以養生，肥甘足以悅口，孤與卿踏青行樂，以賞此韶華風景，今欲騁孤等之樂，追麋逐鹿，較強比勝，騁英雄于獵較之間，禽獸何辜，而遭此殺戮之慘！且當此之時，陽春乍啟，正萬物生育之時，而行此肅殺之政，此仁人所痛心者也。古人當生不剪，體天地好生之仁。孤與卿等何蹈此不仁之事哉？速命南宮适將圍場去了！」眾將傳旨。文王曰：「孤與眾卿，在馬上歡飲行樂。」觀望來往士女紛紜，踏青紫陌，鬥草芳叢，或攜酒而樂溪邊，或謳歌而行綠野。君臣馬上忻然而歎曰：「正是君正臣賢，士民怡樂。」宜生馬上欠背答曰：「主公，西岐之地勝似堯天。」君臣正迤邐行樂，只見那邊一夥漁人作歌而來：

「憶昔成湯掃桀時，十一征兮自葛始。堂堂正大應天人，義旗一舉民安止。今經六百有餘年，祝網恩波將歇息。懸肉為林酒作池，鹿臺積血高千尺。內荒于色外荒禽，嘈嘈四海沸呻吟。我曹本是滄海客，洗耳不聽亡國音。日逐洪濤歌浩浩，夜觀星斗垂孤釣。孤釣不知天地寬，白頭俯仰天地老。」

文王聽漁人歌罷，對散宜生曰：「此歌韻度清奇，其中必定有大賢隱于此地。」文王命辛甲：「與孤把作歌賢人請來相見。」辛甲領旨，將坐下馬一磕，向前厲聲言曰：「內中可有賢人？請出來見吾千歲！」那些漁人齊齊跪下，答曰：「吾等都是閑人。」辛甲曰：「你們為何都是賢人？」漁人曰：「我等早晨出戶捕魚，這時節回來無事，故此我等俱是閑人。」不一時，文王馬到。辛甲向前啟曰：「此乃俱是漁人，非賢人也。」文王曰：「孤聽作歌，韻度清奇，內中定有大賢。」眾漁人曰：「此歌非小民所作。

離此三十五里，有一磻溪，溪中有一老人，時常作此歌，我們耳邊聽的熟了，故此隨口唱出此歌。實非小民所作。」文王曰：「諸位請回。」眾漁人叩頭去了。

文王馬上想歌中之味，好個「洗耳不聽亡國音」。旁有大夫散宜生欠背言曰：「『洗耳不聽亡國音』者何也？」昌曰：「大夫不知麼？」宜生曰：「臣愚不知深義。」昌曰：「此一句乃堯王訪舜天子故事。昔堯有德，乃生不肖之男。後堯王恐失民望，私行訪察，欲要讓位。一日行至山僻幽靜之鄉，見一人倚溪臨水，將一小瓢兒在水中轉。堯王問曰：『公為何將此瓢在水中轉？』其人笑曰：『吾看破世情，卻了名利，去了家私，棄了妻子，離愛慾是非之門，拋紅塵之徑，避處深林，虀鹽蔬食❻，怡樂林泉，以終天年，平生之願足矣。』堯王聽罷大喜，此人眼空一世，亡富貴之榮，遠是非之境，真乃仁傑也！孤將此帝位正該讓他。王曰：『賢者，吾非他人，朕乃帝堯。今見大賢有德，欲將天子之位讓爾，可否？』其人聽罷，將小瓢拿起，一腳踏的粉碎，兩隻手掩住耳朵，飛跑跑至溪邊洗耳。正洗之間，又見一人牽一隻牛來吃水。其人曰：『那君子，牛來吃水了。』那人只管洗耳。其人又曰：『此耳有多少污，只管洗？』那人洗完，方開口答曰：『方纔帝堯讓位與我，把我雙耳都污了，故此洗了一會，有誤此牛吃水。』其人聽了，把牛牽至上流而飲。那人曰：『為甚事便走？』其人曰：『水被你洗污了，如何又污牛口？』當時高潔之士如此。此一句乃是『洗耳不聽亡國音』。」眾官馬上俱聽文王談講先朝興廢，後國遺蹤。君臣馬上傳杯共享，與民同樂。見了些桃紅李白，鴨綠鵝黃，鶯聲嘹嚦，紫燕呢喃，風吹不管遊人醉，獨有三春景色新。君臣正行，見一起樵夫作歌而來：

❻ 虀鹽蔬食：虀，供調味用的薑蒜細末。蔬食，蔬菜。

「鳳非乏兮麟非無，但嗟治世有隆污。龍興雲出虎生風，世人漫惜尋賢路。君不見耕莘野夫，心樂堯舜與犁鋤。不遇成湯三使聘，懷抱經綸學左徒。又不見傅巖子，蕭蕭簑笠甘寒楚。當年不入高宗夢，霖雨終身藏版土。古來賢達辱而榮，豈特吾人終水滸？且橫牧笛歌清晝，慢叱犁牛耕白雲。王侯富貴斜暉下，仰天一笑俟明君。」

文王同文武馬上聽得歌聲甚是奇異，內中必有大賢。命辛甲請賢者相見。辛甲領命，拍馬前來，見一夥樵人，言曰：「你們內中可有賢者？請出來與吾大王相見。」眾人放下擔兒，俱言：「內中並無賢者。」不一時文王馬至，辛甲回覆曰：「內無賢士。」文王曰：「歌韻清奇，內中豈無賢士？」中有一人曰：「此歌非吾所作。前邊十里，地名磻溪，其中有一老叟，朝暮垂竿。小民等打柴回來，磻溪少歇，朝夕聽唱此歌。眾人聽得熟了，故此隨口唱出。不知大王駕臨，有失迴避，乃子民之罪也。」王曰：「既無賢士，爾等暫退。」眾皆去了。文王在馬上只管思念。又行了一路，與文武把盞，興不能盡。春光明媚，花柳芳妍，紅綠交加，粧點春色。正行之間，只見一人挑著一擔柴，唱歌而來：

「春水悠悠春草奇，金魚未遇隱磻溪。世人不識高賢志，只作溪邊老釣磯。」

文王聽得歌聲，嗟歎曰：「奇哉！此中必有大賢。」宜生在馬上，看那挑柴的好像猾民武吉。宜生曰：「主公，方纔作歌者，像似打死王相的武吉。」王曰：「大夫差矣！武吉已死萬丈深潭之中，前演先天數，豈有武吉還在之理？」宜生看的實了，隨命辛免曰：「你前去拿來。」辛免走馬向前。武吉見是文王駕至，迴避不及，把柴歇下，跪在塵埃。辛免看時，果然是武吉。辛免回見文王，啟曰：「果是武吉。」文王聞言，滿面通紅，見吉大喝曰：「匹夫，怎敢欺孤太甚！」隨對宜生曰：「大夫，這等狡猾逆民，須當加等勘問。殺傷人命，躲重投輕，罪與殺人等。今非謂武吉逃躲，則先天數竟有差錯，何以傳世？」武吉泣拜在地，奏曰：「吉乃守法奉公之民，不敢狂悖。只因誤傷人命，前去問一老叟，離此間三里，地名磻溪，此人乃東海許州人氏，姓姜名尚，字子牙，道號飛熊，叫小人拜他為師，傳與小人：回家挖一坑，叫小人睡在裡面，用草蓋在身上，頭前點一盞燈，腳後點一盞燈，草上用米一把撒在上面，睡到天明，只管打柴，再不妨事。千歲爺，螻蟻尚且貪生，豈有人不惜命。」只見宜生馬上欠身賀曰：「恭喜大王！武吉今言此人，道號飛熊，正應靈臺之兆。昔日商高宗夜夢飛熊而得傳說；今日大王夢飛熊，應得子牙。今大王行樂，正應求賢。望大王赦武吉無罪，令武吉往前林請賢士相見。」武吉叩頭，飛奔林中去了。且說文王君臣，將至林前，不敢驚動賢士，離數箭之地❼，文王下馬，同宜生步行入林。

且說武吉趕進林來，不見師父，心下著慌；又見文王進林。宜生問曰：「賢士在否？」武吉答曰：「方纔在此，這會不見了。」文王曰：「賢士可有別居？」武吉道：「前邊有一草舍。」武吉引文王駕至門首，文王以手撫門，猶恐造次❽。只見裡面有一小童開門，文王笑臉問曰：「老師在否？」童曰：「不在家，同道友閒行。」文王問曰：「甚時回來？」童子答曰：「不定。或就來，或一二日，或三五日，萍蹤靡定；逢山遇水，或師或友，便談玄論道，故無定期。」宜生在旁曰：「臣啟主公：求賢聘傑，禮當虔誠。今日來意未誠，宜其遠避。昔上古神農拜常桑，軒轅拜老彭，黃帝拜風后，湯拜伊尹，須當沐浴齋戒，擇吉日迎聘，方是敬賢之禮。主公且暫請駕回。」文王曰：「大夫之言是也。」命武吉隨駕

---

❼ 數箭之地：數枝箭才能射及的地方，是對距離約略的估計之語。

❽ 造次：原是急遽之意，此作輕率解釋。

入朝。文王行至溪邊，見光景稀奇，林木幽曠，乃作詩曰：

「宰割山河布遠猷，大賢抱負可同謀。此來不見垂竿叟，天下人愁幾日休。」

又見綠柳之下，坐石之旁，魚竿飄在水面，不見子牙，心中甚是悒怏。復作詩曰：

「求賢遠出到溪頭，不見賢人止見鉤。一竹青絲垂綠柳，滿江紅日水空流。」

文王猶留戀不捨，宜生復勸，文王方隨眾文武回朝。抵暮進西岐，俱到殿前，文王傳旨，令百官俱不必各歸府第，都在殿廷齋宿三日，同去迎請大賢。內有大將軍南宮适進曰：「磻溪釣叟恐是虛名，大王未知真實，而以隆禮迎請，倘言過其實，不空費主公一片真誠，竟為愚夫所弄。依臣愚見，主公亦不必如此費心，待臣明日自去請來。如果才副其名，主公再以隆禮加之未晚。如果虛名，可叱而不用，又何必主公齋宿而後請見哉？」宜生在旁厲聲言曰：「將軍，此事不是如此說！方今天下荒荒，四海鼎沸，賢人君子多隱巖谷。今飛熊應兆，上天垂象，特賜大賢助我皇基，是西岐之福澤也。此時自當學古人求賢，破拘攣之習，豈得如近日欲賢人之自售哉？將軍切不可說如是之言，使諸臣懈怠！」文王聞言大悅，曰：「大夫之言，正合孤意。」於是百官俱在殿廷歇宿三日，然後聘請子牙。後人有詩曰：

西岐城中鼓樂喧，文王聘請太公賢。周家從此皇基固，四九為尊八百年。

文王從散宜生之言，齋宿三日。至第四日，沐浴整衣，極其精誠。文王端坐鑾輿，扛擡聘禮。文王擺列軍馬成行，前往磻溪來迎子牙。封武吉為武德將軍。笙簧滿道，竟出西岐，不知驚動多少人民，扶老攜幼，來看迎賢。但見：

旗分五采，戈戟鏘鏘，笙簧拂道，猶如鶴唳鸞鳴；畫鼓咚咚，一似雷聲滾滾。對子馬人人喜悅，金吾士個個歡欣。文在東寬袍大袖，武在西貫甲披堅。毛公遂、周公旦、召公奭、畢公榮，四賢佐主；伯達、伯适、叔夜、叔夏等八俊相隨。城內氤氳香滿道，郭外瑞彩結成祥。聖主降臨西土地，不負五鳳鳴岐山。萬民齊享昇平日，宇宙雍熙八百年。飛熊仁兆興周室，感得文王聘大賢。

文王帶領眾文武出郭，逕往磻溪而來。行至三十五里，早至林下。文王傳旨：「士卒暫在林外紮住，不必聲揚，恐驚動賢士。」文王下馬，同散宜生步行，入得林來，只見子牙背坐溪邊。文王悄悄的行至跟前，立于子牙之後。子牙明知駕臨，故作歌曰：

「西風起兮白雲飛，歲已暮兮將焉為？五鳳鳴兮真主現，垂竿釣兮知我稀。」

子牙歌畢，文王曰：「賢士快樂否？」子牙回頭，看見文王，忙棄竿一旁，俯伏叩地曰：「子民不知駕臨，有失迎候，望賢王恕尚之罪。」文王忙扶住，拜言曰：「久慕先生，前顧未遇，昌知不恭。今特齋戒，專誠拜謁，得睹先生尊顏，實昌之幸也。」命宜生扶賢士起。子牙躬身而立。文王笑容攜子牙至茅舍之中，子牙再拜，文王同拜。王曰：「久仰高明，未得相見。今幸接手標，祇聆教誨，昌實三生之幸矣。」子牙拜而言曰：「尚乃老朽非才，不堪顧問，文不足安邦，武不足定國，荷蒙賢王枉顧，實辱鑾輿，有負聖意。」宜生在旁曰：「先生不必過謙。吾君臣沐浴虔誠，特申微忱，專心聘請。今天下紛紛，定而又亂。當今天子，遠賢近佞，荒淫酒色，殘虐生民；諸侯變亂，民不聊生。吾主晝夜思維，不安枕席。久慕先生大德，側隱溪岩，特具小聘，先生不棄供佐明時，吾王幸甚，生民幸甚。先生何苦隱胸中之奇謀，忍生民之塗炭？何不一展緒餘，哀此煢獨，出水火而置之昇平？此先生覆載之德，不世之仁也。」宜生將聘禮擺開，子牙看了，速命童兒收訖。宜生將鑾輿推過，請子牙登輿。子牙跪而告曰：「老臣荷蒙洪恩，以禮相聘，尚已感激非淺，怎敢乘坐鑾輿，越名僭分？這個斷然不敢！」文王曰：「孤預先相設，特迓先生，必然乘坐，不負素心。」子牙再三不敢，推阻數次，決不敢坐。宜生見子牙堅意不從，乃對文王曰：「賢人既不乘輿，望主公從賢者之請，可將大王逍遙馬請乘，主公乘輿。」王曰：「若是如此，有失孤數日之虔敬也。」彼此又推讓數番，文王方乘輿，子牙乘馬。歡聲載道，士馬軒昂。時值喜吉之辰，子牙時年已近八十。有詩歎曰：

渭水溪頭一釣竿，鬢霜皎皎白於紈。胸横星斗沖霄漢，氣吐虹霓掃日寒。
養老來歸西伯下，避危拼棄舊王冠。自從夢入飛熊後，八百餘年享奠安。

話說文王聘子牙，進了西岐，萬民爭看，無不欣悅。子牙至朝門下馬，文王陞殿，子牙朝賀畢。文王封子牙為右靈生丞相，子牙謝恩。偏殿設宴，百官相賀對飲。其時君臣有輔，龍虎有依。子牙治國有方，安民有法；件件有條，行行有款。西岐起造相府，此時有報傳進五關。汜水關首將韓榮具疏往朝歌，言姜尚相周。不知子牙後事如何，且聽下回分解。

評

聘賢大禮也，自不可草率。文王能行之，散宜生能贊成之，故造周家八百年洪基。推古驗今，毫厘不爽；雖然當時太公望年已八十，隱釣溪邊，若非武吉事，終至沉埋。天下事都要逢機應會；

不然，縱五百年名世，亦有時而不遇者，三復於斯，令人於悒。

又評

陰陽妙用，原在隱躍之間，令人欲盡信而不可得，欲不信而亦不可得，此方是天地顯微之妙；若一定不疑，反覺索然無味。宜生因恃文王先天數有准，則有破先天數者，在此雖謔語，大可會心。

第二十五回　蘇妲己請妖赴宴

鹿臺只望接神仙，豈料妖狐降綺筵。濁骨不能超濁世，凡心怎得出凡筌。
希圖弄巧欺明哲，孰意招尤剪穢羶。惟有昏庸殷紂拙，反聽蘇氏殺忠賢。

話說韓榮知文王聘請子牙相周，忙修本差官往朝歌。非止一日，進城來，差官往文書房來下本。那日看本者乃比干丞相。比干見此本，姜尚相周一節，沉吟不語，仰天歎息曰：「姜尚素有大志，今佐西周，其心不小。此本不可不奏。」比干抱本往摘星樓來候旨。紂王宣比干進見，王曰：「皇叔有何奏章？」比干奏曰：「汜水關總兵官韓榮上本，言姬昌禮聘姜尚為相，其志不小。東伯侯反于東魯之鄉，南伯侯屯兵三山之地，西伯姬昌若有變亂，此時正謂刀兵四起，百姓思亂。況水旱不時，民貧軍乏，庫藏空虛，而聞太師遠征北地，勝敗未分，真國事多艱，君臣交省之時。願陛下聖意上裁，請旨定奪。」王曰：「候朕臨殿，與眾卿共議。」君臣正論國事，只見當駕官奏曰：「北伯侯崇侯虎候旨。」命傳旨宣侯虎上樓。王曰：「卿有何奏章？」侯虎奏曰：「奉旨監造鹿臺，整造二年零四個月，今已完工，特來復命。」紂王大喜：「此臺非卿之力，終不能如是之速。」侯虎曰：「臣晝夜督工，焉敢怠玩？故此成工之速。」王曰：「目今姜尚相周，其志不小，汜水關總兵韓榮有本來奏；為今之計，如之奈何？卿有何謀，可除姬昌大患？」侯虎奏曰：「姬昌何能！姜尚何物！井底之蛙，所見不大；螢火之光，其亮不遠。名為相周，猶寒蟬之抱枯楊，不久俱盡。陛下若以兵加之，使天下諸侯恥笑。據臣觀之，無能為耳。願陛下不必與之較量可也。」王曰：「卿言甚善。」紂王又問曰：「鹿臺已完，朕當幸之。」侯虎奏曰：「特請聖駕觀看。」紂王甚喜，「二卿可暫往臺下，候朕與皇后同往。」王傳旨排鑾駕往鹿臺玩賞。有詩為證，詩曰：

鹿臺高聳透雲霄，斷送成湯根與苗。土木工興人失望，黎民怨起鬼應妖。
食人無厭崇侯惡，獻媚逢迎費仲梟。勾引狐狸歌夜月，商朝一似水中飄。

話說紂王與妲己同坐七香車，宮人隨駕，侍女紛紛，到得鹿臺，果然華麗。君后下車，兩邊扶持上臺，真是瑤池紫府，玉闕珠樓，說甚麼蓬壺方丈！團團俱是白石砌就，週圍盡是瑪瑙粧成。樓閣重重，顯雕簷碧瓦；亭臺疊疊，皆獸馬金環。殿當中嵌幾樣明珠，夜放光華，空中照耀；左右鋪設俱是美玉良金，輝煌閃灼。比干隨行，在臺觀看，臺上不知費幾許錢糧，無限寶玩，可憐民膏民脂，棄之無用之地。想臺中間不知陷害了多少冤魂屈鬼。又見紂王攜妲己入內庭。比干看罷鹿臺，不勝嗟歎，有賦為證。賦曰：

臺高插漢，榭聳凌雲；九曲欄杆，飾玉雕金光彩彩；千層樓閣，朝星映月影溶溶。怪草奇花，香馥四時不卸；殊禽異獸，聲揚十里傳聞。遊宴者恣情歡樂；供力者勞瘁艱辛！塗壁脂泥，俱是萬民之膏血；華堂采色，盡收百姓之精神。綺羅錦席，空盡織女機杼；絲竹管絃，變作野夫啼哭。真是以天下奉一人，須信獨夫殘萬姓。

比干在臺上，忽見紂王傳旨奏樂飲宴，賜比干、侯虎筵席。二臣飲罷數盃，謝酒下臺，不表。

且說妲己與紂王酣飲。王曰：「愛卿曾言鹿臺造完，自有神仙、仙子、仙姬俱來行樂；今臺已造完成，不識神仙、仙子，可一日一至乎？」這一句話，原是當時妲己要與玉石琵琶精報讎，將此鹿臺圖獻與紂王，要害子牙，故將邪言惑誘紂王；豈知作耍成真，不期今日工完，紂王欲想神仙，故問妲己。妲己只得朦朧應曰：「神仙、仙子，乃清虛有道之士，須待月色圓滿，光華皎潔，碧天無翳，方肯至此。」紂王曰：「今乃初十日，料定十四、五夜，月華圓滿，必定光輝，使朕會一會神仙、仙子，何如？」妲己不敢強辯，隨口應承。

此時紂王在臺上，貪歡取樂，淫佚無休。從來有福者，福德自生，無福者，妖孽廣積。奢侈淫佚，乃喪身之藥。紂王日夜縱施，全無忌憚。妲己自紂王要見神仙、仙子之類，著實撓心❶，日夕不安。其日乃是九月十三日，三更時分，妲己候紂王睡熟，將元形出竅，一陣風聲，來至朝歌南門外，離城三十五里軒轅墳內。妲己元形至此，眾狐狸齊來迎接，又見九頭雉雞精出來相見。雉雞精道：「姐姐為何到此？你在深院皇宮受享無窮之福，何嘗思念我等在此淒涼！」妲己道：「妹妹，我雖離開你們，朝朝侍天子，夜夜伴君王，未嘗不思念你等。如今天子造完鹿臺，要會仙姬、仙子；我思一計，想起妹妹與眾孩兒們有會變者，或變神仙，或變仙子、仙姬，去鹿臺受享天子九龍宴席；不會變者，自安其命，在家看守。俟其日，妹妹同眾孩兒們來。」雉雞精答道：「我有些需事，不能領席，算將來只得三十九名會變的。」妲己吩咐停當，風聲響處，依舊回宮，入還本竅。紂王大醉，那知妖精出入。一宿天明。次日，紂王問妲己曰：「明日是十五夜，正是月滿之辰，不識群仙可能至否？」妲己奏曰：「明日治宴三十九

❶ 撓心：即憂心、掛心。

席，排三層，擺在鹿臺，候神仙降臨。陛下若會仙家，壽添無算。」紂王大喜，問曰：「神仙降臨，可命一臣斟酒陪宴。」妲己曰：「須得一大量大臣，方可陪席。」王曰：「合朝文武之內，止有比干量洪。」傳旨：「宣亞相比干。」不一時，比干至臺下朝見。紂王曰：「明日命皇叔陪群仙筵宴，至月上，臺下候旨。」比干領旨，不知怎樣陪神仙，糊塗不明，仰天歎息：「昏君！社稷這等狼狽，國事日見顛危，今又痴心逆想，要會神仙；似此又是妖言，豈是國家吉兆！」比干回府，總不知所出。

且說紂王次日傳旨打點筵宴，安排臺上，三十九席俱朝上擺列，十三席一層，擺列三層。紂王吩咐布列停妥，恨不得將太陽速送西山，皎月忙昇東土。九月十五日抵暮，比干朝服往臺下候旨。且說紂王見日已西沉，月光東上，紂王大喜，如得萬斛珠玉一般，攜妲己於臺上，看九龍筵席，真乃是烹龍炮鳳珍羞味，酒海餚山色色新。席已完備，紂王、妲己入坐懽飲，候神仙前來。妲己奏曰：「但群仙至此，陛下不可出見；如泄天機，恐後諸仙不肯再降。」王曰：「御妻之言是也。」話猶未了，將近一更時分，只聽得四下裡風響。怎見得？有詩為證，詩曰：

妖雲四起罩乾坤，冷霧陰霾天地昏。紂王臺前心膽戰，蘇妃目下子孫尊。
只知飲宴多生福，孰料貪杯惹滅門。怪氣已隨王氣散，至今遺笑鹿臺魂。

這些在軒轅墳內狐狸，採天地之靈氣，受日月之精華，或一、二百年者，或三、五百年者，今併化作仙子、仙姬，神仙體象而來。那些妖氣，霎時間，把一輪明月霧了，風聲大作，猶如虎吼一般。只聽得臺上飄飄的落下人來。那月光漸漸的現出。妲己悄悄啟曰：「仙子來了。」慌的紂王隔繡簾一瞧，內中袍分五色，各穿青、黃、赤、白、黑，內有戴魚尾冠者，九揚巾者，一字巾者，頭陀打扮者，雙丫髻者，又有盤龍雲髻如仙子、仙姬者。紂王在簾內觀之，龍心大悅。只聽一仙人言曰：「眾位道友，稽首了。」眾仙答禮曰：「今蒙紂王設席，宴吾輩於鹿臺，誠為厚賜。但願國祚千年勝，皇基萬萬秋！」

妲己在裡面傳旨：「宣陪宴官上臺。」比干上臺，月光下一看，果然如此，個個有仙風道骨，人人像不老長生。自思：「此事實難解也！人像兩真，我比干只得向前行禮。」內有一道人曰：「先生何人？」比干答曰：「卑職亞相比干，奉旨陪宴。」道人曰：「既是有緣來此會，賜壽一千秋。」比干聽說，心下懷疑。內傳旨：「斟酒。」比干執金壺，斟酒三十九席已完，身居相位，不識妖氣，懷抱金壺，侍於側伴。這些狐狸，俱仗變化，全無忌憚，雖然服色變了，那些狐狸騷臭變不得，比干只聞狐騷臭。比干自想：「神仙乃六根清淨之體，為何氣穢沖人！」比干歎息：「當今天子無道，妖生怪出，為國不祥。」正沉思之間，妲己命陪宴官奉大盞。比干依次奉三十九席，每席奉一盃，陪一盃。比干有百斗之量，隨奉過一回。妲己又曰：「陪宴官再奉一盃。」比干每一席又是一盃。諸妖連飲二盃，此盃乃是勸盃。諸妖自不曾吃過這皇封御酒，狐狸量大者，還招架的住；量小者，招架不住。妖怪醉了，把尾巴都拖下來了。只是妲己不知好歹，只要他的子孫吃，但不知此酒發作起來，禁持不住，都要現原形來。比干奉第二層酒，頭一層都掛下尾巴，都是狐狸尾巴。此時月照正中，比干著實留神，看得明白，已是追悔不及，暗暗叫苦，想我身居相位，反見妖怪叩頭，羞殺我也！比干聞狐騷臭難當，暗暗切齒。且說妲己在簾內看著陪宴官奉了三盃，見小狐狸醉將來了，若現出原身來，不好看相。妲己傳旨：「陪宴官暫下臺去，不必奉酒；任從眾仙各歸洞府。」比干領旨下臺，鬱鬱不樂，出了內庭，過了分宮樓、顯慶殿、嘉慶殿、九間殿。殿內有宿夜官員。出了午門上馬，前邊有一對紅紗燈引道。未及行了二里，前面火把燈籠，鏘鏘士馬，原來是武成王黃飛虎巡督皇城。比干上前，武成王下馬，驚問比干曰：「丞相有甚緊急事，這時節纔出午門？」比干頓足道：「老大人！國亂邦傾，紛紛精怪，濁亂朝廷，如何是好！昨晚天子宣我陪仙子、仙姬宴，一更月上，奉旨上臺。有一起道人，各穿青、黃、赤、白、黑衣，也有些仙風道骨之像，孰知原來是一夥狐狸精。那精連飲兩三大盃，把尾巴掛將下來，月下明明的看得是實。如此光景，怎生奈何！」黃飛虎曰：「丞相請回，末將明日自有理會。」比干回府。黃飛虎命黃明、周紀、龍環、吳乾：「你四人各帶二十名健卒，散在東、南、西、北地方；看那些道人出那一門，務蹤其巢穴，定要真實回報。」四將領命去訖，武成王回府。

且說眾狐狸酒在腹內，鬧將起來，架不得妖風，起不得朦霧，勉強架出午門，一個個都落下來，拖拖拽拽，擠擠挨挨，三三五五，擁簇而來。出南門，將至五更南門開了，周紀遠遠的黑影之中，明明看見。隨後哨探，離城三十五里，軒轅墳旁有一石洞，那些道人、仙子，都爬進去了。次日，黃飛虎昇殿，四將回令。周紀曰：「昨在南門，探得道人有三、四十名，俱進軒轅墳石洞內去了。探的是實，請令定奪。」黃飛虎即命周紀：「領三百家將，盡帶柴薪，塞住石洞，將柴架起來燒，到下午來回令。」周紀領令去訖。門官報道：「亞相到了。」飛虎迎請到庭上行禮，分賓主坐下。茶罷，黃飛虎將周紀一事說明，比干大喜稱謝。二人在此談論國家事務，武成王置酒，與比干丞相傳盃相敘，不覺就至午後。周紀來見：「奉令放火，燒到午時，特來回令。」飛虎曰：「末將同丞相一往如何？」比干曰：「願隨車駕。」二人帶領家將，同出南門三十五里，來至墳前，煙火未滅。黃將軍下馬，命家將將火滅了，用撓鉤搭將出來。眾家將領命不題。且說這些狐狸吃了酒的死也甘心，還有不會變的，無辜俱死於一穴。有詩為證，詩曰：

懽飲傳盃在鹿臺，狐狸何事化仙來。只因穢氣人看破，惹下焦身粉骨災。

眾家將不一時將些狐狸搭出，焦毛爛肉，臭不可聞。比干對武成王曰：「這許多狐狸，還有未焦者，揀選好的，將皮剝下來，造一袍襖與當今，以惑妲己之心，使妖魅不安於君前，必至內亂；使天子醒悟，或知貶謫妲己，也見我等忠誠。」二臣共議，大悅，各歸府第。古語云：「不管閑事終無事，只怕你謀裡招殃禍及身。」不知後來凶吉如何，且聽下回分解。

評

天子富貴已極，所思者神仙壽算耳，故奸讒嬖倖，每以此惑之，著實打入痛處，其聽信皆牢不可破。人君一入此套，未有不身弒國亡者！

又評

妲己妖孽耳，只天子不知，舉朝皆知。妖氛貫宮闈，邪氣籠內殿，獨怪比干身為次相，親陪筵宴，目睹諸妖，而不能以一壺擊其腦髓，誠可痛恨！後與黃飛虎委曲設計，燒死狐狸種類，欲借一袍以悟主聰，難矣！

第二十六回　妲己設計害比干

朔風一夜碎瓊瑤，丞相乘機進錦貂，只望回心除惡孽，孰知觸忌伴君妖。

剜心已定千秋案，寵妲難羞萬載謠。可惜成湯賢聖業，化為流水逐春潮！

話說比干將狐狸皮硝熟，造成一件袍襖，只候嚴冬進袍。此是九月，瞬息光陰，一如撚指，不覺時近仲冬。紂王同妲己宴樂於鹿臺之上，那日只見彤雲密布，凜冽朔風，亂舞梨花，乾坤銀砌，紛紛瑞雪，遍滿朝歌。怎見得好雪：

空中銀珠亂灑，半天柳絮交加。行人拂袖舞梨花，滿樹千枝銀壓。公子圍爐酌酒，仙翁掃雪烹茶，夜來朔風透窗紗，也不知是雪是梅花。颼颼冷氣侵人，片片六花蓋地，瓦楞鴛鴦輕拂粉，爐焚蘭麝可添錦。雲迷四野催粧晚，煖客紅爐玉影偏。此雪似梨花，似楊花，似梅花，似瓊花；似梨花白，似楊花細，似梅花無香，似瓊花珍貴。此雪有聲，有色，有氣，有味：有聲者如蠶食葉，有氣者冷浸心骨，有色者比美玉無瑕，有味者能識來年禾稼。團團如滾珠，碎剪如玉屑，一片似鳳羽，兩片似鵝毛，三片攢三，四片攢四，五片似梅花，六片如花萼。此雪下到稠密處，只見江河一道青。此雪有富，有貴，有貧，有賤：富貴者紅爐添壽炭，煖閣飲羊羔；貧賤者廚中無米，灶下無柴。非是老天傳敕旨，分明降下殺人刀。

凜凜寒威霧氣棼，國家祥瑞落紛紜，須臾四野難分辨，頃刻千山盡是雲。
道上往來人跡絕，空中隱躍自為群，此雪落到三更後，盡道豐年已十分。

紂王與妲己正飲宴賞雪，當駕官啟奏：「比干候旨。」王曰：「宣比干上臺。」比干行禮畢。王曰：「六花雜出，舞雪紛紜，皇叔不在府第酌酒禦寒，有何奏章，冒雪至此？」比干奏曰：「鹿臺高接霄漢，風雪嚴冬，臣憂陛下龍體生寒，特獻袍襖，與陛下禦冷驅寒，少盡臣微悃。」王曰：「皇叔年高，當留自用；今進與孤，足徵忠愛！」命取來。比干下臺，將朱盤高捧，面是大紅，裡是毛色。比干親手抖開，與紂王穿上。紂王笑曰：「朕為天子，富有四海，實缺此袍禦寒。今皇叔之功，世莫大焉！」紂王傳旨：「賜酒共樂鹿臺。」話說妲己在繡簾內觀見，都是他子孫的皮，不覺一時間刀剜肺腑，火燎肝腸，此苦可對誰言！暗罵：「比干老賊！吾子孫就享了當今酒席，與老賊何干？你明明欺我，把皮毛惑吾之心。我不把你這老賊剜出你的心來，也不算中宮之后！」淚如雨下。

且說紂王與比干把盞，比干辭酒，謝恩下臺。紂王著袍進內，妲己接住。王曰：「鹿臺寒冷，比干進袍，甚稱朕懷。」妲己奏曰：「妾有愚言，不識陛下可容納否？陛下乃龍體，怎披此狐狸皮毛？不當穩便，甚為褻尊。」王曰：「御妻之言是也。」遂脫將下來貯庫。此乃是妲己見物傷情，其心不忍，故為此語。因自沉思曰：「昔日欲造鹿臺，為報琵琶妹子之讎，豈知惹出這場是非，連子孫俱勦滅殆盡！」心中甚是痛恨，一心要害比干，無計可施。

話說時光易度，一日，妲己在鹿臺陪宴，陡生一計，將面上妖容撤去，比平常嬌媚不過十分中一二，大抵往日如牡丹初綻，芍藥迎風，梨花帶雨，海棠醉日，豔冶非常。紂王正飲酒間，諦視良久，見妲己容貌大不相同，不住盼睞。妲己曰：「陛下頻顧賤妾殘粧何也？」紂王笑而不言。妲己強之，紂王曰：「朕看愛卿容貌，真如嬌花美玉，令人把玩不忍釋手。」妲己曰：「妾有何容色，不過蒙聖恩寵愛，故如此耳。妾有一結識義妹姓胡，名曰喜媚，如今在紫霄宮出家。妾之顏色，百不及一。」紂王原是愛酒色的，聽得如此容貌，其心不覺欣悅，乃笑而問曰：「愛卿既有令妹，可能令朕一見否？」妲己曰：「喜媚乃是閨女，自幼出家，拜師學道，上洞府名山紫霄宮內修行，一刻焉能得至？」王曰：「托愛卿福庇，如何委曲使朕一見，亦不負卿所舉。」妲己曰：『當時同妾在冀州時，同房針線，喜媚出家，與妾作別，妾灑淚泣曰：「今別妹妹，永不能相見矣！」喜媚曰：『但拜師之後，若得五行之術，我送信香❶與你。姐姐欲要相見，焚此信香，吾當即至。』後來去了一年，果送信香一塊。未及二月，蒙聖恩取上朝歌，侍陛下左右，一向忘卻。方纔陛下不言，妾亦不敢奏聞。」紂王大喜曰：「愛卿何不速取信香焚之？」妲己曰：「尚早。喜媚乃是仙家，非同凡俗。待明日，月下陳設茶菓，妾身沐浴焚香相迎方可。」王曰：「卿言甚是，不可褻瀆。」紂王與妲己宴樂安寢。

卻說妲己至三更時分，現出元形，竟到軒轅墳中。只見雉雞精接著，泣訴曰：「姐姐！因為你一席酒，斷送了你的子孫盡滅，將皮都剝了去，你可知道？」妲己亦悲泣道：「妹妹！因我子孫受此沉冤，無處申報，尋思一計，須如此如此，可將老賊取心，方遂吾願。今仗妹妹扶持，彼此各相護衛。我想你獨自守此巢穴，也是寂寥，何不乘此機會，享皇宮血食，朝暮相聚，何不為美。」雉雞精深謝妲己曰：「既蒙姐姐擡舉，敢不如命？明日即來。」妲己計較已定，依舊隱形回宮入竅，與紂王共寢。天明起來，

❶ 信香：可傳遞信息的香。

紂王好不歡欣，專候今晚喜媚降臨，恨不得把金烏趕下西山去，捧出東邊玉兔來。至晚，紂王見華月初昇，一天如洗，作詩曰：

金運蟬光出海東，清幽宇宙徹長空。玉盤懸在碧天上，展放光輝散彩虹。

話說紂王與妲己在臺上玩月，催逼妲己焚香。妲己曰：「妾雖焚香拜請，倘或喜媚來時，陛下當迴避一時。恐凡俗不便，觸使回去，急切難來。待妾以言告過，再請陛下相見。」紂王曰：「但憑愛卿吩咐，一一如命。」妲己方淨手焚香，做成圈套。將近一鼓時分，聽半空風響，陰雲密布，黑霧迷空，把一輪明月遮掩。一霎時，天昏地暗，寒氣侵人。紂王驚疑，忙問妲己曰：「好風，一會兒翻轉了天地。」妲己曰：「想必喜媚踏風雲而來。」言未畢，只聽空中有環珮之聲，隱隱有人聲墜落。妲己忙催紂王進裡面，曰：「喜媚來矣。俟妾講過，好請相見。」紂王只得進內殿，隔簾偷瞧。只見風聲停息，月光之中，見一道姑穿大紅八卦衣，絲絛麻履。況此月色復明，光彩皎潔，且是燈燭輝煌。常言「燈月之下看佳人，比白日更勝十倍」，只見此女肌如瑞雪，臉似朝霞，海棠丰韻，櫻桃小口，香臉桃腮，光瑩嬌媚，色色動人。妲己向前曰：「妹妹來矣！」喜媚曰：「姐姐，貧道稽首了。」二人同至殿內，行禮坐下。茶罷，妲己曰：「昔日妹妹曾言：『但欲相會，只焚信香即至。』今果不失前言。得會尊容，妾之幸也。」道姑曰：「貧道適聞信香一至，恐違前約，故此即速前來，幸恕唐突。」彼此遜謝。且說紂王再觀喜媚之姿，復觀妲己之色，天地懸隔。紂王暗想：「但得喜媚同侍衾枕，便不做天子又有何妨。」心下甚是難過。只見妲己問喜媚曰：「妹妹是齋？是葷？」喜媚答曰：「是齋。」妲己傳旨：「排上素齋來。」二人傳盃敘話。燈光之下，故作妖嬈。紂王看喜媚，真如蕊宮仙子，月窟嫦娥。把紂王只弄的魂遊蕩漾三千里，魄遶山河十萬重，恨不得共語相陪，一口吞他下肚。抓耳撓腮，坐立不寧，不知如何是好。紂王急得不耐煩，只是亂咳嗽。

妲己已會意，眼角傳情，看著喜媚曰：「妹妹，妾有一言奉瀆，不知妹妹可容納否？」喜媚曰：「姐姐有何事吩咐？貧道領教。」妲己曰：「前者妾在天子面前，讚揚妹妹大德，天子喜不自勝，久欲一睹仙顏。今蒙不棄，慨賜降臨，實出萬幸。乞賢妹念天子渴想之懷，俯同一會，得領福慧，感戴不勝！今不敢唐突晉謁，托妾先容❷，不知妹妹意下如何？」喜媚曰：「妾係女流，況且出家，生俗不便相會，二來男女不雅，且男女授受不親，豈可同筵晤對，而不分內外之禮？」妲己曰：「不然。妹妹既然出家，原是『超出三界外，不在五行中』，豈得以世俗男女分別而論。況天子係命于天，即天之子，總控萬民，富有四海，率土皆臣，即神仙亦當讓位。況我與你幼雖結拜，義實同胞，即以姐妹之情，就見天子，亦是親道，這也無妨。」喜媚曰：「姐姐吩咐，請天子相見。」紂王聞請字，也等不得，就走出來了。紂王見道姑一躬，喜媚打一稽首相還。喜媚曰：「請天子坐。」紂王便旁坐在側。二妖反上下坐了。燈光下，見喜媚兩次三番啟朱唇，一點櫻桃，吐的是美孜孜一團和氣；轉秋波，雙灣活水，送的是嬌滴滴萬種風情。把個紂王弄得心猿難按，意馬馳韁，只急得一身香汗。妲己情知紂王慾火正熾，左右難捱，故意起身更衣❸。妲己上前曰：「陛下在此相陪，妾更衣就來。」紂王復轉下坐，朝上覿面傳杯。紂王燈下以眼角傳情，那道姑面紅微笑。紂王斟酒，雙手奉于道姑；道姑接酒，吐嬝娜聲音答曰：「敢勞陛

❷ 先容：為人介紹引進。

❸ 更衣：㈠換衣服。㈡上廁所。

下！」紂王乘機將喜媚手腕一捻，道姑不語，把紂王魂靈兒都飛在九霄。紂王見是如此，便問曰：「朕同仙姑臺前玩月，何如？」喜媚曰：「領教。」紂王復攜喜媚手出臺玩月，喜媚不辭。紂王心動，便搭住香肩，月下偎倚，情意甚密。

紂王心中甚喜，乃以言挑之曰：「仙姑何不棄此修行，而與令姐同住宮院，拋此清涼，且享富貴，朝夕歡娛，四時歡慶，豈不快樂！人生幾何，乃自苦如此。仙姑意下如何？」喜媚只是不語。紂王見喜媚不甚推脫，乃以手抹著喜媚胸膛，軟綿綿，溫潤潤，嫩嫩的腹皮，喜媚半推半就。紂王見他如此，雙手抱摟，偏殿交歡，雲雨幾度，方纔歇手。正起身整衣，忽見妲己出來，一眼看見喜媚烏雲散亂，氣喘吁吁，妲己曰：「妹妹為何這等模樣？」紂王曰：「實不相瞞，方纔與喜媚姻緣相湊，天降赤繩❹。你姐妹同侍朕左右，朝暮歡娛，共享無窮之福。此亦是愛卿薦拔喜媚之功，朕心喜悅，不敢有忘。」即傳旨重新排宴，三人共飲，至五更方共寢鹿臺之上。有詩為證，詩曰：

國破妖氛現，家亡紂主昏。不聽君子諫，專納佞臣言。
先愛狐狸女，又寵雉雞精。比干逢此怪，目下死無存。

話說紂王暗納喜媚，外官不知。天子不理國事，荒淫內闕，外廷隔絕，真是君門萬里。武成王雖執掌大帥之權，提調朝歌四十八萬人馬，鎮守都城，雖然丹心為國，而終不能面君諫言，彼此隔絕，無可奈何，只得長歎而已。一日，見報說，東伯侯姜文煥分兵攻打野馬嶺，要取陳塘關，黃總兵令魯雄領兵十萬把守去訖。不表。

❹ 天降赤繩：赤繩即紅線，俗謂男女婚配，乃有前定，冥冥中若有紅線牽繫。天降赤繩即天意作合。

且說紂王自得喜媚，朝朝雲雨，夜夜酣歌，那裡把社稷為重。那日，二妖正在臺上用早膳，忽見妲己大叫一聲，跌倒在地，把紂王驚駭汗出，嚇的面如土色。見妲己口中噴出血水來，閉目不言，面皮俱紫。紂王曰：「御妻自隨朕數年，未有此疾，今日如何得這等凶症？」喜媚故意點頭歎曰：「姐姐舊疾發了！」帝問：「媚美人為何知御妻有此舊疾？」喜媚奏曰：「昔在冀州時，彼此俱是閨女。姐姐常有心痛之疾，一發即死。冀州有一醫士，姓張名元；他用藥最妙，有玲瓏心一片煎湯吃下，此疾即愈。」紂王曰：「傳旨宣冀州醫士張元。」喜媚奏曰：「陛下之言差矣！朝歌到冀州有多少路！一去一來，至少月餘。耽誤日期，焉能救得？除非朝歌之地，若有玲瓏心，取他一片，登時可救；如無，須臾即死。」

紂王曰：「玲瓏心誰人知道？」喜媚曰：「妾身曾拜師，善能推算。」紂王大喜，命喜媚速算。這妖精故意掐指，算來算去，奏曰：「朝中止有一大臣，官居顯爵，位極人臣。只怕此人捨不得，不肯救拔娘娘。」紂王曰：「是誰？快說！」喜媚曰：「惟亞相比干乃是玲瓏七竅之心。」紂王曰：「比干乃是皇叔，一宗嫡派，難道不肯借一片玲瓏心為御妻起沉疴之疾？速發御札，宣比干！」差官飛往相府。

比干閑居無事，正為國家顛倒，朝政失宜，心中籌畫。忽堂候官敲雲板，傳御札，立宣見駕。比干接札，禮畢，曰：「天使先回，午門會齊。」比干自思：「朝中無事，御札為何甚速？」話未了，又報御札又至！比干又接過。不一時，連到五次御札。比干疑惑：「有甚緊急，連發五札？」正沉思間，又報：「御札又至！」持札者乃奉御官陳青。比干接畢，問青曰：「何事要緊，用札六次？」青曰：「丞相在上：方今國勢漸衰，鹿臺又新納道姑，名曰胡喜媚。今日早膳，娘娘偶然心疼疾發，看看氣絕。胡喜媚陳說，要得玲瓏心一片，煎羹湯，吃下即愈。皇上言：『玲瓏心如何曉得？』胡喜媚會算，算丞相是玲瓏心。因此發札六道，要借老千歲的心一片，急救娘娘，故此緊急。」

比干聽說，驚得心膽俱落，自思事已如此，乃曰：「陳青，你在午門等候，我即至也。」比干進內，見夫人孟氏曰：「夫人，你好生看顧孩兒微子德！我死之後，你母子好生守我家訓，不可造次，朝中並無一人矣！」言罷淚如雨下。夫人大驚，問曰：「大王何故出此不吉之言？」比干曰：「昏君聽信妲己有疾，欲取吾心作羹湯，豈有生還之理！」夫人垂淚曰：「官居相位，又無欺誑，上不犯法于天子，下不貪酷于軍民，大王忠誠節孝，素表著于人耳目，有何罪惡，豈至犯取心慘刑。」微子在旁泣曰：「父王勿憂。方纔孩兒想起，昔日姜子牙與父王看氣色，曾說不利，留一簡帖，見在書房，說：『至危急兩難之際，進退無路，方可看簡，亦可解救。』」比干方悟曰：「呀！幾乎一時忘了！」忙開書房門，見硯臺下壓著一帖，取出觀之。上書明白。比干曰：「速取火來！」取水一碗，將子牙符燒在水裡，比干飲于腹中。忙穿朝服上馬，往午門來不表。

且說六札宣比干，陳青泄了內事，驚得一城軍民官宰，盡知取比干心作羹湯。話說武成王黃元帥同諸大臣俱在午門，只見比干乘馬，飛至午門下馬。百官忙問其故。比干曰：「據陳青說取心一節，吾總不知。」百官隨比干至大殿，比干逕往鹿臺下候旨。紂王立候，聽得比干至，命宣上臺來。比干行禮畢。王曰：「御妻偶發沉疴心痛之疾，惟玲瓏心可愈。皇叔有玲瓏心，乞借一片作湯，治疾若愈，此功莫大焉。」比干曰：「心是何物？」紂王曰：「乃皇叔腹內之心。」比干怒奏曰：「心者一身之主，隱于肺內，坐六葉兩耳之中，百惡無侵，一侵即死。心正，手足正；心不正，則手足不正。心乃萬物之靈苗，四象變化之根本。吾心有傷，豈有生路！老臣雖死不惜，只是社稷坵墟，賢能盡絕。今昏君聽新納妖婦之言，賜吾摘心之禍，只怕比干在，江山在；比干存，社稷存！」

紂王曰：「皇叔之言差矣！總只借心一片，無傷于事，何必多言？」比干厲聲大叫曰：「昏君！你是酒色昏迷，糊塗狗彘！心去一片，吾即死矣，比干不犯剜心之罪，如何無辜遭此非殃！」紂王怒曰：「君叫臣死，不死不忠。臺上毀君，有虧臣節！如不從朕命，武士，拿下去，取了心來！」比干大罵：「妲己賤人！我死冥下，見先帝無愧矣！」喝左右，「取劍來與我！」奉御將劍遞與比干。比干接劍在手，望太廟大拜八拜，泣曰：「成湯先王，豈知殷受斷送成湯二十八世天下，非臣之不忠耳！」遂解帶現軀，將劍往臍中刺入，將腹剖開，其血不流。比干將手入腹內，摘心而出，望下一擲，掩袍不語，面似淡金，逕下臺去了。且說諸大臣在殿前打聽比干之事，眾臣紛紛，議論朝廷失政，只聽的殿後有腳跡之聲。黃元帥望後一觀，見比干出來，心中大喜。飛虎曰：「老殿下，事體如何？」比干不語。百官迎上前來。比干低首速行，面如金紙，逕過九龍橋去，出午門。常隨見比干出朝，將馬伺候。比干上馬，往北門去了。不知凶吉如何，且聽下回分解。

評

比干乃國之黃耇。元首竟遭慘死，其欲不亡得乎？紂王惟婦言是用，巧於拒諫，酷惡非常；所以後世推亡國之君，必首及桀紂，實為萬世罪魁！

又評

妲己一婦，已足亡商。今又添一喜媚，如虎生翼，紂王且日與之酣飲，荒淫縱不敗家國，亦是速死之道。

第二十七回　太師回兵陳十策

天運循環有替隆，任他勝算總無功。方纔少進和平策，又道提兵欲破戎。
數定豈容人力轉，期逢自與鬼神通。從來逆孽終歸盡，力縱回天亦是空。

話說黃元帥見比干如此不言，逕出午門，命黃明、周紀隨看老殿下往何處去。二將領命去訖。且說比干馬走如飛，只聞的風響之聲。約走五七里之遙，只聽的路旁有一婦人手提筐籃，叫賣無心菜。比干忽聽得，勒馬問曰：「怎麼是無心菜？」婦人曰：「民婦賣的是無心菜。」比干曰：「人若是無心，如何？」婦人曰：「人若無心即死。」比干大叫一聲，撞下馬來，一腔熱血濺塵埃。有詩為證：

御札飛來實可傷，妲己設計害忠良。比干倚仗崑崙術，卜兆焉知在路旁。

話說賣菜婦人見比干落馬，不知何故，慌的躲了。黃明、周紀二騎趕出北門，看見比干死于馬下，一地鮮血，濺染衣袍，仰面朝天，瞑目無語。二將不知所以然。當時子牙留下簡帖，上書符印，將符燒灰入水，服于腹中，護其五臟，故能乘馬出北門耳。見賣無心菜的，比干問其因由，婦人言「人無心即死」，若是回道「人無心還活」，比干亦可不死。比干取心，下臺上馬，血不出者，乃子牙符水玄妙之功。話說黃明、周紀飛馬趕出北門，見如此行徑，回至九間殿來回黃元帥，說見比干如此而死，說了一遍。微子等百官無不傷情。內有一下大夫厲聲大叫：「昏君無事擅殺叔父，紀綱絕滅！吾自見駕！」此官乃是夏招，自往鹿臺，不聽宣召，逕上臺來。紂王將比干心立等做羹湯，又被夏招上臺見駕。紂王出見夏招，見招豎目揚眉，圓睜兩眼，面君不拜。紂王曰：「夏招，無旨有何事見朕？」招曰：「特來弒君！」紂王笑曰：「自古以來，那有臣弒君之理！」招曰：「昏君！你也知道無弒君之理！世上那有無故侄殺叔父之情？比干乃昏君嫡叔，帝乙之弟，今聽妖婦妲己之謀，取比干心作羹，豈非弒叔乎！臣弒昏君，以盡成湯之法！」便把鹿臺上掛的飛雲劍掣在手，望紂王劈面殺來。紂王乃文武全才，豈懼此一個儒生。將身一閃讓過，夏招撲個空。紂王大怒，命武士拿下。武士領旨，方來擒拿。夏招大叫曰：「不必來！昏君殺叔父，招宜弒君，此事之當然。」眾人向前，夏招一跳，撞下鹿臺，可憐粉骨碎身，死于非命！

有詩讚曰：

夏招怒發氣當嗔，只為君王行不仁。不惜殘軀拚直諫，可憐血肉已成塵！
忠心自合留千古，赤膽應知重萬鈞，今日雖投臺下死，芳名常共日華新！

不說夏招死于鹿臺之下，且說各文武聽得夏招盡節鹿臺之下，又去北門外收比干之屍。世子微子德披麻執杖，拜謝百官。內有武成王黃飛虎、微子、箕子，傷悼不已；將比干用棺槨停在北門外，搭起蘆棚，豎立紙旛安定魂魄。

忽聽探馬報：「聞太師奏凱回朝。」百官齊上馬，迎接十里。至轅門，軍政司報太師：「百官迎接轅門。」太師傳令：「百官暫回，午門相會。」眾官速至午門等候。聞太師乘墨麒麟往北門而進，忽見紙旛飄蕩，便問左右：「是何人靈柩？」左右答曰：「是亞相比干之柩。」太師驚訝。進城，又見鹿臺高聳，光景嵯峨。到了午門，見百官道旁相迎。太師下騎，笑臉答曰：「列位老大人，仲遠征北海，離別多年，景物城中盡多變了。」武成王曰：「太師在北，可聞天下離亂，朝政荒蕪，諸侯四叛？」太師曰：「年年見報，月月通知，只心懸兩地，北海難平。托賴天地之恩，主上威福，方滅北海妖孽。吾恨脇無雙翼，飛至都城面君為快。」眾官隨至九間大殿。太師見龍書案生塵，寂靜悽涼；又見殿東邊黃澄澄大圓柱子。太師問執殿官：「黃澄澄大柱子，為何放在殿上？」執殿官跪而答曰：「此天子所置新刑，名曰炮烙。」太師又問：「何為炮烙？」只見武成王向前言曰：「太師，此刑乃銅造成的，有三層火門。凡有諫官阻事，盡忠無私，赤心為國的，言天子之過，說天子不仁，正天子不義，便將此物將炭燒紅，用鐵索將人兩手抱住銅柱，左右裹將過去，四肢烙為灰燼，殿前臭不可聞。為造此刑，忠良隱遁，賢者退位，能者去國，忠者死節。」聞太師聽得此言，心中大怒，三目交輝，只急得當中那一隻神目睜開，白光現尺餘遠近。命執殿官：「鳴鐘鼓請駕！」百官大悅。

話說紂王自取比干心作湯，療妲己之疾，一時全愈，正在臺上溫存。當駕官啟奏曰：「九間殿鳴鐘鼓，乃聞太師還朝，請駕登殿。」紂王聞得此說，默默不語。隨傳旨：「排鑾輿臨軒。」車御、保駕等官，扈擁天子登九間大殿，百官朝賀，聞太師進禮山呼畢。紂王秉圭諭曰：「太師遠征北海，登涉艱苦，鞍馬勞心，運籌無暇，欣然奏捷，其功不小。」太師拜伏于地曰：「仰仗天威，感陛下洪福，滅怪除妖，斬逆勦賊，征伐十五年。臣捐軀報國，不敢有負先王。臣在外聞得內庭濁亂，各路諸侯反叛，使臣心懸兩地，恨不得插翅面君。今睹天顏，其情可實？」紂王曰：「姜桓楚謀逆弒朕，鄂崇禹縱惡為叛，俱已伏誅；但其子肆虐，不尊國法，亂離各地，使關隘擾攘，甚是不法，良可痛恨！」太師奏曰：「姜桓楚篡位，鄂崇禹縱惡，誰可以為證？」紂王無辭以對。太師近前復奏曰：「臣征在外，苦戰多年；陛下仁政不修，荒淫酒色，誅諫殺忠，致使諸侯反亂。臣且啟陛下：殿東放著黃澄澄的是甚東西？」紂王曰：「諫臣惡口忤君，沽忠買直，故設此刑，名曰炮烙。」太師又啟：「臣進都城，見高聳青霄是甚所在？」紂王曰：「朕至暑天，苦無憩地；造此行樂，亦觀高望遠，不致耳目蔽塞耳，名曰鹿臺。」太師聽罷，心中甚是不平，乃大言曰：「今四海荒荒，諸侯齊叛，皆陛下有負于諸侯，故有離叛之患。今陛下仁政不施，恩澤不降，忠諫不納，近奸色而遠賢良，戀歌飲而不分晝夜，廣施土木，民連累而反，軍絕糧而散。文武軍民，乃君王四肢，四肢順，其身康健；四肢不順，其身缺殘。君以禮待臣，臣以忠事君。想先王在日，四夷拱手，八方賓服，享太平樂業之豐，受鞏固皇基之福。今陛下登臨大寶，殘虐萬姓，諸侯離叛，民亂軍怨，北海刀兵。使臣一片苦心，殄滅妖黨。今陛下不修德政，一意荒淫，數年以來，不知朝綱大變，國體全無，使臣日勞邊疆，正如辛勤立燕巢于朽幕耳！惟陛下思之。臣今回朝，自有治國之策，容臣再陳。陛下暫請回宮。」紂王無言可對，只得進宮闕去了。

且說聞太師立于殿上曰：「眾位先生，大夫，不必回府第，俱同老夫到府內共議。吾自有處。」百官跟隨，同至太師府，到銀安殿上，各依次坐下。太師就問：「列位大夫，諸先生，老夫在外多年，遠征北地，不得在朝，但我聞仲感先王托孤之重，不敢有負遺言。但當今顛倒憲章，有不道之事。各以公論，不可架捏❶，我自有平定之說。」內有一大夫孫容，欠身言曰：「太師在上：朝廷聽讒遠賢，沉湎酒色，弒忠阻諫，殄滅彝倫，怠荒國政，事跡多端。恐眾官齊言，有紊太師清聽。不若眾位靜坐，只是武成王黃老大人從頭至尾講與老太師聽。一來老太師便于聽聞，百官不致攙越。不識太師意下如何？」

❶ 架捏：捏造。

聞太師聽罷：「孫大夫之言甚善。黃老大人，老夫洗耳，願聞其詳。」黃飛虎欠身曰：「既從尊命，末將不得不細細實陳：天子自從納了蘇護之女，朝中日漸荒亂。將元配姜娘娘剜目烙手，殺子絕倫。誆諸侯入朝歌，戮醢大臣，妄斬司天監太史杜元銑。聽妲己之狐媚，造炮烙之刑，壞上大夫梅伯。因姬昌于羑里七年。摘星樓內設蠆盆，宮娥慘死。造酒池、肉林，內侍遭殃。造鹿臺廣興土木之工，致上大夫趙啟墜樓而死。任用崇侯虎監工，賄賂通行，三丁抽二，獨丁赴役，有錢者買閑在家，累死百姓，填于臺下。上大夫楊任諫阻鹿臺之工，將楊任剜去二目，至今屍骸無蹤。前者鹿臺上有四、五十狐狸，化作仙人赴宴，被比干看破，妲己懷恨。今不明不白，內庭私納一女，不知來歷。昨日聽信妲己，詐言心疼，要玲瓏心作湯療疾，勒逼比干剖心，死于非命；靈柩見停北門。國家將興，禎祥❷自現；國家將亡，妖孽❸頻出。讒佞信如膠漆，忠良視如寇讎，慘虐異常，荒淫無忌。即不才等屢具諫章，視如故紙，甚至上下阻隔。正無可奈何之時，適太師奏凱還國，社稷幸甚！萬民幸甚！」黃飛虎這一遍言語，從頭至尾，細細說完，就把聞太師急得厲聲大叫曰：「有這等反常之事！只因北海刀兵，致天子紊亂綱常。辜負先王，有誤國事，實老夫之罪也！眾大夫先生請回。我三日後上殿，自有條陳。」太師送眾官出府，喚吉立余慶，令封了府門，一應公文不許投遞。至第四日面君，方許開門應接事體。吉立余慶，即閉府門。有詩為證，詩曰：

太師回兵奏凱還，豈知國內事多姦。君王失政乾坤亂，海宇分崩國政艱。

❷ 禎祥：吉兆。

❸ 妖孽：凶兆。

十道條陳安社稷，九重金闕削奸頑。山河旺氣該如此，總用心機只等閒。

話說聞太師三日內造成條陳十道，第四日入朝面君。文武官員已知聞太師有本上殿。那日早朝，聚兩班文武，百官朝畢。紂王曰：「有奏章出班，無事朝散。」左班中聞太師進禮稱臣曰：「臣有疏。」將本鋪展御案。紂王覽表：

具疏太師臣聞仲上言：奏為國政大變，有傷風化；寵淫近佞，逆治慘刑，大於天變，隱憂莫測事。臣聞堯受命，以天下為己憂，而未常以位為樂也。故誅逐亂臣，務求賢聖，是以得舜、禹、稷、契而咎繇。眾聖輔德，賢能佐職，教化大行，天下和洽，萬民皆安仁樂義，各得其宜，動作應禮，從容中道，乃王者必世而後仁之謂也。堯在位七十載，迺遜位以禪虞舜。堯崩，天下不歸堯子丹朱而歸舜，舜知不可避，乃即天子之位。以禹為相，因堯之輔佐，繼其統業，是以垂拱無為而天下治。所作韶樂，盡美盡善。今陛下繼承大位，當行仁義，普施恩澤，惜愛軍民，禮文敬武，順天和地，則社稷奠安，生民樂業。豈意陛下近淫酒，親奸佞，亡恩愛，將皇后炮手剜睛，殺子絕嗣，自剪其後。此昔無道之君所行，自取滅亡之禍。臣願陛下痛改前非，行仁興義，遠小人，近君子，庶幾社稷奠安，萬民欽服，天心效順，國祚靈長，風和雨順，天下享承平之福矣。臣帶罪冒犯天顏，條陳開列於後：

第一件：拆鹿臺，安民不亂。

第二件：廢炮烙，使諫臣盡忠。

第三件：填蠆盆，宮患自安。

第四件：去酒池、肉林，掩諸侯謗議。

第五件：貶妲己，別立正宮，自無蠱惑。

第六件：斬費仲、尤渾，快人心，以警不肖。

第七件：開倉廩，賑民饑饉。

第八件：遣使命，招安於東南。

第九件：訪遺賢於山澤。

第十件：大開言路，使天下無壅塞之蔽。

聞太師立於龍書案旁，磨墨潤毫，將筆遞與紂王：「請陛下批准施行。」紂王看十款之中，頭一件便是拆鹿臺。紂王曰：「鹿臺之工，費無限錢糧，成工不易。今一旦拆去，實是可惜。此等再議。二件炮烙，准行。三件蠆盆，准行。五件貶蘇后，今妲己德性幽嫻，並無失德，如何便加謫貶？也再議。六件中大夫費、尤二人，素有功而無罪，何為讒佞，豈得便加誅戮？除此三件，以下准行。」太師奏曰：「鹿臺功大，勞民傷財，萬民深怨，拆之所以消天下百姓之隱恨。皇后惑陛下造此慘刑，神怒鬼怨，屈魂無申，乞速貶蘇后，則神喜鬼舒，屈魂瞑目，所以消在天之幽怨。速斬費仲、尤渾，則朝綱清淨，國內無讒，聖心無惑亂之虞，則朝政不期清而自清矣。願陛下速賜施行，幸無遲疑不決，以誤國事，則臣不勝幸甚！」紂王沒奈何，立語曰：「太師所奏，朕准七件；此三件候議妥再行。」聞太師曰：「陛下莫謂三事小節而不足為，此三事關係治亂之源，陛下不可不察，毋得草草放過。」只見中大夫費仲還不識時務，出班上殿見駕。聞太師認不得費仲，問曰：「這官員是誰？」仲曰：「卑職費仲是也。」太師道：「先生就是費仲。先王上殿有甚麼話講？」仲曰：「太師雖位極人臣，不按國體，持筆逼君批行奏疏，非禮也；本參皇后，非臣也；令殺無辜之臣，非法也。太師滅君恃己，以下凌上，肆行殿庭，大失人臣之禮，可謂大不敬！」太師聽說，當中神目睜開，長髯直豎，大聲曰：「費仲巧言惑主，氣殺我也！」將手一拳，把費仲打下丹墀，面門青腫。只見尤渾怒上心來，上殿言曰：「太師當殿毀打大臣，非打費仲，即打陛下矣！」太師曰：「汝是何官？」尤渾曰：「吾是尤渾。」太師笑曰：「原來是你！兩個賊臣表裡弄權，互相回護！」趨向前，只一掌打去，把那奸臣翻觔斗跌下丹墀，有丈餘遠近。喚左右：「將費、尤二人拿出午門斬了！」當朝武士最惱此二人，聽得太師發怒，將二人推出午門。聞太師怒沖牛斗，紂王默默無語；口裡不言，心中暗道：「費、尤二人不知起倒❹，自討其辱。」聞太師復奏，請紂王發行刑旨。紂王怎肯殺費、尤二人，紂王曰：「太師奏疏，俱說得是。此三件事，朕俱允服，待朕再商議而行。費、尤二臣，雖是冒犯愛卿，其罪無證，且發下法司勘問，情真罪當，彼亦無怨。」聞太師見紂王再三委曲，反有兢業❺顏色，自思：「吾雖為國直諫盡忠，使君懼臣，吾先得欺君之罪矣。」太師跪而奏曰：「臣但願四方綏服，百姓奠安，諸侯賓服，臣之願足矣，敢有他望哉！」紂王傳旨：「將費、尤發下法司勘問。七道條陳，限即舉行，三條再議妥施行。」紂王回宮，百官各散。

天下興，好事行；天下亡，禍胎降。太師方上條陳事已，不防東海反了平靈王。飛報進朝歌來，先至武成王府。黃元帥見報，歎曰：「兵戈四起，八方不寧，如今又反了平靈王，何時定息！」黃元帥把

---

❹ 起倒：高低。

❺ 兢業：即兢兢業業，戒慎恐懼之意。

報差官送到聞太師府裡去。太師在府正坐，謹候官報：「黃元帥差官見老爺。」太師命：「令來。」差官將報呈上。太師看罷，打發來人，隨即往黃元帥府裡來。黃元帥迎接到殿上行禮，分賓主坐下。聞太師道：「元帥，今反了東海平靈王，老夫來與將軍共議：還是老夫去，還是元帥去？」黃元帥答曰：「末將去也可，老太師去也可，但憑太師主見。」太師想一想，道曰：「黃將軍，你還隨朝。老夫領二十萬人馬前往東海，勦平反叛，歸國再商政事。」二人共議停當。

次日早朝，聞太師朝賀畢，太師上表出師。紂王覽表，驚問曰：「平靈王又反，如之奈何？」聞太師奏曰：「臣之丹心，憂國憂民，不得不去。今留黃飛虎守國，臣往東海，削平反叛，願陛下早晚以社稷為重；條陳三件，待臣回再議。」紂王聞奏大悅，巴不得聞太師去了，不在面前攪擾，心中甚是清淨。忙傳諭：「發黃旄白鉞，即與聞太師餞行起兵。」紂王駕出朝歌東門，太師接見。紂王命斟酒賜與太師。聞仲接酒在手，轉身遞與黃飛虎，太師曰：「此酒黃將軍先飲。」飛虎欠身曰：「太師遠征，聖上所賜，黃飛虎怎敢先飲？」太師曰：「將軍接此酒，老夫有一言相告。」黃飛虎依言，接酒在手。聞太師曰：「朝綱無人，全賴將軍。當今若是有甚不平之事，禮當直諫，不可鉗口結舌，非人臣愛君之心。」太師回身見紂王曰：「臣此去無別事憂心，願陛下聽忠告之言，以社稷為重，毋變亂舊章，有乖君道。臣此一去，多則一載，少則半載，不久便歸。」太師用罷酒，一聲砲響，起兵逕往東海去了。眼前一段蹊蹺事，惹得刀兵滾滾來。不知勝負如何，聽下回分解。

評

聞太師十策亦是救時急著，尚未盡紂之不善；雖然當時在朝諸臣，不無慷慨激烈之士。因紂王殘酷，未免鉗口結舌，雖未必為身家富貴之計，而懼禍之不測者恆多。若聞太師之位重望隆，可以使天子不得不行，庶可稍挽天變，奈何又有東海之役！此殆天數也歟！

又評

夏招不忍比干之死，有激於諫；故不暇揣度君臣之分，勇往而死，殆忠而過，直而戇者也哉！其事不可訓，其心則可諒也。若聞太師之當殿打費仲尤渾，未免犯卑凌尊下越上之咎，其急躁又非夏招之比。

第二十八回　子牙兵伐崇侯虎

崇虎貪殘氣更梟，剝民膏髓自肥饒。逢君欲作千年調，買窟惟知百計要。
奉旨督工人力盡，乘機起釁帝圖消。子牙有道征無道，國敗人亡事事凋。

話說紂王同文武欣然回至大殿，眾官侍立，天子傳旨：「釋放費仲、尤渾。」彼時有微子出班奏曰：「費、尤二人，乃太師所參，繫獄聽勘者。今太師出兵未遠，即時釋放，似亦不可。」紂王曰：「費、尤二人原無罪，係太師條陳屈陷，朕豈不明？皇伯不必以成議而陷忠良也。」微子不言下殿。不一時，赦出二人，官還原職，隨朝保駕。紂王心甚歡悅。又見聞太師遠征，放心恣樂，一無忌憚。時當三春天氣，景物韶華❶，御園牡丹盛開，傳旨：「同百官往御花園賞牡丹，以示君臣同樂，效虞廷賡歌喜起❷之盛事。」百官領旨，隨駕進園。正是：天上四時春作首，人間最富帝王家。怎見得御花園的好處？但見：

彷彿蓬萊仙境，依稀天上仙圃；諸般花木結成攢，疊石琳琅粧就景。桃紅李白芬芳，綠柳青蘿

❶ 韶華：謂春光甚美。

❷ 賡歌喜起：書益稷：載舜與皐陶唱和：「乃歌曰：股肱喜哉，元首起哉，百工熙哉！皐陶……乃賡歌曰：元首明哉，股肱良哉，庶事康哉！」此用作君臣唱和同樂之意。賡，繼續。

搖拽。金門外幾株君子竹，玉戶下兩行大夫松。紫巍巍錦堂畫棟，碧沉沉彩閣雕簷。蹴毬場斜通桂院，鞦韆架遠離花篷。牡丹亭嬪妃來往，芍藥院彩女閑遊。金橋流綠水，海棠醉輕風。磨磚砌就蕭牆，白石鋪成路徑。紫街兩道，現成二龍戲珠；闌干左右，雕成朝陽丹鳳。翡翠亭萬道金光，御書閣千層瑞彩。祥雲映日，顯帝王之榮華；瑞氣迎眸，見皇家之極貴。鳳尾竹百鳥來朝，龍爪花五雲相罩。千紅萬紫映樓臺，走獸飛禽鳴內院。八哥說話，紂王喜笑欲狂；鸚鵡高歌，天子歡容鼓掌。碧池內金魚躍水，粉牆內鶴鹿同春。芭蕉影動逞風威，逼射香為百花王。珊瑚樹高高下下，神仙洞曲曲彎彎，玩月臺層層疊疊，惜花徑遶遶迢迢。水閣下鷗鳴和暢，涼亭上琴韻清幽。夜合花開，深院奇香不散；木蘭花放，滿園清味難消。名花萬色，丹青難畫難描；樓閣重重，妙手能工焉做？御園中果然異景，皇宮內真是繁華。花間翻蝶翅，禁院隱蜂銜。亭簷飛紫燕，池閣聽鳴蛙。春鳥啼百舌，反哺是慈烏。正是：御園如錦繡，何用說仙家。藍靛染定千塊玉，碧紗籠罩萬堆霞。詩曰：

瑞氣騰騰鎖太華，祥光靄靄照雲霞。龍樓鳳閣侵霄漢，玉戶金門映翠紗。
四時不絕稀奇景，八節常開罕見花。幾番雨過春風至，香滿城中百萬家。

話說百官隨駕進御園，牡丹亭擺開九龍筵席，文武依次序坐下，論尊卑行禮。紂王在御書閣陪蘇妲己、胡喜媚共飲。且說武成王對微子、箕子曰：「筵無好筵，會無好會。方今士馬縱橫，刀兵四起，有甚心情宴賞牡丹。但不知天子能改過從善，或邊亭烽息，殄逆除兇，尚可望共樂唐虞，享太平之福；若是迷而不返，恐此日無多，憂日轉長也。」微子、箕子聞言，點首嗟歎。眾官飲至日當正午，百官往御書閣來謝酒。當駕啟奏：「百官謝恩。」紂王曰：「春光景媚，花柳芳妍，正宜樂飲，何故謝恩？傳旨，待朕陪宴。」百官聽見天子下樓親陪，不敢告退，只得恭候。但見紂王親至，牡丹亭上首添一席，同眾臣共飲歡笑，樂聲齊奏，君臣換盞輪盃，不覺天晚，帝命掌上畫燭。笙歌嘹亮，真是樂歡倍常。將近二鼓時分，不說君臣會酒，且言御書閣妲己、胡喜媚帶酒酣睡龍榻之上。近三更時候，妲己元形現出，來尋人吃，一陣怪風大作。怎見得：

摧花倒樹異尋常，滅燭無情盡絕光。穿戶透簾侵悚骨，妖氛怪氣此中藏。

風過了一陣，播土揚塵，把牡丹亭都惱動。眾官正驚疑間，只聽得侍酒官齊叫：「妖精來了！」黃飛虎酒已半酣，聽說有妖精，慌忙起身出席，果見一物在寒露之中而來。但見：

眼似金燈體態殊，尾長爪利短身軀。撲來恍似登山虎，轉面渾如捕物貔。
妖孽慣侵人氣魄，怪魔常噬血頭顱。凝眸仔細觀形象，卻是中山一老狐！

話說黃飛虎帶酒出席，見此妖精撲來，手中無一物可擋，把手挽住牡丹亭欄杆，攀折了一根，望那狐狸一下打去。那妖精閃過，又撲將來。黃飛虎叫左右：「快取北海進來的金眼神鷹！」左右忙忙的將紅籠開了放出。那神鷹飛起，二目如燈，專降狐狸。此鷹往下一罩，爪似鋼鉤，把狐狸抓了一下。那狐狸叫了一聲，逕往太湖石下攢去了。紂王眼見此事，即喚左右取鍬鋤望下挖。左右挖下二三尺，見無限的人骨骷髏成堆，紂王著實駭然。紂王因想：「諫官本上，常言『妖氛貫於宮中，災星變於天下』，此事果然是實。」心下甚是不悅。百官起身，謝恩出朝，各歸府第。不題。

且說妲己酒後，元形出現，不意被神鷹抓了面門，傷破皮膚；驚醒回來，悔之無及。紂王至御書閣同妲己共寢。睡至天明，紂王忽見妲己面上帶傷，急問曰：「御妻臉上為何有傷？」妲己在枕邊回曰：「夜來陛下陪百官飲宴，妾往園中遊玩，從海棠花下過，忽被海棠枝幹弔將下來，把妾身抓了面上，故此帶傷。」紂王曰：「今後不可往御園遊樂，原來此地真有妖氛。朕與百官飲至三更，果見一狐狸前來撲人。時有武成王黃飛虎攀折欄杆去打他，尚然不退；後放出外國進來金眼神鷹。那鷹慣降狐狸，一爪抓去，那妖帶傷走了。鷹爪尚有血毛。」紂王對妲己說，但不知同著狐狸共寢。且說妲己暗恨黃飛虎：「我不曾惹你，你今來害我，則怕你路逢窄道難迴避！」有詩為證，詩曰：

紂王欣然賞牡丹，君臣歡飲鼓三攢，狐狸影現人多怕，怪獸威施氣更歡，
金眼神鷹真可羨，綏尾邪魔已帶殘。私讎斷送貞潔婦，纔得忠良逐釣竿。

話說妲己深恨黃飛虎放鷹害他，只等他路逢狹道。武成王那裡知道？

話分兩處。且言西岐姜子牙在朝，一日聞邊報，言紂王荒淫酒色，寵任奸佞，又反了東海平靈王，聞太師前去征勦。又見報，崇侯虎蠱惑聖聰，廣興土木，陷害大臣，荼毒萬姓，潛通費、尤，內外交結，把持朝政，朋比為奸，肆行不道，鉗制諫官。子牙看到切情之處，怒髮沖冠：「此賊若不先除，恐為後患！」子牙次日早朝，文王問曰：「丞相昨閱邊報，朝歌可有甚麼異事？」子牙出班啟曰：「臣昨見邊報，紂王剜比干之心，作羹湯療妲己之疾；崇侯虎紊亂朝政，橫恣大臣，蠱惑天子，無所不為，害萬民而不敢言，行殺戮而不敢怨，惡孽多端，使朝歌生民日不聊生，貪酷無厭。臣愚不敢請，似這等大惡，假虎張威，毒痛四海❸，助桀為虐，使居天子左右，將來不知如何結局。今百姓如在水火之中，大王以

---

❸ 毒痛四海：語見書泰誓。言其毒害，使四海之人同受其病。痛，音ㄆㄨ。

義廣施，若依臣愚意，先伐此亂臣賊子，剪其亂政者，則天子左右見無讒佞之人，庶幾天子有悔過遷善之機，則主公亦不枉天子假以節鉞之意。」文王曰：「卿言雖是，奈孤與崇侯虎一樣爵位，豈有擅自征伐之理？」子牙曰：「天下利病，許諸人直言無隱。況主公受天子白旄黃鉞，得專征伐，原為禁暴除奸；似這等權奸蠱國，內外成黨，殘虐生民，以白作黑，屠戮忠賢，為國家大惡。大王今發仁慈之心，救民於水火。倘天子改惡從善，而效法堯、舜之主，大王此功，萬年不朽矣。」文王聞子牙之言，勸紂王為堯、舜，其心甚悅，便曰：「丞相行師，誰為主將去伐崇侯虎？」子牙曰：「臣願與大王代勞，以效犬馬。」文王恐子牙殺伐太重，自思：「我去還有酌量。」文王曰：「孤同丞相一往，恐有別端，可以共議。」子牙曰：「大王大駕親征，天下響應。」文王發出白旄黃鉞，起人馬十萬，擇吉日祭寶纛旛，以南宮适為先行，辛甲為副將，隨行有四賢八俊。文王與子牙放砲起兵，一路上父老相迎，雞犬不驚。民聞伐崇，人人大悅，個個歡欣。好人馬！怎見得：

旛分五色，殺氣迷空。明晃晃劍戟鎗刀，光燦燦叉鎚斧棒。三軍跳躍，猶如猛虎下高山；戰馬長嘶，一似蛟龍離海島。巡營小校似歡狼，瞭哨兒郎雄糾糾。先行引道，逢山開路搭橋梁；元帥中軍，殺斬存留施號令。團團牌手護軍糧，硬弩強弓射陣腳。此一去除奸削黨安天下，纔離磻溪第一功。

話說子牙人馬過府州縣鎮，人人樂業，雞犬不驚，一路上多少父老迎迓。一日，探馬來報中軍：「兵至崇城。」子牙傳令安營，豎了旗門，結成大寨。子牙昇帳，眾將參謁不題。

且說探馬報進崇城。此時崇侯不在崇城，正在朝歌隨朝。城內是侯虎之子崇應彪，聞報大怒，忙昇殿點聚將鼓。眾將上銀安殿參謁已畢。應彪曰：「姬昌暴橫，不守本分，前歲逃關，聖上幾番欲點兵征伐，彼不思悔過，反興此無名之師，深屬可恨！況且我與你各守疆土，秋毫無犯，今自來送死，我豈肯輕恕！」傳令點人馬出城。隨令大將黃元濟、陳繼貞、梅德、金成：「這一番定擒反叛，解上朝歌，以盡大法。」

卻說子牙次日昇帳，先令南宮适崇城見首陣。南宮适得令，領本部人馬出營，排成陣勢，出馬厲聲叫曰：「逆賊崇侯虎早至軍前受死！」言未畢，聽城中砲響，門開處，只見一枝人馬殺將出來。為頭一將乃飛虎大將黃元濟是也。南宮适曰：「黃元濟，你不必來，喚出崇侯虎來領罪。殺了逆賊，泄神人之忿，萬事俱休。」元濟大怒，驟馬搖刀，飛來直取。南宮适舉刀相迎。兩馬盤旋，雙刀並舉，一場大戰。怎見得：

> 二將坐鞍鞽，征雲透九霄：這一個急取壺中箭；那一箇忙拔紫金標。這將刀欲誅軍將，那將刀直取英豪。這一個平生膽壯安天下，那一個氣概軒昂壓俊髦。

話說南宮适大戰黃元濟，未及三十回合，元濟非南宮适敵手，力不能支。南宮适是西岐名將，元濟怎能勝得他。元濟欲要敗走，又被南宮适一口刀裹住了，跳不出圈子去，早被南將軍一刀揮於馬下，軍兵梟了首級，掌得勝鼓回營，進轅門來見子牙，將斬的黃元濟首級報功。子牙大喜。且說崇城敗殘軍馬回報崇應彪，說：「黃元濟已被南宮适斬於馬下，將首級在轅門號令。」應彪聽罷，拍案大呼曰：「好姬昌逆賊！今為反臣，又殺朝廷命官，你罪如太山，若不斬此賊與黃元濟報讎，誓不回軍！」傳令：「明日將大隊人馬出城，與姬昌決一雌雄！」一宿已過，次早旭日東昇，大砲三聲，開城門，大勢人馬殺奔周營，坐名❹只要姬昌、姜尚至轅門答話。探馬報入中軍曰：「崇應彪口出不遜之言，請丞相軍令定奪。」子牙請文王親自臨陣，會兵於崇城。文王乘騎，四賢保駕，八俊隨軍。周營內砲響，麾動旗旛。崇應彪見對陣旗門開處，忽見一人，道扮乘馬而來；兩邊排列眾將，一對對雁翅分開。崇應彪定睛觀看，但見有西江月為證：

魚尾金冠鶴氅，絲絛雙結乾坤，雌雄寶劍手中擎，八卦仙衣可襯。元始玉虛門下，包含地理天文，銀鬚白髮氣精神，卻似神仙臨陣。

子牙馬至陣前言曰：「崇城守將可來見我。」只聽得那陣上一騎飛來。怎見得崇應彪粧束？

盤龍冠，飛鳳結；大紅袍，猩猩血。黃金鎧甲套連環，護心寶鏡懸明月，腰束羊脂白玉廂，九吞八扎真奇絕。金裝鐧掛馬鞍旁，虎尾鋼鞭懸竹節。袋內弓彎三尺五，囊中箭插并州鐵。坐下走陣沖營馬，丈八蛇矛鬼神怯。父在當朝一寵臣，子鎮崇城真英傑。

崇應彪一馬當前，見子牙問曰：「汝乃何等人物，敢犯君疆界？」子牙曰：「吾乃文王駕下首相姜子牙是也。汝父子造惡如淵海，積毒似山嶽，貪民財物如餓虎，傷人酷慘似豺狼，惑天子無忠耿之心，壞忠良有摧殘之意。普天之下，雖三尺之童，恨不能生啖你父子之肉！今日文王起仁義之師，除殘暴于崇地，絕惡黨以暢人神，不負天子加以節鉞，得專征伐之意。」應彪聞得此言，大喝姜尚曰：「你不過磻溪一無用老朽，敢出大言！」顧左右曰：「誰為吾擒此逆賊？」言還未了，只見一將出馬對陣。文王馬上大呼曰：「崇應彪少得行兇，孤來也！」應彪又見文王馬至，氣沖滿懷，手指文王大罵：「姬昌！你不思

❹ 坐名：指名。

得罪朝廷，立仁行義，反來侵吾疆界！」文王曰：「你父子罪惡貫盈，不必我言；只是你早早下馬，解送西岐，立壇告天，除汝父子兇惡，不必連累崇城良民。」應彪大喝：「誰為我擒此反賊？」一將應聲而出，乃陳繼貞。這壁廂辛甲縱馬搖斧，大叫：「陳繼貞慢來！休得沖吾陣腳！」兩馬相交，鎗斧並舉，戰在一處。二將撥馬掄兵，殺有二十回合。應彪見陳繼貞戰辛甲不下，隨命金成、梅德助陣。子牙見對陣有助，子牙令毛公遂、周公旦、召公奭、呂公望、辛免、南宮适六將齊出，沖殺一陣。應彪見大勢人馬催動，自撥馬殺進重圍，只殺的慘慘征雲，紛紛愁霧，喊聲不絕，鼓角齊鳴。混戰多時，早有呂公望一鎗刺梅德于馬下，辛免斧劈金成。崇兵大敗進城。子牙傳令鳴金，眾將掌得勝鼓回營不表。話說應彪兵敗將亡，進城將四門緊閉，在殿上與眾將商議退兵之策。眾將見西岐士馬英雄，勢不可當，並無一籌可展，半策可施。且說子牙得勝回營，欲傳令攻城。文王曰：「崇家父子作惡，與眾百姓無干；今丞相欲要攻城，恐城破玉石俱焚，可憐無辜遭枉。況孤此來，不過救民，豈有反加之以不仁哉。切為不可！」子牙見文王以仁義為重，不敢抗違，自思：「主公德同堯、舜，一時如何取得崇城！只得暗修一書，使南宮适往曹州見崇黑虎，庶幾崇城可得。」令南宮适接書，逕往曹州來。子牙按兵不動，只等回書。不知崇侯虎性命如何？且聽下回分解。

評

西伯得專征伐，乃紂王假之以權，正天奪其鑒，若或使之而然，故天下諸侯皆知有西伯耳；所以武王嗣興，天下響應有所自也。雖然，斯時已三分有二，文王猶服事殷，迨紂惡日甚，周之德所以日見其盛矣。雖不假之以權，其可得乎？君人者當知所勉夫！

又評

賞牡丹而妖狐出見，此紂王親見神鷹抓退。進內殿見妲己抓傷頭面，此不問可知；不然，亦當疑惑，何聽其遮飾而恬不為怪？乃癡迷一至於是，又何怪今人之多被此妖之蒙蔽乎？

第二十九回　斬侯虎文王托孤

崇虎無謀枉自尤，欺君盜國豈常留？轅門斬首空嗟嘆，孥子懸頭莫怨愁。
周室龍興應在武，崇家虎敗卻從彪。孰知不負文王託，八百年來戊午收。

話說南宮适離了周營，逕望曹州。一路上曉行夜住，也非一日，來到曹州館驛安歇。次日至黑虎府裡下書。黑虎正坐，家將稟：「千歲，有西岐差南宮适來下書。」黑虎聽得是西岐差官，即降堦迎接，笑容滿面，讓至殿內，行禮分賓主坐下。崇黑虎欠身言曰：「將軍今到敝驛，有何見諭？」南宮适曰：「吾主公文王，丞相姜子牙，拜上大王，特遣末將有書上達。」南宮适取書遞與黑虎，黑虎拆書觀看：

岐周丞相姜尚頓首百叩，致書于大君侯崇將軍旌下：蓋聞人臣事君，務引其君于當道，必諫行言聽，膏澤下于民，使百姓樂業，天下安阜。未有身為大臣，逢君之惡，蠱惑天子，殘虐萬民，假天子之命令，敲骨剝髓，盡民之力，肥潤私家，陷君不義，忍心喪節，如令兄者，真可謂積惡如山，窮兇若虎，人神共怒，天下恨不食其肉而寢其皮，為諸侯之所棄。今尚主公得專征伐，奉詔以討不道。但思君侯素稱仁賢，豈得概以一族而加之以不義哉！尚不忍坐視，特遣裨將呈書上達。君侯能擒叛逆，解送周營，以謝天下，庶幾洗一身之清白，見賢愚之有分。不然，天下之口嘵嘵，恐火炎崑崗，玉石無分，尚深為君侯惜矣！君侯倘不以愚言為非，乞速賜一語，則尚幸甚，萬民幸甚！臨楮不勝跂望之至！尚再拜。

崇黑虎看了書，復連看三五遍，自思點頭：「我觀子牙之言，甚是有理。我寧可得罪於祖宗，怎肯得罪於天下，為萬世人民切齒。縱有孝子慈孫，不能蓋其愆尤。寧至冥下請罪于父母，尚可留崇氏一脈，不致絕滅宗枝也。」南宮适見黑虎自言自語，暗暗點頭，又不敢問。只見黑虎曰：「南將軍，末將謹領丞相教誨，不必修回書。將軍先回，多多拜上大王丞相，總無他說，只是把家兄解送轅門請罪便了。」遂設席待南宮适，盡飲而散。次日，南宮适作辭去了。

話說崇黑虎吩咐副將高定、沈岡，點三千飛虎兵，即日往崇城來。又命子崇應鸞守曹州。黑虎行兵在路無詞。一日行至崇城，有探馬報與崇應彪。應彪領眾將出城，迎接黑虎。應彪馬上欠背打躬，口稱王叔曰：「姪男甲胄在身，不能全禮。」黑虎曰：「賢姪，吾聞姬昌伐崇，特來相助。」崇應彪感謝不盡，遂並馬進城，入府上殿。行禮畢，崇黑虎問其來伐原故，應彪答曰：「不知何故，攻打崇城。前日與西伯會兵，小姪失軍損將。今得王叔相輔，乃崇門之幸也。」遂設宴款待一宿。次日，黑虎點三千飛虎出城，至周營索戰。南宮适已回過子牙；子牙正坐，忽報崇黑虎請戰。子牙令南宮适出陣。南宮适結束❶來至陣前，見黑虎怎生裝束：

九雲冠，真威武；黃金甲，霞光吐。大紅袍上現團龍，勒甲絨繩攢九股。豹皮囊內插狼牙，龍角弓彎三尺五。坐下火眼金睛獸，鞍上橫拖兩柄斧。曹州威鎮列諸侯，封神南岳崇黑虎。

黑虎面如鍋底，海下一部落腮紅髯，兩道黃眉，金睛雙暴，來至軍前，厲聲大叫曰：「無故恃強犯界，

❶ 結束：指將戰袍穿戴整齊，結紮停當。

任爾猖狂，非王者之師。」南宮适曰：「崇黑虎，不道汝兄惡貫天下，陷害忠良，殘虐善類，古云：『亂臣賊子，人人得而誅之。』」道罷，舉刀直取。黑虎手中斧急架相還。獸馬相交，斧刀併起，戰有二十回合。馬上黑虎暗對南宮适曰：「末將只見這一陣，只等把吾兄解到行營，再來相見。將軍敗下陣去罷。」南宮适曰：「領君侯命。」隨掩一刀，撥馬就走，大叫：「崇黑虎，吾不及你了，休來趕我！」黑虎亦不趕，掌鼓回營。話說崇應彪在城上敵樓觀戰，見南宮适敗走，黑虎不趕，忙下城迎著黑虎曰：「叔父今日會兵，為何不放神鷹拿南宮适？」黑虎曰：「賢姪，你年幼不知事體。你不聞姜子牙乃崑崙山上之客，我用此術，他必能識破，轉為可惜。且勝了他再來區處。」二人同至府前下馬，上殿坐下，共議退兵之策。黑虎道：「你修一表，差官往朝歌見天子；我修書請你父親來，設計破敵，庶幾文王可擒，大事可定。」應彪從命修本，差官併書一齊起行。且說使命官一路無詞，過了黃河，至孟津，往朝歌來。那一日，進城先來見崇侯虎。家人啟：「千歲，家將孫榮到了。」崇侯虎命：「令來。」孫榮叩頭。侯虎曰：「你來有甚話說？」榮將黑虎書呈上。侯虎拆書：

弟黑虎百拜皇兄麾下：蓋聞天下諸侯，彼此皆兄弟之國。孰意西伯姬昌不道，聽姜尚之謀，無端架捏，言王兄惡大過深，起猖獗之師，入無名之謗，伐崇城甚急。應彪出敵，又損兵折將。弟聞此事，星夜進兵，連敵二陣，未見勝負。因差官下達王兄，啟奏紂王，發兵勦叛除奸，清肅西土。如今事在燃眉，不可羈滯。弟候兵臨，共破西黨，崇門幸甚。弟黑虎再拜上陳。

侯虎看罷，拍案大罵姬昌曰：「老賊！你逃官欺主，罪當誅戮。聖上幾番欲要伐你，我在其中，尚有許多委曲。今不思你知感，反致欺侮。若不殺老賊，勢不回兵！」遂穿朝服進內殿朝見紂王。王宣侯虎至，行禮畢。紂王曰：「卿有何奏章？」侯虎奏曰：「逆惡姬昌，不守本土，偶生異端，領兵伐臣，談揚過惡，望陛下為臣作主。」紂王曰：「昌素有大罪，逃官負孤，焉敢淩虐大臣，殊為可恨！卿先回故地，朕再議點將提兵，協同勦捕逆惡。」侯虎領旨先回。且說崇侯虎領人馬三千，離了朝歌，一路而來。有詩為證，詩曰：

三千人馬疾如風，侯虎威嚴自姓崇。積惡如山神鬼怒，誘君土木士民窮。
一家嫡弟施謀略，拿解行營請建功。善惡到頭終有報，衣襟血染已成空。

且說崇侯虎人馬不一日到了崇城。報馬來報黑虎，黑虎暗令高定：「你領二十名刀斧手，埋伏于城門裡，聽吾腰下劍聲響處，與我把大爺拿下，解送周營，轅門會齊。」又令沈岡：「我等出城迎大千歲去，你把大千歲家眷拿到周營，轅門等候。」吩咐已定，方同崇應彪出城迎接，行三里之外。只見侯虎人馬已到。有探馬報入行營曰：「二大王同殿下轅門接駕。」崇侯虎馬出轅門，笑容言曰：「賢弟此來，愚兄不勝欣慰！」又見應彪，三人同行，方進城門，黑虎將腰下劍拔出鞘，一聲響，只見兩邊家將一擁上前，將侯虎父子二人拏下，綁縛其臂。侯虎喊叫曰：「好兄弟！反將長兄拏下者，何也？」黑虎曰：「長兄，你位極人臣，不修仁德，惑亂朝廷，屠害萬姓，重賄酷刑，監造鹿臺，惡貫天下。四方諸侯欲同心勦滅崇姓；文王書至，為我崇氏分辨賢愚。我敢有負朝廷，寧將長兄拿解周營定罪。我不過只得罪於祖宗猶可，我豈肯得罪于天下，自取滅門之禍？故將兄送解周營，再無他說。」侯虎長歎一聲，再不言語。

黑虎隨將侯虎父子送解周營。至轅門，侯虎又見元配李氏，同女站立。侯虎父子見了，大哭曰：「豈知親弟陷兄，一門盡絕！」黑虎至轅門下騎，探事馬報進中軍。子牙傳令：「請！」黑虎至帳行禮，子牙迎上帳曰：「賢侯大德，惡黨勦除，君侯乃天下奇丈夫也！」黑虎躬身謝曰：「感丞相之恩，手札降臨，照明肝膽，領命遵依，故將不仁之兄拏獻轅門，聽候軍令。」子牙傳令：「請文王上帳。」彼時文王至，黑虎進禮，口稱大王。文王曰：「呀！原來崇二賢侯，為何至此？」黑虎曰：「不才家兄逆天違命，造惡多端，廣行不仁，殘虐良善；小弟今將不仁家兄，解至轅門，請令施行。」文王聽罷，其心不悅，沉思：「是你一胞兄弟，反陷家庭，亦是不義。」

子牙在旁言曰：「崇侯不仁，黑虎奉詔討逆，不避骨肉，真忠賢君子，慷慨丈夫！古語云：『善者福，惡者禍。』天下恨侯虎恨不得生啖其肉，三尺之童，聞而切齒；今共知黑虎之賢名，人人悅而心歡。故曰，好歹賢愚，不以一例而論也。」子牙傳令：「將崇侯虎父子推來！」眾士卒將崇侯虎父子簇擁推至中軍，雙膝跪下。正中文王，左邊子牙，右邊黑虎。子牙曰：「崇侯虎惡貫滿盈，今日自犯天誅，有何理說？」文王在旁，有意不忍加誅。子牙下令：「速斬首回報！」不一時，推將出去，寶纛旛一展，侯虎父子二人首級斬了，來獻中軍。文王自不曾見人之首級，猛見獻上來，嚇得魂不附體，忙將袍袖掩面曰：「駭殺孤家！」子牙傳令：「將首級號令轅門！」有詩為證，詩曰：

獨霸朝歌恃己強，惑君貪酷害忠良。誰知惡孽終須報，梟首轅門是自亡。

話說斬了崇家父子，還有崇侯虎元配李氏併其女兒，黑虎請子牙發落。子牙曰：「令兄積惡，與元配無干；況且女生外姓，何惡之有？君侯將令嫂與令姪女分為別院，衣食之類，君侯應之，無使缺乏，是在君侯。今曹州可令將把守，坐鎮崇城，便是一國，萬無一失矣。」崇黑虎隨釋其嫂，依子牙之說，請文王進城，查府庫，清戶口。文王曰：「賢侯兄既死，即賢侯之掌握，何必孤行？姬昌就此告歸。」黑虎再三款留不住，子牙回兵。詩曰：

自出磻溪為首相，酬恩除暴伐崇城。一封書到擒侯虎，方顯飛熊素著名。

話說文王子牙辭了黑虎，回兵往西岐來。文王自見斬了崇侯虎的首級，神魂不定，身心不安，鬱鬱不樂。一路上茶飯懶餐，睡臥不寧，合眼朦朧，又見崇侯虎立于面前，驚疑失神。那一日兵至西岐，眾文武迎接文王入宮。彼時路上有疾，用醫調治，服藥不愈。按下不表。

話說崇黑虎獻兄周營，文王將崇侯虎父子梟首示眾，崇城已屬黑虎；北邊地方，俱不服朝歌。其時有報到朝歌城。文書房微子看本，看到崇侯虎被文王所誅，崇城盡屬黑虎所占，微子喜而且憂：喜者，喜侯虎罪不容誅，死當其罪；憂者，憂黑虎獨占崇城，終非良善。姬昌擅專征伐，必欲剪商，此事重大，不得不奏。遂抱本來奏紂王。紂王看本，怒曰：「崇侯屢建大功，一旦被叛臣誅戮，情殊痛恨！」傳旨命點兵將，先伐西岐，拏曹侯崇黑虎等，以正不臣之罪。旁有中大夫李仁進禮稱臣，奏曰：「崇侯虎雖有大功于陛下，實荼毒于萬民，結大惡于諸侯，人人切齒，個個傷心。今被西伯殄滅，天下無不謳歌。況大小臣工無不言陛下寵信讒佞；今為諸侯又生異端，此言恰中諸侯之口。願陛下將此事徐徐圖之。如若急行，文武以陛下寵嬖倖，以諸侯為輕。侯虎雖死，如疥癬一般，天下東南，誠為重務。願陛下裁之！」紂王聽罷，沉吟良久，方息其念。按下紂王不表。

且說文王病勢日日沉重，有加無減，看看危篤。文武問安，非止一日。文王傳旨：「宣丞相進宮。」子牙入內殿，至龍榻前，跪而奏曰：「老臣姜尚奉旨入內殿，問候大王貴體安否？」文王曰：「孤今召卿入內，並無別論。孤居西北，坐鎮兌方❷，統二百鎮諸侯元首，感蒙聖恩不淺。方今雖則亂離，況且還有君臣名分，未至乖離。孤伐侯虎，雖得勝而歸，內心實有未安。亂臣賊子，雖人人可誅，今明君在上，不奏天子而自行誅戮，是自專也。況孤與侯虎一般爵位，自行專擅，大罪也。自殺侯虎之後，孤每夜聞悲泣之聲，合目則立于榻前，吾思不能久立于陽世矣。今日請卿入內，孤有一言，切不可負：倘吾死之後，縱君惡貫盈，切不可聽諸侯之唆，以臣伐君。丞相若違背孤言，冥中不好相見。」道罷，淚流滿面。子牙跪而啟曰：「臣荷蒙恩寵，身居相位，敢不受命。若負君言，即係不忠。」君臣正論間，忽殿下姬發進宮問安。文王見姬發至，便喜曰：「我兒此來，正遂孤願。」姬發行禮畢。

文王曰：「我死之後，吾兒年幼，恐妄聽他人之言，肆行征伐。縱天子不德，亦不得造次妄為，以成臣弒君之名。你過來，拜子牙為亞父，早晚聽訓指教。今聽丞相，即聽孤也。可請丞相坐而拜之。」姬發請子牙上坐，即拜為亞父。子牙叩頭榻前，泣曰：「臣受大王重恩，雖肝腦塗地，碎骨捐軀，不足以酬國恩之萬一！大王切莫以臣為慮，當宜保重龍體，不日自愈矣。」文王謂子發曰：「商雖無道，吾乃臣子，必當恪守其職，毋得僭越，遺譏後世。睦愛弟兄，憫恤萬民，吾死亦不為恨。」又曰：「見善不怠，行義勿疑，去非勿處：此三者乃修身之道，治國安民之大略也。」姬發再拜受命。文王曰：「孤蒙紂王不世之恩，臣再不能睹天顏直諫，再不能演八卦羑里化民也！」言罷遂薨，亡年九十七歲，後諡為周文王。時商紂王二十年仲冬。

贊美文王德，巍然甲眾侯。際遇昏君時，小心翼翼求。

---

❷兌方：即西北方。

商都三進諫，羑里七年囚。卦發先天秘，易傳起後周。
飛熊來入夢，丹鳳出鳴州。仁風光后稷，德業繼公劉。
終守人臣節，不逞伐商謀。萬古岐山下，難為西伯儔。

話說西伯文王薨，於白虎殿停喪，百官共議嗣位。太公望率群臣奉姬發嗣西伯之位，後謚為武王。武王葬父既畢，尊子牙為尚父，其餘百官各加一級。君臣協心，繼志述事❸，盡遵先王之政。四方附庸之國，皆行朝貢西土。二百鎮諸侯，皆率王化。

且說汜水關總兵官韓榮，見得邊報文王已死，姜尚立世子姬發為武王，榮大驚，忙修本，差官往朝歌奏事。使命一日進城，將本下于文書房。時有上大夫姚中見本，與殿下微子共議：姬發自立為武王，其志不小，意在謀叛，此事不可不奏。微子曰：「姚先生，天下諸侯見當今如此荒淫，進奸退忠，各有無君之心。今姬發自立為武王，不日而有鼎沸山河、擾亂乾坤之時。今就將本面君，昏君決不以此為患，總是無益。」姚中曰：「老殿下，言雖如此，各盡臣節。」姚中抱本往摘星樓候旨。不知凶吉如何，且聽下回分解。

評

侯虎罪惡，固人人可誅；況文王得專征伐，豈有坐視之理？擒之送入朝廷，明正其罪以殺戮，出

❸ 繼志述事：繼續先人未竟之志，完成先人未成之事。中庸：「夫孝者，善繼人之志，善述人之事者也。」

自朝廷，文王不自專擅可也。何子牙計不出此，而擅自斬首號令，豈是時雨之師？後日叩馬之諫，有所自矣！

又評

黑虎為崇侯嫡弟，雖君臣之義重，而手足之分亦嚴，皆不可草草作為；且甚至令滿門受縛，何心哉！當時黑虎只當明兄之罪，共相擒獲，而自行請罪，以免其子孫，此方妥當。豈得暗行謀計，而傷其手足哉？黑虎難辭其責矣！

第三十回　周紀激反武成王

君戲臣妻自不良，綱常污衊枉成王。只知蘇后妖言惑，不信黃妃直諫匡。
烈婦清貞成個是，昏君愚昧落傷殃。今朝逼反擎天柱，穩助周家世世昌。

話說姚中上摘星樓見駕畢，紂王曰：「卿有何奏章？」姚中曰：「西伯姬昌已死，姬發自立為武王，頒行四方，諸侯歸心者甚多，將來為禍不小。臣因見邊報，甚是恐懼。陛下當速興師問罪，以正國法。若怠緩不行，則其中觀望者皆效尤耳。」紂王曰：「料姬發一黃口稚子，有何能為之事？」姚中奏曰：「發雖年幼，姜尚多謀，南宮适、散宜生之輩，謀勇俱全，不可不預為防。」紂王曰：「卿之言雖有理，料姜尚不過一術士，有何作為！」遂不聽。姚中知紂王意在不行，隨下殿歎曰：「滅商者必姬發矣！」這且不表。

時光迅速，不覺又是年終。次年乃紂王三十一年，正月元旦之辰，百官朝賀畢，聖駕回宮。大凡元旦日，各王公併大臣的夫人俱入內朝賀正宮蘇皇后。各親王夫人朝賀畢出朝，禍因此起。

且說武成王黃飛虎的元配夫人賈氏，入宮朝賀；二則西宮黃妃是黃飛虎的妹子，一年姑嫂會此一次，必須款洽❶半日，故賈夫人先往正宮來。宮人報：「啟娘娘：賈夫人候旨。」妲己問曰：「那個賈夫

❶ 款洽：本意為親切、周到；在此有親熱之意。

人？」宮人：「啟娘娘：黃飛虎元配賈夫人。」妲己暗暗點頭：「黃飛虎，你恃強助放神鷹抓壞我面門，今日你妻子賈氏也入吾圈套！」傳旨：「宣。」賈氏入宮行禮，朝賀畢，娘娘賜坐，夫人謝恩。妲己曰：「夫人青春幾何？」賈氏：「啟娘娘：臣妾虛度四九。」妲己曰：「夫人長我八歲，還是我姐姐。我蘇氏與你結為姐妹，如何？」賈氏奏曰：「娘娘乃萬乘之尊，臣妾乃一介之婦，豈有彩鳳配山雞之理？」妲己曰：「夫人太謙！我雖椒房之貴，不過蘇侯之女；你位居武成王夫人，況且又是國戚，何卑之有？」傳旨排宴，款待賈氏。妲己居上，賈氏居下，傳盃共飲。酒不過三五巡，宮宦啟娘娘：「駕到！」賈氏著忙，奏曰：「娘娘將妾身置于何地？」妲己曰：「姐姐，不妨，可往後宮避之。」賈氏果進後宮。妲己接駕至殿上。紂王見有筵席，問曰：「卿與何人飲酒？」妲己奏曰：「妾身陪武成王夫人賈氏飲酒。」紂王曰：「賢哉妲己！」傳旨換席。紂王對妲己把盞。妲己曰：「陛下可曾見賈氏之容貌乎？」紂王曰：「卿言差矣。君不見臣妻，禮也。」妲己曰：「君固不可見臣妻，今賈氏乃陛下國戚，武成王妹子現在西宮，既為內戚，見亦何妨。外邊小民，姑夫舅母共飲，乃常事耳。陛下暫請出宮，別殿少憩。待妾誆賈氏上摘星樓，那時駕臨，使賈氏不能迴避。賈氏果然天姿國色，萬分妖嬈。」紂王大喜，退于偏殿。

且說妲己來請賈氏，賈氏謝恩告出。妲己曰：「一年一會，今與姐姐往摘星樓看景一會，何如？」賈氏不敢違命，只得相隨往摘星樓來。詩曰：

　　妲己設計陷忠貞，賈氏樓前命自湮。名節已全清白信，簡編凜烈有誰倫？

　　妲己攜賈氏上得樓來，行至九曲欄杆，望下一看，只見蠆盆內蛇蝎猙獰，骷髏白骨，堆堆垛垛，著實難看；酒池中悲風凜凜，肉林下寒氣侵侵。賈氏對妲己曰：「啟娘娘：此樓下設此池沼、坑穴，為何？」妲己曰：「宮中大弊難除，故設此刑，名曰蠆盆。宮人有犯者，剝衣縛身，送下此坑，餵此蛇蝎。」賈氏聽罷，魂不附體。妲己傳旨：「擺上酒來！」賈氏告辭：「決不敢領娘娘盛意！」妲己曰：「我曉得，你還要往西宮去；略飲數盃，也是上樓一番。」賈氏只得依從。且不說賈氏在樓，且說西宮黃妃差官打聽，賈夫人入宮朝賀，姑嫂骨肉只此一年一會，黃妃倚宮門而候。差官回覆曰：「賈夫人隨蘇娘娘上摘星樓去了。」黃妃大驚：「妲己乃妒忌之婦，嫂嫂為何隨此賤人？」忙差官往樓下打聽。

話說妲己賈氏正飲酒時，宮人來報：「駕到！」賈氏著忙。妲己曰：「姐姐莫慌，請立于欄杆外邊；等駕見畢，姐姐下樓，何必著忙。」果然賈氏立在欄杆外邊。紂王上樓，妲己禮畢。紂王坐下，故問曰：「欄杆外立者何人？」妲己曰：「武成王夫人賈氏。」賈氏出笏見禮。妲己曰：「賜卿平身。」賈氏立于一旁。紂王偷睛觀看賈氏姿色，果然生成端正，長就嬌容。昏君傳旨賜坐。賈氏奏曰：「陛下國母，乃天下之主，臣妾焉敢坐。臣妾該萬死！」妲己曰：「姐姐坐下何妨。」紂王曰：「御妻為何稱賈氏為姐姐？」妲己曰：「賈夫人與妾結拜姐妹，故稱姐姐，乃是皇姨，便坐下何妨。」賈氏自思：「今日入了蘇妲己圈套。」賈氏俯伏奏曰：「臣妾進宮朝賀，乃是恭上；陛下亦合禮下。自古道：君不見臣妻，禮也。願陛下賜臣妾下樓，感聖恩于無極矣！」紂王曰：「皇姨謙而不坐，朕立奉一盃如何？」

賈氏面紅赤紫，怒髮沖霄，自思：「我的丈夫何等之人！我怎肯今日受辱！」賈氏料今日不能全生。紂王執一盃酒，笑容可掬來奉賈氏。賈氏已無退處，用手抓盃，望紂王劈面打來，大罵：「昏君！我丈夫與你掙江山，立奇功三十餘場，不思酬功；今日信蘇妲己之言，欺辱臣妻。昏君！你與妲己賤人不知死于何地！」紂王大怒，命左右：「拿了！」賈氏大喝曰：「誰敢拿我！」轉身一步，走近欄杆前，大叫曰：「黃將軍！妾身與你全其名節！只可憐我三個孩兒，無人看管。」這夫人將身一跳，撞下樓臺，粉骨碎身。有詩為證，詩曰：

朝賀中宮起禍殃，夫人貞潔墜樓亡。紂王失政忘君道，烈婦存誠敢自涼。
西伯讒言招國瑞，殷商又道失金湯。三三兩兩兵戈動，八百諸侯起戰場。

話說紂王見賈氏墜樓而死，好懊惱，平地風波，悔之不及。且說黃妃的差官打聽信息，忙報西宮：「啟娘娘，其禍不淺！」黃妃曰：「有甚麼禍事？」差官報道：「賈夫人墜了摘星樓，不知何故。」黃妃大哭曰：「妲己潑賤！與吾兄有隙，今將吾嫂嫂陷害無辜。」黃妃步行往摘星樓下，逕上樓，指定紂王罵曰：「昏君！你成湯社稷虧誰！我兄與你東拒海寇，南戰蠻夷。掌兵權，一點丹心，助國家，未敢安枕。我父黃滾鎮守界牌關，訓練士卒，日夕勞苦。一門忠烈，報國憂民。今元旦，遵守朝廷國禮，進宮朝賀，乃敬上守法之臣。任信潑賤，誆彼上樓。昏君！你愛色不分綱常，絕滅彝倫！你有辱先王，污名簡冊！」黃妃把紂王罵得默默無言。又見妲己側坐，黃妃指妲己罵曰：「賤人！你淫亂深宮，蠱惑天子。我嫂嫂被你陷身墜樓，痛傷骨髓！」趕上一把，抓住妲己。黃妃原有氣力，乃將門之女。把妲己拖翻在地，捺在塵埃，手起拳落，打了二、三十下。妲己雖然是妖怪，見紂王坐在上面，有本事也不敢用出，只叫「陛下救命！」紂王看著黃妃打妲己，心有偏向，上前勸解。紂王曰：「不管妲己事。你嫂嫂觸朕自愧，故投樓下，與妲己無干。」黃妃忿急之間，不暇檢點，回手一拳，誤打著紂王臉上，「好昏君！你還來替賤人遮掩！打死了妲己，與嫂嫂償命！」紂王大怒：「這賤人反將朕打一拳！」一把抓住黃妃後鬢，一把抓住宮衣，提起來，紂王力大，望摘星樓下一摔，可憐香消玉碎佳人絕，粉骨殘軀血染衣！紂王摔了黃妃下樓，獨坐無言，心下甚是懊惱，只是不好埋怨妲己。

且說賈氏侍兒隨夫人往宮朝賀，只在九間殿等候，到下晚也不見出來。只見內侍問曰：「你們是那裡的侍兒？」答曰：「我們是武成王府裡的，隨夫人朝宮，在此伺候。」內侍曰：「你夫人墜了摘星樓，黃娘娘為你夫人辨明，反被天子摔下樓，跌得粉骨碎身。你們快去罷！」侍兒聽說，急急回王府來。武成王在內殿同弟黃飛彪、飛豹，黃明、周紀、龍環、吳謙，黃天祿、天爵、天祥三子，元旦良辰歡飲，只見侍兒慌張來報：「千歲爺，禍事不小！」飛虎曰：「有甚麼事，報得這等凶？」侍兒跪稟曰：「夫人進宮，不知何故，墜了摘星樓；黃娘娘被紂王摔下樓來跌死了！」黃天祿十四歲，天爵十二歲，天祥七歲，聽得母親墜樓而亡，放聲大哭。有詩為證，詩曰：

忽聞凶報滿門驚，子哭兒啼淚若傾。烈婦有恩雖莫負，忠君無愧更當誠。
左觀四友俱懷忿，右睹三男苦痛心。回首不堪重怏悒，傷心只有夜猿鳴。

話說飛虎聽得此信，無語沉吟；又見三子哭得酸楚。黃明曰：「兄長不必躊躇。紂王失政，大變人倫。嫂嫂進宮，想必昏君看見嫂嫂姿色，君欺臣妻，此事也是有的。嫂嫂乃是女中丈夫，兄長何等豪傑，嫂嫂守貞潔，為夫名節，為子綱常，故此墜樓而死。黃娘娘見嫂嫂慘死，必定向昏君辨明。紂王溺愛偏向，把娘娘摔下樓，此事再無他議。長兄不必遲疑。『君不正，臣投外國。』想吾輩南征北討，馬不離鞍，東戰西攻，人不脫甲，若是這等看起來，愧見天下英雄，有何顏立于人世！君既負臣，臣安能長仕其國。吾等反也！」四人各上馬，持利刃，出門而走。飛虎見四人反了，自思：「難道為一婦人，竟負國恩之理。將此反聲揚出，難洗青白。」黃飛虎急出府，大叫曰：「四弟速回！就反也要商議往何地方？投于何主？打點車輛，裝載行囊，同出朝歌，為何四人獨自前去！」四將聽罷回馬，至府下馬，進了內殿。黃飛虎持劍在手，大喝曰：「黃明等，你這四賊！不思報本，反陷害我合門之禍。我家妻子死于摘星樓，與你何干？你等口稱反字，黃氏一門七世忠良，享國恩二百餘年，難道為一女人造反？你借此乘機要反朝歌而圖擄掠，你不思金帶垂腰，官居神武，盡忠報國，而終成狼子野心，不絕綠林本色耳！」罵的四人默默無語。黃明笑曰：「長兄，你罵得有理。又不是我們的事，惱他怎的！」四人在旁，擡一桌酒吃，四人大笑不止。黃飛虎心下如火燎一般；又見三子哭聲不絕，聽得四人撫掌歡欣，黃飛虎問曰：「你們那些兒歡喜？」黃明曰：「兄長家下有事撓心，小弟們心上無事。今元旦吉辰，吃酒作樂，與你何干？」飛虎氣不過，惱曰：「你見我有事，反大笑，這是怎麼說？」周紀曰：「不瞞兄長說，笑的是你。」飛虎道：「有甚麼事與你笑？我官居王位，祿極人臣，列朝班身居首領，披蟒腰玉❷，有何事與你笑？」周紀曰：「兄長，你只知官居首領，顯耀爵祿，身掛蟒袍。知者說你仗你平生胸襟，位至尊大；不知者，只說你倚嫂嫂姿色，和悅君王，得其富貴。」周紀道罷，黃飛虎大叫一聲：「氣殺我也！」傳家將收拾行囊，打點反出朝歌！黃飛彪見兄反了，點一千名家將，將車輛四百，把細軟、金銀珠寶裝載停當。飛虎同三子、二弟、四友，臨行曰：「我們如今投那方去？」黃明曰：「兄長豈不聞賢臣擇主而仕？西岐武王，三分天下，周土已得二分，共享安康之福，豈不為美。」周紀暗思：「方纔飛虎反，是我用計激反了他，若還看破，只怕不反。不若使他個絕後計，再也來不得。」周紀曰：「此往西岐，出五關，借兵來朝歌城，為嫂嫂、娘娘報讎，此還是遲著。依小弟愚見，今日就在午門會紂王一戰，以見雌雄。你

❷ 披蟒腰玉：身穿蟒袍，腰繫玉帶。指官位顯赫。

意下如何？」黃飛虎心下昏亂，隨口答應曰：「也是。」大抵天道該是如此。飛虎金裝盔甲，上了五色神牛。飛彪、飛豹同三姪，龍環、吳謙並家將，保車輛出西門。黃明、周紀同武成王至午門，天色已明。周紀大叫：「傳與紂王，早早出來，講個明白。如遲，殺進宮闕，悔之晚矣！」紂王自賈氏身亡，黃妃已絕，自己悔之不及，正在龍德殿懊惱，無可對人言說。直到天明，當駕官啟奏：「黃飛虎反了，現在午門請戰。」紂王大怒，借此出氣：「好匹夫！焉敢如此欺侮朕躬！」傳旨：「取披掛。」九吞八扎，點護駕御林軍，上逍遙馬，提斬將刀，出午門。怎見得：

沖天盔，龍蟠鳳舞；金鎖甲，叩就連環。九龍袍，金光愰目；護心鏡，前後牢拴。紅挺帶，攢成八寶；鞍韂掛竹節鋼鞭，逍遙馬追風逐日，斬將刀定國安邦。只因天道該如此，至使君臣會戰場。

黃飛虎雖反，今日面君，尚有愧色。周紀見飛虎愧色，在馬上大呼：「紂王失政，君欺臣妻，大肆狂悖！」縱馬使斧，來取紂王。紂王大怒，手中刀急架相還。黃明走馬來攻。黃飛虎口裡雖不言，心中大惱曰：「也不等我分清理濁，他二人便動手殺將起來！」飛虎只得催開神牛，一龍三虎殺在午門。怎見得，有詩為證：

虎鬥龍爭在午門，紂王無道敗彝倫。眼前賢士歸明主，目下黎民叛遠村。
三略有人空執法，五關無路可留閽。忠孝至今傳萬載，獨夫遺臭枉稱尊。

君臣四騎，殺三十回合。紂王刀法展開，其勢真如虎狼。三員大將使開鎗斧，紂王抵敵不住，刀尖難舉，馬往後坐，將刀一掩，敗進午門。黃明要趕，飛虎曰：「不可。」三騎隨出西門，來趕家將，一同行走，過孟津不表。

且說紂王敗至大殿坐下，懊惱不及。都城百姓官員已知武成王反了，家家閉戶，路少人行。又聞天子大戰黃飛虎，百官忙入朝，見紂王問安，曰：「黃飛虎因何事造反？」天子怎肯認錯？乃曰：「賈氏進宮朝賀，觸忤皇后，自己墜樓而死。黃妃倚仗伊兄，恃強毆辱正宮，推跌下樓，亦是誤傷；不知黃飛虎自己因何造反，殺入午門，深屬不道！諸臣為朕作速議處！」百官聽紂王言說，皆默默無語，莫敢先立意見。正沉思間，探事馬報進午門曰：「聞太師征東海奏凱回兵。」百官大喜，齊辭朝上馬，出郭迎接。只見人馬遠遠行至，中軍官報入營中曰：「啟太師：百官轅門迎接。」聞太師曰：「眾官請回，午門相會。」眾官進城至朝門，見聞太師騎墨麒麟來至，眾官躬身。

太師曰：「列位請了！」眾官同進朝見天子，行禮畢起身，不見武成王，太師心下疑惑，奏曰：「武成王為何不來隨朝？」王曰：「黃飛虎反了。」太師驚問：「為何事反？」紂王曰：「元旦賈氏進宮，朝賀中宮，觸犯蘇后，自知罪戾，負愧墜樓而死。此是自取。西宮黃妃聽知賈氏已死，忿怒上樓，毆打蘇后，辱朕不堪；是朕怒起相讓，誤跌下樓，非朕有意。不知黃飛虎輒敢率眾殺入午門，與朕對敵，幸而未遭毒手，今已擁眾反出西門。朕正在此沉思，適太師奏捷，乞與朕擒來，以正國法！」太師聽罷，厲聲言曰：「此一件事，據老臣愚見，還是陛下有負于臣子！黃飛虎素有忠君愛國之心，今賈氏進宮朝賀，此臣下之禮，豈有無故而死！況摘星樓乃陛下所居，與中宮相間，賈氏因何上此樓，其中必有主使、引誘之人，故陷陛下于不義。陛下不自詳察，而有辱此貞潔之婦。黃娘娘見嫂死無辜，必定上樓直諫，陛下亦不能容受，溺愛偏向，又將黃娘娘摔跌下樓。致賈氏忿怨死，黃娘娘遭冤，實君有負臣子，與臣下何干？況語云：『君不正，則臣投外國。』今黃飛虎以報國赤忠，功在社稷，不能榮子封妻，享久長富貴，反致骨肉無辜慘死，情實傷心。乞陛下可赦黃飛虎一概大罪，待臣追趕飛虎回來，社稷可保，家國太平。」百官在旁齊言：「太師處之甚明，無不欽服。望陛下速降赦旨，大事定矣！」聞太師又曰：「此是天子負臣，故當赦宥。若果飛虎有負君之處，只怕老臣一時之見，還有禮當說者，即行商議，不可有誤國事。」班中閃一員官，乃下大夫徐榮出見。聞太師曰：「大夫有何議論？」榮曰：「太師所言，雖是天子負臣，黃飛虎也有忤君之罪。」太師曰：「大夫何以見得？」榮曰：「君欺臣妻，天子負臣；不顧恩愛，摔死黃娘娘，也是天子失政。黃飛虎豈得率眾殺入午門，聲言天子之罪？與天子在午門大戰，臣節全無，故武成王也有不是。」聞太師聽說，乃對諸大臣曰：「今諸臣朦朧，只談天子之過，不言飛虎之逆。」乃傳令吉立、徐慶：「快發飛檄傳臨潼關、佳夢關、青龍關三路總兵，不可走了反叛；待老臣趕去拿來，以正大法！」不知凶吉何如？且聽下回分解。

評

妲己欲快私讎，不顧禮義綱常，致陷君於不道，逼飛虎之叛亂，此皆長舌之婦啟之也。書曰：「牝雞司晨，惟家之索。」正此之謂也。

又評

賈氏烈婦也，寧死而不受君辱；雖見之真，然事出一時，不暇籌畫，所以竟成其是。飛虎忠臣也，不肯因一婦人而失其節，此見極是。逮至沉思遲疑，須來周紀之激，必竟成其叛逆。聞仲謂：君有負於臣，議論極是，及至轉一議便生出無限事端，不能曲全其美，良可悲矣！大抵天下事，成於初念，敗於轉念，好惡皆然。

第三十一回　聞太師驅兵追襲

忠良去國運將灰，水旱頻仍萬姓災。賢聖太師旋斗柄，奸讒妖孽喪鹽梅。
三關漫道能留轡，四徑紛紜唱草萊。空把追兵迷白日，彼蒼定數莫相猜。

話說聞太師驅兵追趕出西門，一路上旗旛招展，鑼鼓齊鳴，喊聲大作，不表。且說黃家父子、兄弟過了孟津，渡了黃河，行至澠池縣。縣中鎮守主將張奎。黃飛虎知張奎利害，不敢穿城而走，從城外過了澠池，逕往臨潼關來。家將徐徐行至白鶯林，只聽得後面喊聲大作，滾滾塵起。飛虎回頭一看，卻是聞太師的旗號，隨後趕來。飛虎俯鞍歎曰：「聞太師兵來，如何抵敵！吾等束手待斃而已。」飛虎見三子天祥，年方七歲，坐在馬上。飛虎暗暗嗟歎：「此子幼稚無知，你得何罪，也逢此難？」家將來報：「啟千歲：左邊有一枝人馬到了。」飛彪看時，乃青龍關張桂芳人馬。又報：「佳夢關魔家四將從右邊來了。」又見正中間臨潼關總兵官張鳳兵來。黃飛虎見四面人馬俱來，自思不能逃脫，長吁一聲，氣沖霄漢。

且說青峰山紫陽洞清虛道德真君因神仙犯了殺戒，玉虛宮止講，待子牙封過神方上崑崙，因此閑遊五嶽。一日往臨潼關過，被武成王怨氣沖開真人足下祥光。真人撥開雲彩，往下一觀，「原來是武成王有難，貧道不行護救，誰為拔濟！」真人命黃巾力士：「將吾混元旛遮下，把黃家父子移到僻靜山中去；

待貧道退了朝歌人馬，打發他出關。」黃巾力士領法旨，用混元旛一罩，將黃家父子盡移往深山去了，蹤跡全無。且說聞太師大兵趕至中途，前哨報：「青龍關總兵官張桂芳聽令。」太師傳將令來。桂芳行至軍前，欠身躬候。太師問曰：「黃飛虎反出朝歌，必由此關隘，你可曾見否？」桂芳答曰：「末將不曾見。」太師曰：「速回，謹防關隘，不得遲誤。」桂芳得令去訖。又報：「佳夢關魔家四將聽令。」太師命：「令來。」四天王步行至軍前，口稱：「太師，甲冑在身，不能全禮。」太師道：「黃飛虎曾往佳夢關來否？」四將答曰：「不曾見。」太師傳令：「速回佳夢關守禦，協同捉賊。」四將得令去訖。又報：「臨潼關守將張鳳聽令。」太師命令來。至騎前行禮。太師曰：「老將軍，叛賊黃飛虎曾往關上來否？」張鳳欠身答曰：「不曾見。」聞太師令回兵，用心防守。張鳳得令去訖。且說太師坐在騎上暗思：「俱道飛虎既出西門，過孟津，為何不見？三處人馬撞來，俱言不曾見。異哉！異哉！也罷，待吾將人馬往紮在此，看他往那裡去？」

且說清虛道德真君在空中看聞太師住兵不動，真君曰：「若不把聞仲兵退回去，黃飛虎怎的出得五關？」真人隨將葫蘆蓋去了，倒出神砂一捏，望東南上一灑，法用先天一氣，爐中煉就玄功。少時間，聞太師軍政官來報：「啟太師：武成王領家將倒殺往朝歌去了。」太師聞報，傳令回兵。慌忙趕殺，逕奔澠池，一路上果見前邊一夥人，簇擁飛走。太師催動三軍，趕過了孟津。按下不表。

且說真君在雲裡命黃巾力士把混元旛移出大道，黃家父子兄弟在馬上如醉方醒，如夢方覺，個個馬上揉眉擦眼，定睛看時，四路人馬去得影跡無蹤。黃明歎曰：「吉人自有天相。」飛虎忙問眾弟兄：「方纔人馬俱不知往那裡去了，乘此時速行，過臨潼關方好。」眾將聽令，速速策馬前行。來至臨潼關，見一枝人馬扎住團營，阻住去路。黃飛虎令車輛暫停，正要上前打聽，只聽得砲聲響處，吶喊搖旗。飛虎坐在五色神牛上，只見總兵張鳳全裝甲冑，八扎九吞。怎見得：

鳳翅盔，黃金重；柳葉甲掛紅袍控。束腰八寶紫金廂，絨繩雙叩梅花鏡。打將鋼鞭如豹尾，百鍊鎚起寒雲迸。斬將刀舉似秋霜，馬走臨崖當取勝。大紅旛上樹威名：坐鎮臨潼將張鳳。

話說張鳳聽報，黃飛虎領眾已至關前。張鳳上馬，來至軍前，大呼曰：「黃飛虎出來答話！」武成王乘神牛至營前，欠身，口稱：「老叔，小姪乃是難臣，不能全禮。」張鳳曰：「黃飛虎，你的父與我一拜之交，你乃紂王之股肱，況是國戚，為何造反，辱沒宗祖？今汝父任總帥大權，汝居王位，豈為一婦人而負君德？今日反叛，如鼠投陷穽，無有昇騰，即老拙聞知，亦慚愧無地，真是可惜！聽我老拙之言，早下坐騎受縛，解送朝歌。百司有本，當殿與你分個清濁，辨其罪戾，庶幾紂王姑念國戚，將往日功勞，贖今日之罪，保全一家生命。如迷而不悟，悔之晚矣！」黃飛虎告曰：『老叔在上：小姪為人，老叔盡知。紂王荒淫酒色，聽奸退賢，顛倒朝政，人民思亂久矣。況君欺臣妻，逆禮悖倫，殺妻滅義。我兵平東海，立大功二百餘場。定天下，安社稷，瀝膽披肝；治諸侯，練士卒，神勞形瘁，有所不恤。天下太平，不念功臣，反行不道，而欲使臣下傾心難矣。望老叔開天地之心，發慈悲之德，放小姪出關，投其明主。久後結草銜環，補報不遲。不識尊叔意下何如？」張鳳大怒：「好逆賊！敢出此污衊之言，欺吾老邁！」手起一刀砍來。黃飛虎將手中鎗架住：「老叔息怒。我與老叔皆是一樣臣子，倘老叔被屈，必定也投他處，總是一般。從來有言：『君不正，臣投外國。』禮之當然。老叔何苦認真，不行方便？」張鳳大喝曰：「好反賊！焉敢巧舌！」又一刀劈來。飛虎大怒，縱騎挺鎗，牛馬相交，刀鎗並舉。戰三十回合，張鳳力怯，撥馬便走。飛虎趕勢趕來。張鳳聞腦後鈴響，料飛虎趕來，鳥翅環掛下刀，揭開戰袍，取百鍊鎚，將紫絨繩理得停當，發手打來。怎見得好鎚：

圓的好，冰盤大，碗口小。神見愁，鬼見怕。傷人心，碎人腦；斷筋骨，真稀少。順手輕持百鍊鎚，暗帶隨身人不曉。大將逢著命難逃，撞著人亡併馬倒。

話說張鳳回馬一鎚打來，黃飛虎見鎚將近，用寶劍望上一掠，將繩截為兩斷，收了張鳳百鍊鎚。張鳳敗進帥府，黃飛虎也不追趕，命家將將車輛圍遶營中，就草茵而坐，與眾弟兄商議出關之策。

且說張鳳敗進關，坐在殿上，自思：「黃飛虎勇冠三軍，吾老邁安能取勝。倘然走了，吾又得罪于天子。」叫：「蕭銀在那裡？」蕭銀上殿，見張鳳曰：「末將聽令。」張鳳曰：「黃飛虎力敵萬夫，又收我百鍊鎚，似不可以力敵。你可黃昏時候，傳長箭手三千，至二更時分，悄至敵營，聽梆子響，一齊發箭，射死反賊；將首級獻上朝歌請功，方保無虞。」蕭銀領令出府，乃自忖曰：「黃將軍昔在都城，我在他麾下，荷蒙提攜，將薦陞用將職，未曾以不肖相看；今點臨潼副將，我豈敢忘恩！令恩主一門反遭橫禍，我心安忍！」蕭銀隨改粧束，暗出行營，黑地潛行，來至黃飛虎營前問曰：「可有人麼？」巡營軍曰：「你是何人？」蕭銀答曰：「我原是老爺門下蕭銀，特來報機密重情。」巡營軍急進營報知。飛虎命速令進見。蕭銀黑地參見，下拜曰：「末將乃舊門下蕭銀，蒙老爺點發臨潼關；今日張鳳密令末將二更時，帶領攢箭手，射死老爺滿門，將首級獻上朝歌請功。末將自思：豈肯欺心，有傷天道！故此改粧，先來報知。」飛虎聽畢，大驚曰：「多感將軍盛德！不然黃門老少死于非命矣。實係再生之恩，何時能報？為今之計，事屬燃眉，將軍何以救我？」蕭銀曰：「大王速上馬，領車輛殺出臨潼關，末將開關等候。事不宜遲，恐機泄有誤。」飛虎等急忙上騎，各持兵器，喊聲殺來，勢如虎猛。時方初更，未及二鼓，士卒皆未有備。蕭銀開了拴鎖，黃家眾將一擁殺出關門去了。且說張鳳正坐廳上，忽報：「黃家眾將闖關殺出去了！」張鳳厲聲叫苦曰：「是我錯用了人！蕭銀乃黃飛虎舊將，今日串同黃飛虎斬關落鎖而去，情殊可恨！」張鳳急上馬提刀來趕飛虎。不防蕭銀乘馬隱在關旁，聽得馬鈴響處，料是張鳳來趕，不期果然。張鳳走馬方出關門，蕭銀一戟刺張鳳于馬下。有詩為證，詩曰：

凜凜英才漢，堂堂忠義隆。只因飛虎反，聽令發千弓。
知恩行大義，落鎖放雕籠。戟刺張鳳死，輔佐出臨潼。

話說蕭銀殺了張鳳，走馬來趕，大叫：「黃老爺慢行！末將蕭銀已刺死了張鳳，大王前途保重！末將如今將臨潼關扎板下了，命兵卒將士壅塞，恐有追兵趕來，再去了扎板，可以羈滯時候，及至來時，大王去之已遠。此一別又不知何日再睹尊顏！」飛虎稱謝曰：「今日之恩，不知甚日能報！」彼此各分路而別。後來蕭銀要會在「十絕陣」內。此是後話不表。

且說黃飛虎離了臨潼八十餘里，行至潼關。潼關守將陳桐有探馬報到：「黃飛虎同家將至關，扎住了行營。」陳桐笑曰：「黃飛虎，你指望成湯王位坐守千年，一般也有今日！」傳令將人馬排開鹿角阻住咽喉。陳桐全身披掛，結束整齊，打點擒拿飛虎。且說黃飛虎扎住行營，問：「守關主將何人？」周紀曰：「乃是陳桐。」黃飛虎半晌不言，長吁曰：「昔陳桐在我麾下，有事犯吾軍令，該梟首級，眾將告免，後來准立功代罪；今調任在此，與吾有隙，必報昔日之恨。如何處治？」正沉思間，只聽外邊吶喊之聲甚急。飛虎上了神牛，提鎗至營前，只見陳桐耀武揚威，用戟指曰：「黃將軍請了！你昔享王爵，今日為何私自出關？吾奉太師將令，久候多時。乞早早下馬，解返朝歌，免生他說。」飛虎曰：「陳將軍差矣！盈虛消息，乃世間常情。昔日你在吾麾下，我一片誠心，待如手足。後來犯罪，是你自取，吾亦應眾人而免你之罪，立功自贖，我亦不為無恩。今當面辱吾，莫非欲報昔日之恨耶？快放馬來，你三合贏得我，便下馬受縛。」言罷，搖鎗直取，陳桐將畫戟相迎。二騎相交，雙兵共舉，一場大戰。只殺得：

四下陰雲慘慘，八方殺氣騰騰。長鎗閃得亮如銀，畫戟旛搖擺動。鎗挑前心兩脇，戟刺眼角眉叢。咬牙切齒面皮紅，地府天關搖動。

話說二將撥馬，往來衝突二十回合。陳桐非飛虎敵手，料不能勝，掩一戟撥馬就走。飛虎怒氣沖天，大喝一聲：「決拿此賊以泄吾恨！」望前趕來。陳桐聞腦後鸞鈴響處，料是飛虎趕來，掛下畫戟，取火龍標拿在手中。此標乃異人秘授，出手煙生，百中百發。一標打來，飛虎叫聲：「不好！」躲不及，一標從脇下打來。可憐萬丈神光從此滅，將軍撞下戰駒來。詩曰：

標發飛煙焰，光華似異珍，逢將穿心過，中馬倒埃塵。
安邦無價寶，治國正乾坤。今日傷飛虎，萬死落沉淪。

黃飛虎被火龍標打下五色神牛。黃明、周紀見主將落騎，催馬向前，大喝曰：「勿傷吾主，待吾來也！」兩騎馬、兩柄斧飛來直取。陳桐將畫戟急架相還。飛彪將飛虎救回時，已是死了。二將戰陳桐，恨不得將陳桐碎屍萬段。陳桐掩一戟就走。二將為飛虎報讎，催馬趕來。陳桐又發標打來，把周紀一標將頸子打通落馬。陳桐勒回馬欲取首級，早被黃明馬到，力戰陳桐。陳桐見已勝二人，便回軍掌鼓進營去了。

且說飛彪把飛虎屍骸救回，三子見父死大哭。黃明將周紀也停在荒郊草地。眾家將無不傷感。眾將見死了二人，心下無謀，前無所往，退無所歸，羊觸藩籬，進退兩難，正在慌亂之間不表。

話說青峰山紫陽洞清虛道德真君正在碧雲床運元神，忽心下一驚，道人袖裡捏指一算，早知黃飛虎有厄，道人忙命白雲童子：「請你師兄來。」白雲童子即時請出一位道童，生的身高九尺，面似羊脂，眼光暴露，虎形豹走，頭挽抓髻，腰束麻絛，腳登草履，至雲榻前下拜，口稱：「師父，喚弟子那裡使用？」真君曰：「你父親有難，你可下山走一遭。」黃天化答曰：「師父，弟子父親是誰？」真君曰：「你父武成王黃飛虎是也；今在潼關，被火龍標打死。著你下山，一則救父；二則你子父相逢，久後仕周，共扶王業。」天化聽罷曰：「弟子因何在此？」真君曰：「那一年，我往崑崙山來，腳踏祥雲，被你頂上殺氣沖入雲霄，阻我雲路；我看時，你纔三歲，見你相貌清奇，後有大貴，故此帶你上山；今已十三載了。你父親今日有難，該我救他，我故教你前去。」真君先把花籃兒與天化拏了，又將一口劍付與，吩咐：「速去救父。」天化方欲問故，真君曰：「若會陳桐，須得如此如此，方可保你父出潼關。不許你同往西岐，可速回來，終有日相會。」天化領師父嚴命，叩頭下山。出了紫陽洞，捏了一撮土，望空中一撒，借土遁往潼關，迅速如風。父子相逢，潼關大戰。不知後事如何，且聽下回分解。

評

飛虎之反，乃天子有以驅逐之。聞聞太師驅兵擒拿飛虎，何先見之聰，而轉念反惑耶？真是不斟酌處。幸遇清虛道德真君，纔免大難；不然，四路會合，飛虎幾為虀粉矣。雖曰天數，是亦人謀之不臧耳。

又評

蕭銀懷恩，陳桐挾恨，皆是世人常態，烏足為怪？但當分公私何如耳。若陳桐未免記讎太過，必至殺身而後已。今之記人恩怨者，必準之於公私，則得矣。

第三十二回　黃天化潼關會父

五道玄功妙莫量，隨風化氣涉蒼茫；須臾歷遍閻浮世，頃刻遨遊泰嶽卬
救父豈辭勞頓苦，誅讒不怕虎與狼。潼關父子相逢日，盡是岐周美棟梁。

話說黃天化借土遁，倏爾來至潼關，落下埃塵，時方五更。只見一簇人馬圍遶，一盞燈高挑空中，又聽得悲悲切切哭泣之聲。天化走至一簇人前，黑影內有人問曰：「你是何人，來此探聽軍情？」天化答曰：「貧道乃青峰山紫陽洞煉氣士是也；知你大王有難，特來相救。快去通報。」家將聞言，報知二爺。飛彪急出營門，燈下觀看，見一道童，著實齊整。怎見得，有西江月為證：

頂上抓髻燦爛，道袍大袖迎風，絲縧叩結按離龍，足下麻鞋珍重。花籃內藏玄妙，背懸寶劍鋒兇，潼關父子得相逢，方顯麒麟有種。

話說黃飛彪出來迎請道童，一見舉止色相，恍如飛虎，忙請裡面相見。那道童進得營中，與眾將見畢，飛彪問曰：「道者此來，若救得家兄，實乃再生父母！」道童曰：「黃大王在那裡？」飛彪引道童來看。走至後營，見飛虎臥在氈毯上，以面朝天，形如白紙，閉目無言。黃天化看見臉黃，暗暗歎曰：「父親，你名在何方？利在何處？身居王位，一品當朝，為甚來由這等狼狽！」天化見還有一個睡在旁邊，天化問曰：「那一位是誰？」飛彪曰：「是吾結義兄弟，也被陳桐飛標打死的。」天化命潤中取水

來。不一時水到。天化在花籃中取出仙藥，用水研開，把劍撬開上下牙關，灌入口內，送入中黃，走三關，透四肢，須臾轉八萬四千毛竅；又用藥搽在傷眼上。有一個時辰，只見黃飛虎大叫一聲：「疼殺吾也！」睜開雙目，只見一個道童坐在草茵之上。飛虎曰：「莫非冥中相會？如何有此仙童？」飛彪曰：「若非道者，長兄不能回生。」飛虎聽罷，隨起身拜謝曰：「飛虎何幸，今得道長憐憫，垂救回生！」黃天化垂淚，跪在地上曰：「父親，吾非別人，是你三歲在後花園不見的黃天化。」

飛虎與眾人聽罷，驚訝曰：「原來是天化孩兒前來救我！不覺又是十有三年。」飛虎問天化曰：「我兒，你在那座名山學道？」天化泣而言曰：「孩兒在青峰山紫陽洞，吾師是清虛道德真君，見孩兒有出家之分，把我帶上高山，不覺十有三載。今見三個兄弟，又見二位叔叔，周紀也救得返本還元，一家相聚。」天化前後一看，卻不見母親賈氏。天化元是聖神，性如烈火，一時面發通紅，向前對飛虎曰：「父親你好狠心！」把牙一咬。飛虎曰：「我兒，今日相逢，何故突發此言？」天化曰：「父親既反朝歌，兄弟卻都帶來，獨不見吾母親，何也？他是女流，倘被朝廷拿問，露面拋頭，武成王體面何在？」飛虎聞說，頓足淚流，哭曰：「我兒言之痛心！你父親為何事而反？為你母親元旦朝賀蘇后，因君欺臣妻，你母親誓守貞潔，辱君自墜摘星樓而死。你姑姑為你母親直諫，被紂王摔下樓來，跌得粉骨碎身，俱死非命。今苦不勝言。」天化聽罷，大叫一聲，氣死在地。慌壞眾人，急救甦醒，天化滿眼垂淚，哭得如醉如痴，大叫曰：「父親！孩兒也不去青峰山上學道，且殺到朝歌，為母親報讎！」咬牙切齒正哭，忽報：「陳桐在外請戰。」飛虎聽報，面如土色。天化見父慌張，忙止淚答曰：「父親出去，有孩兒在此，不妨。」飛虎只得上了五色神牛，金裝鎧甲，出得營來，叫曰：「陳桐，還吾夜來一標之讎！」陳桐見飛虎宛然無恙，心下大疑，又不敢問，只得大叫曰：「反臣慢來！」飛虎曰：「匹夫！你將標打我，豈知天不絕吾！」縱牛搖鎗，直取陳桐。陳桐將戟急架相還。二騎相交，大戰十五回合。陳桐撥馬便走，飛虎不趕。天化叫曰：「父親，趕這匹夫，有兒在此，何懼之有！」飛虎只得趕將下來。陳桐見飛虎追趕，發標打來。天化暗將花籃對著火龍標，那標盡投花籃內收將去了。陳桐見收了火龍標，大怒，勒回馬復來戰飛虎。後一人大叫曰：「陳桐匹夫！我來了！」陳桐見一道童助戰：「呀！原來是你收我神標！破吾道術，怎肯干休！」縱馬搖戟，來挑天化。天化忙將背上寶劍執在手中，照陳桐只一指。只見劍尖上一道星光，有盞口大小，飛至陳桐面上，陳桐首級已落于馬下。有詩單道寶劍好處，詩曰：

非銅非鐵亦非金，乃是乾元百鍊精；變化無形隨妙用，要知能殺亦能生。

話說天化此劍，乃清虛道德真君鎮山之寶，名曰莫耶寶劍，光華閃出，人頭即落。故陳桐逢此劍自絕。陳桐已死，黃明、周紀眾將吶一聲喊，斬栓落鎖，殺散軍兵，出了潼關。黃天化辭父歸山，拜曰：「父親同兄弟慢行，前途保重！」飛虎曰：「我兒，你為何不與我同行？」天化曰：「師命不敢有違。」必欲回山。飛虎不忍別子，歎曰：「相逢何太遲，別離須恁早！此一別何時再會？」天化曰：「不久往西岐相會。」父子兄弟洒淚而別。

不說天化回山，且說黃家父子離了潼關八十餘里，行至穿雲關不遠。穿雲關守將乃陳桐的兄陳梧守把。敗軍先已報知，陳梧聽得飛虎殺了兄弟，急得三尸神暴躁，七竅內生煙，欲點鼓聚將發兵，為弟報讎。內班中一人言曰：「主將不可造次。黃飛虎乃勇冠三軍，周紀等乃熊羆之將；寡不敵眾，弱不拒強，二爺勇猛，況已枉死。以愚意觀之，當以智擒。若要力戰，恐不能取勝，尚有不測。」陳梧聽偏將賀申之言，乃曰：「賀將軍言雖有理，計將安出？」賀申曰：「須得如此如此，不用張弓隻箭，可絕黃氏一門也。」陳梧大喜，依計而行。傳令：「如黃飛虎到關，須當速報。」不一時，有探事馬報到：「黃家人馬來了。」陳梧傳令掌金鼓，眾將上馬，迎接武成王黃爺。只見飛虎在坐騎上，見陳梧領眾將，身不披甲，手不執戈迎來，馬上欠身，口稱大王。飛虎亦欠背言曰：「難臣黃飛虎，罪犯朝廷，被厄出關，今蒙將軍以客禮相待，感德如山！昨又為令弟所阻，故有殺傷。將軍若念飛虎受屈，此一去倘有得地，決不敢有忘大恩也。」陳梧在馬上答曰：「陳梧知大王數世忠良，赤心報國，今乃是君負于臣，何罪之有？吾弟陳桐不知分量，抗阻行車，不識天時，禮當誅戮。末將今設有一飯，請大王暫停鑾輿，少納末將虔意，則陳梧不勝幸甚。」黃明馬上歎曰：「一母之子，有愚賢之分；一樹之菓，有酸甜之別。似這等觀之，陳將軍勝其弟多矣！」黃家眾將聽得黃明之言，一齊下馬。陳梧亦下馬：「請黃大王入帥府。」眾人相讓，至殿行禮，依次序坐。陳梧傳令：「擺上飯來。」飛虎謝曰：「難臣蒙將軍盛賜，何以克當！此恩此德，不知何日能報萬一耳。」眾將用罷飯，飛虎起身，謝陳梧曰：「將軍若發好生惻隱之心，敢煩開關，以度蟻命。他日銜環，決不有負。」陳梧帶笑欠身而言曰：「末將知大王必往西岐，以投明主；他日若有會期，再圖報效。今具有魯酒一盃，莫負末將芹敬。大王勿疑，並無他意。」黃飛虎曰：「將軍雅愛，念吾俱是武臣，被屈脫難，賢明自是見亮。既陳將軍設有盛愛，總不敢辭。」陳梧忙傳令擺設酒席，奏樂。賓客交歡，不覺日已西沉。黃飛虎出席告辭：「承蒙雅賜，恩同泰山。難臣若有寸進，決不忘今日之德。」陳梧曰：「大王放心。末將知大王一路行來，未安枕席，鞍馬困倦，天色已晚，草榻一宵，明日早行，料無他意。」飛虎自思：「雖是好意，但此處非可宿之地。」又見黃明道：「長兄，陳將軍既有高情，明日去也無妨。」黃飛虎只得勉強應承。陳梧大喜。梧曰：「末將當再陪幾盃，恐大王連日困勞，不敢加勸。大王且請暫歇，末將告退。明早再為勸酬。」飛虎深謝，送陳梧出府，命家將把車輛推進府廊下，堆垛起來。家將掌上畫燭，眾人安歇去訖。都是一路上辛苦，跋涉勤勞，一個個酣睡如雷，各有鼻息之聲。黃飛虎坐在殿上，思前想後，兜底上心，長吁一聲，歎曰：「天！我黃氏一門，七世商臣，豈知今日如此而做叛亡之客！我一點忠心，惟天可表。只是昏君欺滅臣妻，殊為痛恨！摔死吾妹，切骨傷心！老天呵！若是武王肯容納我等借兵，定伐無道！」飛虎把牙一咬，作詩一首，詩曰：

七世忠良成畫餅，誰知今日入西岐。五關有路真顛厄，三戰無君豈妄為！
飛鳥失林家已破，依人得意念先疑。老天若遂平生志，兵入朝歌血戰時。

話說黃飛虎作詩方畢，聽得譙樓一鼓，獨坐無聊，不覺又是二更催來。飛虎思想：「王府華麗，玩設畫堂，錦堆繡閣，何等富貴，豈知今日置身無地。」又聽三更鼓打，飛虎曰：「我今日怎的睡不著！」心下一躁，急了一身香汗。忽聽丹墀下一陣風響，怎見得好風，詩曰：

無形無影冷然驚，滅燭穿簾太沒情；送出白雲飛去杳，剪殘黃葉落來輕。
催花送雨晚來急，起人愁思恨難平；猛添無限傷心淚，滴向堦前作雨聲。

話說飛虎坐在殿上，三更時候，只聽得一陣風響，從丹墀下直旋到殿裡來。飛虎見了，毛骨聳然，驚得冷汗一身。那旋風開處，見一雙手伸出來，把燭光滅了。聽的有聲叫曰：「黃將軍，妾身並非妖魔，乃是你元配妻賈氏相隨至此。你眼前大災到了！目下烈焰來侵，快叫叔叔起來！將軍好生看我三個無娘的孩兒。速起來！我去矣！」飛虎猛然驚覺，那燈光依舊復明。飛虎拍案大叫：「快起來！快起來！」只見黃明、周紀等正在濃睡之間，聽得喊聲，慌忙爬起，問道：「長兄為何大叫？」飛虎把滅燈聽賈氏之言說了一遍。飛彪曰：「寧可信有，不可信無。」黃明走至大門前開門時，其門倒鎖。黃明說：「不好了！」龍環、吳謙用斧劈開，只見府前堆積柴薪，渾似柴篷塞擠。慌壞周紀，急喚眾家將，將車輛推出。眾將上馬，方纔出得府來，只見陳梧領眾將持火把，蜂擁而至，卻來遲了些兒。大抵天意，豈是人為。探馬報與陳梧曰：「黃家眾將出了府門，車輛在外。」陳梧大怒，叫眾將曰：「來遲了，快縱馬向前！」

黃飛虎曰：「陳梧，你昨日高情成為流水，我與你何怨何讎，行此不仁？」陳梧知計已破，大罵曰：「反賊！實指望斬草除根，絕你黃氏一脈，孰知你狡猾之徒，終多苟且。雖然如此，諒你也難出地網天羅！」縱馬搖鎗，來取黃明；黃明手中斧迎面交還。夜裡交兵，兩家混戰。黃飛虎催開五色神牛，舉鎗也來戰陳梧。陳梧招架，奮勇抵擋鎗戟。黃飛虎戰不數合，大怒，吼一聲，穿心過把陳梧挑于馬下。眾將只殺得關內兒郎叫苦，驚天動地，鬼哭神愁。彼時斬拴落鎖，殺出穿雲關，天色已明，打點往界牌關來。黃明在馬上曰：「再也不須殺了。前關乃是太老爺鎮守的，乃是自家人。」忙催車輛緊行，有八十餘里，看看行至離關不遠。

卻說界牌關黃滾乃是黃飛虎父親，鎮守此關，聞報長子飛虎反了朝歌，一路上殺了守關總兵，黃滾心下懊惱。探事軍報來：「大老爺同二爺、三爺來了。」黃滾急傳令：「把人馬發三千，布成陣勢；將囚車十輛，把這反賊總拏解朝歌！」不知黃家眾將性命如何，且聽下回分解。

評

黃天化父子相逢，誅讒剪暴，自是天相吉人，正置之危地而後安，驅之死地而後存之道也。只是天化見父叔諸人而不見母，必至痛心，亦描寫孩提為慈母，依本色，於嚴略有分別。

又評

陳梧以一段小人心腸，百般趨近，百般晉接，酒間有無限殷勤，無非欲為焚殺飛虎眾將；飛虎竟深信不疑，未免疏於防患。幸賈夫人有靈，為之指示；不然，幾不免虎口哉。

第三十三回　黃飛虎泗水大戰

百難千災苦不禁，奸臣賊子枉痴心。慢誇幻術能多獲，不道邪謀可易侵。
余化圖功成畫餅，韓榮封拜有差參。終然天意安排定，說道封神淚滿襟。

話說黃滾布開人馬，等候兒子來。只見黃明、周紀遠遠望見一枝人馬擺開。黃明對黃飛虎曰：「老爺布開人馬，又見陷車，這光景不是好消息。」龍環道：「且見了老爺，看他怎說，再做處治。」數騎向前。飛虎在鞍轎欠身，口稱：「父親，不孝兒飛虎不能全禮。」黃滾曰：「你是何人？」飛虎答曰：「我是父親長子黃飛虎，為何反問？」黃滾大喝一聲：「我家受天子七世恩榮，為商湯之股肱，忠孝賢良者有，叛逆奸佞者無。況我黃門無犯法之男，無再嫁之女。你今為一婦人，而背君親之大恩，棄七代之簪纓，絕腰間之寶玉，失人倫之大禮，忘國家之遺蔭，背主求榮，無端造反；殺朝廷命官，闖天子關隘。乘機搶擄，百姓遭殃。辱祖宗于九泉，愧父顏于人世，忠不盡于天子，孝不盡于父前。畜生！你空居王位，累父餐刀！你生有愧于天下，死有辱于先人！你再有何顏見我！」飛虎被父親一篇言語說得默默無言。黃滾又曰：「畜生！你可做忠臣孝子不做忠臣孝子？」飛虎曰：「父親此言怎麼說？」滾曰：「你要做忠臣孝子，早早下騎，為父的把你解往朝歌，使我黃滾解子有功，天子必不害我；我得生全，你死還是商臣，為父還有肖子。畜生！你忠孝還得兩全。你不做忠臣孝子，既已反了朝歌，目中已無天子，自是不忠；你再使開長鎗，把我刺予馬下，料你必投西土，任你縱橫，使我眼不見，耳不聞，我也甘心，你可樂意。庶幾不遺我末年被枷帶索，死于藁街，使人指曰：『此某人之父，因子造反而致某于此也！』」飛虎聽罷，在神牛上大叫曰：「老爺不必罪我，與老爺解往朝歌去罷！」方欲下騎，旁有黃明在馬上大呼曰：「長兄不可下騎！紂王無道，乃失政之君，不以吾等盡忠輔國為念。古語云：『君使臣以禮，臣事君以忠。』國君既已不正，亂倫反常，臣又何心聽其驅使！我等出五關，費了多少艱難，十死一生；今聽老將軍一篇言語，就死于馬下無益。可憐慘死，深冤不能表白于天下！」飛虎聽的此言有理，在牛上低首不語。

黃滾大罵黃明：「你們這夥逆賊！吾子料無反心，是你們這樣無父無君、不仁不義、少三綱、絕五常的匹夫唆使，故做出這等事來。在我面前，況且教吾子不要下騎，這不是你等撮弄他？氣殺老夫！」縱馬掄刀來取黃明。黃明急用斧架開刀曰：「老將軍，你聽我講。黃飛虎等是你的兒子，黃天祿等是你的孫子；我等不是你的子孫，怎把囚車來拏我等？老將軍，你差了念頭！自古虎毒不食兒，如今朝廷失政，大變倫常，各處荒亂，刀兵四起，天降不祥，禍亂已現。今老將軍媳婦被君欺辱，親女被君摔死，沈冤無伸；不思為一家骨肉報讎，反解兒子往朝歌受戮。語云：『君不正，臣投外國；父不慈，子必參商。』」黃滾大怒：「反賊，巧言舌辯，氣殺我！」把刀望黃明劈來。黃明架刀，大叫：「黃老兒！你『天晴不肯走，只待雨淋頭！』你做一世大帥，不識時務，只管把刀來劈我，獨不想吾手中斧無眉少目，萬一有傷，把老將軍一生英名置于烏有，小姪怎敢！」黃滾大怒，縱馬舞刀，飛來直取。

周紀曰：「老將軍，今日得罪也罷，忍不住了。」黃明、周紀、龍環、吳謙四將，把黃滾圍裹核心，斧戟交加，奔騰戰馬。黃飛虎在旁，見四將把父親圍住，面上甚有怒色，沉思曰：「這匹夫可惡！我在此，尚把老爺欺侮。」只見黃明大叫曰：「長兄，我等將老爺圍住，你們不快快出關，還要等請？」飛豹、飛彪、天祿、天爵，一齊連家將車輛，衝出關去。黃滾見兒子撞出關去，氣沖肝腑，跌下馬來，隨欲拔劍自刎。黃明下馬，一把抱住，口稱：「老爺何必如此？」黃滾醒回，睜目大罵：「無知強盜！你把我逆子放走了，還要在此支吾！」黃明曰：「末將一言難盡，真是有屈無伸。我受你的兒子氣，已是無限了。他要反商，我幾番苦勸，動不動只要殺我四人。我等沒奈何，共議只到界牌關，見了黃將軍，設法拏解朝歌，洗我四人一身之怨。末將以目送情，老將軍只管說閒話不睬。末將猶恐泄了機會，反為不美。」黃滾曰：「據你怎麼講？」黃明曰：「老將軍快上馬，出關趕飛虎，只說：『黃明勸我，虎毒不食兒，你們都回來，我同你往西岐去投見武王，何如？』」黃滾笑曰：「這畜生好言語，反來誘我！」黃明曰：「終不然當真去？此是哄他進關。老將軍在府內設飯酒與他吃，我四人打點繩索撓鉤，老將軍擊鐘為號，吾等一齊上手，把你三子、三孫俱拏入陷車，解往朝歌。只望老將軍天恩，救我四條金帶，感德不淺！」黃滾聽罷，歎曰：「黃將軍，你原來是個好人。」黃滾忙上馬，趕出關來，大呼曰：「我兒！黃明勸我，著實有理。我也自思，不若同你往西岐去罷。」飛虎自忖：「父親為何有此言語？」飛豹曰：「這是黃明的圈套。我等速回，聽其指揮，以便行事。」遂進關入府，拜見父親。黃滾曰：「一路鞍馬，快收拾酒飯，你們吃了，同往西岐去便了。」且說兩邊忙排酒食上來，黃滾相陪，飲了四、五盃酒，見黃明站在旁邊，黃滾把金鐘擊了數下，黃明聽見，只當不知。

且說龍環來對黃明說：「如今怎樣了？」黃明曰：「你二人將老將軍資蓄打點上車，收拾乾淨。你一把火燒起糧草堆來。我們一齊上馬，老將軍必定問我，我自有話回他。」二人去訖。黃滾見黃明聽鐘響不見動手，叫到案旁來，問曰：「方纔鐘響，你怎的不下手？」黃明曰：「老將軍，刀斧手不齊，怎麼動得手？倘或知覺走了，反為不美。」且說龍環、吳謙二將，把黃老將軍家私都打點上車，就放一把火燒將起來。兩邊來報：「糧草堆火起！」眾人齊上馬出關。黃滾叫苦：「我中了這夥強盜的計了！」黃明曰：「老將軍，實對你講：紂王無道，武王乃仁明聖德之君。我們此去借兵報讎。你去就去；你不去便是催督不完，燒了倉廒，已絕糧草，到了朝歌，難逃一死。總不如一同歸武王，此為上策。」黃滾沉吟長吁曰：「臣非縱子不忠，奈眾口難調。老臣七世忠良，今為叛亡之士。」望朝歌大拜八拜，將五十六兩帥印掛在銀安殿，老將軍點兵三千，共家將人等，合有四千餘人，救滅火光，離了界牌關。有詩為證，詩曰：

設計施謀出界牌，黃明周紀顯奇才。誰知汜水關難過，怎脫天羅地網災。
余化通玄多奧妙，法施異寶捉將來。不是哪吒相接應，焉得君臣破鹿臺。

話說黃滾同眾人並馬同行。黃滾曰：「黃明，我見你為吾子，不是為他，是害了我們一門忠義。界牌關外便是西岐，那個不妨；只此八十里至汜水關，守關者乃韓榮，麾下一將余化，此人乃左道，人稱他七首將軍，此人道法通玄，旗開拱手，馬到成功。坐下火眼金睛獸，用方天戟，我們一到，料是個個被擒，決難脫逃。我若解你往朝歌，尚留我老身一命；今日一同至此，真是荊山失火，玉石俱焚。此正天數難逃，吾命所該。」又見七歲孫兒在馬上啼哭，又添慘切，不覺失聲曰：「我等遭此縲絏，你得何罪于天地，也逢此誅身之厄！」黃滾一路上不絕口歎息，不覺行至汜水關，安下人馬，扎了轅門。

卻說韓榮探馬報到：「黃滾同武成王反出界牌，兵至關前扎營。」韓榮聽罷，低首自思：「黃老將軍，你官居總帥，位極人臣，為何縱子反商，不諳事體？其實可笑。」命左右擂鼓聚將並聽用。諸軍參謁畢。韓榮曰：「黃滾縱子造反，兵至此地，必須商議，仔細酌量。」眾將領令。那韓榮調人馬阻塞咽喉，按下不表。

且說黃滾坐在帳裡，看著兩邊子孫，點首曰：「今日齊齊整整，兩邊侍立；到明日不知先少誰人？」眾人聽著，各有不忍之意。且說次日余化領令，布開人馬，軍前搦戰❶。營門官報入，黃滾問：「你們誰去走走？」只見黃飛虎曰：「孩兒前去。」上了五色神牛，提鎗在手，催騎向前。見一將生的古怪形容，怎見得，詩曰：

> 臉似搽金鬚髮紅，一雙怪眼度金瞳，虎皮袍襯連環鎧，玉束寶帶現玲瓏。
> 秘授玄功無比賽，人稱七首似飛熊。翠藍旛上書名字，余化先行手到功。

話說余化一騎向前，此人自不曾會武成王，見來將儀容異相，五柳長髯，飄揚腦後，丹鳳眼，臥蠶眉，提金鏨提蘆杵，坐五色神牛。余化問曰：「來者何人？」武成王答曰：「吾乃武成王黃飛虎是也。今紂王失政，棄紂歸周。汝乃何人？」余化答曰：「末將未會大王尊顏。大王乃成湯社稷之臣，若論滿朝富貴，盡出黃門，何事不足，而作反叛之人？」飛虎曰：「將軍之言雖是，各有衷曲，一言難盡。即以君臣之道而論，古云：『君使臣以禮，臣事君以忠。』普天下盡知紂王無道，羞于為臣。今又亂倫敗德，污衊紀綱，殘賊仁義，不恤士民，天下諸侯，皆知有岐周矣。三分天下，周土已得二分，可見天命

❶ 搦戰：挑戰。

有歸，豈是人力。吾今止借此關一往，望將軍容納，不才感德無涯。」余化歎曰：「大王此言差矣！末將各守關隘，以盡臣職。大王不反，末將自當遠迎。大王今係叛亡，末將與大王成為敵國，豈肯放大王出關之理！大王難道此理也不知？我勸大王請速下戰騎，俟末將關主解往朝歌，請旨定奪。百司自有本章保奏，念大王平日之功，以赦叛亡之罪，或未可知。若想善出此關，大王乃緣木求魚，非徒無益，而又害之也。」飛虎曰：「五關已出有四，豈在汝這汜水關！敢出言無狀，放馬來與你見個雌雄。」飛虎舉鎗，直取余化。余化搖畫戟相迎。二獸相交，鎗戟併舉，一場大戰。

二將陣前勢無比，立見輸贏定生死。狻猊擺尾鬥麒麟，卻似蒼龍攪海水。
長鎗蕩蕩蟒翻身，擺動金錢豹子尾。將軍惡戰不尋常，不至敗亡心不止。

話說武成王展放鋼鎗，使得性發，似一條銀蟒裹住余化，只殺的他馬仰人翻。余化掩一戟就走，飛虎趕來，追至兩附之地，余化掛下畫戟，揭起戰袍，囊中取出一旛，名曰戮魂旛。此物是蓬萊島一氣仙人傳授，乃左道旁門之物。——望空中一舉，數道黑氣，把飛虎罩住，平空撈得去了，望轅門摔下。眾士卒將武成王拏了，余化掌得勝鼓回府。旗門小校飛報守將韓榮曰：「余將軍今日已擒反臣黃飛虎聽令。」韓榮傳令：「推來！」眾士卒將飛虎推至簷前。飛虎立而不跪。榮曰：「朝廷何事虧你，一旦造反？」飛虎笑曰：「似足下坐守關隘，自謂威武，不過狐假虎威，借天子之威福以彈壓此一方耳。豈知朝政得失，禍亂之由，君臣乖違之故？我今既被你所獲，無非一死而已，何必多言！」韓榮曰：「吾既守此關隘，擒拏叛逆，不過盡吾職守，吾亦不與你辯。且送下囹圄監候，俟餘黨盡獲起解。」

且說黃滾在營中聞報說飛虎被擒，黃滾歎曰：「畜生！你不聽為父之言，可惜這場功勞，落在韓榮手裡！」一宿已過，次日來報：「余化請戰。」黃滾問：「何人出去？」黃明、周紀曰：「末將願往。」二將上馬，撺斧出營，大呼曰：「余化匹夫！擒吾長兄，此恨怎消！」縱馬舞斧來取。余化畫戟急架相還。三騎相交，戟斧併舉，一場大戰，詩曰：

三將昂昂殺氣高，征雲靄靄透青霄。英雄勇躍多威武，俊傑胸襟膽量豪。
逆理莫思封拜福，順時應自得金鰲。從來理數皆如此，莫用心機空自勞。

話說三將交鋒，未及三十回合，余化撥馬便走，二將趕來。余化依舊將戮魂旛舉起如前，把二將拏去見韓榮。韓榮吩咐發下監禁不表。且言探馬報入中營：「啟元帥：二將被擒。」黃滾低首不言。又報：「余化請戰。」黃滾又問：「誰出馬？」黃飛彪、飛豹曰：「孩兒願為長兄報讎。」二將上馬，指鎗出營，罵曰：「余化匹夫！以妖法擒吾弟兄三人！」撥馬來取。三將又戰二十回合。余化撥馬敗走，飛豹二將亦趕下來。余化也如前法，又把二將拏去見韓榮，也是送下囹圄監候。黃滾聞二將又被擒去，心下十分懊惱。次日又報：「余化請戰。」黃滾問曰：「誰再去迎戰？」帳下龍環、吳謙曰：「終不然畏彼妖法便罷？吾二人願往。」二將上馬，提戟出營，見余化，氣沖斗牛，厲聲大叫：「匹夫！將左道之術擒吾長兄，與賊勢不兩立！」三馬交還，戰二十回合，余化依舊敗走，二將趕來，亦被余化拏去見韓榮，依舊發下囹圄。余化連四陣捉七員將官。韓榮設酒與余化賀功不表。

話說黃滾在中軍，見兩邊諸將被擒，又見三個孫兒站立在旁，心下十分不忍，點頭落淚：「我兒，你年不過十三四歲，為何也遭此厄？」又報：「余化請戰。」只見次孫黃天祿欠身曰：「小孫願為父、叔報讎。」黃滾吩咐曰：「是必小心！」黃天祿上馬，提鎗出營，見余化曰：「匹夫趕盡殺絕，但不知你可有造化受其功祿！」縱馬搖鎗直取，余化急架忙迎。二馬相交，鎗戟並舉。黃天祿年紀雖幼，原是將門之子，傳授精妙，鎗法如神，不分起倒，一勇而進。正是初生之犢猛於虎。後人看至此，有詩贊曰：

乾坤真個妙，蓋世果然稀。老君爐裡煉，曾敲十萬八千槌。磨塌太山崑崙頂，戰乾黃河九曲溪。
上陣不粘塵世界，回來一陣血腥飛。

話說黃天祿使開鎗，如翻江怪獸，勢不可當。天祿見戰不下余化，在馬上賣一個名解❷，喚做丹鳳入崑崙，一鎗正刺中余化左腿。余化負痛，落荒便走。天祿不知好歹，趕下陣來。余化雖敗，此術尚存，依舊舉旛如前，把黃天祿拏去見韓榮，也發下囹圄監候。黃飛虎屢見將他黃門人拏來，心下甚是懊惱。忽見次子天祿又拏到，飛虎不覺淚流滿面。可憐！正是父子關心，骨肉情切。且不說他父子悲咽，有話難言。再表黃滾聞報次孫被擒，心中甚是悽惋。想一想，無策可施。如今止存公、孫三人，料難出他地網天羅，往前不得出關，去後一無退步。黃滾把案一拍：「罷！罷！罷！」忙傳令，命家將等，共三千人馬：「你們把車輛上金珠細軟之物獻與韓榮，買條生路，放你們出關。我公、孫料不能俱生。」眾家將跪而告曰：「老爺且省愁煩，吉人自有天相，何必如此？」黃滾曰：「余化乃左道妖人，皆係幻術，我何能抵擋？若被他擒獲，反把我平昔英名一旦化為烏有。」又見二孫在旁啼泣，黃滾亦泣曰：「我兒，你也不知可有造化？替你哀告韓榮，亦不知他可肯饒你二人？」黃滾把頭上盔除下，摘去腰間玉帶，解甲寬袍，腰懸玉玦，領著二孫，逕往韓榮帥府門前來。眾官見是黃元帥親自如此，俱不敢言語。黃滾至府前，對門官曰：「煩你通報韓總兵，說黃滾求見。」軍政官報與韓榮。韓榮曰：「你來也無用了。」

❷ 賣一個名解：賣弄一個有名的武術招式。

忙令軍卒分排兩旁，眾將分開左右，韓榮出儀門，至大門口，只見黃滾縞素跪下，後跪黃天爵、天祥。不知凶吉如何，且聽下回分解。

評

飛虎父子原是忠良，只因天數使然，致有叛亂之變；而黃明、周紀，不過於中提掇之。若說人定勝天，此英雄欺人語耳。

又評

韓榮倚余化而好大喜功，至於不寐。余化倚左道之術，旁若無人，以為無出其下；卒至哪吒一出，幾至不免，回視以前，恍然如夢。大抵大丈夫須自作主張，未有倚人而可做事業者！世人當要著眼，作者有無限婆心。

第三十四回　飛虎歸周見子牙

左道旁門亂似麻，只因昏主信奸邪。貪淫不避彝倫序，亂政誰知國事差？
將相自應歸聖主，韓榮何故阻行車？中途得遇靈珠子，磚打傷殘枉怨嗟。

話說黃滾膝行軍門請罪，見韓榮，口稱：「犯官黃滾特來叩見總兵。」韓榮忙答禮曰：「老將軍，此事皆係國家重務，亦非末將敢於自專。今老將軍如此，有何見諭？」黃滾曰：「黃門犯法，理當正罪，原無可辭；但有一事，情在可矜之列，望總兵法外施仁，開此一線生路，則愚父子雖死九泉，感德無涯矣。」韓榮曰：「何事吩咐？末將願聞。」黃滾曰：「子累父死，滾不敢怨。奈黃門七世忠良，未嘗有替臣節，今不幸遭此劫運，使我子孫一概屠戮，情實可憫。不得已，肘膝求見總兵，可憐念無知稚子，罪在可宥。乞總兵放此七歲孫兒出關，存黃門一脈。但不知將軍意下何如？」韓榮曰：「老將軍差矣！榮居此地，自有官守，豈得循私而忘君哉！譬如老將軍權居元首，職壓百僚，滿門富貴，盡受國恩，不思報本，縱子反商，罪在不赦，髫齔無留。一門犯法，毫不容私。解進朝歌，朝廷自有公論，清白必竟有分。那時名正言順，誰敢不服？今老將軍欲我將黃天祥放出關隘，吾便與反叛通同，欺侮朝廷，法紀何在？吾與老將軍皆不可免，這個決不敢從命。」黃滾曰：「總兵在上：黃氏犯法，一門眷屬頗多，料一嬰兒有何妨礙，縱然釋放，能成何事？這個情分也做得過。惻隱之心，人皆有之。將軍何苦執一而不開一線之方便也？想我黃門功積如山，一旦如此，古云：『當權若不行方便，如入寶山空手回。』人生豈能保得百年常無事？況我一家俱係含冤負屈，又非大奸不道，安心叛逆者；望將軍憐念，放出吾孫，生當銜環，死當結草，決不敢有負將軍之大德矣。」韓榮曰：「老將軍，你要天祥出關，末將除非也附從叛亡之人，隨你往西岐，這件事纔做得。」黃滾二番四次，見韓榮執法不允，黃滾大怒，對二孫曰：「吾居元帥之位，反去下氣求人！既總兵不肯容情，吾公孫願投陷穽，何懼之有！」隨往韓榮帥府，自投囹圄，來至監中。黃飛虎忽見父親同二子齊到，放聲大哭：「豈料今日如老爺之言，使不肖子為萬世大逆之人也！」黃滾曰：「事已到此，悔之無益。當初原教你饒我一命，你不肯饒，我又何必怨尤！」不說黃滾父子在囹圄悲泣，且表韓榮既得了黃家父子功勳，又收拾黃家貨財珍寶等項，眾官設酒，與總兵賀功。大吹大擂，樂奏笙簧，眾官歡飲。韓榮正飲酒中間，乃商議解官點誰。余化曰：「元帥要解黃家父子，末將自去，方保無虞。」韓榮大喜，「必須先行一往，吾心方安。」當晚酒散。次日，點人馬三千，把黃犯官共計十一員，解往朝歌。眾官置酒與余化餞別。飲罷酒，一聲砲響，起兵往前進發。行八十里至界牌關。黃滾在陷車中，看見帥府廳堂依舊，誰知今作犯官，睹物傷情，不由淚落。關內軍民一齊來看，無不歎息流淚。

不說黃家父子在路，且言乾元山金光洞有太乙真人閒坐碧遊床，正運元神，忽心血來潮。看官：但凡神仙，煩惱、嗔痴、愛慾三事永忘，其心如石，再不動搖。心血來潮者，心中忽動耳。真人袖裡一掐，早知此事：「呀！黃家父子有厄，貧道理當救之。」喚金霞童兒：「請你師兄來。」童兒至桃園，見哪吒使鎗。童子曰：「師父有請。」哪吒收鎗，來至碧遊床下，倒身下拜：「弟子哪吒，不知師父喚弟子有何使用？」真人曰：「黃飛虎父子有難，你下山救他一番；送出汜水關，你可速回，不得有誤。久後你與他俱是一殿之臣。」哪吒原是好動的，心中大悅，慌忙收拾，打點下山；腳登風火二輪，提火尖鎗，離了乾元山，望穿雲關來。好快！怎生見得，有詩為證，詩曰：

腳踏風輪起在空，乾元道術妙無窮。週遊天下如風響，忽見穿雲眼角中。

話說哪吒踏風火二輪，霎時到穿雲關落下，來在一山崗上，看一會，不見動靜，站立多時只見那壁廂一枝人馬，旗旛招展，劍戟森嚴而來。哪吒想：「平白地怎就殺將起來？必定尋他一個不是處方可動手。」哪吒一時想起，作個歌兒來，歌曰：

「吾當生長不記年，只怕尊師不怕天。昨日老君從此過，也須送我一金磚。」

哪吒歌罷，腳登風火二輪，立於咽喉之徑。有探事馬飛報與余化：「啟老爺：有一人腳立車上，作歌。」余化傳令扎了營，催動火眼金睛獸，出營觀看。見哪吒立於風火輪上。怎見得，有詩為證，詩曰：

異寶靈珠落在塵，陳塘關內脫真神。九彎河下誅李艮，怒發抽了小龍筋。寶德門前敖光服，二上乾元現化身。三追李靖方認父，秘授火尖鎗一根。頂上揪巾光燦爛，水合袍束虎龍紋。金磚到處無遮擋，乾坤圈配混天綾。西岐屢戰成功績，立保周朝八百春。東進五關為前部，鎗展旗開迴絕倫。蓮花化身無壞體，八臂哪吒到處聞。

話說余化問曰：「登風火輪者乃是何人？」哪吒答曰：「吾久居此地，如有過往之人，不論官員皇帝，都要留些買路錢。你如今往那裡去？乞速送上買路錢，讓你好趕路。」余化大笑曰：「吾乃汜水關總兵韓榮前部將軍余化，今解反臣黃飛虎等官員往朝歌請功。你好大膽，敢阻路徑，作甚歌兒？可速退去，饒你性命。」哪吒曰：「你原來是捉將有功的，今往此處過；也罷，只送我十塊金磚，放你過去。」余化大怒，催開火眼金睛獸，搖方天畫戟飛來直取，哪吒手中鎗急架相還。二將交加，一場大戰，往來沖突。一個是七孤星，英雄猛虎；一個是蓮花化身的抖搜神威。哪吒乃仙傳妙法，比眾大不相同，把余化殺的力盡筋舒，掩一戟，揚長敗走。

哪吒曰：「吾來了！」往前正趕。余化回頭，見哪吒趕來，掛下方天畫戟，取出戮魂旛來，如前來拏哪吒。哪吒一見，笑曰：「此物是戮魂旛，何足為奇！」哪吒見數道黑氣奔來，哪吒只用手一招，便自接住，往豹皮囊中一塞，大叫曰：「有多少？一搭兒❶放將來罷！」余化見破了寶物，撥回走獸，來戰哪吒。哪吒想：「奉師命下山，來救黃家父子，恐余化泄了機，殺了黃家父子，反為不美。」左手提鎗，擋架方天戟，右手取金磚一塊，丟起空中，喝聲：「疾！」只見五采瑞臨天地暗，乾元山上寶生光。那磚落將下來，把余化頂盔上打了一磚，打的俯伏鞍韂，竅中噴血，倒拖畫戟敗走。哪吒趕了一程，自思：「吾奉師命，來救黃家父子，若貪追襲，可不誤了大事？」隨登轉雙輪，發一塊金磚，打得眾兵星飛雲散，瓦解冰消，各顧性命奔走。哪吒只見陷車中垢面蓬頭，厲聲大呼曰：「誰是黃將軍？」飛虎曰：「登輪者是誰？」哪吒答曰：「吾乃乾元山金光洞太乙真人門下，姓李，雙名哪吒。知將軍今有小厄，命吾下山相援。」武成王大喜。哪吒將金磚磕開陷車，將眾將放出，飛豹倒身拜謝。哪吒曰：「列位將軍慢行。我如今先與你把汜水關取了，等將軍們出關。」眾人稱謝：「多感盛德，立救殘喘，尚容叩謝。」各人將短器械執在手中，切齒咬牙，怒沖牛斗，隨後而行。

❶ 一搭兒：即全部。

且說余化敗回汜水關來，火眼金睛獸兩頭見日走千里，穿雲關至汜水一百六十里。韓榮在府內，正與眾將官飲酒作賀，歡心悅意，談講黃家事體。忽報：「先行官余化等令。」韓榮大驚：「去而復返，其中事有可疑。」忙令進見。正是：入門休問榮枯事，觀見容顏便得知。忙問曰：「將軍為何回來？面容失色，似覺帶傷。」余化請罪曰：「人馬行至穿雲關將近，有一人不通姓名，腳登風火二輪，作歌截路。末將會面，要我十塊金磚，方肯放行，末將不忿，與他大戰一場。那人鎗法精奇，末將只得回騎，欲用寶物拏他，方纔舉寶時，那人用手接去。末將不服，勒回騎與他交兵，見他手動處，不知取何物，只見黃光閃灼，被他把末將頸項打壞，故此敗回。」韓榮慌問曰：「黃家父子怎樣了？」余化答曰：「不知。」韓榮頓足曰：「一場辛苦，走了反臣，天子知道，吾罪怎脫！」眾將曰：「料黃飛虎前不能出關，退不能往朝歌，總兵速遣人馬，把守關隘，以防眾反叛脫逃。」正議間，探事官來報：「有一人腳登車輪，提鎗威武，稱名要七首將軍。」余化在旁答曰：「就是此人。」韓榮大怒，傳諸將上馬：「等吾擒之！」眾將得令，俱上馬出帥府，三軍蜂擁而來。哪吒登轉車輪，大呼曰：「余化早來見我，說一個明白！」韓榮一馬當先，問曰：「來者何人？」哪吒見韓榮戴束髮冠，金鎖甲，大紅袍，玉束引，點鋼鎗，銀合馬，答曰：「吾非別人，乃乾元山金光洞太乙真人門下，姓李，名哪吒；奉師命下山，特救黃家父子。方纔正遇余化，未曾打死，吾特來擒之。」韓榮曰：「截搶朝廷犯官，還來在此猖獗，甚是可惡！」哪吒曰：「成湯氣數該盡，西岐聖主已生。黃家乃西岐棟樑，正應上天垂象；爾等又何違背天命，而造此不測之禍哉？」韓榮大怒，縱馬搖鎗來取。哪吒登輪轉鎗相還，輪馬相交，未及數合，左右一齊圍遶上來。怎見得好一場大戰：

咚咚鼓響，雜彩旗搖。三軍齊吶喊，眾將俱鎗刀。哪吒鋼鎗生烈焰；韓榮馬上逞英雄。眾將精神雄似虎；哪吒像獅子把頭搖。眾將如狻猊擺尾，哪吒似攪海金鰲。火尖鎗猶如怪蟒，眾將兵殺氣滔滔。哪吒斬關落鎖施威武，韓榮阻擋英雄氣概高。天下兵戈從此起，汜水關前頭一遭。

話說哪吒火尖鎗是金光洞裡傳授，使法不同，出手如銀龍探爪，收鎗似走電飛虹。鎗挑眾將，紛紛落馬。眾將抵不住，各自逃生。韓榮捨命力敵。正酣戰之間，後有黃明、周紀、龍環、吳謙、飛彪、飛豹一齊殺來，大叫曰：「這去必定拏韓榮報讎！」且說余化沒奈何，奮勇催金睛獸，使畫杆戟，殺出府來。兩家混戰。哪吒見黃家眾將殺來，用手取金磚丟在空中，打將下來，正中守將韓榮，打了護心鏡，紛紛粉碎，落荒便走。余化大叫：「李哪吒勿傷吾主將！」縱獸搖戟來取，哪吒未及三四合，用鎗架住畫戟，豹皮囊內忙取乾坤圈打來，正中余化臂膊，打得筋斷骨折，幾乎墜獸，往東北上敗走。哪吒取汜水關。黃明等六將，只殺得關內三軍亂竄，任意勦除。次日，黃滾同飛虎等齊至，倒把韓榮府內之物一總裝在車輛上，載出汜水關，乃西岐地界，哪吒送至金雞嶺作別。黃滾與飛虎眾將感謝曰：「蒙公子垂救愚生，實出望外。不知何日再睹尊顏，稍效犬馬，以盡血誠。」哪吒曰：「將軍前途保重。我貧道不日也往西岐，後會有期，何必過譽。」眾人分別。哪吒回乾元山去了不題。

話說武成王同原舊三千人馬併家將等，一路上曉行夜住，高山路險，湍急水深。有詩為證，詩曰：

別卻朝歌歸聖主，五關成敗力難支。子牙從此刀兵動，準備四九伐西岐。

話說黃家眾將過了首陽山、桃花嶺，度了燕山，非止一日，到了西岐山。只七十里便是西岐城。武成王兵至岐山，安了營寨，稟過黃滾曰：「父親在上：孩兒先往西岐去見姜丞相。如肯納我等，就好進城；如不納我等，再做道理。」黃滾曰：「我兒言之甚善。」黃飛虎身穿縞素，上騎行七十里至西岐。看西岐景致：山川秀麗，風土淳厚，大不相同。只見行人讓路，禮別尊卑，人物繁盛，地利險阻。飛虎歎曰：「西岐稱為聖地，今果然民安物阜，的確是舜日堯天。」飛虎誇之不盡。進了城，問：「姜丞相府在那裡？」民人答曰：「小金橋頭便是。」黃飛虎行至小金橋，到了相府，對堂候官曰：「借重你稟丞相一聲，說朝歌黃飛虎求見。」堂候官擊雲板，請丞相升殿。子牙出銀安殿，堂候官將手本呈上。子牙看罷：「朝歌黃飛虎乃武成王也。今日至此，有甚麼事？」忙傳請見。子牙官服迎至儀門拱候。黃飛虎至滴水簷前下拜，子牙頂禮相還，口稱：「大王駕臨，姜尚不曾遠接，有失迎迓，望乞勿罪。」飛虎曰：「末將黃飛虎乃是難臣，今棄商歸周，如失林飛鳥，聊借一枝。倘蒙見納，黃飛虎感恩不淺！」子牙忙扶起，分賓主序坐。飛虎曰：「末將乃商之叛臣，怎敢列坐丞相之旁？」子牙曰：「大王言之太重！尚雖參列相位，昔曾在大王治下；今日何故太謙？」飛虎方纔告坐。子牙躬身請問曰：「大王何事棄商？」武成王曰：「紂王荒淫，權臣當道，不納忠良，專近小人。貪色不分晝夜，不以社稷為重，殘殺忠良，全無忌憚；大興土木，殘害萬民。今元旦，末將元配朝賀中宮，妲己設計，誣陷末將元配，以致墜樓而死。末將妹子在西宮，得知此情，上摘星樓明正其非，紂王偏向，又將吾妹抓宮衣，揪後鬢，摔下摘星樓，跌為虀粉。末將自揣：『君不正，臣投外國。』此亦禮之當然。故此反了朝歌，殺出五關，特來相投，願效犬馬。若肯納吾父子，乃丞相莫大之恩。」子牙大喜：「大王既肯相投，竭力扶持社稷，武王不勝幸甚！豈有不容納之理？請大王公館少憩，尚即入內庭見駕。」飛虎辭往公館不表。

且說子牙乘馬進朝，武王在顯慶殿閑坐。當駕官啟奏：「丞相候旨。」武王宣子牙進見，禮畢。王曰：「相父有何事見孤？」子牙奏曰：「大王萬千之喜！今成湯武成王黃飛虎棄紂投大王，此西土興旺之兆也。」武王曰：「黃飛虎可是朝歌國戚？」子牙曰：「正是。昔先王曾說誇官得受大恩，今既來歸，禮當請見。」傳旨相請。不一時，使命回旨：「黃飛虎候旨。」武王命宣。至殿前，飛虎倒身下拜：「成湯難臣黃飛虎願大王千歲！」武王答禮曰：「久慕將軍，德行天下，義重四方，施恩積德，人人瞻仰，真良心君子，何期相會，實三生之幸！」飛虎伏地奏曰：「荷蒙大王提拔，飛虎一門出陷穽之中，離網羅之內，敢不效駑駘之力，以報大王！」

武王問子牙曰：「昔黃將軍在商，官居何位？」子牙奏曰：「官拜鎮國武成王。」武王曰：「孤西岐只改一字罷，便封開國武成王。」黃飛虎謝恩。武王設宴，君臣共飲，席前把紂王失政細細說了一遍。武王曰：「君雖不正，臣禮宜恭，各盡其道而已。」武王諭子牙：「選吉日動工，與飛虎造王府。」子牙領旨。君臣席散。次日，黃飛虎上殿，謝恩畢，復奏曰：「臣父黃滾，同弟飛彪、飛豹，子黃天祿、天爵、天祥，義弟黃明、周紀、龍環、吳謙，家將一千名，人馬三千，未敢擅入都城，今住扎西岐山，請旨定奪。」武王曰：「既是有老將軍，傳旨速入都城，各各官居舊職。」西岐自得黃飛虎，遍地干戈起，紛紛士馬興。不知後事如何，且聽下回分解。

評

韓榮自恃余化，不從黃滾之請，孰意哪吒一來，化為烏有，反折去了許多家私：此所謂愛便宜處失便宜。大凡處天下事，俱不可認煞了。

又評

忙亡納叛，為古今所共惡。武王一納黃飛虎，兵戈竟無寧日。凡有家國生民之計者，幸無蹈此轍！

第三十五回　晁田兵探西岐事

黃家出寨若飛鳶，盼至西岐擬到天；兵過五關人寂寂，將來幾次血涓涓。
子牙妙算安周室，聞仲無謀改紂愆。縱有雄師皆離德，晁田空自涉風煙。

話說聞太師自從追趕黃飛虎至臨潼關，被道德真君一捏神砂退了聞太師兵回。太師乃碧遊宮金靈聖母門下；五行大道，倒海移山，聞風知勝敗，嗅土定軍情，怎麼一捏神砂，便自不知？大抵天數已歸周主，聞太師這一會陰陽交錯，一時失計。聞太師看著兵回，自己迷了。到得朝歌，百官聽候回旨，俱來見太師，問其追襲原故，太師把追襲說了一遍，眾官無言。聞太師沉吟半晌，自思：「縱黃飛虎逃去，左有青龍關張桂芳所阻；右有魔家四將可攔，中有五關，料他插翅也不能飛去。」忽聽得報：「臨潼關蕭銀開栓鎖，殺張鳳，放了黃飛虎出關。」太師不語。又報：「黃飛虎潼關殺陳桐。」又報：「穿雲關殺了陳梧。」又報：「界牌關黃滾縱子投西岐。」又報：「汜水關韓榮有告急文書。」聞太師看過，大怒曰：「吾掌朝歌先君托孤之重，不料當今失政，刀兵四起，先反東南二路。豈知禍生蕭牆❶，元旦災來，反了股肱重臣，追之不及，中途中計而歸，此乃天命。如今成敗未知，興亡怎定？吾不敢負先帝托孤之恩；盡人臣之節，以死報先帝可也。」命左右擂聚將鼓響。不一時，眾官俱至

❶ 蕭牆：論語季氏：「吾恐季孫之憂，不在顓頊，而在蕭牆之內也。」後人因言禍起於內者曰蕭牆之禍。

參謁。太師問：「列位將軍，今黃飛虎反叛，已歸姬發，必生禍亂，今不若先起兵，明正其罪，方是討伐不臣。爾等意下如何？」內有總兵官魯雄出而言曰：「末將啟太師：東伯侯姜文煥年年不息兵戈，使遊魂關竇榮勞心費力；南伯侯鄂順，月月三山關苦壞生靈，鄧九公睡不安枕。黃飛虎今雖反出五關，太師可點大將鎮守，嚴備關防，料姬發縱起兵來，中有五關之阻，左右有青龍、佳夢二關，飛虎縱有本事，亦不能有為，又何勞太師怒激。方今二處干戈未息，又何必生此一方兵戈，自尋多事。況如今庫藏空虛，錢糧不足，還當酌量。古云：『大將者，必戰守通明，方是安天下之道。』」太師曰：「老將軍之言雖是，猶恐西土不守本分，倘生禍亂，吾安得而無準備？況西岐南宮适勇冠三軍，散宜生謀謨百出，又有姜尚乃道德之士，不可不防。一著空虛百著空，臨渴掘井，悔之何及！」魯雄曰：「太師若是猶豫未決，可差一二將，出五關打聽西岐消息：如動，則動；如止，則止。」太師曰：「將軍之言是也。」隨問左右：「誰為我往西岐走一遭？」內有一將應聲曰：「末將願往。」來者乃佐聖上將軍晁田，見太師欠背打躬曰：「末將此去，一則探虛實；二則觀西岐進退巢穴。」入目便知興廢事，三寸舌動可安邦。有詩為證：

> 願探西岐虛實情，提兵三萬出都城。子牙妙策權施展，管取將軍謁聖明。

話說聞太師見晁田欲往，大悅。點人馬三萬，即日辭朝，出朝歌。一路上只見：

> 轟天炮響，震地鑼鳴。轟天炮響，汪洋大海起春雷；震地鑼鳴，萬仞山前飛霹靂。人如猛虎離山，馬似蛟龍出水。旗旛擺動，渾如五色祥雲；劍戟輝煌，卻似三冬瑞雪。迷空殺氣罩乾坤，遍地征雲籠宇宙。征夫勇猛要爭先，虎將鞍韉持利刃。銀盔蕩蕩白雲飛，鎧甲鮮明光燦爛。滾滾人行如泄水，滔滔馬走似狻猊。

話說晁田、晁雷人馬出朝歌，渡黃河，出五關，曉行夜住，非止一日。哨探馬報：「人馬至西岐。」晁田傳令安營。點炮靜營，三軍吶喊，兵扎西門。

且說子牙在相府閒坐，忽聽有喊聲震地，子牙問左右：「為何有喊殺之聲？」不時有報馬至府前：「啟老爺：朝歌人馬扎西門，不知何事。」子牙默思：「成湯何事起兵來侵？」傳令擂鼓聚將。不一時，眾將上殿參謁。子牙曰：「成湯人馬來侵，不知何故？」眾將僉曰不知。

且說晁田安營，與弟共議：「今奉太師命，來探西岐虛實，原來也無準備。今日往西岐見陣，如何？」晁雷曰：「長兄言之有理。」晁田上馬提刀，往城下請戰。子牙正議，探馬報稱：「有將搦戰。」子牙問曰：「誰去問虛實走一遭？」言未畢，大將南宮适應聲出曰：「末將願往。」子牙許之。南宮适領一枝人馬出城，排開陣勢，立馬旗門，看時，乃是晁雷。南宮适曰：「晁將軍慢來！今天子無故以兵加西土，卻是為何？」晁雷答曰：「吾奉天子敕命，聞太師軍令，問不道姬發，自立武王，不遵天子之諭，收叛臣黃飛虎，情殊可恨！汝可速進城，稟你主公，早早把反臣獻出，解往朝歌，免你一郡之殃。若待遲延，悔之何及！」南宮适笑曰：「晁雷，紂王罪惡深重，醢大臣，不思功績；斬元銑，有失司天；造炮烙，不容諫言；設蠆盆，難及深宮；殺叔父，剖心療疾；起鹿臺，萬姓遭殃；欺臣妻，五倫盡滅；寵小人，大壞綱常。吾主坐守西岐，奉法守仁，君尊臣敬，子孝父慈，三分天下，二分歸西，民樂安康，軍心順悅。你今日敢將人馬侵犯西岐，乃是自取辱身之禍。」晁雷大怒，縱馬舞刀來取南宮适。

南宮适舉刀赴面相迎。兩馬相交，雙刀併舉，一場大戰。南宮适與晁雷戰有三十回合，把晁雷只殺得力盡筋舒，那裡是南宮适敵手！被南宮适賣一個破綻，生擒過馬，望下一摔，繩縛二背，得勝鼓響，推進西岐。南宮适至相府聽令。左右報于子牙，命：「令來。」南宮适進殿，子牙問出戰勝負。南宮适曰：「晁雷來伐西岐，末將生擒，聽令指揮。」子牙傳令：「推來！」左右把晁雷推至滴水簷前，晁雷立而不跪。子牙曰：「晁雷既被吾將擒來，為何不屈膝求生？」晁雷豎目大喝曰：「汝不過編籬賣麵一小人，吾乃天朝上國命臣，不幸被擒，有死而已，豈肯屈膝！」子牙命：「推出斬首！」眾人將晁雷推出去了。兩邊大小眾將聽晁雷罵子牙之短，眾將暗笑子牙出身淺薄。子牙乃何等人物，便知眾將之意。

子牙謂諸將曰：「晁雷說吾編籬賣麵，非辱吾也。昔伊尹乃莘野匹夫，後輔成湯，為商股肱，只在遇之遲早耳。」傳令：「將晁雷斬訖來報！」只見武成王黃飛虎出曰：「丞相在上：晁雷只知有紂，不知有周，末將敢說此人歸降，後來伐紂，亦可得其一臂之力。」子牙許之。黃飛虎出相府，見晁雷跪候行刑。飛虎曰：「晁將軍！」晁雷見武成王至，不語。飛虎曰：「你天時不識，地利不知，人和不明。三分天下，周土已得二分。東南西北，俱不屬紂。紂雖強勝一時，乃老健春寒耳。紂之罪惡得罪于天下百姓，兵戈自無休息。況東南士馬不寧，天下事可知矣。武王文足安邦，武可定國。想吾在紂官拜鎮國武成王，到此只改一字——開國武成王。天下歸心，悅而從周。武王之德，乃堯舜之德，不是過耳。吾今為你力勸丞相，准將軍歸降，可保簪纓萬世。若是執迷，行刑令下，難保性命，悔之不及。」晁雷被黃飛虎一篇心語，心明意朗，口稱：「黃將軍，方纔末將抵觸了子牙，恐不肯赦免。」飛虎曰：「你有歸降之心，吾當力保。」晁雷曰：「既蒙將軍大恩保全，實是再生之德，末將敢不如命。」且說飛虎復進內見子牙，備言晁雷歸降一事。子牙曰：「殺降誅服，是為不義。黃將軍既言，傳令放來。」晁雷至簷下，拜伏在地，「末將一時鹵莽，冒犯尊顏，理當正法。荷蒙赦宥，感德如山。」子牙曰：「將軍既真心愛國，赤膽佐君，皆是一殿之臣，同是股肱之佐，何罪之有！將軍今已歸周，城外人馬可調進城來。」晁雷曰：「城外營中，還有末將的兄晁田見在營裡。待末將出城，招來同見丞相。」子牙許之。

不說晁雷歸周，話說晁田在營，忽報：「二爺被擒。」晁田心下不樂：「聞太師令吾等來探虛實，今方出戰，不料被擒，挫動鋒銳。」言未了，又報：「二爺轅門下馬。」晁雷進帳見兄。晁田曰：「言你被擒，為何而返？」晁雷曰：「弟被南宮适擒見子牙，吾當面深辱子牙一番，將吾斬首。有武成王一篇言語，說的我肝膽盡裂。吾今歸周，請你進城。」晁田聞言，大罵曰：「該死匹夫！你信黃飛虎一片巧言，降了西土，你與反賊同黨，有何面見聞太師也！」晁雷曰：「兄長不知，今不但吾等歸西，天下尚且悅而歸周。」晁田曰：「天下悅而歸周，吾也知之；你我歸降，獨不思父、母、妻、子俱見在朝歌？吾等雖得安康，臨令父母遭其誅戮，你我心裡安樂否？」晁雷曰：「為今之計奈何？」晁田曰：「你快上馬，須當如此如此，以掩其功，方好回見太師。」晁雷依計上馬，進城至相府，見子牙曰：「末將領令，招兄晁田歸降，吾兄願從麾下。只是一件；末將兄說：奉紂王旨意征討西岐，此係欽命，雖末將被擒歸周，而吾兄如束手來見，恐諸將後來借口。望丞相擡舉，命一將至營，招請一番，可存體面。」子牙曰：「原來令兄要請，方進西岐。」子牙問曰：「左右，誰去請晁田走一遭？」左有黃飛虎言曰：「末將願往。」子牙許之。二將出相府去了。子牙令辛甲、辛免領簡帖速行，二將得令去了。子牙令南宮适領簡帖速行，南宮适亦領令去訖不表。

且說黃飛虎同晁雷出城，至營門，只見晁田轅門躬身欠背，迎迓武成王，口稱：「千歲請！」飛虎進了三層圍子裡，晁田喝聲：「拏了！」兩邊刀斧手一齊動手，撓鉤搭住，卸袍服，繩纏索綁。飛虎大罵：「你負義逆賊！恩將讎報！」晁田曰：「踏破鐵鞋無覓處，得來全不費功夫。正要擒反叛解往朝歌，你今來的湊巧。」傳令起兵速回五關！有詩為證：

晁田設計擒周將，妙算何如相父明。畫虎不成類為犬，弟兄綑縛進都城。

話說晁田兄弟欣然而回，砲聲不響，人無喊聲，飛雲掣電而走。行過三十五里，兵至龍山口，只見兩杆旗搖，布開人馬，高聲大叫：「晁田，早早留下武成王！吾奉姜丞相命，在此久候多時了！」晁田怒曰：「吾不傷西岐將佐，焉敢中途搶截朝廷犯官！」縱馬舞刀來戰。辛甲使開斧，赴面交還。兩馬相交，刀斧併舉，大戰二十回合。辛免見辛甲的斧勝似晁田，自思：「既來救黃將軍，須當上前。」催馬使斧，殺進營來。晁雷見辛免馬至，理屈詞窮，舉刀來戰。戰未數合，晁雷情知中計，撥馬落荒便走。辛免將官兵殺散，救了黃飛虎。飛虎感謝，走騎出來，看辛甲大戰晁田。武成王大怒曰：「吾有恩與晁田，這個賊狼心之徒！」縱騎持短兵來戰。未及數合，早被黃將軍擒下馬來，拏繩纏二背。武成王指面大罵曰：「逆賊！你欺心定計擒我，豈能出姜丞相奇謀妙算？天命有在！」便把晁田解回西岐不表。

且說晁雷得命逃歸，有路就走，路徑生疏，迷蹤失徑，左串右串，只在西岐山內。走到二更時分，方上大路，只見前面有夜不收燈籠高挑。晁雷嚇的便走，鑾鈴響處，忽聽得炮聲吶喊，當頭一將乃南宮适也。燈光影裡，晁雷曰：「南將軍，放一條生路，後日恩當重報。」南宮适曰：「不須多言，早早下馬受縛！」晁雷大怒，舞刀來戰。那裡是南宮适敵手，大喝一聲，生擒下馬。兩邊將繩索綁縛，拏回西岐來。此時天色微明，黃飛虎在相府前伺候。南宮适也回來，飛虎稱謝畢。少時間，聽得鼓響，眾將參謁。左右報：「辛甲回。」令至殿前，曰：「末將奉令，龍山口擒了晁田，救了黃將軍，在府前聽令。」

令：「來。」飛虎感謝曰：「若非丞相救拔，幾乎遭逆黨毒手。」子牙曰：「來意可疑，吾故知此賊之詭詐矣，故令三將于二處伺候，果不出吾之所料。」又報：「南宮适聽令。」令至殿前。南宮适曰：「奉命岐山把守，二更時分，果擒晁雷，請令定奪。」子牙傳令：「來！」把二將推至簷下。子牙大喝曰：「匹夫！用此詭計，怎麼瞞得過我！此皆是兒曹之輩！」令：「推出斬了！」軍政官得令，把二將簇擁推出相府。只聽晁雷大叫：「冤枉！」

子牙笑曰：「明明暗算害人，為何又稱冤枉？」吩咐左右：「推回晁雷來。」子牙曰：「匹夫！弟兄謀害忠良，指望功高歸國，不知老夫豫已知之。今既被擒，理當斬首，何為冤枉？」晁雷曰：「丞相在上：天下歸周，人皆盡知。吾兄言，父母俱在朝歌，子歸真主，父母遭殃。自思無計可行，故設小計。今被丞相看破，擒歸斬首，情實可矜。」子牙曰：「你既有父母在朝歌，與我共議，設計搬取家眷；為何起這等狼心？」晁雷曰：「末將才庸智淺，並無遠大之謀，早告明丞相，自無此厄也。」道罷，淚流滿面。子牙曰：「你可是真情？」晁雷曰：「末將若無父母，何說此言，黃將軍盡知。」子牙問：「黃將軍，晁雷可有父母？」飛虎答曰：「有。」子牙曰：「既有父母，此情是實。」傳令：「把晁田放回。」二將跪拜在地。子牙道：「將晁田為質，晁雷領簡帖，如此如此，往朝歌搬取家眷。」晁雷領令往朝歌。不知凶吉如何，且聽下回分解。

評

聞太師興兵問罪，亦理之當然，但不可聚用晁氏弟兄，無謀之將，遂令後來一發不可收拾。周之反商，未嘗非天意使然。倘當日先遣一能言之士，奉尺一之書，責以不當招亡納叛，擅命封爵，則武王子牙縱聖神哲，亦無以解此二罪也。惜太師之不出此也！

第三十六回　張桂芳奉詔西征

奉詔西征剖玉符，旙幢飄颺映長途。驚看畫戟翻錢豹，更羨冰花拂劍鳧。
張桂擒軍稱號異，風林打將仗珠殊。縱然智巧皆亡敗，無奈天心惡獨夫。

話說晁雷離了西岐，星夜進五關，過澠池，渡黃河，往朝歌，非止一日，進了都城，先至聞太師府來。太師正在銀安殿閒坐，忽報：「晁雷等到。」太師急令至簷前，忙問西岐光景。晁雷答曰：「末將兵至西岐，彼時有南宮适搦戰。末將出馬，大戰三十合，未分勝敗，兩家鳴金。次日，晁田大戰辛甲，辛甲敗回。連戰數日，勝敗未分。奈因汜水關韓榮不肯應付糧草，三軍慌亂。大抵糧草乃三軍之性命，末將不得已，故此星夜來見太師，望乞速發糧草，再加添兵卒，以作應援。」聞太師沉吟半晌，曰：「前有火牌令箭，韓榮為何不發糧草應付？晁雷，你點三千人馬，糧一千，星夜往西岐接濟。等老夫再點大將，共破西岐，不得遲誤。」晁雷領令，速點三千人馬，糧草一千，暗暗來帶家小，出了朝歌，星夜往西岐去了。有詩為證：

妙算神機世所稀，太公用計亦深微。當時慢道欺聞仲，此後征誅事漸非。

話說聞太師發三千人馬，糧草一千，命晁雷去了三四日。忽然想起：「汜水關韓榮為何不肯支應？其中必有緣故！」太師焚香，將三個金錢搜求八卦妙理玄機，算出其中情由，太師拍案大呼曰：「吾失打點，反被此賊誆了家小去了！氣殺吾也！」欲點兵追趕，去之已遠。隨問徒弟吉立、余慶：「今何人可伐西岐？」吉立曰：「老爺欲伐西岐，非青龍關張桂芳不可。」太師大悅，隨發火牌令箭，差官往青龍關去訖。一面又點神威大將軍丘引，交代鎮守關隘。

話說晁雷人馬出了五關，至西岐，回見子牙，叩頭在地：「丞相妙計，百發百中。今末將父母妻子俱進都城。丞相恩德，永矢不忘！」又把見聞太師的話說了一遍。子牙曰：「聞太師必點兵前來征伐，此處也要防禦打點。」有場大戰，按不下表。

且說聞太師的差官到了青龍關，張桂芳得了太師令箭、火牌。交代官乃神威大將軍丘引。張桂芳把人馬點十萬，先行官姓風名林，乃風后苗裔。等至數日，丘引來到，交代明白。張桂芳一聲炮響，十萬雄師盡發；過了些府、州、縣、道，夜住曉行。怎見得，有詩為證：

浩浩旌旗滾，翩翩繡帶飄。鎗纓紅似火，刀刃白如鐐。斧列宣花樣，旛搖豹尾旓。鞭鐗瓜槌棍，征雲透九霄。三軍如猛虎，戰馬怪龍梟。鼓擂春雷震，鑼鳴地角遙。桂芳為大將，西岐事更昭。

話說張桂芳大隊人馬上路，非止一日。哨探馬報入中軍：「啟總兵：人馬已到西岐。」離城五里安營，放炮吶喊，設下寶帳，先行參謁。桂芳按兵不動。話說西岐報馬入相府：「張桂芳領十萬人馬，南門安營。」子牙陞殿，聚將共議退兵之策。子牙曰：「黃將軍，張桂芳用兵如何？」飛虎曰：「丞相下問，末將不得不以實陳。」子牙曰：「將軍何故出此言？吾與你皆係大臣，為主心腹，何故說不得不實陳者何也？」飛虎曰：「張桂芳乃左道旁門術士，有幻術傷人。」子牙曰：「有何幻術？」飛虎曰：「此術異常。但凡與人交兵會戰，必先通名報姓。如末將叫黃某，正戰之間，他就叫：『黃飛虎不下馬更待何時！』末將自然下馬。故有此術，似難對戰。丞相須吩咐眾位將軍，但遇桂芳交戰，切不可通名。如有通名者，無不獲去之理。」子牙聽罷，面有憂色。旁有諸將不服此言的，道：「豈有此理！那有叫名便下馬的？若這等，我百員官將只消叫的百十聲，便都拏盡。」眾將官俱各含笑而已。

且說張桂芳命先行官風林先往西岐見頭陣。風林上馬，往西岐城下請戰。報馬忙進相府：「啟丞相：有將搦戰。」子牙問：「誰見首陣走一遭？」內有一將，乃文王殿下姬叔乾也。此人性如烈火，因夜來聽了黃將軍的話，故此不服，要見頭陣。上馬提鎗出來。只見翠藍旛下，一將面如藍靛，髮似硃砂，獠牙生上下。怎見得：

花冠分五角，藍臉映鬚紅。金甲袍如火，玉帶扣玲瓏。
手提狼牙棒，烏騅猛似熊。胸中藏錦繡，到處定成功。
封神為弔客，先鋒自不同。大紅旛上寫，首將姓為風。

話說姬叔乾一馬至軍前，見來將甚是兇惡，問曰：「來將可是張桂芳？」風林曰：「非也。吾乃張總兵先行官風林是也，奉詔征討反叛。今爾主無故背德，自立武王，又收反臣黃飛虎，助惡成害。天兵到日，尚不引頸受戮，乃敢拒敵大兵？快早通名來，速投棒下！」姬叔乾大怒曰：「天下諸侯，人人悅而歸周，天命已是有在，怎敢侵犯西土，自取死亡？今日饒你，只叫張桂芳出來！」風林大罵：「反賊焉敢欺吾！」縱馬使兩根狼牙棒飛來直取。姬叔乾搖鎗急架相還。二馬相交，鎗棒並舉，一場大戰。怎見得：

二將陣前各逞，鑼鳴鼓響人驚。該因世上動刀兵，不由心頭發恨。鎗來那分上下，棒去兩眼難睜。你拏我，誅身報國輔明君；我捉你，梟首轅門號令。

二將戰有三十餘合，未分勝敗。姬叔乾鎗法傳授神妙，演習精奇，渾身罩定，毫無滲漏。風林是短家伙，攻不進長鎗去，被姬叔乾賣個破綻，叫聲：「著打！」風林左腳上中了一鎗。風林撥馬逃回本營。姬叔乾縱馬趕來，不知風林乃左道之士，逞勢追趕。風林雖是帶傷，法術無損；回頭見叔乾趕來，口裡念念有詞，把口一張，一道黑煙噴出，就化為一網，裡邊現一粒紅珠，有碗口大小，望姬叔乾劈臉打來。可憐！姬殿下乃文王第十二子，被此珠打下馬來。風林勒回馬，復一棒打死，梟了首級，掌鼓回營，見張桂芳報功。桂芳令轅門號令。

且說西岐敗殘人馬進城，報于姜丞相。子牙知姬叔乾陣亡，鬱鬱不樂。武王知弟死，著實傷悼。諸將切齒。次日，張桂芳大隊排開，坐名請子牙答話。子牙曰：「不入虎穴，焉得虎子。」隨傳令：「擺五方隊伍。」兩邊擺列鞭龍降虎將，打陣眾英豪。出城，只見對陣旗旛腳下有一將，銀盔素鎧，白馬長鎗，上下似一塊寒冰，如一堆瑞雪。怎見得：

頂上銀盔排鳳翅，連環素鎧似秋霜。白袍暗現團龍滾，腰束羊脂八寶鑲。護心鏡射光明顯，四稜鐧掛馬鞍旁。銀合馬走龍出海，倒提安邦白杵鎗。胸中煉就無窮術，授秘玄功實異常。青龍關上聲名遠，紂王駕下紫金梁，素白旗上書大字：奉敕西征張桂芳。

話說張桂芳見子牙人馬出城，隊伍齊整，紀法森嚴，左右有雄壯之威，前後有進退之法。金盔者，英風赳赳；銀盔者，氣概昂昂。一對對出來，著實驍勇。又見子牙坐青騌馬，一身道服，落腮銀鬚，手提雌雄寶劍。怎見得，有西江月為證：

魚尾金冠鶴氅，絲絛雙結乾坤。雌雄寶劍手中擰，八卦仙衣內襯。善能移山倒海，慣能撒豆成兵。仙風道骨果神清，極樂神仙臨陣。

張桂芳又見寶纛旛下，武成王黃飛虎坐騎提鎗，心下大怒，一馬闖至軍前，見子牙而言曰：「姜尚，你原為紂臣，曾受恩祿，為何又背朝廷，而助姬發作惡，又納叛臣黃飛虎，復施詭計，說晁田降周；惡大罪深，縱死莫贖。吾今奉詔親征，速宜下馬受縛，以正欺君叛國之罪。尚敢抗拒天兵，只待踏平西土，玉石俱焚，那時悔之晚矣。」子牙馬上笑曰：「公言差矣！豈不聞『賢臣擇主而仕，良禽相木而棲』，天下盡反，豈在西岐！料公一忠臣，也不能輔紂王之稔惡❶。吾君臣守法奉公，謹修臣節。今日提兵，侵犯西土，乃是公來欺我，非我欺足下。倘忽失利，遺笑他人，深為可惜。不如依吾拙諫，請公回兵，此為上策。毋得自取禍端，以遺伊戚❷。」桂芳曰：「聞你在崑崙學藝數年，你也不知天地間有無窮變化。據你所言，就如嬰兒作笑，不識輕重，你非智者之言。」令先行官：「與吾把姜尚拏了！」風林走馬出陣，沖殺過來。只見子牙旗門角下一將，連人帶馬，如映金赤日瑪瑙一般，縱馬舞刀，迎敵風林，乃大將軍南宮适；也不答話，刀棒並舉，一場大戰。怎見得：

二將陣前把臉變，催開戰馬心不善。這一個指望萬載把名標；那一個聲名留在金鑾殿。這一個鋼刀起去似寒冰；那一個棒舉虹飛驚紫電。自來惡戰果蹊蹺，二虎相爭心膽顫。

話說二將交兵，只殺的征雲遶地，鑼鼓喧天。且說張桂芳在馬上又見武成王黃飛虎在子牙寶纛旛腳下，怒納不住，縱馬殺將過來。黃飛虎也把五色神牛催開，大罵：「逆賊！怎敢沖吾陣腳！」牛馬相交，

❶ 稔惡：累積之惡。

❷ 以遺伊戚：以留下悲戚。伊，語辭，無意義。

雙鎗並舉，惡戰龍潭。張桂芳仗胸中左道之術，一心要擒飛虎。二將酣戰，未及十五合，張桂芳大叫：「黃飛虎不下騎更待何時！」飛虎不由自己，撞下鞍鞽。軍士方欲上前擒獲，只見對陣上一將，乃是周紀，飛馬沖來，掄斧直取張桂芳；黃飛彪、飛豹二將齊出，把飛虎搶去。周紀大戰桂芳。張桂芳掩一鎗就走，周紀不知其故，隨後趕來。張桂芳知道周紀，大叫一聲：「周紀不下馬更待何時！」周紀弔下馬來。及至眾將救時，已被眾士卒生擒活捉，拏進轅門。

且說風林戰南宮适；風林撥馬就走，南宮适也趕去，被風林如前，把口一張，黑煙噴出，煙內現碗口大小一粒珠，把南宮适打下馬來，生擒去了。張桂芳大獲全勝，掌鼓回營。子牙收兵進城，見折了二將，鬱鬱不樂。

且說張桂芳陞帳，把周紀、南宮适推至中軍，張桂芳曰：「立而不跪者何也？」南宮适大喝：「狂詐匹夫！將身許國，豈惜一死！既被妖術所獲，但憑汝為，有甚閒說！」桂芳傳令：「且將二人因于陷車之內，待破了西岐，解往朝歌，聽聖旨發落。」不題。次日，張桂芳親往城下搦戰。探馬報入丞相府曰：「張桂芳搦戰。」子牙因他開口叫名字便落馬，故不敢傳令，且將免戰牌掛出去。張桂芳笑曰：「姜尚被吾一陣便殺得免戰牌高懸！」故此按兵不動。

且說乾元山金光洞太乙真人坐碧遊床運元神，忽然心血來潮，早知其故；命金霞童兒：「請你師兄來。」童兒領命，來桃園見哪吒，口稱：「師兄，老爺有請。」哪吒至蒲團下拜。真人曰：「此處不是你久居之所。你速往西岐，去佐你師叔姜子牙，可立你功名事業。如今三十六路兵伐西岐，你可前去輔佐明君，以應上天垂象。」哪吒滿心歡喜，即刻辭別下山；上了風火輪，提火尖鎗，斜掛豹皮囊，往西岐來。怎見得好快，有詩為證：

風火之聲起在空，遍遊天下任西東；乾坤頃刻須臾到，妙理玄功自不同。

話說哪吒頃刻來到西岐，落了風火輪，找問相府。左右指引小金橋是相府。哪吒至相府下輪。左右報入：「有一道童求見。」子牙不敢忘本，傳令請來。哪吒至殿前，倒身下拜，口稱師叔。子牙問曰：「你是那裡來的？」哪吒答曰：「弟子是乾元山金光洞太乙真人徒弟，姓李，名哪吒；奉師命下山，聽師叔左右驅使。」子牙大喜，未及溫慰，只見武成王出班，稱謝前救援之德。哪吒問：「有何人在此伐西岐？」黃飛虎答曰：「有青龍關張桂芳，左道驚人，連擒二將。姜丞相故懸免戰牌在外。」哪吒曰：「吾既下山來佐師叔，豈有袖手旁觀之理。」哪吒來見子牙曰：「師叔在上：弟子奉師命下山，今懸免戰，此非良策；弟子願去見陣，張桂芳可擒也。」子牙許之，傳令去了免戰牌。彼時探馬報與張桂芳，「西岐摘了免戰牌。」

桂芳謂先行風林曰：「姜子牙連日不出戰，那裡取得救兵來了？今日摘去免戰牌，你可去搦戰。」先行風林領兵出營，城下搦戰。探馬報入相府。哪吒答言曰：「弟子願往。」子牙曰：「是必小心。桂芳左道，呼名落馬。」哪吒答曰：「弟子見機而作。」即登風火輪，開門出城。見一將藍靛臉，硃砂髮，兇惡多端，用狼牙棒，走馬出陣，見哪吒腳踏二輪，問曰：「汝是何人？」哪吒答曰：「吾乃姜丞相師姪李哪吒是也。爾可是張桂芳，專會呼名落馬的？」風林曰：「非也。吾乃先行官風林。」哪吒曰：「饒你不死，只喚出張桂芳來！」風林大怒，縱馬使棒來取。哪吒手內鎗兩相架隔。輪馬相交，鎗棒併舉，大戰城下。有詩為證：

下山首戰會風林，發手成功豈易尋。不是武王洪福大，西岐城下事難禁。

話說二將大戰二十回合，風林暗想：「觀哪吒道骨稀奇，若不下手，恐受他累。」掩一棒，撥馬便走。哪吒隨後趕來。前走一似猛風吹敗葉，後隨恰如急雨打殘花。風林回頭一看，見哪吒趕來，把口一張，噴出一道黑煙，煙裡現碗口大小一珠，劈面打來。哪吒笑曰：「此術非是正道。」哪吒用手一指，其煙自滅。風林見哪吒破了他的法術，厲聲大叫：「氣殺吾也！敢破吾法術！」勒馬復戰，被哪吒豹皮囊取出那乾坤圈丟起，正打風林左肩甲，只打的筋斷骨折，幾乎落馬，敗回營去。哪吒打了風林，立在轅門，坐名要張桂芳。且說風林敗回進營，見桂芳備言前事。又報：「哪吒坐名搦戰。」張桂芳大怒，忙上馬提鎗出營，一見哪吒耀武揚威，張桂芳問曰：「踏風火輪者可是哪吒麼？」哪吒答曰：「然。」張桂芳曰：「你打吾先行官，是爾？」哪吒大喝一聲：「匹夫！說你善能呼名落馬，特來擒爾！」把鎗一晃來取，桂芳急架相迎。輪馬相交，雙鎗併舉，好場惡殺：一個是蓮花化身靈珠子，一個是封神榜上一喪門❸。有賦為證：

征雲籠宇宙，殺氣遶乾坤！這一個展鋼鎗，要安社稷；那一個踏雙輪，發手無存。這一個為江山以身報國；那一個爭世界豈肯輕論？這個似金鰲攪海；那個似大蟒翻身。幾時纔罷干戈事，老少安康見太平。

話說張桂芳大戰哪吒三四十回合。哪吒鎗乃太乙仙傳，使開鎗如飛電遶長空，似風聲吼玉樹。張桂芳雖是鎗法精熟，也自雄威力敵，不能久戰；隨用道術，要擒哪吒。桂芳大呼曰：「哪吒不下輪來更待何

❸ 喪門：叢辰名。歲之凶神，主死喪哭泣之事。

時！」哪吒也吃一驚，把腳蹬定二輪，卻不得下來。桂芳見叫不下輪來，大驚：「老師秘授之叫語捉將，道名拏人，往常響應，今日為何不準！」只得再叫一聲，哪吒只是不理。連叫三聲，哪吒大罵：「失時匹夫！我不下來憑我，難道勉強叫我下來！」張桂芳大怒，努力死戰。哪吒把鎗緊一緊，似銀龍翻海底，如瑞雪滿空飛，只殺的張桂芳力盡筋舒，遍身汗流。哪吒把乾坤圈飛起來打張桂芳。不知性命如何，且聽下回分解。

評

子牙設計，令晁雷誆家眷，原是平常家數，無甚精奇，而聞太師之中計，亦是理之可信者。但係兩家敵國，須要檢點精察；不然，以千里懸度，不為其所欺者幾希！忽略之過，聞仲不能辭其責。

第三十七回　姜子牙一上崑崙

子牙初返玉京來，遙見瓊樓香霧開。綠水流殘人世夢，青山消盡帝王才。
軍民有難干戈動，將士多災異術催。無奈封神天意定，岐山方去築新臺。

話說哪吒一乾坤圈把張桂芳左臂打得筋斷骨折，馬上晃了三四晃，不曾閃下馬來。哪吒得勝進城，探馬報入相府，令哪吒來見。子牙問曰：「與張桂芳見陣，勝負如何？」哪吒曰：「被弟子乾坤圈打傷左臂，敗進營裡去了。」子牙又問：「可曾叫你名字？」哪吒曰：「桂芳連叫三次，弟子不曾理他罷了。」眾將不知其故。但凡精血成胎者，有三魂七魄，被桂芳叫一聲，魂魄不居一體，散在各方，自然落馬；哪吒乃蓮花化身，渾身俱是蓮花，那裡有三魂七魄，故此不得叫下輪來。

且說張桂芳打傷左臂，先行官風林又被打傷，不能動履，只得差官用告急文書，往朝歌見聞太師求援不表。

且說子牙在府內自思：「哪吒雖則取勝，恐後面朝歌調動大隊人馬，有累西土。」子牙沐浴更衣，來見武王。朝見畢，武王曰：「相父見孤，有何緊事？」子牙曰：「臣辭主公，往崑崙山去一遭。」武王曰：「兵臨城下，將至濠邊，國內無人，相父不可逗留高山，使孤盼望。」子牙曰：「臣此去，多則三朝，少則兩日，即時就回。」武王許之。子牙出朝，回相府，對哪吒曰：「你與武吉好生守城，不必與張桂芳廝殺；待我回來，再作區畫。」哪吒領命。子牙吩咐已畢，隨借土遁往崑崙山來。怎見得，有詩為證：

玄裡玄空玄內空，妙中妙法妙無窮。五行道術非凡術，一陣清風至玉宮。

話說子牙從土遁到得麒麟崖，落下土遁，見崑崙光景，嗟歎不已。自想：「一離此山，不覺十年。如今又至，風景又覺一新。」子牙不勝眷戀。怎見得好山：

煙霞散彩，日有搖光。千株老栢，萬節修篁。千株老栢帶雨，滿山青染染；萬節修篁含煙，一徑色蒼蒼。門外奇花布錦，橋邊瑤草生香。嶺上蟠桃紅錦爛，洞門茸草翠絲長。時聞仙鶴唳，每見瑞鸞翔。仙鶴唳時，聲振九皐霄漢遠；瑞鸞翔處，毛輝五色彩雲光。白鹿玄猿時隱現，青獅白象任行藏。細觀靈福地，果乃勝天堂。

子牙上崑崙，過了麒麟崖，行至玉虛宮，不敢擅入；在宮前等候多時，只見白鶴童子出來。子牙曰：「白鶴童兒，與吾通報。」白鶴童子見是子牙，忙入宮至八卦臺下，跪而啟曰：「姜尚在外聽候玉旨。」元始點首：「正要他來。」童兒出宮，口稱：「師叔，老爺有請。」子牙臺下倒身拜伏：「弟子姜尚願老師父聖壽無疆！」元始曰：「你今上山正好。命南極仙翁取封神榜與你。可往岐山造一封神臺。臺上張掛封神榜，把你的一生事俱完畢了。」子牙跪而告曰：「今有張桂芳，以左道旁門之術，征伐西岐。弟子道理微末，不能治伏。望老爺大發慈悲，提拔弟子。」元始曰：「你為人間宰相，受享國祿，稱為『相父』。凡間之事，我貧道怎管得你的盡？西岐乃有德之人坐守，何怕左道旁門。事到危急之處，自有高人相輔。此事不必問我，你去罷。」子牙不敢再問，只得出宮。纔出宮門首，有白鶴童兒曰：「師叔，老爺請你。」子牙聽得，急忙回至八卦臺下跪了。

元始曰：「此一去，但凡有叫你的，不可應他。若是應他，有三十六路征伐你。東海還有一人等你，務要小心。你去罷。」子牙出宮，有南極仙翁送子牙。子牙曰：「師兄，我上山參謁老師，懇求指點，以退張桂芳，老師不肯慈悲，奈何，奈何！」南極仙翁曰：「上天數定，終不能移。只是有人叫你，切不可應他，著實要緊！我不得遠送你了。」子牙捧定封神榜，往前行至麒麟崖，纔駕土遁，腦後有人叫：「姜子牙！」子牙曰：「當真有人叫，不可應他。」後邊又叫：「子牙公！」也不應。又叫：「姜丞相！」也不應。連聲叫三五次，見子牙不應，那人大叫曰：「姜尚，你忒薄情而忘舊也！你今就做丞相，位極人臣，獨不思在玉虛宮與你學道四十年，今日連呼你數次，應也不應！」子牙聽得如此言語，只得回頭看，見一道人。怎見得，有詩為證：

頭上青巾一字飄，迎風大袖襯輕綃。麻鞋足下生雲霧，寶劍光華透九霄。
葫蘆裡面長生術，胸內玄機隱六韜。跨虎登山隨地走，三山五嶽任逍遙。

話說子牙一看，原來是師弟申公豹。子牙曰：「兄弟，吾不知是你叫我。我只因師尊吩咐，但有人叫我，切不可應他。我故此不曾答應。得罪了！」申公豹問曰：「師兄手裡拿著是甚麼東西？」子牙曰：「是封神榜。」公豹曰：「那裡去？」子牙道：「往西岐造封神臺，上面張掛。」申公豹曰：「師兄，你如今保那個？」子牙笑曰：「賢弟，你說混話！我在西岐，身居相位，文王托孤與我，立武王，三分天下，周土已得二分，八百諸侯悅而歸周，吾今保武王，滅紂王，正應上天垂象。豈不知鳳鳴岐山，兆應真命之主。今武王德配堯舜，仁合天心；況成湯王氣黯然，此一傳而盡。賢弟反問，卻是為何？」

申公豹曰：「你說成湯王氣已盡，我如今下山，保成湯，扶紂王。子牙，你要扶周，我和你掣肘❶。」子牙曰：「賢弟，你說那裡話！師尊嚴命，怎敢有違？」申公豹曰：「子牙，我有一言奉稟，你聽我說，有一全美之法，到不如同我保紂滅周。一來你我弟兄同心合意，二來你我弟兄又不至參商，此不是兩全之道，你意下如何？」子牙正色言曰：「兄弟言之差矣！今聽賢弟之言，反違師尊之命。況天命人豈敢逆，決無此理。兄弟請了！」申公豹怒色曰：「姜子牙！料你保周，你有多大本領，道行不過四十年而已。你且聽我道來。有詩為證：

煉就五行真妙訣，移山倒海更通玄。降龍伏虎隨吾意，跨鶴乘鸞入九天。
紫氣飛昇千萬丈，喜時火內種金蓮。足踏霞光閒戲耍，逍遙也過幾千年。」

話說子牙曰：「你的功夫是你得，我的功夫是我得，豈在年數之多寡？」申公豹曰：「姜子牙，你不過五行之術，倒海移山而已，你怎比得我？似我，將首級取將下來，往空中一擲，遍遊千萬里，紅雲托接，便入頸項上，依舊還元返本，又復能言。似此等道術，不枉學道一場。你有何能，敢保周滅紂！你依我燒了封神榜，同吾往朝歌，亦不失丞相之位。」子牙被申公豹所惑，暗想：「人的頭乃六陽之首，刎將下來，遊千萬里，復入頸項上，還能復舊，有這樣的法術，自是稀罕。」乃曰：「兄弟，你把頭取下來。果能如此起在空中，復能依舊，我便把封神榜燒了，同你往朝歌去。」申公豹曰：「不可失信！」子牙曰：「大丈夫一言既出，重若泰山，豈有失信之理。」申公豹去了道巾，執劍在手，左手提住青絲，右手將劍一刎，把頭割將下來，其身不倒；復將頭望空中一擲，那顆頭盤盤旋旋，只管上去了。子牙乃忠

❶掣肘：比喻阻撓他人做事。孔子家語：「宓子使臣書而掣肘。」

厚君子，仰面呆看，其頭旋得只見一些黑影。不說子牙受惑，且說南極仙翁送子牙不曾進宮去，在宮門前少憩片時，只見申公豹乘虎趕子牙，趕至麒麟崖，指手畫腳講論；又見申公豹的頭遊在空中。仙翁曰：「子牙乃忠厚君子，險些兒被這孽障惑了！」忙喚：「白鶴童兒在那裡？」童子答曰：「弟子在。」「你快化一隻白鶴，把申公豹的頭銜了，往南海走走來。」童子得法旨，便化鶴飛起，把申公豹的頭銜著往南海去了。有詩為證：

左道旁門惑子牙，仙翁妙算更無差。邀仙全在申公豹，四九兵來亂似麻。

話說子牙仰面觀頭，忽見白鶴銜去。子牙跌足大呼曰：「孽障！怎的把頭銜去了？」不知南極仙翁從後來，把子牙後心一巴掌。子牙回頭看時，乃是南極仙翁。子牙忙問曰：「道兄，你為何又來？」仙翁指子牙曰：「你原來是一個獃子！申公豹乃左道之人，此乃些小幻術，你也當真！只用一時三刻，其頭不到頸上，自然冒血而死。師尊吩咐你，不要應人，你為何又應他！你應他不打緊，有三十六路兵馬來伐你。方纔我在玉虛宮門前，看著你和他講話。他將此術惑你，你就要燒封神榜；倘或燒了此榜，怎麼了？我故叫白鶴童兒化一隻仙鶴，銜了他的頭往南海去，過了一時三刻，死了這孽障，你纔無患。」子牙曰：「道兄，你既知道，可以饒了他罷。道心無處不慈悲，憐恤他多年道行，數載功夫，丹成九轉❷，龍交虎成，真為可惜！」南極仙翁曰：「你饒了他，他不饒你。那時三十六路兵來伐你，莫要懊悔！」子牙就說：「後面有兵來伐我，我怎肯忘了慈悲，先行不仁不義。」不言子牙哀求南極仙翁。且說申公豹被仙鶴銜去了頭，不得還體，心內焦躁，過一時三刻，血出即死，左難右難。且說子牙

❷ 丹成九轉：道家燒煉金丹，有九轉之說。轉，循環變化之意。轉變多則藥力足，故以九轉為貴。

懇求仙翁，仙翁把手一招，只見白鶴童子把嘴一張，放下申公豹的頭落將下來。不意落忙了，把臉落的朝著脊背。申公豹忙把手端著耳朵一磨，纔磨正了。把眼睜開看，見南極仙翁站立。仙翁大喝一聲：「你這該死孽障！你把左道惑弄姜子牙，使他燒燬封神榜，令子牙保紂滅周，這是何說？該拏到玉虛宮，見掌教老師去纔好！」叱了一聲：「還不退去！姜子牙，你好生去罷。」申公豹慚愧，不敢回言，上了白額虎，指子牙道：「你去！我叫你西岐頃刻成血海，白骨積如山！」申公豹恨恨而去不表。

話說子牙捧封神榜，駕土遁往東海來。正行之際，飄飄的落在一座山上。那山玲瓏剔透，古怪崎嶇，峰高嶺峻，雲霧相連，近于海島。有詩為證：

海島峰高生怪雲，崖旁檜栢翠氤氳。巒頭風吼如猛虎，拍浪穿梭似破軍。
異草奇花香馥馥，青松翠竹色紛紛。靈芝結就清靈地，真是蓬萊迥不群。

話說子牙貪看此山景物，堪描堪畫，「我怎能了卻紅塵，來到此間團瓢靜坐，朗誦黃庭，方是吾心之願。」話未了，只見海水翻波，旋風四起，風逞浪，浪翻雪練；水起波，波滾雷鳴；霎時間雲霧相連，陰霾四合，籠罩山峰。子牙大驚曰：「怪哉！怪哉！」正看間，見巨浪分開，現一人赤條條的，大叫：「大仙！遊魂埋沒千載，未得脫體；前日清虛道德真君符命，言今日今時，法師經過，使遊魂伺候。望法師大展威光，普濟遊魂，超出煙波，拔離苦海，洪恩萬載！」子牙仗著膽子問曰：「你是誰，在此興波作浪，有甚沉冤？實實道來。」那物曰：「遊魂乃軒轅黃帝總兵官栢鑑也。因大破蚩尤，被火器打入海中，千年未能出劫。萬望法師指超福地，恩同泰山。」子牙曰：「你乃栢鑑，聽吾玉虛法牒，隨往西岐山去候用。」把手一放，五雷響亮，振開迷關，速超神道。栢鑑現身拜謝，子牙大喜，隨駕土遁往西岐山來。霎時風響，來到山前，只見狂風大作。怎見得好風，有詩為證：

細細微微播土塵，無影過樹透荊榛；太公仔細觀何物，卻似朝歌五路神。

當時子牙一看，原來是五路神來接。大呼曰：「昔在朝歌，蒙恩師發落，往西岐山伺候；今知恩師駕過，特來遠接。」子牙曰：「吾擇吉日，起造封神臺，用栢鑑監造。若是造完，將榜張掛，吾自有妙用。」子牙吩咐栢鑑：「你就在此督造，待臺完，吾來開榜。」五路神同栢鑑領法旨，在岐山造臺。

子牙回西岐，至相府，武吉、哪吒迎接，至殿中坐下，就問：「張桂芳可曾來搦戰？」武吉回曰：「不曾。」子牙往朝中見武王回旨。武王宣子牙至殿前，行禮畢。武王曰：「相父往崑崙，事體何如？」子牙只得模糊答應，把張桂芳事掩蓋，不敢洩漏天機。武王曰：「相父為孤勞苦，孤心不安。」子牙曰：「老臣為國，當得如此，豈憚勞苦。」武王傳旨設宴。與子牙共飲數杯。子牙謝恩回府。次日，點鼓聚將，參謁畢。子牙傳令：「眾將官領箭帖。」先令黃飛虎領令箭，哪吒領令箭，又令辛甲、辛免領令箭。子牙發放已畢。

且說張桂芳被哪吒打傷臂膊，正在營中保養傷痕，專候朝歌援兵，不知子牙劫營。二更時分，只聽得一聲砲響，喊聲齊起，震動山岳，慌忙披掛上馬。風林也上了馬。及至出營，遍地周兵，燈毬火把，照耀天地通紅，喊殺連聲，山搖地動。只見轅門哪吒登風火輪，搖了尖鎗，沖殺而來，勢如猛虎。張桂芳見哪吒，不戰自走。風林在左營，見黃飛虎騎五色神牛，使鎗沖殺進來。風林大怒：「好反叛賊臣！焉敢黃夜劫營，自取死也！」縱青騌馬，使兩根狼牙棒來取飛虎。牛馬相逢，夜間混戰。且說辛甲、辛免往右營沖殺，營內無將抵當，任意縱橫，只殺到後寨，見周紀、南宮适監在陷車中，忙殺開紂兵，打開陷車救出，二將步行，搶得利刃在手，只殺得天崩地裂，鬼哭神愁，裡外夾攻，如何抵敵？張桂芳與風林見不是勢頭，只得帶傷逃歸。遍地屍橫，滿地血水成流。三軍叫苦，棄鼓丟鑼，自己踐踏，死者不計其數。張桂芳連夜敗走至西岐山，收拾敗殘人馬。風林上帳，與主將議事。桂芳曰：「吾自來提兵，未嘗有敗。今日在西岐損折許多人馬，心上甚是不樂。」忙修告急本章，送請朝歌速發援兵，共破反叛。

且說子牙收兵，得勝回營，眾將懽騰，齊聲唱凱。正是：

鞍上將軍如猛虎，得勝小校似懽彪。

話說張桂芳遣官進朝歌，來至太師府下文書。聞太師陞殿，聚將鼓響，眾將參謁。堂候官將張桂芳申文呈上。太師拆開一看，大驚曰：「張桂芳征伐西岐，不能取勝，反損兵挫銳，老夫須得親征，方克西土。奈因東南兩路，屢戰不寧；又見遊魂關總兵竇榮不能取勝；方今賊盜亂生，如之奈何！吾欲去，家國空虛；吾不去，不能克服。」只見門人吉立上前言曰：「今國內無人，老師怎麼親征得？不若於三山五嶽之中，可邀一二位師友，往西岐協助張桂芳，大事自然可定，何勞老師費心，有傷貴體。」只這一句話，斷送修行人兩對，封神臺上且標名。不知凶吉何如，且聽下回分解。

評

張桂芳身為大將，豈有不提防劫寨，以致一敗塗地？其行軍欠嚴之律，桂芳不能辭責，子牙不得專美矣。

又評

子牙雖是忠厚，未免失之於獃，申公豹必扭轉而遁，更呆似子牙。南極仙翁不聽子牙說，彼時只將他頭拏去，免了無限唇舌。

第三十八回　四聖西岐會子牙

王道從來先施仁，妄加征伐自沉淪。趨名戰士如奔浪，逐劫神仙似斷鱗。
異術奇珍誰個是，爭強圖霸孰為真。不如閉目深山坐，樂守天真養自身。

話說聞太師聽吉立之言，忽然想起海島道友，拍掌大笑曰：「只因事冗雜，終日碌碌，為這些軍民事務，不得寧暇，把這些道友都忘卻了。不是你方纔說起，幾時得海宇清平。」吩咐吉立：「傳眾將知道：三日不必來見。你與余慶好生看守相府，吾去三兩日就回。」太師騎了墨麒麟，掛兩根金鞭，把麒麟頂上角一拍，麒麟四足自起風雲，霎時間週遊天下。有詩為證：

四足風雲聲響亮，鱗生霧彩映金光；週遊天下須臾至，方顯玄門道術昌。

話說聞太師來至西海九龍島，見那些海浪滔滔，煙波滾滾，把坐騎落在崖前。只見那洞門外，異花奇草般般秀，檜栢青松色色新。正是：只有仙家來往處，那許凡人到此間。正看玩時，見一童兒出，太師問曰：「你師父在洞否？」此童兒答曰：「家師在裡面下棋。」太師曰：「你可通報：商都聞太師相訪。」童兒進洞來，啟老師曰：「商都聞太師相訪。」只見四位道人聽得此言，齊出洞來，大笑曰：「聞兄，那一陣風兒吹你到此？」聞太師一見四人出來，滿面笑容相迎，竟邀至裡面，行禮畢，在蒲團坐下。四位道人曰：「聞兄自那裡來？」太師答曰：「特來進謁。」道人曰：「吾等避跡荒島之中，有何見諭，特至此地？」太師曰：「吾受國恩，與先王之託，官居相位，統領朝綱重務。今西岐武王駕下姜尚，乃崑崙門下，仗道欺公，助姬發作反。前差張桂芳領兵征伐，不能取勝。奈因東南又亂，諸侯猖獗，吾欲西征，恐家國空虛，自思無計，愧見道兄。若肯借一臂之力，扶危拯弱，以鋤強暴，實聞仲萬千之幸。」頭一位道人答曰：「聞兄既來，我貧道一往，救援桂芳，大事自然可定。」只見第二位道人曰：「要去四人齊去，難道說王兄為得聞兄，吾等便就不去？」聞太師聽罷大喜。此乃是四聖，也是封神榜上之數：頭一位姓王名魔，二位姓楊名森，三位姓高名友乾，四位姓李名興霸。是靈霄殿四將。看官：大抵神道原是神仙做，只因根行淺薄，不能成正果朝元，故成神道。且說王魔曰：「聞兄先回，俺們隨後即至。」聞太師曰：「承道兄大德，求即幸臨，不可羈滯。」王魔曰：「吾把童兒先將坐騎送往岐山，我們即來。」聞太師上了墨麒麟回朝歌不表。且說王魔等四人，一齊駕水遁往朝歌來。怎見得，有詩為證：

　　五行之內水為先，不用成舟不駕船；大地乾坤頃刻至，碧遊宮內聖人傳。

話說四位道人到朝歌，收了水遁進城。朝歌軍民一見，嚇得魂不附體：王魔戴一字巾，穿水合服，面如滿月；楊森蓮子箍，似陀頭打扮，穿皂服，面如鍋底，鬚似硃砂，兩道黃眉；高友乾挽雙孤髻，穿大紅服，面如藍靛，髮似硃砂，上下獠子；李興霸戴魚尾金冠，穿淡黃服，面如重棗，一部長髯，俱有一丈五六尺長，愰愰蕩蕩。眾民看見，伸舌咬指。王魔問百姓曰：「聞太師府在那裡？」有大膽的答曰：「在正南二龍橋就是。」四道人來至相府，太師迎入，施禮畢，傳令：「擺上酒來。」左道之內，俱用葷酒，持齋者少。五位傳杯。次日，聞太師入朝見紂王，言：「臣請得九龍島四位道者，往西岐破武王。」紂王曰：「太師為孤佐國，何不請來相見？」太師領旨。不一時，領四位道人進殿來。紂王一見，魂不附體，好兇惡像貌！道人見紂王曰：「衲子❶稽首了！」紂王曰：「道者平身。」傳旨：「命太師與朕代禮，顯慶殿陪宴。」太師領旨，紂王回宮。且說五位在殿權飲，王魔曰：「聞兄，待吾等成了功來，再會酒罷，我們去也。」四位道人離了朝門，太師送出朝歌。太師自回府中不表。

且說四位道人駕水遁往西岐山來，霎時到了，落下水遁，到張桂芳轅門。探馬報入：「有四位道長至轅門候見。」張桂芳聞報，出營接入中軍。張桂芳、風林參謁。王魔見二將欠身不便，問曰：「聞太師請俺們來助你，你想必著傷？」風林把臂膊被哪吒打傷之事說了一遍，王魔曰：「與吾看一看。……呀！原來是乾坤圈打的。」葫蘆中取一粒丹，口嚼碎了搽上，即時痊癒。桂芳也來求丹，王魔一樣治度。又問：「西岐姜子牙在那裡？」張桂芳曰：「此處離西岐七十里，因兵敗至此。」王魔曰：「快起兵往西岐城去！」彼時張桂芳傳令，一聲砲響，三軍吶喊，殺奔西岐，東門下寨。

子牙在相府，正議連日張桂芳敗兵之事。探事馬報來：「張桂芳起兵在東門安營。」子牙與眾將言曰：「張桂芳此來，必求有援兵在營，各要小心。」眾將得令。

且說王魔在帳中坐下，對張桂芳曰：「你明日出陣前，坐名要姜子牙出來。吾等俱隱在旗旛腳下；待他出來，我們好會他。」楊森曰：「張桂芳、風林，你把這符貼在你的馬鞍轎上，各有話說。我們的坐騎乃是奇獸；戰馬見了，骨軟筋酥，焉能站立。」二將領命。且說次日，張桂芳全班甲冑，上馬至城下，坐名只要姜子牙答話。報馬進相府報：「張桂芳請丞相答話。」子牙不把張桂芳放在心上，料只如此，傳令擺五方隊伍出城。砲聲響亮，城門大開。只見：

---

❶ 衲子：僧人。此道人自稱。

青旛招展，一池荷葉舞青風；素帶施張，滿苑梨花飛瑞雪。紅旛閃灼，燒山烈火一般同；皂蓋飄搖，烏雲蓋住鐵山頂。杏黃旗磨動，護中軍戰將；英雄如猛虎，兩邊擺列眾英豪。

話說寶纛旛下，子牙騎青騌馬，手提寶劍。桂芳一馬當先。子牙曰：「敗軍之將，又有何面目至此？」張桂芳曰：「勝敗軍家常事，何得為愧？今非昔比，不可欺敵！」言還未畢，只聽得後面鼓響，旗旛開處，走出四樣異獸：王魔騎狴犴，楊森騎狻猊，高友乾騎的是花斑豹，李興霸騎的是猙獰，四獸沖出陣來。子牙兩邊戰將都跌翻下馬，連子牙也撞下鞍鞽。這些戰馬經不起那異獸惡氣沖來，戰馬都骨軟筋酥。內中只是哪吒風火輪，不能動搖；黃飛虎騎五色神牛，不曾挫銳；以下都跌下馬來。四道人見子牙跌得冠斜袍綻，大笑不止，大呼曰：「不要慌，慢慢起來！」子牙忙整衣冠，再一看時，見四位道人好兇惡之相：臉分青、白、紅、黑，各騎古怪異獸。子牙打稽首曰：「四位道兄，那座名山？何處洞府？今到此間，有何吩咐？」

子牙道罷，王魔曰：「姜子牙，吾乃九龍島煉氣士王魔、楊森、高友乾、李興霸也。你我俱是道門。只因聞太師相招，特地在此。我等莫非與子牙解圍，並無他意。不知子牙可依得貧道三件事情？」子牙曰：「道兄吩咐，莫說三件，便三十件也可以依得。但說無妨。」王魔曰：「頭一件：要武王稱臣。」子牙曰：「道兄差矣。吾主公武王，原是商臣，奉法守公，並無欺上，何不可之有？」王魔曰：「第二件：開了庫藏，給散三軍賞賜。第三件：將黃飛虎送出城，與張桂芳解回朝歌。你意下如何？」子牙曰：「道兄吩咐，極是明白；容尚回城，三日後作表，敢煩道兄帶回朝歌謝恩，再無他議。」兩邊舉手：「請了！」正是：且說三事權依允，二上崑崙走一遭。

話說子牙同眾將進城，入相府陞殿坐下。只見武成王跪下曰：「請丞相將我父子解送桂芳行營，免累武王。」子牙忙忙扶起，曰：「黃將軍，方纔三件事，乃權宜暫允他，非有他意。彼騎的俱是怪獸，眾將未戰，先自落馬，挫動銳氣，故此將機就計，且進城再作他處。」黃將軍謝了子牙，眾將散訖。子牙乃香湯沐浴，吩咐武吉、哪吒防守。子牙駕土遁，二上崑崙，往玉虛宮而來。有詩為證：

道術傳來按五行，不登霧彩最輕盈。須臾直過扶桑徑，咫尺行來至玉京。

且說子牙到了玉虛宮，不敢擅入。候白鶴童子出來，子牙曰：「白鶴童兒，通報一聲。」白鶴童子至碧遊床，跪而言曰：「啟老爺：師叔姜尚在宮外候法旨。」元始吩咐：「命來。」子牙進宮，倒身下拜。元始曰：「九龍島王魔等四人在西岐伐你，他騎的四獸，你未曾知道。此物乃萬獸朝蒼之時，種種各別，龍生九種，色相不同。白鶴童子，你往桃園裡把我的坐騎牽來。」白鶴童子往桃園內，牽了四不相來。怎見得，有詩為證：

麟頭豸尾體如龍，足踏祥光至九重。四海九洲隨意遍，三山五嶽霎時逢。

童兒把四不相牽至，元始曰：「姜尚，也是你四十年修行之功，與貧道代理封神，今把此獸與你騎往西岐，好會三山、五嶽、四瀆之中奇異之物。」又命南極仙翁取一木鞭，長三尺六寸五分，有二十一節，每一節有四道符印，共八十四道符印，名曰打神鞭；子牙跪而接受。又拜懇曰：「望老師大發慈悲！」元始曰：「你此一去，往北海過，還有一人等你。貧道將此中央戊己之旗付你。旗內有簡，臨迫之際，當看此簡，便知端的。」子牙叩首辭別，出玉虛宮。南極仙翁送子牙至麒麟崖。子牙上了四不相，把頂上角一拍，那獸一道紅光起去，鈴聲響亮，往西岐來。正行之間，那四不相飄飄落在一座山上。山近連海島。怎見得好山：

千峰排戟，萬仞開屏。日映嵐光輪嶺外，雨收岱色冷含煙。藤纏老樹，雀占危岩。奇花瑤草，修竹喬松。幽鳥啼聲近，滔滔海浪鳴。重重谷壑芝蘭繞，處處巉崖苔蘚生。起伏巒頭龍脈好，必有高人隱姓名。

話說子牙看罷山景，只見山腳下一股怪雲捲起，雲過處生風，風響處見一物，好生蹺蹊古怪。怎見得：

頭似駝，猙獰兇惡；項似鵝，挺折梟雄。鬚似蝦，或上或下；耳似牛，凸暴雙睛。身似魚，光輝燦爛；手似鷹，電灼鋼鉤；足似虎，鑽山跳澗。龍分種降下異彩，採天地靈氣，受日月之精。發手運石多玄妙，口吐人言蓋世無。龍與豹交真可羨，來扶明主助皇圖。

話說子牙一見，魂不附體，嚇了一身冷汗。那物大叫一聲曰：「但吃姜尚一塊肉，延壽一千年！」子牙聽罷：「原來是要吃我的。」那東西又一跳將來，叫：「姜尚，我要吃你！」子牙曰：「吾與你無隙無仇，為何要吃我？」妖怪答曰：「你休想逃脫今日之厄！」子牙把杏黃旗輕輕展開，看裡面簡帖，原來如此。子牙曰：「那孽障，我該是你口裡食，料應難免。你只把我杏黃旗兒拔起來，我就與你吃；拔不起來，恕命。」子牙把旗望地上一戳，那旗長二丈有餘。那妖怪伸手來拔，拔不起來，兩隻手拔，也拔不起；用陰陽手拔，也拔不起來；便將雙手扳到旗根底下，把頭頸子掙的老長的，也拔不起來。子牙把手望空中一撒，五雷正法，雷火交加，一聲響，嚇的那東西要放手，不意把手長在旗上了。子牙喝一聲：「好孽障！吃吾一劍！」那物叫曰：「上仙饒命！念吾不識上仙玄妙，此乃申公豹害了我！」

子牙聽說申公豹的名字，子牙問曰：「你要吃我，與申公豹何干？」妖怪答曰：「上仙，吾乃龍鬚虎也。自少昊時生我，採天地靈氣，受陰陽精華，已成不死之身。前日申公豹往此處過，說：『今日今時姜子牙過時，若吃他一塊肉，延年萬載。』故此一時愚昧，大膽欺心，冒犯上仙。不知上仙道高德隆，自古是慈悲道德，可憐念我千年辛苦，修開十二重樓，若赦一生，萬年感德！」子牙曰：「據你所言，你拜吾為師，我就饒你。」龍鬚虎曰：「願拜老爺為師。」子牙曰：「既如此，你閉了目。」龍鬚虎閉目。只聽得空中一聲雷響，龍鬚虎雙手離開，倒身下拜，子牙北海收了龍鬚虎為門徒。子牙問曰：「你在此山，可曾學得些道術？」龍鬚虎答曰：「弟子善能發手有石。隨手放開，便有磨盤大石頭，飛蝗驟雨，打的滿山灰土迷天，隨發隨應。」子牙大喜：「此人用之劫營，到處可以成功。」子牙收了杏黃旗，隨帶龍鬚虎，上了四不相，逕往西岐城，落下坐騎，來至相府。眾將迎接，猛見龍鬚虎在子牙後邊，眾將嚇的痴獃了：「姜丞相惹了邪氣來了！」子牙見眾將猜疑，笑曰：「此是北海龍鬚虎也，乃是我收來門徒。」眾將進到府，參謁已畢。子牙問城外消息，武吉曰：「城外不見動靜。」子牙打點一場大戰。

且說張桂芳在營五日，不見子牙出城來犒賞三軍，把黃飛虎父子解到營裡來，乃對四位道人曰：「老師，姜尚五日不見消息，其中莫非有詐？」王魔曰：「他既依允，難道失信與我等！西岐城管教他血滿城池，尸成山嶽。」又過三日，楊森對王魔曰：「道兄，姜子牙至八日還不出來，我們出去會他，問個端的。」張桂芳曰：「姜尚那日見勢不好，將言俯就；姜尚外有忠誠，內懷奸詐。」楊森曰：「既如此，我等出去。若是誘哄我等，我們只消一陣成功，早與你班師回去。」風林傳下令去，一聲砲響，三軍吶喊，殺至城下，請子牙答話。探事馬報入相府。子牙帶哪吒、龍鬚虎、武成王，騎四不相出城。王魔一見大怒：「好姜尚！你前日跌下馬去，卻原來往崑崙山借四不相，要與俺們見個雌雄！」把狴犴一磕，執劍來取子牙。旁有哪吒登開風火輪，搖火尖鎗大叫：「王魔少待傷吾師叔！」沖殺過來。輪獸相交，鎗劍並舉，好場大戰！怎見得：

兩陣旛搖擂戰鼓，劍鎗交加霞光吐。鎗是乾元秘授來，劍法冰山多威武。哪吒發怒性剛強；王魔寶劍誰敢阻。哪吒是乾元山上寶和珍；魔王一心要把成湯輔。鎗劍並舉沒遮攔，只殺的兩邊兒郎尋鬥賭。

話說二將大戰，哪吒使發了那一條鎗與王魔力敵。正戰間，楊森騎著狻猊，見哪吒鎗來得利害，劍乃短家伙，招架不開。楊森在豹皮囊中取一粒開天珠，劈面打來，正中哪吒，打翻下風火輪去。王魔急來取首級，早有武成王黃飛虎催開五色神牛，把鎗一擺，沖將過來，救了哪吒。王魔復戰飛虎。楊森二發奇珠，黃飛虎乃是馬上將軍，怎經得一珠，打下坐騎來。早被龍鬚虎大叫曰：「莫傷吾大將，我來了！」王魔一見大驚：「是個甚麼妖精出來！」怎見得：

古怪蹊蹺相，頭大頸子長。獨足只是跳，眼內吐金光。身上鱗甲現，兩手似鉤鎗。煉成奇異術，發手磨盤強。但逢龍鬚虎，不死也著傷。

話說高友乾騎著花斑豹，見龍鬚虎兇惡，忙取混元寶珠，劈臉打來，正中龍鬚虎的脖子，打的扭著頭跳。左右救回黃飛虎。王魔、楊森二騎來擒子牙。子牙只得將劍招架，來往沖殺。子牙左右無佐，三將著傷，救回去了。不防李興霸把劈地珠照子牙打來，正中前心。子牙噯呀一聲，幾乎墜騎，帶四不相望北海上逃走。王魔曰：「待吾去拏了姜尚。」來趕子牙，似飛雲風捲，如弩箭離弦。子牙雖是傷了前心，聽的後面趕來，把四不相的角一拍，起在空中。王魔笑曰：「總是道門之術！你欺我不會騰雲。」把狴犴一拍，也起在空中，隨後趕來。子牙在西岐有七死三災，此是遇四聖，頭一死。王魔見趕不上子牙，復取開天珠望後心一下，把子牙打翻下騎來，骨碌碌滾下山坡，面朝天，打死了。四不相站在一旁。王魔下騎，來取子牙首級。忽然聽的半山中作歌而來：

野水清風拂柳，池中水面飄花。借問安居何處，白雲深處為家。

話說王魔聽歌，看時，乃五龍山雲霄洞文殊廣法天尊。王魔曰：「道兄來此何事？」廣法天尊答曰：「王道友，姜子牙害不得！貧道奉玉虛宮符命在此，久等多時。只因五事相湊，故命子牙下山：一則成湯氣數已盡；二則西岐真主降臨；三則吾闡教犯了殺戒；四則姜子牙該享西地福祿，身膺將相之權；五則與玉虛宮代理封神。道友，你截教中逍遙自在，無拘無束，為甚麼惡氣紛紛，雄心赳赳。可知道你那碧遊宮上有兩句說的好：

緊閉洞門，靜誦黃庭三兩卷；身投西土，封神臺上有名人。

你把姜尚打死，雖死還有回生時候。道友，依我，你好生回去，這還是一月未缺；若不聽吾言，致生後悔。」王魔曰：「文殊廣法天尊，你好大話！我和你一樣規矩，怎言月缺難圓？難道你有名師，我無教主！」王魔動了無明之火，持劍在手，睁睛欲來取文殊廣法天尊。只見天尊後面有一道童，挽抓髻，穿淡黃服，大叫：「王魔少待行兇，我來了！」廣法天尊門徒金吒是也；擇劍直奔王魔。王魔手中劍對面交還。來往盤旋，惡神厮殺。有詩為證：

來往交還劍吐光，二神鬥戰五龍崗，行深行淺皆由命，方知天意滅成湯。

話說王魔、金吒惡戰山下，文殊廣法天尊取出一物，此寶在玄門為遁龍樁，後在釋門為七寶金蓮。上有三個金圈，往上一舉，落將下來。王魔急難逃脫，頸子上一圈，腰上一圈，足下一圈，直立的靠定此樁。金吒見寶縛了王魔，手起劍落。不知性命如何，且聽下回分解。

評

聞太師自己不動身，又送四個人死；雖然如此，也是他四人要尋事做，不肯靜坐深山，保守天真，致此。

又評

子牙遇王魔已被打死，幸得文殊救免，雖死而實未曾死。如此等死法，便是百死無妨；只恐今人學此方法，便是斷根絕命。

第三十九回　姜子牙冰凍岐山

四聖無端欲逆天，仗他異術弄狂顛。西來有分封神客，北伐方知證果仙。
幾許雄才消此地，無邊惡孽造前愆。雪飛七月冰千尺，尤費顛連喪九泉。

話說金吒一劍，把王魔斬了。一道靈魂往封神臺來，清福神栢鑑用百靈旛引進去了。廣法天尊收了此寶，望崑崙下拜：「弟子開了殺戒。」命金吒把子牙背負上山，將丹藥用水研開，灌入子牙口內。不一時，子牙醒回，看見廣法天尊，曰：「道兄，我如何於此處相會？」天尊答曰：「原是天意，定該如此，不由人耳。」過了一二時辰，命金吒：「你同師叔下山，協助西土；我不久也要來。」遂扶子牙上了四不相，回西岐。廣法天尊將土掩了王魔尸骸不表。

且說西岐城不見姜丞相，眾將慌張。武王親至相府，差探馬各處找尋。子牙同金吒至西岐，眾將同武王齊出相府。子牙下騎。武王曰：「相父兵敗何處？孤心甚是不安！」子牙曰：「老臣若非金吒師徒，決不能生還矣。」金吒參謁武王，會了哪吒，二人自在一處。子牙進府調理。

且說成湯營裡楊森見王魔得勝，追趕子牙，至晚不見回來。楊森疑惑：「怎麼不見回來？」忙忙袖中一算，大叫一聲：「罷了！」高友乾、李興霸齊問原因。楊森怒曰：「可惜千年道行，一旦死於五龍山！」三位道人怒髮沖冠，一夜不安。次日上騎，城下搦戰，只要子牙出來答話，探馬報入相府。子牙著傷未癒，只見金吒曰：「師父，既有弟子在此保護，出城定要成功。」子牙從計，上騎開城。見三位道人咬牙大罵曰：「好姜尚！殺吾道兄，勢不兩立！」三騎齊出來戰。子牙旁有金吒、哪吒二人。金吒兩口寶劍，那哪吒登開風火輪，使開火尖鎗抵敵。五人交兵，只殺得靄靄紅雲籠宇宙，騰騰殺氣罩山河。子牙暗想：「吾師所賜打神鞭，何不祭起？」

子牙將神鞭丟起，空中只聽雷鳴火電，正中高友乾頂上，打得腦漿迸出，死於非命；一魂已入封神臺去了。楊森見高道兄已亡，吼一聲來奔子牙；不防哪吒將乾坤圈丟起，楊森方欲收此寶，被金吒將遁龍樁祭起，遁住楊森，早被金吒一劍，揮為兩段；一道靈魂也進封神臺去了。張桂芳、風林見二位道長身亡，縱馬使鎗，風林使狼牙棒，沖殺過來。李興霸騎猙獰，撑方楞鐧殺來。金吒步戰，哪吒使一根鎗，兩家混戰。只聽西岐城裡一聲砲響，走出一員小將，還是一個光頭兒，銀冠銀甲，白馬長鎗，此乃黃飛虎第四子黃天祥。走馬殺到軍前，耀武揚威，勇冠三軍，鎗法如驟雨。天祥斜刺裡一鎗，把風林挑下馬來；一魂也進封神臺去了。張桂芳料不能取勝，敗進行營。李興霸上帳自思：「吾四人前來助你，不料今日失利，喪吾三位道兄。你可修文書速報聞兄，使發兵救援，以泄今日之根。」張桂芳依言，忙作告急文書，差官星夜進朝歌不表。

且說姜子牙得勝回西岐，陞銀安殿，眾將報功。子牙羨黃天祥走馬鎗挑風林。金吒曰：「師叔，今日之勝，不可停留，明日會戰，一陣成功，張桂芳可破也。」子牙曰：「善。」次日，子牙點眾將出城，三軍吶喊，軍威大振，坐名要張桂芳。桂芳聽報大怒：「自來提兵未曾挫鋭，今日反被小人欺侮，氣殺我也！」忙上馬布開陣勢，到轅門，指子牙大喝曰：「反賊！怎敢欺侮天朝元帥！與你立見雌雄。」縱馬持鎗殺來。子牙後面黃天祥出馬，與桂芳雙鎗並舉，一場大戰：

二將坐雕鞍，征夫馬上歡。這一個怒發如雷吼；那一個心頭火一攢。這一個喪門星要扶紂主；那一個天罡星欲保周元。這一個捨命而安社稷；那一個棄殘生欲正江山。自來惡戰不尋常，轅門幾次鮮紅濺。

話說黃天祥大戰張桂芳，三十合未分上下。子牙傳令點鼓。軍中之法：鼓進，金止。周營數十騎，左右搶出伯達、伯适、仲突、仲忽、叔夜、叔夏、季隨、季騧、毛公遂、周公旦、召公奭、呂公望、南宮适、辛甲、辛免、太顛、閎夭、黃明、周紀等，圍裹上來，把張桂芳圍在垓心。好張桂芳，似弄風猛虎，酒醉斑彪，抵擋周將，全無懼怯。且說子牙命金吒：「你去戰李興霸，我用打神鞭助你今日成功。」金吒聽命，拽步而來。李興霸坐在猙獰上，見一道童忽搶來，催開猙獰，提鐧就打。金吒舉寶劍急架相迎。未及數合，只見哪吒登風火輪，搖鎗直刺李興霸，興霸用鐧急架忙還。子牙在四不相上，方祭打神鞭。李興霸見勢不能取勝，把猙獰一拍，那獸四足騰起風雲，逃脫去了。哪吒見走了李興霸，登輪直殺進桂芳核心來。晁田弟兄二人在馬上大呼曰：「張桂芳早下馬歸降，免爾一死，吾等共享太平！」張桂芳大罵：「叛逆匹夫！捐軀報國，盡命則忠，豈若爾輩貪生而損名節也！」從清晨只殺到午牌時分，桂芳料不能出，大叫：「紂王陛下！臣不能報國立功，一死以盡臣節！」自轉鎗一刺，桂芳撞下鞍轎；一點靈魂往封神臺來，清福神引進去了。正是：

英雄半世成何用？留的芳名萬載傳。

桂芳已死，人馬也有降西岐者，也有回關者。子牙得勝進城，入府上殿，各報其功。子牙見今日眾將英雄可喜。

且說李興霸逃脫重圍，慌忙疾走。李興霸乃四聖之數，怎脫得大數。猙獰正行，飄然落在一山，道人見坐騎落下，滾鞍下地，倚松靠石，少憩片時。尋思良久：「吾在九龍島修煉多年，豈料西岐有失，愧回海島，羞見道中朋友。如今且往朝歌城去，與聞兄共議，報今日之恨也。」方欲起身，只聽得山上有人唱道情而來。道人回首一看，原來是一道童：

天使還玄得做仙，做仙隨處睹青天。此言勿謂吾狂妄，得意回時合自然。

話說那道童唱著行來，見李興霸打稽首：「道者請了！」興霸答禮。道童曰：「老師那一座名山？何處洞府？」興霸曰：「吾乃九龍島煉氣士李興霸，因助張桂芳西岐失利，在此少坐片時。道童，你往那裡來？」道童暗想道：「這正是『踏破鐵鞋無覓處，得來全不費功夫』。」道童大喜：「我不是別人，我乃九宮山白鶴洞普賢真人徒弟木吒是也。奉師命往西岐去見師叔姜子牙門下，立功滅紂。我臨行時，吾師尊說：『你要遇著李興霸，捉他去西岐見子牙為贄見。』豈知恰恰遇你。」李興霸大笑曰：「好孽障！焉敢欺吾太甚！」擰鐧劈頭就打，木吒執劍急架忙迎，劍鐧相交。怎見得九宮山大戰：

這一個輕移道步，那一個急轉麻鞋。輕移道步，撤玉靶純鋼出鞘；急轉麻鞋，淺金裝寶劍離匣。鐧來劍架，劍鋒斜刺一團花；劍去鐧迎，腦後千塊寒霧滾。一個是肉身成聖，木吒多威武；一個是靈霄殿上，神將逞雄威。些兒眼慢，目下皮肉不完全；手若遲鬆，眼下尸骸分兩塊。

話說木吒大戰李興霸，木吒背上寶劍兩口，名曰吳鉤。此劍乃干將、鏌耶之流，分有雌雄。木吒把左肩一搖，那雄劍起去，橫在空中，磨了一磨，可憐李興霸：

千年修煉全無用，血染衣襟在九宮。

木吒將興霸尸骸掩了，借土遁往西岐來，進城至相府。門官通報：「有一道童求見。」子牙命請來。木吒至殿前下拜。子牙問曰：「那裡來的？」金吒在旁言曰：「此是弟子兄弟木吒，在九宮山白鶴洞普賢真人學藝。」子牙曰：「兄弟三人齊佐明主，簡編萬年，史冊傳揚不朽。」西岐日盛。

話說聞太師在朝歌執掌大小國事，其實有條有法。話說汜水關韓榮報入太師府，聞太師拆開一看，拍案大呼曰：「道兄你卻為著何事，死於非命？吾乃位極人臣，受國恩如同泰山，只因國事艱難，使我不敢擅離此地，今見此報，使吾痛入骨髓！」忙傳令點鼓聚將。只見銀安殿三咚鼓響，一干眾將參謁太師。太師曰：「前日吾邀九龍島四道友協助張桂芳，不料死了三位；風林陣亡。今與諸將共議，誰為國家輔張桂芳破西岐走一遭？」言未畢，左軍上將軍魯雄年紀高大，上殿曰：「末將願往。」聞太師看時，魯雄蒼鬚皓首，太師曰：「老將軍年紀高大，猶恐不足成功。」魯雄笑曰：「太師在上：張桂芳雖是少年當道，用兵恃強，只知己能，恃胸中秘術；風林乃匹夫之才，故此有失身之禍。為將行兵，先察天時，後觀地利，中曉人和。用之以文，濟之以武，守之以靜，發之以動；亡而能存，死而能生，弱而能強，柔而能剛，危而能安，禍而能福；機變不測，決勝千里，自天之上，由地之下，無所不知；十萬之眾，無有不力，範圍曲成，各極其妙，定自然之理，決勝負之機，神運用之權，藏不窮之智，此乃為將之道也。末將一去，便要成功。再副一二參軍，大事自可定矣。」太師聞言：「魯雄雖老，似有將才，況是忠心。欲點參軍，必得見機明辨的方去得，不若令費仲、尤渾前去亦可。」忙傳令命費仲、尤渾為參軍。軍政司將二臣令至殿前，費仲、尤渾見太師行禮畢。太師曰：「方今張桂芳失機，風林陣亡，魯雄協助，少二名參軍。老夫將二位大夫為參贊機務，征勦西岐。旋師之日，其功莫大。」費、尤聽罷，魂魄潛消，「太師在上：職任文家，不諳武事，恐誤國家重務。」太師曰：「二位有隨機應變之才，通達時務之智，可以參贊軍機，以襄魯將軍不逮，總是為朝廷出力。況如今國事艱難，當得輔君為國，豈可彼此推諉。左右，取參軍印來！」費、尤二人落在圈套之中，只得掛印。簪花遞酒，太師發銅符，點人馬五萬協助張桂芳。有詩為證：

> 魯雄報國寸心丹，費仲尤渾心膽寒。夏月行兵難住馬，一籠火傘罩征鞍。
> 只因國祚生離亂，致有妖氛起禍端。臺造封神將已備，子牙冰凍二讒奸。

話說魯雄擇吉日，祭寶纛旗殺牛宰馬，不日起兵。魯雄辭過聞太師，放炮起兵。此時夏末秋初，天氣酷暑，三軍鐵甲單衣好難走，馬軍雨汗長流，步卒人人喘息。好熱天氣！三軍一路，怎見得好熱：

> 萬里乾坤，似一輪火傘當中。四野無雲風盡息，八方有熱氣昇空。高山頂上，大海波中。高山頂上，只晒得石烈灰飛；大海波中，蒸熬得波翻浪滾。林中飛鳥，晒脫翎毛，莫想騰空展翅；水底游魚，蒸翻鱗甲，怎能弄土鑽泥。只晒得磚如燒紅鍋底熱，便是鐵石人身也汗流。三軍一路上：盔滾滾撞天銀磬，甲層層蓋地兵山。軍行如驟雨，馬跳似歡龍。閃翻銀葉甲，撥轉皂雕弓。正是：喊聲振動山川澤，天地乾坤似火籠。

話說魯雄人馬出五關，一路行來。有探馬報與魯雄曰：「張總兵失機陣亡，首級號令在西岐東門，請軍令定奪。」魯雄聞報大驚曰：「桂芳已死，吾師不必行，且安營。」問前面是甚麼所在？探馬回報是西岐山。魯雄傳令茂林深處安營。命軍政司修告急文書報太師不表。

且說子牙自從斬了張桂芳，見李姓兄弟三人都到西岐。一日子牙陞相府，有報馬報入府來：「西岐山有一枝人馬紮營。」子牙已知其詳。前日清福神來報，封神臺已造完，張掛封神榜，如今正要祭臺。傳令命南宮适、武吉點五千人馬，往岐山安營，阻塞路口，不放他人馬過來。二將領令，隨即點人馬出城。一聲炮響，七十里望見岐山一枝人馬，乃成湯號色。南宮适對陣安下營寨。天氣炎熱，三軍站立不住，空中火傘施張。武吉對南宮适曰：「吾師令我二人出城，此處安營，難為三軍枯渴，又無樹木遮蓋，恐三軍心有怨言。」一宿已過。次日，有辛甲至營相見，「丞相有令：命把人馬調上岐山頂上去安營。」二將聽罷，甚是驚訝：「此時天氣熱不可當，還上山去，死之速矣！」辛甲曰：「軍令怎違，只得如此。」二將點兵上山。三軍怕熱，張口喘息，著實難當；又要造飯，取水不便，軍士俱埋怨不題。且言魯雄屯兵在茂林深處，見岐山上有人安營，紂兵大笑：「此時天氣，山上安營，不過三日，不戰自死！」魯雄只等救兵交戰。至次日，子牙領三千人馬出城，往西岐山來。南宮适、武吉下山迎接，上山合兵一處。八千人馬在山上絞起了幔帳，子牙坐下。怎見得好熱，有詩為證：

太陽真火煉塵埃，烈石煎湖實可哀。綠柳青松摧艷色，飛禽走獸盡罹災。
涼亭上面如煙燎，水閣之中似火來。萬里乾坤只一照，行商旅客苦相挨。

話說子牙坐在帳中，令武吉：「營後築一土臺，高三尺。速去築來！」武吉領令。西岐辛免催趲車輛許多飾物，報與子牙。子牙令搬進行營，散飾物。眾軍看見，痴呆半晌。子牙點名給散，一名一個棉襖，一個斗笠，領將下去。眾軍笑曰：「吾等穿將起來，死的快了！」且說子牙至晚，武吉回令：「土臺造完。」子牙上臺，披髮仗劍，望東崑崙下拜，布罡斗，行玄術，念靈章，發符水。但見：

子牙作法，霎時狂風大作，吼樹穿林。只刮的颯颯灰塵，霧迷世界；滑喇喇天摧地塌，騾瀝瀝海沸山崩；旛幢響如銅鼓振，眾將校兩眼難睜。一時把金風徹去無蹤影，三軍正好賭輸贏。

詩曰：

念動玉虛玄妙訣，靈符秘授更無差。驅邪伏魅隨時應，喚雨呼風似滾沙。

且說魯雄在帳內見狂風大作，熱氣全無，大喜曰：「若聞太師點兵出關，正好廝殺，溫和天氣。」費仲、尤渾曰：「天子洪福齊天，故有涼風相助。」那風一發盛了，如猛虎一般。怎見得好風，有詩為證：

蕭蕭颯颯透深閨，無影無形最駭人；旋起黃沙三萬丈，飛來黑霧百千塵。
穿林倒木真無狀，徹骨生寒豈易論。縱火行兇尤猛烈，江湖作浪更迷津。

話說子牙在岐山布斗，刮三日大風，凜凜似朔風一樣。三軍歎曰：「天時不正，國家不祥，故有此異事。」過了一兩個時辰，半空中飄飄蕩蕩落下雪花來。紂兵怨言：「吾等單衣鐵甲，怎耐凜冽嚴寒！」正在那裡埋怨，不一時，鵝毛片片，亂舞梨花，好大雪！怎見得：

瀟瀟灑灑，密密層層。瀟瀟灑灑，一似豆稭灰；密密層層，猶如柳絮舞。初起時，一片，兩片，似鵝毛風捲在空中；次後來，千團，萬團，如梨花雨打落地下。高山堆疊，獐狐失穴怎能行；溝澗無蹤，苦殺行人難進步。霎時間銀粧世界，一會家粉砌乾坤。客子難沽酒，蒼翁苦覓梅。飄飄蕩蕩裁蝶翅，疊疊層層道路迷。豐年祥瑞從天降，堪賀人間好事宜。

魯雄在中軍對費、尤曰：「七月秋天，降此大雪，世之罕見。」魯雄年邁，怎禁得這等寒冷。費、尤二人亦無計可施，三軍都凍壞了。且說子牙在岐山上，軍士人人穿起棉襖，帶起斗笠，感丞相恩德，無不稱謝。子牙問：「雪深幾尺？」武吉回話：「山頂上深二尺，山腳下風旋下去，深有四五尺。」子牙復上土臺，披髮仗劍，口中念念有詞，把空中彤雲散去，現出紅日當空，一輪火傘，霎時雪都化水，往山下一聲響，水去的急，聚在山凹裡。子牙見日色且勝，有詩為證：

真火原來是太陽，初秋積雪化汪洋。玉虛秘授無窮妙，欲凍商兵盡喪亡。

話說子牙見雪消水急，滾湧下山，忙發符印，又刮大風。只見陰雲佈合，把太陽掩了。風狂凜冽，不亞嚴冬。霎時間把岐山凍作一塊汪洋。子牙出營來，看紂營旛幢盡倒；命南宮适、武吉二將：「帶二十名刀斧手下山，進紂營，把首將拿來！」二將下山，逕入營中。見三軍凍在冰裡，將死者且多；又見魯雄、費仲、尤渾三將在中軍。刀斧手上前擒捉，如同囊中取物一般，把三人捉上山來見子牙。不知性命如何，且聽下回分解。

評

魯雄談兵，儘有將略，著實好聽；只是沒有交戰，竟被子牙捉去。在費仲、尤渾固無論已；只可惜魯雄一篇議論未見施行，也打在此件之內，未免令人愴惋。蓋專尚道法之時，若無道術，任是真正將材，亦難成功。雖以姜太公之道法，遇聞仲、王魔等人，無高人助救，尚且敗死頻聞，而況於魯雄等輩乎！

又評

李興霸已是逃去，畢盡撞著木吒斬了，可見天數已定，更無疏漏。今人畢竟逆天行事，這都是不安義命。

第四十回　四天王遇丙靈公

魔家四將號天王，惟有青雲劍異常。彈動琵琶人已絕，撐開珠傘日無光。
莫言烈焰能焚爇，且說花狐善食強。縱有幾多稀世寶，丙靈一遇命先亡。

話說南宮适、武吉將三人拿到轅門通報，子牙命推進來。魯雄站立，費、尤二賊跪下。子牙曰：「魯雄，時務要知，天心要順，大理要明，真假要辨。方今四方知紂稔惡，棄紂歸周，三分有二，何苦逆天，自取殺身之禍。今已被擒，尚有何說？」魯雄大喝曰：「姜尚！爾曾為紂臣，職任大夫；今背主求榮，非良傑也。吾今被擒，食君之祿，當死君之難，今日有死而已，又何必多言。」子牙命且監于後營。復到土臺上，布起罡斗，隨把彤雲散了，現出太陽，日色如火一般，把岐山腳下冰即刻化了。五萬人馬凍死三二千，餘者逃進五關去了。子牙又命南宮适往西岐城，請武王至岐山。南宮适走馬進城，來見武王，行禮畢。武王曰：「相父在岐山，天氣炎熱，陸地無陰，三軍勞苦。卿今來見孤，有何事？」南宮适對曰：「臣奉丞相令，請大王駕幸岐山。」武王隨同眾文武往岐山來。怎見得，有詩為證：

君正臣賢國日昌，武王仁德配陶唐。慢言冰凍擒軍死，且聽臺城斬將亡。
祭賽封神勞聖主，驅馳國事仗臣良。古來多少英雄血，爭利圖名盡是傷。

話言武王同眾文武往西岐山來，行未及二十里，只見兩邊溝渠之中冰塊飄浮來往，武王問南宮适，方知冰凍岐山。君臣又行七十里，至岐山，子牙迎武王。武王曰：「相父邀孤，有何事商議？」子牙曰：「請大王親祭岐山。」武王曰：「山川享祭，此為正禮。」乃上山進帳。子牙設下祭文，武王不知今日祭封神臺，子牙只言祭岐山。排下香案，武王拈香。子牙命將三人推來。武吉將魯雄、費仲、尤渾推至。子牙傳令：「斬訖報來！」霎時獻三顆首級。武王大驚曰：「相父祭山，為何斬人？」子牙曰：「此二人乃成湯費仲、尤渾也。」武王曰：「奸臣，理當斬之。」子牙與武王回兵西岐不表。且說清福神將三魂引入封神臺去了。

話說魯雄殘兵敗卒走進關，逃回朝歌。聞太師在府，看各處報章，看三山關鄧九公報：「大敗南伯侯。」忽報：「汜水關韓榮報到。」令接上來。拆開看時，頓足叫曰：「不料西岐姜尚這等兇惡！殺死張桂芳，又捉魯雄號令岐山，大肆猖獗。吾欲親征，奈東南二處，未息兵戈。」乃問吉立、余慶曰：「我如今再遣何人伐西岐？」吉立答曰：「太師在上：西岐足智多謀，兵精將勇，張桂芳況且失利，九龍島四道者亦且不能取勝；如今可發令牌，命佳夢關魔家四將征伐，庶大功可成。」太師聽言，喜曰：「非此四人不能克此大惡。」忙發令牌，又點左軍大將胡陞、胡雷交代守關。將令發出，使命領令前行，不覺一日，已至佳夢關。下馬報曰：「聞太師有緊急公文。」魔家四將接了文書，拆開看罷，大笑曰：「太師用兵多年，如今為何顛倒？料西岐不過是姜尚、黃飛虎等，割雞焉用牛刀？」打發來使先回。弟兄四人點精兵十萬，即日興師，與胡陞、胡雷交代府庫錢糧，一應完畢。魔家四將辭了胡陞，一聲炮響，大隊人馬起行，浩浩蕩蕩，軍聲大振，往西岐而來。怎見得好人馬：

三軍吶喊，旛立五方。刀如秋水迸寒光，鎗似麻林初出土。開山斧如同秋月，畫杆戟豹尾飄飆。

鞭鐧抓槌分左右，長刀短劍砌龍鱗。花腔鼓擂，催軍趲將；響陣鑼鳴，令出收兵。拐子馬禦防劫寨，金裝弩準備沖營。中軍帳鈎鐮護守，前後營刁斗分明。臨兵全仗胸中策，用武還依紀法行。

話說魔家四將人馬，曉行夜住，逢州過府，越嶺登山，非止一日，又過了桃花嶺。哨馬報入中軍，「啟元帥：兵至西岐北門，請令定奪。」魔禮青傳令安下團營，扎了大寨。三軍放靜營炮，吶一聲喊。

且說子牙自兵凍岐山，軍威甚盛，將士英雄，天心效順，四方歸心，豪傑雲集。子牙正商議軍情，忽探馬報入相府：「魔家四將領兵住紮北門。」子牙聚將上殿，共議退兵之策。武成王黃飛虎上前啟曰：「丞相在上，佳夢關魔家四將乃弟兄四人，皆係異人秘授奇術變幻，大是難敵。長曰魔禮青，長二丈四尺，面如活蟹，鬚如銅線，用一根長鎗，步戰無騎。有秘授寶劍，名曰青雲劍。上有符印，中分四字：地、水、火、風。這風乃黑風，風內有萬千戈矛。若人逢著此刃，四肢成為虀粉。若論火，空中金蛇攪遶，遍地一塊黑煙，煙掩人目，烈焰燒人，並無遮擋。還有魔禮紅，秘授一把傘，名曰混元傘。傘皆名珠穿成，有祖母綠，祖母碧，夜明珠，辟塵珠，辟火珠，辟水珠，消涼珠，九曲珠，定顏珠，定風珠，還有珍珠穿成四字：裝載乾坤。這把傘不敢撐，撐開時天昏地暗，日月無光；轉一轉，乾坤晃動。還有魔禮海，用一根鎗，背上一面琵琶，上有四條絃，也按地、水、火、風。撥動絃聲，風火齊至，如青雲劍一般。還有魔禮壽，用兩根鞭。囊裡有一物，形如白鼠，名曰花狐貂，放起空中，現身似白象，脇生飛翅，食盡世人。若此四將來伐西岐，吾兵恐不能取勝也。」子牙曰：「將軍何以知之？」黃飛虎答曰：「此四將昔日在末將麾下，征伐東海，故此曉得。今對丞相，不得不以實告。」子牙聽罷，鬱鬱不樂。

且言魔禮青對三弟曰：「今奉王命，征勦兇頑，兵至三日，必當為國立功，不負聞太師之所舉也。」魔禮紅曰：「明日俺們兄弟齊會姜尚，一陣成功，旋師奏凱。」其日，弟兄歡飲。次早，炮響鼓鳴，擺開隊伍，立于轅門，請子牙答話。探馬來報：「魔家四將請戰。」子牙因黃飛虎所說利害，恐將士失利，心下猶豫未決。金吒、木吒、哪吒在旁，口稱：「師叔，難道依黃將軍所說，我等便不戰罷？所仗福德在周，天意相祐，隨時應變，豈容如此怯戰？」子牙猛醒，傳令：「擺五方旗號，整點諸將校，列成隊伍，出城會戰。」怎見得：

兩扇門開：青旛招展，震中殺氣透天庭；素白紛紜，兌地征雲從地起。紅旛蕩蕩，離宮猛火欲燒山；皂帶飄飄，坎氣烏雲由上下。杏黃旛麾，中央正道出兵來。金盔將如同猛虎，銀盔將一似貔狼。南宮适似搖頭獅子，武吉似擺尾狻猊。四賢、八俊逞英豪，金木二吒持寶劍。龍鬚虎天生異像，武成王斜跨神牛。領首的哪吒英武，掠陣的眾將軒昂。

魔家四將見子牙出兵有法，紀律森嚴，坐四不相至軍前。怎生打扮，有詩為證：

金冠分魚尾，道服勒霞綃。童顏並鶴髮，項下長銀苗。
身騎四不相，手掛劍鋒梟。玉虛門下客，封神立聖朝。

話說子牙出陣前，欠身曰：「四位乃魔元帥麼？」魔禮青曰：「姜尚，你不守本土，甘心禍亂，故納叛亡，壞朝廷法紀，殺大臣號令西岐，深屬不道，是自取滅亡。今天兵至日，尚不倒戈授首，猶自抗拒，直待踐平城垣，俱為虀粉，那時悔之晚矣！」子牙曰：「元帥言之差矣。吾等守法奉公，原是商臣，受封西土，豈得稱為反叛。今朝廷信大臣之言，屢伐西岐，勝敗之事，乃朝廷大臣自取其辱，我等併無一軍一卒冒犯五關。今汝等反加之罪名，我君臣豈肯虛服？」魔禮青大怒曰：「孰敢巧言，混稱大臣取辱！獨不思你目下有滅國之禍！」放開大步，使鎗來取子牙。左哨上南宮适縱馬舞刀，大喝曰：「不要沖吾陣腳！」用鋼刀急架忙迎。步馬交兵，刀戟併舉。魔禮紅綽步❶展方天戟沖殺而來。子牙隊裡辛甲舉斧來戰魔禮紅，魔禮海搖鎗直殺出來，哪吒登風火輪，搖火尖鎗迎住，二將雙鎗共舉。魔禮壽使兩根鐧似猛虎搖頭，殺將過來。這壁廂武吉銀盔素鎧，白馬長鎗，接戰陣前。這一場大戰，怎見得：

滿天殺氣，遍地征雲。這陣上三軍威武，那陣上戰將軒昂。南宮适斬將刀如半潭秋水，魔禮青虎頭鎗似一段寒冰。辛甲大斧猶如皓月光輝，魔禮紅畫戟一似金錢豹尾。哪吒發怒抖精神，魔禮海生嗔顯武藝。武吉長鎗，颼颼急雨洒殘花；魔禮壽二鐧，凜凜冰山飛白雪。四天王忠心佐成湯；眾戰將赤膽扶聖主。兩陣上鑼鼓頻敲，四哨內三軍吶喊。從辰至午，只殺的旭日無光；未末申初，霎時間天昏地暗。

有詩為證：

為國亡家欲盡忠，只徒千載把名封。捐軀馬革何曾惜，止願皇家建大功。

話言哪吒戰住了魔禮海，把鎗架開，隨手取出乾坤圈使在空中，要打魔禮海。魔禮紅看見，忙忙跳出陣外，把混元珍珠傘撐開一幌，先收了哪吒的乾坤圈去了。金吒見收兄弟之寶，忙使遁龍樁，又被收將去了。子牙把打神鞭使在空中，——此鞭只打的神，打不得仙，打不得人。四天王乃是釋門中人，打不得，後一千年，纔受香煙，因此上把打神鞭也被傘收去了。子牙大驚。魔禮青戰住南宮适，把鎗一掩，跳出

❶ 綽步：大步。

陣來，把青雲劍一幌，往來三次，黑風捲起，萬刃戈矛。一聲響嘵，怎見得，有詩為證：

黑風捲起最難當，百萬雄兵盡帶傷。此寶英鋒真利害，銅軍鐵將亦遭殃。

魔禮紅見兄用青雲劍，也把珍珠傘撐開，連轉三四轉，咫尺間黑暗了宇宙，崩塌了乾坤。只見烈煙黑霧，火發無情，金蛇攪遶半空，火光飛騰滿地。好火！有詩為證：

萬道金蛇空內滾，黑煙罩體命難存。子牙道術全無用，今日西岐盡敗奔。

話說魔禮海撥動了地水火風琵琶，魔禮壽把花狐貂放出在空中，現形如一隻白象，任意食人，張牙舞爪。風火無情，西岐眾將遭此一敗，三軍盡受其殃。子牙見黑風捲起，烈火飛來，人馬一亂，往後敗下去。魔家四將揮動人馬，往前沖殺。可憐三軍叫苦，戰將著傷。怎見得：

趕上將任從刀劈，乘著勢，勦殺三軍。逢刀的，連肩拽背，遭火的，爛額焦頭。鞍上無人，戰馬拖韁，不管營前和營後；地上屍橫，折筋斷骨，怎分南北與東西。人亡馬死，只為扶王創業到如今；將躲軍逃，止落叫苦連聲無投處。子牙出城，齊齊整整，眾將官頂盔貫甲，好似得智狐狸強似虎；到如今只落得，哀哀哭哭，歪盔卸甲，猶如退翎鸞鳳不如雞。死的尸骸暴露，生的逃竄難回。驚天動地將聲悲，號山泣嶺三軍苦。愁雲直上九重天，一派殘兵奔陸地。

話說魔家四將一戰，損周兵一萬有餘，戰將損了九員，帶傷者十有八九。子牙坐四不相平空去了，金、木二吒土遁逃回，哪吒風火輪走了，龍鬚虎借水裡逃生。眾將無術，焉能得脫？子牙敗進城，入相府點眾將，著傷大半，陣亡者九名，殺死了文王六位殿下，三名副將。子牙傷悼不已。

且說魔家四將收兵，掌得勝鼓回營，三軍踴躍。正是：

喜孜孜敲金鐙響，笑吟吟齊唱凱歌回。

話說魔家四將得勝回營，上帳議取西岐大事。魔禮紅曰：「明日點人馬困城，盡力攻打，指日可破，子牙成擒，武王授首。」魔禮青曰：「賢弟言之甚善。」次日進兵圍城，喊聲大振，殺奔城下，坐名請子牙臨陣。探馬報進帥府。子牙傳令：將免戰牌掛在城敵樓上。魔禮青傳令四面架起雲梯，用火炮攻打。甚是危急。且說子牙失利，諸將帶傷，忙領金、木二吒，龍鬚虎，哪吒，黃飛虎不曾帶傷者上城，設灰瓶，砲石，火箭，火弓，硬弩，長鎗，千方守禦，日夜防備。魔家四將見四門攻打三日不下，反損有兵卒，魔禮紅曰：「暫且退兵。」命軍士鳴金，退兵回營。當晚兄弟四人商議：「姜尚乃崑崙教下，自善用兵。我們且不可用力攻打，只可緊困；困得他裡無糧草，外無援兵，此城不攻自破矣。」禮青曰：「賢弟言之有理。」安心困城，不覺困了兩月。四將心下甚是焦躁：「聞太師命吾伐西岐，如今將近兩三個月，未能破敵；十萬之眾，日費許多錢糧，倘太師嗔怪，體面何存？也罷，今晚初更，各將異寶祭于空中，就把西岐旋成渤海，早早奏凱還朝。」魔禮壽曰：「兄長之言妙甚。」各各歡喜。不言兄弟計較停當，且說子牙在相府有事，又見失機，與武成王黃飛虎議退兵之策。忽然猛風大作，把寶纛旛杆一折兩段。子牙大驚，忙焚香，把金錢搜求八卦，只嚇得面如土色。隨即沐浴，更衣拈香，望崑崙下拜。子牙倒海救西岐，有詩為證：

玉虛秘授甚精奇，玄內玄中定坎離。魔家四將施奇寶，子牙倒海救西岐。

話說子牙披髮仗劍，倒海把西岐罩了。卻說玉虛宮元始天尊知西岐事體，把瑠璃瓶中靜水望西岐一潑，乃三光神聖，浮在海水上面。再說魔禮青把青雲劍祭起地、水、火、風，魔禮紅祭混元珍珠傘，魔禮海撥動琵琶，魔禮壽祭起花狐貂。只見四下裡陰雲布合，冷霧迷空，響若雷鳴，勢如山倒，骨碌碌天崩，滑喇喇地塌。三軍見而心驚，一個個魂迷意怕。兄弟四人各施異術，要成大功，奏凱回朝，只怕你一場空想。正是：

枉費心機空費力，雪消春水一場空。

且說魔家兄弟四人祭此各樣異寶，只到三更盡，纔收了回營，指望次日回兵。且說子牙借北海水救了西岐，眾將一夜不曾安枕。至次日，子牙把海水退回北海，依舊現出城來，分毫未動。且說紂營軍校見西岐城上草也不曾動一根，忙報四位元帥：「西岐城全然不曾壞動一角。」四將大驚，齊出轅門看時，果然如此。四人無法可施，一策莫展，只得把人馬緊困西岐。

且說子牙倒海救了此危，點將上城看守非一日。烏飛兔走，不覺又困兩月。子牙被困，無法退兵。魔家四將英勇，仗倚寶貝，焉能取勝？忽有總督糧儲官見子牙，具言：「三濟倉缺糧，止可支用十日。請丞相定奪。」子牙驚曰：「兵困城事小，城中缺糧事大，如之奈何！」武成王黃飛虎曰：「丞相可發告示與居民，富厚者必積有稻穀，或借三四萬，或五六萬，待退兵之日，加利給還，亦是暫救燃眉之計。」子牙曰：「不可。吾若出示，民慌軍亂，必有內變之禍。料還有十日之糧，再作區處。」子牙不行，不覺又過七八日。子牙算止得二日糧，心下十分著忙，大是憂鬱。那日，來了兩位道童，一個穿紅，一個穿青，至相府門上，對門官曰：「煩你通報，要見姜師叔。」門官啟老爺：「有二位道童求見。」

子牙聞道童來，便命請來。二位道童上殿下拜，口稱師叔。子牙答禮曰：「二位是那座名山？何處洞府？今到西岐有何見諭？」二道童曰：「弟子乃金庭山玉屋洞道行天尊門下弟子，姓韓，雙名毒龍；

這位姓薛，雙名惡虎。今奉師令，送糧前來。」子牙曰：「糧在何所？」道童曰：「弟子隨身帶來。」錦囊中取一箇獻與子牙。子牙看簡，大喜曰：「師尊聖諭，事在危急，自有高人相輔，今果如其言。」子牙命道童取糧。道童將豹皮囊中取出碗口大一箇斗兒，盛有一斗米。眾將又不敢笑。子牙將斗命韓毒龍：「親送三濟倉去，再來回話。」不一時，毒龍回來見子牙：「送去了。」不上兩個時辰，管倉官來報：「啟丞相：三濟倉連氣樓上，都淌出米來。」子牙大喜。今事到急處，自有高人來佐佑，此是武王福大。有詩贊曰：

武王仁德祿能昌，增福神祇來助糧。紫陽洞裡黃天化，西岐盡滅四天王。

話說子牙糧也足，將也多，兵也廣，只沒奈魔家四將奇寶傷人，因此上固守西岐，不敢擅動。且說魔家兄弟又過了兩個月，將近一年，不能成功；修文書報聞太師，言子牙雖則善戰，今又能守不表。

一日，子牙正在相府，商議軍情大事。忽報：「有一道者來見。」子牙命：「請來。」這道人帶扇雲冠，穿水合服，腰束絲絛，腳登麻鞋，至簷前下拜，口稱「師叔」。子牙曰：「那裡來的？」道人曰：「弟子乃玉泉山金霞洞玉鼎真人門下，姓楊，名戩；奉師命，特來師叔左右聽用。」子牙大喜，見楊戩超群出類。楊戩與諸門人會了，見過武王，復來問：「城外屯兵者何人？」子牙把魔家四將用的地、水、火、風物件說了一遍，故此掛免戰牌。楊戩曰：「弟子既來，師叔可去免戰二字。弟子會魔家四將，便知端的。若不見戰，焉能隨機應變。」子牙聽言甚喜，隨傳令摘了免戰牌。彼時有探馬入大營：「啟元戎：西岐去了免戰牌。」魔家四將大喜，即刻出營搦戰，探馬報入相府。子牙命楊戩出城，哪吒壓陣。城門開處，楊戩出馬，見四將威風凜凜沖霄漢，殺氣騰騰逼斗星。四將見西岐內一人，似道非道，似俗非俗，帶扇雲冠，道服絲絛，騎白馬，執長鎗。魔禮青曰：「來者何人？」楊戩答曰：「吾乃姜丞相師侄楊戩是也。你有何能，敢來此行兇作怪，仗倚左道害人？眼前叫你知吾利害，死無葬身之地！」縱馬搖鎗來取。卻說魔家四將有半年不曾會戰，如今一齊出來，步戰楊戩；四將圍將上來，把楊戩裹在核心，酣戰城下。且說楚州有解糧官，解糧往西岐，正要進城，見前面戰場阻路。此人姓馬名成龍，用兩口刀，坐赤兔馬，心性英烈，見戰場阻路，大喝一聲：「吾來了！」那馬攛在圈子內，力敵四將。魔禮壽又見一將沖殺將來，心中大怒，未及十合，取出花狐貂祭在空中，化如一隻白象，口似血盆，牙如利刃，亂搶人吃。有詩為證：

此獸修成隱顯功，陰陽二氣在其中。隨時大小皆能變，吃盡人心若野熊。

卻說祭起花狐貂，一聲響，把馬成龍吃了半節去。楊戩在馬上暗喜：「元來有這個孽障作怪！」魔家四將也不知道楊戩有九轉煉就元功，魔禮壽又祭花狐貂，一聲響，也把楊戩咬了半節去。哪吒見勢頭不好，進城來報姜丞相，說：「楊戩被花狐貂吃了。」子牙鬱鬱不樂，納悶在府。

且說魔家四將得勝回營，治酒，兄弟共飲。吃到二更時分，魔禮壽曰：「長兄，如今把花狐貂放進城裡去，若是吃了姜尚，吞了武王，大事定了。那時好班師歸國，何必與他死守。」四人酒後，各發狂言。禮青曰：「賢弟之言有理。」禮壽豹皮囊取出花狐貂，叫曰：「寶貝，你若吃了姜尚回來，此功莫大。」遂祭在空中去了。花狐貂乃是一獸，只知吃人，那知道吃了楊戩是個禍胎。楊戩曾煉過九轉元功，七十二變化，無窮妙道，肉身成聖，封清源妙道真君。花狐貂把他吃在腹裡，楊戩聽著四將計較，楊戩曰：「孽障，也不知我是誰！」把花狐貂的心一捏，那東西叫一聲，跌將下來。楊戩現身，把花狐貂一掌兩段。楊戩現元形，有三更時分，來相府門前，叫左右報丞相。守門軍士擊鼓。子牙三更時，還與哪吒共議魔家四將事，忽聽鼓響，報：「楊戩回來。」子牙大驚：「人死豈能復生！」命哪吒探虛實。哪吒至大門首問曰：「楊道兄，你已死了，為何又至？」楊戩曰：「你我道門徒弟，各玄妙不同。快開門！我有要緊事報與師叔。」哪吒命開了門，楊戩同至殿前。子牙驚問：「早晨陣亡，為何又至？必有回生之術！」楊戩把魔禮壽放花狐貂進城：「要傷武王、師叔，弟子在那孽障腹中聽著，方纔把花狐貂弄死了，特來報知師叔。」子牙聞言大喜：「吾有這等道術之客，何懼之有！」戩曰：「弟子如今還去。」哪吒曰：「道兄如何去得？」楊戩曰：「家師秘授，自有玄妙，隨風變化，不可思議。有詩為證：

秘授仙傳真妙訣，我與道中俱各別。或山或水或巔崖，或金或寶或銅鐵。
或鸞或鳳或飛禽，或龍或虎或獅鴂。隨風有影即無形，赴得蟠桃添壽節。」

子牙聽罷：「你有此奇術，可顯一二。」楊戩隨身一愰，變成花狐貂滿地跳。把哪吒喜不自勝。楊戩曰：「弟子去也！」響一聲，纔要去，子牙曰：「楊戩，且住！你有大術，把魔家四將寶貝取來，使他束手不能成功。」楊戩即時飛出西岐城，落在魔家四將帳上。禮壽聽的寶貝回來，忙用手接住，瞧了一瞧，見不曾吃了人來。將近四鼓時分，兄弟同進帳中睡去。正是酒酣睡倒，鼻息如雷，莫知高下。楊戩自豹皮囊中跳出來，將魔家四將帳上掛有四件寶貝，楊戩用手一端，端塌了，止拿得一把傘。那三件寶貝落地有聲。魔禮紅夢中聽見有響聲，急起來看時：「呀！卻原來掛塌了鉤子，弔將下來！」糊塗醉眼，不曾查得，就復掛在上面，依舊睡了。且說楊戩復到西岐城來見子牙，將混元珍珠傘獻上。金木二吒、哪吒都來看傘。楊戩復又入營，還在豹皮囊中不表。

且說次早中軍帳鼓響，兄弟四人，各取寶貝，魔禮紅不見混元傘，大驚：「為何不見了此傘！」急問巡內營將校。眾將曰：「內營紅塵也飛不進來，那有奸細得入？」魔禮紅大叫：「吾立大功，只憑此寶；今一旦失了，怎生奈何！」四將見如此失利，鬱鬱不樂，無心整理軍情。

且說青峰山紫陽洞清虛道德真君忽然心血潮來，叫金霞童子：「請你師兄來。」童兒領命，少時間請師兄至。黃天化至碧遊床前，倒身下拜：「老師父，叫弟子那裡使用？」真君曰：「你打點下山。你父子當立功為周主，隨我來。」黃天化隨師至桃園中，真君傳二柄鎚。天化見了即會，精熟停當，無不了然。真君曰：「將吾的玉麒麟與你騎，又將火龍標帶去。徒弟，你不可忘本，必尊道德。」黃天化曰：「弟子怎敢？」辭了師父出洞來，上了玉麒麟，把角一拍，四足起風雲之聲。此獸乃道德真君閑戲三山，悶遊五嶽之騎。黃天化即時來至西岐，落下麒麟，來到相府，令門官通報。「啟丞相，有一道童求見。」子牙曰：「請來。」黃天化上殿下拜，口稱：「師叔，弟子黃天化奉師令下山，聽候左右。」子牙問：「那一座山？」黃飛虎曰：「此童乃青峰山紫陽洞清虛道德真君門下黃天化，乃末將長子。」子牙大喜：「將軍有子出家修道，更當慶幸！」

且說黃天化父子重逢，同回王府，置酒父子歡飲。黃天化在山吃齋，今日在王府吃葷，隨挽雙抓髻，穿王服，帶束髮冠，金抹額，穿大紅服，貫金鎖甲，束玉帶，次日上殿見子牙。子牙一見天化如此裝束，便曰：「黃天化，你原是道門，為何一旦變服？我身居相位，不敢忘崑崙之德。你昨日下山，今日變服，還把絲絲束了。」黃天化領命，繫了絲絲。天化口：「弟子下山，退魔家四將，故如此裝束耳。怎敢忘本！」子牙曰：「魔家四將乃左道之術也，須緊要提防。」天化曰：「師令指明，何足懼哉！」子牙許之。黃天化上了玉麒麟，搿兩柄槌，開放城門，至轅門請戰。四天王正遇丙靈公，不知勝敗如何，且聽下回分解。

評

魔家四將，雄偉過人，且寶物利害，設若無丙靈公此來岐周，已無生活。大抵強梁定然遭對，萬事皆然。

又評

冰凍岐山，費仲尤渾自然該如此一死，尚不足以盡厥辜，只魯雄亦遭此惡孽，殊覺可憐。

第四十一回　聞太師兵伐西岐

太師行兵出故商，西風颯颯送斜陽。君因亂政民多難，臣為攄忠命盡傷。
惟知去日寧知返，只識興時那識亡。四將亦隨征進沒，令人幾度憶成湯。

且說魔禮紅不見了珍珠傘，無心整理軍情。忽報：「有將在轅門討戰。」四將聽說，隨點人馬出營會戰，見一將騎玉麒麟而來。但見怎生打扮，有詩為證：

悟道高山十六春，仙傳道術最通靈。潼關曾救生身父，莫耶寶劍斬陳桐。束髮金冠飛烈焰，大紅袍上繡團龍。連環砌就金鎖鎧，腰下絨縧左右分。兩柄銀鎚生八楞，穩坐走陣玉麒麟。奉命特來收四將，西岐城外立頭功。旗開拱手黃天化，封神榜上丙靈公。

魔禮青觀看一員小將，身坐玉麒麟到陣前，曰：「來者何人？」天化答曰：「吾非別人，乃開國武成王長男黃天化是也；今奉姜丞相將令，特來擒你。」魔禮青大怒，搖戟拽步來取黃天化。天化手中鎚赴面交還。步騎交兵，一場大戰。怎見得：

發鼓振天雷，鑼鳴兩陣催。紅旛如烈火，將軍八面威。這一個捨命而安社稷；那一個拚殘生欲正華夷。自來也見將軍戰，不似今番鎗對鎚。

話說魔禮青大戰黃天化，步騎相交，鎗鎚並舉，來往未及二十回合，早被魔禮青隨手帶起白玉金剛鐲，一道霞光，打將下來，正中後心，只打的金冠倒撞，跌下騎來。魔禮青方欲取首級，早被哪吒大叫：「不要傷吾道兄！」登開風火輪，殺至陣前，救了黃天化。哪吒大戰魔禮青，雙鎗共發，殺的天愁地暗。魔禮青二起金剛鐲來打哪吒，哪吒也把乾坤圈丟起。乾坤圈是金的，金剛鐲是玉的，金打玉，打的粉碎。魔禮青、魔禮紅一齊大呼曰：「好哪吒！傷碎吾寶，此恨怎消！」齊來動手。哪吒見勢不好，忙進西岐。魔禮海正待用琵琶時，哪吒已自進城去了。魔禮青進營，見失了金剛鐲，悶悶不悅。

且說黃天化被金剛鐲已自打死了，黃飛虎痛哭曰：「豈知纔進西岐，未安枕蓆，竟被打死！」甚是傷情。只得把天化尸骸停在相府門前。子牙亦是不樂。忽有人報進府來：「啟丞相：有一道童求見。」子牙傳令：「請來。」道童至殿前下拜。子牙問曰：「那裡來的？」童子曰：「弟子是紫陽洞道德真君命弟子來背師兄黃天化回山。」子牙大喜。

白雲童子將黃天化背回，至紫陽洞門前放下。道童進洞回覆曰：「師兄已背至了。」真君出洞，看天化面黃不語，閉目無言。真君命童子取水來，將丹藥化開，用劍撬開口，將藥灌入，隨入中黃。不一個時辰，黃天化已是回生，二目睜開，見師父在旁，天化曰：「弟子如何在此相見？」真君曰：「好畜生！下山吃葷，罪之一也；變服忘本，罪之二也。若不看子牙面上，決不救你！」黃天化倒身下拜。真人取出一物，遞與天化，曰：「你速往西岐，再會魔家四將，可成大功。我不久也要下山。」黃天化辭了師父，借土遁前來，須臾便至西岐，落下遁光，來至相府。門官忙報，子牙命至殿前。黃天化把師父言語說了一遍，飛虎大喜。次日，黃天化上了玉麒麟出城，坐名要魔家四將。軍政司報進行營：「黃天化請戰。」魔家四將聽報，忙出營。見天化精神赳赳，大叫曰：「今日定見雌雄！」魔禮青搖鎗來刺，天化火速來迎。步騎相交，一場大戰。未及三五回合，天化便走，魔禮青隨後趕來。黃天化回頭一看，見魔禮青來趕。掛下雙鎚，取出一副錦囊，打開看時，只見長有十寸五分，放出華光，火焰奪目，名曰攢心釘。黃天化掌在手中，回手一發；此釘如稀世奇珍，一道金光出掌。怎見得，有詩為證：

此寶今番出紫陽，煉成七寸五分長。玄中妙法真奇異，收伏魔家四天王。

話說黃天化發出攢心釘，正中魔禮青前心，不覺穿心而過。只見魔禮青大叫一聲，跌倒在地。魔禮紅見兄長打倒在地，心中大怒，急忙跑出陣來，把方天戟一擺，緊緊趕來。黃天化收回釘，仍復打來。魔禮紅躲不及，又中前心。此釘見心纔過，響一聲，跌在塵埃。魔禮海大呼曰：「小畜生！將何物傷吾二兄？」急出時，早被黃天化連發此釘，又將魔禮海打中。也是該四天王命絕，正遇丙靈公，此乃天數。只有魔禮壽見三兄死于非命，心中甚是大怒，忙忙走出，用手往豹皮囊裡拿花狐貂出來，欲傷黃天化。不知此花狐貂乃是楊戩變化的，隱在豹皮囊裡，禮壽把手來拿此物，不知楊戩把口張著，等魔禮壽的手往花狐貂嘴裡來，被花狐貂一口，把魔禮壽的手咬將下來。只得一個骨頭，怎熬得這般痛疼！又被黃天化一釘打來，正中胸前。可憐！正是：

治世英雄成何濟，封神臺上把名標。

話說黃天化打死魔家四將，方纔來取首級，忽見豹皮囊中一陣風兒過處，只見花狐貂化為一人，乃是楊戩。黃天化認不得楊戩，天化問曰：「風化人形者是誰？」楊戩答曰：「吾乃楊戩是也。姜師叔有命在此，以為內應。今見兄長連克四將，正應上天之兆。」正說間，只見哪吒登輪趕來，對黃天化、楊戩言曰：「二兄今立大功，不勝喜悅！」三人彼此慶慰，同進城，至相府內來見子牙。三人將發釘打死四將，楊戩傷手之事，訴說一遍。子牙大喜，命把四將斬首號令城上。

且說魔家人馬逃回進關，隨路報于汜水關韓榮。韓榮聞報大驚，曰：「姜尚在西周用兵如此利害！」心上甚是著忙，乃作告急表章，星夜奏上朝歌去訖不題。

且說聞太師在相府閑坐，聞報：「遊魂關竇榮屢勝東伯侯。」忽然又報：「三山關鄧九公有女鄧嬋玉連勝南伯侯，今已退兵。」太師大喜。又報：「汜水關韓榮有報。」太師命：「令來。」來官將文書呈上。太師拆開一看，見魔家四將盡皆誅戮，號令城頭，太師拍案大怒，叫曰：「誰知四將英勇，都也喪于西岐，姜尚有何本領，挫辱朝廷軍將！」聞太師當中一目睜開，白光有二尺遠近，只氣得三尸神暴躁，七竅內生煙。自思自忖道：「也罷！如今東南二處，漸已平定，明日面君，必須親征，方可克敵。」當日作表，次日朝賀，將出師表章來見紂王。紂王曰：「太師要伐西岐，為孤代理。」命左右：「速發黃旄、白鉞，得專征伐。」太師擇吉日，祭寶纛旗旛。紂王親自餞別，滿斟一盃，遞與聞太師。太師接酒，躬身奏曰：「老臣此去，必克除反叛，清靜邊隅。願陛下言聽計從，百事詳察而行，毋令君臣隔絕，上下不通。臣多不過半載，便自奏凱還朝。」

紂王曰：「太師此行，朕自無慮，不久候太師佳音。」命排黃旄、白鉞，令聞太師起行。太師飲過數盃。紂王看聞太師上騎，那墨麒麟久不曾出戰，今日聞太師方欲騎上，被墨麒麟叫一聲，跳將起來，把聞太師跌將下來。百官大驚，左右扶起，太師忙整衣冠。時有下大夫王夔上前奏曰：「太師今日出兵落騎，實為不祥，可再點別將征伐可也。」太師曰：「大夫差矣！人臣將身許國而忘其家，上馬掄兵而忘其命。將軍上陣，不死帶傷，此理之常，何足為異。大抵此騎久不曾出戰，未曾演試，筋骨不能舒伸，故有此失。大夫幸勿再言。」隨傳令點砲起兵，太師復上騎。此一別，正不知何年再會君臣面，只落得默默英魂帶血歸。太師一點丹心，三年征伐，俱是為國為民。

用盡機謀扶帝業，上天垂象不能成。

話說聞太師提大兵三十萬出了朝歌，渡黃河，兵至澠池縣。總兵官張奎迎接，至帳前行禮畢。太師問：「往西岐那一條路近？」張奎答曰：「往青龍關近二百里。」太師傳令：「往青龍關去。」人馬離了澠池縣，往青龍關來。一路上旗旛招展，繡帶飄颻，真好人馬！怎見得，有贊為證：

飛龍旛紅纓閃閃，飛鳳旛紫霧盤旋，飛虎旛騰騰殺氣，飛豹旛蓋地遮天。擋牌滾滾，短劍輝輝。擋牌滾滾，掃萬軍之馬足；短劍輝輝，破千重之狼銑。大桿刀，雁翎刀，排開隊伍；鍖金鎗，點鋼鎗，蕩蕩硃纓。太阿劍，昆吾劍，龍鱗砌就；金裝鐧，銀鍍鐧，冷氣森嚴。畫桿戟，銀尖戟，飄揚豹尾；開山斧，宣花斧，一似車輪。三軍吶喊撼天關，五色旗搖遮映日。一聲鼓響，諸營奮勇逞雄威；數棒鑼鳴，眾將委蛇隨隊伍。寶纛旛下，瑞氣籠煙；金字令旗，來往穿梭。能報事拐子馬緊挨鹿角，能沖鋒連珠砲提防劫營。

正是：

騰騰殺氣滾征埃，隱隱紅雲映綠苔。十里止聞戈甲響，一座兵山出土來。

話說大兵離了青龍關，一路崎嶇窄小，止容一二騎而行，人馬甚是難走，跋涉更覺險峻。聞太師見如是艱難，悔之不及。早知如此，不若還走五關，方便許多，如今反耽誤了程途。一日，來到黃花山，只見一座大山。怎見得，有贊為證：

遠觀山，山青疊翠；近觀山，翠疊青山。山青疊翠，參天松婆娑弄影；翠疊青山，靠峻嶺逼陡懸崖。逼陡澗，綠檜影搖玄豹尾；峻懸崖，青松折齒老龍腰。望山看，似梯似磴；望下看，如穴如坑。青山萬丈接雲霄，斗澗鶯愁侵地戶。此山：到春來如火如煙，到夏來如藍如翠，到秋來如金如錦，到冬來如玉如銀。到春來，怎見得如火如煙：紅灼灼天桃噴火，綠依依弱柳含煙。到夏來，怎見得如藍如翠：雨來蒼煙欲滴，月過嵐氣氤氳。到秋來，怎見得如金如錦：一攢攢，一簇簇，俱是黃花吐瑞；一層層，一片片，盡是紅葉搖風。到冬來，怎見得如玉如銀：水愰愰凍成千塊玉；雪濛濛堆疊一銀山。山徑崎嶇，難進難出；水迴曲折，流去流來。樹梢上生生不已，鳥啼時韻致悠揚。正是：觀之不捨，樂坐忘歸。有詩為證：

　　一山未過一山迎，千里全無半里平，莫道牧童遙指處，只看圖畫不堪行。

話說聞太師看此山險惡，傳令安下人馬，催開墨麒麟，自上山來觀看。見有一程平坦之地，好似一個戰場。太師歎曰：「好一座山！若是朝歌寧靜，老夫來黃花山避靜消閑，多少快樂！」又見依依翠竹，古木喬松，賞玩不盡。正看此山景致，忽聽腦後一聲鑼響，太師急勒轉坐騎，原來是山下走陣。走的乃是長蛇陣，陣頭一將，面如藍靛，髮似硃砂，上下獠牙，金甲紅袍，坐下黑馬，手使一柄開山斧。聞太師貪看走陣，不覺被山下士卒看見。聞太師身穿紅袍，坐騎一獸，用兩根金鞭，偷看陣勢。士卒竟不走陣，來報主將：「啟大王千歲：山上有一人探看吾巢穴。」那人見說，擡頭一看，大怒，速命退了陣，把馬一磕，那馬飛上山來。聞太師看見一將飛來，甚是英雄，十分勇猛，心中大喜：「收得此人去伐西岐，乃是用人之際。」心上正自躊躇，不覺那馬已到面前。只見來將大呼曰：「你是何人？好大膽！敢來探吾山穴！」聞太師曰：「貧道看此山幽靜，欲在此結一茅庵，早晚誦一二卷黃庭；不識將軍肯否？」來人大怒，罵道：「好妖道！」催開馬，搖手中斧，飛來直取，聞太師用金鞭急架忙迎。鞭斧交加，勇戰在高山之上。聞太師征伐多年，不知見過多少豪傑，那裡把他放在眼裡。見這將使的斧也有些本領，「待吾收了此人往西岐去，雖無大成，亦有小就。」太師把騎一撥，往東就走，那人趕來。聞太師聽腦後鈴聲響亮，把金鞭一指，平地現出一座金牆，把這一員大將圍裹在內，用金遁遁了。太師依舊還往這山上，下了戰騎，倚松靠石坐下。太師看有幾道殺氣隱在山中，默然不題。

且說小校報上山來：「啟二位千歲：有一穿紅的道人，把大千歲引入一陣黃氣之內，就不見了。」二將急問報事嘍囉：「如今在那裡？」小校答曰：「如今現在山上坐著。」二人大怒，忙上馬持兵，眾嘍囉齊聲吶喊，殺上山來。聞太師看見，慢慢的上了墨麒麟，把金鞭一指，大呼曰：「二將慢來！」二將見聞太師是三隻眼的道人，也自驚訝，乃上前喝曰：「你是何人，敢在此行兇，將吾兄長攝在那裡去了？好好送還，饒你一命！」聞太師曰：「方纔那藍臉的無知觸我，被我一鞭打死了。你二人又來做甚麼？我非有別意，欲在此黃花山修煉，你二人肯麼？」二人大怒，把馬催開，一個使鎗便取，那一個使雙鐧打來。聞太師使開金鞭，沖殺上下，三騎交加。聞太師勒轉墨麒麟，往南就走。二將趕來。太師把鞭一指，將水遁遁了張天君，木遁遁了陶天君。——此一回乃聞太師收鄧、辛、張、陶四天君。——聞太師依舊還坐在山坡之上。且說嘍囉來報辛天君。辛天君正在山後收糧，忽見小嘍囉來報：「二千歲，禍事不小！」辛環問曰：「有何事？」小校曰：「三位千歲被一道人打死了。」辛環聽說，大叫一聲：「氣殺我也！」忙提鎚鑽，將脇下雙肉翅一夾，飛起空中，一陣風響，只聽得半空中聲似雷鳴，至山上大呼曰：「好妖道！將吾兄弟打死，豈可讓你獨生乎！」聞太師當中眼睜開看時，好兇惡之像，二翅飛來。怎見得，贊曰：

二翅空中響，頭戴虎頭冠。面如紅棗色，頂上寶光寒。鎚鑽安天下，獠牙嘴上安。一怒無遮擋，飛來勢若鸞。

話說聞太師見而大喜：「真奇異豪傑！」那人照聞太師頂上一鎚打來。太師用鞭急架忙迎。鎚鞭驍勇，殺法精奇。太師掩一鞭，望東便走。辛環大呼：「妖道那裡去？吾來了！」把雙翅一夾，即到頂上。他不知聞太師有多大本領，任意行兇。聞太師自忖：「五遁之中，遁不得此人。」且將金鞭照路旁一塊山，連指兩三指，命黃巾力士：「將此山石把這人壓了！」力士得法旨，忙將此山石平空飛起，把辛環挾腰壓下來。怎知聞太師：

玄中道術多奇異，倒海移山談笑中。

剛纔把辛環壓住了，聞太師勒轉墨麒麟，舉鞭照頂門上打來。辛環大叫曰：「老師慈悲！弟子不識高明，冒犯天威，望老師救宥。若得再生，感恩非淺！」太師把鞭放在辛環頂上曰：「你認不得我。吾非道者，我是朝歌聞太師是也。因征伐西岐，往此經過。你那藍臉的人，無故來傷我。你還是欲生乎？欲死乎？」辛環大叫：「太師老爺！小的不知是太師駕過此山，早知，應當遠迓。冒犯天顏，萬望恕小人死罪。」大師曰：「你既欲生，吾便赦你。只是要在吾門下，往征西岐。若是有功，不失腰玉之福。」辛環曰：「若是貴人肯提拔下士，末將願從麾下指揮。」太師把鞭一指，黃巾力士將山石揭去；辛環站不起來，半晌方能站立，拜倒在地。聞太師扶起。太師收了辛環，方倚松靠石坐下。辛環立在一旁。聞太師問曰：

「黃花山有多少人馬？」辛環答曰：「此山方圓有六十里，嘯聚嘍囉一萬有餘，糧草頗多。」太師不覺大喜。辛環跪下哀告曰：「前來三將，望太師老爺一例慈悲赦宥。若得回生，願盡駑駘，以報知遇之恩。」聞太師道：「你還要他來？」辛環曰：「名雖各姓，情同手足。」聞太師曰：「既然如此，你等也是有義氣的。站開了！」太師發手，一聲雷鳴，振動山岳。且說遁的三將，一時揉眉擦眼：鄧天君不見了金牆，張天君不見了大海，陶榮不見了大林。三將走馬回將，只見辛環站在那穿紅的道人旁邊。鄧忠大怒，聲如巨雷，叫：「賢弟，與吾拿住那妖道！」話還未了，張、陶二將齊叫：「拿妖道！」也不知聞太師性命如何，且聽下回分解。

評

聞太師征西岐，不從中路，而走青龍關小徑，須至黃花山，收了四位天君，以湊封神之數，此殆劫運聚集，縱是仙凡，亦不能逃越，信乎！

又評

聞太師出兵，當餞別時，黑麒麟忽驚，已是警報。王燮諫止，太師不信，決意西征，須至喪亡，此豈智者故失之。況又深明陰陽，善五行之術者乎？大抵太師有忠君愛國之心，於吉凶禍福，有所不計耳。今之人又不知有多少為陰陽所誤，惟吉是趨者，然又何嘗逃乎數？此殆兒女情多，英雄氣短。

第四十二回　黃花山收鄧辛張陶

劫數相逢亦異常，諸天神部涉疆場。任他奇術俱遭敗，那怕仙凡盡帶傷。
周室興隆時共泰，成湯喪亂日偕亡❶。黃花山下收強將，總向岐山土內藏。

話說三將齊來發怒，辛環急上前忙止曰：「兄弟們不得妄為，快下馬來參謁。此是朝歌聞太師老爺。」三將聽說聞太師，滾鞍下馬，拜伏在地，口稱：「太師，久慕大名，未得親覲尊顏；今幸天緣，大駕過此，末將等有失迎迓，致多冒瀆。適才誤犯，望太師老爺恕罪，末將等不勝慶幸。」眾將請太師上山。聞太師聽說亦喜，隨同眾將上山。眾將請太師上坐，復行參謁，太師亦自溫慰。因問四將：「尊姓何名？今日幸逢，老夫亦與有榮焉。」鄧忠曰：「此黃花山，俺弟兄四人結義多年，末將姓鄧，名忠，次名辛環，三名張節，四名陶榮。只因諸侯荒亂，暫借居此山，權且為安身之地，其實皆非末將等本心。」聞太師聽罷：「你等肯隨吾征伐西岐，候有功之日，俱是朝廷臣子。何苦為此綠林之事，埋沒英雄，辜負生平本事。」辛環曰：「如太師不棄，忠等願隨鞭鐙。」聞太師曰：「列位既肯出力王室，正是國家有慶。你們山上嘍囉計有多少？」辛環答曰：「有一萬有餘。」聞太師曰：「你可曉諭眾人：願隨征者，去；不願隨征者，寧釋還家，仍給賞財物，也是他跟隨你們一場。」辛環領命，傳與眾人，有

❶ 成湯喪亂日偕亡：謂紂無道，致國家喪亂，人民願與之同亡。書湯誓：「時日害喪，予及女偕亡。」

願去的，有不願去的，俱將歷年所積給與諸人，眾人無不悅服。除不去的，尚餘七千多人馬；糧草計有三萬，俱打點停當。燒了牛皮寶帳。聞太師即日起兵，又得四將，不覺大喜。把人馬過了黃花山，逕往前進，浩浩蕩蕩，甚是軍威雄猛。有詩為證：

烈烈旗旛飛殺氣，紛紛戰馬似龍蛟。西岐豪傑如雲集，太師親征若浪拋。

話說聞太師人馬正行，忽擡頭見一石碣，上書三字，名曰絕龍嶺。太師在墨麒麟上，默默無言，半晌不語。鄧忠見聞太師勒騎不行，面上有驚恐之色。鄧忠問曰：「太師為何停騎不語？」聞太師曰：「吾當時悟道，在碧遊宮拜金靈聖母為師之時，學藝五十年。吾師命我卜山佐成湯，臨行，問師曰：『弟子歸著如何？』吾師道：『你一生逢不得絕字。』今日行兵，恰恰見此石碣，上書絕字，心上遲疑，故此不決。」鄧忠等四將笑曰：「太師差矣！大丈夫豈可以一字定終身禍福？況且吉人天相，只以太師之才德，豈有不克西岐之理？從古云：『不疑何卜？』」太師亦不笑不語。眾將催人馬速行。刀鎗似水，甲士如雲，一路無詞。哨馬報入中軍：「啟太師：人馬至西岐南門，請令定奪。」太師傳令安營。一聲砲響，三軍吶一聲喊，安下營，結下大寨。怎見得，有贊為證：

營安南北，陣擺東西。營安南北分龍虎，陣擺東西按木金。圍子手平添殺氣，虎狼威長起征雲。拐子馬齊齊整整，寶纛旛捲起威風。陣前小校披金甲，傳鎗兒郎掛錦裙。先行官如同猛虎，佐軍官惡似彪熊，定營砲天崩地裂，催陣鼓一似雷鳴，白日裡出入有法，到晚間轉箭支更。只因太師安營寨，鴉鳥不敢望空行。

不說聞太師安營西岐。只見報馬報進相府，報：「聞太師調三十萬人馬，在南門安營。」子牙曰：

「當時吾在朝歌，不曾會聞太師；今日領兵到此，看他紀法何如。」隨帶諸將上城，眾門下相隨，同到城敵樓上，觀看聞太師行營，果然好人馬！怎見得，有贊為證：

滿空殺氣，一川鐵馬兵戈；片片征雲，五色旌旗縹緲。千枝畫戟，豹尾描金五彩旛；萬口鋼刀，誅龍斬虎青銅劍。密密鉞斧，旛旗大小水晶盤；對對長鎗，盞口粗細銀畫桿。幽幽畫角，猶如東海老龍吟；燦燦銀盔，滾滾冰霜如雪練。錦衣繡襖，簇擁走馬先行；玉帶征夫，侍聽中軍元帥。鞭抓將士盡英雄，打陣兒郎兇似虎。不亞軒轅黃帝破蚩尤，一座兵山從地起。

話說子牙觀看良久，歎曰：「聞太師平日有將才，今觀如此整練，人言尚未盡其所學。」隨下城入府，同大小門下眾將，商議退兵之策。有黃飛虎在側曰：「丞相不必憂慮，況且魔家四將不過如此，正所謂國王洪福大，巨惡自然消散。」子牙曰：「雖是如此，民不安生，軍逢惡戰，將累鞍馬，俱不是寧泰之象。」正議間，報：「聞太師差官下書。」子牙傳令：「令來。」不一時，開城放一員大將至相府，將書呈上。子牙拆書觀看，上云：

成湯太師兼征西天保大元帥聞仲，書奉丞相姜子牙麾下：蓋聞王臣作叛，大逆于天。今天王在上，赫赫威靈。茲爾西土，敢行不道，不尊國法，自立為王，有傷國體，復納叛逆，明欺憲典。天子累興問罪之師，不為俯首伏辜，尚敢大肆猖獗，拒敵天吏，殺軍覆將，輒敢號令張威，王法何在！雖食肉寢皮，不足以盡厥罪；縱移爾宗祀，削爾疆土，猶不足以償其失。今奉詔下征，你等若惜一城之生靈，速至轅門授首，候歸期以正國典；如若拒抗，真火焰崑岡，俱為虀粉，噬臍何及❷？戰書

❷ 噬臍何及：後悔已來不及。左傳莊公六年：「若不早圖，後君噬齊。」注：「若噬腹齊，喻不可及。」齊，

到日，速為自裁。不宣。

子牙看書畢，曰：「來將何名？」鄧忠答曰：「末將鄧忠。」子牙曰：「鄧將軍回營，多拜上聞太師，原書批回，三日後會兵城下。」鄧忠領命出城，進營回復了聞太師，將子牙回話說了一遍。不覺就是三日。只聽得成湯營中砲響，喊殺之聲振天。子牙傳令：「把五方隊伍調遣出城。」聞太師正在轅門，只見西岐南門開處，一聲砲響，有四桿青旛招展，旛下四員戰將按震宮方位：

青袍青馬盡穿青，步將層層列馬兵，手挽擋牌人似虎，短劍長鎗若鐵城。

二聲砲響，四桿紅旛招展，旛腳下四員戰將，按離宮方位：

紅袍紅馬絳紅纓，收陣銅鑼帶角鳴，將士雄赳跨戰騎，窩弓火砲列行營。

三聲砲響，四桿素白旛招展，旛腳下有四員戰將，按兌宮方位：

白袍白馬爛銀盔，寶劍昆吾耀日輝，火焰鎗同金裝鐧，大刀猶似白龍飛。

四聲砲響，四桿皂蓋旛招展，旛腳下四員戰將，按坎宮方位：

黑人黑馬皂羅袍，斬將飛翎箭更豪，斧有宣花酸棗搠，虎頭鎗配雁翎刀。

五聲砲響，四桿杏黃旛招展，旛腳下四員戰將，按戊己宮方位：

金盔金甲杏黃旛，將坐中央守一元，殺氣騰騰籠戰騎，沖鋒銳卒候轅門。

話說聞太師看見子牙把五方隊伍調出，兩邊大小將官一對對整整齊齊：哪吒登風火輪，手提火尖鎗，對者楊戩，金吒、木吒、韓毒龍、薛惡虎、黃天化、武吉等侍衛兩旁。寶纛旗下，子牙騎四不相，右手下

同「臍」。

有武成王黃飛虎坐五色神牛而出。只見聞太師在龍鳳旛下，左右有鄧、辛、張、陶四將。太師面如淡金，五柳長髯，飄揚腦後，手提金鞭。怎見得聞太師威武：

九雲冠金霞繚繞，絳綃衣鶴舞雲飛，陰陽縧結束，朝履應玄機。坐下麒麟如墨染，金鞭擺動光輝。拜上通天教下，三除五遁施為。胸中包羅天地，運籌萬斛珠璣。丹心貫乎白日，忠貞萬載名題。龍鳳旛下列旌旗，太師行兵自異。

話說子牙催騎向前，欠背打躬，口稱：「太師，卑職姜尚不能全禮。」聞太師曰：「姜丞相，聞你乃崑崙名士，為何不諳事體，何也？」子牙答曰：「尚忝玉虛門下，周旋道德，何敢違背天常？上尊王命，下順軍民，奉法守公，一循於道。敬誠緝熙，克勤天戒，分別賢愚，佐守本土，不敢虐民亂政。稚子無欺，民安物阜，萬姓歡娛，有何不諳事體之處？」聞太師曰：「你只知巧于立言，不知自己有過。今天王在上，你不尊君命，自立武王。欺君之罪，孰大于此！收納叛臣黃飛虎，明知欺君，安心拒敵。叛君之罪，孰大于此！及至問罪之師一至，不行認罪，擅行拒敵，殺戮軍士命官。大逆之罪，孰加于此！今吾自至此，猶恃己能，不行降服，猶自興兵拒敵，巧言飾服，真可令人痛恨！」子牙笑而答曰：「太師差矣！自立武王，固是吾國未行請奏；然子襲父蔭，何為不可。況天下諸侯盡反成湯，也是欺君不成！只是人君先自滅綱紀，不足為萬姓之主，因此皆叛背不臣，此其過豈盡在臣也？收武成王，正是『君不正，臣投外國』，亦是禮之當然。今為人君，尚不自反，乃厚於責臣，不亦羞乎！若論殺朝廷命官士卒，是自到此取死討辱，尚等並不曾領一軍一卒，或助諸侯，或伐關隘。太師名振八方，今又到此，未免先有輕舉妄動之意，在尚怎敢抗拒？不若依尚愚意：老太師請暫回鑾轡，各守疆界，還是好顏相看；若太師務任一己之私，逆天行事，然兵家勝負，未可知也。還請太師三思，毋損威重。」聞太師被此數語說得面皮通紅，又見黃飛虎在寶纛之下，乃大叫曰：「逆臣黃某，出來見我！」飛虎覿面難回，只得向前欠身曰：「末將自別太師，不覺數載，今日又會，不才寃屈庶可伸明。」

聞太師喝曰：「滿朝富貴，盡在黃門，一旦負君，造反助惡，殺害命官，逆惡貫盈，還來強辯！」命：「那一員將官先把反臣拿了！」左哨上鄧忠大叫曰：「末將願往。」走馬搖斧，來取黃飛虎。飛虎縱五色神牛，手中鎗赴面交還。張節使鎗也來助鄧忠。周營內有大將南宮适敵住。陶榮使鐧，飛馬前來助戰。這壁廂武吉撥馬搖鎗，抵住陶榮。兩陣上六員戰將，三對交鋒，來來往往，沖沖撞撞，翻騰上下交加，只殺得天愁地暗，日月無光。辛環見三將不能取勝，把脇下肉翅一夾，飛起半空，手持鎚鑽，望子牙打來。時有黃天化催開玉麒麟，兩柄銀鎚，抵住辛環。周營眾將見成湯營裡飛起一人來，虎頭冠，面如紅棗，尖嘴獠牙，猙獰惡狀，惟黃天化戰住辛環。聞太師見黃天化坐玉麒麟，知是道德之士，急催開墨麒麟，使兩條金鞭，沖殺過來，忙取子牙。子牙忙催動四不相，急架相迎。二獸交加，竟生雲霧。這是聞太師頭一場西岐大戰。怎見得，贊曰：

兩下裡排門對伍，軍政司擂鼓鳴鑼。前後軍安排賭鬥，左右將準備相持。一等等有牙有爪，一等等能走能飛。狻猊、獬豸、獅子、麒麟、獾彪、怪獸、猛虎、蛟龍。狻猊鬥，狂風蕩蕩；獬豸鬥，日色輝輝；獅子鬥，寒風凜凜；麒麟鬥，冷氣森森；獾彪鬥，來往攛跳；怪獸鬥，遍地煙雲；蛟龍鬥，彩雲布合；猛虎鬥，捲起狂風。大戰一場怎肯休，英雄惡戰鬼神愁。

且說聞太師鞭法甚利，且有風雷之聲，久慣興師，四方響應，子牙如何敵得住？被聞太師舉起雄鞭，飛在空中，此鞭原是兩條蛟龍化成，雙鞭按陰陽，分二氣。那鞭在空中打將下來，正中子牙肩臂，翻鞍落騎。聞太師方欲來取首級，彼時哪吒登風火輪，搖鎗大叫：「勿要傷吾師叔！」照聞太師面上一鎗。太師急架鎗時，早被辛甲將子牙救回。聞太師與哪吒戰三五回合，又舉鞭打哪吒。哪吒不曾防備，也被一鞭打下輪來。早有金吒躍步趕來，將寶劍架住金鞭，欲救哪吒。太師大怒，連發雙鞭，雌雄不定，或起或落，連打金、木二吒，又打韓毒龍。幸有楊戩在側，看見聞太師好鞭，只打得落花流水，纔把銀合馬飛走出陣，使鎗便刺。聞太師見楊戩相貌非俗，心下自忖：「西岐有這些奇人，安得不反！」便把鞭來迎戰。數合之內，祭起雙鞭，正打中楊戩頂門上，只打得火星迸出，全然不理，一若平常。太師大驚，駭然歎曰：「此等異人，真乃道德之士！」不說聞太師讚歎。且說陶榮戰武吉，見諸將都未分勝負，忙把驟風旛取出，連搖數搖，霎時間飛砂走石，播土揚塵，天昏地暗。怎見得好風，只打得眾軍如風捲殘雲，丟旗棄鼓；將士盡盔歪甲斜，莫辨東西，敗下陣來。有贊為證：

霎時間天昏地暗，一會兒霧起雲迷。初起時塵砂蕩蕩，次後來捲石翻磚。黑風影裡，三軍亂竄；慘霧之中，戰將心忙。會武的刀鎗亂法，能文的顛倒慌張。聞太師金鞭龍擺尾，鄧忠闊斧似車輪，辛環肉翅世間稀，張節鎗傳天下少，陶榮奇異聚風旗。這纔是雷部神祇施猛烈，西岐眾將各逃生。棄鼓丟鑼拋滿地，尸橫馬倒不堪題。為國亡身遭劍劈，盡忠捨命定逢傷。聞太師西岐得勝，四天君掌鼓回營。

話說聞太師掌得勝鼓回營，昇了帳，眾將來賀：「太師頭陣之初，挫動西岐鋒銳，破此城只在指日矣。」

且說子牙收兵敗進城，入府，眾將上殿見子牙。子牙曰：「今日著傷諸將：李氏三人、韓毒龍等，盡被聞太師打了。」有楊戩在側，曰：「丞相且歇息一二日，再與他會戰，定勝聞仲。若得勝之時，乘機劫營，先挫其鋒，後面勢如破竹，聞仲可擒矣。」子牙曰：「善。」只至第三日，西岐砲響，眾將出城，安排廝殺，報馬報入營來。聞太師見報入營，隨即出陣。左右四將分開，太師至陣前。子牙曰：「今日與太師定決一雌雄。」各不答話，二獸相交，鞭劍併舉。子牙左有楊戩，右有哪吒，敵住太師。鄧忠走馬前來助戰，有黃飛虎前來截住廝殺。張、陶二將來助，有武吉、南宮适敵住廝殺。辛環飛來，有黃天化阻住。聞太師酣戰之際，又把雌雄鞭起在空中。子牙打神鞭也飛將起來。打神鞭乃玉虛宮元始所賜，此鞭有三七二十一節，一節上有四道符印，打八部正神。聞太師鞭往下打，子牙鞭往上迎，鞭打鞭，把聞太師雌鞭一打兩斷，落在塵埃。聞太師大叫一聲：「好姜尚！怎敢壞吾寶貝？吾與你勢不兩立！」子牙復祭打神鞭起去。聞太師難逃這一鞭之禍，一聲響，把聞太師打下騎來。幸有門下吉立、余慶催馬急救，太師借土遁去了。子牙與眾將大殺一陣，方收兵進西岐城，入相府。只見楊戩進曰：「今日劫營之事，定是大勝。」子牙曰：「善。眾將暫退，午後聽令。」正是：

挖下戰坑擒虎豹，滿天張網等蛟龍。

且說聞太師敗兵進營，陞帳坐下，四將參謁。聞太師曰：「自來征伐，未嘗有敗。今被姜尚打斷吾雌鞭，想吾師秘受蛟龍金鞭，今日已絕，有何面目再見吾師也！」四將曰：「勝負軍家常事。」且說子牙掌鼓聚將上殿。子牙令黃飛虎、飛彪、黃明等沖聞太師左營；令南宮适、辛甲、辛免四賢沖右營；令哪吒、黃天化為頭對，沖大轅門；木吒、金吒、韓毒龍、薛惡虎為二對，龍鬚虎、武吉保子牙作三對。令楊戩：「你去燒聞太師行糧，老將軍黃滾守城垣。」調遣已定。且說聞太師敗兵進營，坐于帳下，鬱鬱不樂。忽然見殺氣罩于中軍帳，太師焚香，將金錢一卜，早知其意，笑曰：「今劫吾營，非為奇計。」忙傳令：「鄧忠、張節在左營敵周將；辛環、陶榮在右營戰周將；吉立、余慶守行糧；老夫守中營，自然無虞也。」聞太師安排迎敵。卻說子牙把眾將發落已畢，只等砲響，各人行事。當日將人馬暗暗出城，四面八方，俱有號記，燈籠高挑，各按方位。時至初更，一聲砲響，三軍吶一聲喊，大轅門哪吒、黃天化先殺進來；左營黃家父子，右營乃四賢眾將，齊沖進來。這一陣不知勝敗何如，且聽下回分解。

評

聞太師征伐西岐，當對陣時，凜凜數語，至今猶有生氣；雖紂惡貫盈，子牙相周以滅商，終無懈於今日覿面之言；所以湯武雖王天下，猶有慚德，真聖人之語也。

又評

聞仲食君祿，而死君之節，自是當然，只鄧忠等四人，逍遙自在，何苦為功名富貴，自取死亡！古云：香餌之下，必有死魚。信乎！今之富貴利達者，盍詳審焉。

第四十三回　聞太師西岐大戰

黑夜交兵實可傷，抛盔棄甲未披裳。冒煙突火尋歸路，失志丟魂覓去鄉。
多少英雄茫昧死，幾許壯士夢中亡。誰知吉立多饒舌，又送天君入北邙。

話說子牙與眾將來劫聞太師行營，勢如風火。只見哪吒登風火輪，持火尖鎗殺來。聞太師忙上了墨麒麟，指鞭迎敵。黃天化自恃英勇，持兩柄銀鎚，催動玉麒麟，前來接戰，裹住聞太師不放。金木二吒揮寶劍，上前助戰。韓毒龍、薛惡虎各持劍左右相攻。殺氣紛紛，兵戈閃灼。怎見得一夜好戰，有贊為證，贊曰：

黃昏兵到，黑夜軍臨。黃昏兵到，沖開隊伍怎支持；黑夜兵臨，撞倒柵欄焉可立。馬聞金鼓之聲，驚馳亂走；軍聽喊殺喧嘩，難辨你我。刀鎗亂刺，那知上下交鋒；將士相迎，孰識東西南北。劫營將如同猛虎，踏營車一似貛龍。鳴金小校，擂鼓兒郎。鳴金小校，灰迷二目眼難睜；擂鼓兒郎，兩手慌忙槌亂打。初起時，兩下抖搜精神；次後來，勝敗難分敵手。敗了的，似傷弓之鳥，見曲木而高飛；得勝的，如猛虎登崖，闖群羊而弄猛；著刀的，連肩拽背；逢斧的，頭斷身開；擋劍的，劈開甲胄；中鎗的，腹內流紅。人撞人，自相踐踏；馬撞馬，遍地尸橫。傷殘士軍，哀哀叫苦；帶箭兒郎，慼慼之聲。棄金鼓，旛幢滿地；燒糧草，四野通紅。只知道奉命征討，誰知道片甲無存。愁雲只上九重天，遍地尸骸真慘切。

話說子牙劫聞太師行營，哪吒等把聞太師圍困核心。黃飛虎父子沖左營，與鄧忠、張節大戰，殺的乾坤暗暗；南宮适、辛甲等沖右營，與辛環、陶榮接戰，俱係夜間，只殺的慘慘悲風，愁雲滾滾。正酣戰之際，楊戩從聞太師後營殺進去，縱馬搖鎗，直殺至糧草堆上，放起火來。好火！怎見得，有詩為證：

烈焰沖霄勢更兇，金蛇萬道遶空中。煙飛捲蕩三千里，燒毀行糧天助功。

話說楊戩借胸中三昧真火，將糧草燒著，照徹天地。聞太師正戰之間，忽見火起，心中大驚，自思：「糧草被燒，大營難立。」把金鞭架鎗、擋劍，無心戀戰。又見子牙騎到，把打神鞭祭于空中，聞太師難逃這一鞭之厄，只打的聞太師三昧火噴出三四尺遠近。太師把墨麒麟縱出圈子，且戰且走；黃飛虎等追襲。鄧忠、張節見中軍失守，只得保著聞太師奪路而走。南宮适等追趕辛環、陶榮。吉立、余慶見勢頭不好，護持不下，只得敗走。辛環肉翅飛在空中，保著聞太師，退走往岐山不表。

且說終南山玉柱洞雲中子在碧遊床，忽然想起聞太師征伐西岐，正是雷震子下山之時，忙命金霞童兒：「請你師兄來。」童子去不多時，將雷震子請至碧遊床前，倒身下拜。雲中子曰：「徒弟，你可往西岐，去見你兄武王姬發，便可謁見你師叔姜子牙，助他伐紂，你可立功，速去。倘或中途若遇有肉翅之人，便可立功，方不負貧道傳你兩翅玄功，以助周室。」正是：兩枚仙杏安天下，方保周家八百年。

且說雷震子出洞，把風雷翅一展，腳登天，頭往下，二翅騰開，頃刻萬里。怎見得，有贊為證：

大雨燕山曾出世，一聲雷響鬼神驚。終南秘授先天訣，八卦爐邊師訓成。七歲臨潼曾會父，回山學藝更精明。二枚仙杏分離坎，兩翅飛騰有昃盈。洞府傳就黃金棍，展動舒開雲霧生。奉師法旨離玉柱，方見岐山舊有名。

且說雷震子離了終南，把二翅一夾，有風雷之聲，飛至西岐山，遠遠望見聞太師敗兵而來。雷震子大喜：「幸遇敗兵，正好用心殺他一陣！」且說太師正挫鋒銳，慌忙疾走，猛然擡頭，見空中飛有一人，面如藍靛，髮似硃砂，獠牙生于上下，好兇惡之像。聞太師叫：「辛環！你看前面飛來一人，甚是兇惡，你可仔細小心！」說猶未了，雷震子大呼曰：「吾來了！」舉棍就打，辛環鎚鑽迎面交還。空中四翅翻騰，鎚棍交加響亮。雷震子乃仙傳棍法，辛環生就英雄。怎見得，有詩為證：

四翅在空中，風雷響亮沖：這一個殺氣三千丈；那一個靈光透九重。這一個肉身成正道；那一個凡體受神封。這一個棍起生烈焰；那一個鎚鑽逞英雄。平地征雲起，空中火焰兇。金棍光輝分上下，鎚鑽精通最有功。自來也有將軍戰，不似空中類轉蓬。

話說雷震子中途一戰，只殺的辛環抵擋不住，抽身望岐山逃走。雷震子自思：「不可追趕。見了師叔、皇兄，料他還來，終久會我。」遂望西岐城相府中來不題。

只見眾人俱在子牙府裡報功，劫營得勝，挫了聞太師的鋒銳。子牙大喜，慰勞諸將曰：「今日之勝，皆出汝等之力，聖主社稷生民之福。」眾將答曰：「武王洪福，丞相德政，故使聞仲不識時務，失其利也。」正話間，忽報：「有一道童求見。」子牙傳：「請。」少時，雷震子進府下拜，口稱：「師叔。」子牙曰：「是那座名山弟子，今至此地？」雷震子答曰：「弟子乃終南山玉柱洞雲中子門下雷震子是也。今奉師令下山，一則謁師叔立功，二則見皇兄相會。」子牙曰：「你皇兄是誰？」雷震子曰：「皇兄乃是武王。」子牙問兩邊站立殿下：「你們可認得麼？」眾人曰：「認不得。」雷震子曰：「弟子七歲曾救文王出五關，弟子乃燕山雷震子。」子牙方悟，謂諸將曰：「先王曾言，出五關遇雷震子救護。今日進西岐，乃當今之洪福，得此異人。」遂引雷震子往見武王。子牙至皇城，有執殿官啟武王：「丞相候旨。」武王傳：「宣。」子牙進殿，行禮畢，奏曰：「大王御弟朝見。」武王曰：「孤弟何人？」子牙曰：「昔日先王在燕山收的雷震子，一向在終南山學藝，今日方歸。」武王命：「請來。」雷震子進內庭，倒身下拜，口稱：「皇兄。」武王稱：「御弟，昔先王曾言賢弟之功，救危出關，復回終南；今日相逢，實為慶幸！」武王見雷震子形象凶惡，不敢命入內庭，恐驚太姬等。武王曰：「相父與孤代勞，相府宴弟。」子牙曰：「雷震子持齋，只隨臣府宅，以便立功。」武王甚喜。雷震子彼時辭王回相府。不題。

且說聞太師兵敗岐山七十里，收住敗殘人馬，結下營寨查點，損折軍兵二萬有餘。太師陞帳，長歎曰：「自來提兵征伐多年，未嘗有挫鋒銳；今日到此，失機喪師，殊為痛恨！」心下十分不樂。自思無策，欲調別將，各有鎮守。太師乃丹心赤膽，恨不能一刻遂平西地，其心纔快；豈意如今失機被辱，只急的當中神目睜開，長吁短歎。吉立近前啟曰：「太師不必憂慮。況且三山五嶽之中，道友頗多，或請一二位，大事自然可成。」太師聽說：「老夫因軍務煩冗，紊亂心懷，一時忘卻。」遂上帳，吩咐鄧、辛二將：「好生看守大營，吾去來。」太師乘了墨麒麟，把風雲角一拍，那獸起在空中。正是：

金鰲島內邀仙友，封神榜上早標名。

話說聞太師的墨麒麟週遊天下，霎時可至千里；其日行到東海金鰲島。太師觀看大海青山幽靜，因嗟歎曰：「吾因為國事煩瑣，先王托孤之重，何日能脫卻煩惱，靜坐蒲團，參玄悟妙，閑看黃庭一卷，任烏兔如梭，何有與我。」真個好海島，有無窮奇景。怎見得，有贊為證：

勢鎮汪洋，威寧搖海。潮湧銀山魚入穴，波翻雪浪蜃離淵。木火方隅高積土，東西崖畔聳危巔。丹岩怪石，峭壁奇峰。丹崖上彩鳳雙鳴；峭壁前麒麟獨臥。峰前時聽錦鸞啼，石窟每觀龍出入。林中有壽鹿仙狐，樹上有靈禽玄鳥。瑤草奇花不謝，青松翠柏長春。仙桃常結果，修竹每留雲。一條澗壑藤蘿密，四面源堤草色新。正是：百川會處擎天柱，萬劫無移大地根。

話說聞太師到了金鰲島，下了墨麒麟，看了一回，各處洞門緊閉，並無一人，不知往那裡去了，靜悄悄的。聞太師沉吟半晌，自思：「不如往別處去罷。」上了墨麒麟，方出島來，後有人叫曰：「聞道兄！往那裡去？」聞太師回顧，見來者乃菡芝仙也。忙上前稽首曰：「道友往那裡去？」菡芝仙曰：「特來會你。金鰲島眾道友為你往白鹿島去練陣圖，前日申公豹來請俺們往西岐助你。我如今在八卦爐中煉一物，功尚未成，若是成了，隨即就至。眾道友現在白鹿島，道兄，你可速去。」聞太師聽說大喜，遂辭了菡芝仙，逕往白鹿島來，霎時而至。只見眾道人，或帶一字巾，九揚巾，或魚尾金冠，碧玉冠，或挽雙抓髻，或頭陀打扮，俱在山坡前閑話，坐在一處。

聞太師看見，大呼曰：「列位道友，好自在也！」眾道人回頭，見是聞太師，俱起身相迎。內有秦天君曰：「聞得道兄征伐西岐，前日申公豹在此相邀助你，吾等在此練十陣圖，方得完備。適道兄到臨，真是萬千之幸！」聞太師問曰：「兄練的那十陣？」秦天君曰：「吾等這十陣，各有妙用。明至西岐擺下，其中變化無窮。」聞太師看罷，曰：「為何只有九位，卻少一位？」秦天君曰：「金光聖母往白雲島去練他的金光陣，其玄妙大不相同，因此少他一位。」董天君曰：「列位陣圖可曾完麼？」眾道人曰：

「俱完了。」「既完了，我們先往西岐。聞兄在此等金光聖母同來，你意下如何？」聞太師曰：「既蒙列位道兄雅愛，聞仲感戴榮光萬萬矣，此是極妙之事。」九位道人辭了聞太師，借水遁先往西岐而來。怎見得，有詩為證：

天下嬉遊半月功，倏來倏去任西東。仙家妙用無窮際，豈似凡夫駕彩虹。

不說九位道者往西岐山，到了營裡。且說聞太師坐在山坡，倚松靠石，未及片時，只見正南上五點斑豹上坐一人，帶魚尾金冠，身穿大紅八卦衣，腰束絲縧，腳登雲履，背一包袱，掛兩口寶劍，如飛雲掣電而來。望見白鹿島前不見眾人，只見一位穿紅、三隻眼、黃臉長髯的道者，卻原來是聞太師。金光聖母急下坐騎，曰：「聞兄何來？」二人施禮。問：「九位道友往那裡去了？」太師曰：「他們先往岐山去，留吾在此等候同行。」二人齊上坐騎，駕起雲光，往岐山而來，霎時便至。到了行營，吉立領眾將迎接，上中軍帳，與眾道人相見。秦天君曰：「西岐城在那裡？」聞太師曰：「因吾前夜敗兵，退至七十里安營，此處乃是岐山。」眾人曰：「我們連夜起兵前去。」聞太師令鄧忠前隊起兵，整點人馬，一聲炮響，殺奔西岐城來。安了行營，三軍放定營大炮，吶喊傳更。

子牙在相府自因得勝後，與眾將逐日議論天下大事，忽聽喊聲，子牙曰：「聞太師想必取得援兵至矣。」旁有楊戩答曰：「聞太師新敗，去了半月，弟子聞此人乃截教門下，必定別請左道旁門之客，也要仔細防護。」子牙聽罷，心下疑惑，乃同哪吒、楊戩等都上城來觀看，聞太師行營今番大不相同。子牙見營中愁雲慘慘，冷霧飄飄，殺光閃閃，悲風切切，又有十數道黑氣沖于霄漢，籠罩中軍帳內。子牙看罷，驚訝不已；諸弟子默默不言。只得下城入府，共議破敵，實是無策。

且說聞太師安了營，與十天君共議破西岐之策，袁天君曰：「吾聞姜子牙是崑崙門下，想二教皈依，總是一理，如紅塵殺伐，吾等不必動此念頭。既練有十陣，我們先與他鬥智，方顯兩教中玄妙。若要倚勇鬥力，皆非我等道門所為。」聞太師曰：「道兄之言甚善。」次日，成湯營裡砲聲一響，布開陣勢。聞太師乘墨麒麟，坐名請子牙答話。報進相府，子牙隨調三軍，擺出城來，旛五分色，眾將軒昂。子牙坐四不相上，看成湯營裡布成陣勢。只見聞太師坐墨麒麟，執金鞭在前，後面有十位道者，好凶惡！臉分五色：青、黃、赤、白、紅，俱皆騎鹿而來。怎見得，有詩為證：

青絲上搭一綸巾，腹內玄機動萬人。無福成仙稱道德，封神榜上列其身。

話說秦天君乘鹿上前，見子牙打稽首，曰：「姜子牙請了！」子牙欠背躬身答曰：「道兄請了。不知列位道兄是那座名山？何處洞府？」秦天君答曰：「吾乃金鰲島練氣士秦完是也。汝乃崑崙門客，吾是截教門人，為何你倚道術欺侮吾教？甚非你我道家體面。」子牙答曰：「道友何以見得我欺侮貴教？」秦完曰：「你將九龍島魔家四人誅戮，還深侮吾教。我等今下山，與你見個雌雄。非是倚勇，吾等各以秘授略見功夫。吾等又不是凡夫俗子，恃強鬥勇，皆非仙體。」秦完說罷，子牙曰：「道兄通明達顯，普照四方，復始巡終，週流上下，原無二致。紂王無道，絕滅紀綱，王氣黯然。西土仁君已現，當順天時，莫迷己性。況鳴鳳在岐山，應生聖賢之兆。從來有道克無道，有福催無福，正能克邪，邪不能犯正。道兄幼訪名師，深悟大道，豈可不明道理！」秦完曰：「據你所言，周為真命之主，紂王乃無道之君。吾等此來，助紂滅周，難道便是不應天時？這也不在口中講。姜子牙，吾在島中曾練有十陣，擺與子牙過目。不必倚強，恐傷上帝好生之仁，累此無辜黎庶，勇悍兒郎，智勇將士，遭此劫運，而糜爛其肌體也。

不識子牙意下何如？」子牙曰：「道兄既有此意，姜尚豈敢違命。」只見十道人俱回騎進營，一兩個時辰，把十陣俱擺將出來。秦完復至陣前曰：「子牙，貧道十陣圖已完，請公細玩。」子牙曰：「領教了。」隨帶哪吒、黃天化、雷震子、楊戩四位門人來看陣。聞太師在轅門與十道人細看，子牙領來四人：一個站在風火輪上，提火尖鎗，是哪吒；玉麒麟上是黃天化；雷震子猙獰異相；楊戩道氣昂然。只見楊戩向前對秦天君曰：「吾等看陣，不可以暗兵、暗寶暗算吾師叔，非大丈夫之所為也。」秦完笑曰：「叫你等早晨死，不敢午時亡。豈有將暗寶傷你等之理！」哪吒曰：「口說無憑，發手可見。道者休得誇口！」四人保定子牙看陣。見頭一陣，挑起一牌，上書天絕陣；第二上書地烈陣；第三上書風吼陣；第四上書寒冰陣；第五上書金光陣；第六上書化血陣；第七上書烈焰陣；第八上書落魂陣；第九上書紅水陣；第十上書紅沙陣。子牙看畢，復至陣前。

秦天君曰：「子牙識此陣否？」子牙曰：「十陣俱明，吾已知之。」袁天君曰：「可能破否？」子牙曰：「既在道中，怎不能破？」袁天君曰：「幾時來破？」子牙曰：「此陣尚未完全。待你完日，用書知會，方破此陣。請了！」聞太師同諸道友回營。子牙進城入相府，好愁！真是雙鎖眉尖，無籌可展。楊戩在側曰：「師叔方纔言能破此陣，其實可能破得否？」子牙曰：「此陣乃截教傳來，皆稀奇之幻法，陣名罕見，焉能破得？」不言子牙煩惱。且說聞太師同十位道者入營，治酒款待，飲酒之間，聞太師曰：「道友，此十陣有何妙用可破西岐？」秦天君開講十絕大陣。不知有何奧妙，且聽下回分解。

評

聞太師久經征戰，老練之才，如何昏夜劫營，不預為防備，致遭大敗？太師不能辭其疏虞之責也。

又評

十天君原自討煩惱，只在金鰲島自在逍遙，何等快樂！乃信申公豹之說，鍊十絕陣來助聞太師，是自取滅亡。所以說：天作孽猶可違，自作孽不可活。神仙且猶不可，況今人尚多作孽者何哉！

第四十四回 子牙魂遊崑崙山

左道妖魔事更偏，呪詛魅魔古今傳。傷人不用飛神劍，索魄何須取命箋？
多少英雄皆棄世，任他豪傑盡歸泉。誰知天意俱前定，一脈遊魂去復還。

話說秦天君講天絕陣，對聞太師曰：「此陣乃吾師曾演先天之數，得先天清氣，內藏混沌之幾，中有三首旛，按天、地、人三才，共合為一氣。若人入此陣內，有雷鳴之處，化作灰塵；仙道若逢此處，肢體震為粉碎。故曰天絕陣也。」有詩為證：

天地三才顛倒推，玄中玄妙更難猜。神仙若遇天絕陣，頃刻肢體化成灰。

聞太師聽罷大喜。又問：「地烈陣如何？」趙天君曰：「吾地烈陣亦按地道之數，中藏凝厚之體，外現隱躍之妙，變化多端；內隱一首紅旛，招動處，上有雷鳴，下有火起。凡人仙進此陣，再無復生之理；縱有五行妙術，怎逃此厄！」有詩為證：

地烈煉成分濁厚，上雷下火太無情。就是五行乾健體，難逃骨化與形傾。

聞太師又問：「風吼陣何如？」董天君曰：「吾風吼陣中藏玄妙，按地、水、火、風之數，內有風、火。此風、火乃先天之氣，三昧真火，百萬兵刃從中而出。若人仙進此陣，風、火交作，萬刃齊攢，四肢立成虀粉，怕他有倒海移山之異術，難逃身體化成膿。」有詩為證：

風吼陣中兵刃窩，暗藏玄妙若天羅。傷人不怕神仙體，消盡渾身血肉多。

聞太師又問：「寒冰陣內有何妙用？」袁天君曰：「此陣非一日功行乃能煉就，名為寒冰，實為刀山。內藏玄妙，中有風雷，上有冰山如狼牙，下有冰塊如刀劍。若人仙入此陣，風雷動處，上下一磕，四肢立成齏粉。縱有異術，難免此難。」有詩為證：

玄功煉就號寒冰，一座刀山上下凝。若是人仙逢此陣，連皮帶骨盡無憑。

聞太師又問：「金光陣妙處何如？」金光聖母曰：「貧道金光陣，內奪日月之精，藏天地之氣，中有二十一面寶鏡，用二十一根高桿，每一面懸在高桿頂上，一鏡上有一套。若人仙入陣，將此套拽起，雷聲震動鏡子，只一二轉，金光射出，照住其身，立刻化為膿血。縱會飛騰，難越此陣。」有詩為證：

寶鏡非銅又非金，不向爐中火內尋。縱有天仙逢此陣，須臾形化更難禁。

聞太師又問：「化血陣如何用度？」孫天君曰：「吾此陣法，用先天靈氣，中有風雷，內藏數片黑砂。但人仙入陣，雷響處，風捲黑砂，些須著處，立化血水。縱是神仙，難逃利害。」有詩為證：

黃風捲起黑砂飛，天地無光動殺威。任你神仙聞此氣，涓涓血水濺征衣。

聞太師又問：「烈焰陣又是如何？」白天君曰：「吾烈焰陣妙用無窮，非同凡品：內藏三火，有三昧火、空中火、石中火。三火併為一氣，中有三首紅旛。若人仙進此陣內，三旛展動，三火齊飛，須臾成為灰燼。縱有避火真言，難躲三昧真火。」有詩為證：

燧人方有空中火，煉養丹砂爐內藏。坐守離宮為首領，紅旛招動化空亡。

太師問：「落魂陣奇妙如何？」姚天君曰：「吾此陣非同小可，乃閉生門，開死戶，中藏天地厲氣，結聚而成。內有白紙旛一首，上存符印。若人仙入陣內，白旛展動，魄消魂散，頃刻而滅；不論神仙，隨人隨滅。」有詩為證：

白紙旛搖黑氣生，煉成妙術透虛盈。從來不信神仙體，入陣魂消魄自傾。

太師又問：「如何為紅水陣？其中妙用如何？」王天君曰：「吾紅水陣內奪壬癸之精，藏天乙之妙，變幻莫測。中有一八卦臺，臺上有三個葫蘆，任隨人仙入陣，將葫蘆往下一擲，傾出紅水，汪洋無際，若其水濺出一點粘在身上，頃刻化為血水。縱是神仙，無術可逃。」有詩為證：

爐內陰陽真奧妙，煉成壬癸裡邊藏。饒君就是金鋼體，遇水粘身頃刻亡。

聞太師又問：「紅沙陣畢竟愈出愈奇，更煩請教，以快愚意。」張天君曰：「吾紅沙陣果然奇妙，作法更精。內按天、地、人三才，中分三氣，內藏紅沙三斗——看似紅沙，著身利刃，上不知天，下不知地，中不知人。若人仙沖入此陣，風雷運處，飛沙傷人，立刻骸骨俱成虀粉。縱有神仙佛祖，遭此再不能逃。」有詩為證：

紅沙一撮道無窮，八卦爐中玄妙功。萬象包羅為一處，方知截教有鴻濛。

聞太師聽罷，不覺大喜：「今得眾道友到此，西岐指日可破。縱有百萬甲兵，千員猛將，無能為矣。實乃社稷之福也！」內有姚天君曰：「列位道兄，據貧道論起來，西岐城不過彈丸之地，姜子牙不過淺行之夫，怎經得十絕陣起！只小弟略施小術，把姜子牙處死，軍中無主，西岐自然瓦解。常言『蛇無頭而不行，軍無主而自亂。』又何必區區與之較勝負哉？」聞太師曰：「道兄若有奇功妙術，使姜尚自死，又不張弓持矢，不致軍士塗炭，此萬千之幸也。敢問如何治法？」姚天君曰：「不動聲色，二十一日自然命絕。子牙縱是脫骨神仙，超凡佛祖，也難逃躲。」聞太師大喜，更問詳細。

姚斌附太師耳曰：「須如此如此，自然命絕。又何勞眾道兄費心。」聞太師喜不自勝，對眾道友曰：「今日姚兄施大法力，為我聞仲治死姜尚；尚死，諸將自然瓦解，功成至易。真所謂樽俎折衝，談笑而下西岐。大抵今皇上洪福齊天，致感動列位道兄扶助。」眾人曰：「此功讓姚賢弟行之，總為聞兄，何言勞逸。」姚天君讓過眾人，隨入落魂陣內，築一土臺，設一香案，臺上紮一草人；草人身上寫姜尚的名字，草人頭上點三盞燈，足下點七盞燈；上三盞名為催魂燈，下七盞名為促魄燈。姚天君在其中，披髮仗劍，步罡念呪於臺前，發符用印於空中，一日拜三次。連拜了三四日，就把子牙拜的顛三倒四，坐臥不安。

不說姚天君行法，且說子牙坐在相府與諸將商議破陣之策，默默不言，半籌無畫。楊戩在側，見姜丞相或驚或怪，無策無謀，容貌比前大不相同，心下便自疑惑：「難道丞相曾在玉虛門下出身，今膺重寄，況上天垂象，應運而興，豈是小可；難道就無計破此十陣，便自顛倒如此！其實不解。」楊戩甚是憂慮。又過七八日，姚天君在陣中把子牙拜去了一魂二魄。子牙在相府，心煩意躁，進退不寧，十分不爽利，整日不理軍情，慵懶常眠。眾將門徒俱不解是何緣故，也有疑無策破陣者，也有疑深思靜攝者，不說相府眾人猜疑不一。又過十四五日，姚天君將子牙精魂氣魄，又拜去了二魂四魄。子牙在府，一時憨睡，鼻息如雷。且說哪吒、楊戩與眾大弟子商議曰：「方今兵臨城下，陣擺多時，師叔全不以軍情為重，只是憨睡，此中必有緣故。」楊戩曰：「據愚下觀丞相所為，恁般顛倒，連日如在醉夢之間；似此動作，不像前番，似有人暗算之意。不然，丞相學道崑崙，能知五行之術，善察陰陽禍福之機，安有昏

迷如是，置大事若不理者！其中定有蹊蹺。」眾人齊曰：「必有緣故，我等同入臥室，請上殿來商議破

敵之事，看是如何？」眾人至內室前，問內侍人等：「丞相何在？」左右侍兒應曰：「丞相濃睡未醒。」

眾人命侍兒請丞相至殿上議事。侍兒忙入室，請子牙出得內室門外，武吉上前告曰：「老師每日安寢，不顧軍國重務，關係甚大，將士憂心，懇求老師速理軍情，以安周土。」子牙只得勉強出來，陞了殿，

眾將上前，議論軍前等事。子牙只是不言不語，如痴如醉。忽然一陣風響，哪吒沒奈何，來試試子牙陰陽如何。

哪吒曰：「師叔在上：此風甚是兇惡，不知主何凶吉？」子牙掐指一算，答曰：「今日正該刮風，原無別事。」眾人不敢抵觸。看官：此時子牙被姚天君拜去了魂魄，心中模糊，陰陽差錯了，故曰該刮風，如何知道禍福。當日眾人也無可奈何，只得各散。言休煩絮，不覺又過了二十日。姚天君把子牙二魂六魄俱已拜去了，止剩得一魂一魄，其日竟拜出泥丸宮，子牙已死在相府。眾弟子與門下諸將官，連武王駕至相府，俱環立而泣。武王亦泣而言曰：「相父為國勤勞，不曾受享安康，一旦致此，於心何忍，言之痛心！」眾將聽武王之言，不覺大痛。楊戩含淚，將子牙身上摸一摸，只見心口還熱，忙來啟武王曰：「不要忙，丞相胸口還熱，料不能就死。且停在臥榻。」

不言眾將在府中慌亂。單言子牙一魂、一魄，飄飄蕩蕩，杳杳冥冥，竟往封神臺來。時有清福神迎迓，見子牙是魂魄，清福神栢鑑知道天意，忙將子牙魂魄輕輕的推出封神臺來。但子牙原是有根行之人，一心不忘崑崙，那魂魄出了封神臺，隨風飄飄蕩蕩，如絮飛騰，逕至崑崙山來。適有南極仙翁閑遊山下，採芝煉藥，猛見子牙魂魄渺渺而來，南極仙翁仔細觀看，方知是子牙的魂魄。仙翁大驚曰：「子牙絕

矣！」慌忙趕上前，一把綽住了魂魄，裝在葫蘆裡面，塞住了葫蘆口，逕進玉虛宮，啟掌教老師。纔進得宮門，後面有人叫曰：「南極仙翁不要走！」仙翁回頭看時，原來是太華山雲霄洞赤精子。仙翁曰：「道友那裡來？」赤精子曰：「閑居無事，特來會你遊海島，適山嶽，訪仙境之高明野士，看其著棋閑耍，如何？」仙翁曰：「今日不得閑。」赤精子曰：「如今止了講，你我正得閑。他日若還開講，你我俱不得閑矣。今日反說是不得閑，兄乃欺我。」仙翁曰：「我有要緊事，不得陪兄，豈為不得閑之說？」赤精子曰：「吾知你的事：姜子牙魂魄不能入竅之說，再無他意。」仙翁曰：「你何以知之？」赤精子曰：「適來言語，原是戲你。我正為子牙魂魄趕來。我因先到西岐山，封神臺上見清福神栢鑑說：『子牙魂魄方纔至此，被我推出，今遊崑崙山去了。』故此特地趕來。方纔見你進宮，故意問你。今子牙魂魄果在何處？」仙翁曰：「適間閑遊崖前，只見子牙魂魄飄蕩而至，及仔細觀看方知；今已被吾裝在葫蘆內，要啟老師知之，不意兄至。」赤精子曰：「多大事情，驚動教主。你將葫蘆拿來與我，待吾去救子牙走一番。」仙翁把葫蘆付與赤精子。赤精子心慌意急，借土遁離了崑崙，霎時來至西岐，到了相府前，有楊戩接住，拜倒在地，口稱：「師伯今日駕臨，想是為師叔而來。」赤精子答曰：「然也。快為通報！」楊戩入內，報與武王，武王親自出迎。赤精子至銀安殿，對武王打個稽首。武王竟以師禮待之，尊於上坐。

赤精子曰：「貧道此來，特為子牙下山。如今子牙死在那裡？」武王同眾將士引赤精子進了內榻。赤精子見子牙合目不言，仰面而臥。赤精子曰：「賢王不必悲啼，毋得驚慌，只令他魂魄還體，自然無事。」赤精子同武王復至殿上。武王請問曰：「道長，相父不絕，還是用何藥餌？」赤精子曰：「不必用藥，自有妙用。」楊戩在旁問曰：「幾時救得？」赤精子曰：「只消至三更時，子牙自然回生。」眾人俱各歡喜。不覺至晚，已至三更。楊戩來請，赤精子整頓衣袍，起身出城。只見十陣內黑氣迷天，陰雲布合，悲風颯颯，冷霧飄飄，有無限鬼哭神嚎，竟無底止。赤精子見此陣十分險惡，用手一指，足下先現兩朵白蓮花，為護身根本，後將麻鞋踏定蓮花，輕輕起在空中，正是仙家妙用。怎見得，有詩為證：

道人足下白蓮生，頂上祥光五色呈。只為神仙犯殺戒，落魂陣內去留名。

話說赤精子站在空中，見十陣好生兇惡，殺氣貫於天界，黑霧罩於岐山。赤精子正看，只見落魂陣內姚斌在那裡披髮仗劍，步罡踏斗於雷門；又見草人頂上一盞燈，昏昏慘慘，足下一盞燈，半滅半明。姚斌把令牌一擊，那燈往下一滅，一魂一魄在葫蘆中一迸；幸葫蘆口兒塞住，焉能迸得出來。姚天君連拜數拜，其燈不滅。大抵燈不滅，魂不絕。姚斌不覺心中焦躁，把令牌一拍，大呼曰：「二魂六魄已至，一魂一魄為何不歸！」不言姚天君發怒連拜。且說赤精子在空中，見姚斌方拜下去，把足下二蓮花往下一坐，來搶草人。不意姚斌拜起擡頭，看見有人落將下來，乃是赤精子。姚斌曰：「赤精子，原來你敢入吾落魂陣搶姜尚之魂！」忙將一把黑砂望上一灑。赤精子慌忙疾走，饒著走的快，把足下二朵蓮花落在陣裡。赤精子幾乎失陷落魂陣中，急忙駕遁，進了西岐。楊戩接住，見赤精子面色恍惚，喘息不定。

楊戩曰：「老師可曾救回魂魄？」赤精子搖頭連曰：「好利害！好利害！落魂陣幾乎連我陷於裡面！饒我走得快，猶把我足下二朵白蓮花打落在陣中。」武王聞說，大哭曰：「若如此言，相父不能回生矣！」赤精子曰：「賢王不必憂慮，料是無妨。此不過係子牙災殃，如此遲滯，貧道如今往個所在去來。」武王曰：「老師往那裡去？」赤精子曰：「吾去就來。你們不可走動，好生看待子牙。」吩咐已畢，赤精子離了西岐，腳踏祥光，借土遁來至崑崙山。不一時，有南極仙翁出玉虛宮而來，見赤精子至，忙問：「子牙魂魄可曾回？」赤精子把前事說了一遍：「借重道兄，啟師尊問個端的：怎生救得子牙？」仙翁聽說，入宮至寶座下，行禮畢，把子牙事細細陳說一番。元始曰：「吾雖掌此大教，事體尚有疑難。你叫赤精子可去八景宮見大老爺，便知始末。」仙翁領命出宮來，對赤精子曰：「老師吩咐：你可往八景宮去參謁大老爺，便知端的。」赤精子辭了南極仙翁，駕祥雲往玄都而來。不一時已到仙山。此處乃大羅宮玄都洞，是老子所居之地。內有八景宮，仙境異常，令人把玩不暇。有詩為證，詩曰：

仙峰巔險，峻嶺崔嵬。坡生瑞草，地長靈芝。根連地秀，頂接天齊。青松綠柳，紫菊紅梅。碧桃銀杏，火棗交梨。仙翁判畫，隱者圍棋。群仙談道，靜講玄機。聞經怪獸，聽法狐狸。彪熊剪尾，豹舞猿啼。龍吟虎嘯，翠落鶯飛。犀牛望月，海馬聲嘶。異禽多變化，仙鳥世間稀。孔雀談經句，仙童玉笛吹。怪松盤古頂，寶樹映沙堤。山高紅日近，澗闊水流低。清幽仙境院，風景勝瑤池。此間無限景，世上少人知。

話說赤精子至玄都洞，見上面一聯云：

道判混元，曾見太極兩儀生四象；鴻濛傳法，又將胡人西度出函關。

赤精子在玄都洞外，不敢擅入。等候一會，只見玄都大法師出宮外，看見赤精子，問曰：「道友到此，有甚麼大事？」赤精子打稽首，口稱：「道兄，今無甚事，也不敢擅入。只因姜子牙魂魄遊蕩的事……」細說一番：「特奉師命，來見老爺，敢煩通報。」玄都大法師聽說，忙入宮，至蒲團前行禮，啟曰：「赤精子宮門外聽候法旨。」老子曰：「招他進來。」赤精子入宮，倒身下拜：「弟子願老師萬壽無疆！」老子曰：「你等犯了此劫，落魂陣姜尚有愆，吾之寶落魂陣亦遭此厄，都是天數。汝等謹受法戒。」叫玄都大法師：「取太極圖來。」付與赤精子：「將吾此圖，如此如此，自然可救姜尚。你速去罷。」赤精子得了太極圖，離了大羅宮，一時來至西岐。武王聞說赤精子回來，與眾將迎迓至殿前。武王忙問曰：「老師那裡去來？」赤精子曰：「今日方救得子牙。」眾將聽說，不覺大喜。

楊戩曰：「老師，還到甚時候？」赤精子曰：「也到三更時分。」諸弟子專等至三更來請，赤精子隨即起身。出城行至十陣門前，捏土成遁，駕在空中，只見姚天君還在那裡拜伏。赤精子將老君太極圖打散抖開，此圖乃老君劈地開天，分清理濁，定地水火風包羅萬象之寶。化了一座金橋，五色毫光，照耀山河大地，護持著赤精子往下一墜，一手正抓住草人，望空就走。姚天君忽見赤精子二進落魂陣來，大叫曰：「好赤精子！你又來搶我草人！甚是可惡！」忙將一斗黑砂望上一潑。赤精子叫一聲：「不好！」把左手一放，將太極圖落在陣裡，被姚天君所得。且說赤精子雖是把草人抓出陣來，反把太極圖失了，嚇得魂不附體，面如金紙，喘息不定，在土遁內，幾乎失利；落下遁光，將草人放下，把葫蘆取出，收了子牙二魂六魄，裝在葫蘆裡面，往相府前而來。只見眾弟子正在此等候。遠遠望見赤精子欣然而來，楊戩上前請問曰：「老師！師叔魂魄可曾取得來麼？」

赤精子曰：「子牙事雖完了，吾將掌教大老爺的奇寶失在落魂陣，吾未免有陷身之禍！」眾將同進相府。武王聞得取子牙魂魄已至，不覺大喜。赤精子至子牙臥榻，將子牙頭髮分開，用葫蘆口合住子牙泥丸宮，連把葫蘆敲了三四下，其魂魄依舊入竅。少時，子牙睜開眼，口稱：「好睡！」急至看時，臥榻前武王、赤精子、眾門人，子牙躍身而起。武王曰：「若非此老師費心，焉得相父今生再面！」這會子牙方纔醒悟，便問：「道兄何以知之，而救不才也？」赤精子曰：「十絕陣內有一落魂陣，姚斌將你魂魄拜入草人，腹內止得一魂一魄，天不絕你，魂遊崑崙，我為你趕入玉虛宮，討你魂魄；復入大羅宮，蒙掌教大老爺賜太極圖救你，不意失在落魂陣中。」子牙聽畢，自悔根行甚淺，不能俱知始末：「太極圖乃玄妙之珍，今已誤陷，奈何？」赤精子曰：「子牙且調養身體，待平復後，共議破陣之策。」武王回駕。子牙調養數日，方纔痊癒。

翌日陞殿，赤精子與諸人共議破陣之法。赤精子曰：「此陣乃左道旁門，不知深奧。既有真命，自然安妥。」言未畢，楊戩啟子牙：「二仙山麻姑洞黃龍真人到此。」子牙迎接至銀安殿，行禮畢，分賓主坐下。子牙曰：「道兄今到此，有何事見諭？」黃龍真人曰：「特來西岐，共破十絕陣。方今吾等犯了殺戒，輕重有分；眾道友咫尺即來此處，凡俗不便，貧道先至，與子牙議論。可在西門外搭一蘆篷蓆殿，結綵懸花，以便三山五嶽道友齊來，可以安歇。不然，有褻眾聖，甚非尊賢之理。」子牙傳令：「著南宮适、武吉起造蘆篷，安放蓆殿。」又命楊戩：「在相府門首，但有眾老師至，隨即通報。」赤精子對子牙曰：「吾等不必在此商議，候造篷工完，篷上議事可也。」話非一日，武吉來報工完。子牙同二位道友、眾門人，都出城來聽用，止留武成王掌府事。話說子牙上了蘆篷，鋪毡墊地，懸花結綵，專候諸道友來至。大抵武王為應天順人，仙聖自不絕而來。先來的是：

九仙山桃園洞廣成子。

太華山雲霄洞赤精子。

二仙山麻姑洞黃龍真人。

夾龍山飛雲洞懼留孫，後入釋成佛。

乾元山金光洞太乙真人。

崆峒山元陽洞靈寶大法師。

五龍山雲霄洞文殊廣法天尊，後成文殊菩薩。

九宮山白鶴洞普賢真人，後成普賢菩薩。

普陀山落伽洞慈航道人，後成觀世音大士。

玉泉山金霞洞玉鼎真人。

金庭山玉屋洞道行天尊。

青峰山紫陽洞清虛道德真君。

子牙逕往迎接，上篷坐下。內有廣成子曰：「眾位道友，今日前來，興廢可知，真假自辨。子牙公幾時破十絕陣？吾等聽從指教。」子牙聽得此言，魂不附體，欠身言曰：「列位道兄，料不才不過四十年毫末之功，豈能破得此十絕陣！乞列位道兄憐姜尚才疏學淺，生民塗炭，將士水火，敢煩那一位道兄，與吾代理，解君臣之憂煩，黎庶之倒懸，真社稷生民之福矣。姜尚不勝幸甚！」廣成子曰：「吾等自身難保無虞，雖有所學，不能克敵此左道之術。」彼此互相推讓。正說間，只見半空中有鹿鳴，異香滿地，遍處氤氳。不知是誰來至，且聽下回分解。

評

十天王，十絕陣，自恃無敵，孰知十人正做了破陣的貼戶，害人者實所以自害。今人何得恃一己之才，而妄自尊大耶！

又評

姚天君之魔魅，實為利害，子牙乃係應運而興者，豈得擅能撲滅？故當艱危百折之際，又有為之救者，他人枉自費心。

第四十五回　燃燈議破十絕陣

天絕陣中多猛烈，若逢地烈更難堪。秦完湊數皆天定，袁角遭誅是性貪。
雷火燒殘今已兩，細仙縛去不成三。區區十陣成何濟，贏得封神榜上談。

話說眾人正議破陣主將，彼此推讓，只見空中來了一位道人，跨鹿乘雲，香風襲襲。怎見得他相貌稀奇，形容古怪？真是仙人班首，佛祖源流。有詩為證：

一天瑞彩光搖曳，五色祥雲飛不徹。鹿鳴空內九皋聲，紫芝色秀千層葉。中間現出真人相，古怪容顏原自別。神舞虹霓透漢霄，腰懸寶籙無生滅。靈鷲山下號燃燈，時赴蟠桃添壽域。

眾仙知是靈鷲山圓覺洞燃燈道人，齊下篷來，迎接上篷，行禮坐下。燃燈曰：「眾道友先至，貧道來遲，幸勿以此介意。方今十絕陣甚是凶惡，不知以何人為主？」子牙欠身打躬曰：「專候老師指教。」燃燈曰：「吾此來，實與子牙代勞，執掌符印；二則眾友有厄，特來解釋；三則了吾念頭。子牙公請了！可將符印交與我。」子牙與眾人俱大喜曰：「道長之言，甚是不謬。」隨將印符拜送燃燈。燃燈受印符，謝過道友，方打點議破十陣之事。正是：

雷部正神施猛力，神仙殺戒也難逃。

話說燃燈道人安排破陣之策，不覺心上咨嗟：「此一劫必損吾十友。」

且說聞太師在營中請十天君上帳，坐而問曰：「十陣可曾完全？」秦完曰：「完已多時。可著人下戰書知會，早早成功，以便班師。」聞太師忙修書，命鄧忠往子牙處來下戰書。有哪吒見鄧忠來至，便問曰：「有何事至此？」鄧忠答曰：「來下戰書。」哪吒報與子牙：「鄧忠下書。」子牙命：「接上來。」書曰：

征西大元戎太師聞仲書奉丞相姜子牙麾下：古云：「率土之濱，莫非王臣。」今無故造反，得罪于天下，為天下所共棄者也。屢奉天討，不行悔罪，反恣肆強暴，殺害王師，致辱朝廷，罪亦罔赦。今擺此十絕陣已完，與爾共決勝負。特著鄧忠將書通會，可準定日期，候爾破敵。戰書到日，即此批宣。

子牙看罷書，原書批回：「三日後會戰。」鄧忠回見太師：「三日後會陣。」聞太師乃在大營中設席，款待十天君，大吹大擂飲酒。飲至三更，出中軍帳，猛見周家蘆篷裡眾道人頂上現出慶雲瑞彩，或金燈貝葉，瓔珞垂珠，似簷前滴水，涓涓不斷。十天君驚曰：「崑崙山諸人到了！」眾皆駭異，各歸本陣，自去留心。不覺便是三日。那日早晨，成湯營裡砲響，喊聲齊起，聞太師出營，在轅門口，左右分開隊伍，乃鄧、辛、張、陶四將；十陣主各按方向而立。只見西岐蘆篷裡，隱隱旛飄，靄靄瑞氣，兩邊列三山五嶽門人。只見頭一對是哪吒、黃天化出來；二對楊戩、雷震子；三對是韓毒龍、薛惡虎；四對是金吒、木吒。怎見得，有詩為證：

玉磬金鐘聲兩分，西岐城下吐祥雲。從今大破十絕陣，雷祖英名萬載聞。

話說燃燈掌握元戎，領眾仙下篷，步行排班，緩緩而行。只見赤精子對廣成子；太乙真人對靈寶大法師；

道德真君對懼留孫；文殊廣法天尊對普賢真人；慈航道人對黃龍真人；玉鼎真人對道行天尊；十二代上仙，齊齊整整擺出，當中梅花鹿上坐燃燈道人，赤精子擊金鐘，廣成子擊玉磬。只見天絕陣內一聲鐘響，陣門開處，兩桿旛搖，見一道人，怎生模樣：面如藍靛，髮似硃砂，騎黃斑鹿出陣。但見：

蓮子箍，頭上著；絳綃衣，繡白鶴。手持四楞黃金鐧，暗帶擒仙玄妙索。蕩三山，遊五嶽，金鰲島內燒丹藥。只因煩惱共嗔痴，不在高山受快樂。

且說天絕陣內秦天君飛出陣來。燃燈道人看左右，暗思：「並無一個在劫先破此陣之人。」正話說未了，忽然空中一陣風聲飄飄，落下一位仙家，乃玉虛宮第五位門人鄧華是也，擰一根方天畫戟。見眾道人，打個稽首，曰：「吾奉師令，特來破天絕陣。」燃燈點首自思曰：「數定在先，怎逃此厄！」尚未回言，只見秦天君大呼曰：「玉虛教下誰來見吾此陣？」鄧華向前言曰：「秦完慢來，不必恃強，自肆猖獗！」秦完曰：「你是何人，敢出大言？」鄧華曰：「業障！你連我也認不得了！吾乃玉虛門下鄧華是也。」秦完曰：「你敢來會我此陣否？」鄧華曰：「既奉敕下山，怎肯空回！」提畫戟就刺。秦完催鹿相還，步鹿交加，殺在天絕陣前，怎見得：

這一個輕移道步，那一個兜轉黃斑。輕移道步，展動描金五色旛；兜轉黃斑，金鐧使開龍擺尾。這一個道心退後惡心生，那一個那顧長生真妙訣。這一個藍臉上殺光直透三千丈，那一個粉臉上惡氣沖破五雲端。一個是雷部天君施威仗勇；一個是日宮神聖氣概軒昂。正是：

封神臺上標名客，怎免誅身戮體災。

話說秦天君與鄧華戰未及三五回合，空丟一鐧，往陣內就走，鄧華隨後趕來。見秦完走進陣門去了，鄧華也趕入陣內。秦天君見鄧華趕來，急上了板臺，臺上有几案，案上有三首旛。秦天君將旛執在手，左右連轉數轉，將旛往下一擲，雷聲交作；只見鄧華昏昏慘慘，不知南北西東，倒在地下。秦完下板臺，將鄧華取了首級，擰出陣來，大呼曰：「崑崙教下，誰敢再觀吾天絕陣也！」燃燈看見鄧華首級，不覺咨嗟：「可憐數年道行，今日結果！」又見秦完復來叫陣，乃命文殊廣法天尊先破此陣，燃燈吩咐：「務要小心！」文殊曰：「知道，領法牒。」作歌出曰：

「欲試鋒芒敢憚勞，凌霄寶匣玉龍號。手中紫氣三千丈，頂上凌雲百尺高。金闕曉臨談道德，玉京時去種蟠桃。奉師法旨離仙府，也到紅塵走一遭。」

文殊廣法天尊問曰：「秦完，你截教無拘無束，原自快樂，為何擺此天絕陣陷害生靈？我今既來破陣，必開殺戒。非是我等滅卻慈悲，無非了此前因。你等勿自後悔！」秦完大笑曰：「你等是閑樂神仙，怎的也來受此苦惱？你也不知吾所練陣中無盡無窮之妙。非我逼你，是你等自取大厄！」文殊廣法天尊笑曰：「也不知是誰取絕命之愆！」秦完大怒，執鐧就打。天尊道：「善哉！」將劍擋架隔招。未及數合，秦完敗走進陣。天尊趕到天絕陣門首，見裡面颯颯寒霧，蕭蕭悲風，也自遲疑不敢擅入；只聽得後面金鐘響處，只得要進陣去。天尊把手往下一指，平地有兩朵白蓮而出。天尊足踏二蓮，飄飄而進。秦天君大叫曰：「文殊廣法天尊！縱你開口有金蓮，垂手有白光，也出不得吾天絕陣也！」天尊笑曰：「此何難哉！」把口一張，有斗大一朵金蓮噴出；左手五指裡有五道白光垂地倒往上捲；白光頂上有一朵蓮花，花上有五盞金燈引路。且說秦完將三首旛，如前施展，只見文殊廣法天尊頂上有慶雲昇起，五色毫光內有纓絡垂珠掛將下來，手托七寶金蓮，現了化身。怎見得：

悟得靈臺體自殊，自由自在法難拘。蓮花久已朝元海，纓絡垂絲頂上珠。

話說秦天君把旛搖了數十搖，也搖不動廣法天尊。天尊在光裡言曰：「秦完！貧道今日放不得你，要開吾殺戒！」把遁龍樁望空中一撒，將秦天君遁住了。此樁按三才，上下有三圈，將秦完縛得逼直。廣法天尊對崑崙打個稽首曰：「弟子今日開此殺戒！」將寶劍一劈，取了秦完首級，摔將出天絕陣來。聞太師在墨麒麟上，一見秦完被斬，大叫一聲：「氣殺老夫！」催動坐騎，大叫：「文殊休走！吾來也！」天尊不理。麒麟來得甚急，似一陣黑煙滾來。怎見得，後人有詩贊曰：

怒氣凌空怎按摩，一心只要動干戈。休言此陣無贏日，縱有奇謀俱自訛。

且說燃燈後面黃龍真人乘鶴飛來，阻止聞太師，曰：「秦完天絕陣壞吾鄧華師弟，想秦完身亡，足以相敵。今十陣方纔破一，還有九陣未見雌雄；原是鬥法，不必恃強。你且暫退！」

只聽得地烈陣一聲鐘響，趙江在梅花鹿上作歌而出：

「妙妙妙中妙，玄玄玄更玄。動言俱演道，默語是神仙。在掌如珠亮，當空似月圓。功成歸物外，直入大羅天。」

趙天君大呼曰：「廣法天尊既破了天絕陣，誰敢會我地烈陣麼？」沖殺而來。燃燈道人命韓毒龍：「破地烈陣走一遭。」韓毒龍躍身而出，大呼曰：「不可亂行！吾來也！」趙天君問曰：「你是何人，敢來見我？」韓毒龍曰：「道行天尊門下，奉燃燈師父法旨，特來破你地烈陣。」趙天君笑曰：「你不過毫末道行，怎敢來破吾陣，空喪性命！」提手中劍飛來直取。韓毒龍手中劍赴面交還。劍來劍架，猶如紫電飛空，一似寒冰出谷。戰有五六回合，趙江揮一劍，望陣內敗走。韓毒龍隨後跟來。趕至陣中，趙天君上了板臺，將五方旛搖動，四下裡怪雲捲起，一聲雷鳴，上有火罩，上下交攻，雷火齊發。可憐韓毒龍，不一時身體成為虀粉。一道靈魂往封神臺來，有清福神引進去了。且說趙天君復上梅花鹿，出陣大呼：「闡教道友，別著個有道行的來見此陣，毋得使根行淺薄之人至此枉喪性命！誰敢再會吾此陣？」燃燈道人曰：「懼留孫去走一番。」懼留孫領命，作歌而來：

「交光日月煉金英，二粒靈珠透室明。擺動乾坤知道力，逃移生死見功成。逍遙四海留蹤跡，歸在玄都立姓名。直上五雲雲路穩，紫鸞朱鶴自來迎。」

懼留孫躍步而出，見趙天君縱鹿而來。怎生粧束，但見：

碧玉冠，一點紅；翡翠袍，花一叢。絲絛結就乾坤樣，足下常登兩朵雲。太阿劍，現七星，誅龍虎，斬妖精。九龍島內真靈士，要與成湯立大功。

懼留孫曰：「趙江，你乃截教之仙，與吾輩大不相同；立心險惡，如何擺此惡陣，逆天行事！休言你胸中道術，只怕你封神臺上難逃目下之災！」趙天君大怒，提劍飛來直取。懼留孫執劍赴面交還。未及數合，依前走入陣內。懼留孫隨後趕至陣前，不敢輕進；只聽得後有鐘聲催響，只得入陣。趙天君已上板臺，將五方旛如前運用。懼留孫見勢不好，先把天門開了，現出慶雲保護其身，然後取綑仙繩，命黃巾力士將趙江拿在蘆篷，聽候指揮。但見：

金光出手萬仙驚，一道英風透體生。地烈陣中施妙法，平空拶去上蘆篷。

話說懼留孫將綑仙繩命黃巾力士拶往蘆篷下一摔，把趙江跌的三昧火七竅中噴出，遂破了地烈陣。懼留孫徐徐而回。聞太師又見破了地烈陣，趙江被擒，在墨麒麟背上，聲若巨雷，大叫曰：「懼留孫莫走！吾來也！」時有玉鼎真人曰：「聞兄不必這等。我輩奉玉虛宮符命下世，身惹紅塵，來破十陣；纔破兩陣，尚有八陣未見明白。況原言過鬥法，何勞聲色，非道中之高明也。」把聞太師說得默默無言。燃燈道人命：「暫且回去。」聞太師亦進老營，請八陣主帥議曰：「今方破二陣，反傷二位道友，使我聞仲心下實是不忍！」董天君曰：「事有定數，既到其間，亦不容收拾。如今把吾風吼陣定成大功。」與聞太師共議不題。且說燃燈道人回至篷上，懼留孫將趙江提在篷下，來啟燃燈。燃燈曰：「將趙江吊在蘆篷上。」眾仙啟燃燈道人：「風吼陣明日可破麼？」燃燈道：「破不得。這風吼陣非世間風也。此風乃地水火之風。若一運動之時，風內有萬刀齊至，何以抵當？須得先借得定風珠，治住了風，然後此陣方能得破。」眾位道友曰：「那裡去借定風珠？」內有靈寶大法師曰：「吾有一道友，在九鼎鐵叉山八寶雲光洞，度厄真人有定風珠，弟子修書，可以借得。」子牙差文官一員，武將一員，速去借珠，風吼陣自然可破。」子牙忙差散宜生、晁田文武二名，星夜往九鼎鐵叉山八寶雲光洞來取定風珠。二人離了西岐，逕往大道，非止一日，渡了黃河。又過數日，行至九鼎鐵叉山。怎見得：

嵯峨矗矗，峻險巍巍。嵯峨矗矗沖霄漢；峻險巍巍碧礙空。怪石亂堆如坐虎，蒼松斜掛似飛龍。
嶺上鳥啼嬌韻美，崖前梅放異香濃。澗水潺潺流出冷，巔黑黯淡過來凶。又見飄飄霧，凜凜風，
咆哮餓虎吼山中。寒鴉揀樹無棲處，野鹿尋窩沒定蹤。可歎行人難進步，皺眉愁臉把頭蒙。

話說散宜生、晁田二騎上山，至洞門下馬，只見有一童子出洞。宜生曰：「師兄，請煩通報老師：西周差官散宜生求見。」童子進裡面去，少時出來道請。宜生進洞，見一道人坐于蒲團之上。宜生行禮，將書呈上。道人看書畢，對宜生曰：「先生此來，為借定風珠。此時群仙聚集，會破十絕陣，皆是定數，

我也不得不允，況有靈寶師兄華札。只是一路去須要小心，不可失誤！」隨將一顆定風珠付與宜生。宜生謝了道人，慌忙下山，同晁田上馬，揚鞭急走，不顧巔危跋涉。沿黃河走了兩日，卻無渡船。宜生對晁田曰：「前日來，到處有渡船；如今卻無渡船者何也？」只見前面有一人來，晁田問曰：「過路的漢子，此處如何竟無渡口？」行人答曰：「官人不知：近日新來兩個惡人，力大無窮，把黃河渡口俱被他趕個罄盡。離此五里，留個渡口，都要從他那裡過，儘他索勒渡河錢。人不敢拗他，要多少就是多少。」宜生聽說：「有如此事，數日就有變更！」速馬前行，果見兩個大漢子，也不撐船，只用木筏，將兩條繩子，左邊上筏，右邊拽過去；右邊上筏，左邊拽過來。宜生心下也甚是驚駭：「果然力大，且是爽利。」心忙意急，等晁田來同渡。只見晁田馬至面前，他認得是方弼、方相兄弟二人，在此盤河❶。晁田曰：「方將軍！」方弼看時，認得是晁田。方弼曰：「晁兄，你往那裡去來？」晁田曰：「煩你渡吾過河。」方弼隨將筏牌同宜生、晁田渡過黃河上岸。方相、方弼相見，敘其舊日之好。方弼問曰：「晁兄往那裡去來？」晁田將取定風珠之事說了一遍。方弼又問：「此位是何人？」晁田曰：「此是西岐上大夫散宜生。」方弼曰：「你乃紂臣，為甚事同他走？」晁田曰：「紂王失政，吾已歸順武王。如今聞太師征伐西岐，擺下十絕陣。今要破風吼陣，借此定風珠來。今日有幸得遇你昆玉❷。」

方弼自思：「昔日反了朝歌，得罪紂王，一向流落；今日得定風珠搶去，將功贖罪，卻不是好？我兄弟還可復職。」因問曰：「散大夫，怎麼樣的就叫做定風珠？借吾一看，以長見識。」宜生見方弼渡

❶ 盤河：即擺渡。

❷ 昆玉：對別人兄弟的敬稱。

他過河，況是晁田認得，忙忙取出來遞與方弼。方弼打開看過了，把包兒往腰裡面一塞：「此珠當作過河船資。」遂不答語，逕往正南大路去了。晁田不敢攔阻，方弼、方相身高三丈有餘，力大無窮，怎敢惹他！把宜生嚇的魂飛魄散，大哭曰：「此來跋涉數千里途程，今一旦被他搶去，怎生是好！將何面見姜丞相諸人！」抽身往黃河中要跳。晁田把宜生抱住，曰：「大夫不要性急。吾等死不足惜，但姜丞相命我二人取此珠破風吼陣，急如風火，不幸被他劫去。吾等死于黃河，姜丞相不知信音，有誤國家大事，是不忠也；中途被劫，是不智也。我和你慨然見姜丞相，報知所以，令他別作良圖。寧死刀下，庶幾少減此不忠、不智之罪。你我如今不明不白死了，兩下耽誤，其罪更甚。」宜生歎曰：「誰知此處遭殃！」二人上馬往前，加鞭急走。行不過十五里，只見前面兩桿旗旛，飛出山口，後聽糧車之聲。宜生馬至跟前，看見是武成王黃飛虎催糧過此。宜生下馬，武成王下騎曰：「大夫往那裡來？」宜生哭拜在地。黃飛虎答禮，問晁田曰：「散大夫有甚事，這等悲泣？」宜生把取定風珠，渡黃河遇方弼搶去的事說了一番。黃飛虎曰：「幾時劫去？」宜生曰：「去而不遠。」飛虎曰：「不妨，吾與大夫取來。你們在此略等片時。」飛虎上了神牛。此騎兩頭見日，走八百里。撒開轡頭，趕不多時，已自趕上。只見兄弟二人在前面愰愰蕩蕩而行。黃千歲大叫曰：「方弼、方相慢行！」方弼回頭，見是武成王黃飛虎，多年不見，忙在道旁跪下，問武成王曰：「千歲那裡去？」飛虎大喝曰：「你為何把散宜生定風珠都搶了來？」方弼曰：「他與我作過渡錢，誰搶他的？」飛虎曰：「快拿來與我！」方相雙手獻與黃飛虎。飛虎曰：「你二人一向在那裡？」方弼曰：「自別大王，我弟兄盤河過日子，苦不堪言。」飛虎曰：「我棄了成湯，今歸周國。武王真乃聖主，仁德如堯、舜；三分天下，已有二分。會聞太師在西岐征伐，屢戰不能取勝。

你既無所歸，不若同我歸順武王御前，亦不失封侯之位。不然，辜負你兄弟本領。」方弼曰：「大王若肯提拔，乃愚兄弟再生之恩矣，有何不可。」飛虎曰：「既如此，隨吾來。」二人隨著武成王飛騎而來，霎時即至。宜生、晁田見方家弟兄跟著而來，嚇的魂不附體。武成王下騎，將定風珠付與宜生：「你二位先行，吾帶方弼、方相後來。」

且說宜生、晁田星夜趕至西岐篷下，來見子牙。子牙問：「取定風珠的事如何？」宜生把渡黃河被劫，幸遇黃飛虎取回，並收得方相兄弟二人一節，說了一遍。子牙不語，將定風珠獻與燃燈道人。眾仙曰：「既有此珠，明日可破風吼陣。」不知勝負若何，且聽下回分解。

評

破一陣，必先用一個賠償性命的，此便是佛家輪迴報應之說。執一而不可破，當日只顧用後面一個去破，何等直捷省事乎！

第四十六回 廣成子破金光陣

仙佛從來少怨尤，只因煩惱惹閑愁；恃強自棄千年業，用暴須拚萬劫修。
幾度看來悲往事，從前思省為誰讎？可憐羽化封神日，俱作南柯夢裡遊。

話說燃燈道人次日與十二弟子排班下篷，將金鐘、玉磬頻敲，一齊出陣。只見成湯營裡一聲砲響，聞太師乘騎早至轅門，看子牙破風吼陣。董天君作歌而來，騎八叉鹿，提兩口太阿劍。歌曰：

「得到清平有甚憂，丹爐乾馬配神牛。從來看破紛紛亂，一點靈臺只自由。」

話說董天君鹿走如飛，陣前高叫。燃燈觀左右無人可先入風吼陣，忽然見黃飛虎領方弼、方相來見子牙，稟曰：「末將催糧，收此二將，乃紂王駕下鎮殿大將軍方弼、方相兄弟二人。」子牙大喜。猛然間，燃燈道人看見兩個大漢，問子牙曰：「此是何人？」子牙曰：「黃飛虎新收二將，乃是方弼、方相。」燃燈歎曰：「天數已定，萬物難逃！就命方弼破風吼陣走一遭。」子牙遂令方弼破風吼陣。可憐！方弼不過是俗子凡夫，那裡知道其中幻術，便應聲：「願往！」持戟拽步如飛，走至陣前。董天君見一大漢，高三丈有餘，面如重棗，一部落腮髭髯，四隻眼睛，甚是兇惡。董天君看罷，著實駭然，怎見得，有贊為證。贊曰：

三叉冠，烏雲蕩漾，鐵掩心，砌就龍鱗。翠藍袍，團花燦爛；畫桿戟，烈烈征雲。四目生光真顯耀，臉如重棗像蝦紅。一步落腮飄腦後，平生正直最英雄。曾反朝歌保太子，盤河渡口遇宜生；歸周未受封官爵，風吼陣上見奇功。只因前定垂天象，顯道神封久注名。

話說方弼見董天君大呼曰：「妖道慢來！」就是一戟。董天君那裡招架的住，只是一合，便往陣裡走了。子牙命左右擂鼓。方弼耳聞鼓聲響，拖戟趕來，至風吼陣門前，逕沖將進去。他那裡知道陣內無窮奧妙。只見董天君上了板臺，將黑旛搖動，黑風捲起，有萬千兵刃，殺將下來。只聽得一聲響，方弼四肢已為數段，跌倒在地。一道靈魂往封神臺，清福神栢鑑引進去了。董天君命士卒將方弼尸首拖出陣來。董全催鹿，復至陣前，大呼曰：「玉虛道友！爾等把一凡夫誤送性命，汝心安乎！既是高明道德之士，來會吾此陣，便見玉石也。」燃燈乃命慈航道人：「你將定風珠拿去，破此風吼陣。」慈航道人領法旨。乃作歌曰：

「自隱玄都不記春，幾回蒼海變成塵。玉京金闕朝元始，紫府丹霄悟妙真。喜集化成千歲鶴，閑來高臥萬年身。吾今已得長生術，未肯輕傳與世人。」

話說慈航道人謂董全曰：「道友，吾輩逢此殺戒，爾等最是逍遙，何苦擺此陣勢，自取滅亡！當時僉押封神榜，你可曾在碧遊宮，聽你掌教師尊曾說有兩句偈言，帖在宮門：『淨誦黃庭緊閉洞，如染西土受災殃！』」董天君曰：「你闡教門下，自倚道術精奇，屢屢將吾輩藐視，我等方纔下山。道友，你是為善好樂之客，速回去，再著別個來，休惹苦惱！」慈航曰：「連你一身也顧不來，還要顧我！」董全大怒，執寶劍望慈航直取。慈航架劍，口稱：「善哉！」方纔用劍相還。來往有三五回合，董天君往陣中便走。慈航道人隨後趕來，到得陣門前，亦不敢擅入裡面去；只聽得腦後鐘聲頻催，乃徐徐而入。只見董天君上了板臺，將黑旛搖動，黑風捲起，猶如壞方弼一般。慈航道人頂上有定風珠，此風焉能得至。不知此風不至，刀刃怎麼得來。慈航將清淨琉璃瓶祭於空中，命黃巾力士將瓶底朝天，瓶口朝地。只見瓶中一道黑氣，一聲響，將董全吸在瓶中去了。慈航命力士將瓶口轉上，帶出風吼陣來。只見聞太師坐在墨麒麟身上，專聽陣中消息。只見慈航道人出來，對聞太師曰：「風吼陣已被吾破矣。」命黃巾力士將瓶傾下來。怎見得，只見：

絲縧道服麻鞋在，渾身皮肉化成膿。

董全一道靈魂往封神臺來，清福神栢鑑引進去了。聞太師見而大呼曰：「氣殺吾也！」將麒麟磕開，提金鞭沖殺過來。有黃龍真人乘鶴急止之曰：「聞太師，你十陣方破三陣，何必又動無明，來亂吾班次！」只聽得寒冰陣主大叫：「聞太師，且不要爭先，待吾來也！」乃信口作歌曰：

「玄中奧妙少人知，變化隨機事事奇。九轉功成爐內寶，從來應笑世人痴。」

話說聞太師只得立住。那寒冰陣內袁天君歌罷，大叫：「闡教門下，誰來會吾此陣？」燃燈道人命道行天尊門徒薛惡虎：「你破寒冰陣走一遭。」薛惡虎領命，提劍蜂擁而來。袁天君見是一個道童，乃曰：「那道童速自退去，著你師父來！」薛惡虎怒曰：「奉命而來，豈有善回之理！」執劍砍來。袁天君大怒，將劍來迎；戰有數合，便走入陣內去了。薛惡虎隨後趕入陣來。只見袁天君上了板臺，用手將黑旛搖動，上有冰山，似刀山一樣，往下磕來；下有冰塊，如狼牙一般，往上湊合。任你是甚麼人，遇之即為虀粉。薛惡虎一入其中，只聽得一聲響，磕成肉泥。一道靈魂逕往封神臺去了。陣中黑氣上昇。道行天尊歎曰：「門人兩個，今絕于二陣之中！」又見袁天君跨鹿而來，便叫：「你們十二位之內，乃是上仙名士，誰來會吾此陣？乃令此無甚道術之人來送性命！」燃燈道人命普賢真人走一遭。普賢真人作歌而來。歌曰：

「道德根源不敢忘，寒冰看破火消霜。塵心不解遭魔障，堪傷！眼前咫尺失天堂。」

普賢道人歌罷，袁天君怒氣紛紛，持劍而至。普賢真人曰：「袁角，你何苦作孽，擺此惡陣！貧道此來入陣時，一則開吾殺戒，二則你道行功夫一旦失卻，後悔何及！」袁天君大怒，仗劍直取。普賢真人將手中劍架住，口稱：「善哉！」二人戰有三五合，袁角便走入陣中去了。普賢真人隨即走進陣來。袁天君上了板臺，將黑旛招動，上有冰山一座打將下來。普賢真人用指上放一道白光如線，長出一朵慶雲，高有數丈，上有八角。角上乃金燈，纓絡垂珠，護持頂上；其冰見金燈自然消化，毫不能傷。有一個時辰，袁天君見其陣已破，方欲抽身；普賢真人用吳鉤劍飛來，將袁天君斬于臺下。袁角一道靈魂被清福神引進封神臺去了。普賢收了雲光，大袖道風，飄飄而出。聞太師又見破了寒冰陣，欲為袁角報讎；只見金光陣主乃金光聖母，撒開五點斑豹駒，厲聲作歌而來。歌曰：

「真大道，不多言，運用之間恆自然。放開二目見天元，此即是神仙。」

話說金光聖母騎五點斑豹駒，提飛金劍，大呼曰：「闡教門人誰來破吾金光陣？」燃燈道人看左右無人先破此陣。正沒計較，只見空中飄然墜下一位道人，面如傅粉，唇似丹硃。怎見得，有詩為證，詩曰：

道服先天氣蓋昂，竹冠麻履異尋常。絡絛腰下飛鸞尾，寶劍鋒中起燁光。
全氣全神真道士，伏龍伏虎仗仙方。袖藏奇寶欽神鬼，封神榜上把名揚。

話說眾道人看時，乃是玉虛宮門下蕭臻。蕭臻對眾仙稽首，曰：「吾奉師命下山，特來破金光陣。」只見金光聖母大呼曰：「闡教門下誰來會吾此陣？」言未畢，蕭臻轉身曰：「吾來也！」金光聖母認不得蕭臻，問曰：「來者是誰？」蕭臻笑曰：「你連我也認不得了！吾乃玉虛門下蕭臻的便是。」金光聖母曰：「爾有何道行，敢來會吾此陣？」執劍來取。蕭臻撤步，赴面交還。二人戰未及三五合，金光聖母撥馬往陣中飛走。蕭臻大叫：「不要去，吾來了！」逕趕入金光陣內，至一臺下。金光聖母下駒上臺，將二十一根桿上弔著鏡子，鏡子上每面有一套，套住鏡子。聖母將繩子拽起，其鏡現出，把手一放，明雷響處，振動鏡子，連轉數次，放出金光，射著蕭臻，大叫一聲。可憐！正是：

百年道行從今滅，衣袍身體影無蹤。

蕭臻一道靈魂，清福神栢鑑引進封神臺去。金光聖母復上了斑豹駒，走至陣前曰：「蕭臻已絕。誰敢會吾此陣？」燃燈道人命廣成子：「你去走一遭。」廣成子領命，作歌曰：

「有緣得悟本來真，曾在終南遇聖人。指出長生千古秀，生成玉蕊萬年新。渾身是口難為道，大地飛塵別有春。吾道了然成一貫，不明一字最艱辛。」

話說金光聖母見廣成子飄然而來，大呼曰：「廣成子，你也敢會吾此陣？」廣成子曰：「此陣有何難破，聊為兒戲耳！」金光聖母大怒，仗劍來取。廣成子執劍相迎。戰未及三五合，金光聖母轉身往陣中走了。廣成子隨後趕入金光陣內，見臺前有旛桿二十一根，上有物件掛著。金光聖母上臺，將繩子攬住，拽起套來，現出鏡子，發雷振動，金光射將下來。廣成子將八卦仙衣打開，連頭裹定，不見其身。金光總有精奇奧妙，侵不得八卦紫壽衣。有一個時辰，金光不能透入其身，雷聲不能振動其形。廣成子暗將番天印往八卦衣底下打將下來，一聲響，把鏡子打碎了十九面。金光聖母著慌，忙拿兩面鏡子在手，方欲搖動，急發金光來照廣成子；早被廣成子復祭番天寶印打來。金光聖母躲不及，正中頂門，腦漿迸出。一道靈魂早進封神臺去了。廣成子破了金光陣，方出陣門。

聞太師得知金光聖母已死，大叫曰：「廣成子休走！吾與金光聖母報讎！」麒麟走動如飛。只見化血陣內孫天君大叫曰：「聞兄不必動怒，待吾擒他與金光聖母報讎。」孫天君面如重棗，一部短髯，戴虎頭冠，乘黃斑鹿，飛滾而來。燃燈道人顧左右，併無一人去得；偶然見一道人，慌忙而至，與眾人打稽首，曰：「眾位道兄請了！」燃燈曰：「道者何來？高姓，大名？」道人曰：「衲子乃五夷山白雲洞散人喬坤是也。聞十絕陣有化血陣，吾當協助子牙。」言未了，孫天君叫曰：「誰來會吾此陣？」喬坤抖擻精神曰：「吾來了！」仗劍在手，向前問曰：「爾等雖是截教，總是出家人，為何起心不良，擺此惡陣？」孫天君曰：「爾是何人，敢來破我化血陣？快快回去，免遭枉死！」喬坤大怒，罵曰：「孫良，你休誇海口，吾定破爾陣，拿你梟首，號令西岐。」孫天君大怒，縱鹿仗劍來取。喬坤赴面交還。未及數合，孫天君敗入陣。喬坤隨後趕入陣中。孫天君上臺，將一片黑砂往下打來，正中喬坤。正是：

砂沾袍服身為血，化作津津遍地紅。

喬坤一道靈魂已進封神臺去了。孫天君復出陣前，大呼曰：「燃燈道友，你著無名下士來破吾陣，枉喪其身！」燃燈命太乙真人：「你去走一遭。」太乙真人作歌而來。歌曰：

「當年有志學長生，今日方知道行精；運動乾坤顛倒理，轉移月日互為明。蒼龍有意歸離臥，
白虎多情覓坎行。欲煉九還何處是？震宮雷動兌西成。」

太乙真人歌罷。孫天君曰：「道兄，你非是見吾此陣之士。」太乙真人笑曰：「道友休誇大口，吾進此

陣如入無人之境耳。」孫天君大怒，催鹿仗劍直取，太乙真人用劍相還。未及三五合，孫天君便往陣中去了。太乙真人聽腦後金鐘催響，至陣門，將手往下一指，地現兩朵青蓮，真人腳踏二花，騰騰而入。真人用左手一指，指上放出一道白光，高有一二丈；頂上現一朵慶雲，旋在空中，護于頂上。孫天君在臺上抓一把黑砂打將下來。其砂方至頂雲，如雪見烈焰一般，自滅無蹤。孫天君大怒，將一斗黑砂往下一潑。其砂飛揚而去，自滅自消。孫天君見此術不應，抽身逃遁。太乙真人忙將九龍神火罩祭于空中，孫天君命合該如此，將身罩住。真人雙手一拍，只見現出九條火龍，將罩盤繞，頃刻燒成灰燼。一道靈魂往封神臺去了。

聞太師在老營外，見太乙真人又破了化血陣，大叫曰：「太乙真人休回去！吾來了！」只見黃龍真人乘鶴而至，立阻聞太師曰：「大人之語，豈得失信！十陣方纔破六，爾且暫回，明日再會。如今不必這等恃強，雌雄自有分定。」聞太師氣沖斗牛，神目光輝，鬚髮皆豎。回進老營，忙請四陣主入帳。太師泣對四天君曰：「吾受國恩，官居極品，以身報國，理之當然。今日六友遭殃，吾心何忍！四位請回海島，待吾與姜尚決一死戰，誓不俱生！」太師道罷，淚如雨下。四天君曰：「聞兄且自寬慰。此是天數，吾等各有主張。」俱回本陣去了。

且說燃燈與太乙真人回至蘆篷，默坐不言。子牙打點前後。

話說聞太師獨自尋思，無計可施。忽然想起峨嵋山羅浮洞趙公明，心下躊躕：「若得此人來，大事庶幾可定。」忙喚吉立、余慶：「好生守營，我往峨嵋山去來。」二人領命。太師隨上墨麒麟，掛金鞭，借風雲，往羅浮洞來。正是：

神風一陣行千里，方顯玄門道術高。

霎時到了峨嵋山羅浮洞。下了麒麟，太師觀看其山，真清幽僻淨：鶴鹿紛紜，猿猴來往，洞門前懸掛藤蘿。太師問：「有人否？」少時有一童子出，見太師三隻眼，問曰：「老爺那裡來的？」太師曰：「你師父可在麼？」童兒答曰：「在洞裡靜坐。」太師曰：「你說商都聞太師來訪。」童兒進來，見師父報曰：「有聞太師來拜訪。」趙公明聽說，忙出洞迎接，見聞太師大笑曰：「聞道兄，那一陣風兒吹你到此？你享人間富貴，受用金屋繁華，全不念道門光景，清淡家風！」二人攜手進洞，行禮坐下。聞太師長吁一聲，未及開言。

趙公明問曰：「道兄為何長吁？」聞太師曰：「我聞仲奉詔征西，討伐叛逆。不意崑崙教下姜尚，善能謀謨，助惡者眾，朋黨作奸。屢屢失機，無計可施。不得已，往金鰲島邀秦完等十友協助，乃擺十絕陣，指望擒獲姜尚。孰知今破其六，反損六位道友，無故遭殃，實為可恨！今日自思，無門可投，忝愧到此，煩兄一往。不知道兄尊意如何？」公明曰：「你當時怎不早來？今日之敗，乃自取之也。既然如此，兄且先回，吾隨後即至。」太師大喜，辭了公明，上騎，借風雲回營不表。且說趙公明喚門徒陳九公、姚少司：「隨我往西岐去。」兩個門徒領命。公明打點起身，喚童兒：「好生看守洞府，吾去就來。」帶兩個門人，借土遁往西岐。正行之間，忽然落下來，是一座高山上。正是：

異景奇花觀不盡，分明生就小蓬萊。

趙公明正看山中景致，猛然山腳下一陣狂風大作，捲起灰塵。公明看時，只見一隻猛虎來了。笑曰：「此去也無坐騎，跨虎登山，正是好事。」只見那虎剪尾搖頭而來。怎見得，有詩為證，詩曰：

咆哮踴躍出深山，幾點英雄汗血斑。利爪如鉤心膽壯，鋼牙似劍勢兇頑。
未曾行處風先動，纔作奔騰草自扳。任是獸群應畏服，敢攖威猛等閒閒。

話說趙公明見一黑虎而來，喜不自勝：「正用得著你！」掉步向前，將二指伏在地，用絲絛套住虎項，跨在虎背上，把虎頭一拍，用符籙一道畫在虎項上。那虎四足就起風雲，霎時間來到成湯營轅門下虎。眾軍大叫：「虎來了！」陳九公曰：「不妨！乃是家虎。快報與聞太師：趙老爺已至轅門。」太師聞報，忙出營迎迓。二人至中軍帳坐下。有四陣主來相見，共談軍務之事。趙公明曰：「四位道兄，如何擺十絕陣，反損了六位道友？此情真是可恨！」正說間，猛然擡頭，只見子牙蘆篷上弔著趙江。公明問曰：「那篷上弔的是誰？」白天君曰：「道兄，那就是地烈陣主趙江。」公明大怒：「豈有此理！三教原來總一般，彼將趙江如此之輕，吾輩體面何存！待吾也將他的人拿一個來弔著，看他意下如何！」隨上虎提鞭，聞太師同四陣主出營，看趙公明來會姜子牙。不知勝負如何，且聽下回分解。

評

十陣主自恃無敵，故屢屢遭敗，理勢然也；若燃燈等畢竟是以靜待動，故動輒致勝。古語：欺敵者亡。從來任一己用事的，都做不出好事來，可為自用者之戒！

又評

十絕陣主，剛暴自任，理合取敗，大抵聞太師實是勾魂使，無奈燃燈亦以十個人去填陷；若有意送去的，此還是天數乎？果不可逃者乎？當與知數學者商之。

第四十七回 公明輔佐聞太師

異寶雖多莫炫奇，須知盈滿有參差。西山此際多誇勝，狹路應思失意悲。
跨虎有威終屬幻，降龍無術轉當時。堪嗟紂日西山近，無奈匡君欠所思。

話說趙公明乘虎提鞭，出營來大呼曰：「著姜尚快來見我！」哪吒聽說，報上篷來：「有一跨虎道者，請師叔答話。」燃燈謂子牙曰：「來者乃峨嵋山羅浮洞趙公明是也。你可見機而作。」子牙領命下篷，乘四不相，左右有哪吒、雷震子、黃天化、楊戩、金、木二吒擁護。只見杏黃旗招展，黑虎上坐一道人。怎見得：

天地玄黃修道德，洪荒宇宙煉元神。虎龍嘯聚風雲鼎，烏兔週旋卯酉晨。五遁三除閑戲耍，移山倒海等閑論。掌上曾安天地訣，一雙草履任遊巡。五氣朝元真罕事，三花聚頂自長春。峨嵋山下聲名遠，得到羅浮有幾人。

話說子牙見公明，向前施禮，口稱：「道友是那一座名山？何處洞府？」公明曰：「吾乃峨嵋山羅浮洞趙公明是也。你破吾道友六陣，倚仗你等道術，壞吾六友，心實痛切！又把趙江高弔蘆篷，情俱可恨！姜尚，我知你是玉虛宮門下。我今日下山，必定與你見個高低！」提鞭縱虎來取子牙。子牙仗劍急架忙還。二獸相交，未及數合，公明祭鞭在空中，神光閃灼如電，其實驚人。子牙躲不及，被一鞭打下鞍轎。哪吒急來，使火尖鎗敵住公明，金吒救回姜子牙。子牙被鞭打傷後心，死了。哪吒使開鎗法，戰未數合，又被公明一鞭打下風火輪來。黃天化看見，催開玉麒麟，使兩柄鎚抵住公明。又飛起雷震子，展開黃金棍，往下打來。楊戩縱馬搖鎗，將趙公明裹在核心。好殺！只殺得：

天昏地慘無光彩，宇宙渾然黑霧迷。

趙公明被三人裹住了，雷震子是上三路，黃天化是中三路，楊戩暗將哮天犬放起，形如白象。怎見得好犬：

仙犬修成號細腰，形如白象勢如梟。銅頭鐵頸難招架，遭遇兇鋒骨亦消。

話說楊戩暗放哮天犬，趙公明不防備，早被哮天犬一口把頸項咬傷，將袍服扯碎，只得撥虎逃歸進轅門。聞太師見公明失利，慌忙上前慰勞。趙公明曰：「不妨。」忙將葫蘆中仙藥取出搽上，即時痊癒不表。

且說子牙被趙公明一鞭打死，擡進相府。武王知子牙打死，忙同文武眾官至相府來看子牙；只見子牙面如白紙，合目不言，不覺點首歎曰：「名利二字，俱成畫餅！」著實傷悼。正歎之間，報：「廣成子進相府來看子牙。」武王迎接至殿前。武王曰：「道兄，相父已亡，如之奈何？」廣成子曰：「不妨，子牙該有此厄。」叫取水一盞，道人取一粒丹，用手撚開，口撬開，將藥灌下十二重樓。有一個時辰，子牙大叫一聲：「痛殺吾也！」二目睜開，只見武王、廣成子俱站於臥榻之前。子牙方知中傷已死，正欲掙起身來致謝，廣成子搖手曰：「你好生調理，不要妄動。吾去蘆篷照顧，恐趙公明猖獗。」廣成子至篷上，回了燃燈的話：「已救回子牙還生，且在城內調養。」不表。

話說趙公明次日上虎，提鞭出營，至篷下，坐名要燃燈答話。哪吒報上篷來。燃燈遂與眾道友排班而出。見公明威風凜凜，眼露兇光，非道者氣象。燃燈打稽首，對趙公明曰：「道兄請了！」公明回答曰：「道兄，你等欺吾教太甚！吾道你知；你道吾見。你聽我道來：

混沌從來不記年，各將妙道補真全。當時未有星河斗，先有吾黨後有天。

道兄，你乃闡教玉虛門下之士，我乃截教門人；你師，我師，總是一師秘授，了道成仙，共為教主。你們把趙江弔在篷上，將吾道藐如灰土。弔他一繩，有你半繩，道理不公。豈不知：

翠竹黃鬚白笋芽，儒冠道履白蓮花。紅花白藕青荷葉，三教元來總一家。」

燃燈答曰：「趙道兄，當時僉押封神榜，你可曾在碧遊宮？」趙公明曰：「吾豈不知！」燃燈曰：「你既知道，你師曾說，榜中之姓名，三教內俱有，彌封無影，死後見明。爾師言得明明白白，道兄今日至此，乃自昧己心，逆天行事，是道兄自取。吾輩逢此劫數，吉凶未知。吾自天皇修成正果，至今難脫紅塵。道兄無束無拘，卻要強爭名利。你且聽我道來：

盤古修來不記年，陰陽二氣在先天。煞中生氣肌膚換，精裡含精性命團。

玉液丹成真道士，六根清淨產胎仙。扭天拗地心難正，徒費工夫落塹淵。」

趙公明大怒曰：「難道吾不如你，且聽我道來：

能使須彌❶翻轉過，又將日月逆週旋。從來天地生吾後，有甚玄門道德仙！」

---

❶須彌：山名。佛經說南贍部洲等四大洲之中心，有須彌山，處大海之中，上高三百三十六萬里，頂上為帝釋天所居，半腹為四王天所居。

趙公明道罷。黃龍真人跨鶴至前，大呼曰：「趙公明，你今日至此，也是封神榜上有名的，合該此處盡絕！」公明大怒，舉鞭來取，真人忙將寶劍來迎。鞭劍交加，未及數合，趙公明將縛龍索祭起，把黃龍真人平空拿起。赤精子見拿了黃龍真人，大呼：「趙公明少得無禮！聽吾道來：

會得陽仙物外玄，了然得意自忘筌❷。應知物外長生路，自是逍遙不老仙。

鉛與汞，產先天，顛倒日月配坤乾。明明指出無生妙，無奈凡心不自捐。」

話說赤精子執劍來取公明，公明鞭法飛騰，來往有三五合。公明取出一物，名曰定海珠，珠有二十四顆。此珠後來興於釋門，化為二十四諸天。公明將此寶祭於空中，有五色毫光。縱然神仙，觀之不明，瞧之不見，一刷下來，將赤精子打了一交。趙公明正欲用鞭復打赤精子頂上，有廣成子岔步大叫：「少待傷吾道兄！吾來了！」公明見廣成子來得兇惡，急忙迎架廣成子。兩家交兵，未及一合，又祭此珠，將廣成子打倒塵埃。道行天尊急來抵住公明。公明連發此寶，打傷五位上仙，玉鼎真人，靈寶大法師五位敗回蘆篷。趙公明連勝回營，至中軍，聞太師見公明得勝大喜。公明命將黃龍真人也弔在旛桿上。把黃龍真人泥丸宮上用符印壓住元神，輕易不得脫逃。營中聞太師一面吩咐設酒，四陣主陪飲。

且說燃燈回上蘆篷坐下，五位上仙俱著了傷，面面相覷，默默不語。燃燈問眾道友曰：「今日趙公明用的是何物件打傷眾位？」靈寶大法師曰：「只知著人甚重，不知是何寶物，看不明切。」五人齊曰：「只見紅光閃灼，不知是何物件。」燃燈聞言，甚是不樂；忽然擡頭，見黃龍真人弔在旛桿上面，心下

❷ 得意自忘筌：莊子外物：「荃者所以在魚，得魚而忘荃；蹄者所以在兔，得兔而忘蹄；言者所以在意，得意而忘言。」此即得意而忘言之意。

越覺不安。眾道者歎曰：「是吾輩逢此劫厄不能擺脫。今黃龍真人被如此厄難，我等此心何忍！誰能解他愆尤方好。」玉鼎真人曰：「不妨，至晚間再作處治。」眾道友不言。不覺紅輪西墜，玉鼎真人喚楊戩曰：「你今夜去把黃龍真人放來。」楊戩聽命，至一更時分，化作飛蟻，飛在黃龍真人耳邊，悄悄言曰：「師叔，弟子楊戩奉命，特來放老爺。怎麼樣陽神便出？」真人曰：「你將吾頂上符印去了，吾自得脫。」楊戩將符印揭去。正是：

天門大開陽神出，去了崑崙正果仙。

真人來至蘆篷稽首，謝了玉鼎真人，眾道人大喜。且說趙公明飲酒半酣，正歡呼大悅，忽鄧忠來報：「啟老爺：旛上不見了道人了！」趙公明掐指一算，知道是楊戩救去了。公明笑曰：「你今日去了，明日怎逃！」彼時二更席散，各歸寢榻。

次日，陞中軍，趙公明上虎提鞭，早到篷下，坐名要燃燈答話。燃燈在篷上見公明跨虎而來，謂眾道友曰：「你們不必出去，待吾出去會他。」燃燈乘鹿，數門人相隨，至於陣前。趙公明曰：「楊戩救了黃龍真人，他有變化之功，叫他來見我。」燃燈笑曰：「道友乃斗筲之器，此事非是他能，乃仗武王洪福，姜尚之德耳。」公明大怒曰：「你將此言惑亂軍心，甚是可恨！」提鞭就打。燃燈口稱：「善哉！」急忙用劍招架。未及數合，公明將定海珠祭起。燃燈借慧眼看時，一派五色毫光，瞧不見是何寶物，看看落將下來，燃燈撥鹿便走；不進蘆篷，望西南上去了。公明追將下來，往前趕有多時，至一山坡。松下有二人下棋，一位穿青，一位穿紅，正在分局之時，忽聽鹿蹄響亮，二人回顧，見是燃燈道人，二人忙問其故？燃燈把趙公明伐西岐事說了一遍。二人曰：「不妨，老師站在一邊，待我二人問他。」

且說趙公明虎走如風馳電驟，倏忽而至。二人作歌曰：

「可憐四大屬虛名，認破方能脫死生。慧性猶如天際月，幻身卻似水中冰。撥迴關捩頭頭著，看破虛空物物明。缺行虧功俱是假，丹爐火起道難成。」

且說趙公明正趕燃燈，聽得歌聲古怪，定目觀之，見二人各穿青、紅二色衣袍，臉分黑、白。公明問曰：「爾是何人？」二人笑曰：「你連我也認不得，還稱你是神仙！聽我道來：

堪笑公明問我家，我家原住在煙霞。眉藏火電非閑說，手種金蓮豈自誇。
三尺焦桐❸為活計，一壺美酒是生涯。騎龍遠出遊蒼海，夜久無人玩物華。

吾乃五夷山散人蕭升、蕭寶是也。俺弟兄閑對一局，以遣日月。今見燃燈老師被你欺逼太甚，強逆天道，扶假滅真，自不知己罪，反恃強追襲，吾故問你端的。」趙公明大怒：「你好大本領，焉敢如此！」發鞭來打，二道人急以寶劍來迎。鞭來劍去，宛轉抽身，未及數合，公明把縛龍索祭起來拿兩個道人。蕭升一見此索，笑曰：「來得好！」急忙向豹皮囊取出一個金錢，有翅，名曰落寶金錢，也祭起空中。只見縛龍索跟著金錢落在地上。蕭寶忙將索收了。趙公明見收了此寶，大呼一聲：「好妖孽！敢收吾寶！」又取定海珠祭起於空中，只見瑞彩千團打將下來。蕭升又發金錢，定海珠隨錢而下。蕭寶忙忙搶了定海珠。公明見失了定海珠，氣得三尸神暴跳，急祭起神鞭。蕭升又發金錢，不知鞭是兵器，不是寶，如何落得！正中蕭升頂門，打得腦漿迸出，做一場散淡閑人，只落得封神臺上去了。蕭寶見道兄已死，欲為蕭升報仇。燃燈在高阜處觀之，歎曰：「二友棋局歡笑，豈知為我遭如此之苦！待吾暗助他一臂之力。」

❸ 焦桐：東漢蔡邕以已焦之桐木為琴，世因稱琴曰焦桐。

忙將乾坤尺祭起。公明不曾提防，被一尺打得幾乎墜虎，大呼一聲，撥虎往南去了。燃燈近前，下鹿施禮：「深感道兄施術之德。堪憐那一位穿紅的道人遭迍，吾心不忍！二位是那座名山？何處洞府？高姓？大名？」道者答曰：「貧道乃五夷山散人蕭升、蕭寶是也；因閑無事，假此一局遣興；今遇老師，實為不平之忿。不期蕭兄絕於公明毒手，實為可歎！」燃燈曰：「方纔公明祭起二物欲傷二位，貧道見一金錢起去，那物隨錢而落，道友忙忙收起，果是何物？」蕭寶曰：「吾寶名為落寶金錢，連落公明二物，不知何名。」取出來與燃燈觀看。燃燈一見定海珠，鼓掌大呼曰：「今日方見此奇珍，吾道成矣！」蕭寶忙問其故。燃燈曰：「此寶名定海珠，自元始已來，此珠曾出現光輝，照耀玄都；後來杳然無聞，不知落於何人之手。今日幸逢道友，收得此寶，貧道不覺心爽神快。」蕭寶曰：「老師既欲見此寶，必是有可用之處，老師自當收去。」燃燈曰：「貧道無功，焉敢受此？」蕭寶曰：「一物自有一主，既老師可以助道，理當受得；弟子收之無用。」燃燈打稽首，謝了蕭寶，二人同往西岐，至蘆篷，眾道人起身相見。燃燈把遇蕭升一事說了一遍。燃燈又對眾人曰：「列位道友被趙公明打傷撲跌在地者，乃是定海珠。」眾道人方悟。燃燈取去，眾人觀看，一個個嗟歎不已。

不說燃燈得寶，話說趙公明被打了一乾坤尺，又失了定海珠、縛龍索，回進大營，聞太師接住，問其追燃燈一事。公明長吁一聲。聞太師曰：「道兄為何這等？」公明大叫曰：「吾自修行以來，今日失利。正趕燃燈，偶遇二子，名曰蕭升、蕭寶，將吾縛龍索、定海珠收去。吾自得道，仗此奇珠。今被無名小輩收去，吾心碎矣！」公明曰：「陳九公、姚少司，你好生在此，吾往三仙島去來。」聞太師曰：「道兄此去速回，免吾翹首。」公明曰：「吾去速回。」遂乘虎駕風雲而起，不一時來至三仙島下虎，至洞府前，咳嗽一聲。少時，一童兒出來：「原來是大老爺來了。」忙報與三位娘娘：「大老爺至此。」三位娘娘起身，齊出洞門迎接，口稱：「兄長請入裡面。」打稽首坐下。雲霄娘娘曰：「大兄至此，是往那裡去來？」公明曰：「聞太師伐西岐不能取勝，請我下山，會闡教門人，連勝他幾番；後是燃燈道人會我，口出大言，吾將定海珠祭起，燃燈逃遁，吾便追襲。不意趕至中途，偶遇散人蕭升、蕭寶兩個無名下士，把吾二物收去。自思：闢地開天，成了道果，得此二寶，方欲煉性修真，在羅浮洞中以證元始；今一旦落於兒曹之手，心甚不平。特到此間，借金蛟剪也罷，或混元金斗也罷，拿下山去，務要復回此二寶，吾心方安。」雲霄娘娘聽罷，只是搖頭，說道：「大兄，此事不可行。昔日三教共議僉押封神榜，吾等俱在碧遊宮。我們截教門人，封神榜上頗多，因此禁止不出洞府，只為此也。吾師有言：『彌封名姓，當宜謹慎。』又有兩句貼在宮外：

『緊閉洞門，靜誦黃庭三兩卷；身投西土，封神榜上有名人。』

如今闡教道友犯了殺戒，吾截教實是逍遙。昔日鳳鳴岐山，今生聖主，何必與他爭論閑非？大兄，你不該下山，你我只等子牙封過神，纔見神仙玉石。大兄請回峨嵋山，待平定封神之日，吾親自往靈鷲山，問燃燈討珠還你。若是此時要借金蛟剪、混元金斗，妹子不敢從命。」公明曰：「難道我來借，你也不肯？」雲霄娘娘曰：「非是不肯，恐怕一時失了，追悔何及！總求兄請回山，不久封神在邇，何必太急。」公明歎曰：「一家如此，何況他人！」遂起身作辭，欲出洞門，十分怒色。正是：

他人有寶他人用，果然開口告人難。

三位娘娘聽公明之言，內有碧霄娘娘要借，奈姐姐雲霄不從。且說公明跨虎離洞，行不上一二里，在海面上行，腦後有人叫曰：「趙道兄！」公明回顧看時，一位道姑，腳踏風雲而至。怎見得，有詩為證，詩曰：

髻挽青絲殺氣浮，修真煉性隱山丘。爐中玄妙超三界，掌上風雷震九州。
十里金城驅黑霧，三仙瑤島運神籌。若還觸惱仙姑怒，翻倒乾坤不肯休。

趙公明看時，原來是菡芝仙。公明曰：「道友為何相招？」道姑曰：「道兄那裡去？」趙公明把伐西岐失了定海珠的事說了一遍，「方纔問俺妹子借金蛟剪，去復奪定海珠，他堅執不允，故此往別處借些寶貝，再作區處。」菡芝仙曰：「豈有此理！我同道兄回去。一家不借，何況外人！」菡芝仙把公明請將回來，復至洞門下虎。童兒稟三位娘娘：「大老爺又來了。」三位娘娘復出洞來迎接。只見菡芝仙同來入內，行禮坐下。菡芝仙曰：「三位姐姐，道兄乃你三位一脈，為何不立綱紀。難道玉虛宮有道術，吾等就無道術。他既收了道兄二寶，理當為道兄出力，三位姐姐為何不允！這是何故？倘或道兄往別處借奇珍，復得西岐燃燈之寶，你姐妹面上不好看了。況且至親一脈，又非別人。今親妹子不借，何況他人哉！連我八卦爐中煉的一物，也要協助聞兄去，怎的你到不肯！」

碧霄娘娘在旁，一力贊助：「姐姐，也罷，把金蛟剪借與長兄去罷。」雲霄娘娘聽罷，沉吟半晌，無法可處；不得已，取出金蛟剪來。雲霄娘娘曰：「大兄，你把金蛟剪拿去，對燃燈說：『你可把定海珠還我，我便不放金蛟剪；你若不還我寶珠，我便放金蛟剪，那時月缺難圓。』他自然把寶珠還你。大兄，千萬不可造次行事！我是實言。」公明應諾，接了金蛟剪，離卻三仙島。菡芝仙送公明曰：「吾爐中煉成奇珍，不久亦至。」彼此作謝而別。公明別了菡芝仙，隨風雲而至成湯大營，旗牌報進營中：「啟太師爺：趙老爺到了。」聞太師迎接入中軍坐下。正是：

入門休問榮枯事，觀見容顏便得知。

太師問曰：「道兄往那裡借寶而來？」公明曰：「往三仙島吾妹子處，那裡借他的金蛟剪來。明日務要復奪吾定海珠。」聞太師大喜，設酒款待，四陣主相陪，當日席散。次早，成湯營中炮響，聞太師上了墨麒麟，左右是鄧、辛、張、陶。趙公明跨虎臨陣，專請燃燈答話。哪吒報上蘆篷。燃燈早知其意：「今公明已借金蛟剪來。」謂眾道友曰：「趙公明已有金蛟剪，你們不可出去。吾自去見他。」遂上了仙鹿，自臨陣前。公明一見燃燈，大呼曰：「你將定海珠還我，萬事干休；若不還我，定與你見雌雄！」燃燈曰：「此珠乃佛門之寶，今見主必定要取。你那左道旁門，豈有福慧壓得住他！此珠還是我等了道證果之珍，你也不必妄想。」公明大叫曰：「今日你既無情，我與你月缺難圓！」燃燈道人見公明縱虎沖來，只得催鹿抵架。不覺鹿虎交加，往來數合。趙公明將金蛟剪祭起，不知燃燈性命如何，且聽下回分解。

評

趙公明也只是恃得自己有寶貝，故此連勝。燃燈眾人一至，失卻諸寶，便自空拳失手，反去沿門托缽，凡有吾鼎者皆當自愛。

又評

公明無寶珠，便自張惶失措；一有金蛟剪，又自恃此逞兇，所以終至失手。古人云：「謙受益，滿招損」，良有以也。

第四十八回　陸壓獻計射公明

周家開國應天符，何怕區區定海珠。陸壓有書能射影，公明無計庇頭顱。
應知幻化多奇士，誰信凶殘活獨夫。聞仲扭天原為主，忠肝留向在龍圖。

話說公明祭起金蛟剪——此剪乃是兩條蛟龍，採天地靈氣，受日月精華，起在空中，挺折上下，祥雲護體，頭交頭如剪，尾交尾如股，不怕你得道神仙，一鍘兩段。——那時起在空中，往下鍘來。燃燈忙拚了梅花鹿，借木遁去了。把梅花鹿一鍘兩段。公明怒氣不息，暫回老營不題。且說燃燈逃回蘆篷，眾仙接著，問金蛟剪的原故。燃燈搖頭曰：「好利害！起在空中，如二龍絞結；落下來，利刃一般。我見勢不好，預先借木遁走了。可惜把我的梅花鹿一鍘兩段！」眾道人聽說，俱各心寒，共議將何法可施。正議間，哪吒上篷來：「啟老師：有一道者求見。」燃燈道：「請來。」哪吒下篷對道人曰：「老師有請。」這道人上得篷，打稽首曰：「列位道兄請了！」燃燈與眾道人俱認不得此人。燃燈笑容問曰：「道友是那座名山？何處洞府？」道人曰：「貧道閑遊五嶽，悶戲四海，吾乃野人也。吾有歌為證，歌曰：

貧道乃是崑崙客，石橋南畔有舊宅。修行得道混元初，纔了長生知順逆。休誇爐內紫金丹，須知火裡焚玉液。跨青鸞，騎白鶴，不去蟠桃餐壽藥，不去玄都拜老君，不去玉虛門上諾。三山五嶽任我遊，海島蓬萊隨意樂。人人稱我為仙癖，腹內盈虛自有情。陸壓散人親到此，西岐要伏趙公明。

貧道乃西崑崙閑人，姓陸，名壓；因為趙公明保假滅真，又借金蛟剪下山，有傷眾位道兄。他只知道術無窮，豈曉得玄中更妙？故此貧道特來會他一會。管教他金蛟剪也用不成，他自然休矣。」當日道人默坐無言。

次日，趙公明乘虎，篷前大呼曰：「燃燈，你既有無窮妙道，如何昨日逃回？可速來早決雌雄！」哪吒報上篷來。陸壓曰：「貧道自去。」道人下得篷來，逕至軍前。趙公明忽見一矮道人，帶魚尾冠，大紅袍，異相長鬚，作歌而來，歌曰：

「煙霞深處訪玄真，坐向沙頭洗幻塵。七情六欲消磨盡，把功名，付水流。任逍遙，自在閑身，尋野叟同垂釣，覓騷人共賦吟，樂陶陶別是乾坤。」

趙公明認不得，問曰：「來的道者何人？」陸壓曰：「吾有名，是你也認不得我。我也非仙，也非聖，你聽我道來：

性似浮雲意似風，飄流四海不停蹤。或在東海觀皓月，或臨南海又乘龍。三山虎豹俱騎盡，五嶽青鸞足下從。不富貴，不簪纓，玉虛宮裡亦無名。玄都觀內桃千樹，自酌三杯任我行。喜將棋局邀玄友，悶坐山岩聽鹿鳴。閑吟詩句驚天地，靜裡瑤琴樂性情。不識高名空費力，吾今到此絕公明。

貧道乃西崑崙閑人陸壓是也。」趙公明大怒：「好妖道！焉敢如此出口傷人，欺吾太甚！」催虎提鞭來取，陸壓持劍赴面交還。未及三五合，公明將金蛟剪祭在空中。陸壓觀之，大呼曰：「來的好！」化一道長虹而去。公明見走了陸壓，怒氣不息，又見蘆篷上燃燈等昂然端坐，公明切齒而回。且說陸壓逃歸，此非是與公明會戰，實看公明形容，以便定計。正是

千年道人隨流水，絕在釘頭七箭書。

且說陸壓回篷，與諸道友相見。燃燈問：「會公明一事如何？」陸壓曰：「衲子自有處治，此事請子牙公自行。」子牙欠身。陸壓揭開花籃，取出一幅書，書寫明白，上有符印口訣：「依此而用，可往岐山立一營，營內築一臺，紮一草人，人身上書趙公明三字；頭上一盞燈，足下一盞燈。腳步罡斗，書符結印焚化，一日三次拜禮，至二十一日之午時，貧道自來助你，公明自然絕也。」

子牙領命，前往岐山，暗出三千人馬，又令南宮适、武吉前去安置，子牙後隨軍至岐山。南宮适築起將臺，安排停當，紮一草人，依方製度。子牙披髮仗劍，腳步罡斗，書符結印，連拜三五日，把趙公明只拜的心如火發，意似油煎，走投無路，帳前走到帳後，抓耳撓腮。聞太師見公明如此不安，心中甚是不樂，亦無心理論軍情。且說烈焰陣主白天君進營來，見聞太師，曰：「趙道兄這等無情無緒，恍惚不安，不如且留在營中。吾將烈焰陣去會闡教門人。」聞太師欲阻白天君，白天君大呼曰：「十陣之內無一陣成功，如今若坐視不理，何日成功！」遂不聽太師之言，轉身出營，走入烈焰陣內。鐘聲響處，白天君乘鹿大呼于篷下。燃燈同眾道人下篷排班，方纔出來，未曾站定，只見白天君大叫：「玉虛教下，誰來會吾此陣？」燃燈顧左右，無一人答應。陸壓在旁問曰：「此陣何名？」燃燈曰：「此是烈焰陣。」陸壓笑曰：「吾去會他一番。」道人笑談作歌，歌曰：

「煙霞深處運元功，睡醒茅廬日已紅。翻身跳出塵埃境，把功名，付轉蓬，受用些明月清風。

人世間，逃名士；雲水中，自在翁，跨青鸞遊遍山峰。」

陸壓歌罷。白天君曰：「爾是何人？」陸壓曰：「你既設此陣，陣內必有玄妙處。貧道乃是陸壓，特來會你。」天君大怒，仗劍來取。陸壓用劍相還。未及數合，白天君望陣內便走。陸壓不聽鐘聲，隨即趕來。白天君下鹿上臺，將三首紅旛招展。陸壓進陣，見空中火，地下火，三昧火，三火將陸壓圍裹居中。他不知陸壓乃火內之珍，離地之精，三昧之靈。三火攢遶，共在一家，焉能壞得此人。陸壓被三火燒有兩個時辰，在火內作歌，歌曰：

「燧人曾煉火中陰，三昧攢來用意深。烈焰空燒吾秘授，何勞白禮費其心？」

白天君聽得此言，著心看火內，見陸壓精神百倍，手中托著一個葫蘆。葫蘆內有一線毫光，高三丈有餘；上邊現出一物，長有七寸，有眉有目；眼中兩道白光反罩將下來，釘住了白天君泥丸宮。白天君不覺昏迷，莫知左右。陸壓在火內一躬：「請寶貝轉身。」那寶物在白光頭上一轉，白禮首級早已落下塵埃。一道靈魂往封神臺上去了。陸壓收了葫蘆，破了烈焰陣，方出陣時，只見後面大呼曰：「陸壓休走！吾來也！」落魂陣主姚天君跨鹿持鐧，面如黃金，海下紅髯，巨口獠牙，聲如霹靂，如飛電而至。燃燈命子牙曰：「你去喚方相破落魂陣走一遭。」子牙急令方相：「你去破落魂陣，其功不小。」方相應聲而去，提方天畫戟，飛步出陣曰：「那道人，吾奉將令，特來破你落魂陣！」更不答語，一戟就刺。方相身長力大，姚天君招架不住，掩一鐧，望陣內便走。方相耳聞鼓聲，隨後追來，趕進落魂陣內，見姚天君已上板臺，把黑砂一把灑將下來。可憐方相那知其中奧妙，大叫一聲，頃刻而絕。一道靈魂往封神臺去了。姚天君復上鹿出陣，大叫曰：「燃燈道人，你乃名士，為何把一俗子凡夫枉受殺戮？你們可著道德清高之士來會吾此陣。」燃燈命赤精子：「你當去矣。」赤精子領命，提寶劍作歌而來。歌曰：

「何幸今為物外人，都因夙世脫凡塵。了知生死無差別，開了天門妙莫論。事事事通非事事，
神神神徹不神神。目前總是長生理，海角天涯都是春。」

赤精子歌罷，曰：「姚斌，你前番將姜子牙魂魄拜來，吾二次進你陣中，雖然救出子牙魂魄，今日你又傷方相，殊為可恨。」姚天君曰：「太極圖玄妙也只如此，未免成為吾囊中之物。你玉虛門下，神通雖高不妙。」赤精子曰：「此是天意，該是如此。你今逢絕地，性命難逃，悔之無及。」姚天君大怒，執鐧就打。赤精子口稱：「善哉！」招架閃躲，未及數合，姚斌便進落魂陣去了。赤精子聞後面鐘聲，隨進陣中。這一次乃三次了，豈不知陣中利害？赤精子將頂上用慶雲一朵現出，先護其身，又將八卦紫壽仙衣披在身上，光華顯耀，使黑砂不粘其身，自然安妥。姚天君上臺，見赤精子進陣，忙將一斗黑砂往下一潑。赤精子上有慶雲，下有仙衣，黑砂不能侵犯。姚天君大怒，見此術不應，隨欲下臺，復來戰爭。不防赤精子暗將陰陽鏡望姚斌劈面一幌。姚天君便撞下臺來。赤精子對東崑崙打稽首曰：「弟子開了殺戒！」提劍取了首級，姚斌一道靈魂往封神臺去了。赤精子破了落魂陣，取回太極圖，送還玄都洞。

且言聞太師因趙公明如此，心下不樂，懶理軍情，不知二陣主又失了機。太師聞報，破了兩陣，只急得三尸神暴跳，七竅內生煙，頓足歎曰：「不期今日吾累諸友遭此災厄！」忙請二陣主張、王兩位天君，太師泣而言曰：「不幸奉命征討，累諸位道兄受此無辜之災。吾受國恩，理當如此。眾道友卻是為何遭此慘毒？使聞仲心中如何得安！」又見趙公明昏亂，不知軍務，只是睡臥，嘗聞鼻息之聲。古云「神仙不寢」，乃是清淨六根，如何今日六七日只是昏睡！且不說湯營亂紛紛計議不一。且說子牙拜掉了趙公

明元神散而不歸，但神仙以元神為主，遊八極，任逍遙，今一旦被子牙拜去，不覺昏沉，只是要睡。聞太師心下甚是著忙，自思：「趙道兄為何只是睡而不醒，必有凶兆！」聞太師愈覺鬱鬱不樂。

且說子牙在岐山拜了半月，趙公明越覺昏沉，睡而不省人事。太師入內帳，見公明鼻息如雷，用手推而問曰：「道兄，你乃仙體，為何只是酣睡？」公明答曰：「我並不曾睡。」二陣主見公明顛倒，謂太師曰：「聞兄，據我等觀趙道兄光景，不是好事，想有人暗算他的，取金錢一卦，便知何故。」聞太師曰：「此言有理。」便忙排香案，親自拈香，搜求八卦。聞太師大驚曰：「術士陸壓將釘頭七箭書，在西岐山要射殺趙道兄，這事如何處？」王天君曰：「既是陸壓如此，吾輩須往西岐山，搶了他的書來，方能解得此厄。」太師曰：「不可。他既有此意，必有準備，只可暗行，不可明取。若是明取，反為不利。」聞太師入後營，見趙公明，曰：「道兄，你有何說？」公明曰：「聞兄，你有何說？」太師曰：「原來術士陸壓將釘頭七箭書射你。」公明聞得此言，大驚曰：「道兄，我為你下山，你當如何解救我？」聞太師這一會神魂飄蕩，心亂如麻，一時間走投無路。張天君曰：「聞兄不必著急，今晚命陳九公、姚少司二人借土遁暗往岐山，搶了此書來，大事方纔可定。」太師大喜。正是：

天意已歸真命主，何勞太師暗安排？

話說陳九公二位徒弟去搶箭書不表。且說燃燈與眾門人靜坐，各運元神。陸壓忽然心血來潮，道人不語，掐指一算，早解其意。陸壓曰：「眾位道兄，聞仲已察出原由，今著他二門人去岐山，搶此箭書。箭書搶去，吾等無生。快遣能士報知子牙，須加防備，方保無虞。」燃燈隨遣楊戩、哪吒二人：「速往岐山去報子牙。」哪吒登風火輪先行；楊戩在後。風火輪去而且快，楊戩的馬慢便遲。且說聞太師著趙公明二位徒弟陳九公、姚少司去岐山，搶釘頭七箭書。二人領命，速往岐山來。時已是二更，二人駕著土遁，在空中果見子牙披髮仗劍，步罡踏斗于臺前，書符念咒而發遣，正一拜下去，早被二人往下一坐，抓了箭書，似風雲而去。子牙聽見響，急擡頭看時，案上早不見了箭書。子牙不知何故，自己沉吟。正憂慮之間，忽見哪吒來至。南宮适報入中軍。子牙急令進來，問其原故。哪吒曰：「奉陸壓道者命，說有聞太師遣人來搶箭書。此書若是搶去，一概無生。今著弟子來報，令師叔預先防禦。」子牙聽罷，大驚曰：「方纔吾正行法術，只見一聲響，便不見了箭書，原來如此。你快去搶回來！」哪吒領命，出得營來，登風火輪便起，來趕此書不表。且說楊戩馬徐徐行至，未及里數，只見一陣風來，甚是古怪。怎見得好風：

嚼喙喙如同虎吼，滑喇喇猛獸咆哮。揚塵播土逞英豪，攪海翻江華嶽倒。
損林木如同劈砍，響時節花草齊凋。催雲捲霧豈相饒，無影無形真個巧。

楊戩見其風來得異怪，想必是搶了箭書來。楊戩下馬，忙將土草抓一把，望空中一灑，喝一聲：「疾！」坐在一邊。正是先天秘術，道妙無窮，保真命之主，而隨時響應。且說陳九公、姚少司二人搶了書來大喜，見前面是老營，落下土遁來。見鄧忠巡外營，忙忙報入。二人進營，見聞太師在中軍帳坐定，二人上前回話。太師問曰：「你等搶書一事如何？」二人回曰：「奉命去搶書，姜子牙正行法術，等他拜下去，被弟子坐遁，將書搶回。」太師大喜，問二人：「將書拿上來。」二人將書獻上。太師接書一看，放于袖內，便曰：「你們後邊去回復你師父。」二人轉身往後營正走，只聽得腦後一聲雷響，急回頭不見大營，二人站在空地之上，如痴如醉。正疑之間，見一人白馬長鎗，大呼曰：「還吾書來！」

陳九公、姚少司大怒，四口劍來取。

楊戩鎗大蟒一般，夤夜交兵，只殺的天慘地昏，鎗劍之聲，不能斷絕。正戰之際，只見空中風火輪響，哪吒聽得兵器交加，落下輪來，搖鎗來戰。陳九公、姚少司那裡是楊戩敵手，況又有接戰之人。哪吒奮勇，一鎗把姚少司刺死；楊戩把陳九公脇下一鎗，二人靈魂俱往封神臺去了。楊戩問哪吒曰：「岐山一事如何？」哪吒曰：「師叔已被搶了書去，著吾來趕。」楊戩曰：「方纔見二人駕土遁，風聲古怪，吾想必是搶了書來；吾隨設一謀，仗武王洪福，把書誆設❶過來；又得道兄協助，可喜二人俱死。」楊戩與哪吒復往岐山，來見子牙。二人行至岐山，天色已明，有武吉報入營中。子牙正納悶時，只見來報：「楊戩、哪吒來見。」子牙命入中軍，問其搶書一節，楊戩把誆設一事，說與子牙。子牙獎諭楊戩曰：「智勇雙全，奇功萬古！」又諭哪吒：「協助英雄，赤心輔國。」楊戩將書獻與子牙，二人回蘆篷不表。

且說子牙日夜用意提防，驚心提膽，又恐來搶。

且說聞太師等搶書回來報喜，等得第二日巳時，不見二人回來；又令辛環去打聽消息。少時辛環來報：「啟太師：陳九公、姚少司不知何故，死在中途。」太師拍案大叫曰：「二人已死，其書必不能返！」搥胸跌足，大哭于中軍。只見二陣主進營來見太師，見如此悲痛，忙問其故。太師把前事說了一遍，二天君不語，因進後營，來見趙公明，公明鼻息之聲如雷。三位來至榻前，太師垂淚叫曰：「趙道兄。」公明睜目見聞太師來至，就問搶書一事。太師實對公明說曰：「陳九公、姚少司俱死。」趙公明將身坐起，二目圓睜，大呼曰：「罷了！悔吾早不聽吾妹之言，果有喪身之禍！」公明只嚇的渾身汗出，

❶ 誆設：設計欺騙。

無計可施。

公明歎曰：「想吾在天皇時得道，修成玉肌仙體，豈知今日遭殃，反被陸壓而死，真是可憐！聞兄，料吾不能再生，今追悔無及！但我死之後，你將金蛟剪連吾袍服包住，用絲縧縛定。我死，必定雲霄諸妹妹來看吾之尸骸，你把金蛟剪連袍服遞與他。吾三位妹妹見吾袍服，如見親兄！」道罷，淚流滿面，猛然一聲大叫曰：「雲霄妹子！悔不用你之言，致有今日之禍！」言罷，不覺哽咽，不能言語。聞太師見趙公明這等苦切，心如刀絞，只氣的怒髮沖冠，鋼牙剉碎。當有紅水陣主王奕見如此傷心，忙出老營，將紅水陣排開，逕至篷下，大呼曰：「玉虛門下誰來會吾紅水陣也？」哪吒、楊戩纔在篷上回燃燈、陸壓的話，又聽見紅水陣開了，燃燈只得領班下篷，眾弟子分開左右，只見王天君乘鹿而來。好凶惡！怎見得，有詩為證，詩曰：

一字青紗頭上蓋，腹內玄機無比賽。紅水陣內顯其能，修煉惹下誅身債。

話說燃燈命：「蕭道友，你去破陣走一遭。」蕭寶曰：「既為真命之主，安得推辭。」忙提寶劍出陣，大叫：「王奕慢來！」王天君認得是蕭寶散人，王奕曰：「蕭兄，你乃閑人，此處與你無干，為何也來受此殺戮？」蕭寶曰：「察情斷事，你們扶假滅真，不知天意有在，何必執拗。想趙公明不順天時，今一旦自討其死，十陣之間已破八九，可見天心有數。」王天君大怒，仗劍來取。蕭寶劍架忙迎。步鹿相交，未及數合，王奕往陣中就走。蕭寶隨後跟來，趕入陣中。王天君上臺，將一葫蘆水往下一摔。葫蘆振破，紅水平地擁來。一點粘身，四肢化為血水。蕭寶被水粘身，可憐！只剩道服絲縧在，四肢皮肉化為津。一道靈魂往封神臺去了。王天君復乘鹿出陣，大呼曰：「燃燈甚無道理！無辜斷送閑人！玉虛門下高名者甚多，誰敢來會吾此陣？」燃燈命道德真君：「你去破此陣。」不知勝負如何，且聽下回分解。

評

釘頭七箭書，原是魅魔之術，但是神仙不免，此所以為奇。大抵天意歸周，任你有玄功妙術，俱自遇治而滅；不然，金蛟剪已自無敵矣！

又評

陳九公姚少司既然搶得書來，公明則有生矣。其如西周不保，何故得楊戩有此變化？復賺回書，其功莫大焉。不但堪嘉其功，而臨時應變，迅捷更妙！

第四十九回　武王失陷紅沙陣

一煞真元萬事休，無為無作更無憂。心中白璧人難會，世上黃金我不求。
石畔溪聲談梵語，澗邊山色咽寒流。有時七里灘頭坐，新月垂江作釣鉤。

話說道德真君領燃燈命，作罷歌，提劍而來。真君曰：「王奕，你等不諳天時，指望扭轉乾坤，逆天行事。只待喪身，噬臍何及？今爾等十陣已破八九，尚不悔悟，猶然恃強逞狂！」王天君聽得道德真君如此之語，大怒，仗劍來取。道德真君劍架忙還。來往數合，王奕進本陣去了。道德真君聞金鐘擊響，隨後趕進陣中。王奕上臺，也將葫蘆如前一樣打將下來，只見紅水滿地。真君把袖一抖，落下一瓣蓮花；道德真君雙腳踏在蓮花瓣上，任憑紅水陣下翻騰，道德真君只是不理。王天君又拿一葫蘆打下來。真君頂上現出慶雲，遮蓋上面，無水粘身；下面紅水不能粘其步履，如一葉蓮舟相似。正是：

一葉蓮舟能解厄，方知闡教有高人。

道德真君腳踏蓮舟，有一個時辰。王奕情知此陣不能成功，方欲抽身逃走；道德真君忙取五火七禽扇一搧。此扇有空中火、石中火、木中火、三昧火、人間火，五火合成此寶；扇有鳳凰翅，有青鸞翅，有大鵬翅，有孔雀翅，有白鶴翅，有鴻鵠翅，有梟鳥翅；七禽翎上有符印，有秘訣。後人有詩單道此扇好處，有詩為證：

五火奇珍號七翎，授人初出秉離熒。逢山怪石成灰燼，遇海煎乾少露零。
克木克金為第一，焚樑焚棟暫無停。王奕縱有神仙體，遇扇搧時即滅形。

道德真君把七禽扇照王奕一搧，王奕大叫一聲，化一陣紅灰，逕進封神臺去了。道德真君破了紅水陣，燃燈回蘆篷靜坐。且說張天君報入中軍：「啟太師：紅水陣又被西周破了。」聞太師因趙公明有釘頭七箭書事，鬱鬱不樂，納悶心頭，不曾理論軍情；又聽得破了一陣，更添愁悶。

且說子牙在岐山拜了二十日，七箭書已拜完；明日二十一日，要絕公明，心下甚歡喜。再說趙公明臥于後營，聞太師坐于榻前看守。公明曰：「聞兄，吾與你止會今日，明日午時，吾命已休！」太師聽罷，泣而言曰：「吾累道兄遭此不測之殃，使我心如刀割！」張天君進營來看趙公明，正是有力無處使，只恨釘頭七箭書。把一個大羅神仙只拜得如俗子病夫一般，可憐講甚麼五行遁術，說不起倒海移山，只落得一場虛話！大家相看流淚。且說子牙至二十一日巳牌時分，武吉來報：「陸壓老爺來了。」子牙出營迎接，入帳行禮，序坐畢，陸壓曰：「恭喜！恭喜！趙公明定絕今日！且又破了紅水陣，可謂十分之喜！」

子牙深謝陸壓：「若非道兄法力無邊，焉得公明絕命。」陸壓笑吟吟揭開花籃，取出小小一張桑枝弓，三隻桃枝箭，遞與子牙：「今日午時初刻，用此箭射之。」子牙曰：「領命。」二人在帳中等至午時，不覺陰陽官來報午時牌！子牙淨手，拈弓搭箭。陸壓曰：「先中左目。」子牙依命，先中左目。這西岐山發箭射草人，成湯營裡趙公明大叫一聲，把左眼閉了。聞太師心如刀割，一把抱住公明，淚流滿面，哭聲甚慘。——子牙在岐山，二箭射右目，三箭劈心一箭：三箭射了草人。公明死于成湯營裡。有詩為證：

悟道原須滅去塵，塵心不了怎成真。至今空卻羅浮洞，封受金龍如意神。

聞太師見公明死于非命，放聲大哭；用棺槨盛殮，停于後營。鄧、辛、張、陶四將心驚膽顫：「周營有這樣高人，如何與他對敵！」營內只因死了公明，彼此驚亂，行伍不整。且言子牙同陸壓回篷，與眾道友相見，俱說：「若不是陸壓兄之術，焉能使公明如此命絕！」燃燈甚是稱羨。

且說張天君開了紅沙陣，裡面連催鐘響，燃燈聽見，謂子牙曰：「此紅沙陣乃一大惡陣，必須要一福人方保無虞。若無福人去破此陣，必須大損。」子牙曰：「老師用誰為福人？」燃燈曰：「若破紅沙陣，須是當今聖主方可。若是別人，凶多吉少。」子牙曰：「當今天子體先王仁德，不善武事，怎破得此陣？」燃燈曰：「事不宜遲，速請武王，吾自有處。」子牙著武吉請武王。少時，武王至篷下，子牙迎迓上篷。武王見眾道人下拜，眾道人答禮相還。武王曰：「列位老師相招，有何吩咐？」燃燈曰：「方今十陣已破九陣，止得一紅沙陣，須得至尊親破，方保無虞。但不知賢王可肯去否？」武王曰：「列位道長此來，俱為西土禍亂不安，而發此惻隱；今日用孤，安敢不去？」燃燈大喜：「請王解帶寬袍。」武王依其言，摘帶脫袍。燃燈用中指在武王前後胸中用符印一道，完畢，請武王穿袍，又將一符印塞在武王蟠龍冠內。燃燈又命哪吒、雷震子保武王下篷。只見紅沙陣內有位道人，戴魚尾冠，面如銅綠，頷下赤髯，提兩口劍，作歌而來。歌曰：

「截教傳來悟者稀，玄中大妙有天機。先成爐內黃金粉，後煉無窮白玉霏。紅沙數片人心落，黑霧瀰漫膽骨飛。今朝若會龍虎地，便是神仙絕魄歸。」

紅沙陣主張紹大呼曰：「玉虛門下誰來會吾此陣？」只見風火輪上哪吒提火尖鎗而來。又見雷震子保有一人，戴蟠龍冠，身穿黃服。張紹曰：「來者是誰？」哪吒答曰：「此吾之真主武王是也。」武王見張天君猙獰惡狀，凶暴猖獗，諕得戰驚驚，坐不住馬鞍鞽上。張天君縱開梅花鹿，仗劍來取。哪吒登開風火輪，搖鎗赴面交還。未及數合，張天君往本陣便走。哪吒、雷震子保定武王逕入紅沙陣中。張天君見三人趕來，忙上臺，抓一片紅沙往下劈面打來。武王被紅沙打中前胸，連人帶馬撞下坑去。哪吒踏住風火輪就昇起空中。張紹又發三片沙打將下來，也把哪吒連輪打下坑內。雷震子見事不好，欲起風雷翅，又被紅沙數片打翻下坑。故此紅沙陣困住了武王三人。

且說燃燈同子牙見紅沙陣內一股黑氣往上沖來，燃燈曰：「武王雖是有厄，然百日可解。」子牙問其詳細：「武王怎不見出陣來？」燃燈曰：「武王、雷震子、哪吒三人俱該受困此陣。」子牙慌問：「老師，幾時回來？」燃燈曰：「百日方能出得此厄。」子牙聽罷，頓足歎曰：「武王乃仁德之君，如何受得百日之苦？那時若有差訛，奈何？」燃燈曰：「不妨。天命有在，周主洪福，自保無事，子牙何必著忙。暫且回篷，自有道理。」子牙進城，報入宮中。太姬、太姙二后忙令眾兄弟進相府來問。子牙曰：「當今不妨，只有百日災難，自保無虞。」子牙出城，復上篷見眾道友，閑談道法不題。話表張天君進營對聞太師曰：「武王、雷震子、哪吒俱陷紅沙陣內。」聞太師口雖慶喜，心中只是不樂，止為公明混悶而死。張天君在陣內，每日常把紅沙灑在武王身上，如同刀刃一般。多虧前後符印護持其體，真命福人，焉能得絕。

且不說張紹困住武王；只說申公豹跨虎往三仙島來報信與雲霄娘娘姊妹三人。及至洞門，光景與別處大不相同。怎見得：

煙霞嬝嬝，松柏森森。煙霞嬝嬝瑞盈門，松柏森森青繞戶。橋踏枯槎木，峰巔繞薜蘿，鳥銜紅蘂來雲壑，鹿踐芳叢上石苔。那門前時催花發，風送香浮，臨堤綠柳轉黃鸝，旁岸夭桃翻粉蝶。

雖然別是洞天景，勝似蓬萊閬苑佳。

話說申公豹行至洞中下虎，問：「裡面有人否？」少時，一女童出來，認得申公豹，便問：「老師往那裡來？」公豹曰：「報你師父，說我來訪。」童兒進洞：「啟娘娘：申老爺來訪。」娘娘道：「請來。」申公豹入內相見，稽首坐下。雲霄娘娘問曰：「道兄何來？」公豹曰：「特為令兄的事來。」雲霄娘娘曰：「吾兄有甚麼事敢煩道兄？」申公豹笑曰：「趙道兄被姜尚釘頭七箭書射死岐山，你們還不知道？」只見瓊霄、碧霄聽罷，頓首曰：「不料吾兄死于姜尚之手，實為痛心！」放聲大哭。申公豹在旁又曰：「令兄把你金蛟剪借下山，一功未成，反被他人所害。臨危對聞太師說：『我死之後，吾妹必定來取金蛟剪。你多拜上三位妹子：吾悔不聽雲霄之言，反入羅網之厄。畀吾道服、絲縧，如見我親身一般！』言之痛心，說之酸鼻！可憐千年勤勞修煉一場，豈知死于無賴之手！真是切骨之仇！」雲霄娘娘曰：「吾師有言：『截教門中不許下山；如下山者，封神榜上定是有名。』故此天數已定。吾兄不聽師言，故此難脫此厄。」瓊霄曰：「姐姐，你實是無情！不為吾兄出力，故有此言。我姐妹三人就是封神榜上有名也罷，吾定去看吾兄骸骨，不負同胞。」瓊霄、碧霄娘娘怒氣沖沖，不由分說，瓊霄忙乘鴻鵠，碧霄乘花翎鳥出洞。雲霄娘娘暗思：「吾妹妹此去，必定用混元金斗亂拿玉虛門人，反為不美。惹出事來，怎生是好？吾當親去執掌，還可在我。」娘娘吩咐女童：「好生看守洞府，我去就來。」娘娘跨青鸞，也出洞府，見碧霄、瓊霄飄飄跨異鳥而行。雲霄娘娘大叫曰：「妹妹慢行！吾也來了！」二位娘娘道：「姐姐，你往那裡去？」雲霄曰：「我見你們不諳事體，恐怕多事，同你去，見機而作，不可造次。」三人同行，只見後面有人呼曰：「三位姐姐慢行！吾也來了！」雲霄回頭看時，原來是菡芝仙妹子。問道：「你從那裡來？」菡芝仙曰：「同你往西岐去。」娘娘大喜。纔待前行，又有人來叫曰：「少待！吾來也！」及看時，乃彩雲仙子，打稽首曰：「四位姐姐往西岐去；方纔遇著申公豹約我同行，正要往聞道兄那裡去，恰好遇著大家同行。」五位女仙往西岐來，頃刻，駕遁光即時而至。正是：

群仙頂上天門閉，九曲黃河大難來。

話說五位仙姑來至營門，命旗門官通報。旗門官報入中軍。聞太師出營迎請至帳內，打稽首坐下。雲霄曰：「前日吾兄被太師請下羅浮洞來，不料被姜尚射死。我姊妹特來收吾兄骸骨，如今卻在那裡？煩太師指示。」聞太師悲咽泣訴，淚雨如珠，曰：「道兄趙公明不幸遭蕭升、曹寶收了定海珠去。他往道友洞府借了金蛟剪來，就會燃燈；交戰時便祭此剪。燃燈逃遁，其坐下一鹿閘為兩段。次日有一野人陸壓會令兄，又祭此剪。陸壓化作長虹而走，然後兩下不曾會戰。數日來，西岐山姜尚立壇行術，呪詛令兄，被吾算出。彼時令兄有二門人，陳九公、姚少司，令他去搶釘頭七箭書，又被哪吒殺死。令兄對吾說：『悔不聽吾妹雲霄之言，果有今日之苦。』他將金蛟剪用道服包定，留與三位道友，見服如見公明。」聞太師道罷，放聲掩面大哭，五位道姑齊動悲聲。太師起身，忙取袍服所包金蛟剪放于案上。三位娘娘展開，睹物傷情，淚不能乾。瓊霄切齒，碧霄面發通紅，動了無明三昧。

碧霄曰：「吾兄棺槨在那裡？」太師曰：「在後營。」瓊霄曰：「吾去看來。」雲霄娘娘止曰：「吾兄既死，何必又看？」碧霄曰：「既來了，看看何妨？」二位娘娘就走，雲霄只得同行。來到後營，三位娘娘見了棺木，揭開一看，見公明二目血水流津，心窩裡流血，不得不怒。瓊霄大叫一聲，幾乎氣倒。碧霄含怒曰：「姐姐不必著急，我們拿住他，也射他三箭，報此仇恨！」雲霄曰：「不管姜尚事，是野人陸壓弄這樣邪術！一則也是吾兄數盡，二則邪術傾生。吾等只拿陸壓，也射他三箭，就完此恨。」又見紅沙陣主張天君進營，與五位仙姑相見，太師設席與眾位共飲數盃。次日，五位道姑出營，聞太師掠陣；又命鄧、辛、張、陶護衛前後。雲霄乘鸞來至篷下，大呼曰：「傳與陸壓，早來會吾！」左右忙報上篷來：「有五位道姑欲請陸老爺答話。」陸壓起身曰：「貧道一往。」提劍在手，迎風大袖飄颻而來。雲霄娘娘觀看，陸壓雖是野人，真有些仙風道骨。怎見得：

雙抓髻，雲分瑞彩；水合袍，緊束絲絛。仙風道骨氣逍遙，腹內無窮玄妙。四海野人陸壓，五嶽到處名高。學成異術廣，懶去赴蟠桃。

雲霄對二妹曰：「此人名為閑士，腹內必有胸襟。看他到了面前怎樣言語，便知他學識淺深。」陸壓徐徐而至，念幾句歌詞而來：

「白雲深處誦黃庭，洞口清風足下生。無為世界清虛境，脫塵緣，萬事輕。歎無極，天地也無名。袍袖展，乾坤大；杖頭挑，日月明。只在一粒丹成。」

陸壓歌罷，見雲霄打個稽首。瓊霄曰：「你是散人陸壓否？」陸壓答曰：「然也。」瓊霄曰：「你為何射死吾兄趙公明？」陸壓答曰：「三位道友肯容吾一言，吾便當說；不容吾言，任你所為。」雲霄曰：「你且道來！」陸壓曰：「修道之士，皆從理悟，豈仗逆行？故正者成仙，邪者墮落。吾自從天皇悟道，見過了多少逆順。歷代以來，從善歸宗，自成正果。豈意趙公明不守順，專行逆，助滅綱敗紀之君，殺戮無辜百姓，天怒民怨。且仗自己道術，不顧別人修持。此是只知自己，不知有人，便是逆天。從古來逆天者亡，吾今即是天差殺此逆士，又何怨于我？吾觀道友，此地居不久，此處乃兵山火海，怎立其身？若久居之，恐失長生之路。吾不失忌諱，冒昧上陳。」雲霄沉吟，良久不語。瓊霄大喝曰：「好孽障！焉敢將此虛謬之言，簧惑❶眾聽！射死吾兄，反將利口強辯！料你毫末之道，有何能處。」瓊霄娘娘怒沖霄漢，仗劍來取，陸壓劍架忙迎。未及數合，碧霄將混元金斗望空祭起，陸壓怎逃此斗之厄！有詩為證：

此斗開天長出來，內藏天地按三才。碧遊宮裡親傳授，闡教門人盡受災。

碧霄娘娘把混元金斗祭於空中，陸壓看見，卻待逃避；其如此寶利害，只聽得一聲響，將陸壓拿去，望成湯老營一摔。陸壓縱有玄妙之功，也摔得昏昏默默。碧霄娘娘親自動手，綁縛起來；把陸壓泥丸宮用符印鎮住，綁在旛桿上，與聞太師曰：「他會射吾兄，今番我也射他！」傳長箭手，令五百名軍來射。箭發如雨，那箭射在陸壓身上；一會兒，那箭連箭桿與箭頭都成灰末，眾軍卒大驚。聞太師觀之，無不駭異。雲霄娘娘看見如此，碧霄曰：「這妖道將何異術來惑我等！」忙祭金蛟剪。陸壓看見，叫聲：「吾去也！」化道長虹，逕自走了。來到篷下，見眾位道友。燃燈問曰：「混元金斗把道友拿去，如何得返？」陸壓曰：「他將箭來射吾，欲與其兄報仇。他不知我根腳❷；那箭射在我身上，箭咫尺成為灰末。

---

❶ 簧惑：用言語鼓動迷惑他人。
❷ 根腳：即根柢、底細。

復放金蛟剪時，吾自來矣。」燃燈曰：「公道術精奇，真個可羨！」陸壓曰：「貧道今日暫別，不日再會。」不表。

且說次日，雲霄共五位道姑齊出來會子牙。子牙隨帶領諸門人，乘了四不相，眾弟子分左右。子牙定睛看雲霄跨青鸞而至。怎見得：

雲髻雙蟠道德清，紅袍白鶴頂朱纓。絲縧束定乾坤結，足下麻鞋瑞彩生。劈地開天成道行，三仙島內煉真形。六氣三尸俱拋棄，咫尺青鸞離玉京。

話說子牙乘騎向前，打稽首曰：「五位道友請了！」雲霄曰：「姜子牙，吾居三仙島，是清閑之士，不管人間是非；只因你將吾兄趙公明用釘頭七箭書射死。他有何罪，你下此絕情，實為可惡！你雖是陸壓所使，但殺人之兄，人亦殺其兄，我等不得不問罪與你。況你乃毫末道行，何足為論？就是燃燈道人知吾姊妹三人，他也不敢欺忤我。」子牙曰：「道友此言差矣！非是我等尋事作非，乃是令兄自取惹事。此是天數如此，終不可逃。既逢絕地，怎免災殃！令兄師命不遵，要往西岐，是自取死。」瓊霄大怒曰：「既殺吾親兄，還借言天數，吾與你殺兄之仇，如何以巧言遮飾！不要走，吃吾一劍！」把鴻鵠鳥催開雙翅，將寶劍飛來直取。子牙手中劍急架相還。只見黃天化縱玉麒麟，使兩柄銀鎚沖殺過來。楊戩走馬搖鎗，飛來截殺。這壁廂碧霄怒發如雷：「氣殺我也！」把花翎鳥二翅飛騰。雲霄把青鸞飛開，也來助戰。彩雲仙子把葫蘆中戮目珠抓在手中，要打黃天化下麒麟。不知性命如何，且聽下回分解。

評

五百年王者起，正是殺運方興之際。縱武王以仁德開國，而殺戮猶紛紛不已，況其他乎？只是紂時，又不知是何劫運，連神仙佛祖，也來混攪一場，殊駭觀聽。

又評

雲霄既知師訓，又知天命，如何立腳不牢，必竟被旁人搖動了。大抵氣是易動的，所以孟夫子要養氣，神仙要消卻無明。又曰：心如死灰，方纔做得神仙。

第五十回　三姑計擺黃河陣

黃河惡陣按三才，此劫神仙盡受災。九九曲中藏造化，三三灣內隱風雷。
謾言閬苑修真客，誰道靈臺結聖胎。遇此總教重換骨，方知左道不堪媒。

話說彩雲仙子把戮目珠望黃天化劈面打來，此珠專傷人目。黃天化不及提防，被打傷二目，翻下玉麒麟。有金吒速救回去。子牙把打神鞭祭起，正中雲霄，摔下青鸞。有碧霄急來救時，楊戩又放起哮天犬，把碧霄肩膀上一口，連皮帶服扯了一塊下來。且言菡芝仙見勢不好，把風袋打開，好風！怎見得，有詩為證，詩曰：

能吹天地暗，善刮宇宙昏。裂石崩山倒，人逢命不存。

菡芝仙放出黑風。子牙急睜眼看時，又被彩雲仙子一戮目珠打傷眼目，幾乎落騎。瓊霄發劍沖殺，幸得楊戩前後救護，方保無虞。子牙走回蘆篷，閉目不睜。燃燈下篷看時，乃知戮目珠傷了；忙取丹藥療治，一時而癒。子牙與黃天化眼目好了。黃天化切齒咬牙，終是懷恨，欲報此珠之讎。

且說雲霄被打神鞭打重了，碧霄被哮天犬咬了。三位娘娘曰：「吾倒不肯傷你，你今番壞吾！罷，罷，罷！妹子，莫言他玉虛門下人，你就是我師伯，也顧不得了！」正是：

不施奧妙無窮術，那顯仙傳秘授功。

話說雲霄服了丹藥，謂聞太師曰：「把你營中大漢子選六百名來與吾，有用處。」太師令吉立去，即時選了六百大漢前來聽用。雲霄三位娘娘同二位道姑往後營，用白土畫成圖式：何處起，何處止，內藏先天秘密，生死機關；外按九宮八卦，出入門戶，連環進退，井井有條。人雖不過六百，其中玄妙不啻百萬之師。縱是神仙入此，則神消魄散。其陣，眾人也演習半月有期，方纔走熟。那一日，雲霄進營來見聞太師，曰：「今日吾陣已成，請道兄看吾會玉虛門下弟子。」太師問曰：「不識此陣有何玄妙？」雲霄曰：「此陣內按三才，包藏天地之妙；中有惑仙丹，閉仙訣，能失仙之神，消仙之魄，陷仙之形，損仙之氣，喪神仙之原本，損神仙之肢體。神仙入此而成凡，凡人入此而即絕。九曲曲中無直，曲盡造化之奇，抉盡神仙之秘。任他三教聖人，遭此亦難逃脫。」太師聞說大喜，傳令左右，起兵出營！

聞太師上了墨麒麟，四將分于左右。五位道姑齊至篷前，大呼曰：「左右探事的！傳與姜子牙，著他親自出來答話。」探事的報上篷來：「湯營有眾女將討戰。」子牙傳令，命眾門人排班出來。雲霄曰：「姜子牙，若論二教門下，俱會五行之術。倒海移山，你我俱會。今我有一陣，請你看。你若破得此陣，我等盡歸西岐，不敢與你拒敵。你若破不得此陣，吾定為我兄報仇。」楊戩曰：「道兄，我等同師叔看陣，你不可乘機暗放奇寶暗器傷我等。」雲霄曰：「你是何人？」楊戩答曰：「我是玉泉山金霞洞玉鼎真人門下楊戩是也。」碧霄曰：「我聞得你有八九元功，變化莫測。我只看你今日也用變化來破此陣，我斷不像你等暗用哮天犬而傷人也。快去看了陣，再賭勝負！」楊戩等各忍怒氣，保著子牙來看陣圖。及至到了一陣，門上懸有小小一牌，上書「九曲黃河陣」。士卒不多，只有五六百名。旗旛五色。怎見得，有贊為證，贊曰：

陣排天地，勢擺黃河。陰風颯颯氣侵人，黑霧漫漫迷日月。悠悠蕩蕩，杳杳冥冥。慘氣沖霄，陰霾徹地。消魂滅魄，任你千載修持成畫餅；損神喪氣，雖逃萬劫艱辛俱失腳。正所謂：神仙難到，盡削去頂上三花；那怕你佛祖厄來，也消了胸中五氣。逢此陣劫數難逃，遇他時真人怎躲？

話說姜子牙看罷此陣，回見雲霄。雲霄曰：「子牙，你識此陣麼？」子牙曰：「道友，明明書寫在上，何必又言識與不識也。」碧霄大喝楊戩曰：「你今日再放哮天犬來！」楊戩倚了胸襟，仗了道術，催馬搖鎗來取。瓊霄在鴻鵠鳥上執劍來迎。未及數合，雲霄娘娘祭起混元金斗。楊戩不知此斗利害，只見一道金光，把楊戩吸在裡面，往黃河陣裡一摔。不怕你：

七十二變俱無用，怎脫黃河陣內災！

卻說金吒見拿了楊戩，大喝曰：「將何左道拿吾道兄！」仗劍來取，瓊霄持寶劍來迎。金吒祭起綑龍樁，雲霄笑曰：「此小物也！」托金斗在手，用中指一指，綑龍樁落在斗中。二起金斗，把金吒拿去，摔入黃河陣中。正是此斗：

裝盡乾坤併四海，任他寶物盡收藏。

話說木吒見拿了兄長去，大呼曰：「那妖婦將何妖術敢欺吾兄！」這道童狼行虎跳，仗劍直前，望瓊霄一劍劈來，瓊霄急架忙迎。未及三合，木吒把肩膀一搖，吳鉤劍起在空中。瓊霄一見，笑曰：「莫道吳鉤不是寶，吳鉤是寶也難傷吾！」雲霄用手一招，寶劍落在斗中。雲霄再祭金斗，木吒躲不及，一道金光，裝將去了，也摔在黃河陣中。雲霄大怒，把青鸞一縱二翅飛來，直取子牙。子牙見拿了三位門人去，心下驚恐，急架雲霄劍時，未及數合，雲霄把混元金斗祭起來拿子牙。子牙忙將杏黃旗招展，旗現金花，把金斗敵住在空中，只是亂翻，不得落將下來。子牙敗回蘆篷，來見燃燈等。燃燈曰：「此寶乃是混元金斗。這一番方是眾位道友逢此一場劫數。你們神仙之體有些不祥，入此陣內，根深者不妨，根淺者只怕有些失利。」

且說雲霄娘娘回進中軍，聞太師見一日擒了三人入陣，太師問雲霄曰：「此陣內拿去的玉虛門人怎生發落？」雲霄曰：「等我會了燃燈之面，自有道理。」聞太師營中設席款待。張天君紅沙陣困著三人，又見雲霄這等異陣成功，聞太師爽懷樂意。正是：

屢勝西岐重重喜，只怕蒼天不順情。

且說聞太師歡飲而散。次日，五位道姑齊至篷前，坐名請燃燈答話。燃燈同眾道人排班而出。雲霄見燃燈坐鹿而出。怎見得，有贊為證，贊曰：

雙抓髻，乾坤二色；皂道服，白鶴飛雲。仙丰併道骨，霞彩現當身。頂上靈光千丈遠，包羅萬象胸襟。九返金丹全不講，修成聖體徹靈明。靈鷲山上客，元覺道燃燈。

且說燃燈見雲霄，打稽首曰：「道友請了！」雲霄曰：「燃燈道人，今你我會戰，決定是非。吾擺此陣，請你來看陣。只因你教下門人將吾道污衊太甚，吾故此纔有念頭。如今月缺難圓，你門下有甚高明之士，誰來會吾此陣？」燃燈笑曰：「道友此言差矣！僉押封神榜，你親自在宮中，豈不知循環之理？從來造化，復始周流。趙公明定就如此，本無仙體之緣，該有如此之劫。」瓊霄曰：「姐姐既設此陣，又何必與他講甚麼道德。待吾拿他，看他有何術相抵？」瓊霄娘娘在鴻鵠鳥上仗劍飛來。這壁廂惱了眾門下。內有一道人作歌曰：

「高臥白雲山下，明月清風無價。壺中玄奧，靜裡乾坤大。夕陽看破霞，樹頭數晚鴉。花陰柳下，笑笑逢人話；剩水殘山，行行到處家。憑咱茅屋任生涯，從他金堦玉露滑。」

赤精子歌罷，大呼曰：「少出大言！瓊霄道友，你今日到此，也免不得封神榜上有名。」輕移道步，執劍而來。瓊霄聽說，臉上變了兩朵桃花，仗劍直取。步鳥飛騰，未及數合，雲霄把混元金斗望上祭起，一道金光，如電射目，將赤精子拿住，望黃河陣內一摔，跌在裡面，如醉如痴，即時把頂上泥丸宮閉塞了。可憐千年功行，坐中辛苦，只因一千五百年逢此大劫，乃遇此斗，裝入陣中，總是神仙也沒用了。廣成子見瓊霄如此逞凶，大叫：「雲霄休小看吾輩，有辱闡道之仙，自恃碧遊宮左道！」雲霄見廣成子來，忙催青鸞，上前問曰：「廣成子，莫說你是玉虛宮頭一位擊金鐘首仙，若逢吾寶，也難脫厄。」廣成子笑曰：「吾已犯戒，怎說脫厄？定就前因，怎違天命。今臨殺戒，雖悔何及！」仗劍來取，雲霄執劍相迎。碧霄又祭金斗。只見金斗顯耀，目觀不明，也將廣成子拿入黃河陣內。——如赤精子一樣相同，不必煩敘。此混元金斗，正應玉虛門下徒眾該削頂上三花。天數如此，自然隨時而至，總把玉虛門人俱拿入黃河陣，閉了天門，失了道果。只等子牙封過神，再修正果，返本還元。此是天數。

話說雲霄將混元金斗拿文殊廣法天尊，拿普賢真人，拿慈航道人、道德真君，拿太乙真人，拿靈寶大法師，拿懼留孫，拿黃龍真人：把十二弟子俱拿陣中，止剩的燃燈與子牙。且說雲霄娘娘又倚金斗之功，無窮妙法，大呼曰：「月缺今已難圓，作惡到底！燃燈道人，今番你也難逃！」又祭混元金斗來擒燃燈。燃燈見事不好，借土遁清風而去。三位娘娘見燃燈走了，暫歸老營。聞太師見黃河陣內拿了玉虛許多門人，十分喜悅，設席賀功。雲霄娘娘雖是飲酒而散，默坐自思：「事已做成，怎把玉虛門下許多門人困于陣中，此事不好處，使吾今日進退兩難。」

且說燃燈逃回篷上，只見子牙上篷相見，坐下。子牙曰：「不料眾道兄俱被困于黃河陣中，凶吉不知如何？」燃燈曰：「雖是不妨，可惜了一場功夫虛用了。如今我貧道只得往玉虛宮走一遭。子牙，你在此好生看守，料眾道友不得損身。」燃燈彼時離了西岐，駕土遁而行，霎時來至崑崙山麒麟崖。落下遁光，行至宮前，又見白鶴童兒看守九龍沉香輦。燃燈向前問童兒曰：「掌教師尊往那裡去？」白鶴童兒口稱：「老師，老爺駕往西岐，你速回去焚香靜室，迎鸞接駕。」燃燈聽罷，火速忙回至篷前，見子牙獨坐，燃燈曰：「子牙公，快焚香結綵，老爺駕臨！」子牙忙淨潔其身，秉香道旁，迎迓鸞輿。只見靄靄香煙，氤氳遍地。怎見得，有歌為證：

混沌從來道德奇，全憑玄理立玄機。太極兩儀併四象，天開于子任為之。
地丑人寅吾掌教，黃庭兩卷度群迷。玉京金闕傳徒眾，火種金蓮是我為。
六根清靜除煩惱，玄中妙法少人知。二指降龍能伏虎，目運祥光天地移。
頂上慶雲三萬丈，遍身霞遶彩雲飛。閒騎逍遙四不相，默坐沈檀九龍車。
飛來異獸為扶手，喜托三寶玉如意。白鶴青鸞前引道，後隨丹鳳舞仙衣。
羽扇分開雲霧隱，左右仙童玉笛吹。黃巾力士聽敕命，香煙滾滾眾仙隨。
闡道法揚真教主，元始天尊離玉池。

話說燃燈、子牙聽見半空中仙樂，一派嘹喨之音，燃燈秉香軓道，伏地曰：「弟子不知大駕來臨，有失遠迎，望乞恕罪。」元始天尊落了沉香輦，南極仙翁執羽扇隨後而行。燃燈、子牙請天尊上蘆篷，倒身下拜。天尊曰：「爾等平身。」子牙復俯伏啟曰：「三仙島擺黃河陣，眾弟子俱有陷身之厄，求老師大發慈悲，普行救拔。」元始曰：「天數已定，自莫能解，何必你言。」元始默言靜坐，燃燈、子牙侍于左右。至子時分，天尊頂上現慶雲，有一畝田大；上放五色毫光，金燈萬盞，點點落下，如簷前滴水不斷。且說雲霄在陣中，猛見慶雲現出，雲霄謂二妹子曰：「師伯至矣！妹子，我當初不肯下山，你二人堅執不從。我一時動了無明，偶設此陣，把玉虛門人俱陷在裡面，使我又不好放他，又不好壞他。今番師伯又來，怎好相見？真為掣肘！」瓊霄曰：「姐姐此言差矣！他又不是吾師，尊他為上，不過看吾師之面。我不是他教下門人，任憑我為，如何怕他？」碧霄曰：「我們見他，尊他，他無聲色，以禮相待；他如有自尊之念，我們那認他甚麼師伯！既為敵國，如何遜禮？今此陣既已擺了，說不得了，如何怕得許多！」話說元始天尊次日清晨命南極仙翁：「將沉香輦收拾，吾既來此，須進黃河陣走一遭。」燃燈引道，子牙隨後，下篷行至陣前。白鶴童兒大呼曰：「三仙島雲霄快來接駕！」只見雲霄等三人出陣，道旁欠身，口稱：「師伯，弟子甚是無禮，望乞恕罪！」元始曰：「三位設此陣，乃我門下該當如此。只是一件，你師尚不敢妄為，爾等何苦不守清規，逆天行事，自取違教之律？爾等且進陣去，我自進來。」三位娘娘先自進陣，上了八卦臺，看元始進來如何？且說天尊拍著飛來椅，逕進陣來；沈香輦下四腳離地二尺許高，祥雲托定，瑞彩飛騰。天尊進得陣來，慧眼垂光，見十二弟子橫睡直躺，閉目不睜。天尊歎曰：「只因三尸不斷，六氣未吞，空用工夫千載！」天尊道心慈悲，看罷方欲出陣。八卦臺上彩雲仙子見天尊回身，抓一把戮目珠打來。怎見得，有詩為證，詩曰：

奇珠出手焰光生，燦爛飛騰太沒情。只說暗傷元始祖，誰知此寶一時傾。

話說元始天尊看罷黃河陣方欲出陣，彩雲仙子將戮目珠從後面打來。那珠未到天尊跟前，已化作灰塵飛去，雲霄見而失色。且說元始出陣，上篷坐下。燃燈曰：「老師進陣內，眾道友如何？」元始曰：「三花削去，閉了天門，已成俗禮，即是凡夫。」燃燈又曰：「方纔老師入陣，如何不破此陣，將眾道友提拔出來，大發慈悲。」元始笑曰：「此教雖是貧道掌，尚有師長，必當請問過道兄，方纔可行。」言未畢空中鹿鳴之聲，元始曰：「八景宮道兄來矣。」忙下篷迎迓。怎見得，有詩為證，詩曰：

鴻濛剖破玄黃景，又在人間治五行。度得軒轅昇白晝，函關施法道常明。

話說老子乘牛從空而降，元始遠迓，大笑曰：「為周家八百年事業，有勞道兄駕臨！」老子曰：「不得不來。」燃燈焚香引道上篷，玄都大法師隨後。燃燈參拜，子牙叩首畢，二位天尊坐下。老子曰：「三仙童子設一黃河陣，吾教下門下俱厄于此，你可曾去看？」元始曰：「貧道先進去看過，正應垂象，故候道兄。」老子曰：「你就破了罷，又何必等我？」二位天尊默坐不言。且說三位娘娘在陣，又見老子頂上現一坐玲瓏塔于空中，毫光五色，隱現于上。雲霄謂二妹曰：「玄都大老爺也來了，怎生是好？」碧霄娘娘道：「姐姐，各教所授，那裡管他！今日他再來，吾不是昨日那樣待他，那裡怕他？」雲霄搖頭：「此事不好。」瓊霄曰：「但他進此陣，就放金蛟剪，再祭混元金斗，何必懼他？」

且說次日老子謂元始曰：「今日破了黃河陣早回，紅塵不可久居。」元始曰：「道兄之言是矣。」命南極仙翁收拾香輦，老子上了板角青牛，燃燈引道，遍地氤氳，異香馥郁，滿散紅霞。行至黃河陣前，玄都大法師大呼曰：「三仙姑快來接駕！」裡面一聲鐘響，三位娘娘出陣，立而不拜。老子曰：「你等不守清規，敢行忤慢！爾師見吾且躬身稽首，你焉敢無狀！」碧霄曰：「吾拜截教主，不知有玄都。上不尊，下不敬，禮之常耳。」玄都大法師大喝曰：「這畜生好膽大，出言觸犯天顏！快進陣！」三位娘娘轉身入陣，老子把牛領進陣來，元始沉香輦也進了陣。白鶴童子在後，齊進黃河陣來。不知三位娘娘性命如何，且聽下回分解。

評

黃河陣雖是眾仙逢劫，然而動了二位天尊，三位仙姑亦當俯首聽命，何得抗顏忤逆師長？是自取滅亡，豈得盡委之天命哉？

又評

雲霄頗有見識，只是沒有堅持之操守，故畢竟遭此劫數。當時只有碧霄瓊霄二人，有些動客氣；孰知又有菡芝彩雲二子，猶屬孟浪不羈，助紂為虐，所以造成此數，實是人謀不臧。

第五十一回　子牙劫營破聞仲

昔日行兵誇首相，今逢時數念應差。風雷陣設如奔浪，龍虎營排似落花。
縱有黃河成個事，其如蒼赤更堪嗟。勸君莫待臨龍地，同向靈臺玩物華。

話說二位天尊進陣，老子見眾門人似醉而未醒，沉沉酣睡，呼吸有鼻息之聲。又見八卦臺上有四五個五體不全之人，老子歎曰：「可惜千載功行，一旦俱成畫餅！」且說瓊霄見老子進陣來觀望，便放起金蛟剪去。那剪在空中挺折如剪，頭交頭，尾交尾，落將下來。老子在牛背上看見金蛟剪落下來，把袖口望上一迎，那剪子如芥子落于大海之中，毫無動靜。碧霄又把混元金斗祭起。老子把風火蒲團往空中一丟，喚黃巾力士：「將此斗帶上玉虛宮去！」三位娘娘大呼曰：「罷了！收吾之寶，豈肯干休！」三位齊下臺來，仗劍飛來直取。難道天尊與他動手？老子將乾坤圖抖開，命黃巾力士：「將雲霄裹去了，壓在麒麟崖下！」力士得旨，將圖裹去不題。

且言瓊霄仗劍而來。元始命白鶴童子把三寶玉如意祭在空中，正中瓊霄頂上，打開天靈。一道靈魂往封神臺去了。碧霄大呼曰：「道德千年，一旦被你等所傷，誠為枉修功行！」用一口飛劍來取元始天尊，被白鶴童子一如意，把飛劍打落塵埃。元始袖中取一盒，揭開蓋，丟起空中，把碧霄連人帶鳥裝在盒內；不一會化為血水。一道靈魂也往封神臺去了。有詩為證：

修道千年島內成，慇懃日夜煉無明。無端擺下黃河陣，氣化清風損六情。

話說三位娘娘已絕。菡芝仙同彩雲仙子還在八卦臺上看二位天尊。元始既破黃河陣，眾弟子都睡在地上。老子用中指一指，地下雷鳴一聲，眾弟子猛然驚醒；連楊戩、金木二吒齊齊躍起，拜伏在地。老子乘牛轉出，回至篷上，眾門人拜畢。元始天尊曰：「今日諸弟子削了頂上三花，消了胸中五氣，遭逢劫數，自是難逃。況今姜尚有四九之驚，爾等要往來相佐；再賜爾等縱地金光法，可日行數千里。又聞爾等鎮洞之寶，俱裝在混元金斗內，命取來還你等。如今留南極仙翁破紅沙陣，我同道兄暫回玉虛宮。白鶴童子，陪你師父同回。」遂命返駕。眾門人排班送二位天尊回駕。

且說彩雲仙子怒氣不息。菡芝仙見破了黃河陣，退入老營來見聞太師，太師已知陣破，玉虛門人都救回去了，心中十分不安，忙具表遣官往朝歌求救；又發火牌，調三山關總兵官鄧九公往麾下聽用。且說燃燈在篷上與眾道者默坐，南極仙翁打點破紅沙陣。子牙到九十九日上，來見燃燈，口稱：「老師，明日正該破陣。」次日，眾仙步行排班，南極仙翁同白鶴童兒至陣前，大呼曰：「吾師來會紅沙陣主！」張天君從陣裡出來，甚是凶惡，跨鹿提劍，殺奔前來。擡頭見是南極仙翁，張紹曰：「道兄，你是為善最樂之士，亦非破陣之流，此陣只怕你：

可憐修就神仙體，若遇紅沙頃刻休！」

話說南極仙翁曰：「張紹，你不必多言，此陣今日該是我破。料你也不能久立于陽世。」張天君大怒，縱鹿沖來，把劍往仙翁頂上就劈。旁有白鶴童子將三寶如意赴面交還。來往未及數合，張天君掩一劍，望陣中就走，白鶴童子隨後跟來，南極仙翁同入陣內。張紹下鹿上臺，把紅沙抓了數片，望仙翁打來。

南極仙翁將五火七翎扇把紅沙一搧，紅沙一去，影無蹤跡。張天君掇起一斗紅沙望下一潑，仙翁把扇子連搧數搧，其沙去無影響。南極仙翁曰：「張紹今日難逃此厄！」張紹欲待逃遁，早被白鶴童子祭起玉如意，正中張紹後心，打翻跌下臺來。白鶴童子手起一劍，即時血染衣襟。正是：

未曾破陣先數定，怎脫封神臺下來。

且說南極仙翁破了紅沙陣，白鶴童子見三穴內有人。南極仙翁發一雷，驚動哪吒、雷震子，俱將身一躍，睜開眼看見南極仙翁，知是崑崙山師尊來救護。哪吒急來扶武王，武王已是死了；坐下逍遙馬，百日都壞了。子牙催騎入陣，看武王死了，子牙哭聲不止。燃燈曰：「不妨。前日入陣時，有三道符印護其前後心體；武王該有百日之災，吾自有處治。」命雷震子背負武王屍骸，放在篷下，用水沐浴。燃燈將一粒丹藥用水研化，灌入武王口內。有兩個時辰，武王睜眼觀看，方知迴生；見子牙眾門人立于左右，王曰：「孤今日又見相父也！」子牙差左右聽用官，送武王回宮。

且說燃燈與眾道者曰：「列位道友，貧道今破十陣，與子牙代勞已完，眾位各歸府。只留廣成子，你去桃花嶺阻聞仲，不許他進佳夢關；又留赤精子，你去燕山阻聞仲，不許他進五關。二位速去！又留慈航道人在此，以下請回。」眾道人方纔出篷欲去，忽雲中子至。燃燈請上篷，打稽首曰：「列位道兄請了！」眾道者曰：「雲中子乃福德之仙也，今不犯黃河陣，真乃大福之士。」雲中子曰：「奉敕煉通天神火柱，絕龍嶺等候聞太師。」燃燈曰：「你速去，不可遲。」雲中子去了。

燃燈把印劍交與子牙。燃燈曰：「貧道也往絕龍嶺，助雲中子一臂之力。吾今去也！」止留慈航同子牙在篷上。子牙傳令：「把麾下眾將調來。」南宮适等齊至篷前，見姜子牙行禮畢，立于兩旁。子牙傳：「明日開隊，與聞太師共決雌雄。」眾將得令不題。

且說聞太師見十絕陣俱破，只等朝歌救兵；又望三山關鄧九公來助。與彩雲仙子、菡芝仙共議，二仙曰：「不料三仙遭厄，兩位師伯下山，故有今日之挫。把吾截教不如灰草。」聞太師長吁一聲。忽聽得周營砲響，喊聲大震，來報曰：「姜子牙請太師答話。」聞太師大怒曰：「吾不速拿姜尚報讎，誓不俱生！」遂遣鄧、辛、張、陶，分于左右；二女仙齊出轅門。太師跨墨麒麟，如煙火而來。子牙曰：「聞太師，你征戰三年有餘，雌雄未見，你如今再擺十絕陣否？」傳令：「把弔著的趙江斬了！」武吉把趙江斬在陣前。聞太師大叫一聲，提鞭沖殺過來。有黃天化催開玉麒麟，用兩柄鎚擋住聞太師。菡芝仙在轅門，怒從心上起，惡向膽邊生，縱步舉寶劍來助聞太師。這壁廂楊戩縱馬搖鎗，前來敵住了菡芝仙。彩雲仙子見楊戩敵住了菡芝仙，仗劍沖殺過來。哪吒大喝一聲：「休沖吾陣！」腳登風火輪，戰住了彩雲仙子。鄧、辛、張、陶四將齊出，這壁廂武成王黃飛虎、南宮适、武吉、辛甲四將來迎。兩家這場大戰：

兩陣咚咚擂戰鼓，五色旛搖飛霞舞，長弓硬弩護轅門，鐵壁銅墻齊隊伍。太師九雲冠上火焰生，黃天化金鎖甲上霞光吐。女仙是大海波中戲水龍，楊戩似萬仞山前爭食虎。搜搜刀舉，好似金睛怪獸吐征雲；晃晃長鎗，一似巨角蛟龍爭戲水。鞭來鎚架，銀花響亮迸寒光；鎗去劍迎，玉焰生風飄瑞雪。刀劈甲，甲中刀，如同山前猛虎鬥狻猊；鎗刺盔，盔中鎗，一個深潭玉龍降水獸。使斧的天邊皓月皎光輝，使鐧的萬道長虹飛紫電；使鎗的紫氣照長空，使刀的慶雲箭頂上。

有詩為證：

大戰一場力不加，亡人死者亂如麻。只為君王安社稷，不辨賢愚血染沙。

且說子牙大戰聞太師。菡芝仙把風袋抖開，一陣黑風捲起；不知慈航道人有定風珠，隨取珠將風定住，風不能出。子牙忙祭起打神鞭，正中菡芝仙頂上，打得腦漿迸出，死于非命。一道靈魂往封神臺去了。彩雲仙子聽得陣後有響聲，回頭看時，早被哪吒一鎗，刺中肩胛，倒翻在地；後加一鎗，結果了性命，也往封神臺去了。武成王大戰張節，黃飛虎鎗法如神，大吼一聲，把張節一鎗刺于馬下，一靈也往封神臺去了。聞太師力戰黃天化，又見折了三人，無心戀戰，掩一鞭，暫回老營。止有鄧忠、辛環、陶榮三將；見今日又損了張節，四將中少了一人，十分不悅。

且言子牙全勝回兵，慈航作辭回山。子牙進城，陞銀安殿，傳令：「眾將用過午飯，上殿聽點。」眾將領令。子牙進內室，寫柬帖，直至午末未初，銀安殿上打聚將鼓響，眾將上殿參謁聽令。子牙令黃天化領柬帖、令箭；又命哪吒領柬帖、令箭；雷震子也領柬帖、令箭：「你們三路行，只須如此如此。」子牙令黃飛虎等領兵五千沖左哨；南宮适等領兵五千沖右哨。又令金吒、木吒、龍鬚虎沖轅門；四賢、八俊隨後隊接應。辛甲、辛免、太顛、閎夭、祁恭、尹籍領三千人馬，大呼曰：「歸順西岐有德之君，坐享安康；扶助成湯無道之主，滅倫絕紀。早歸周地，不致身亡！」「先散開成湯人馬，以孤其勢。大功只在今晚可成。」又令：「楊戩領三千人馬，先燒彼之糧草，彼軍不戰自亂。你如燒了糧草，截戰後，再往絕龍嶺助雷震子成功。」楊戩領令去訖。正是：

挖下戰坑擒虎豹，滿天張網等蛟龍。

不表子牙前來劫營，且言聞太師損兵折將，在帳中獨坐無言。猛然當中神目看見西岐一股殺氣直沖中軍，太師笑曰：「姜尚今日得勝，乘機劫吾大寨。」急令：「鄧忠、陶榮在左哨；辛環在右哨；吉立、余慶領長箭手守後營糧草。吾在中軍，看誰進轅門！」太師準備夜戰。當時天晚，將近一鼓時分，子牙把眾將調出，四面攻營。人馬暗暗到了成湯大轅門，左右有燈籠為號，一聲信砲，三軍吶喊，鼓聲大振，殺聲齊起。怎見得這場夜戰：

征雲籠四野，殺氣鎖長空。天昏地暗交兵，霧慘雲愁廝殺。初時戰鬥，燈籠火把相迎；次後交攻，劍戟鎗刀亂刺。離宮不朗，左右軍卒亂奔；坎地無光，前後將兵不正。昏昏沉沉，月朦朧，不辨誰家宇宙；渺渺漫漫，燈慘淡，難分那個乾坤。征雲緊護，拚命士卒往來相持；戰鼓忙敲，捨死將軍紛紛對敵。東西混戰，劍戟交加；南北相持，旌旗掩映。狼煙火砲，似雷聲霹靂驚天；虎節龍旂，如閃電翻騰上下。搖旗小校，黃夜裡戰戰兢兢；擂鼓兒郎，如履冰俱難措手。周兵勇猛，紂卒奔逃。只見：滔滔流血坑渠滿，疊疊橫屍數里平。有詩為證：

劫營功業妙無窮，三路沖營建大功。只為武王洪福廣，名垂青史羨姜公。

話說子牙督前軍，沖開了七層圍子，吶一聲喊，殺進大轅門。聞太師忙上了墨麒麟，提鞭沖來，大呼曰：「姜尚，今番與你定個雌雄！」提鞭來取，子牙仗劍交還。金吒在左，木吒在右，龍鬚虎發手放出石頭打將來，如飛蝗驟雨。成湯軍卒如何招架得開，多是著傷。聞太師酣戰在中軍。黃飛虎殺進左營，有鄧忠、陶榮大喝曰：「黃飛虎慢來！」黃家父子兵把二將困在左營。

鄧忠抖精神，使開板斧，陶榮顯本事，雙鐧忙掄，二將大戰在左營。南宮适沖進右營，只見辛環大叫：「南宮适休走！」把肉翅飛起。西岐數將戰住辛環，燈毬火把，照耀如同白晝。黃昏廝殺，黑夜交兵，慘慘陰風，咚咚戰鼓。聞太師正征戰之間，子牙祭起打神鞭。聞太師當中神目看見，急忙躲時，早中左肩臂。龍鬚虎發石亂打，三軍駐紮不定；大隊一亂，周兵吶喊，四面圍裹上來。聞太師如何抵擋得住！黃飛虎有四子黃天祥等，年少勇猛，勢不可當，展鎗如龍擺尾，轉換似蟒翻身。陶榮躲不及，早被一鎗刺于馬下。鄧忠擋不住，只得敗走。辛環見周兵勢甚大，不敢戀戰，知鋒銳已挫，料不能取勝，又見後營火起，楊戩燒了糧草，軍兵一亂，勢不可解。只見火焰沖天，金蛇亂舞，周軍鑼鳴鼓響，只殺得鬼哭神號。聞太師大兵已敗，又聽得周兵四處大叫曰：「西岐聖主，天命維新。紂王無道，陷害萬民。你等何不投西岐受享安康！何苦用力而為獨夫自取滅亡！」成湯軍士在西岐日久，又見八百諸侯歸周者甚眾，兵亂不由主將，吶一聲喊，走了一半。聞太師有力也無處使，有法也無處用。只見歸降者漫散而去，不降者且戰且走。且說周兵趕殺成湯敗卒，怎見得：

趕上將連衣剁甲，逞著勢順手奪鎗。鐧敲鼻凹，鎚打當胸。鐧敲鼻凹，打的眉眼張開；鎚打當胸，洞見心肝肺腑。連肩拽背著刀傷，肚腹分崩遭斧剁。鎚打的利害，鎗刺的無情，著箭的穿袍透鎧，遇彈子鼻凹流紅，逢叉俱喪魄，遇鞭碎天靈。愁雲慘慘黯天關，急急逃兵尋活路。

聞太師兵敗，且戰且走；辛環飛在空中，保護太師；鄧忠催住後隊，一夜敗有七十餘里，至岐山腳下。子牙鳴金收隊。正是：

三軍踴躍懽聲悅，姜相成功奏凱還。

話說聞太師敗至岐山，收住敗殘人馬，點視止三萬有餘。太師又見折了陶榮，心中悶悶不語。鄧忠曰：「太師，如今兵回那裡？」聞太師問：「此處往那裡去？」辛環曰：「此處往佳夢關去。」太師道：

「就往佳夢關去。」催動人馬前進。可憐兵敗將亡，其威甚挫，著實沒興。一路上人人歎息，個個吁嗟。人馬正行間，只見桃花嶺上一首黃旛，旛下有一道人，乃是廣成子。

聞太師向前問曰：「廣成子，你在此有甚麼事？」廣成子答曰：「特為你在此等候多時。你今違天逆命，助惡滅仁，致損生靈，害陷忠良，是你自取。我今在此，也不與你為讎，只不許你過桃花嶺。任憑你往別處去便罷。」聞太師大怒曰：「吾今不幸，兵敗將亡，敢欺吾太甚！」催開墨麒麟，提鞭就打。廣成子撒步向前，用寶劍急架相還。未及三五合，廣成子取番天印祭于空中。太師一見，知印利害，撥轉麒麟望西便走，鄧忠跟著太師退回。辛環曰：「太師方纔怎的怕他，便自退兵？」太師曰：「廣成子番天印吾等招架不住。若中此印，倘或無生，如何是好！且自避他。只如今不得過此嶺，卻往那裡去？」鄧忠曰：「不若進五關往燕山去。」太師只得調轉人馬，往燕山大路而來。太師曉行夜住，不一日人馬行至燕山。猛然擡頭，見太華山上豎一首黃旛，赤精子立于旛下。

太師催麒麟至前。赤精子曰：「來者乃聞太師？你不必往此燕山去，此處非汝行之地。吾奉燃燈命，在此阻你，不許你進五關。原是那裡來，還是那裡去。」太師只氣得三尸魂暴躁，七竅內生煙，大呼曰：「赤精子，吾乃是截教門人，總是一道，何得欺吾太甚！我雖兵敗，拚得一死，定與你做一場，豈肯擅自干休！」將麒麟一夾，四蹄登開，使開金鞭，神光燦爛。赤精子抖動麻鞋，揮開寶劍，鞭劍相交。未及五七合，赤精子取陰陽鏡出來。不知聞太師性命如何，且聽下回分解。

評

神仙佛祖，動即言數；惟神聖能脩一己，以逃乎數。今燃燈子牙等，皆囿於數者，而子牙猶不能盡安於數，故見武王則哭，還有兒女氣。

第五十二回　絕龍嶺聞仲歸天

幾回奏捷建奇功，爭奈妖狐蔽聖聰。入國已無封諫表，到山應有淚江楓。
豈知魂夢烽煙絕，且聽哀猿夜月空。縱有丹心成往事，年年杜宇泣東風。

話說聞太師見赤精子拿出陰陽鏡，把麒麟一磕，跳出圈子外，往燕山下退去。赤精子也不來趕。太師氣得面黃氣喘，默默無言。辛環曰：「太師，兩條路既不容行，不若還往黃花山，進青龍關去罷。」太師沉吟良久，曰：「吾非不能遁回朝歌見天子，再整大兵，以圖恢復。只人馬累贅，豈可捨此身行。」只得把人馬調回，往青龍關大路而行。

未及半日，見前邊一枝人馬駐紮咽喉之處。聞太師傳令安營，不意前有伏兵，營不曾安定。只聽得一聲砲響，兩杆紅旗展動，哪吒腳踏風火輪，撚火尖鎗，大呼曰：「聞太師休想回去！此處乃是你歸天之地！」太師大怒，急得三隻眼中射出金光，罵曰：「姜尚欺吾太甚！此處埋伏著不堪小輩，欺藐天朝大臣！」提鞭縱麒麟飛來直取，哪吒火尖鎗急架相還。鞭鎗併舉，一場大戰。只見：

陰霾迷四野，冷氣逼三陽。這壁廂旌旗耀彩，反令日月無光；那壁廂戈戟騰輝，致使兒郎喪膽。金鞭叱咤閃威風，神鎗出沒施妙用。聞太師忠心，三太子赤膽。只殺得空中無鳥過，山內虎狼奔，飛沙走石乾坤黑，播土揚塵宇宙昏。

話說聞太師與鄧忠、辛環、吉立、余慶把哪吒裏在核心。哪吒那裡懼他，使開一條鎗，怎見得利害，有贊為證，贊曰：

鎗是邠州鐵，鍊成一段鋼；落在能工手，造成丈八長。刺虎穿胸連樹倒，降魔鋒利似秋霜。大將逢之翻下馬，沖營躐陣士俱亡。展放光芒天地暗，吐吞寒霧日無光。

哪吒抖搜神威，酣戰五將，大叫一聲，把吉立刺于馬下；忙把風火輪登出陣來，取乾坤圈祭在空中，正中鄧忠肩胛，翻下鞍轎，被哪吒復一鎗，結果了性命，二道靈魂俱往封神臺去了。聞太師見又折了鄧忠、吉立二將，十分懊惱，不覺失措，無心戀戰，奪路而走。哪吒大殺一陣，截斷後面一半人馬，「願降者免死！」眾兵齊告曰：「願歸明主。」哪吒得獲全勝，回西岐報功不表。

且說聞太師兵敗前行，至晚點紮殘兵，不足一萬餘人。太師陞帳坐下，愧赧無地。自思曰：「吾自征伐，未嘗挫銳。今日西征，致有片甲無存之辱。」辛環在側曰：「太師且請寬慰，勝負乃兵家之常，何必掛心。俟回朝再整大隊人馬，以復此仇未遲。太師還當自己保重。」次日，起人馬望黃花山進發。行至巳牌時候，猛見前面紅旗招展，號砲喧天，見一將金甲紅袍，坐玉麒麟上，使兩柄銀鎚，刺斜而來，大呼曰：「奉姜丞相令，等候多時！今兵敗將亡，眼見獨力難支，天命已定。此處不降，更待何時！」聞太師見黃天化阻住去路，大怒罵曰：「好反叛逆賊，敢出此言欺吾！」催開墨麒麟，單鞭力戰。黃天化鞭鎚相架，戰在山前。但見：

兩陣鳴鑼擊鼓，三軍吶喊搖旗。紅旛招展振天雷，畫戟輕翻豹尾。這一個捨命沖鋒扶社稷，那一個拚生慣戰定華夷。不是你生我死不相離，只殺得日月無光天地迷。

話說二人交鋒，約有二三十合，有辛環氣沖牛斗，余慶怒髮沖冠，二將來助太師。黃天化見二將來助戰，把玉麒麟跳出陣外就走。余慶不知好歹，隨後追來。黃天化掛下雙鎚，取火龍標回首一標，打下落馬而死。一魂進封神臺去了。辛環見余慶落馬，大叫一聲：「吾來了！」肉翅飛來，鎚鑽往頂上打來。辛環是上三路，黃天化鎚是短兵器，招架上三路不好擋抵，把玉麒麟跳出圈子就走。這玉麒麟乃是道德真君坐騎，足有風雲，速如飛電。辛環不見機趕來，被黃天化將攢心釘發出，正中肉翅。辛環在空中掉將下來。聞太師見辛環失利，忙催動殘兵，望東南敗走。

黃天化連勝二陣，也不追趕，領兵回西岐報功去了。且言聞太師見後無襲兵，領人馬徐徐而行；又見折了余慶，辛環帶傷，太師十分不樂，一路上思前想後。人馬行至晚間，有一座高山在前，但見山景淒涼，太師坐下，不覺兜底上心，自己吟詩嗟歎。詩曰：

「回首青山兩淚垂，三軍悽慘更堪悲。當時只道旋師返，今日方知敗卒疲，可恨天時難預料，堪嗟人事竟何之！眼前顛倒渾如夢，為國丹心總不移。」

話說聞太師作罷詩，神思不寧。三軍造飯，辛環整理，次日回兵。將至二更，只聽得山頂上響聲大振，砲發如雷。聞太師出帳觀看，見山上是姜子牙同武王在馬上飲酒，左右諸將用手指曰：「山下聞太師敗兵在此。」太師聽說，性如烈火，上了墨麒麟，提鞭殺上山來。只見一聲雷響，一人也不見了。聞太師乃是神目，左右觀看，又不見影跡。太師咬牙深恨，立騎尋思。忽然山下一聲砲響，人馬勢如雲集，圍困山下，只叫：「休走了聞太師！」太師大怒，催騎殺下山來；及至山下，一軍一卒俱無。太師喘息不定，方欲算卜，又見山頂上大砲響，子牙與武王拍手大笑而言曰：「聞太師今日之敗，把數年英雄盡喪於此，有何面目再返朝歌！」聞太師厲聲大罵：「姬發匹夫，焉敢如此！」縱騎復殺上山來。將至半山凹裡，猛然飛起雷震子，好凶惡！怎見得，有詩為證，詩曰：

兩翅飛騰起怪風，髮紅臉靛勢如熊。終南秘授神仙術，輔佐姬周立大功。

聞太師只顧山上，未防山凹裡飛起雷震子，一棍照聞太師打來。太師措手不及，叫聲不好！將身一閃，讓個空。不防那金棍正中墨麒麟後胯上，打得此獸竟為兩段。太師跌下地來，隨借土遁去了。辛環大呼曰：「雷震子不要走！吾來了！」肉翅飛起，來戰雷震子。不防楊戩暗祭哮天犬，一口把辛環的腿咬住了。雷震子一棍，正打著辛環頂門，死於非命。也往封神臺去了。

雷震子獲功回西岐去了。且說聞太師失了坐騎，自思：「不好歸國。想吾三十萬人馬西征，大戰三年有餘，不料失機，止存敗殘人馬數千，致有片甲無存之誚。連吾坐騎俱死，門人、副將俱絕。」又見辛環已死，隻影單形。太師落下土遁，默坐沉吟；半晌，仰天歎曰：「天絕成湯！當今失政，致天心不順，民怨日生。臣空有赤膽忠心，無能回其萬一。此豈臣下征伐不用心之罪也！」太師坐到天明，復起身招集敗殘士卒，迤邐而行。又無糧草，士卒疲敝之甚，俱有饑色。猛然見一村舍，有簇人家。太師沉吟，饑不可行，乃命士卒：「向前去借他一頓飯，你等充饑。」眾人向前觀看，果然好個所在。怎見得，有贊為證，贊曰：

竹籬密密，茅屋重重。參天野樹迎門，曲水溪橋映戶。道旁楊柳綠依依，園內花開香馥馥。夕照西沈，處處山林喧鳥雀；晚煙出竈，條條道徑轉牛羊。正是那：食飽雞豚眠屋角，醉酣鄰叟唱歌來。

話說軍士來至莊前，問：「裡面有人麼？」忽然走出一位老叟，見是些殘敗軍卒，忙問：「眾位至小莊有何公幹？」士卒曰：「吾等非是別人，乃是跟成湯聞太師老爺，因奉敕伐周，與姜尚交兵，失機而回；借你一飯充饑，後必有補。」那老人聽罷，忙道：「快請太師老爺來。」眾軍士回去，稟太師曰：「前有一老人，專請老爺。」太師只得緩步行至莊前。

老人忙倒身下拜，口稱：「太師，小民有失迎迓，望乞恕罪。」太師亦以禮相答。老人忙躬身迎請太師裡面坐，太師進裡面坐下；老人急收拾飯，擺將出來。聞太師用了一餐，方收拾飯與眾士卒吃了。歇宿一宵。

次日，太師辭老叟，問曰：「你們姓甚麼？昨日攪擾你家，久後好來謝你。」老人曰：「小民姓李，名吉。」聞太師吩咐左右記了。離了此間，同些士卒望青龍關大路而來，不覺迷蹤失徑。太師命軍士站住，觀看東、南、西、北。忽聽林中伐木之聲，見一樵人，太師忙令士卒，向前問那樵子。士卒向前問曰：「樵子，借問你一聲。」樵子棄斧在地，上前躬身，口稱：「列位有何事呼喚？」士卒曰：「我等是奉敕征西的；如今要往青龍關去，借問那條路近些？」樵子用手一指，「往西南上不過十五里，過白鶴墩，乃是青龍關大路。」士卒謝了樵子，來報與聞太師。太師命眾人往西行，迤邐望前而走。不知道這樵子乃是楊戩變化的，指聞太師往絕龍嶺而來。

且說聞太師行過有二十里，看看至絕龍嶺來，好險峻！但見：

巍巍峻嶺，崒嵂峰巒。溪深澗陡，石梁橋天生險惡；壁峭崖懸，虎頭石長就雄威。奇松怪柏若龍蟠；碧落丹楓如翠蓋。雲迷霧障，山巔直透九重霄；瀑布奔流，潺湲一瀉千百里。真個是鴉雀難飛，漫道是人行避跡。煙嵐障目，採藥仙童怕險；荊榛塞野，打柴樵子難行。胡羊野馬似穿梭，狡兔山牛如布陣。正是：草迷四野有精靈，奇險驚人多惡獸。

話說聞太師行至絕龍嶺，方欲進嶺，見山勢險峻，心下甚是疑惑。猛擡頭，見一道人穿水合道服，認的是終南山玉柱洞雲中子。聞太師慌忙上前問曰：「道兄在此何幹？」雲中子曰：「貧道奉燃燈命，在此候兄多時。此處是絕龍嶺，你逢絕地，何不歸降？」聞太師大笑曰：「雲中子，你把我聞仲當作稚子嬰兒。怎言吾逢絕地，以此欺吾。你我莫非五行之術，在道通知。你今如此戲我，看你有何法治我！」雲中子曰：「你敢到這個所在來？」太師前行。雲中子用手發雷，平地下長出八根通天神火柱，高有三丈餘，長圓有丈餘，按有八卦方位：乾、坎、艮、震、巽、離、坤、兌。聞太師站立當中，大呼曰：「你有何術，用此柱困我？」雲中子發手雷鳴，將此柱震開，每一根柱內現出四十九條火龍，烈焰飛騰。聞太師大笑曰：「離地之精，人人會遁；火中之術，個個皆能。此術焉敢欺吾！」掐定避火訣，太師站於裡面。怎見得好火，有贊為證，贊曰：

此火非同凡體，三家會合成功。英雄獨占離地，運同九轉旋風。煉成通中火柱，內藏數條神龍，口內噴煙吐焰，爪牙動處通紅。苦海煮乾到底，逢山燒得石空，遇木即成灰燼，逢金化作長虹。燧人初出定位，木裡生來無蹤。石中電火稀奇寶，三昧金光透九重。在天為日通明帝，在地生煙活編氓，在人五臟為心主，火內玄功大不同。饒君就是神仙體，遇我難逃眼下傾。

話說聞太師掐定避火訣，站於中間，在火內大呼曰：「雲中子！你的道術也只如此！吾不久居，我去也！」往上一昇，駕遁光欲走。不知雲中子預將燃燈道人紫金缽盂磕住，渾如一蓋蓋定。聞太師那裡得知，往上一沖，把九雲烈焰冠撞落塵埃，青絲髮俱披下。太師大叫一聲，跌將下來。雲中子在外面發雷，四處有霹靂之聲，火勢凶猛。可憐成湯首相，為國捐軀！——一道靈魂往封神臺來，有清福神祇用百靈旛來引太師。太師忠心不滅，一點真靈借風逕至朝歌，來見紂王，申訴其情。

此時紂王正在鹿臺與妲己飲酒，不覺一陣昏沉，伏几而臥。忽見太師立於旁邊，諫曰：「老臣奉敕西征，屢戰失利，枉勞無功，今已絕於西土。願陛下勤修仁政，求賢輔國；毋肆荒淫，濁亂朝政；毋以祖宗社稷為不足重，人言不足信，天命不足畏，力反前愆，庶可挽回。老臣欲再訴深情，恐難進封神臺耳。臣去也！」逕往封神臺來。栢鑑引進其魂，安於臺內。

且說紂王猛然驚醒曰：「怪哉！異哉！」妲己曰：「陛下有何驚異？」紂王把夢中事說了一遍。妲己曰：「夢由心作。賤妾常聞陛下憂慮聞太師西征，故此有這個警兆。料聞太師豈是失機之士。」紂王曰：「御妻之言是矣。」隨即放下心懷。且說子牙收兵，眾門人都來報功。雲中子收了神火柱，與燃燈二人回山去不表。

再講申公豹知聞太師絕龍嶺身亡，深恨子牙；往五嶽三山，尋訪仙客伐西岐，為聞太師報讎。一日遊至夾龍山飛龍洞，跨虎飛來，忽見山崖上一小童兒跳耍。申公豹下虎來看，此童兒卻是一個矮子：身不過四尺，面如土色。

申公豹曰：「那童兒，你是那家的？」土行孫見一道人叫他，上前施禮曰：「老師那裡來？」申公豹曰：「我往海島來。」土行孫曰：「老師是截教，是闡教？」申公豹曰：「是闡教。」土行孫曰：「是吾師叔。」申公豹問曰：「你師是誰？你叫甚名字？」土行孫答曰：「我師父是懼留孫，弟子叫做土行孫。」申公豹又問曰：「你學藝多少年了？」土行孫答曰：「學藝百載。」申公豹搖頭曰：「我看你不能了道成仙，只好修個人間富貴。」土行孫問曰：「怎樣是人間富貴？」申公豹曰：「據我看，你只好披蟒腰玉，受享君王富貴。」土行孫曰：「怎得能夠？」申公豹曰：「你肯下山，我修書薦你，咫尺成功。」土行孫曰：「老師指我往那裡去？」申公豹曰：「薦你往三山關鄧九公處去，大事可成。」土行孫謝曰：「若得寸進，感恩非淺。」申公豹曰：「你胸中有何本事？」土行孫曰：「弟子善能地行千里。」申公豹曰：「你用個我瞧。」土行孫把身子一扭，即時不見，道人大喜。忽見土行孫往土裡鑽上來。公豹又曰：「你師父有綑仙繩，你要去帶下兩根去，也成的功。」土行孫曰：「吾知道了。」土行孫盜了師父懼留孫的綑仙繩，五壺丹藥，逕往三山關來。不知勝負如何，且聽下回分解。

評

聞太師征伐西岐，來時甚是雄威，及至敗回時，何其垂頭喪氣？固是子牙諸人算無遺策，亦是聞公恃左道諸人謀畫之不臧耳。如此觀之，邪不勝正，信然！

又評

太師精忠報國，死不忘君，庶幾不愧大臣體統；但於絕龍嶺自恃道術以取敗，此其所以短也。

第五十三回　鄧九公奉敕西征

渭水滔滔日夜流，西岐征戰幾時休。漫言虎豹纔離穴，又見貔貅樹敵樓。
修德每愁糜白骨，荒淫反自詠金甌。豈知天意多顛倒，取次干戈不斷頭。

話說申公豹說反了土行孫下山，他又往各處去了。

且說當日絕龍嶺逃回軍士進汜水關，報與韓榮，說知聞太師死於絕龍嶺，隨修表報進朝歌。有微子看報，忙進偏殿，見紂王行禮稱臣。王曰：「朕無旨，皇伯有何奏章？」微子把聞太師的事奏啟一遍。紂王大驚：「孤數日前，恍惚之中明明見聞太師在鹿臺奏朕，言在絕龍嶺失利；今日果然如此！」紂王著實傷感。王問左右文武曰：「太師新亡，點那一員官，定要把姜尚拿解朝歌，與太師報讎。」眾官共議未決；有上大夫金勝出班奏曰：「三山關總兵官鄧九公，前日大破南伯侯鄂順，屢建大功；若破西岐，非此人不克成功。」紂王傳旨：「速發白旄、黃鉞，得專征伐。差官即往，星夜不許停留。」使命官王貞持詔往三山關來，一路上馬行如箭，心去如飛，秋光正好，和暖堪行。怎見得：

千山水落蘆花碎，幾樹風揚紅葉醉。路途煙雨故人稀，黃菊芬菲山色麗，水寒荷破人憔悴。
白蘋紅蓼滿江干，落霞孤鶩長空墜。依稀黯淡野雲飛，玄鳥去，賓鴻至，嘹嘹嚦嚦驚人寐。

話說天使所過府、州、縣、司，不止一日。其日到了三山關，驛內安歇。次日，到鄧九公帥府前。鄧九公同諸將等焚香接旨，開讀詔書：

天子征伐，原為誅逆救民。大將專閫外之寄，正代天行拯溺之權。茲爾元戎鄧九公，累功三山關，嚴出入之防，邊烽無警；退鄂順之反叛，奏捷甚速：懋績大焉。今姬發不道，納亡招叛，大肆猖獗。朕累勤問罪之師，彼反抗軍而樹敵，致王師累辱，大損國威，深為不法，朕心惡之。特敕爾前去，用心料理，相機進勦；務擒首惡，解闕獻俘，以正國典。朕決不惜茅土，以酬有功。爾其欽哉！毋負朕托重至意，故茲爾詔。

鄧九公讀畢，待天使等交代❶。王貞曰：「新總兵孔宣就到。」不一日，孔宣已到，鄧九公交代完畢，點將祭旗，次日起兵。忽報：「有一矮子來下書。」鄧九公令進帥府，見來人身不過四五尺長，至滴水簷前行禮，將書呈上。

鄧九公拆書，觀看來書，知申公豹所薦，乃是「土行孫效勞麾下」。鄧九公見土行孫人物不好，「欲待不留，恐申道友見怪；若要用他，不成規矩。」沉吟良久，「也罷，差他催糧應付三軍。」鄧九公曰：「土行孫，既申道兄薦你，吾不敢負命。後軍糧草缺少，用你為五軍督糧使。」命太鸞為正印先行，子鄧秀為副印先行，趙昇、孫焰紅為救應使，隨帶女孫兒鄧嬋玉，隨軍征伐。鄧元帥調人馬離了三山關，往西進發。一路上旗旛蕩蕩，殺氣騰騰。怎見得：

三軍踴躍，將士熊羆。征雲并殺氣相浮，劍戟共旗旛耀日。人雄如猛虎，馬驟似飛龍。弓彎銀漢月，箭穿虎狼牙。袍鎧鮮明如繡簇，喊聲大振若山崩。鞭梢施號令，渾如開放三月桃花；馬

❶ 待天使等交代：等待天子派遣的使者到，把經手之事情移交給後任。

擺閃鑾鈴，恍似搖綻九秋金菊。威風凜凜，人人咬碎口中牙；殺氣騰騰，個個睜圓眉下眼。真
如猛虎出山林，恰似天王離北闕。

話說鄧九公人馬在路，也行有個把月，一日來到西岐。哨探馬報入中軍：「啟元帥：前面乃西岐東門，請令定奪。」鄧九公傳令安營。怎見得：

營安八卦，旛列五方。左右擺攢攢簇簇軍兵，前後排密密層層將佐。拐子馬緊挨鹿角，連珠砲密護中軍。正是：刀鎗白映三冬雪，砲響聲高二月雷。

鄧九公安了行營，放砲吶喊。

且說西岐子牙自從破了聞太師，天下諸侯響應。忽探馬報入相府：「三山關鄧九公人馬駐劄東門。」子牙聞報，謂諸將曰：「鄧九公其人如何？」黃飛虎在側，啟曰：「鄧九公，將才也。」子牙笑曰：「將才好破，左道難破。」且言鄧九公次日傳令：「那員戰將先往西岐見頭陣走遭？」帳下先行官太鸞應聲：「願往。」調本部人馬出營，排開陣勢，立馬橫刀，大呼搦戰。探事馬報入相府：「有將請戰。」子牙問左右：「誰見頭陣？」有南宮适領令，提刀上馬，吶喊搖旗，沖出城來；見對陣一將，面如活蟹，海下黃鬚，坐烏騅馬。怎見得，有贊為證：

頂上金冠飛雙鳳，連環寶甲三鎖控。腰纏玉帶如團花，手執鋼刀寒光迸。錦囊暗帶七星鎚，鞍鞽又把龍泉縱。大將逢時命即傾，旗開拱手諸侯重。三山關內大先行，四海聞名心膽痛。

話說南宮适大呼曰：「來者何人？」太鸞答曰：「吾乃三山關總兵鄧麾下，正印先行太鸞是也；今奉敕西征討賊。爾等不守臣節，招納叛亡，無故造反，恃強肆暴，壞朝廷之大臣，藐天朝之使命，殊為可恨。

特命六師，勦除叛惡。爾等可下馬受縛，解往朝歌，盡成湯之大法，免生民之倒懸。如再執迷，悔之無及。」南宮适笑曰：「太鸞，你知聞太師、魔家四將、張桂芳等只落得焚身，斬首，片甲不歸。料爾等米粒之珠，吐光不大；蠅翅飛騰，去而不遠。速速早回，免遭屠戮。」太鸞大怒，催開紫驊騮，手中刀飛來直取。南宮适縱騎，合扇刀急架相還，兩馬相交，一場大戰。來往沖突，擂破花腔戰鼓，搖碎錦繡旗旛。來來往往，有三十回合。南宮适馬上逞英雄，展開刀勢，抖擻精神，倍加氣力。太鸞怒發，環眼雙睜，把合扇刀賣一個破綻，叫聲：「著！」一刀劈將下來。南宮适因小覷了太鸞，不曾在意，見一刀落將下來，南宮适著忙，叫聲：「不好！」將身急閃過，那刀把護肩甲吞頭削去半邊，絨繩割斷數寸，把南宮适嚇得魂飛天外，大敗進城。太鸞趕殺周兵，得勝回營，見鄧九公，曰：「今逢南宮适大戰，被末將刀劈護肩甲吞頭，不能梟首，請令定奪。」鄧九公曰：「首功居上，雖不能斬南宮适之首，已挫周將之銳。」

且說南宮适進城，至相府，回見子牙，且言失利，幾乎喪師辱命。子牙曰：「勝敗軍家之常。為將務要見機，進則可以成功，退則可以保守無虞，此乃為將之急務也。」次日鄧九公傳令，調五方隊伍，大壯軍威，砲聲如雷，三軍踴躍，喊殺振天，來至城下，請姜子牙答話。探子馬報入相府。子牙吩咐辛甲：「先調大隊人馬出城，吾親會鄧九公。」西岐連珠砲響，兩扇門開，一簇人馬踴出。鄧九公定睛觀看，只見兩杆大紅旗，飄飄而出，引一隊人馬，分為前隊，有穿紅周將壓住陣腳。怎見得人馬雄偉，有詩為證：

旗分離位列前鋒，朱雀迎頭百事凶。鐵騎橫排衝陣將，果然人馬似蛟龍。

三聲砲響，又見兩杆青旗，飛揚而出，引一隊人馬，立于左隊，有穿青周將壓住陣腳。怎見得人馬鷹揚，有詩為證，詩曰：

　　青龍旗展震宮旋，短劍長矛次第先。更有衝鋒窩裡砲，追風須用火攻前。

三聲砲響，只見兩杆白旗，飄揚而出，引一隊人馬，立于右隊；有穿白周將壓住陣腳。怎見得人馬勇猛，有詩為證，詩曰：

　　旗分兌位虎為頭，戈戟森森列敵樓。硬弩強弓遮戰士，中藏遁甲鬼神愁。

鄧九公對諸將曰：「姜尚用兵，真個紀律嚴明，甚得形勢之分，果有將才。」再看時，又見兩杆皂旗，飛舞而出，引一隊人馬，立于後隊；有穿黑周將壓住陣腳。怎見得人馬齊整，有詩為證，詩曰：

　　坎宮玄武黑旗旛，鞭鐧抓鎚襯鐵轢。左右救應為第一，鳴金擊鼓任頻敲。

又見中央擺列杏黃旗在前，引著一大隊人馬，攢簇五方八卦旗旛，眾門人一對對排雁翅而出；有二十四員戰將，俱是金盔，金甲，紅袍，畫戟，左右分十二騎。中間四不像上，端坐子牙，甚是氣概軒昂，兵威嚴肅。怎見得，有詩為證，詩曰：

　　中央戊己號中軍，寶纛旗開五色雲。十二牙門排將士，元戎大帥此中分。

話說鄧九公看子牙兵按五方而出，左右顧盼，進退舒徐，紀律嚴肅，井井有條，兵威甚整，真堂堂之陣，正正之旗，不覺點首嗟歎：「果然話不虛傳！無怪先來將士損兵折將，真勁敵也！」乃縱馬向前言曰：「姜子牙請了！」子牙欠身答曰：「鄧元帥，卑職少禮。」鄧九公曰：「姬發不道，大肆猖獗。你乃是崑崙山明士，為何不知人臣之禮，恃強叛國，大敗綱常，招亡結黨，法紀安在？及至天子震怒，興師問罪，尚敢逆天拒敵，爾必有大敗之愆；不守國規，自有戮身之苦。今天兵到日，急早下馬受縛，以免滿城生靈塗炭。如抗吾言，那時城破被擒，玉石碎焚，悔之晚矣。」子牙笑曰：「鄧將軍，你這篇言詞，真如痴人說夢。今天下歸周，人心效順，即數次主帥，俱兵亡將擄，片甲無回。今將軍將不過十員，兵不足二十萬，真如群羊鬥虎，以卵擊石，未有不敗者也。依吾愚見，不若速回兵馬，轉達天聽，言姬周並未有不臣之心，各安邊境，真是美事。若是執迷不悟，恐蹈聞太師之轍，那時噬臍何及！」鄧九公大怒，謂諸將曰：「似此賣麵編篱小人，敢觸犯天朝元宰，不殺此村夫，怎消此恨！」縱馬舞刀，飛來直取。子牙左有武成王黃飛虎催開五色神牛，大呼：「鄧九公不得無禮！」鄧九公見黃飛虎，大罵曰：「好反賊！敢來見吾！」二騎交加，刀鎗並舉。黃飛虎鎗法如龍，鄧九公刀法似虎。二將相交，一場大戰。怎見得，有贊為證：

二將恃強無比賽，各守名利誇能會：一個赤銅刀舉盪人魂，一個銀蟒鎗飛驚鬼怪，一個沖營斬將勢無倫，一個捉虎擒龍誰敢對？生來一對惡凶神，大戰西岐爭世界。

話說鄧九公戰住黃飛虎。左哨哪吒見黃飛虎戰鄧九公不下，忍不得登開風火輪，搖鎗助戰。成湯營中鄧九公長子鄧秀縱馬沖來；這壁廂黃天化催開玉麒麟截戰。太鸞舞刀沖來，武吉搖鎗抵住。趙昇使方天戟殺來，這裡太顛擋住。成湯營孫焰紅沖殺過來，有黃天祿接住。兩家混戰，好殺！只殺得天昏地暗，旭日無光，喎喙喙戰鼓忙敲，響噹噹兩家兵器。怎見得，有賦為證，賦曰：

二家混戰，士卒奔騰。衝開隊伍勢如龍，砍倒旗旛雄似虎。兵對兵，將對將，各分頭目使深機；鎗迎鎗，箭迎箭，兩下交逢乘不意。你往我來，遭著兵刃命隨傾；顧後瞻前，錯了心神身不保。

只殺得征雲黯淡，兩家將佐眼難明；那裡知怨霧瀰漫，報效兒郎尋隊伍。正是：英雄惡戰不尋常，棋逢敵手難分解。

話說兩家大戰西岐城下。哪吒使開火尖鎗，助黃飛虎協戰鄧九公。九公原是戰將，抖擻神威，展開大刀，精神加倍。哪吒見鄧九公勇猛，暗取乾坤圈打來，正中九公左臂上，打了個帶斷皮開，幾乎墜馬。周兵見哪吒得勝，吶了一聲喊，殺奔過來。太顛不防趙昇把口一張，噴出數尺火來，燒得焦頭爛額，險些兒落馬。兩家混戰一場，各自收兵。且說九公敗進大營，聲喚不止，痛疼難禁，晝夜不安。且言子牙進城，回至相府，見太顛帶傷，命去調養不表。

且言鄧九公在營，晝夜不安。有女嬋玉見父著傷，心下十分懊惱。次日，問過父安，稟爹爹且自調理，「待女孩兒為父親報讎。」鄧九公曰：「吾兒須要仔細。」小姐隨點本部人馬，至城下請戰。子牙坐在銀安殿，正與眾將議事，忽報：「成湯營有一女將討戰。」子牙聽報，沉吟半晌。旁有武成王言曰：「丞相千場大戰未嘗憂懼；今聞一女將，為何沉吟不決？」子牙曰：「用兵有三忌：道人，頭陀，婦女。此三等人非是左道，定有邪術。彼仗邪術，恐將士不提防，誤被所傷，深為利害。」哪吒應聲出曰：「弟子願往。」子牙吩咐小心，哪吒領命，上了風火輪，出得城來，果見一女將滾馬而至。怎見得，有贊為證，贊曰：

紅羅包鳳髻，繡帶扣瀟湘。一瓣紅蕖挑寶鐙，更現得金蓮窄窄；兩灣翠黛拂秋波，越覺得玉溜沉沉。嬌姿嬝娜，慵拈針指好輪刀；玉手青蔥，懶傍粧臺騎劣馬。桃臉通紅，羞答答通名問姓；玉貌微狠，嬌怯怯奪利爭名。漫道佳人多猛烈，只因父子出營來。有詩為證，詩曰：

甲冑無雙貌出奇，嬌羞嬝娜更多姿。只因誤落凡塵裡，致使先行得結褵。

哪吒大呼曰：「女將慢來！」鄧嬋玉問曰：「來將是誰？」哪吒答曰：「吾乃是姜丞相麾下哪吒是也。你乃五體不全婦女，焉敢陣前使勇！況你係深閨弱質，不守家教，露面拋頭，不識羞愧。料你縱會兵機，也難逃吾之手；還不回營，另換有名上將出來。」嬋玉大怒：「你就是傷吾父親讎人，今日受吾一刀！」切齒面紅，縱馬使雙刀來取，哪吒火尖鎗急架相還。二將往來，戰未數合，鄧嬋玉想：「吾先下手為強。」把馬一撥，掩一刀就走，曰：「吾不及你！」哪吒點頭歎曰：「果然是個女子，不耐大戰。」竟往下趕來。趕未及三五箭之地，鄧嬋玉扭頸回頭，見哪吒趕來，掛下刀，取五光石掌在手中，回手一下，正中哪吒臉上。正是：

發手五光出掌內，縱是仙凡也皺眉。

話說鄧嬋玉回手一石，正打中哪吒面上，只打得傅粉臉青紫，鼻眼皆平，敗回相府。子牙看見哪吒面上著傷，乃問其故。哪吒曰：「弟子與女將鄧嬋玉戰未數合，那賤人就走；弟子趕去，要拿他成功；不防他回首一道光華，卻是一塊石頭，正中臉上，打得如此狼狽。」子牙曰：「追趕必要小心。」旁有黃天化言曰：「為將之道：身臨戰場，務要眼觀四處，耳聽八方。難道你一塊石頭也不會招架，被他打傷；今恐土星❷打斷，就破了相，一生俱是不好。」把哪吒氣得怒沖牛斗，今日失機著傷，又被黃天化一場取笑。

且說鄧嬋玉進營，見父親回話，說打傷哪吒一事。鄧九公聞言雖是歡喜，其如疼痛難禁。次日，嬋

❷ 土星：相家稱鼻子為土星。

玉復來搦戰，探馬報入相府。子牙問：「誰去走一遭？」黃天化口：「弟子願往。」子牙曰：「須是仔細。」天化領命，上了玉麒麟，出城列陣。鄧嬋玉馬走如飛，上前問曰：「來將何名？」黃天化曰：「吾乃開國武成王長男黃天化是也。你這賤人，可是昨日將石打傷吾道兄哪吒？是你麼？不要走！」舉鎚就打，女將雙刀劈面來迎。二人鎚刀交架，未及數合，撥馬就走。嬋玉高聲叫曰：「黃天化，你敢來趕我？」天化在坐騎上思想：「吾若不趕他，恐哪吒笑話我。」只得催開坐騎，往前趕來。鄧嬋玉聞腦後有聲，掛上雙刀，回手一石。黃天化急待閃時，已打在臉上，比哪吒分外打得狠，掩面遽回，進相府來回令。子牙見黃天化臉著重傷，仍問其故：「你如何不提防？」天化曰：「那賤人回馬就是一石，故此未及防備。」子牙曰：「且養傷痕。」哪吒在後，聽得黃天化失機，從後走出言曰：「為將要眼觀四處，耳聽八方。你連一女將如何也失手與他，被他打斷山根❸，一百年還是晦氣！」黃天化大怒曰：「你為何還我此言？我出于無心，你為何記其小忿！」哪吒亦怒：「你如何昨日辱我？」彼此爭論，被子牙一聲喝：「你兩個為國，何必如此！」二人各自負愧，退入後寨不題。

且說鄧嬋玉得勝回營，見父親言打了黃天化，敗進城去了。鄧九公雖見連日得勝，但臂膊疼痛，度日如年。次日，鄧嬋玉又來城下請戰。探馬報入相府曰：「有嬋玉在城下搦戰。」子牙曰：「誰去走一遭？」楊戩在旁，對龍鬚虎曰：「此女用石打人，師兄可往；吾當掠陣。」龍鬚虎曰：「弟子願往。」楊戩壓陣。」子牙許之，二人出城。鄧嬋玉一見城裡跳出一個東西來，自不曾見的。怎見得，有詩為證：

> 發石如飛實可誇，龍生一種產靈芽。運成雲水歸周主，煉出奇形助子牙。

❸ 山根：相家稱鼻梁為山根。

手似鷹隼足似虎，身如魚滑鬢如蝦。封神榜上無名姓，徒建奇功與帝家。

話說鄧嬋玉見城內跳出個古怪東西來，諕得魂不附體，問曰：「來的甚麼東西？」龍鬚虎大怒：「好賤人！吾乃姜丞相門徒龍鬚虎便是。」嬋玉又問：「你來做甚麼？」龍鬚虎曰：「今奉吾師之命，特來擒你。」鄧嬋玉不知龍鬚虎發手有石，只見龍鬚虎把手一放，照著鄧嬋玉打來，有磨盤大小的石頭。兩隻手齊放，便如飛蝗一般，只打得遍地灰土迸起，甚如霹靂之聲。嬋玉馬上自思：「此石來的利害！若不仔細，便打了馬也是不好。」撥回馬就走，龍鬚虎趕來。嬋玉回頭一看，見龍鬚虎趕來，嬋玉回手一石打來。龍鬚虎見石光打來，把頭往下一躲，頸子長，彎將過來，正中頸子窩兒骨，把龍鬚虎打的扭著頸子跑。嬋玉復又一石，龍鬚虎獨足難立，打了一交。鄧嬋玉勒轉馬來，要取龍鬚虎首級。不知性命如何，且聽下回分解。

評

南宮适乃周名將，亦自輕敵，幾為太鸞所算，況其他者乎！天下事俱不可忽略，故詩之頌文王曰：「小心翼翼。」夫子曰：「暴虎馮河，死而無悔者，吾不與也。」武侯自曰：「先帝知臣。」此皆檢束身心妙諦，凡人當取為式。

又評

哪吒黃天化俱仙門高弟，以一語互相嘲誚；不但不成將軍品格，算來俱是兒女心腸，真可噴飯！

世俗人情類

紅樓夢　曹雪芹撰　饒彬校注
脂評本紅樓夢　曹雪芹原著　脂硯齋重評　馬美信校注
金瓶梅　笑笑生原作　劉本棟校注　繆天華校閱
老殘遊記　劉鶚撰　田素蘭校注　繆天華校閱
平山冷燕　天花藏主人編次　張國風校注　謝德瑩校閱
品花寶鑑　陳森著　徐德明校注
野叟曝言　夏敬渠著　黃珅校注
綠野仙踪　李百川著　葉經柱校注
禪真逸史　方汝浩撰　黃珅校注
海上花列傳　韓邦慶著　姜漢椿校注
九尾龜　張春帆著　楊子堅校注
醒世姻緣傳　西周生輯著　袁世碩、鄒宗良校注

三門街　清・無名氏撰　嚴文儒校注
花月痕　魏秀仁著　趙乃增校注
孽海花　曾樸撰　葉經柱校注　繆天華校閱
魯男子　曾樸著　黃珅校注
遊仙窟　玉梨魂（合刊）　張鷟、徐枕亞著　黃瑚、黃珅校注
筆生花　心如女史著　黃明校注　亓婷婷校閱
浮生六記　沈三白著　陶恂若校注　王關仕校閱
玉嬌梨　天藏花主人編撰　石昌渝校注
好逑傳　名教中人編撰　石昌渝校注
啼笑因緣　張恨水著　束忱校注
歧路燈　李綠園撰　侯忠義校注

公案俠義類

水滸傳　施耐庵撰　羅貫中纂修　金聖嘆批　繆天華校注

兒女英雄傳　文康撰　饒彬標點　繆天華校注

三俠五義　石玉崑著　張虹校注　楊宗瑩校閱

七俠五義　石玉崑原著　俞樾改編　楊宗瑩校注　繆天華校閱

小五義　清・無名氏編著　李宗為校注

續小五義　清・無名氏編著　文斌校注

蕩寇志　俞萬春撰　侯忠義校注

綠牡丹　清・無名氏著　劉倩校注

羅通掃北　鴛湖漁叟較訂　劉倩校注

楊家將演義　紀振倫撰　楊子堅校注　葉經柱校閱

萬花樓演義　李雨堂撰　陳大康校注

粉妝樓全傳　竹溪山人編撰　陳大康校注

七劍十三俠　唐芸洲著　張建一校注

包公案　明・無名氏撰　顧宏義校注　謝士楷、繆天華校閱

海公大紅袍全傳　清・無名氏撰　楊同甫校注　葉經柱校閱

施公案　清・無名氏編撰　黃珅校注

乾隆下江南　清・無名氏著　姜榮剛校注

歷史演義類

三國演義　羅貫中撰　毛宗崗批　饒彬校注

東周列國志　馮夢龍原著　蔡元放改撰　劉本棟校注　繆天華校閱

東西漢演義　甄偉、謝詔編著　朱恒夫校注　劉本棟校閱

隋唐演義　褚人穫著　嚴文儒校注　劉本棟校閱

說岳全傳　錢彩編次　金豐增訂　平慧善校注

大明英烈傳　楊宗瑩校注　繆天華校閱

神魔志怪類

西遊記　吳承恩撰　繆天華校注

封神演義　陸西星撰　鍾伯敬評　楊宗瑩校注　繆天華校閱

濟公傳　王夢吉等著　楊宗瑩校注　繆天華校閱

三遂平妖傳　羅貫中編　馮夢龍增補　楊東方校注

南海觀音全傳　達磨出身傳燈傳（合刊）　西大午辰走人、朱開泰著　沈傳鳳校注

諷刺譴責類

儒林外史　吳敬梓撰　繆天華校注

官場現形記　李伯元撰　張素貞校注　繆天華校閱

文明小史　李伯元撰　張素貞校注　繆天華校閱
鏡花緣　李汝珍撰　尤信雄校注　繆天華校閱
二十年目睹之怪現狀　吳趼人著　石昌渝校注
何典　斬鬼傳　唐鍾馗平鬼傳（合刊）
張南莊等著　鄔國平校注　繆天華校閱

擬話本類

拍案驚奇　凌濛初撰　劉本棟校注　繆天華校閱
二刻拍案驚奇　凌濛初原著　徐文助校注
繆天華校閱
喻世明言　馮夢龍編撰　徐文助校注　繆天華校閱
警世通言　馮夢龍編撰　徐文助校注　繆天華校閱
醒世恒言　馮夢龍編撰　廖吉郎校注　繆天華校閱
今古奇觀　抱甕老人編　李平校注　陳文華校閱
豆棚閒話　照世盃（合刊）
艾衲居士、酌元亭主人編撰
陳大康校注　王關仕校閱
石點頭　天然癡叟著　李忠明校注　王關仕校閱
十二樓　李漁著　陶恂若校注　葉經柱校閱
西湖佳話　墨浪子編撰　陳美林、喬光輝校注
西湖二集　周楫纂　陳美林校注
型世言　陸人龍著　侯忠義校注

著名戲曲選

竇娥冤　關漢卿著　王星琦校注
漢宮秋　馬致遠撰　王星琦校注
梧桐雨　白樸撰　王星琦校注
琵琶記　高明著　江巨榮校注　謝德瑩校閱
第六才子書西廂記　王實甫原著　金聖嘆批點
張建一校注
牡丹亭　湯顯祖著　邵海清校注
荊釵記　柯丹邱著　趙山林校注
荔鏡記　明・無名氏著　趙山林等校注
長生殿　洪昇著　樓含松、江興祐校注
桃花扇　孔尚任著　陳美林、皐于厚校注
雷峰塔　方成培編撰　俞為民校注
倩女離魂　鄭光祖著　王星琦校注

國家圖書館出版品預行編目資料

封神演義／陸西星著;鍾伯敬評;楊宗瑩校注;繆天華校閱.——三版二刷.——臺北市：三民，2023
面；　公分.——（中國古典名著）

ISBN 978-957-14-7046-7（一套：平裝）

857.44　　109019331

中國古典名著

封神演義(上)

作　　者　陸西星
評　　者　鍾伯敬
校 注 者　楊宗瑩
校 閱 者　繆天華

發 行 人　劉振強
出 版 者　三民書局股份有限公司
地　　址　臺北市復興北路 386 號(復北門市)
　　　　　臺北市重慶南路一段 61 號(重南門市)
電　　話　(02)25006600
網　　址　三民網路書店 https://www.sanmin.com.tw

出版日期　初版一刷 1991 年 4 月
　　　　　二版七刷 2019 年 1 月
　　　　　三版一刷 2021 年 1 月
　　　　　三版二刷 2023 年 9 月
書籍編號　S851930
I S B N　978-957-14-7046-7

三民書局